LA DERNIÈRE ARME

Né en 1962 à Toulouse, influencé par Hitchcock, Kubrick, De Palma et Tarantino, initié aux arts martiaux et bassiste rock à ses heures, Philip Le Roy vit à Vence. Après deux premiers polars coup de poing, il emprunte la voie du samouraï pour enquêter sur la mort, forcer les portes du Vatican et s'imposer comme une des révélations françaises du thriller ! *Le Dernier Testament* a reçu le Grand Prix de littérature policière en 2005.

DU MÊME AUTEUR

Pour adultes seulement
Atout Éditions, 1997
« J'ai lu », n° 5171
et « Points Thriller », n° P1603

Couverture dangereuse
Atout Éditions, 1998
« J'ai lu », n° 6175
Au Diable Vauvert, 2008

Le Dernier Testament
Au Diable Vauvert, 2005
et « Points Thriller », n° P1477

Léviatown
Baleine, 2007

Philip Le Roy

LA DERNIÈRE ARME

ROMAN

Au Diable Vauvert

TEXTE INTÉGRAL

ISBN 978-2-7578-0587-9
(ISBN 978-2-84626-125-8, 1re publication)

Au nom du pouvoir,
du fric et du sexe,
Ainsi soit-il.

Avertissement

Cette histoire est une fiction reposant sur des données et des faits avérés. De nombreux personnages sont réels. Leurs noms ont été changés car ce n'est pas tant leur identité qui est déterminante, mais leur fonction. Toute ressemblance avec des individus existants n'est donc pas fortuite. La description de leur vie intime, en revanche, est le fruit d'une extrapolation. Quant aux prouesses mentales et martiales du protagoniste, elles s'inspirent d'une vérité très éloignée de celle des Occidentaux plus enclins à mesurer les limites humaines chez les sportifs de compétition et les aventuriers sponsorisés. Il n'en demeure pas moins qu'elles n'ont rien de fantaisiste.

Prologue

Le capitaine Clark Foot se donna une gifle digne d'un interrogatoire musclé. À la tête d'un détachement de la FORPRONU chargée de maintenir l'ordre dans une Croatie qui venait d'essuyer deux années de guerre, l'officier américain avait peu dormi ces dernières semaines. L'escapade clandestine dans la région de Lika n'arrangeait rien à son état. Sa mission, non onusienne, empiétait sur ses rares heures de sommeil. Au volant d'un vieux 4 × 4 récupéré dans un village dévasté par les bombardements serbes et monténégrins, il traversait un paysage de montagnes karstiques et désertiques noyé dans une nuit opaque. À la désolation naturelle, s'ajoutait celle perpétrée par les hommes. On ne croisait que des ruines hantées par quelques vieillards qui n'avaient rien compris à la guerre.

Foot ne vit pas le tas de pierres vomies par un mur éventré. La Toyota se cabra, retomba sur ses amortisseurs morts, tressauta au milieu d'un champ de briques. Une roue éclata. Pas le temps de la remplacer maintenant. Le capitaine empoigna sa lampe torche, la braqua sur la route sinueuse et continua à pied.

Au bout d'une heure de marche dans un lugubre no man's land, il repéra le clocher décapité. Le lieu du rendez-vous. Un braiment et des vagissements l'informèrent qu'il était attendu avec impatience.

– *Dobro*, fit une voix.

– *Dobro*, répondit Foot. Vous êtes Stevan ?

– Vous êtes en retard.

– La route est impraticable.

– Fallait venir à dos d'âne, comme moi.

– Depuis Zagreb ?

Une silhouette massive se détacha de la pénombre.

– Ok, vous avez l'argent ?

Les cris dans le dos de Stevan doublèrent d'intensité. Clark Foot lui tendit un paquet.

– Vingt mille dollars. Vous pouvez compter si vous voulez.

L'homme renifla une liasse et examina un billet tiré au hasard.

– Ok, c'est pas le moment pour la comptabilité. Je ne supporterai pas d'entendre ce chiard cinq minutes de plus.

– Je peux quand même voir les photos ?

– Ok.

Stevan disposa dans le rayon de la lampe deux photos représentant un couple.

– Morts au cours d'un pilonnage à Dubrovnik, commenta-t-il.

Le capitaine examina les visages sur fond de vagissements.

– Ok ?

– C'est bon.

Stevan fit un pas en arrière et ramassa un cabas crasseux qu'il ouvrit sous le nez de Foot.

– Vous le trimballez là-dedans ?

– Le landau n'est pas compris dans le prix.

Le capitaine s'empara du sac qu'il se mit à balancer lentement.

– De toute façon, ajouta Stevan, pour ce que vous allez en faire.

– Qu'est-ce que vous croyez que je vais en faire ?

– Ok, à ce prix-là, vous ne pourrez récupérer votre mise qu'en le revendant en pièces détachées.

– Un peu jeune pour du trafic d'organes, non ?

– C'est pourquoi alors ?

– Disons qu'à partir de maintenant, cela n'est plus votre problème. Je vous rappelle d'ailleurs que la somme élevée que je vous ai versée rémunère en grande partie votre silence.

Le Croate le gratifia d'un dernier « Ok » et monta sur son âne. Le capitaine le regarda se fondre dans l'obscurité, avant de s'engager sur le sentier qui le ramenait à son véhicule. Au programme : une marche nocturne avec un bébé sur les bras, le changement de la roue du 4 × 4 et trois heures de route pour rejoindre le port de Zadar. Le capitaine Clark Foot n'avait pas le patronyme d'un super-héros, mais il en avait la mission.

Celle de sauver le monde.

Quinze ans plus tard, de nos jours

PREMIÈRE PARTIE

Le vent n'efface pas le paysage

1

Il pleuvait sur Paris. Tapi sous la table du salon, Barish regardait le ciel se vider contre les vitres. Bien que sa vessie enflât, il était peu disposé à sortir sous un tel déluge. Sa maîtresse non plus.

Dans la salle à manger, Annabelle recevait ses collègues du ministère avec leurs conjoints. Armand Dauché, sous-secrétaire d'État accompagné de sa femme Laure qui élevait leurs trois enfants, Bertrand Gaudrand, chef de cabinet accompagné de son épouse Florence, et Alice Chantel, secrétaire du ministre, accompagnée de son mari Serge, à la tête d'une entreprise de BTP. Annabelle était la seule célibataire de la bande qui s'esclaffait autour d'un rôti de bœuf trop cuit et de trois bouteilles de bordeaux millésimé. La conversation portait sur la vie privée monacale de celle qui avait organisé ce dîner sous la pression d'Armand et de Bertrand.

– Franchement, Anna, dit Armand, tu es la seule femme parfaite que je connaisse, à part la mienne bien sûr. Belle, intelligente, gentille, locataire d'un superbe appartement à Montmartre, tu devrais avoir tous les hommes à tes pieds.

– T'as qu'à lui faire la cour, tant que tu y es, s'offusqua Laure.

– Blague à part, dit Bertrand, Armand a raison. Il serait temps que tu nous présentes un heureux élu.

– Impossible.

– Pourquoi ?

– Il est marié, dit Annabelle.

– Merde, ne me dis pas que tu en es réduite à partager un mec.

– On le connaît ? demanda Bernard.

– Je ne vous en dirai pas plus. D'ailleurs, j'ai trop parlé.

Annabelle était passablement ivre. Elle n'était pas habituée à boire. Ses collègues l'avaient un peu poussée pour lui tirer les vers du nez. Barish se mit à aboyer.

– Il faut que je sorte le chien, dit-elle soudain.

– Tu n'y penses pas ! s'exclama Alice, affolée à l'idée qu'on puisse saccager sous la pluie un défrisage à cent euros.

– Barish a besoin de se soulager. Cela fait trop longtemps qu'il se retient.

– Comment l'avez-vous appelé ? s'étonna Florence.

– Barish.

– Comme Barychnikov ?

– Tu devrais le remplacer par un homme, dit Armand.

– Resservez-vous un verre, j'en ai pour cinq minutes.

Annabelle enfila un ciré et empoigna un parapluie. Elle semblait perturbée. Barish la suivit en glapissant. Après que la porte eut claqué, les convives échangèrent des airs soupçonneux.

– C'est qui à ton avis ? demanda Armand.

– Qui ?

– Son mec.

– Royer.

– Arrête tes conneries. Il faut chercher un type qui a de la classe, beau, sympa. Annabelle ne coucherait pas avec un méchant con.

– Il ne faut pas chercher au ministère alors, dit Alice.

– C'est vrai, dit Bertrand, elle est trop bonne. Et quand je dis bonne, je pense surtout à sa bonté d'âme.

– Tu es amoureux d'elle ou quoi ? s'exclama Florence.

– Avoue que c'est un bon parti.

– C'est bien pour ça que je t'ai à l'œil. Si je ne connaissais pas l'intégrité d'Annabelle, je ne tolérerais pas que tu la fréquentes.

– Je ne la fréquente pas, je travaille avec elle, nuance.

Sous l'effet du saint-émilion, la conversation s'envenimait entre les époux. Alice mit le holà.

– Nous avons la chance d'avoir Annabelle pour amie. Ne la gâchez pas en vous étripant bêtement à son sujet.

– Elle avait l'air contrariée, vous n'avez pas remarqué ? déclara Laure.

– C'est parce que ces deux idiots n'arrêtent pas de la tarabuster sur sa vie sentimentale, dit Alice.

– Elle a oublié la laisse du clebs, nota Armand en désignant la lanière de cuir sur le dossier d'une chaise.

– Envoie-la-lui par la fenêtre, suggéra sa femme.

Il s'exécuta et fit entrer une bourrasque fraîche et humide. Les lumières de Montmartre se diluaient dans une atmosphère londonienne. Armand se pencha dans l'averse. Il ne vit qu'un homme, promenant son chien lui aussi.

– Annabelle est encore dans l'immeuble, dit-il. Prévenez-la par l'interphone.

Bertrand décrocha et ne récolta que des aboiements.

– Elle ne répond pas, dit-il.

– Eh bien descends, qu'est-ce que tu attends ? dit Florence.

Bertrand saisit la laisse et se précipita. Au rez-de-chaussée, la scène était surréaliste. Barish hurlait à la mort en labourant la porte d'entrée pendant que, dans l'interphone, Alice appelait Annabelle.

– Arrête de te casser la voix, lui dit-il. Elle n'est pas là.

Il ouvrit un battant sans pouvoir empêcher le chien de s'échapper. Bertrand se courba sous la pluie. À la fenêtre du 8e étage, Armand lui confirma qu'Annabelle n'était pas sortie. Il avait juste vu son chien détaler.

– Mais où est-elle, bon sang ?

– Demande au type, là-bas, cria Armand.

Bertrand traversa en direction du piéton qui tenait un terre-neuve en laisse.

– Avez-vous vu une femme sortir de cet immeuble ?

– Quand ?

– À l'instant.

– Non.

– Vous êtes sûr ?

– Oui.

Bertrand arpenta la rue en quête d'une Annabelle invisible et d'un chien qui avait fui ventre à terre. Trempé jusqu'aux os, il regagna l'immeuble. Armand faisait toujours le guet à la fenêtre. Bertrand sonna chez la concierge. Elle n'avait pas croisé Annabelle depuis une semaine. Par acquit de conscience, il jeta un œil dans le local à poubelles, souleva les couvercles nauséabonds sur des sacs d'ordures ménagères.

– Vous croyez la trouver là-dedans ? s'offusqua la concierge.

– L'escalier ! s'exclama Bertrand, c'est le dernier endroit…

Au 4e étage, il tomba sur un voisin alerté par le bruit mais qui n'avait rien vu. Bertrand continua son ascension. Devant l'appartement, Alice, Florence et Laure l'attendaient, anxieuses. Essoufflé, il se contenta d'un commentaire laconique et irréfutable :

– Annabelle s'est volatilisée.

2

– Jérôme Bosch nous renvoie une vision médiévale allégorique du monde contemporain. La jeune femme détacha ses yeux de la toile superbement mise en valeur dans une salle de la National Gallery of Art de Washington, pour les poser sur l'auteur de l'argutie péremptoire qui lui était manifestement destinée : une sorte d'étudiant doté d'un accent étranger et de lunettes perchées au-dessus d'un sourire.

– Qu'entendez-vous par « médiévale » ? demanda Galan.

– Je parle d'un monde où le fossé entre les riches et les pauvres est aussi profond que les douves d'un château fort, un monde inculte, ensanglanté par des guerres de religion, gouverné par des castes, où la vie humaine n'a que la valeur de la servilité.

– C'est comme ça que vous voyez notre époque ?

– Nous sommes revenus au Moyen Âge.

– Depuis, la démocratie a été inventée.

– Qu'en reste-t-il ? Les nations ont été remplacées par des conglomérats économiques. Ceux qui ont le vrai pouvoir ne sont pas élus.

– Théorie du complot ?

– Ce n'est ni une théorie, ni un complot.

– Votre sujet de thèse ?

– Mon sujet de préoccupation. Le monde régresse. Ça me concerne, du moins tant je voudrai avoir des enfants.

– Vous devriez faire de la politique.

– Pour ça, je suis au bon endroit.

– Dans un musée ?

– Les grandes décisions sont prises pas loin d'ici, n'est-ce pas ?

– En effet.
– Vous avez déjà visité la Maison Blanche ?
– Oui.
– Ça vaut le coup ?
– En tant que stagiaire, oui.
– Ouaouhh, je suis impressionné ? Vous remplacez Monica Lewinski ?
– Très drôle.
– Quelle sorte de stage faites-vous ?
– Je participe aux décisions.
– Une stagiaire conseillère du président ?
– J'ai une bonne formation, un père influent et l'estime du président.
– Je suis bien tombé.
– Pour quoi faire ?
– Pour faire passer mes idées.
– Ce n'est pas moi qu'il faut convaincre, c'est le président.
– Si je vous ai convaincue, c'est un bon début.
– Vous faites donc de la politique.
– Aucune chance. Je n'ai pas l'utopie de changer le monde. Je le fuis au contraire. Dans l'art. Je suis étudiant aux Beaux-Arts à Paris.
– Ainsi vous êtes français.
– Féru de peinture surtout. La National Gallery of Art recèle des trésors qui méritent le déplacement, dont *La Mort et l'Avare* que vous contempliez depuis dix minutes.
– Je viens ici régulièrement à l'heure du déjeuner. Et je ne suis pas encore rassasiée.
– Imaginez le temps et le génie qu'il a fallu pour réaliser les trente mille œuvres de ce musée. On peut bien y consacrer plusieurs visites.
Galan eut soudain un doute :
– Avouez que vous saviez que j'étais conseillère à la Maison Blanche.

– Comment aurais-je pu le deviner ? Vous avez vingt-cinq ans à tout casser et dans l'entourage présidentiel, on a plutôt l'habitude de voir des fossiles.

– Pourquoi m'avoir abordée ?

– Ça paraît évident. Quand je vous ai vue, j'en ai oublié les merveilles qui m'entouraient. J'ai tenté ma chance en frimant sur Jérôme Bosch. Ça a marché. Ce ne doit pas être la première fois qu'on vous aborde.

– Les hommes le font de façon beaucoup plus conventionnelle.

– Finissons la visite ensemble, alors. Vous reprenez à quelle heure ?

Galan regarda sa montre.

– Je dois y aller. Désolée. Une autre fois.

Il la raccompagna vers la sortie.

– On peut se revoir ?

– Quand ?

Persuadé qu'il allait essuyer un refus, il fut pris au dépourvu.

– Euh… ce soir ?

– Ce soir, je suis avec mon amant.

– Il a de la chance.

– C'est moi qui en ai.

– Dans ce cas, je m'incline.

– J'ai apprécié vos propos.

– Sur la peinture ou sur la politique ?

– Sur la politique.

– Vous partagez mon point de vue ?

– Vous partagez celui de mon père.

– Il faudra que je fasse sa connaissance.

– Il est plus difficile à rencontrer que le président.

– Je ne connais même pas votre prénom.

– Secret défense.

– Ah.

– Je plaisante. Je m'appelle Galan.

– Très joli.

– C’est gaélique. Cela veut dire « petite lumière ».

– Avant que vous ne me le demandiez, moi c’est Sébastien.

Le visage de Galan se décomposa.

– Vous n’aimez pas ?

– Dehors, il…

Il pleuvait. Sous un ciel qui semblait avoir été peint par le Greco, des trombes d’eau s’abattaient contre la façade moderne de l’East Building.

– Pas de quoi paniquer, dit Sébastien. Vous avez un parapluie ?

– Je ne me doutais pas que le temps allait tourner. Vous avez une voiture ?

– Non, mais prenez ma veste. Vous me la rendrez plus tard.

Dans le hall, un grand baraqué au faciès de boxeur téléphonait sur un cellulaire trop petit pour ses grandes mains. Une jeune femme d’origine sud-américaine entra en trombe. Elle essora ses longs cheveux sur le sol de l’entrée, découvrant un visage qui aurait inspiré Frida Kahlo. Un taxi déposa un client devant l’entrée du musée. Sans que Sébastien sache pourquoi, la scène sonnait faux.

– Lâchez-moi, dit Galan que le Français tenait encore par le bras.

– Vous n’allez pas payer une course pour faire cinq cents mètres !

Elle monta dans le taxi qui s’était libéré. Le véhicule démarra entre deux gerbes d’eau. Sans la quitter des yeux, Sébastien réalisa qu’ils avaient oublié de se fixer un rendez-vous. Il s’élança. Embouteillages et feux de signalisation jouaient en sa faveur. Il sprinta sur la chaussée glissante de Constitution Avenue et rebondit sur le coffre du taxi. Il s’accrocha à la poignée et ouvrit la portière. La banquette arrière était vide.

3

Les vitres claquèrent contre le mur. Une rafale de vent et de pluie s'engouffra dans la pièce. Sylvie posa ses lunettes et abandonna son ordinateur pour fermer la fenêtre. En cherchant l'origine du courant d'air, elle s'aperçut que le paillasson de l'entrée était mouillé. Quelqu'un était entré. Elle entendit la télévision qu'elle avait pourtant éteinte après le flash d'infos sur CNN. Sylvie plongea la main dans le porte-parapluies. C'était là qu'elle cachait son Beretta depuis qu'elle avait été agressée par un ancien patient fraîchement sorti de l'asile psychiatrique. Elle ôta le cran de sûreté, arma, plaqua son dos contre la cloison. Après une profonde inspiration, elle fit irruption au milieu du séjour en culotte et en débardeur, mettant en joue un homme vautré devant un match de football.

– Putain, Sylvie tu m'as fait peur !

– Qu'est-ce que tu fiches ici ?

Son ex-mari déballa tout en vrac, bafouillant :

– Tu as le satellite, j'avais les clefs, c'est une rencontre importante, je croyais que tu dormais, je ne voulais pas te réveiller…

– Je pensais avoir été claire. Chacun chez soi.

– Tu peux arrêter de me braquer avec ça ?

– Tu lèves ton cul de là, tu me donnes gentiment le double des clefs et sans geste brusque, tu te diriges vers la sortie.

– Tu es aussi fêlée que ceux que tu traques, ma pauvre Sylvie.

– C'est pour ça que tu m'as quittée, non ?

– On peut rester en bons termes.

– Surtout un soir de match ! Il n'y a que moi qui reçoive Eurosport à Bruxelles pour que tu oses te pointer ici au milieu de la nuit ?

– C'était aussi l'occasion de se retrouver tous les deux.

– Va me retrouver ailleurs.

– Tu comptes refaire ta vie à cinquante et un ans ?

– Merci de me rappeler mon âge. Dehors !

Alain s'exécuta à contre cœur. En passant près d'elle, il fit une dernière tentative de séduction. Regard par en dessous et sourcil relevé, pour faire renaître chez Sylvie un peu de cette lueur amoureuse qu'il attisait jadis. Fiasco total. Le flingue sous le menton, il effaça son air de séducteur et dégagea à reculons.

Sylvie verrouilla, se servit un whisky et s'assit dans le canapé. En face d'elle, des milliardaires en short sponsorisés par un hypermarché couraient derrière un ballon. Leurs déplacements étaient commentés par un duo de journalistes surexcités. Elle zappa sur CNN. Les États-Unis s'apprêtaient à ratifier le protocole de Kyoto. Le téléphone sonna. Elle jeta un œil sur l'heure : minuit quarante-six.

– Allô !

– C'est Christian, je te réveille ?

Le commissaire Taillandier. Elle le rassura :

– Le jour où il n'y aura plus de psychopathes, je dormirai sur mes deux oreilles et tu auras une chance de me réveiller à cette heure-ci.

– Le jour où il n'y aura plus de psychopathes, je t'appellerai à des heures décentes, juste pour demander de tes nouvelles.

– C'est gentil, surtout de la part d'un ancien amant.

– Je n'aime pas le mot « ancien ».

– Comment ça va à Paris ?

– Tu nous manques.

– L'affaire Annabelle Domange ?

– Exact.

– Je bossais dessus.

Après un aller et retour Bruxelles-Paris, Sylvie Bautch essayait de faire correspondre ses archives avec son analyse de la scène de la disparition.

– J'espère que tu as quelque chose, dit Taillandier. Demain, je suis convoqué à l'Élysée.

– Par le président ?

– Ça pue l'affaire d'État.

– J'ai recensé en France pour le mois dernier, douze disparitions de jeunes femmes non retrouvées.

– Ta conclusion ?

– Je n'en ai pas. En revanche, tu viens de me donner un élément de taille.

– Lequel ?

– La disparition d'Annabelle préoccupe votre président.

4

Taillandier traversa la cour de l'Élysée sous un soleil enfin de retour. Un huissier le conduisit jusqu'au bureau du chef de l'État. C'était la première fois qu'il approchait le président. La première fois aussi qu'il le voyait embarrassé, les traits tirés, la cravate dénouée, empestant le tabac.

– Asseyez-vous, commissaire. Vous voulez boire quelque chose ?

– Non merci, monsieur le président.

Le chef de l'État se leva et s'assit sur le bord du bureau, les bras croisés. L'entretien prenait un caractère de moins en moins officiel.

– Je vous ai demandé de venir pour que vous me parliez d'Annabelle Domange.

Taillandier récita un résumé du rapport :

– Employée au ministère de l'Environnement, Annabelle Domange a été enlevée il y a dix jours. Il était 21 h 45. Elle avait invité à dîner des collègues du ministère et leurs conjoints. D'après leurs dépositions, elle est descendue promener son chien mais personne ne l'a vue sortir de l'immeuble. Aucune rançon n'a été réclamée.

– Cette profileuse belge, que vous a-t-elle appris ?

– L'enlèvement n'est pas encore avéré. Le cas n'est pas banal.

– Ça, on le sait.

– Personne ne l'a vue sortir. Même la concierge n'a rien remarqué, c'est dire.

– Annabelle aurait pu être séquestrée par un voisin.

– Les interrogatoires et les perquisitions n'ont rien donné. On a même fait intervenir une brigade cynophile.

– Vous avez vérifié les caves, les garages ?

– Il n'y a pas d'autre issue que la porte du hall d'entrée. Bien que je ne sache pas comment, il semble pourtant qu'elle soit passée par là.

– Qu'est-ce qui vous le fait croire ?

– Le chien grattait la porte du hall comme s'il cherchait à suivre sa maîtresse.

– Votre hypothèse ?

– Sylvie Bautch est en train voir si des cas similaires se sont produits au cours des semaines précédentes.

– Ce qui m'intéresse, c'est votre intuition. C'est pour ça que je vous ai convoqué. Vous êtes un bon policier, Taillandier et je comptais sur votre sixième sens.

– Je ne privilégie aucune piste.

– Laissez tomber la langue de bois. Contrairement à ce que vous pensez, on ne la pratique pas entre ces quatre murs.

– J'ai un indice depuis hier soir.

– Lequel ?

– L'intérêt que vous portez à cette affaire.

– Qu'insinuez-vous ?

– Connaissiez-vous intimement Annabelle ?

Tic-tac de l'horloge en guise de réponse. Le commissaire s'en contenta.

– Il se pourrait qu'elle ait été enlevée à cause de ça.

Nouveau tic-tac.

– Que représente-t-elle pour vous ?

Le président se leva et fit le tour de la pièce.

– Vous n'êtes pas flic pour rien, Taillandier. Vous avez transformé habilement cet entretien en interrogatoire.

Le commissaire ne releva pas, car il ne voulait pas enterrer sa dernière question restée en suspens. Le chef de l'État prit place dans le fauteuil qui jouxtait le sien. Ils se retrouvèrent assis face au bureau.

– Annabelle représente beaucoup pour moi. Je n'en dirai pas plus.

C'était suffisant.

– Avez-vous reçu une lettre de chantage ou des menaces ?

– Non.

– Êtes-vous sur le point de prendre une décision importante, sur laquelle la captivité de Mlle Domange pourrait peser ?

– Vous savez, si vous voulez durer en politique, il ne faut prendre aucune décision importante. Surtout dans ce pays. Je suis au pouvoir depuis plus de dix ans parce que je n'ai pas touché au droit du travail, aux retraites, à l'Éducation nationale et à tous les autres dossiers tabous. Alors, pour répondre à votre question, non, je n'ai aucune réforme sous le coude, ni aucune grande décision à prendre.

– Il faut m'aider, monsieur le président.

– Tous les moyens de l'État sont à votre disposition. Vous aurez l'appui de tous les ministères. Je n'exige qu'une chose en retour. Que vous retrouviez Annabelle dans les quarante-huit heures. Et ne me dites pas que c'est impossible.

Autant donc ne rien dire.

– Vous parliez de rançon, commissaire. À qui peut-on en demander ?

– En dehors de vous ?

– En dehors de moi.

– À ses parents.

– Elle ne m'a jamais parlé d'eux.

– Ils vivent retirés au sein d'une communauté hippie qu'ils ont fondée dans le Sud de la France. Une sorte de secte prônant l'amour du prochain et la liberté sexuelle. Un prétexte à partouzes. C'est peut-être pour ça qu'Annabelle n'a pas abordé le sujet. Les Domange ont peu de rapports avec leur fille. Ils n'ont pas été contactés par les ravisseurs. Nous avons mis la communauté sous surveillance.

Le président se leva et le raccompagna à la porte de son bureau.

– Il est bien évident que cette conversation reste entre nous.

– Oui, monsieur le président.

Taillandier traversa la cour de l'Élysée, frisant une indigestion de « monsieur le président ».

5

– Alors ? demanda Sylvie au téléphone.

– J'ai deux mauvaises nouvelles, dit Taillandier.

– Commence par la mauvaise.

– On a quarante-huit heures pour trouver Annabelle Domange.

– Et la mauvaise ?

– Elle a une liaison avec le président.

– C'est lui qui te l'a dit ?

– Quasiment.

– Sa femme est au courant ?

– Je n'ai pas osé approfondir le sujet.

– Écoute, j'ai poussé mes recherches au-delà des frontières, dans la banque de données d'Interpol. Une certaine Galan Ryler, diplômée de Harvard, stagiaire à la Maison Blanche, est portée disparue depuis quatre jours. Proche d'un chef d'État elle aussi. Et tiens-toi bien, d'après le rapport de police, elle se serait volatilisée en pleine rue.

– Comment ça ?

– Un étudiant français qui venait de faire sa connaissance à la National Gallery of Art a témoigné l'avoir vue monter dans un taxi et disparaître sans qu'elle en redescende !

– Témoin aveugle, comme à Paris… Si je compte bien, cela fait six jours d'intervalle entre les deux disparitions.

– La police de Washington n'a pas conclu à l'enlèvement, faute de témoignage crédible.

– Sylvie, il nous faut de l'aide. De l'artillerie lourde.

– J'ai un ami au FBI. Je vais l'appeler. Peut-être en saura-t-il plus.

6

Kenji baissa sa visière et démarra dans une flaque d'eau. Une Tokyoïte chic venait de sortir de la galerie d'art Tsubaki dans Ginza, le quartier le plus cher du monde. Elle trottinait sous la pluie battante, un sac Vuitton sous le bras, un parapluie Gucci au-dessus de la tête. Sa démarche hâtive nuisait à l'élégance de geisha qui devait la caractériser dans les soirées mondaines.

Kenji vérifia que Hinoshiro le suivait sur sa Kawasaki. Il fit le tour du pâté de maisons pour rejoindre l'autre extrémité de la ruelle que la Japonaise emprunterait à coup sûr. Lorsqu'il pleuvait, cette artère taillée entre deux flancs de béton était un raccourci pour les piétons qui voulaient gagner rapidement le métro le plus proche. Une aubaine pour les détrousseurs, car elle n'offrait que deux issues. À moins de traverser la porte blindée qui servait de sortie de secours à une banque ou de passer entre les barreaux de la grille cadenassée d'un local commercial à louer.

La jeune femme empruntait l'itinéraire prévu. Hinoshiro louvoya dans son sillage, s'engouffra dans la venelle et pila face à la Kawasaki de Kenji.

– Où est la fille ? gueula ce dernier sans ôter son casque.

– J'en sais rien.

– Tu l'as suivie ?

– Évidemment.

– Alors, où elle est ?

Kenji descendit de moto pour aller secouer le cadenas qui fermait la grille de l'échoppe. Il se colla aux barreaux et ne vit que le reflet sale de sa visière ruisselante. La fille n'aurait pas eu le temps d'entrer là-dedans même si elle avait eu la clef. Ils se tournèrent vers la porte blindée, surmontée d'une caméra de vidéo surveillance.

– Barrons-nous, ça craint ! dit Kenji.

7

Les quarante-huit heures allouées à Taillandier étaient écoulées depuis cinq minutes, lorsque son cellulaire retentit. Le président venait aux nouvelles. Malgré l'ultimatum, le policier n'avait rien à lui dire. Un vétérinaire s'était rendu à la fourrière pour examiner le chien d'Annabelle qui avait été retrouvé tapi sous un banc. Les rares experts en profiling que comptait la France avaient défilé chez Annabelle. Les témoins avaient été interrogés une nouvelle fois, ainsi que les parents de la victime, ses voisins, ses collègues de travail. Annabelle Domange avait la réputation d'une fille gentille, réservée, discrète. On ne lui connaissait ni ennemi, ni ami, ni petit ami. La seule piste dont disposait Taillandier était la stagiaire portée disparue à Washington. Il estimait cependant qu'il était prématuré d'en parler au président. À l'autre bout de la ligne, celui-ci menaça de le faire muter là où on n'aurait pas besoin de lui.

– Comment vais-je expliquer à mes collègues les raisons de ma mutation ?

– C'est une menace ?

– Du même calibre que celle que vous venez de proférer.

– Vous réalisez à qui vous parlez ?

– C'est bien là le problème. L'affaire prend des proportions énormes. Vous me posez des ultimatums, vous perdez votre sang-froid. Qui était cette fille pour que vous vous mettiez dans de tels états ?

Taillandier crut percevoir le tic-tac de l'horloge. Il reformula sa question :

– Qu'est-ce qui est en jeu, monsieur le président ?

– Retrouvez Annabelle. Mettez le temps qu'il faudra. Je ne vous contacterai plus. C'est vous qui le ferez quand vous aurez quelque chose à m'apprendre. À n'importe quelle heure du jour ou de la nuit.

Taillandier appela Sylvie. Messagerie. « Rappelle-moi au plus vite », dit-il avant de remonter la rue Lamarck en direction de l'appartement d'Annabelle. Un superbe trois pièces au dernier étage avec vue sur le parc de la Turlure et sur le Sacré-Cœur. Il marcha sur des œufs pour ne pas froisser la concierge qui lessivait le hall et monta. Le commissaire promena son regard dans la pièce. Pas de photos encadrées, ni de bibelots, ni de souvenirs ramenés de voyage. Annabelle n'était pas une femme d'intérieur. Il aperçut dans le miroir un reflet qui n'était pas le sien. Une silhouette traversa le couloir. Le cœur de Taillandier fit un bond, et son corps en écho. Il se lança à la poursuite de l'intrus qui dévalait déjà l'escalier. L'ascenseur était sur le palier. Il tenta le coup, écrasa le bouton 0, dépassa le mystérieux visiteur au niveau du troisième sans pouvoir distinguer son visage dissimulé sous une capuche. Parvenu avant lui au rez-de-chaussée, il s'engagea dans l'escalier comme un dératé, obligeant le fuyard à remonter. Il souffla, trébucha, dégaina dans le dos de l'inconnu qui battait en retraite dans l'appartement. Il surgit dans le salon en hurlant des sommations. La fenêtre était ouverte sur un nuage de rideaux vaporeux. Un balcon étroit reliait les pièces. Le fuyard était passé à l'extérieur pour rentrer dans la chambre et le contourner. Le policier se rua dans l'escalier, renversa un vieillard chargé de sacs alimentaires, dégringola au milieu d'une cascade de pommes et déboula sur le trottoir. Il s'élança à l'instinct vers le Sacré-Cœur et courut jusqu'à la place du Tertre. L'homme à la capuche se faufilait entre les tables d'un restaurant. Taillandier coupa en direction de la rue du Calvaire qui offrait la meilleure échappatoire. Il se tapit dans l'angle d'une porte cochère et se concentra sur son objectif. L'individu avait ralenti son allure pour se fondre dans la masse, le visage noyé dans l'ombre de la cagoule. Taillandier raidit ses muscles, prêt à intercepter le suspect.

Son téléphone sonna.

L'homme détala dans la direction opposée avec la célérité d'un boomerang, s'engouffra dans la rue Sainte-Eleuthère. Taillandier fonça à ses trousses, le perdit de vue, hésita un dixième de seconde entre la rue Chappe et la rue Foyatier, opta pour la seconde avant de s'avouer qu'il avait fait le mauvais choix. Au bord de la syncope, il s'écroula sur un banc. Son cellulaire se remit à sonner. Sylvie. Elle venait d'avoir une conversation téléphonique avec un agent du FBI. Selon lui, la Maison Blanche exerçait une pression sur tout le service ainsi que sur la CIA pour que l'on retrouve au plus vite la stagiaire disparue.

– Cela n'a pas l'air de te passionner ce que je te raconte.

– Le ravisseur vient de m'échapper. Il était à deux mètres de moi.

– Quoi ? Qui ? Où ?

– Dans l'appartement d'Annabelle. J'allais le coincer quand il a entendu la sonnerie de mon portable.

– Merde, c'était moi…

– C'est ma faute, j'aurais dû l'éteindre.

– Qu'est-ce qu'il fichait là ?

– J'en sais rien. J'y retourne pour vérifier s'il a touché à quelque chose.

– Comment est-il entré ?

– Avec les clefs. Celles d'Annabelle.

– Tu en déduis que c'est un kidnapping, alors ?

– Si Annabelle avait décidé de partir sans laisser d'adresse, qui serait ce type ?

– Celui qu'elle veut fuir ou bien celui qui veut fuir avec elle.

– Tu as réponse à tout, dit Taillandier.

– Tant qu'on a des réponses plausibles, il faut exploiter chaque piste.

– Tu crois qu'il y a un lien avec la disparition de Galan Ryler ?

– Je n'en sais rien. Mais si on néglige ça, il faut changer de métier.

– Cela fera au moins un os à ronger.

– Tes quarante-huit heures sont écoulées, tu le sais ?

– J'ai obtenu du rab.

– On a peut-être un moyen d'avancer. J'en ai discuté avec mon pote du FBI.

– Je t'écoute.

– On a dépêché à Paris une flopée de profilers qui n'ont rien décelé, y compris moi, je l'avoue. Il faudrait un crack, un gars capable de reconstituer la bataille de Waterloo avec une poignée de terre prélevée sur le terrain.

– Ça existe des gars comme ça ?

– Je n'en connais qu'un seul. Nathan Love, tu en as entendu parler ?

– Non, mais je suis prêt à croire en Superman si cela nous met sur la piste des disparues.

– Le problème, c'est que Love a disparu lui aussi.

8

Aurore. Le soleil glissait sur l'océan pour venir caresser sa peau et iriser ses yeux mi-clos. Silhouette élancée, immobile. Position du lotus, genoux creusant le sable, tête crevant le ciel. Lent ressac. Un crabe crapahutait sur des coquilles creuses. La fine brise océane s'infiltra dans ses narines. Inspiration naturelle, ventre bombé. Longue expiration, pression sur les intestins, ventre creux. Regard sur l'horizon, état de non-pensée, de non-ego, amas moléculaire au sein du cosmos.

Harmonie, hishiryo.

Depuis des jours ou des années, il ne savait plus très bien, il était revenu à l'état originel, celui d'avant la civilisation qui avait écrasé l'humanité sous des strates d'illusions. Celui dont les Aborigènes étaient les plus proches. Il vivait seul sur une île au nord-est de la Terre d'Arnhem. Ce fut la raison pour laquelle il remarqua très vite la petite tache noire sur fond blanc qui prenait peu à peu forme humaine. Il reconnut Amy Djangkawul du clan Liyagalawumirri. Elle était la dernière personne qu'il avait vue avant de se retirer. La première qu'il voyait depuis.

– Comment va Nathan ? demanda Amy.

Nathan. C'était comme ça qu'on l'appelait.

– Comme chaque année.

– Étrange réponse.

– Comment va le monde ?

– Le monde s'intéresse de nouveau à vous, Nathan.

9

Sylvie Bautch toussa et tenta de chasser un poids sur sa poitrine avant d'ouvrir les yeux. Sa main rencontra une matière rugueuse, épineuse, froide, vivante. Elle émergeait de son rêve plombé par neuf heures et demi de décalage horaire et trente heures d'avion auxquelles il fallait ajouter un paquet d'escales, une chaleur écrasante et quelques verres de kava. À Darwin, elle avait rencontré le chef des services locaux d'Interpol, Chris Wallace qui lui avait préparé le terrain et les formalités administratives pour entrer en Terre d'Arnhem, territoire des Aborigènes d'Australie. Elle avait embarqué dans un bimoteur et atterri à Nangalala qui n'avait que le nom de chantant. Un guide nommé Ngulmarmar, dit Marmar, l'y attendait. Au volant d'un 4 × 4 déglingué, il l'avait conduite plus à l'est, contournant les billabongs, les marécages et la mangrove, jusqu'à une outstation[1] au nom imprononçable. Entre des paysages fabuleux créés par le Serpent Arc-en-Ciel et les plages idylliques fréquentées par des crocodiles, elle avait croisé sur sa route deux hommes peints, trois femmes trimballant des tortues et un vieillard peignant un rêve sur une écorce. Le reste du périple n'était que désert et lumière. Un périple dont la destination s'appelait Nathan Love.

Levant les paupières, Sylvie prit conscience que le poids sur sa poitrine était celui d'un gros iguane. La panique s'empara d'elle comme du reptile. La première hurla, le second déploya sa collerette. Marmar congédia l'intrus en souriant :

– Les esprits Mimih protègent les animaux apprivoisés. Si vous leur faites du mal, les esprits Mimih sortent la nuit pour vous punir.

– Ça s'apprivoise ce genre de bestiole ?

– Tout s'apprivoise, même l'homme.

– Mimi ou pas, j'ai eu la trouille, confessa Sylvie.

– Vous avez faim ?

Elle toussa à nouveau. De la fumée s'élevait du plancher.

– La hutte est en train de brûler ! hurla-t-elle.

– Fumée pour éloigner les moustiques. Très efficace.

1. Village isolé et peu peuplé.

Marmar sortit en rigolant. Sylvie se leva péniblement de la paillasse sur laquelle elle s'était écroulée quelques heures auparavant. Dans un coin, un gosse à moitié nu jouait avec une Game Boy. Elle posa un pied dehors en veillant à ne pas écraser une bestiole. Le soleil au zénith cognait. Son débardeur lui collait à la peau et son jean se liquéfiait. Le village était composé de huit huttes d'écorce, bâties sur des plates-formes, aux toitures constituées de panneaux solaires. La technologie était arrivée jusqu'ici, au pays de Ngalyod et de Mirinyungu, créateurs respectifs de la terre et des océans. C'était le côté sympa de la mondialisation. À l'ombre d'un arbre, une femme pétrissait une pâte à pain. Une autre donnait un cours à deux enfants. Trois adolescents peints à l'argile et au charbon accompagnaient aux bâtons et au didjeridu, un tube d'AC/DC diffusé par une radiocassette poussiéreuse. *Hells bells*.

Cela faisait deux jours que Sylvie avait parlé à Amy Djangkawul, la seule personne qui savait où dénicher Nathan Love. La jeune Aborigène était partie seule à la recherche de « mi-yolngu, mi-balanda » comme ils disaient. Mi-noir, mi-blanc.

Sylvie se joignit à Marmar et à Old Bill, le patriarche du village, assis autour d'une collation : crabes de mangrove et noix de cajou. Old Bill était marrkidjbu, sorcier-guérisseur. Marmar évoquait les tracas que lui causait son 4 × 4 qui était proche de rendre l'âme.

– Il y a trop de soucis aujourd'hui avec les voitures, le travail, l'argent, la religion, dit Old Bill.

– Il faudra bien repartir, dit Marmar.

– « Falloir », on n'a que ce mot à la bouche de nos jours.

– Combien de temps il va falloir encore attendre ? demanda Sylvie.

– Seule Amy sait.

– Nathan Love est bien gardé, remarqua-t-elle.

– Nous ne sommes les gardiens que de cette terre, dit Old Bill.

– Cela fait un moment qu'elle est partie.

– Vous venez voir cet homme pour lui donner des soucis ?

– Nous avons besoin de lui.

– Qui ça « nous » ?

– Les présidents des États-Unis et de la France.

– De gros soucis, alors.

– Il habite la même planète que nous et ne peut totalement s'en détacher.

– Dans son immense orgueil, l'homme blanc a tendance à croire qu'il est à la fois la cause et le remède des maux de la Terre. Qu'il est le propriétaire des lieux et que les autres êtres n'en sont que locataires.

– C'est un peu vrai, non ?

– Il y a longtemps, la Terre a montré qu'elle était plus forte que les dinosaures.

Sylvie venait d'enfourner une poignée de noix de cajou lorsqu'elle vit apparaître Amy Djangkawul. Seule.

10

Le trajet en bateau dura toute la journée. Sylvie était proche d'abandonner. Elle avait vomi son dîner de la veille, son déjeuner et sa bile par-dessus bord. Elle serrait les dents pour garder ses tripes. À la barre, George, un pêcheur impavide, fixait le large. Le troisième passager était Amy qui semblait navrée par les souffrances que s'infligeait l'étrangère. La nuit tombait sur la mer d'Arufara lorsque le canot heurta le rivage d'une petite île. Sylvie posa un pied dans le sable. Le monde continuait de tanguer autour d'elle. Amy pénétra dans la forêt pour réapparaître les bras chargés de brindilles. Les deux Australiens allumèrent un feu et grillèrent un crabe. Sylvie s'allongea et fixa le ciel étoilé. Après avoir mis des heures à vider son estomac, elle n'avait aucune envie de le remplir. Love se faisait désirer. Comme si rien ne devait se passer, Amy et George s'endormirent, bercés par le ressac, les sons étranges de la forêt, le crépitement de la braise rougeoyant dans l'obscurité à la manière d'une balise. Sylvie se détendit, lâcha prise, pénétrée du zen et du budô dont elle avait étudié les enseignements pour mieux comprendre Nathan Love. Le sutemi, ils appelaient ça : abandon du corps, des attachements, des désirs, de la peur, de l'anxiété pour se fondre dans le système cosmique et se concentrer sur le « ici et maintenant ».

– Comment m'avez-vous retrouvé ?

Sylvie ouvrit les yeux et devina une silhouette immobile dans la pénombre. Elle se leva d'un bond et arrangea sa coiffure.

La tenue vestimentaire de Nathan Love se résumait à un jean en lambeaux. Il avait maigri depuis qu'elle l'avait rencontré un an auparavant, au cours de sa dernière enquête. Son corps était sec et musclé, son visage mangé par une barbe de plusieurs jours, voilé par de longs cheveux noirs. Sa beauté métissée était intacte. Une beauté extra-terrestre qui n'enfermait aucun ego. C'est ce qui l'avait frappée à l'époque où elle l'avait connu. Love avait fait le vide en lui. Une purification interne l'avait transformé en un profiler hors pair, débarrassé de tout conditionnement. Bien qu'il fût incroyablement séduisant, il ne laissait qu'un souvenir vague dans l'esprit de ceux qui le côtoyaient. Il était capable d'endosser n'importe quelle personnalité puisqu'il n'en avait aucune. Sylvie réalisa qu'il lui avait posé une question.

– Grâce à Microsoft.

Il s'assit face à la mer. Elle l'imita.

– Qu'avez-vous emporté avec vous sur cette île ?

– Un crâne et un ordinateur.

– Un crâne ?

– Celui de mon épouse.

– Vous vous baladez avec son crâne ?

– Elle était indonésienne.

– Et alors ?

– Ses ancêtres appartenaient à une ethnie de Nouvelle-Guinée qui conservait les crânes des défunts. Je lui rends hommage à travers ce culte.

– Ce n'est pas très zen.

– La mort de Melany ne l'a pas été.

– Je connais l'affaire. Assassinée par Sly Berg, le plus redoutable des tueurs en série que vous avez fini par éliminer.

– Et par oublier.

– Désolée de vous rappeler ça.

– Vous avez parlé de Microsoft ?

– Le FBI a balancé un mouchard dans votre ordinateur portable. Une sorte de balise de localisation par satellite qui a été envoyée au cours de votre dernière connexion à Manille et qui continue à émettre, même si votre portable est éteint. Il nous a fallu moins de temps pour vous repérer sur le globe que moi pour venir à votre rencontre.

– Une balise ?

– Microsoft travaille en étroite collaboration avec les services de renseignements américains.

– Dans quel but ?

– Contrôler les individus. Depuis des années, c'est la grosse tendance : manipulations génétiques, implants, traçabilité des personnes, monnaie électronique, radars automatiques et j'en passe.

– Ce n'est pas ce que je vous demande. Pourquoi marquer mon ordinateur ?

– Pour vous garder sous le coude. Comme vous n'avez pas l'habitude de communiquer vos changements d'adresse, ils ont pris les devants.

– Que faites-vous ici ?

– Je sais que vous n'avez aucune envie de reprendre du service, ni de sauver le monde et que rien, ni l'argent, ni le pouvoir, ni la morale, ne peut vous motiver.

– Mais… ?

Elle retira son débardeur, ôta son jean, sa culotte et entra nue dans la mer. Sylvie avait un corps désirable. Nathan la regarda effectuer quelques brasses dans un scintillement lunaire et revenir s'allonger près de lui. L'eau perlait sur sa peau hâlée par le soleil australien. Elle tourna vers lui son visage barré par des mèches mouillées :

– Il reste le sexe, dit-elle.

11

La chimie joua son rôle. Leurs cerveaux produisirent en abondance les endorphines au puissant effet relaxant au cours de ce premier coït, sur l'île vierge. Sylvie se rinça dans les vagues avant de s'étendre près de Nathan.

– Tu ne me poses pas de questions ?

– Est-ce que le monde est un rêve ?

– Je n'ai pas la réponse.

– Donne-moi alors les réponses aux questions que tu aimerais que je te pose.

– L'acte sexuel satisfait un besoin vital. Aussi important que l'eau potable, la nourriture saine, l'air, le soleil, l'exercice physique. C'était la seule chose qui te manquait. Il y avait peu de risque que tu me repousses.

– Le soleil se couche sur la mer.

– Qu'est-ce que je dois comprendre ?

– Réfléchis, on a le temps.

– Tout est illusion, c'est ça ?

– Tu es en mission.

– Je suis venue en ayant à l'esprit l'instant magique de notre rencontre.

– Et après ?

– Il n'y a pas d'après. Seulement l'instant présent.

À la lueur de la lune, il fixa Sylvie pour y déceler de la duplicité.

– Je ne te cache pas que je t'ai longtemps étudié, Nathan. Tu es fascinant pour une profileuse aussi fondue que moi. Comme la théorie et les livres n'étaient pas suffisants, j'ai dû pratiquer. J'ai suivi les enseignements d'un maître. Pendant assez de temps pour savoir que nous ne regardons pas la mer devant nous, le sable sous nos pieds ou le coquillage que nous ramassons, mais que nous devenons tout cela. Au pays de ta mère, on appelle le moine zen un unsui. Nuage et eau vive. Libre comme l'air et l'eau. Au fil des sesshins[1], mon visage s'est illuminé. J'ai retrouvé la maîtrise de ma condition et cessé de dépendre d'une infinité de personnes. Tout oublier, agir sans but, lâcher prise et s'asseoir en silence m'ont aidée à mieux te connaître.

Pendant qu'elle parlait, il dessinait sur sa peau un collier d'eau salée. Elle l'enlaça. Nathan éprouva des difficultés à avoir une nouvelle érection. Sa longue

1. Période d'entraînement intensif au zazen.

abstinence lui avait fait oublier que bander était un réflexe et que cela ne se commandait pas. Sylvie s'appliqua à lui déconnecter l'esprit du bas-ventre. Elle le caressa en jouant avec ses points sensibles, se colla à lui dans des positions outrageantes, guettant le moment où ses gestes lascifs et son intimité offerte susciteraient dans l'esprit de son partenaire une étincelle d'excitation.

Selon la pyramide des besoins d'Abraham Maslow, l'homme est destiné à s'épanouir. Sa motivation est subordonnée à la volonté de combler des besoins hiérarchisés selon un ordre de priorité, chaque niveau inférieur devant être assouvi avant de se préoccuper des suivants. À l'exception du contact corporel et de l'acte sexuel, les besoins vitaux étaient satisfaits chez Nathan qui avait accédé au stade supérieur relevant de la sécurité. La stabilité de son mode de vie, l'harmonie qu'il entretenait avec son environnement, sa maîtrise des éléments, l'élimination des dangers, l'île déserte qu'il avait faite sienne, lui garantissaient ce sentiment de paix auquel aspiraient la plupart des gens menacés par la guerre, le chômage, la délinquance, les maladies, les accidents, la précarité, les drames familiaux…

Ses besoins en amour n'étant pas comblés, Nathan faisait preuve d'une carence au troisième niveau. S'il se moquait d'être accepté par les autres, d'appartenir à un groupe ou d'être intégré à la société, il ne pouvait occulter les liens affectifs. Il ne voyait plus sa famille, sa femme était morte de façon dramatique. Sur ce plan, la frustration était grande bien que le zen l'ait aidé à s'en détacher.

Malgré cette pyramide instable en deux endroits, Nathan avait atteint le quatrième niveau, celui du besoin d'estime de soi. Sa pratique des arts martiaux traduisait un désir de force, de maîtrise, de confiance en lui. Mais pour que ce niveau soit entièrement acquis, il lui manquait le sentiment d'être utile. Son estime tournait à vide.

Du fait de ces trois lacunes, il n'avait pas atteint le cinquième niveau, celui où l'on résout les problèmes des autres, où l'on se soucie de l'ordre du monde. Celui des nouvelles expériences et des nouvelles connaissances. Celui que voulait lui faire atteindre Sylvie Bautch.

Pénétrée de cette théorie, la profileuse allait lui fournir l'occasion de combler ses trois manques et faire naître en lui le besoin de remplir la mission qu'elle espérait lui confier.

Mais en premier lieu, il s'agissait de s'employer à lui raidir la verge.

12

Amy et Marmar grillaient un crabe en guise de petit déjeuner. Ils n'avaient pas osé réveiller les deux étrangers. Alerté par ses cellules olfactives, Nathan ouvrit un œil. D'un signe du doigt, Amy lui fit comprendre qu'il était nu. Il se baigna et enfila son pantalon déchiré.

– La nuit a été bonne ? demanda la jeune Australienne.

– La nuit ne fait pas d'ombre.

– Encore une réponse étrange.

– Tu m'as préparé un café ?

– Avec des toasts et de la marmelade d'orange, ironisa-t-elle.

– Amy, tu es ma petite pierre noire.

– Une pierre noire n'est pas une pierre précieuse.

– C'est mieux, c'est une pierre sacrée.

Sylvie se réveilla et s'habilla. Ses cheveux blonds brillaient au soleil et ses yeux bleus peinaient à affronter la nitescence naissante de la mer. George s'essuya les doigts dans le sable et alla préparer le bateau.

– Tu restes ou tu repars avec nous ? demanda Amy à Nathan.

Sylvie recracha les noix de cajou qu'elle était en train de mâcher. La question était venue trop tôt.

– Tu as eu des nouvelles de ta famille ? demanda-t-elle à Nathan avant qu'il ne réponde.

– Ils vivent.

– Comment le sais-tu ?

– Nous faisons partie d'un tout.

– J'ai contacté tes parents et ta sœur Shannen.

– Pourquoi ?

– Ce n'est pas à toi que j'apprendrai qu'un bon profil psychologique commence par l'étude du milieu familial.

– Tu ne fais pas les choses à moitié.

– Tu en doutais encore ?

– En étant entière, tu es plus vulnérable.

– Tu leur manques.

– Sentiment égoïste.

– Tes parents vont bien. Mais ta sœur a tout perdu dans un tsunami qui a ravagé le Sri Lanka. Son hôtel a été détruit.

– Et les enfants ?

– Je n'en sais pas plus.

– Pourquoi me parler de Shannen ?

– Parce que si tu décides de revenir dans notre monde, c'est d'elle dont tu voudras avoir des nouvelles en premier. Et puis…

– Et puis ?

– Disons que c'est un argument pour t'inciter à me suivre. En contrepartie de ta collaboration, tu pourrais exiger du FBI une prime importante qui sortirait Shannen de la mouise.

– Tu mêles le prénom de ma sœur à des mots que je n'aime pas.

– Je ne veux rien te cacher. Alors ? demanda Amy qui attendait une réponse.

Nathan contempla la profileuse, ses grands yeux lumineux maquillés de rides d'expression, bouche entrouverte, cheveux désordonnés, épaules nues, les seins pointant sous son débardeur humide, une promesse de plaisir. Il lui revint une phrase de ses ancêtres Navajo :

– Si le Grand Esprit avait voulu que les hommes restent au même endroit, il aurait créé un monde immobile.

Sylvie s'empourpra de joie et d'orgueil. Elle ne commenta pas la décision de Nathan, se contenta de lui adresser un sourire. George poussa le bateau face aux vagues, hissa la voile et s'installa à la barre.

– Tu n'emportes rien ? lui demanda-t-elle.

– Je n'ai rien à part les deux choses auxquelles tu faisais allusion hier soir. Là où l'on va, je n'en ai pas besoin.

– Je ne t'ai pas dit où on allait.

– La destination importe peu.

Par crainte qu'il ne revienne sur sa décision, elle attendit d'être au large pour lui poser la question qui lui brûlait les lèvres :

– Qu'est-ce qui t'a convaincu ?

– Tu aimes expliquer les choses, n'est-ce pas ?

– C'est mon métier.

– Tu viens de donner la réponse à ta question.

– Je ne t'ai pas parlé de l'affaire qui m'a conduite jusqu'à toi.

– Cela n'aurait rien changé.

– Je sais.

– Laisse-moi deviner. Il s'agit de crimes rituels aussi horribles qu'inexplicables, d'un mystérieux psychopathe qui trouble l'ordre public, d'une enquête qui piétine. Le monde n'est pas en péril, mais les médias se chargent de faire croire le contraire, car la menace est toujours plus écoutée que l'harmonie. C'est là que j'entre en scène. J'arrête le coupable ou je le tue, si possible en légitime défense afin que la morale soit sauve.

Sylvie fut frappée par la longueur peu habituelle de sa tirade.

– Tu en parles comme un roman ou un film.

– Makumozo.

– Quoi ?

– Ne tombe pas dans l'illusion. Tu n'as pas appris ça ?

Sylvie n'avait plus la tête au zen :

– En ce qui concerne l'affaire sur laquelle je travaille, il ne s'agit ni de meurtres, ni de psychopathe. Du moins jusqu'à preuve du contraire. Deux femmes ont mystérieusement disparu. La première à Paris il y a une vingtaine de jours, la deuxième à Washington il y a deux semaines.

– Où est le mystère ?

– Elles se sont volatilisées devant des témoins incapables de dire ce qui s'est passé. Là, on peut parler de Makumozo.

– Quel est le lien entre ces deux femmes si l'on fait abstraction de la manière dont elles se sont rendues invisibles ?

– Elles sont jeunes, très belles, proches des présidents de leur pays.

Elle sortit de son sac à dos la chemise plastifiée contenant les rapports de police et les comptes rendus des différents profilers. Nathan s'en empara et s'isola à la proue du bateau. Sylvie n'en revenait pas d'être parvenue à l'enrôler. Elle en oublia le mal de mer.

13

Nathan se concentra sur la synthèse rédigée par Sylvie :

Profil des deux victimes :

*– Annabelle Domange, 24 ans, brune, très belle, célibataire, diplômée de l'*ENA *et Sciences-Po, résidant à Paris. Parents hippies ayant fondé une communauté dans le sud de la France. Employée depuis un an au ministère de l'Environnement du gouvernement français. Liaison probable avec le président de la République française.*

*– Galan Ryler, 25 ans, blonde, très belle, célibataire, diplômée de Harvard, résidant à Washington. Fille de Gordon Ryler, chef du Département des opérations du maintien de la paix à l'*ONU*. Stagiaire à la Maison Blanche depuis six mois. Entretient des rapports privilégiés (une liaison n'est pas prouvée) avec le président des États-Unis.*

– Annabelle et Galan ne fréquentent que leurs collègues de travail. Vie sociale inexistante. Pas d'ami, ni d'amant reconnu.

Lieu et date des disparitions :

– Deux capitales : Paris et Washington.

– Paris : disparition brutale d'Annabelle Domange à son domicile de la rue Lamarck. Il est 21 h 45 lorsqu'elle doit faire sortir son chien, malgré la pluie. Ce soir-là, elle reçoit six invités, des collègues du ministère avec leurs conjoints. Si l'on en croit leurs témoignages, ainsi que celui d'un habitant du quartier qui promenait son chien, Annabelle n'est jamais sortie de l'immeuble.

– Washington : disparition brutale de Galan Ryler devant la National Gallery of Art, sur Constitution

Avenue. Il est 13 h 15. Il pleut. Galan décide d'effectuer en taxi les cinq cents mètres qui la séparent de son lieu de travail (la Maison Blanche), au grand étonnement de Sébastien Legrand, un étudiant français qui a cherché à la séduire. Galan serait montée dans le taxi sous ses yeux. Il lui a même ouvert la portière. Ayant oublié de lui fixer un rendez-vous, il court après le taxi qu'il n'a pas quitté des yeux et qui est coincé dans un embouteillage. Arrivé à sa hauteur, il réalise que Galan Ryler n'est plus dans le véhicule. Le chauffeur le prend pour un fou, prétendant qu'il n'a jamais vu la jeune femme en question. Nous n'avons pas retrouvé le chauffeur de taxi.

Date des disparitions :

– Annabelle Domange : le 2 mars, à 21 h 45.

– Galan Ryler : le 8 mars à 13 h 15.

Six jours et 8 000 kilomètres séparent les deux disparitions.

Profil des ravisseurs dans l'hypothèse d'un double enlèvement :

– Les ravisseurs seraient plusieurs, rapides, puissants, organisés. Ils auraient les moyens d'enlever une personne en quelques secondes, sans qu'aucun témoin soit en mesure de voir le rapt. Ils auraient recours à des techniques d'illusionnistes à moins qu'ils n'aient bénéficié de complicité parmi les témoins. L'hypothèse que nous ayons affaire à un déséquilibré isolé est à exclure.

– Ils connaîtraient leurs cibles et leurs habitudes (promenade du chien, fréquentation d'un musée).

– Ils auraient la capacité de se fondre dans l'environnement au point de devenir « invisibles » et ne laisser aucune trace.

– Ils auraient de gros moyens financiers.

– Leur mobile resterait à découvrir : aucune revendication, aucun contact n'a été établi.

– Un individu a été surpris dans l'appartement d'Annabelle Domange, dix jours après son enlèvement. Il n'a pu être appréhendé. Selon l'officier de police qui l'a pris en chasse, l'individu, de race blanche, portait un sweat-shirt gris à cagoule, un jean, des baskets Nike de type Shox. Taille environ 1,75 m. Vif, mince, rapide, athlétique. Il est resté dans l'appartement au moins trois quarts d'heure selon le témoignage de la concierge. Il pourrait s'agir de l'un des ravisseurs.

Nathan leva les yeux vers Sylvie.

– Tu as des photos des sites ?

– Non.

– Ces filles ont peut-être décidé de se retirer du monde.

Nathan regarda l'horizon. Son île n'en faisait plus partie.

– Elles n'ont pas ton profil psychologique, dit Sylvie.

– Je n'ai pas de profil.

– À mon avis, ce sont des éminences grises. Mais ce n'est qu'une intuition. Faute de témoignages ou de revendications, on patauge. C'est pour ça qu'on a fait appel à toi.

– Qui est « on » ?

– La Maison Blanche, l'Élysée, le FBI, la DGPN, moi.

– Quel est ton intérêt dans l'histoire ?

– Rester le plus longtemps possible à tes côtés et apprendre.

– J'accepte d'intervenir à plusieurs conditions.

– Lesquelles ?

– Pas d'engagement. Ni publicité, ni contrainte matérielle.

– Combien veux-tu ?

– Si le président des États-Unis est dans le coup, il doit y avoir une récompense pour celui qui retrouvera Galan Ryler.

– Un million de dollars.

– Il m'en faut vingt mille pour couvrir mes frais. Cinquante mille virés dès maintenant sur le compte de ma sœur. Le solde si je retrouve Miss Ryler.

– Soixante-dix mille dollars d'acompte ?

– Ce n'est pas au FBI qu'il faut les demander, mais au président.

– D'autres exigences ?

– Refaire l'amour avec toi et inclure une escale au Sri Lanka.

14

À des milliers de kilomètres, séparés par un océan et deux mers, Carla plongea dans un éclat de soleil. Elle nagea longtemps, s'immobilisant parfois, bras écartés, le regard braqué vers l'azur à peine moucheté de coton. Sa longue chevelure noire flottait, épousant les crans bombés de l'onde. Tout en dérivant, elle pensait qu'elle était bien, mais seule malgré la présence de sa fille. Par peur de trop s'éloigner de Léa, elle fit quelques brasses en direction du rivage, panorama idyllique qui dansait devant elle. Idyllique parce que désert, infernal pour les mêmes raisons. Jouer les ermites n'était pas dans sa nature latine, volubile, extravertie, surtout à trente et un ans. Carla tentait de remplir ce vide par les rapports privilégiés qu'elle entretenait avec sa fille de quatorze ans, elle aussi condamnée à la réclusion, par l'écriture son unique exutoire. Elle avait jadis collaboré à deux ouvrages consacrés aux expéditions scientifiques de son défunt mari. L'écrit était plus contraignant, moins naturel, moins spontané que la parole, on y perdait en authenticité, on y gagnait en vérité.

Carla regagna la crique ceinturée de reflets d'or, retrouva les parfums de la terre ferme. Elle essora ses cheveux qui dégoulinaient sur sa peau bronzée, foula les asphodèles pour gagner la maison de bois nichée au milieu des citronniers. Le paysage blond s'embellit soudain d'une brune sculpturale sortie de l'eau aussi nue qu'Ève. Elle traversa cette toile naturaliste pour aller corriger les devoirs de sa fille et noircir la page blanche de son carnet, songeant qu'il existait des vies pires que la sienne.

15

Les bulldozers sri lankais avaient rasé tout ce qui pouvait rappeler le tsunami. Dans le taxi qui les menait à Aluthgama, Sylvie et Nathan assistaient au ravalement. Le FBI ayant refusé de débloquer l'avance, Sylvie avait contacté Taillandier pour qu'il appelle le président de la République qui avait une ligne directe avec son homologue américain. Les deux chefs d'État impliqués dans cette affaire devaient se cotiser. Sylvie attendait une réponse.

À Bentota, le taxi bifurqua dans une allée cabossée, entre des grues et des palmiers convalescents et s'arrêta devant l'office du tourisme transformé en centre de coordination des dons humanitaires. Une file d'attente avait envahi le local et s'était recroquevillée contre le comptoir dans un immense brouhaha. Une métisse à la beauté surnaturelle distribuait des vivres tout en répondant à plusieurs requêtes. En voyant Nathan, elle laissa tomber un paquet de riz pour se jeter dans ses bras.

– Que fais-tu là ? demanda-t-elle.

Il lui présenta Sylvie et lui annonça qu'il travaillait sur une nouvelle affaire.

– Ici, les choses ont changé, dit-elle fataliste.

Son hôtel avait été entièrement détruit. Shannen s'était mise au service d'associations humanitaires, tandis que son mari Shivaji avait trouvé un emploi de manœuvre sur un chantier.

– Et les enfants ?

– Ils vont bien. Tu veux les voir ?

– Pas aujourd'hui.

– Papa et Maman sont venus nous aider. Ils nous ont permis de trouver un toit. Tu les as ratés de peu.

– Que comptes-tu faire ?

– Je ne sais pas.

– C'est de ma faute si tu es bloquée ici.

– Tais-toi ! J'ai envie de rester. On était heureux avant. Quand on aura réuni assez d'argent pour un prêt, on pourra recommencer.

– Tu vas recevoir des fonds. C'est ce que je suis venu te dire.

– Quels fonds ?

– Mes honoraires.

Elle se serra contre lui et lui chuchota à l'oreille :

– Tu es sûr que tu ne veux pas voir les enfants ?

– Ma courte visite les perturberait plus qu'autre chose.

– J'accepte ton don à condition que tu reviennes nous voir.

– Promis.

Elle ne parvenait pas à se détacher de lui, comme si c'était la dernière fois qu'elle le voyait. Il embrassa une larme qui coulait sur sa pommette. Elle colla sa bouche contre la sienne.

– Elle a de la chance, lui murmura Shannen en désignant Sylvie.

– C'est Shivaji qui en a. Ainsi que Jessy et Tommy.

Il remonta dans le taxi qui fila vers l'aéroport. Pendant le trajet, il resta muet. Aux abords de Colombo, la question jaillit de la bouche de Sylvie :

– Qu'entendais-tu par « C'est de ma faute si tu es bloquée ici » ?

– Cela concerne un pacte secret.

– Quel pacte ?

– Secret.

– Ta sœur a des enfants ?

– Oui.

– Ils doivent être beaux, avec une mère pareille.

– Oui.

– Son mari est indien, c'est ça ?

– Oui.

– D'Inde ?

– Oui.

Nathan éteignit la conversation à coups de « oui ». Sylvie était frustrée d'être mise à l'écart de sa vie privée.

– Merci, dit-il.

– Pourquoi ?

– Grâce à toi, j'ai tiré ma sœur du pétrin.

– On n'a pas encore l'argent.

– On l'aura.

16

Le quartier du Sacré-Cœur était envahi par les nuages menaçants et les touristes. Sylvie et Nathan montèrent à l'appartement d'Annabelle. Un vélo reposait contre le mur du hall, un ciré blanc était pendu à une patère.

– Annabelle était sortie sans son ciré ?

– D'après les témoins, elle en avait mis un.
– Elle en avait donc deux.

Nathan déboucha dans un trois pièces de grand standing, ordonné, peu meublé. Seuls une table basse et deux poufs équipaient le salon. Les radiateurs étaient éteints. Il s'avança devant la seule touche décorative du lieu : une lithographie. Couleurs vives, atmosphère joyeuse et animée, facture calligraphique.

– *La Jetée et la promenade à Nice* de Raoul Dufy, apprécia Sylvie. Même en litho, ça a de la valeur.

Aucune photo, quelques ouvrages de géopolitique, des classiques de la littérature française et anglo-saxonne. Dans un porte-revues, un numéro du *Courrier international* pronostiquait une guerre avec l'Iran et *Charlie Hebdo* titrait que le président de la République française gouvernait sans cerveau. Pas de magazines féminines. Le dressing était plus riche que la bibliothèque. Des tailleurs voisinaient avec des robes volantées, des bodies échancrés, des jupes frangées, de la mousseline de soie, des cuirs noirs, des paillettes, des dentelles de Calais, des résilles… Les tiroirs contenaient de la lingerie que l'on avait plutôt l'habitude de voir sur le corps d'une call-girl.

– Elle s'habillait sexy, commenta Sylvie.
– Elle menait une double vie.
– Il n'y a pas que des rombières dans les ministères.
– Il me faut d'autres éléments.
– On a tout décortiqué. Son ordinateur, son carnet d'adresses, son agenda, ses factures, son papier-cul…
– Il faut que je reste seul un moment, dit Nathan.
– Je t'attends en bas.

Il retira son imperméable et ses chaussures, entra en possession des lieux. Il commença par la salle de bains, l'endroit le plus intime. La poubelle contenait des Coton-Tige, cotons à démaquiller, cheveux, tampons. Elle avait ses règles le soir de sa disparition. Il fit glisser son doigt sur le fond de la baignoire. De la poussière ; elle ne prenait pas de bain. Il se déshabilla et prit une douche. Savon naturel à la jacinthe. Il s'essuya en respirant profondément la serviette, tel un chien qui mémorise l'odeur du gibier. Face au miroir, il ferma les yeux, tenta de faire monter en lui des engrammes liés à la victime. Il vit de l'eau à perte de vue, ramené systématiquement à son île australienne. Les étagères étaient encombrées de produits de maquillage, de flacons de parfums. Il s'aspergea avec celui qui n'était pas aligné avec les autres, le dernier utilisé par Annabelle. Senteurs capiteuses, envoûtantes : jacinthe, jasmin, ylang-ylang. La serviette autour des hanches, il gagna le salon pour choisir un CD. Il piocha Nat King Cole.

Il s'allongea sur le lit, laissant venir à lui les odeurs et les ondes laissées par Annabelle. Effluves fleuris mêlés d'adrénaline. La jeune femme était stressée, préoccupée selon les témoins. Envisageait-elle de tout quitter ? Pressentait-elle un drame ?

Il se prépara à manger. Les poubelles n'avaient pas été vidées. Il y en avait trois : pour les emballages, le verre et les autres déchets.

Après s'être restauré, il inspecta le bureau, dénicha une facture de téléphone fixe et une réservation de train à destination de Cagnes-sur-Mer pour le mois prochain.

– On a le fric !

Sylvie venait de l'interrompre dans son travail d'empathie.

– Je viens d'avoir le FBI. Les présidents ont cassé leurs tire-lires. En contrepartie, ils exigent des résultats rapides.

– Bonne nouvelle pour Shannen.

– Qu'est-ce que tu fous à poil ?

– Je me suis rapproché d'Annabelle.

– Dans cette tenue ?

Elle avait haussé le ton. Désapprobation de la méthode ? Nathan se rhabilla :

– Contrairement à ce que j'ai lu dans le dossier, Annabelle est une bonne vivante, à l'aise dans les relations sociales, peu casanière, raffinée, soucieuse de son pouvoir de séduction. Elle est concernée par la protection de l'environnement, achète peu de meubles, ne fait pas fonctionner le chauffage, prend des douches plutôt que des bains, ne possède pas de téléphone portable, ni de voiture, trie ses ordures, privilégie le train par rapport à l'avion. Elle mène une vie parallèle basée sur son sex-appeal, qui la contraint à acheter de nombreux cosmétiques et à faire une entorse à ses convictions écologistes. D'après ses collègues, elle a une liaison avec un homme marié. C'est pour lui qu'elle déploie ses charmes.

– Le président.

– Quelqu'un d'important en tout cas.

– Pourquoi ?

– Annabelle n'est pas quelqu'un d'ordinaire.

– Ne t'emballe pas. Tu sais ce que je pense du bon citoyen qui fait le tri sélectif, roule en pot catalytique, consomme bio, vote écolo et critique l'effet de serre ?

– Non ?

– C'est un crétin.

Sylvie s'énervait sur fond de blues :

– Pendant que les vrais pollueurs détraquent la planète, le bon citoyen fait son caca la conscience tranquille.

– Cela dépend du degré de conditionnement.

– Pour l'instant, je n'en ai vu aucun défiler contre les usines. Au contraire, ils manifestent pour qu'elles ne ferment pas.

– Annabelle ne défile pas mais agit au sein du gouvernement.

– Disons alors que c'est elle qui conditionne le citoyen. Ses conneries d'écolo, ça ne prouve rien. Surtout pas qu'elle est exceptionnelle.

– Ce ne sont pas ses convictions écologistes qui la rendent singulière à mes yeux. C'est sa garde-robe.

Ils quittèrent l'appartement et entrèrent dans l'ascenseur.

– C'est toi qui sens la cocotte ? demanda Sylvie.

– Je porte le parfum d'Annabelle.

– Tu veux aller voir ses parents ? Elle avait réservé un billet…

– Je veux d'abord savoir ce qui s'est passé ici le soir du 2 mars.

– Il y a des témoins que tu aimerais interroger ?

– Le chien.

– Quoi ?

– Il n'y a que lui qui a vu quelque chose.

17

– Tu connais l'histoire de la femme qui s'adresse à son voisin dans un bus bondé à Bruxelles ? demanda Sylvie, collée contre Nathan dans le bus de la ligne 85.

– Non.

– Elle lui dit « Vous ne pourriez pas mettre votre main ailleurs ? » Le type lui répond « J'aimerais bien, mais je n'ose pas. »

Ce fut l'expression de Sylvie, mélange de candeur et de gravité, qui le fit sourire.

– Les Belges, ça fait rigoler les Français, dit-elle. Les Belges et les blondes. Tu vois, je cumule les tares.

Ils descendirent sous la pluie et s'engagèrent dans une allée boueuse, jusqu'à la cour envahie par les mauvaises herbes du chenil de Saint-Ouen. Sylvie poussa une porte qui nécessitait d'être rabotée. Une grande bringue au chignon grisonnant et aux doigts effilés classait des fiches derrière une cloison de verre. Sylvie risqua la tête dans le bocal et demanda à voir le chien d'Annabelle. Irène Laroche fit cliqueter un trousseau de clefs et les mena à une sorte de hangar découpé en une multitude de box fermés par des grilles. Sous les crépitements du toit en Plexiglas et en tôle, une centaine de bêtes attendaient d'être adoptées.

– Ce n'est pas Versailles, mais au moins, ils sont à l'abri.

– Presque, dit Sylvie qui fit un pas de côté sous une fuite.

Leur arrivée fut saluée par un concert d'aboiements et de jappements. Tous les animaux s'étaient dressés derrière leurs barreaux pour se montrer sous leur meilleur jour. Tous sauf un, blotti au fond de sa cellule.

– Voilà le fameux toutou, dit Irène.

Ses yeux étaient enfouis sous une broussaille de longs poils durs d'où émergeait une truffe noire.

– Qu'est-ce qu'il a ? demanda Nathan.

– Cet animal est plongé dans une sorte de cataplexie, répondit Irène dans un anglais impeccable. Il retrouve sa motricité épisodiquement, pour s'alimenter. Le reste du temps, il ne bouge pas. D'après le vétérinaire, il est terrorisé. Je n'ai jamais vu ça. Quand on pénètre dans sa cage pour la nettoyer, il peut se montrer très agressif.

Le diagnostic était bâclé. Personne ne s'était intéressé au témoin principal de la disparition d'Annabelle Domange.

– Vous pouvez me parler de lui ?

– Que voulez-vous que je vous dise de plus ?

– Sa race, son caractère, ses aptitudes. Je ne connais rien aux chiens.

– Il s'agit d'un basset griffon vendéen. C'est un chasseur fanatique, très vigoureux, nerveux, plein de courage et de ténacité.

– Il semble avoir perdu tout cela.

– Quand il est arrivé ici, il était traumatisé. Normalement, c'est un excellent chien de chasse qui n'a peur de rien. Si vous le lâchez dans un bois, il flaire d'instinct le gibier, le débusque et l'attaque. Je ne comprends pas ce qui a pu le terrifier de la sorte.

– Ce chien vivait dans un salon, au milieu du béton. Il est devenu peureux.

– Vous avez raison.

– Quand mange-t-il ?

– À des heures irrégulières. Lorsqu'il émerge de sa cataplexie.

– Est-ce qu'il occupe la même cellule depuis son arrivée ?

– Oui.

– Qui lui donne à manger ?

– Moi.

– Quel est son nom ?

– Je l'ignore.

Il se tourna vers Sylvie dont la moue signifiait qu'elle ne le connaissait pas non plus.

– J'aurais besoin de le savoir.

Elle ouvrit son dossier et son téléphone portable.

– Je vais passer la nuit avec lui dans la cage, dit Nathan.

– Quoi ? s'exclamèrent en chœur les deux femmes.

– Ce chien détient une information capitale. Je ne l'obtiendrai qu'en restant à ses côtés.

– Ce n'est pas autorisé, dit Irène.

– Je suis sûr qu'il n'y a aucun règlement là-dessus, vu que le cas ne s'est jamais présenté.

– Vous ne…

– Peux-tu t'en occuper ? demanda Nathan à Sylvie.

– M'occuper de quoi ? fit la Belge qui jonglait avec les feuilles de son dossier, ses lunettes et son portable tout en évitant l'eau qui suintait du toit.

– Trouve le nom du chien et arrange-toi pour que je puisse rester ici.

Sylvie quitta les lieux en embarquant Irène, Nathan entra dans la cellule. Le basset griffon vendéen recula en se recroquevillant comme un accordéon. Nathan s'assit sur la sciure sale et trempée en se faisant aussi petit que possible. Dans son coin, couché sur son urine, le chien souffrait. Sa peur était liée à la disparition brutale de sa maîtresse. Cette surcharge émotionnelle s'était manifestée dans la fuite, puis dans l'immobilité. Dans l'agression aussi, quand quelqu'un l'approchait. Et parfois, elle disparaissait. Pour qu'il y ait peur, il fallait que le stimulus fût encore présent : le basset sentait, voyait ou entendait encore cette chose liée à la disparition de sa maîtresse. Laquelle ?

L'animal le fixait. Ses longues oreilles basses, un peu vrillées, traînaient par terre. Les heures s'écoulèrent sans que l'un des deux bronche. Nathan avait provoqué un face-à-face de chiens de faïence, sans férocité, pour familiariser le prisonnier à sa présence. Dans les autres box, les animaux s'étaient endormis. Le silence était criblé par le crépitement de la pluie qui attaquait la tôle, le clappement des gouttes s'écrasant sur la dalle, les grésillements du disjoncteur électrique et d'un néon fatigué. Nathan s'assoupit.

Lorsqu'il se réveilla, il ne pleuvait plus. Son compagnon de cellule mangeait, solidement campé sur ses pattes, la poitrine large, la face droite, le crâne bombé. Le stimulus de la peur avait provisoirement disparu. Nathan le caressa et l'entraîna hors de sa cage sans qu'il ne manifeste de résistance. Irène était déjà à son poste, une tasse à la main.

– Quel temps fait-il depuis trois semaines ?

Elle sursauta et renversa son café :

– Vous m'avez flanqué une de ces trouilles !

– Désolé.

– Comment s'est passée la nuit ?

– Cela dépend de votre réponse.

– À quelle question ?

– Celle concernant la météo.

– Vous débarquez d'où ?

– D'Australie.

– Ah, je comprends. Il n'arrête pas de pleuvoir depuis des semaines, c'est la première fois qu'on voit ça en France. C'est dû au réchauffement climatique. La moitié Nord du pays va se retrouver sous des déluges d'eau tandis que la moitié Sud souffrira de la sécheresse.

– Vous avez un problème avec un néon.

– S'il n'y avait que le néon. L'installation électrique prend l'eau, on a des coupures de courant sans arrêt. Les gaines sont pleines de flotte. Et le compteur n'est même pas conforme. Les fourrières ne sont pas une priorité budgétaire, vous savez. Qu'est-ce que vous faites avec ce chien ? Pourquoi l'avez-vous sorti ?

– Je le ramène chez lui.

– Ce n'est pas légal. Il me faut l'autorisation…

– Je peux utiliser votre téléphone ?

– C'est pour appeler à Paris ?

– Oui.

Il composa le numéro de portable de Sylvie.

– Vous venez me chercher ?

– Tout de suite ?

– Je voudrais amener le toutou rue Lamarck.

– J'appelle Taillandier. On ira ensemble. Il y a du nouveau Nathan.

– Quoi ?

– Une nouvelle femme a disparu.

18

– Son nom est Barish, dit Sylvie en rejoignant Nathan à la fourrière.

– Le nom de la disparue ?

– Non, celui du chien. La disparue s'appelle Nicole Balland.

– Que signifie « Barish » ?

– Je ne sais pas. C'est juste un nom.

– On y va. Merci Irène, pour l'hébergement et le café.

– Si vous repassez par Paris, Nathan, j'espère qu'on aura l'occasion de partager plus qu'un café, dit la directrice du chenil.

Le commissaire les attendait dans une 406 garée devant la grille.

– Si vous repassez par Paris, Nathan, j'espère qu'on aura l'occasion de partager plus qu'un café, répéta Sylvie sur un ton mielleux.

– Qu'est-ce qui t'arrive ?

– Une heure plus tard et je te retrouvais dans son lit.

Taillandier démarra, préoccupé. La femme d'un membre de la DGSE n'était pas rentrée après son jogging dans la forêt de Fontainebleau. La présidence et le ministère de l'Intérieur avaient doublé la pression sur les épaules du commissaire qui s'en voulait d'avoir laissé échapper le ravisseur.

– Vous avez une idée de ce qu'est venu faire cet individu chez Annabelle ? lui demanda Nathan.

– Rien n'a été volé. Et quand je l'ai coursé, il n'avait rien dans les mains. Soit il n'a pas eu le temps de prendre ce qu'il était venu chercher, soit il s'agissait d'un objet pouvant entrer dans la poche d'un jean.

– Ou dans sa mémoire.

– Comment ça ?

– Une information, un numéro, un nom, une adresse…

– Un téléphone portable ? suggéra Sylvie.

– Annabelle n'en avait pas. Elle militait contre l'implantation des antennes téléphoniques nocives.

– Quelque chose vous a frappé chez ce type ?

– Il s'est tapé la descente et la montée de huit étages sans faiblir.

Après avoir contourné les embouteillages de la capitale, Taillandier se gara rue Lamack.

– Les ravisseurs ont kidnappé Annabelle pour la cuisiner. Elle a parlé et leur a donné ses clefs. Visiblement, ce qu'ils cherchent n'est pas facile à trouver, le type était là depuis plus de trois quarts d'heure lorsque je suis arrivé dans l'appartement.

Barish remua la queue en retrouvant son foyer.

– Qu'est-ce que vous comptez faire avec ce clébard ?

– Une reconstitution.

– Avec un chien ?

– Il a eu très peur. Au lieu de défendre sa maîtresse, il a fui.

– Qu'est-ce qui a pu l'effrayer ?

– L'eau et le feu.

– Pardon ?

– Dans le chenil, Barish était terrorisé par la pluie qui s'abattait au-dessus de lui, par un néon qui clignotait et un compteur électrique en surtension situé en face de sa cage. Le 2 mars, à 21 h 45, ce chien a vu quelque chose que ces éléments lui ont remémoré.

– Je vous laisse juge, dit Taillandier qui ne savait pas quoi dire.

– Où était le visiteur quand vous l'avez surpris ?

– Dans la chambre.

Nathan vérifia chaque recoin qu'il avait déjà inspecté. Rien n'avait été dérobé. Aucun signe de fouille, aucune trace nouvelle.

– Pourriez-vous me fournir une matraque électrique ? demanda Nathan.

– Je t'obtiens ça, dit Sylvie.

– Je vais passer la journée ici et à 21 h 45, je descendrai le chien.

– Vous ne préférez pas faire un tour dans les bois ? suggéra Taillandier.

19

Le ciel noir laissa échapper des gouttes lorsqu'ils arrivèrent en lisière de la forêt de Fontainebleau, sur le parking où Nicole Balland avait garé son véhicule avant d'entamer son jogging quotidien. Police nationale, gendarmerie, DST et DGSE étaient sur place.

– Merde, lâcha Sylvie.

– Quoi ? demanda Nathan.

– Le lieutenant-colonel Morin.

Elle lui présenta l'homme au képi surélevé qui marchait vers eux.

– Il ne manquait plus que vous, fit le gradé en s'adressant à Sylvie.

– Où en sont les recherches ? demanda Taillandier.

– La pluie a effacé les empreintes.

– Quelle est la distance du parcours ?

– Une boucle de cinq kilomètres.

– On peut jeter un œil ?

– Suivez-moi, mais il n'y a rien à voir.

Ils empruntèrent un sentier entre les arbres jusqu'à une bifurcation formant un nœud sur le parcours.

– Cette partie de la forêt est peu fréquentée, surtout par ce temps, dit l'officier. Les agresseurs ont eu tout le loisir d'agir.

– La victime faisait du jogging sous la pluie ? s'étonna Sylvie qui traduisait les réponses à Nathan.

– Selon son mari, elle courait tous les jours, qu'il vente ou qu'il neige.

– Des témoins l'ont vue ?

– Quels témoins ? Il n'y avait pas un chat.

– Elle courait dans quel sens ?

Du képi, Morin désigna la voie de gauche. Nathan envoya Sylvie se renseigner sur le poids de la victime auprès du mari, un homme sec et sévère, l'air fermé entre deux téléphones portables.

– Cinquante-deux kilos, dit-elle en revenant vers Nathan.

Elle demanda à Morin si elle pouvait étudier le site.

– Encore vos conneries de profiling, hein ?

– Faute de mieux.

– On n'est pas en Amérique ici.

– Ce renseignement nous sera précieux.

– Vous réalisez à qui vous parlez ?

– C'est mon métier.

– De quoi ?

– De parler aux caractériels.

Pour la première fois de sa carrière, elle était sortie du cadre hiérarchique auquel elle devait se soumettre et s'en rendit compte trop tard. Taillandier vint à sa rescousse tandis que Nathan s'éloignait déjà vers le parcours emprunté par Nicole Balland.

– Hé ! Vous là-bas, où est-ce que vous allez ? beugla Morin.

Nathan ignora l'interpellation formulée dans une langue qu'il ne comprenait pas et s'engagea sur la voie de droite, les sens en éveil.

Je me suis garé en lisière du bois. Il pleut. Cela efface les traces, éloigne les témoins. Il n'y a personne, sauf elle et moi. Elle court. Je vais la croiser. Attendre qu'elle ait fait ses cinq bornes. Elle aura perdu des forces, sera trempée, moins alerte. Je n'aurai qu'à la cueillir et la porter jusqu'à la voiture. Elle approche. Faire semblant de courir. Elle arrive à mon niveau. La frapper à la tête. La récupérer dans les bras. Pas de trace de chute. Cinquante-deux kilos à porter sur deux cents mètres, c'est faisable pour moi.

Nathan examina le sol. Ni empreintes, ni branche cassée.

– Alors ? lui demanda Sylvie qui venait de le rejoindre.

– La pluie a parfaitement joué son rôle.

– Les ravisseurs devaient connaître les habitudes de la victime.

– Aucun indice ne permet de conclure au kidnapping.

– Quel est ton point de vue ?

– Il faut que la police scientifique analyse cet endroit.

– Pourquoi cet endroit en particulier ?

– Quel est le profil de Nicole Galland ?

– Quarante et un ans, physique normal, BTS de tourisme, mariée.

En citant les points de discordance avec Annabelle et Galan, elle avait répondu exactement à ce qu'il voulait savoir.

– Style de vie ?

– Aisé. Vie sociale chargée, membre d'un club de tennis, sportive, sans emploi.

– Facteurs personnels ?

– Tu veux savoir si c'était une victime à haut risque ?

– Était-elle introvertie, passive, impulsive, anxieuse ?

– Je vais vérifier.

– Cette disparition ne ressemble pas aux deux autres.

– Nicole est néanmoins liée à un haut fonctionnaire de la DGSE.

– Un espion n'est pas un chef d'État.

– La pluie est un autre point concordant.

– Il pleut continuellement depuis des semaines.

– La soudaineté de la disparition, l'invisibilité des ravisseurs, l'absence d'indice, je peux t'en citer des points communs.

– Il y a eu des orages, hier soir ?

– Tu cherches le feu ?

– On a déjà l'eau.

Elle se renseigna auprès des enquêteurs en évitant Morin et suggéra à Taillandier d'examiner la partie du parcours qui intriguait Nathan.

– D'après eux, il n'y a pas eu d'orage, dit-elle.

– Le véritable point commun avec les deux autres disparitions, c'est qu'on ignore si elle est volontaire ou contrainte.

– Nathan.

– Quoi ?

– On n'avance pas.

20

Rue Lamarck, 22 h 30. Ils avaient attendu la pluie afin de retrouver les conditions de la nuit du 2 mars. Sous la table basse du salon, Barish attendait de pouvoir se soulager. Lorsque Nathan vit les premières gouttes s'écraser contre la vitre, il entraîna le chien dans l'escalier, l'attacha dans le hall d'entrée, remonta au huitième par l'ascenseur et redescendit à pied.

Sylvie appela Annabelle via l'interphone. Barish aboya. Nathan braqua une matraque électrique sur l'animal qui se mit à gratter la porte comme pour la traverser. Nathan appela l'ascenseur. À partir de cet instant, il devait penser vite. Le temps que la cabine descende les huit étages.

Annabelle était à cet endroit, le 2 mars, à 21 h 45.

On m'appelle à l'interphone et je ne réponds pas. Mon chien aboie et je ne le fais pas taire. Je suis retenue contre mon gré. Bertrand sort de l'ascenseur avec la laisse. Il ne me voit pas. Où suis-je ? Dans le local à poubelles. Bertrand sort de l'immeuble. Barish s'échappe. Dix minutes s'écoulent.

Bertrand revient, alerte la concierge, inspecte le local à poubelles, ne me trouve pas car on m'a déplacée… dans l'ascenseur. Il remonte au huitième par l'escalier, croise un voisin qui n'a rien vu. Dehors, un complice signale qu'il n'y a plus personne aux fenêtres, ni dans la rue. La voie est libre.

– C'est quoi ce tapage ? demanda la concierge sur le seuil de sa loge.

– Annabelle !… Annabelle !… criait Sylvie à l'interphone.

– Le bruit vous a réveillée ? lui demanda Nathan en espagnol après avoir tenté l'anglais sans succès.

Elle maîtrisait la langue de Cervantès :

– Faudrait être sourde pour ne pas l'entendre !

– Cela vous est pourtant arrivé le soir de la disparition d'Annabelle.

– C'était pas la même heure, ni le même jour. Je regardais *PJ* à la télé.

– Annabelle !… Annabelle !…

Nathan signala à Sylvie qu'elle pouvait arrêter. La reconstitution était terminée.

– Est-ce que Bertrand Gaudrand a jeté un œil dans l'ascenseur avant de remonter ? demanda-t-il à la concierge.

– Non, mais moi je l'ai fait.

– Pourquoi ?

– C'était le seul endroit où il n'avait pas regardé. La cabine était vide.

La concierge venait de réduire sa thèse à néant. Nathan sortit. Sylvie le rattrapa sous la pluie.

– Annabelle a été enlevée, dit-il.

– Comment expliques-tu que personne n'a rien vu ?

– J'arrive à tout expliquer jusqu'au retour de Bertrand dans l'immeuble. À partir de là, je ne comprends pas comment Annabelle et ses ravisseurs ont pu se rendre invisibles.

– À croire qu'Annabelle n'a jamais existé.

21

L'Opel de location roulait sur la N. 202 le long du Var. Sylvie tourna au pont Charles-Albert pour franchir le fleuve, prit la direction de Gilette et de Roquestéron, puis emprunta la D. 10 qui sinuait jusqu'à Aiglun. À ses côtés, Nathan profitait du paysage sauvage. Les massifs préalpins crevaient de leur crête calcaire la fourrure verte des forêts domaniales. La civilisation n'était pas encore venue jusqu'ici, à 70 kilomètres seulement de Nice et de son littoral convoité. Des arpents de terre cultivés leur indiquèrent la présence discrète de l'homme. Un véhicule de police banalisé garé à l'ombre d'un chêne et aussi visible qu'un feu de forêt leur confirma qu'ils étaient arrivés.

– On vous remarque à des kilomètres à la ronde, leur dit Sylvie.

– Nous, ça fait dix bonnes minutes qu'on vous a repérés, répliqua l'un des policiers.

– Vous êtes les premières personnes qu'on voit de la journée, dit le collègue.

Elle s'engagea sur un sentier privé non carrossable qui conduisait à une cime panoramique occupée par une vaste ferme, composée de plusieurs bâtiments construits autour d'une cour intérieure. C'était là que résidaient les parents d'Annabelle Domange et leur communauté. Un type aussi maigre qu'un mannequin de Calvin Klein et aussi habillé que Jim Morrison à la fin d'un concert leur ouvrit la porte.

– Paix et amour, amis.

– Nous voudrions parler à Cléa et Martin Domange, dit Sylvie.

– Vous êtes qui ?

– Des amis.

– Des amis ?

– C'est vous qui venez de le dire.

– Des amis de quel genre ?

– De ceux qui se soucient de la disparition de leur fille.

Le baba cool, prénommé Kurt, s'inclina. Dans la cour, quelques musiciens jouaient *California Dreaming* devant un parterre clairsemé de fumeurs de cannabis. Ils traversèrent le mini Woodstock et se retrouvèrent dans un vestibule plutôt cossu où Kurt les pria d'attendre. Sols en terre cuite, meubles de style, poutres apparentes, murs en pierres, ornés de photos de prix Nobel de la paix et de lauréates des Hot d'or. Étrange cohabitation. Le dalaï-lama était entouré par Dolly Golden et Clara Morgane.

– Hot d'Or ? s'étonna Nathan en lisant les légendes.

– L'oscar du film X.

– Vous pouvez venir !

Kurt les avait appelés par l'embrasure d'une porte monumentale qui aurait pu laisser passer un éléphant. Sylvie et Nathan pénétrèrent dans un salon parfumé d'encens, de cerise et de marijuana. Martin Domange cessa de téter un narguilé et les invita à se poser sur des poufs en skaï. Il était vêtu d'une djellaba et chaussé d'espadrilles. La déco de la pièce célébrait le syncrétisme : ambiance asiatique d'une fumerie d'opium, sérénité d'un temple hindou, luxe d'un palais arabe, haute technologie d'une start-up de Silicon Valley. Sylvie s'excusa de ne pas se présenter avec de bonnes nouvelles et avança la thèse probable d'un enlèvement. Elle mit Nathan en avant, arguant que l'on était allé le chercher à l'autre bout du monde pour faire progresser cette enquête compliquée. Au terme du préambule, elle pria Domange de converser en anglais.

– J'ai peu de relations avec ma fille, ce qui n'empêche pas qu'elle est ce qui compte le plus pour moi, précisa-t-il d'emblée.

– Ce sont les liens du sang qui vous font dire ça ? demanda Nathan.

– Qu'insinuez-vous ?

– Est-ce que vous aimez Annabelle parce qu'elle est votre fille ou est-ce qu'elle est votre fille parce que vous l'aimez ?

– Monsieur Love, ne cherchez pas midi à quatorze heures. Vous qui portez le plus beau nom du monde, apprenez que l'amour est en chacun de nous.

– Vous êtes croyant ?

– En l'amour. Nous avons créé notre communauté autour de cette croyance. Cela paraît simple et naïf, mais l'amour a autant de facettes qu'un diamant. Ce que vous appelez liens du sang par exemple, c'est de la production d'ocytocine. Cette hormone agit dans la partie du cerveau responsable de la reconnaissance des visages. Elle joue un rôle essentiel dans les liens familiaux.

– Et incite à rester fidèle.

– Les relations avec mon épouse sont caractérisées par une complicité de vingt-cinq ans, une indéfectible tendresse physique, un confort émotionnel et une présence à ses côtés qui n'ont jamais failli. L'ocytocine est un anti-stress puissant qui a un effet dopant sur le système immunitaire. Ma femme et ma fille sont mes sources de bien-être.

– La disparition d'Annabelle ne semble pas vous affecter.

– Je suis sous l'effet d'une substance euphorisante qui active les mêmes neurotransmetteurs.

– Depuis combien de temps n'avez-vous pas vu votre fille ?

– Plusieurs années.

– Qu'est-ce qui vous empêchait de la voir ?

– Annabelle ne veut pas que nous entachions son curriculum immaculé. L'État français a toujours manifesté une intolérance profonde à l'égard des communautés comme la nôtre. Nous sommes incompatibles avec les ambitions d'Annabelle.

– Elle devait se rendre dans le Sud le mois prochain.

– Pas pour nous voir.

– Les ravisseurs ne vous ont toujours pas contacté ? demanda Sylvie.

– Nous avons le téléphone, une boîte aux lettres, un site Internet et deux poulets à l'entrée de notre propriété. Je pense que si ces gens avaient voulu se manifester, ils l'auraient fait aisément.

– Quelles sont les autres facettes de l'amour ? demanda Nathan.

Sylvie s'étonna de la question, sans rapport apparent avec l'enquête.

– Nous pratiquons l'amour sous ses trois formes principales : sexuel, sentimental et familial, qui font appel à des processus neurobiologiques distincts hérités de l'évolution. Le désir sexuel est commandé par la production de testostérone, la passion amoureuse par la dopamine et l'attachement par l'ocytocine. C'est de la chimie mise au point par la Nature afin d'assurer la reproduction de l'espèce, de lui procurer du plaisir et de lui permettre de vivre en harmonie. Notre société dominée par la religion nous a enseigné qu'il fallait considérer ces trois expressions de l'amour comme des phases chronologiques. On tombe amoureux, on procrée et on élève les enfants. Nous avons supprimé les cloisonnements et pratiquons librement.

– L'amour rend dépendant, vulnérable, aveugle, jaloux, instable. Il mène à la souffrance.

– Votre conception bouddhique de la suppression de la douleur par la suppression des plaisirs est la même que celle qui consiste à ne pas acquérir la connaissance pour rester un imbécile heureux. L'amour sans tabous nous bonifie, nous rend créatifs, généreux, tendres, curieux, vivants. Ici, nous touchons presque au divin, monsieur Love. Au bonheur suprême. Vous imaginez l'état du monde si l'humanité suivait notre credo ?

– Vous vous prenez pour un Jésus libertin ?

– Cessez de vous référer aux religions qui ne nous renvoient que des images dépravées de la réalité. Jésus s'y est mal pris, on n'améliore pas le monde en ayant recours au masochisme et au mysticisme.

– Comment devenir un adepte ?

– Pour intégrer notre communauté qui n'a érigé aucune règle, cela nécessite de n'en appliquer aucune à soi-même. Il faut la volonté de supprimer son ego, de casser ses certitudes, de briser ses croyances, de remettre en question tout ce qui nous a été inculqué depuis l'enfance. Il faut faire voler en éclats les entraves à notre libre arbitre et ouvrir les yeux sur notre véritable nature.

Le discours était rodé, imparable.

– Cela ressemble au zen, dit Nathan qui cherchait la faille.

– Le zen ne croit en rien. Nous, nous croyons en l'amour. Si vous n'enquêtiez pas sur la disparition d'Annabelle, je vous aurais proposé de rester quelques jours afin de juger par vous-même.

– Je retiens l'invitation. Est-il possible de visiter les lieux ?

– Cela ne fera pas revenir ma fille, mais si vous jugez bon de procéder à une perquisition, je n'ai rien à cacher. Ma femme vous guidera. Vous la trouverez à côté.

Dans la pièce voisine tapissée de velours rouges, illuminée de miroirs et moquettée de violine, on pratiquait l'amour à la testostérone. Des corps nus et enchevêtrés s'y tordaient de plaisir à même le sol jonché de coussins. Un apollon les invita à les rejoindre. Sylvie demanda à parler à Cléa Domange. Le jeune éphèbe désigna une femme dont certains orifices étaient occupés.

– On va attendre dans la cour, dit Sylvie.

– Tu es mal à l'aise, observa Nathan lorsqu'ils furent dehors.

– Tu as l'air de trouver ça normal.

– La normalité n'est pas excitante.

Sylvie se demanda ce qu'il avait en tête. Difficile de cerner un type sans ego. Près d'eux, un guitariste grattait un air d'Arlo Guthrie en marmonnant *I'll be gone five hundred miles when the day is done*. Plus loin, un vieillard exécutait dans tous les sens du terme un enchaînement de tai chi chuan. D'autres lisaient, fumaient, peignaient, rapportaient des légumes du potager…

– Vous avez des nouvelles de ma fille ?

Cléa Domange s'adressait à eux dans une robe blanche.

– Nous nous sommes entretenus avec votre mari, dit Sylvie.

– Je sais, je viens de le voir. Qu'est-ce que c'est que cette histoire de perquisition ?

– Vous pourriez parler en anglais, madame ? Mon collègue ne comprend pas le français.

Sylvie préférait confier à Nathan le soin de lui répondre.

– J'essaye d'établir le profil d'Annabelle, dit Love. Plus il sera précis, plus on aura de chances de découvrir où elle est.

– Annabelle ne vient jamais ici. Vous n'y apprendrez rien sur elle.

– Elle projetait de vous rendre visite le mois prochain.

– Cela m'étonnerait.

– Elle avait réservé un billet de train pour Cagnes-sur-Mer.

– Cagnes est loin d'Aiglun.

– Vous n'aviez donc pas l'intention de la voir ?

– Annabelle a l'art de se rendre invisible.

– En effet.

– Je vous fais visiter ?

– Ma collègue est un peu coincée. Elle va m'attendre à la voiture.

Sylvie lui jeta un regard noir et regagna l'Opel sans discuter. Elle faillit démarrer et laisser Nathan sur place. Elle se ravisa vite, si elle était allée le chercher aux antipodes, ce n'était pas pour le larguer dans le moyen pays niçois. Elle appela Taillandier. Il avait du nouveau sur la disparition de Nicole Balland. À l'endroit que leur avait désigné Love, la police scientifique avait relevé des cheveux et des fibres. Le laboratoire était en train d'examiner ces indices d'autant plus précieux que c'était la première fois que l'on avait quelque chose à étudier. Mais ce n'était pas tout. Sur le site, on venait de découvrir des empreintes de semelles, toutes fraîches.

– Et devine quoi ? fit Taillandier à l'autre bout de la ligne.

– Laisse tomber les devinettes.

– Les empreintes correspondent à des Nike. Plus précisément des Shox.

– Comme celles du type que tu as coursé ?

– Exact. Il est revenu sur le lieu du délit, comme à Paris. Et vu la quantité de traces qu'il a laissées, on peut déduire qu'il a arpenté l'endroit dans tous les sens.

– Les ravisseurs font avouer à leurs victimes quelque chose qui les obligerait à revenir sur place, pensa Sylvie à voix haute.

– En tout cas, les disparitions de Montmartre et de Fontainebleau sont liées. Ton profiler s'est gouré.

– On progresse enfin, dit Sylvie.

– Tu es où, là ?

– En plein revival peace and love. Plutôt love que peace, d'ailleurs.

– J'espère que tu ne fricotes pas avec lui.

– Tu es jaloux ?

– Un peu, quand même.

– Ne mélange pas tout Christian.

– Tu crois qu'il est si fortiche que ça, ton gars ?

– L'avenir nous le dira.

– Je ne te sens pas convaincue.

– Je crois qu'on perd notre temps ici.

– Tu pars quand à Washington ?

– Demain.

Elle mit la radio. France Info. L'Europe se fissurait, la communauté des Nations constituée pour assurer la paix soulevait la méfiance des populations et se transformait en motif de querelle. Sylvie chercha de la musique, tomba sur *American Idiot* de Greenday, trouva ça pas mal. Nathan se pointa une heure plus tard, le visage serein.

– On peut bénéficier de tes conclusions ? demanda-t-elle froidement.

– Annabelle n'est pas la fille de Cléa et Martin Domange.

22

« Le Carla II croisait vers la Sardaigne. À son bord, des banquiers, des politiciens, des hommes d'affaires. Vladimir avait invité le gratin. Parmi eux, il y avait un petit homme qui ressemblait à un automate. Son regard était dépourvu de commisération. Une jeune femme, belle et brillante, prénommée Ivana, l'accompagnait. Son influence sur le petit homme me fit prendre conscience de celle que j'exerçais sur Vladimir. Depuis que je fréquentais Vlad, il devenait meilleur.

Ce ne fut qu'un an et demi plus tard, au cours du procès, que je réalisais qui était vraiment monté à bord… »

– Maman, c'est qui Pythagore ?

Carla cessa d'écrire, arrachée à son récit par Léa. Conformément à la règle imposée par sa mère, la jeune fille s'était exprimée en français. Le lundi et le mardi, on pratiquait la langue de Molière. Le mercredi et le jeudi, celle de Shakespeare. Le vendredi, le samedi et le dimanche, on privilégiait celle de Dante. Léa serait trilingue comme sa mère.

– Pythagore était un philosophe et mathématicien grec qui vécut au VIe siècle avant Jésus-Christ.

Avant, Carla n'aurait pas pu répondre à cette question. Mais depuis qu'elle était oisive, elle se cultivait, se documentait sur tout grâce à une encyclopédie qu'elle avait emportée avec elle.

– Tu travailles sur son théorème ?

– $a^2 + b^2 = c^2$, répondit fièrement Léa.

– Pythagore croyait à la puissance du nombre qui régit l'univers.

Un rayon de soleil dorait la chevelure de Léa et faisait pétiller les taches de rousseur autour de ses grands yeux. À quatorze ans, elle empruntait la voie de la beauté ouverte par sa mère dix-sept ans plus tôt. Carla se demanda quels chiffres avaient présidé à une telle perfection. Elle chercha une réponse au-delà de la fenêtre qui s'ouvrait sur la plage, la mer, l'horizon. Elle trouva l'infini et se remit à écrire :

« ... *J'appris que les banquiers étaient monégasques, luxembourgeois et suisses. Les hommes d'affaires étaient des parrains russes qui cherchaient à transférer leur argent dans des banques européennes. Les autres étaient des politiciens français en quête de fonds pour leurs campagnes électorales et des agents du* FSB, *plus communément appelés des guébo-mafieux en raison de leur appartenance aux réseaux criminels et aux services secrets. Quant au petit automate, c'était le président de la Russie. L'objectif de la croisière organisée par Vladimir était de tisser des liens entre tous ces gens. C'est ainsi que la mafia russe a acquis la technologie du* FSB, *qu'elle contrôle 60 % de l'économie, des ressources naturelles et des trois mille banques de la Russie. Et qu'elle a infiltré le tissu économique et politique de l'Europe...* »

Ces informations, Carla ne les avait pas pêchées dans son encyclopédie, mais dans les documents dérobés à Vladimir Kotchenk.

23

Dans le Boeing 737 de Delta Airlines qui emportait Sylvie vers Washington, Nathan lui parla d'Annabelle : elle avait davantage le comportement d'une disciple que d'une fille rebelle, partageait la vision panthéiste des Domange, pratiquait l'amour avec zèle. Elle était un produit de la communauté où elle revenait parfois clandestinement. Nathan avoua à Sylvie que, pendant qu'elle attendait dans la voiture, il avait folâtré avec des adeptes qui exerçaient un kama-sutra raffiné. L'un d'eux s'était vanté d'avoir initié une jeune femme, « une beauté à couper le souffle », qui était restée peu de temps chez eux et leur rendait visite deux fois par an pour se perfectionner. Elle s'appelait Antana. Elle ne fut pas la seule à avoir été initiée.

– Folâtré ? releva Sylvie.

– C'est en se donnant qu'on apprend le plus.

– Tu as partouzé pendant que je poireautais dans la bagnole ?

– Un type à poil avec les fesses en l'air s'avère très coopératif.

– J'y crois pas.

– La communauté des Domange est un centre de formation.

– Formation de mes fesses !

– En quelque sorte.

Sylvie s'enferma dans un mutisme qui permit à Nathan de se plonger dans les publications qu'il avait achetées à l'aéroport. Elles évaluaient l'état du monde. Depuis un an, des choses positives avaient été réalisées. Le président des USA faisait ratifier le protocole de Kyoto par le Congrès et avait gelé le budget de la Défense : la hausse de 40 milliards de dollars initialement prévue était utilisée pour résoudre la faim dans le monde. Les deux cent cinquante personnes les plus riches du globe s'étaient réunies pour la première fois à Khartoum. Mille milliards de dollars sur la table pour éradiquer la misère. Israël pactisait avec l'État palestinien, l'Inde avec le Pakistan. Même la Corée du Nord s'ouvrait à son voisin du Sud. Mais ces élans de générosité et de tolérance semblaient avoir atteint leur limite, les bonnes intentions avaient tendance à ne rester que promesses. L'Europe se divisait, faute de Constitution, les USA menaçaient d'intervenir militairement en Iran et Gabriel Still, l'homme le plus riche de la planète, émettait des conditions à sa soudaine générosité. Du côté de l'Église, le cardinal Dragotti, élu pape, déclarait : « Nous sommes à un moment très grave de l'histoire ; la sécularisation radicale risque de détruire l'humanisme. »

– Tu apprends des choses ? demanda Sylvie.

– La signification profonde des évènements n'apparaît jamais immédiatement. C'est le problème des médias. On a besoin de recul.

– Tu as besoin de recul pour comprendre que le monde part en couilles ?

– Le monde évolue.

– Les bombes nucléaires, les virus, le réchauffement planétaire, la pollution, cela rime avec destruction plutôt qu'avec évolution.

– Il restera toujours des Chinois.

– Quoi ?

– C'est ce que disait Mao quand on lui parlait des risques d'apocalypse nucléaire.

– J'admire ton optimisme.

– Ce n'est pas de l'optimisme.

– Ah ?

– Le cosmos. L'homme n'est qu'un ensemble de particules lié à un grand tout.

– Avec un tel programme, tu n'iras pas loin.

– Pour les Aborigènes, la Terre doit être détenue par la multitude et non par un seul homme. Leur rêve est aujourd'hui brisé. Mais d'autres rêves sont possibles. Selon la presse, il y a eu des tentatives louables au cours de l'année passée.

– Cela n'a pas duré.

– Il y a des choses qu'on ne peut pas prohiber. On n'a pas pu le faire avec l'alcool, la drogue ou la prostitution. Encore moins avec la misère, la violence et la terreur.

– Comment vivre avec ça ?

– Tu viens de le dire. Vivre avec. Composer. Domestiquer.

– Si le monde ne te fait pas peur, pourquoi le fuis-tu ?

– Je ne fuis que l'homme.

– Socrate, Léonard de Vinci, Shakespeare, Baudelaire, Welles, ça ne te manque pas ?

– Quoi, tous ces ego démesurés ? L'homme est une fourmi qui se prend pour plus importante qu'elle n'est.

– Le combat des altermondialistes est-il vain ?

– Deux types de révolutions sont envisageables. La première, celle des extrêmes, veut nous faire revenir en arrière. La seconde, celle de l'espérance, consiste à transformer le monde en village. Tes altermondialistes incarnent la première tendance.

– On ne peut pas dire que tu contribues à la pensée commune.

– Le monde est peuplé d'endormis qui disent comment nous éveiller.

– Je crois que je ne vais pas tarder à rejoindre les endormis.

Bercée par le vrombissement sourd de l'avion, elle plongea illico. Lorsqu'elle se réveilla, les signaux lumineux clignotaient pour inviter les passagers à attacher leurs ceintures. Le Boeing toucha la piste du National Airport à l'heure prévue.

24

13 h 30. Constitution Avenue. Devant la National Gallery of Art, Sylvie s'entretenait avec l'agent fédéral James Mooses, chargé de l'enquête sur la disparition

de Galan Ryler. Un peu à l'écart, Sébastien Legrand attendait qu'on le sollicite pour la reconstitution. Après avoir étudié le site, Nathan vint vers Mooses :

– Pourquoi Galan a-t-elle pris un taxi ?

– Il pleuvait.

– Il pleuvait comment ?

L'agent prit un air ahuri, Sylvie appela Sébastien, Nathan précisa :

– Personne ne s'est demandé pourquoi cette fille est montée dans un taxi pour parcourir cinq cents mètres ?

– Il y avait un orage, répondit Sébastien. Galan était terrifiée à l'idée de sortir.

– Comme Annabelle, dit Nathan.

– Mais pas comme Nicole, ajouta Sylvie.

– Deux des victimes craignaient la pluie.

– C'est peut-être une coïncidence, nota Mooses. En cette saison, ce ne sont pas les averses qui manquent.

– Tout est lié.

– Que voulez-vous dire ?

– Quand on prépare des enlèvements avec autant de soin, on ne néglige rien, surtout pas les conditions climatiques.

– Est-ce que Galan est bien montée dans le taxi ? demanda Mooses.

– Est-ce que le témoin est digne de foi ? demanda Nathan.

Le Français devint la cible de leurs regards.

– De ma vie, je n'ai jamais été aussi sérieux, affirma-t-il.

Mooses prit Nathan en aparté :

– Il n'a pas quitté le sol américain depuis les faits et il nous harcèle chaque jour pour se tenir au courant. Je crois qu'il s'est épris de la jeune femme avant même de l'avoir connue.

– C'est une chance.

Nathan demanda à Sébastien s'il se souvenait du parfum de Galan.

– Il y avait des essences de jasmin.

– Gardez cette odeur en tête.

Il arrêta un taxi et fit monter Sylvie. La reconstitution était commencée.

– À la Maison Blanche, dit-il au chauffeur.

– C'est au bout de l'avenue.

– Nous le savons.

Il claqua la portière sur Sylvie, regarda le véhicule s'engager dans la circulation, puis se lança à sa poursuite en entraînant Sébastien. Ils le rattrapèrent au niveau de la quatorzième rue. Sébastien ouvrit la portière, Sylvie descendit.

– Qu'est-ce que vous foutez ? beugla le chauffeur.

– On ne va pas plus loin, dit Nathan.

– Vous vous payez ma tête ?

– Cent dollars, ça ira ?

Mooses les rejoignit pour indemniser le chauffeur et régler le trafic. Sébastien posa ses mains sur la banquette.

– Qu'est-ce que je fais maintenant ?

– Avez-vous flairé le parfum de Galan à cet instant ? L'odeur est ce que la mémoire grave le mieux.

– Ça sentait le jasmin.

– Vous avez perçu autre chose ?

Le jeune homme se concentra, sous le regard du chauffeur de taxi qui ne comprenait rien à ce qui se passait, mais estimait que c'était bien payé.

– Il y avait aussi une odeur chimique… comme du chlore.

– Merci, dit Nathan.

– Alors, Love ? s'impatienta Mooses.

– Sébastien ne s'est pas trompé de véhicule.

– Comment pouvez-vous en être certain ?

– La certitude est pour les sots.

L'agent fédéral reformula sa question :

– Où est passée Miss Ryler, alors ?

– Sébastien nous a dit ce qu'il a vu, pas ce qu'il n'a pas vu.

– Et qu'est-ce qu'il n'a pas vu ?

– Galan se trouvait encore dans le taxi.

– Où ça ?

– Devant lui.

Ils attendirent tous la suite, au milieu des klaxons.

– Le véhicule était équipé d'un dossier de banquette arrière rabattable et fractionnable en deux parties 1/3-2/3, comme celle-ci. Cela permet de transporter des bagages longs et encombrants sans être obligé de les mettre sur une galerie. Le chauffeur avait un complice dans le coffre qui a rabattu la partie 2/3 pour chloroformer la jeune femme et l'attirer à lui. Avec de la brutalité et de l'entraînement, il y en a eu pour moins de dix secondes.

– Pourquoi tant de complications ?

– Ce n'est pas compliqué. Il suffit d'une voiture, d'une victime peu corpulente qu'on se moque d'esquinter et de quatre hommes. Un chauffeur, un agresseur, un faux client pour justifier l'arrêt du taxi et un faux visiteur à l'intérieur du musée pour signaler la sortie imminente de la cible. Cela requiert un bon timing. Une femme disparaît comme si elle n'avait jamais existé, même sous les yeux d'un témoin imprévu.

– Si cette version est la bonne, cela implique qu'on ne risque pas de retrouver le taxi. D'autant plus que M. Legrand est incapable de nous fournir un signalement précis du chauffeur.

– Normal. Son regard était braqué sur la banquette vide.

– Tout ce que je me rappelle, c'est qu'il avait un air sud-américain, une moustache et des cheveux noirs.

– Ce qui signifie qu'il peut aussi bien être chauve, glabre et pakistanais.

– Et son accent ?

– Difficile à dire, avoua Sébastien. Le mien n'est pas bon et j'aurais du mal à dire si ce type en avait un ou pas.

Ils libérèrent le taxi et évacuèrent la chaussée.

– Les ravisseurs ont mis les grands moyens au service d'un objectif précis, dit Nathan. Leur technique est tellement bien huilée que les témoins ne voient rien et que la police est larguée.

– Quel est cet objectif précis ? demanda Mooses.

– Dérouter.

25

Trois hélicoptères survolèrent le yacht de cent vingt mètres qui mouillait entre la Sicile et la Sardaigne. Le *Moujik I* encaissa mollement les atterrissages successifs des appareils qui repartirent aussitôt après s'être délestés d'un invité et de ses gardes du corps. Le premier était chinois, le suivant japonais, le dernier colombien. Ils pénétrèrent successivement dans une vaste salle de réunion, tout en dorures et en bois précieux. Au bout de la table trônait un homme à la beauté slave, sauvage et blonde, cloué dans un fauteuil roulant et fumant un cigare. Son nom était Vladimir Kotchenk, il était le propriétaire de ce yacht luxueux équipé d'un sous-marin en fond de cale. À sa droite était assis Vincenzo Barrano, cheveux teints en noir, lunettes de soleil, visage carré, costume Armani, chaussures Berluti. Contrairement aux autres invités, Barrano était encore recherché par la police. Il préférait donc se faire discret, c'est-à-dire se déplacer avec un faux nom, arriver et s'en aller avant tout le monde. Il avait profité de son avance pour régler ses contentieux avec Kotchenk. Les mafias russe et italienne devaient s'entendre pour se partager intelligemment le marché européen. Les derniers avatars judiciaires rencontrés par Kotchenk pour une affaire de meurtres en Alaska avaient retardé les négociations, sans toutefois compromettre sa course au poste de leader suprême des mafias russes. À Moscou, le chef du Kremlin allait bientôt être obligé de rendre le pouvoir politique. La voie était donc libre et l'alliance avec la Cosa Nostra consoliderait le pouvoir de Kotchenk. Le Russe avait en outre besoin que Barrano lui rende un service personnel : débusquer son ancienne maîtresse Carla Braschi qui se planquait en Sicile. Rien qu'en prononçant son nom, il en avait des sueurs.

– Pourquoi cette poule te met dans cet état ? demanda Barrano.

– Dans cet état ? Elle m'a tiré deux balles dans les genoux et cloué dans cette putain de carriole.

– Elle court toujours ?

– Un flic lui a monté la tête pour qu'elle témoigne contre moi dans une affaire de meurtres. J'ai dû me consacrer à ma défense tout en conservant mon business. Maintenant que je suis disculpé et que je tiens les rênes, je veux mettre la main sur cette salope. J'ai envoyé des hommes sur ton île, mais ils ne l'ont pas trouvée.

– Qu'est-ce qui te fait penser que cette fille est en Sicile ?

– Sa famille de merde est sicilienne. Elle a une fille aussi. Ramène-les-moi toutes les deux, après, tu pourras me demander ce que tu veux.

Autour de la table ovale, chaque place disposait d'écouteurs destinés à traduire simultanément ce qui se disait. Le Chinois s'installa au plus loin de Kotchenk. Personne ne lui connaissait d'autre nom que celui de 489 ou Tête de dragon. Trapu, la cinquantaine, costume croisé Yves Saint-Laurent confectionné en France, il était le boss des Sept Sœurs du crime, la plus puissante organisation transnationale criminelle au monde. Puis ce fut à Kuamo Korumaku d'entrer. Distingué, griffé Dior et d'or de la tête aux pieds, il se courba et gagna son siège. José Sanchez, le chef colombien des cartels sud-américains, s'installa à gauche de Kotchenk. Une moustache probablement aussi fausse que son nom, un costume à rayures passé de mode et une paire de Ray Ban cachaient son âge. Son obsession du déguisement relevait plus de la paranoïa que de la véritable menace représentée par les rares parlementaires du Congrès américain qui croyaient encore que l'on pouvait endiguer le trafic de drogue.

– Tout le monde est là, nous pouvons donc commencer, dit Kotchenk.

Chacun fit un signe de politesse après avoir écouté la traduction. La réunion avait des allures de Conseil de sécurité onusien arrosé de Dom Pérignon.

– J'espère que vous avez fait un bon voyage.

– Complètement pourri, se plaignit Sanchez. C'est moi qui me suis payé le trajet le plus long pour venir.

– Erreur, c'est moi, rectifia Korumaku.

– C'était la moindre des choses, vu que c'est toi qui as réclamé cette assemblée extraordinaire qui bouleverse mes plans.

– Quels plans ?

– Nos laboratoires de recherche et développement ont mis au point une cocaïne transgénique. Plus pure et plus lucrative. Je prépare le lancement du produit sur le marché. Faut pas se louper si on veut rentabiliser l'opération.

– À quarante mille dollars le kilo, on ne va pas te plaindre, dit 489.

– C'est quatre fois le prix de l'or, ajouta Barrano. Tu ferais pousser des lingots d'or que ça rapporterait moins.

– Quand vas-tu te mettre au commerce légal ? demanda Korumaku.

– Facile à dire pour toi. Ton père a reconverti une partie de son business en œuvre philanthropique. Rien qu'avec les actions humanitaires de ta fondation, tu t'es payé la moitié de l'Afrique.

– Lâche la coke et lance-toi dans autre chose.

– Putain, je rêve ! Le chiffre d'affaires de la cocaïne dans le monde dépasse celui de l'industrie automobile ! Vous faites mieux avec le commerce équitable ?

– Pourquoi pas ?

– C'est pour parler de ça qu'on est ici ? s'énerva le Colombien.

– J'ai demandé cette réunion parce qu'on est face à un problème.

Chacun avait une idée du problème en question à part Sanchez. Korumaku continua :

– Trois de nos amis du G300 sont actuellement dans l'embarras. Une personne de leur entourage a été kidnappée.

– Plus exactement leur maîtresse, dit Kotchenk.

– Ces bonnes femmes, elles nous font tourner en bourrique, commenta Barrano en adressant une œillade au Russe.

– De qui parlons-nous exactement ? demanda Sanchez.

– Du président des USA et des PDG de Mitsubishi et LXVI.

– Des enlèvements sur trois continents ?

– Il pourrait s'agir d'une organisation qui cherche à faire chanter des membres du G300. Il faut retrouver les trois filles au plus vite et éliminer les ravisseurs. Je vous ai apporté une copie des dossiers établis par la police de Tokyo et le FBI.

– En quoi ça nous regarde ? demanda Sanchez.

– Le chiffre d'affaires de nos sociétés transnationales est estimé à environ cinq cents milliards de dollars. Tout cela grâce au G300. Si on veut que ces chiffres continuent à progresser, il faut rendre certains services au groupe.

– En gros, dit Barrano, si tu veux continuer tes recherches sur les OGM, retrouve la poule du patron de la Maison Blanche.

26

Les accords de paix au Proche-Orient n'avaient jamais été aussi proches d'aboutir. Israël s'était retiré de la bande de Gaza. Après avoir montré sa force, l'État juif affichait sa bonne volonté. La tolérance est toujours plus sincère quand elle n'est pas dictée par la faiblesse. Les terroristes du Hamas qui dirigeaient la Palestine étaient obligés de s'asseoir à la table des négociations s'ils voulaient garder le pouvoir. Au centre de ces pourparlers, la diplomatie américaine jouait le rôle de catalyseur. Un catalyseur qui portait le nom de Kathleen Morgensen. Présente sur tous les fronts, elle avait dépassé ses illustres prédécesseurs en multipliant les liens diplomatiques avec les pays de l'axe du mal, dont la Syrie et l'Iran, et en contribuant à la formation au Liban d'un gouvernement indépendant débarrassé de l'influence du Hezbollah et de Damas. À 52 ans, Kathleen Morgensen était plus célèbre que le président des USA, plus sexy, plus médiatique, plus riche et plus puissante. Elle cumulait toutes les qualités, avait été élue « femme de l'année » par *Time Magazine*, avait reçu le prix Nobel de la paix et apparaissait sur plus de couvertures que n'importe quelle star de Hollywood. Mariée au PDG de General Motors, mère de deux garçons inscrits à Yale, elle avait essuyé un seul revers, mais de taille : la mort de son troisième fils, terrassé par un cancer. Sa présence au chevet du jeune adolescent avait été largement montrée à l'opinion publique. Kathleen avait créé www.ac, une fondation contre le cancer. La diplomate chevronnée au Q.I. prodigieux, aux diplômes prestigieux et au pouvoir colossal s'était montrée sous un autre jour, à la fois mère courageuse et mère Teresa. Elle faisait le bien autour d'elle, dans sa vie privée et professionnelle. La voie vers la Maison Blanche était tracée. Rien ni personne ne pouvait arrêter sa course.

Sauf Serana.

De sa suite du Sheraton de Tel-Aviv, Kathleen contemplait la ville qui n'avait pas connu d'attentat depuis trois mois. Le ronronnement de la circulation n'était plus déchiré par les sirènes. Les gens reprenaient goût à flâner, à s'approvisionner dans les marchés, à sortir. Elle était le maître d'œuvre de tout cela. La porte s'ouvrit sur Serana. Son assistante déposa un gros dossier sur la commode.

– Les premiers amendements ont été paraphés. La réunion de demain au Caire se présente sous les meilleurs auspices, dit-elle.

– Nous sommes à un tournant de l'histoire du monde.

– Grâce à toi.

Kathleen se détacha de la vitre blindée pour poser son regard sur le bustier de son assistante. Engager comme bras droit une fille de vingt-cinq ans au physique de Miss Univers avait été diversement apprécié par les dinosaures du parti. Elles s'étaient rencontrées au sein de la fondation de Kathleen, qui était tombée amoureuse en quelques secondes. Un pan entier de sa nature profonde lui avait été révélé comme d'autres sont frappés par la foi. Fascinée par Serana, elle l'avait propulsée à la tête de www.ac avant de lui faire intégrer son équipe.

Kathleen s'assit dans le divan et détacha ses cheveux prisonniers d'un chignon sévère. Serana lui massa les épaules, faisant jaillir un cri de douleur.

– J'ai écrasé une boule de stress, dit-elle sur un ton de reproche.

– Je sais, il faut que je veille à réguler mon adrénaline. Avoue que les conditions ne sont pas idéales.

– Elles n'ont jamais été plus idéales.

– Beaucoup de gens, même chez nous, sont contre ces accords.

Kathleen se laissa aller en arrière, la nuque relâchée. Serana lui déboutonna son chemisier de soie satinée, dégrafa le soutien-gorge, passa son index le long du petit sillon rose imprimé sur la peau par l'élastique. Ses doigts se posèrent, plus légers que le tissu, sur les seins de la femme la plus puissante du monde. Elle lui mordilla le lobe de l'oreille, lui effleura la joue de ses lèvres qui vinrent se coller contre les siennes. Leurs langues se cherchèrent, changèrent de bouche, tandis que leurs mains s'activaient fébrilement pour libérer les deux corps de leurs vêtements. Symphonie feutrée de frôlements, de frottements, de froissements. Pliée en deux sur le dossier, Serana se pencha en avant pour faire rouler les bas de Kathleen jusqu'au sol. Cambrée, les bras levés, la secrétaire d'État arracha la robe et la culotte de son assistante. Il n'y avait plus que le dossier qui les séparait. Serana l'enjamba et se coucha sur Kathleen, tête-bêche. Leur position favorite. Le contact des épidermes incendia leurs organismes secoués par l'emballement cardiaque, inondés par des flots de sécrétions. Dehors, une sirène traversa le centre ville comme pour rappeler que la paix était précaire. Respirant l'intimité de Serana, Kathleen lapait à la source du plaisir, jouissait de l'instant. Sa chère et douce Serana, fidèle partenaire de son infidélité, était le seul obstacle entre elle et la Maison Blanche. Mais pour rien au monde, même pour un poste de présidente, elle ne se priverait d'elle.

27

Sylvie, Nathan et James avaient choisi une table tranquille au fond d'un restaurant de M Street, dans le quartier de Georgetown. « Ils font les meilleurs steaks du pays », certifia l'agent fédéral. Mooses était séduisant, compétent, doté d'un reste d'idéalisme malgré seize ans de service, célibataire et fasciné par Nathan.

– Qu'est-ce qui vous plaît dans la vie d'ermite ?

– La vacuité.

James tendit l'oreille vers les premières notes de *Try a little tenderness* qui jaillissaient d'une enceinte, but une gorgée de Michelob et se retrouva avec une moustache blanche qui lui donna quelques années de plus.

– Le vide ça me fait flipper. Je préfère le plein.

– Ce n'est qu'une apparence.

– Pour vous, tout est bidon ?

– L'irréalité des choses ne signifie pas qu'elles sont insignifiantes, mais exploitables.

– Précisez.

– La prise de conscience du vide nous délivre de l'aliénation collective. Elle peut conduire au retrait du monde mais sert aussi à changer les choses. La vacuité n'est pas une perspective, c'est l'origine de toutes les perspectives.

– C'est une méthode, dit Mooses qui avait perdu le fil du propos.

– L'illusion est notre fonds de commerce. On fait appel à nous parce que les choses ne sont pas ce qu'elles ont l'air d'être.

La serveuse apporta les assiettes. James sauta sur son steak comme sur un suspect. En quelques minutes, Nathan avait appris que James aimait la bière, les hommes, le blues et la viande.

– Avez-vous jeté un œil sur la discothèque de Galan ?

– C'était une passionnée de blues, dit James. J'ai repéré chez elle des vieux vinyles de Sam Cooke.

– Que représente cette musique pour vous ?

– L'origine de tout, du rythm'n blues, du rock'n roll, de la soul, de la pop, du rap…

– Je veux dire, qu'est-ce que le blues exprime ?

– La beauté du quotidien, la ferveur, la vie. À la différence du rock qui appelle à la rébellion ou du rap qui incite à la haine. Pourquoi ces questions ? Vous n'écoutez jamais de musique ?

– Si, celle de la nature.

– Vous devez vous emmerder sur votre île.

– Il avait emporté avec lui l'*Anthologie des blagues belges*, dit Sylvie qui en avait marre de jouer les chandeliers.

James consentit à lui adresser un regard. Elle en profita :

– Vous savez pourquoi les homosexuels belges ont le torticolis ?

– Non.

– Parce qu'ils s'embrassent sur la bouche en faisant l'amour.

Mooses concéda un sourire et se recentra sur son assiette.

– Tout ça ne vaut pas une bonne côte de bœuf !

– Qu'est-ce qu'il y a derrière une côte de bœuf ? demanda Nathan.

– Quoi ?

– Avant qu'elle n'arrive dans votre assiette, il y a eu procréation artificielle, élevage en batterie, inoculation d'hormones et d'antibiotiques, transport concentrationnaire vers l'abattoir, carnage, découpage, conservation frigorifique, stockage, re-transport, re-conservation frigorifique, cuisson. Dans quelques heures, elle ira rejoindre les tonnes d'eaux usées qui se déversent dans la mer.

– Vu sous cet angle, ce n'est pas très gastronomique.

– Je vous propose un autre angle. Ma femme m'a fait rencontrer une tribu à Bornéo. Les Punan. Ce sont des nomades qui vivent en harmonie avec la nature. Ils ne prennent que ce dont ils ont besoin, ne cultivent pas la terre, vivent de cueillette et de chasse. Le chasseur tue son gibier avec une sarbacane et une fléchette empoisonnée, fabrique sur place un sac à dos avec des feuilles et des lianes et revient au camp avec sa nourriture. Le complément est assuré par le troc. Ils n'ont qu'un dieu, celui de la forêt.

– On ne peut pas vivre comme eux, on a trop progressé.

– On a perdu nos réflexes, nos instincts, notre nature essentielle. Ils sont enfouis au fond de nous et oubliés, à tel point que la simple vue d'une forêt ou d'un animal déclenche la peur. L'esprit originel, c'est ce que je cherche à retrouver au cours de mes retraites.

– En attendant, ce sont trois femmes qu'on doit retrouver, dit Sylvie.

– La méthode est identique. Imagine tout ce qu'il y a derrière les apparences. Exploite l'irréalité, et tu t'approcheras de la vérité.

– Jusqu'à présent vous vous en êtes pas mal sorti, dit James. Vous avez vu ce qu'il y avait derrière la banquette du taxi.

– Et derrière le taxi, qu'est-ce qu'il y a ? demanda Sylvie.

– Je n'ai pas encore assez de recul.

– Tu as quand même une intuition.

– La présence de témoins gênants a obligé les ravisseurs à s'adapter, à passer à un plan B aussi minutieusement préparé que le plan A.

– Si vous êtes dans le vrai, ça veut dire qu'il y a eu d'autres enlèvements, dit Mooses. Des plans A passés complètement inaperçus.

– Et qu'il y en aura d'autres.

Le téléphone de Sylvie sonna. À l'autre bout de la ligne, son collègue d'Interpol confirma la dernière phrase de Nathan.

28

Deux jours plus tard, incluant quatorze heures de décalage horaire et dix-sept heures de vol, Sylvie et Nathan atterrirent à Tokyo. Une véritable fourmilière entre mer et montagne, grouillant au milieu des néons pléthoriques et du béton parasismique. La plus vaste mégalopole du monde, le mètre carré le plus cher, les taux de natalité et de criminalité les plus bas, l'espérance de vie la plus longue. Derrière ces records mondiaux et sous un enchevêtrement d'autoroutes, de voies ferrées et de grands magasins, la « capitale de l'est » englobe une multitude de villages et d'îlots de calme, un patchwork de quartiers hétéroclites et colorés. Nathan aimait cette ville qui tournait autour d'un Palais impérial indifférent, interdit, invisible, un vide central symbolisant le zen.

Dans le Narita-Express reliant l'aéroport à la ville, il réalisa qu'il n'était pas revenu au pays de sa mère depuis quatre ans. Il s'y rendait jadis avec Melany pour y admirer le soleil se lever sur un temple zen, voir la danse du dragon doré, déguster des yakitoris et des sashimis, célébrer la fête des fleurs, assister à l'affrontement de sumotoris, aux processions de temples portatifs, aux danses de geishas, aux parades de samouraïs. Cette fois, il débarquait en compagnie d'une profileuse parce qu'une jeune femme avait disparu dans des conditions mystérieuses. Le cas était-il lié à celui de Galan, d'Annabelle, de Nicole ? Le budget alloué par Paris et Washington lui permettait d'explorer cette piste.

– Tu as de la famille ici ? demanda Sylvie.

– En décidant de rester en Arizona pour vivre avec mon père, ma mère a laissé derrière elle ses parents, un frère et une sœur.

– Une Japonaise chez les Navajo, quel choc des cultures !

– Un excellent mélange. Regarde le résultat.

C'était la première fois qu'elle le voyait plaisanter. Un pas vers la socialisation. Vers le troisième niveau de la pyramide de Maslow.

Ils descendirent à Ginza et marchèrent jusqu'au poste de police. Le capitaine Yukiko Sanako les accueillit dans sa langue maternelle. Sylvie se contenta d'une traduction sommaire de Nathan : « On va à la salle de contrôle du réseau de surveillance de la ville. »

Sanako leur montra une vidéo qu'il commenta :

– Tokyo est dotée d'un système de surveillance développé, surtout dans ce quartier. Ça pose un problème aux associations de défense des libertés, mais ça nous facilite le travail.

Sur l'écran, on distinguait la devanture d'une galerie d'art. Une jeune femme élégante y entra. Il pleuvait.

– Suyani Kamatsu est entrée dans la galerie Tsubaki à 10 h 30. On y expose la jeune peinture japonaise. Elle y est restée une demi-heure et a acheté une toile pour un montant de 750 000 yens.

Nathan traduisit et convertit à 6 000 dollars pour Sylvie.

– Elle a les moyens, dit Yukiko. Elle est responsable du marketing chez Mitsubishi. Gros poste, gros salaire. Elle est l'auteur du pavillon Mitsubishi à l'exposition universelle d'Aichi.

– À vingt-quatre ans ?

– Gros diplômes, grosses relations.

– Quelles relations ?

Nathan pensa tout de suite au Premier ministre du Japon.

– Simple déduction. Vu son âge et son sexe, elle n'a pas accédé à ce poste grâce à son seul CV.

– De la famille ? Des amis ?

– Ses parents sont propriétaires d'un toruko [1] dans le quartier de Yoshiwara. Ses voisins et ses collègues ne lui connaissent aucun ami, ni compagnon.

Le policier fit défiler les images en accéléré jusqu'à ce que Suyani sorte de la galerie.

– L'informatique nous permet d'identifier un individu dans une foule. En combinant la vidéosurveillance et les techniques de reconnaissance faciale, nous sommes capables de repérer une personne grâce à sa photo que nous avons préalablement enregistrée. C'est ce que nous avons fait pour Suyani. Regardez, elle est là.

1. Bain turc.

Le capitaine posa son doigt sur une silhouette dans une forêt de parapluies. Suyani s'engageait dans une ruelle étroite. Elle était suivie par une moto.

– Au début, nous avons cru que les motards étaient impliqués.

– Les motards ?

– Vous allez voir. Il y en a un deuxième à l'autre bout de la ruelle.

Il pianota sur le clavier d'un deuxième ordinateur et fit apparaître un nouvel angle de vue.

– Vous avez devant vous les images enregistrées par deux caméras, placées chacune à une entrée de la ruelle. À droite, on a vu Suyani y pénétrer, suivie par une moto. À gauche, on distingue une deuxième moto qui s'apprête à lui barrer le passage. Regardez bien l'écran de gauche : les deux motards ressortent ensemble. Mais pas Suyani. Pourtant, il n'y a pas d'autre issue.

– Pourquoi a-t-elle emprunté ce coupe-gorge ?

– C'est un raccourci pour rejoindre la station de métro. Il pleuvait, elle a pris au plus court.

– Suyani n'aime pas la pluie.

– Pardon ?

– Vous avez interpellé les motards ?

– Les caméras ont perdu leur trace dans le quartier de Shinjuku.

– C'est tout ce que vous avez ? demanda Nathan.

– Dans la ruelle, il y a l'issue de secours de la Bank of Tokyo. Elle est surmontée d'une caméra.

Sanako leur montra l'enregistrement. On n'y voyait que les deux motards qui échangeaient quelques mots avant de repartir précipitamment.

– Suyani Kamatsu n'est jamais passée devant cette porte, dit Sanako.

– Elle a donc disparu avant.

– Après son entrée dans la ruelle, personne ne l'a vue et elle n'a réapparu sur aucune bande. Son cellulaire était équipé d'un GPS qui nous a permis de reconstituer son itinéraire avant qu'elle ne se volatilise. Cette ruelle est le dernier endroit d'où le signal a été émis.

– Vous avez reçu des pressions ?

– De la part de qui ?

– Du gouvernement.

– Je vous dis qu'on a rien. Je ne vous cache aucun élément.

– Je vous parlais de pressions pour retrouver Suyani au plus vite.

– Je n'ai pas besoin de ça pour faire correctement mon travail.

Nathan consulta le dossier. Suyani était très belle, jeune, célibataire, cumulait les MBA, occupait un poste clé à la direction marketing de Mitsubishi et résidait dans le luxueux quartier de Ginza.

– Une seule chose est sûre, dit le capitaine. Il y a deux semaines, Suyani Kamatsu est entrée dans une ruelle et n'en est jamais ressortie.

29

Ginza. En écartant les bras, on pouvait presque toucher les deux murs qui longeaient la rue étroite dans laquelle Suyani s'était volatilisée. Nathan avait suivi son itinéraire entre la galerie Tsubaki et l'artère sans nom qui coupait un pâté de maisons en deux. Il n'y croisa personne, la foule préférait encombrer des trottoirs plus fréquentables. Il examina la grille cadenassée qui protégeait la vitrine du local abandonné. Impossible de passer entre les barreaux à moins d'être un ninja ou un fantôme. Quant à la porte blindée de la banque, son ouverture se déclenchait de l'intérieur, sur commande du directeur. Nathan se mit en quête d'un détail qui aurait échappé à la police scientifique. Il leva les yeux vers le ciel : canyon de béton, sans ouverture, ni fenêtre. Aucune trace sur les murs. Il se baissa et caressa le sol. Seize jours avant, il pleuvait, la chaussée était glissante.

Les deux motards sont chevronnés. Ils aiment les challenges, les parcours difficiles. Ils savent que la ville est truffée de caméras qu'il va falloir éviter.

Nathan rejoignit le capitaine qui buvait un café en compagnie de Sylvie.

– Quelles sont les prévisions météo ?

– Nuageux. Avec risques de pluie.

– Il me faut un blouson et un casque, identiques à ceux des motards.

– Où est-ce que je vais trouver ça ?

– Et une Kawasaki.

– Pour quand ?

– Dès qu'il pleuvra, j'en aurai besoin.

30

Rockefeller Center. Dix-neuf buildings aux lignes dépouillées. L'essence même de New York et du capitalisme. Le vrai pouvoir était ici, non au World Trade Center, comme l'avait cru Al-Qaïda.

Au 69e étage du General Electric Building, celui que l'on appelait DR, en référence au JR de Dallas, était en train de suffoquer, écartelé, un garrot autour du cou.

Président de la plus grosse banque américaine et du plus puissant des réseaux d'influence, DR dirigeait la

Terre de sa tour d'acier, reléguant le JR des ménagères au rang des grouillots. Il ne fréquentait que des présidents, ceux des USA, des Commissions européenne ou trilatérale, des banques centrales. Ces présidents jouaient entre eux aux maîtres du monde et regardaient du haut de leur penthouse les politiciens de papier baisser leur froc devant la populace qui défilait derrière des banderoles réclamant une société à peine moins réjouissante que celle qu'ils avaient créée. « Le monde se divise en trois catégories de gens, se plaisait à dire un de ses amis, président de la Pilgrim Society : un très petit nombre qui fait se produire les évènements, un groupe un peu plus important qui veille à leur exécution et une vaste majorité qui ne sait jamais ce qui s'est produit en réalité ». DR était le plus puissant au sein du « très petit nombre », il créait donc les évènements, plus encore que ne l'avaient fait en leur temps César, Napoléon ou Hitler. Et de façon beaucoup plus subtile. Comme tous ceux qui peuvent tout acheter, DR était parvenu à un stade où plus rien ne l'excitait. Inévitablement, il avait traversé la phase complexe où pour se prouver qu'il possédait le pouvoir ultime, celui d'un dieu, il avait exercé celui de vie et de mort sur les autres. Ses proies étaient torturées, violées, assassinées au cours de rituels extrêmes. Cette dérive dans la jouissance perverse du sadisme fut de courte durée. Les cris des victimes hantaient ses cauchemars et heurtaient le socle religieux de son éducation, le prix à payer était trop important.

Une soirée mondaine déguisée, où la tenue exigée était limitée à un simple masque, changea son existence. Durant les ébats, un corps sculptural s'était offert à lui. Son identité l'avait obsédé au point de lui arracher son minois de carnaval, à l'encontre de la règle de confidentialité. Personne n'avait osé le rappeler à l'ordre. Cette nuit-là, le plus beau visage de la création lui était apparu : celui d'Aliana Cortès. Il en était tombé amoureux jusqu'à l'obsession. Aliana l'attira vers l'autre versant, le masochisme, que DR avait refoulé jusqu'à ce jour. Après avoir commandé toute sa vie, il découvrit à soixante ans l'état de soumission. Il était devenu l'esclave d'Aliana.

Voilà pourquoi l'homme le plus puissant du monde était en train de suffoquer au 69e étage du General Electric Building. Vêtu d'une combinaison en latex percée au niveau des narines, il était attaché par les mains et les pieds à l'intérieur d'une sphère armillaire qui ressemblait à celle portée par l'Atlas de bronze de Lee Lawrie situé à l'entrée de l'International Building. La séance touchait à sa fin. Aliana cessa de tourner le globe et desserra le garrot. D'une lame effilée, elle fendit le latex au niveau de la bouche. DR happa de l'air. La sphère pivota jusqu'à ce qu'il se stabilise en position horizontale. Elle lacéra le costume, éplucha son partenaire, entailla la peau. Elle le flagella mollement, versa de la cire chaude sur ses parties génitales. Dans un long cri de douleur et d'orgasme, il éjacula. Aliana le libéra de son carcan et pansa ses blessures.

– Je suis à ta merci, avoua-t-il.

– Ça te fait peur ? demanda-t-elle.

– C'est la première fois de ma vie que je dépends de quelqu'un. Le pire, c'est que j'aime ça.

– Tu aimes ça parce que tu m'aimes.

– Je suis l'homme le plus comblé du monde. Tu m'as offert la seule chose que je ne pouvais pas acheter.

Elle l'embrassa et fila dans la douche signée Gianni Versace dont les colonnes de marbre encadraient une fosse en forme de coquillage creusée dans le sol. Elle descendit trois marches et actionna la robinetterie en or. DR se relaxa dans un bain à remous sans cesser de contempler sa Vénus qui avait adopté la position peinte par Botticelli. Savourant son statut olympien, il posa sa tête en arrière sur le rebord du jacuzzi. Le masochisme lui avait fait découvrir une sensation incroyablement jouissive. Plus il allait loin dans la douleur, moins il craignait celle que risquait de lui occasionner le destin. En la provoquant, il amenuisait les affres du hasard, effaçait la peur, devenait encore plus fort. Non content d'être parvenu à contrôler le futur de l'humanité, il maîtrisait le sien. Sa supériorité était écrasante. Deux personnes seulement lui étaient supérieures : Dieu et Aliana.

La douche coulait toujours lorsqu'il émergea de ses réflexions. D'habitude, Aliana ne gaspillait pas l'eau. Il l'appela. Sans réponse, il sortit du bain et marcha jusqu'aux colonnes en essayant de ne pas glisser. Aliana n'était plus là. Il ferma les robinets, la chercha, ne trouva que ses oripeaux sado-maso, ses vêtements, ses escarpins, son sac à main. Aliana avait disparu. Sans rien emporter, entièrement nue, sans franchir par la porte d'entrée qui était restée verrouillée.

31

La Kawasaki jaillit de la ruelle. Dans son oreillette, Nathan captait les instructions de Yukiko Sanako qui essayait de le suivre en voiture. Le capitaine lui fit emprunter le même itinéraire que celui des motards le soir du 14 mars. Il le guida sur Uchibori dori, large artère qui contournait le Palais impérial, et le fit tourner en direction de Shinjuku. Plus on s'éloignait de Ginza, plus le système de surveillance était clairsemé. La nuit tombait. À un croisement, Nathan hésita. Sur un écran de télévision géant, une geisha l'incitait à boire du Pepsi. C'était là qu'ils avaient perdu la trace des motos, faute de caméras. L'intuition devait prendre le relais. Privilégier l'itinéraire le moins aisé, calculer l'échappatoire. Tout droit, la rue s'élargissait vers la gare. À gauche, la circulation était à double sens en direction du district des affaires où les tours municipales de Kenzo Tange culminaient à deux cent quarante-trois mètres. Là-bas, les caméras étaient à nouveau présentes. À droite, la rue était en travaux, interdite à la circulation et menait au Kabuki cho, le quartier chaud de Tokyo. Boîtes de nuit, restaurants, cabarets, sex-shops, bars, restaurants, librairies porno, cinémas…. Nathan signala qu'il continuait seul et s'engagea à droite, slalomant entre les piétons et les échafaudages. Il bifurqua dans une rue éventrée où les canalisations étaient à ciel ouvert. Mitraillant des éclats de boue sur son passage, il fila en direction d'un embranchement, repéra des escaliers. La mauvaise visibilité obligeait à compenser la perte de vitesse par des prouesses acrobatiques. Il mit les gaz pour gravir la volée de marches, roula en contresens et tourna dans la première rue. Enfilade d'estaminets, de salles de pachinkos, de clubs privés, de bars aussi exigus qu'un hall d'entrée. Les trottoirs étaient encombrés de touristes coquins, d'hommes d'affaires infidèles, de joueurs invétérés, de salariés en costume cravate, déambulant de bar en bar par bandes de deux ou trois, se désinhibant à coups de saké et de karaoké. Nathan progressa lentement, attentif aux regards derrière sa visière boueuse et embuée. Se faisant passer pour celui qu'il traquait, il demanda à une prostituée si elle avait vu son partenaire. Négatif. Il reposa la question à un rabatteur de bar à hôtesses, à un vendeur de sushis. Bredouille, il changea de méthode et quadrilla le district en se faisant remarquer. Quelqu'un le salua de la main, Nathan pila.

– Tu as vu mon pote ? lui demanda-t-il sans dévoiler son visage.

– Qu'est-ce que vous glandez dans le coin ?

– Une affaire à traiter. C'est un vrai dédale ici. Ça vaut pas notre quartier.

– Tu rigoles ? Golden Gaï est cent fois pire.

Nathan s'élança en direction de Golden Gaï. La partie pittoresque de Shinjuku. Un quartier dans un quartier, un village miniature où les ruelles ne sont pas plus larges que les épaules d'un déménageur, où les bars pullulent, où l'on ne parle que le japonais, où les gaïjins ne sont pas les bienvenus. Les bars exigus ne pouvaient contenir que cinq à six personnes. Il était facile d'en vérifier la clientèle. Sans se lever de sa selle, Nathan posa des questions et ne recueillit que des sourires muets. Les deux lascars ne faisaient pas partie des habitués. Un travesti en kimono l'apostropha sous un parapluie.

– Tu ne veux pas venir te sécher à l'intérieur ?

– Je dois d'abord trouver mon pote. Tu l'as vu ?

– Il n'est pas au Kabuki Klub ?

Bingo. Une mamasan lui indiqua la direction du club. Nathan se débarrassa du casque et du blouson à l'entrée. Sur la scène, les 54 Nude Honeys mettaient le feu, tout en riffs et en braillements. Il commanda un Coca à une serveuse pailletée et se posta dans un coin qui lui permettait d'avoir une vision d'ensemble. Il scruta la clientèle, jusqu'à ce que son regard bute sur deux jeunes qui chahutaient une fille aux cheveux rouges. L'un d'eux portait des bottes de moto. Nathan suivit les deux individus qui forçaient la fille à s'enfermer avec eux aux toilettes. Il vrilla en l'air en dépliant sa jambe et percuta le battant au niveau du verrou. La menuiserie explosa sur le trio dans un bruit de chasse d'eau. Nathan s'élança sur la porte dégondée et shoota dans la tête qui dépassait. Il dégagea la fille en priorité et lui conseilla d'aller voir ailleurs. L'autre malfrat en profita pour brandir un couteau que Nathan esquiva en bloquant. Il frappa au visage, abaissa le bras armé sur son genou levé, le coude craqua, la lame tomba, la mâchoire encaissa un coup de pied en crochet. Le premier rappliqua, poing américain en action. Nathan tourna le long du bras tendu, décocha un coup de coude dans la nuque et se retrouva dans le dos de son adversaire. Avant de s'apercevoir que celui-ci avait déjà perdu connaissance, il l'attrapa par le col, tira et balaya une jambe. Il examina celui qui bougeait encore : un bras cassé, la mâchoire déboîtée.

– Désolé, j'ai mal dosé ma force, dit-il. Je vous offre un thé.

Le Japonais le regarda comme s'il avait affaire à un fou. Nathan l'aida à se lever et le poussa vers la sortie des artistes.

– Comme t'appelles-tu ?

– Putain, tu m'as pété la mâchoire.

– Ça se répare.

– Ça fait mal, merde.

– Si tu ne sais pas encaisser, il faut changer de métier.

– Qu'est-ce que tu veux, enfoiré ?

– T'offrir un thé.

– Qu'est-ce que tu m'emmerdes avec ton thé ?

Nathan lui montra son oreillette.

– Je suis en liaison avec la police. D'un mot, ils rappliquent. Je t'offre une alternative : t'asseoir dans un bar et discuter.

– J'suis pas une balance.

– Capitaine Sanako ? fit Nathan en parlant dans son micro.

– Ça va, c'est bon, raccroche. On va boire ta tisane, mais je ne dirai rien.

Quelques minutes plus tard, ils étaient assis dans un estaminet aussi triste qu'un fast-food de banlieue, mais où l'on pouvait parler sans hurler.

– Tu vas tenir le coup ?

Le gars esquissa une grimace sur sa gueule cassée.

– Qu'est-ce que tu voulais à cette fille ?

– C'est pas tes oignons.

– Tu as raison.

Nathan but une gorgée de thé et aborda le sujet qui le préoccupait.

– Je ne connais ni ton nom, ni ce que tu fais dans la vie et je m'en moque. Ce n'est pas moi qui te remettrai dans le droit chemin. Donc, on passe. Avant que je ne te libère, dis-moi seulement ce que tu as vu le 14 mars dernier, entre 11 h 05 et 11 h 06.

– J'ai pas mon agenda sur moi.

Nathan lui situa l'action et le décor.

– C'était pas moi, clama le Japonais. Vous n'avez aucune preuve.

– Peu importe les preuves, j'utilise mon intuition. C'est comme ça que je t'ai trouvé. Je me fous de ce que tu avais en tête, je veux juste savoir ce que tu as vu.

– Après, je peux m'en aller ?

– Oui.

– J'ai rien vu.

– Tu pilotais la moto qui suivait la fille ou celle qui lui venait de face ?

– La seconde.

– Qu'est-il arrivé à la fille ?

– J'en sais rien.

– Viens, on va demander à ton binôme.

– Vous l'avez mis KO.

– La police l'interrogera.

– Il a rien vu, sauf une lumière.

– Une lumière ?

– Quand il s'est engagé dans la rue, c'est tout ce qu'il a vu. C'est vrai qu'il faisait sombre comme dans un tunnel. On est entrés là-dedans pour prendre la fille en tenaille. On voulait juste lui taxer son sac. Ce genre de poule qui fait ses courses à Ginza avec un Vuitton a les moyens de se faire détrousser.

– Évite de remuer tes maxillaires inutilement. Tu n'as pas à te justifier. Au risque de me répéter, je me fiche des raisons qui te poussent à voler. Dis-moi ce que vous avez vu exactement.

– Moi, rien. C'est Hinoshiro qui a vu la lueur. C'était comme…

– Comme ?

– Vous allez vous foutre de ma gueule.

– Si c'est tout ce que tu risques.

– C'était comme si elle avait été avalée par la lumière.

– Ton copain était drogué ?

– On touche pas à l'acide. S'il dit qu'il y avait une lumière, c'est qu'il y en avait une.

– Quelle dimension avait-elle ?

– La taille d'une personne, à peu près.

– Comment expliques-tu que tu n'as rien vu ?

– Si vous me croyez pas, on va réanimer mon pote !

– Je te crois. Tu n'aurais pas osé inventer une histoire aussi débile.

– Je peux me casser ?

– Vas-y. La prochaine fois que ton copain voit des lumières avaler des gens, qu'il n'hésite pas à appeler le capitaine Sanako du district de Ginza. L'invasion des Martiens est peut-être déjà commencée.

Le voleur fila, perplexe. Nathan le suivit jusqu'à l'entrée du Kabuki Klub pour obtenir son nom auprès du videur. La journée était presque terminée.

32

Sylvie dormait en boule contre lui. Nathan se détacha de son corps tiède et alla boire un verre d'eau. Les Domange avaient raison, l'amour et la vie ne font qu'un et conduisent au bonheur. Il s'assit en zazen pour méditer et s'imprégner de cette justesse.

Conscience juste, respiration juste, sommeil juste, sexualité juste.

Les bases d'une authentique civilisation.

– Tu es là depuis combien de temps ? demanda Sylvie.

C'était le matin. Elle traversa la chambre pour rejoindre la salle de bains, l'ébouriffant au passage. Il effectua quelques mouvements d'étirement et récupéra sa conscience qui se focalisa sur l'enquête.

Des milliers de personnes disparaissent dans le monde chaque jour, mais on lui demandait de s'intéresser à quatre d'entre elles. Quatre gouttes dans une mer de larmes. Annabelle, Galan, Nicole, Suyani. Il fallait trouver un vrai lien entre ces victimes que l'on avait rapprochées en raison du caractère surnaturel de leur disparition. Nathan envisagea d'interroger les parents de Suyani.

Sylvie plongea trempée sur son mobile qui sonnait. C'était le commissaire Taillandier. Cela faisait des jours qu'il avait le nez dans le listing de l'OCDIP, l'Office central chargé des disparitions inquiétantes de personnes à Interpol. Des milliers de noms fichés, aucune piste. L'analyse des cheveux et des fibres prélevées dans la forêt de Fontainebleau leur avait seulement appris que les échantillons appartenaient à un individu blond, de race blanche, vêtu d'un passe-montagne en laine noire. ADN inconnu. Taillandier était désespéré, pressurisé, épuisé, désabusé. Lorsque Sylvie l'informa de ce qu'ils avaient découvert à Tokyo, il explosa :

– C'est quoi cette histoire de lumière, bordel ?

– D'après le témoin, Suyani a été aspirée par un halo.

– T'es pas en train de me dire que tu crois ces conneries ?

– La piste des extra-terrestres est la plus crédible pour l'instant.

Taillandier raccrocha.

– Il m'a pris la tête, je ne savais plus quoi lui dire, dit-elle à Nathan.

Debout, nue, les bras ballants, elle ne savait pas non plus quoi penser.

– Nathan, il faut que tu nous sortes de l'impasse.

– Pour sortir d'une impasse, il faut reculer.

– C'est-à-dire ?

– Revenir en arrière.

– À partir d'où ?

– De zéro. Taillandier et Mooses t'ont à la bonne. Réclame-leur un maximum d'informations sur les victimes.

– Du genre ?

– Qui sont les vrais parents d'Annabelle, de Nicole, de Galan ? Est-ce que Nicole aimait aussi la peinture et le blues ? Pourquoi Annabelle a appelé son chien Barish ? L'idée, c'est de trouver un lien significatif entre ces femmes. Car pour l'instant, on n'en a aucun.

En position du lotus, Nathan bénéficiait d'une vue en contre-plongée sur Sylvie. Ses cheveux bouclaient sur ses épaules, ses grands yeux bleus irradiaient de fins sillons vers les tempes, l'eau de la douche perlait encore sur sa peau dorée qui avait dû être caressée par beaucoup d'hommes. Il décroisa les jambes pour joindre ses pieds et lui demanda de monter sur ses cuisses. Les cinquante kilos de Sylvie tendirent ses adducteurs, amenant ses genoux au sol au terme de chaque expiration. D'habitude, il effectuait cet exercice seul, mais la vue dont il jouissait à cet instant valait tous les sesshins. Il bascula en arrière, Sylvie perdit l'équilibre et atterrit sur lui.

– Ça fait partie de l'exercice, ça ?

– Cela fait travailler les organes génitaux.

– Tu crois qu'on a vraiment le temps ?

– Faire l'amour avec toi est une expérience hors du temps.

33

Nathan consacra la matinée à visionner ce que les deux caméras de surveillance installées aux abords de la ruelle avaient enregistré depuis la disparition de Suyani. Un jet d'adrénaline altéra soudain le goût de son thé.

– Repassez l'image de droite, dit-il à l'opérateur.

Un type en cagoule s'était engagé dans la ruelle. Comme il n'en ressortait pas, Nathan demanda à ce qu'on mette l'avance rapide. L'homme à la cagoule ressortit enfin… du même côté. Temps passé dans la ruelle : onze minutes. Ils sélectionnèrent l'image la plus nette. L'individu portait un sweat à cagoule gris, un jean taille large, des baskets noires. L'enregistrement datait de la veille et indiquait 18 h 42.

– Pouvez-vous envoyer ce film par Internet ?

– Sans problème.

Nathan composa le numéro personnel de Taillandier. Il était 3 heures du matin en France. Il était sûr de le joindre.

– Regardez l'individu qui apparaît sur le film que vous allez recevoir et dites-moi si c'est celui que vous avez surpris chez Annabelle.

Taillandier se réveilla d'un coup et donna son adresse électronique.

Une demi-heure plus tard, le capitaine Sanako recevait un message sur son ordinateur. Son homologue français confirmait la ressemblance. Même taille, même façon de marcher à petits pas, en rasant les murs, la tête baissée, le visage planqué au fond d'une grande cagoule. Taillandier se proposa de venir au Japon pour les aider à identifier le suspect. Le capitaine l'en dissuada. Tant qu'ils ne l'avaient pas arrêté, sa présence était inutile. Nathan eut une idée :

– Est-il possible de détecter le sujet sur les autres vidéos de la ville ?

– C'est faisable bien sûr, dit Sanako.

– Je veux savoir où ce type est allé après être sorti de la ruelle.

Sanako monopolisa tous les opérateurs connectés au système de vidéosurveillance de Tokyo. Nathan se passa de déjeuner et assista au travail méthodique du logiciel qui cherchait à identifier la photo de l'homme qu'on avait saisie dans le programme de recherche. L'ordinateur sortit une liste répertoriant les sites où il avait été repéré, avec les horaires de passage. Peu à peu, se reconstituait devant eux l'itinéraire de l'homme à la cagoule. Nathan réalisa à quel point les gens étaient sous surveillance. Autant en profiter et pousser plus loin la machine.

– Est-ce qu'on peut localiser la cible en temps réel ?

Tous les opérateurs se mirent à pianoter sur leur clavier. L'unité centrale ne détecta aucune correspondance.

– Actuellement, le suspect n'est pas dehors, en tout cas pas dans le champ d'une caméra de surveillance.

– Où a-t-il été vu pour la dernière fois ?

– Dans le quartier de Shinjuku, dit un opérateur. Il est entré dans un hôtel, hier soir à 22 h 58. Hôtel Torii. Il n'est pas ressorti depuis.

34

Les policiers enfoncèrent la porte de la chambre 38 de l'hôtel Torii aussi facilement qu'un rideau de théâtre. L'équipe d'assaut s'infiltra des deux côtés de l'embrasure déchiquetée. Avant que l'individu couché dans le lit ne soulève une paupière, le canon d'un fusil était collé contre sa tempe, ses mains étaient maintenues dans son dos, une douleur dans la nuque l'empêchait de bouger et on lui vociférait des sommations dans l'oreille.

Le suspect était japonais, barbu, âgé d'une soixantaine d'années. Il avait un œil de verre et une gueule de bois. Le capitaine Sanako le bombarda de questions. Il était SDF, s'appelait Yuichi Matabe et la veille, on était venu le réveiller sous sa bâche bleue. Un individu au visage cagoulé, à la voix bizarre et au fort accent étranger, lui avait offert des vêtements, une chambre d'hôtel et une bouteille de saké.

– On s'est fait posséder, avoua Sanako.

– Qu'il nous amène là où il a rencontré son bienfaiteur, dit Nathan.

Gyrophares allumés et sirènes hurlantes, ils roulèrent en direction des tours municipales. Aux pieds d'une forêt de gratte-ciel, d'autoroutes et de voies ferrées, avait poussé un lotissement de bâches et de cartons. Le quartier des sans-abri.

Un adjoint communiqua au capitaine les renseignements qu'il venait de pêcher sur le SDF. Yuichi Matabe était restaurateur. À la suite d'un accident, il avait perdu son œil, sa femme et son fonds de commerce. Dépression, alcoolisme, voie royale menant directement à la boîte en carton. Yuichi Matabe n'était jamais sorti du Japon. Il ne possédait même pas de passeport. Le clochard ôta ses tongs avant d'entrer sous sa tente. Nathan l'y suivit en se déchaussant. Elle contenait un sac de couchage crasseux, des objets récupérés dans les poubelles et une odeur pestilentielle.

– En quoi la voix du cagoulé était bizarre ? demanda-t-il à son hôte.

– Elle était fluette. Pas naturelle. Elle provenait d'une cagoule sans visage.

– Vous avez fait allusion à un fort accent.

– Celui d'un type qui ne parle pas un mot de japonais. J'ai dû lui faire répéter plusieurs fois ce qu'il me baragouinait.

– Pourquoi avoir accepté sa proposition ?

Le SDF ricana.

– Vous croyez que c'est par choix que je vis ici ?

Nathan le fit sortir pour inspecter le logis nauséabond. Il chercha directement là où l'odeur était la plus forte. Sous une paire de chaussettes raidies par la crasse, il découvrit des sushis avariés enveloppés dans un journal. Au milieu du paquet putride, une clef. Il alla la montrer à Yuichi qui ignorait ce qu'elle faisait là.

– C'est une clef de consigne, dit Sanako. J'ai interrogé les voisins de Matabe. L'un d'eux a vu un type en cagoule se glisser cette nuit sous sa tente. Notre homme cherchait peut-être cette clef.

– Il ne l'a pas trouvée.

– Elle était planquée où ?

– Sous l'odeur.

– Elle vient de la gare de Shinjuku, dit-il après l'avoir examinée.

– Allons voir ce qu'elle ouvre.

La zone des consignes était située à l'écart d'un hall plus vaste qu'un terrain de football. Des centaines de casiers s'alignaient à perte de vue. Ils se dirigèrent vers le numéro 237 qui figurait sur la clef. Sanako l'ouvrit sur un millimètre, glissa une carte dans l'interstice, parut soulagé.

– Le casier n'est pas piégé.

Il l'ouvrit en grand. Le petit placard métallique contenait trois bouteilles de saké, des barres de céréale, des biscuits, des fruits secs, des yens.

– Qu'est-ce que ça veut dire ? s'exclama Sanako.

Le capitaine fit venir Matabe qui s'extasia devant les trois litres de saké. Le SDF paraissait découvrir cette réserve en même temps qu'eux. Sous les paquets de gâteaux, était plié un morceau de papier déchiré.

– C'est une adresse dans le quartier d'Asakusa, dit Sanako. C'est à l'autre bout de la ville. On y va.

– Cette adresse ne mène nulle part, dit Nathan.

– Qu'en savez-vous ?

– Le cagoulé nous fait tourner en rond.

– Pourquoi cherche-t-il cette clef ?

– Il ne la cherche pas. C'est lui qui l'a déposée.

– Dans quel but ?

– Nous occuper pendant qu'il fait autre chose.

– Quoi ?

– Je suis l'homme à la cagoule.

– Quoi ?

– Je reviens sur les lieux des disparitions. Je suis resté dans l'appartement d'Annabelle au moins trois quarts d'heure. J'ai arpenté la forêt de Fontainebleau à l'endroit où Nicole a été enlevée. À Tokyo, c'est plus compliqué, il y a des caméras partout. Je suis forcé de détourner l'attention des flics. J'induis l'adversaire en erreur par des suggestions trompeuses, l'amène à concentrer ses forces sur un seul front. « Feinter à l'est, frapper à l'ouest. » L'hôtel Torii, le SDF, la clef de la consigne, ce bout de papier avec une adresse bidon sont des leurres. Pendant ce temps, j'agis…

Le capitaine Sanako n'était pas familier avec cette technique d'empathie du profiler en phase avec le criminel. Il écouta en espérant obtenir à la fin du monologue le nom d'une destination vers laquelle foncer.

– … J'ai besoin de temps, comme à Paris ou à Fontainebleau. Pendant que les flics suivront mon jeu de piste, je reviendrai là où Suyani a été enlevée. Les onze minutes que j'y ai consacrées hier n'ont pas suffi.

Nathan fixa le capitaine après avoir de nouveau endossé son rôle d'enquêteur :

– Le suspect se trouve actuellement là où a été enlevée Suyani.

35

D'une main collée au volant, Sanako évitait les obstacles, de l'autre il alertait les véhicules en patrouille à Ginza. Sa sirène perçait le quartier embouteillé. Il zigzagua pour éviter un panneau de signalisation et un piéton terrorisé puis s'engagea dans un sens interdit. Nathan avait déplié un plan pour étudier la topographie du quartier vers lequel ils fonçaient. Il se remémora les détails rapportés par Taillandier sur la manière dont le suspect lui avait échappé.

– À Ginza, quel est l'endroit le plus fréquenté ?

– Sukiyabashi Crossing, les grands magasins…

– Si on se lance à sa poursuite, il va chercher à se fondre dans la foule.

– Les principaux sont Matsuya et Mitsukoshi. Il y a Le Printemps aussi. Ils sont proches de la ruelle.

À la radio, un policier les informa de son arrivée sur les lieux. Pas de type cagoulé. Le central de police signala que les caméras de surveillance ne l'avaient pas non plus repéré.

– Je crois que vous vous êtes gouré, Love, dit Sanako en coupant la priorité à un autobus.

– Il ne faut pas chercher une cagoule.

– Quoi ?

– La cagoule fait partie du leurre.

Nathan entra en liaison avec l'opérateur affecté à la surveillance de la ruelle.

– Qui se trouve encore dans la ruelle ? demanda-t-il.

– Un piéton. Impossible de le décrire, il avait un parapluie.

Nathan posa ses deux mains sur le tableau de bord pour amortir un freinage meurtrier et se retrouva la tête dans la carte.

– Notre homme est là-bas.

Sanako contourna le Palais impérial, fila en mordant sur le trottoir et dérapa devant un policier qui les attendait. Son collègue était en train de courir après l'homme au parapluie. Sanako se retourna vers Nathan pour lui donner un ordre mais celui-ci avait disparu.

36

Nathan traversa l'avenue au milieu des crissements de pneus, des klaxons et des sifflets. Il ne courait après personne. Son objectif était Sukiyabashi Crossing. Il bouscula une bande de néo punks techno et déboucha sur l'immense carrefour face à une cohorte de créatures féminines maquillées de noir et affublées d'uniformes du IIIe Reich. Perchée sur une caisse, une grosse femme leur aboyait dessus. Plus loin, un excité scandait des slogans xénophobes devant une assemblée de curieux et de nostalgiques du Japon isolationniste. Un autre prônait le retour au statut de dieu vivant conféré à l'empereur. Nathan occulta ces attroupements passifs d'extrémistes pour tenter de repérer un mouvement de fuite. Un flic cavalait en direction du Sony Building. Il rattrapa le policier au bord du malaise.

– À quoi ressemble le fugitif ?

– Casquette noire, imperméable clair, baskets. Environ 1,75 m. Il a tourné dans Chuodori entre les deux dépatos [1].

Il faisait référence aux grands magasins Wako et Mitsukoshi. Juste après, il y en avait un troisième : Matsuya. Nathan opta pour ce dernier, qui drainait plus de monde.

Des escalators et des ascenseurs vitrés donnaient accès aux sous-sols et à la vingtaine d'étages supérieurs éclairés par un gigantesque dôme de verre. Trois immenses calicots annonçant des soldes semblaient descendre du ciel. La clientèle était principalement composée d'adolescents et de femmes. Nathan détecta une casquette noire vissée de trois quarts sur la tête d'un jeune et deux imperméables clairs portés par des hommes qui n'avaient pas l'air d'avoir couru. Il monta dans un ascenseur pour acquérir une vue d'ensemble. Le suspect s'était probablement débarrassé de son pardessus. Nathan élimina les vieux, les gros, les grands, les petits, s'intéressa aux personnes seules, sans sac, sans poussette, sans enfant. Laquelle parmi elles trahissait un comportement suspect ?

Ne pas attirer l'attention. Le flic est encore à mes trousses. Solution, l'ascenseur. Il me mène au dernier étage pendant que je récupère.

Le vingtième niveau était consacré à la détente : terrain de jeux pour enfants, exposition de bonsaïs, brasseries,

1. Departments stores (grands magasins).

petit temple. Un pont de verre reliait les angles nord et sud. Nathan entreprit de faire réagir le fugitif. « Battre l'herbe pour effrayer les serpents. » Il s'approcha d'un vigile, lui piqua la gorge avec les doigts et avant qu'il ne s'effondre, dégaina son pistolet pour tirer sur l'armature en béton qui soutenait le dôme. Trois détonations rapprochées. Trois éclats de plâtre. Panique et hurlements. La foule s'éparpilla comme un sac de billes qu'on verse sur du carrelage. Au milieu de ces billes, il y en avait une plus véloce qui avait jailli d'une piscine à balles située dans l'aire de jeux et sauté à contresens dans un escalator. Nathan fonça sur le pont pour gagner l'angle nord et la prendre à revers. Rejeté par l'escalier mécanique, le suspect détala vers une exposition de poissons rouges. Un ascenseur arrivait à leur étage. Nathan visa un aquarium situé sur le trajet du fuyard. L'impact fit exploser la paroi de verre et transforma le sol en patinoire.

Créer le danger, mettre l'adversaire sous pression, l'empêcher de réfléchir, lui faire perdre son équilibre mental. Nathan s'inspirait de la voie de la tactique de Miyamoto Musashi.

Le fuyard se rabattit vers l'ascenseur. Nathan glissa l'arme dans sa ceinture, enjamba la rambarde et sauta dans le vide. En plein vol, il referma ses bras autour d'un calicot et se laissa glisser. Quatre-vingts mètres plus bas, il atterrit avec fracas sur le chapiteau en toile d'un vendeur de beignets. En face de lui, les portes de l'ascenseur s'ouvrirent sur un homme et quatre femmes. D'un coup de pied hasardeux, il réexpédia le type au fond de la cabine que les quatre femmes évacuèrent en criant. Nathan réalisa trop tard qu'il portait des godillots. Une casquette et une perruque avaient été jetées dans un coin. Le coupable se trouvait parmi les femmes qui avaient fui sous son nez.

Le coupable était une coupable.

Les quatre femmes s'étaient dispersées en éventail. Laquelle avait pris le plus d'avance ? La porte à tambour tournait trop vite. Une vieille dame en avait été éjectée. La suspecte avait quitté le bâtiment. Nathan écarta le vendeur de beignets qui réclamait des comptes et emprunta le pistolet d'un vigile titubant sous l'effet d'un coup de sabre de main.

Dehors, les sens en alerte, il distingua des lycéennes éparpillées comme des quilles après un strike, un piéton collé à un mur, un automobiliste furieux. Il suivit les cailloux blancs que la fuyarde laissait derrière elle. « La femme en short noir est priée de regagner le trottoir », avertit un policier dans un mégaphone. Nathan l'aperçut entre deux files de voitures, au large des trottoirs encombrés. Encore sous le choc des coups de feu, elle privilégiait la vitesse au camouflage, pensait plus à fuir qu'à se fondre. Il accéléra pour ne pas la perdre de vue. Un short noir sur de longues jambes, des baskets noires, un débardeur blanc, des cheveux noirs coupés courts. Elle courait vite et ne pourrait pas maintenir ce rythme longtemps. Il comptait là-dessus pour la rattraper. Elle coupa la route à un bus-limousine, plongea dans le sol. Le métro. Elle sauta au-dessus d'une barrière et s'engouffra dans le dernier wagon. Nathan se jeta entre deux portes qui se refermaient. Une dizaine de compartiments les séparaient. La cavaleuse profitait de ce répit pour regagner des forces. Au moins, pendant ce temps, l'écart entre eux ne se creusait pas. Il se prépara à descendre à la prochaine station.

« Nihonbashi desu », annonça le haut-parleur. Dès que les portes s'ouvrirent, une flèche fusa de la masse humaine compacte et survola les marches de l'escalier en direction de la sortie. Revenu à la surface, Nathan la vit filer le long de la rivière et disparaître sous terre. Nouvelle station, nouvelle ligne. Toei Asakusa Line. Quelle direction avait-elle prise ? Nord ou sud ? Nord, selon un contrôleur qui ne s'était pas senti de l'intercepter. Nathan monta dans la rame bondée. Impossible de la repérer dans la foule concentrationnaire. Il fallait tout stopper, sinon il la perdait.

Le pistolet dont il s'était servi dans le centre commercial était dans son dos. Il le ramena discrètement devant lui à côté de celui qu'il avait emprunté au deuxième vigile et empoigna les deux crosses.

« Ningyocho desu ». Les portes s'écartèrent. Il recula face à la rame, tendit les bras en croix et fit feu au-dessus des usagers qui s'apprêtaient à se déverser sur le quai.

– Tirez le signal d'alarme ! hurla-t-il.

Il avait figé l'instant. Des cris et des pleurs trahissaient la tension extrême de la situation qu'il venait de créer. Dans l'immobilité se cachait la fugitive. Les couloirs répercutèrent des échos de bottes. Le personnel de sécurité rappliquait en force. Il perçut un mouvement sur sa gauche. Des clameurs. Une bousculade. Une silhouette se rua vers la sortie. Nathan recolla à sa cible. Lorsqu'il émergea à la lumière du jour, il la vit rebondir sur le capot d'un taxi, sauter au-dessus d'une mobylette et descendre l'avenue face aux véhicules qui l'évitaient en klaxonnant.

À l'approche de Kanda Station, elle adopta un nouveau moyen de transport : la cohue. Elle se mêla aux piétons comme une feuille d'automne tourbillonnant au milieu de dizaines d'autres feuilles. Cheveux noirs dans une nuée de cheveux noirs. Flux ondulatoires et syncopés se heurtant aux mouvements mécaniques et rapides des véhicules. Plus grand que les Tokyoïtes, Nathan dominait l'onde capillaire. Certaines têtes arboraient de petits masques de tissu pour filtrer l'air saturé de dioxyde de carbone. En avait-elle un ? Il se laissa guider par le courant humain qui l'entraînait vers l'avant, comme elle était probablement en train de le faire. Elle se fondait dans l'environnement, ne créait pas de vague. Elle ne prendrait pas le risque de se retourner pour l'affronter. Branché sur la conscience de sa cible, Nathan avança, en état de mushin, sans ego, sans conscience, sans esprit dualiste, sans volonté de gagner. Il ne regardait plus son objectif, il voyait. Les feux de signalisation clignotaient autour d'eux, l'autoroute ronronnait dans le ciel, le métro bourdonnait sous leurs pas. Les boutiques et les restaurants attiraient des particules qui se détachaient de ce gigantesque ensemble moléculaire. Un courant l'entraîna vers un bus. Un autre l'attirait vers l'asphalte. Plusieurs flux s'interpénétrèrent, créant une perturbation sur la chaussée à peine régulée par un policier fluorescent. Nathan fut plaqué contre un mur humain qui empêchait les portes de l'autobus de se refermer. La suspecte avait eu le temps de monter, protégée par un bouclier de ménagères, de retraités, d'étudiants. Il arracha le parapluie d'une femme et la besace d'un adolescent pour les jeter sur le trottoir et voler leur place. L'autobus démarra. L'écart s'était resserré. Elle était là, probablement dans le fond, comme une bulle dans une bouteille de soda. Il ne restait plus qu'à secouer la bouteille pour la faire jaillir. Comment ? En criant. Le cri est une force. Nathan devait recourir à celui que l'on pousse au début du combat, le plus exagéré, qui doit ébranler l'adversaire avant de porter le coup. À l'arrêt suivant, son kiaï fit gicler le contenu du bus. La mousse humaine se répandit. Une bulle s'échappa plus rapidement que les autres pour se mêler à un nouveau flux. Elle sauta sur un scooter garé devant un réparateur de cycles et s'inséra dans le torrent bruyant et mécanique de la circulation automobile. Nathan l'imita, dans le dos du garagiste occupé à poursuivre la voleuse. Il enjamba un engin qui ronronnait sur sa béquille et s'engagea à son tour dans le trafic en laissant une flaque d'huile sur place.

La fille bifurqua dans un sens interdit, emprunta une rue piétonne, puis une voie à contresens. Elle roulait à tombeau ouvert en direction du quartier d'Asakusa, la ville basse. Nathan grilla un stop et se fit percuter à l'arrière par un taxi. Le scooter effectua un tour complet au milieu du carrefour avant de reprendre sa trajectoire en larguant une épaisse fumée.

La fugitive piqua sous la porte du Tonnerre, dans Nakamie dori, sous l'œil des dieux du vent et de la foudre censés éloigner les mauvais esprits. Sans ralentir, elle coupa la longue galerie en deux vagues humaines qui éclaboussèrent les échoppes. Nathan emprunta la houache en pétaradant sous des centaines de lanternes en papier.

Nakamie dori était entouré de petites rues labyrinthiques. Ce fut là qu'il la perdit. Un gamin l'avait vue s'engager dans une étroite ruelle. Son scooter était flanqué contre la vitrine d'une boutique de peignes. D'après le commerçant, elle avait continué à pied. La ruelle débouchait sur une artère plus large et sur un Matsuya department store. Le bâtiment faisait aussi office de gare, ce qui était fréquent à Tokyo où la plupart des grands magasins appartenaient à des compagnies de chemin de fer. Au croisement d'Asakusa dori et d'Edo dori, le passage de la fugitive était matérialisé par une trouée dans une masse de piétons. Nathan s'y aventura et échoua devant Azuma bashi qui enjambait la rivière Sumida. De l'autre côté de la rive, le Philippe Stark Building se faisait remarquer avec sa gigantesque goutte d'eau dorée sur le toit. À sa droite, une station de métro. À gauche, la gare. Dans son dos, la porte du Tonnerre. Un aquabus qui descendait la rivière en direction du port était sur le point de passer sous le pont.

Je veux en finir avec cette course-poursuite, casser le rythme de ma fuite, ne plus tourner en rond, ni revenir en arrière, ni remonter dans une rame de métro ou de train, ni me dissoudre dans un dépato. Aller là où mes poursuivants n'oseront pas aller. Prendre le large.

En phase avec la fuyarde Nathan visualisa le pont, le bateau, le port, la baie de Tokyo. Il fonça sur Azuma bashi et se pencha à l'aplomb de la rivière. La proue apparut, puis la passerelle, puis la poupe. Il s'inclina un peu plus et l'aperçut. Elle était suspendue à la structure.

Elle se jeta dans le vide, atterrit à l'extrémité du ferry, rebondit sur la toile de protection d'une chaloupe et alla se mêler aux passagers. Même en prenant de l'élan, Nathan ne pouvait plus atteindre la navette. Refusant d'abandonner, il enfourcha son scooter et longea Sumida gawa sans quitter l'embarcation des yeux. Cette fille était capable de sauter en marche pour ne pas risquer de se faire arrêter à l'arrivée.

Parvenu au débarcadère d'Hamarikyu Garden, il se posta au milieu du ponton en cherchant à percevoir l'énergie dégagée par chacune des passagères qui descendaient à terre. La fugitive en contenait plus que les autres. Mais il ne décela que des déplacements d'air. Elle était encore dans l'aquabus. À bord, un membre de l'équipage lui confirma qu'il n'y avait plus personne. Nathan traversa le pont supérieur et jeta un œil à bâbord.

Elle s'éloignait à la nage dans les eaux noires du port.

Il allait sauter lorsqu'il réalisa qu'elle n'avait plus qu'une centaine de mètres à effectuer avant d'atteindre la pointe sud de Hamarikyu Garden. Il se rabattit sur son deux-roues. Contourner les quais pour arriver avant elle. Il coupa un sens giratoire, se risqua en contresens dans une bretelle qui le mena à l'entrée du parc, esquiva un gardien qui tentait de lui refuser l'accès motorisé et creusa une tranchée de CO^2 au milieu des cerisiers en fleurs, des azalées, des iris, des petits étangs.

À la pointe sud, un jet-ski s'éloignait du centre nautique. Sur le ponton, un homme gesticulait. L'engin fusait hors des limites du plan d'eau qui entourait le parc. La fuyarde avait atteint la rive plus vite que prévu. Elle s'avérait increvable, surhumaine. Allait-elle mettre le cap sur la baie ou remonter la rivière Sumida ? Il était probable qu'elle privilégie le cours d'eau qui la ramènerait au cœur d'une agglomération de douze millions d'habitants.

Nathan rebroussa chemin et anticipa sa trajectoire. Il s'engagea sur le fish market qui jouxtait Hamarikyu Garden et sollicita toute la puissance du moteur tonitruant. Le compteur indiquait 70 km/h. Au bout de la plate-forme hérissée de pontons, coulait la rivière Sumida. Cinq cents mètres à parcourir. Le scooter perdit des pièces et beaucoup de fumée noire. Le jet-ski avait passé la digue. La main bloquée sur la poignée, Nathan visa le troisième ponton. Même en freinant à fond, il était trop tard pour s'arrêter. Sur sa droite, le jet-ski glissait au niveau du deuxième ponton. En le voyant, la conductrice donna un coup de guidon pour s'écarter, ce qui lui fit perdre de la stabilité et de la vitesse. Nathan ne contrôla plus rien.

Le choc, brutal et glacial, plongea les deux adversaires dans un bouillon de tôle, d'essence et d'écume. En touchant l'eau, Nathan sentit une immense claque contre ses côtes, une douleur, le froid sur son visage, un goût d'égout dans la bouche. Lorsqu'il refit surface, il vit le jet-ski flotter sur le flanc. Le scooter avait sombré. La fille aussi. Il la chercha dans l'opacité des profondeurs portuaires, remonta plusieurs fois pour reprendre son souffle, replongea, jusqu'à ce que ses mains rencontrent une jambe.

Tout en lui maintenant la tête hors de l'eau, il la hissa sur le jet-ski. Le responsable du centre nautique était en train de les rejoindre sur un hors-bord. Après avoir transféré le corps de la naufragée sur le canot, il alterna bouche à bouche et massage pulmonaire, jusqu'à ce qu'elle crache le liquide salé qui engorgeait ses poumons. Elle grimaça, maugréa des mots incompréhensibles et tomba en syncope.

Nathan allongea la jeune femme chez le loueur et l'examina. Elle avait reçu un violent coup au crâne. Il essuya le sang et écarta ses cheveux qui masquaient un faciès osseux et un menton fuyant. Son visage disgracieux contrastait avec la perfection de son anatomie : épaules de gymnaste, poitrine opulente, hanches galbées, longues jambes fuselées. Nathan s'interrogea sur l'identité de cette femme avant de s'inquiéter de son sort. Sa cuisse était ouverte et il avait le vertige.

37

Le capitaine Sanako lui dressa la liste de ses exploits : coups de feu tirés dans un grand magasin un jour de soldes ainsi que dans le métro à une heure de pointe, agressions sur deux vigiles et vol de leurs armes, destruction d'un snack, vol d'un scooter, sabordage d'un jet-ski, infractions multiples au code de la route, traumatisme de la population… En résumé, le maire et le chef de la police lui étaient tombés dessus. Nathan voulut savoir si l'empereur avait été importuné. Le commissaire n'apprécia pas le trait d'ironie. Il n'y avait aucun mort à déplorer, mais beaucoup de casse, dc la paperasse, des plaintes en masse. Sanako était dans le collimateur de sa hiérarchie. Quant à la fuyarde, elle était dans le coma. Sa photo et ses empreintes n'apparaissaient sur aucun fichier d'Interpol. Nathan se redressa sur son lit d'hôpital. Un épais pansement était enroulé autour de sa cuisse.

– J'espère que la surveillance n'est pas que médicale, dit Nathan.

– Elle ne peut pas aller très loin.

– Elle peut se réveiller.

– J'ai posté un homme à l'entrée de sa chambre.

– Mettez-en deux. Plus un troisième devant sa fenêtre.

– Inutile d'en faire trop.

– Cette fille est un caméléon croisé à une anguille.

– Vous croyez qu'elle est derrière tout ça ?

– Derrière quoi ?

– Les disparitions.

– Elle est soit derrière, soit devant.

– Devant ?

– Elle est liée aux enlèvements. Reste à savoir si elle l'est en tant que coupable ou victime.

38

Sylvie se pointa au chevet de Nathan avec un bouquet de nouvelles. Une cinquième disparue s'était ajoutée. Aliana Cortès, cadre supérieur à la Chase Manhattan Bank de New York, n'avait plus donné signe de vie depuis deux jours. Ce qui avait attiré l'attention d'Interpol, c'était que la jeune femme occupait à vingt-cinq ans le poste de directrice des investissements. En creusant, Sylvie avait découvert qu'elle était diplômée de Yale, célibataire et indéniablement belle. L'agent fédéral Mooses s'était rendu à New York pour en apprendre davantage. À Paris, Taillandier n'avait trouvé aucune trace d'adoption d'Annabelle par les Domange et doutait de plus en plus des compétences de Love. De son côté, Gordon Ryler avait produit le certificat de naissance de sa fille et l'acte de décès de sa femme, morte en couches. Galan Ryler était donc sa fille naturelle. Sylvie s'était aussi renseignée sur le nom du chien d'Annabelle. « Barish » signifiait « paix » en turc. Elle ne voyait pas ce que l'on pouvait faire de cette info.

Nathan posa un pied par terre et suggéra de rendre visite aux parents de Suyani. Il voulait en savoir plus sur les liens qu'ils entretenaient avec leur fille.

Leur taxi traversa le quartier d'Asakusa et prolongea sa course vers le nord jusqu'à Yoshiwara. À l'ère des shoguns Tokugawa qui dirigèrent le pays du XVIIe et XIXe siècle, Yoshiwara était le lieu de prédilection et de perdition des riches, où les geishas formées aux arts et aux plaisirs raffinés se multiplièrent. À l'époque, Tokyo s'appelait Edo, le théâtre kabuki était un spectacle érotique et l'on pouvait compter plus de trois cents maisons closes dans le quartier. Cela ne dura qu'un temps, car les autorités outrées finirent par interdire aux jolies filles de monter sur scène. On les remplaça par des travestis, on transforma les maisons closes en bains turcs et les prostituées en masseuses.

– Des bains turcs ? releva Sylvie. Tu crois que cela a un rapport avec Barish ?

Elle était prête à tout envisager.

– Depuis que la Turquie a porté plainte, on ne dit plus « le quartier des bains turcs », mais « Soapland ». Que la Turquie ait influencé l'enfance de Suyani reste donc à prouver.

– Drôle d'endroit pour élever une fille qui deviendra en quelques années l'une des têtes pensantes de Mitsubishi.

– L'endroit a inspiré les artistes. Les estampes les plus célèbres ont immortalisé cette société qui mêlait l'art et le sexe.

Au détour d'un sanctuaire shinto, le chauffeur hésita. Un piéton leur indiqua le chemin pour la maison Kamatsu.

L'établissement à deux étages était construit en bois et couvert de tuiles bleues. Dans le hall, Sylvie et Nathan furent accueillis par Mme Kamatsu. Ils échangèrent leurs chaussures contre des pantoufles, pénétrèrent dans une salle de restaurant et montèrent au premier étage où les clients finissaient la soirée en compagnie de leurs courtisanes.

– Nous sommes l'une des rares maisons à avoir gardé la tradition des hikitechayas [1], dit Mme Kamatsu dans les escaliers.

– La tradition se perd, dit Nathan qui n'avait cure des traditions.

– Les oiran [2] sont aujourd'hui cantonnées aux spectacles pour touristes.

Elle fit coulisser une porte basse. Ils entrèrent dans une pièce meublée d'une table et de trois coussins plats. Nathan fit signe à Sylvie qu'elle devait se débarrasser de ses pantoufles car le sol était couvert de tatamis. Il nota trois touches de décoration : une niche creusée dans le mur qui contenait un bouquet de trois fleurs, une shunga [3] de Hokusai, une calligraphie composée de trois idéogrammes dont le sens le troubla.

– Hajimemashite, dit M. Kamatsu qui les rejoignit en courbant la tête.

– Hajimemashite, répondit Nathan en s'inclinant à son tour.

1. Maison de thé/bordel.
2. Courtisanes.
3. Estampe érotique.

Le père de Suyani les invita à s'asseoir sur les zabuton tandis que son épouse disposait avec délicatesse un service à thé sur la table. Chacun de ses gestes traduisait le calme et la douceur de son esprit. Conscient de l'importance des usages et du respect des codes observés en ce lieu, Nathan fit tourner sa tasse entre les mains pour montrer qu'il en appréciait la façon. Il sollicita l'usage de l'anglais, à cause de Sylvie.

– Il n'y a pas de problème, Suyani s'adresse souvent à nous en anglais.

– Pourquoi ?

– Pour nous permettre de pratiquer votre langue. Nous avons une proportion non négligeable de gaïjins parmi notre clientèle.

– Qui est votre fille ?

– Nous avons déjà répondu aux policiers.

– Pour vous, qui est Suyani ?

– Qui est Bouddha ? dit Eita Kamatsu.

– Est-ce que Suyani a réalisé sa véritable nature ?

– Elle a atteint l'Éveil, malgré sa vie sociale et mondaine.

Sylvie se dit qu'ils auraient pu continuer à parler japonais ou chinois. Mme Kamatsu versa du thé dans les bols, dispersant dans la pièce une parfaite harmonie et un parfum chaud. Convaincue que chaque geste était codifié, la Belge calqua les siens sur ceux de Nathan. Elle ne voulait pas faire de bourde, ni risquer de saper l'interrogatoire abscons.

– Est-ce que Suyani a été élevée ici ? demanda Nathan.

– Nous l'avons formée aux arts, aux jeux de l'esprit, au bouddhisme. Notre fille sait méditer, chanter, danser, jouer de tous les instruments traditionnels. Nous lui avons aussi appris à cultiver la bonté et à la diffuser autour d'elle.

– Vous lui avez aussi enseigné l'art de la séduction ?

– Je vous en prie, s'offusqua la mère.

– Est-elle votre unique enfant ?

– Oui.

– L'avez-vous allaitée naturellement ?

Sans se départir de leur demi-sourire, les Kamatsu se regardèrent, surpris par la question.

– Oui, répondit la mère.

– Pendant combien de temps ?

– Pourquoi cette question ?

– J'essaye d'étoffer un profil psychologique qui m'aidera à retrouver votre fille.

– Je lui ai donné le sein pendant un an environ.

– À quel âge a-t-elle marché ?

– À trois mois.

– Et commencé à prononcer des phrases ?

Témoin de ce dialogue surréaliste, Sylvie en perdait le goût du thé. Les Kamatsu aussi.

– À partir de trois ans environ, mais… ?

– Quand a-t-elle quitté votre foyer ?

– Il y a sept ans. Pour ses études en Amérique.

– Berkeley, n'est-ce pas ?

– Oui.

– Cela a dû vous coûter cher ?

– Nous en avions les moyens. Notre clientèle paye bien.

– Je vous remercie pour votre accueil.

Ils se courbèrent, récupérèrent leurs chaussures et gagnèrent la station de métro la plus proche. Sylvie avait besoin d'explications.

– Ils n'ont pas l'air bouleversés par la disparition de leur fille, dit-elle.

– Qu'est-ce qui te fait dire ça ?

– Ce sourire indélébile sur leurs visages.

– Dans le zen, la pratique du demi-sourire contribue à développer la bonne humeur et le bonheur naturel.

– La méthode Coué ?

– Le sourire détend les centaines de muscles du visage et procure au système nerveux les mêmes effets qu'un véritable plaisir.

– Pourquoi leur as-tu demandé tous ces détails sur Suyani ? Ça te sert à quoi de savoir combien de temps elle a tété le sein de sa mère ?

– Tu as écouté leurs réponses ?

L'aspect saugrenu des questions les avait un peu occultées.

– Ce n'est pas Suyani que je sondais, mais ses parents.

– Pour savoir s'ils étaient ses parents naturels ?

– Tu as des enfants ?

– Un fils de vingt-cinq ans.

– Donc tu connaissais les réponses. Mme Kamatsu a dit qu'elle avait donné le sein pendant un an.

– En moyenne, c'est dix semaines.

– On marche à partir de quel âge ?

– Au plus tôt, à neuf mois.

– Selon elle, trois mois ont suffi à Suyani. À quel âge un enfant formule des phrases ?

– Vers deux ans.

– Trois ans pour Suyani, selon sa mère marquée par le chiffre trois.

– Le chiffre trois ?

– Il y avait trois éléments décoratifs dans la pièce, trois coussins, trois fleurs dans le vase, trois idéogrammes sur la calligraphie.

– Qu'est-ce que cela signifie ?

– C'est un principe zen qui nous ramène à la relation que nous devons entretenir avec l'esprit de la nature et la nature elle-même. Mme Kamatsu est une bonne personne, mais elle a menti.

– Suyani a donc été adoptée ?

– Dans le plus grand secret. Comme pour Annabelle Domange.

– Qu'as-tu appris d'autre ?

– L'arrangement du bouquet qui laissait le vide circuler entre les fleurs et les tiges traduisait la pureté, le dépouillement, l'absence d'émotion et de sentiments. Les Kamatsu ne sont pas affectés par la perte d'une fille. Ils affichent la même sérénité que les Domange. De la révérence à son égard, comme si elle représentait une autorité. Quant à l'estampe sur le mur, elle est de Hokusai. Elle vaut une fortune.

– La peinture. Cela fait encore un point commun.

– Il y en a un autre, plus troublant.

– Lequel ?

– Le kakémono.

– Qu'est-ce qu'il y avait écrit dessus ?

– « Heiwa ». Cela signifie « paix » en japonais.

39

– Où m'emmènes-tu ? demanda Sylvie.

Ils avaient pris le train jusqu'à Takao san Guchi, puis un taxi. Le paysage éclairé par un soleil couchant était saisissant. Des pavillons en bois dégringolaient de la montagne sous une forêt en fleurs. Le taxi s'arrêta devant l'un d'eux. Après avoir ôté leurs chaussures dans le hall d'entrée, ils furent invités par une hôtesse à s'asseoir sur les tatamis. Une serveuse en kimono prénommée Nikki prit leur commande et alluma un brasier au centre de la table sous laquelle était vissé un petit chauffage.

– Nous allons cuire nous-même les aliments, dit Nathan.

En se retirant, la serveuse fit coulisser une cloison qui donnait sur des cerisiers. La petite brise avait fait fuir la pluie et saupoudrait le sol d'une neige de pétales blancs. La pureté du spectacle et le silence qui l'entourait incitaient à la méditation.

– C'est magnifique, dit Sylvie.

La serveuse leur servit le thé avant de s'effacer.

– Profite de ce que tu vois, cela n'arrive qu'une fois par an et dure peu de temps.

– La fleur de cerisier est importante pour les Japonais, n'est-ce pas ?

– Sakura no hana est l'âme du Japon, plus que ne peut l'être le soleil levant.

– Pourquoi ?

– Sa vie est si brève qu'elle s'envole avant d'être fanée.

– Vieillir, c'est méprisable ?

Il promena son doigt sur les ridules de son regard interrogateur.

– Vieillir est naturel. Pas le souci de vieillir.

– Ne pas s'en faire puisque tout est provisoire, hein ?

– Tu as tout compris.

L'index de Nathan descendit le long de la joue de Sylvie, suivit le contour des lèvres, puis descendit encore.

– J'aime en toi ce qu'aucune jeune femme ne peut acquérir en moins de vingt ans. J'aime ton visage sculpté par les larmes et les éclats de rire. J'aime tes seins généreux qui ont nourri ton enfant et de nombreux fantasmes. J'aime la mollesse de ton ventre qui a donné la vie. J'aime ton corps qui a su prodiguer du plaisir. J'aime ta peau un peu flétrie comme une page de poésie que l'on a apprise par cœur.

Il l'embrassa. Elle s'apprêtait à enjamber la table lorsque la serveuse réapparut. Sylvie referma sa robe et se rassit. Nikki posa devant eux une multitude de petits plats à base de tofu, de légumes, de sashimis, de coquillages, compositions si subtilement élaborées que l'on hésitait à les endommager à coups de baguette. Puis elle plaça une marmite sur le brasier avant de les laisser seuls. Nathan aida Sylvie à s'y retrouver.

– C'est une cuisine inspirée par des moines bouddhistes. Peu calorifique et riche en protéines. Trempe les tranches de poisson cru dans le shoyu.

– Le shoyu ?

– Une sauce de soja.

– Et ça, qu'est-ce que c'est ? demanda-t-elle en désignant une assiette posée à côté d'un petit bol de saké chaud.

– Du poison.

– Quoi ?

– Du fugu. Du poisson-lune si tu préfères. Tu as de la chance, car on n'en trouve que jusqu'à la fin mars. Le fugu peut-être mangé à condition de retirer le poison mortel contenu dans ses ovaires. Tu verras, le goût est particulier. On l'accompagne de saké chaud.

– Et le truc qui flotte dans le saké, c'est quoi ?

– Un aileron de fugu grillé.

Ils picorèrent pendant que la marmite mijotait. Sylvie s'enivrait des parfums, des sons, des saveurs, du décor. Tout était nouveau pour elle.

– Merci Nathan pour cette soirée.

– Ce sont les contribuables français et américains qui te l'offrent.

– On abuse, non ?

– L'enquête a avancé aujourd'hui.

Elle se concentra pour clarifier sa pensée qui avait tendance à se disperser comme les fleurs des cerisiers :

– En France, Annabelle a appelé son chien Barish ce qui signifie paix en turc. À l'autre bout du monde, les parents de Suyani dirigent un bain turc et possèdent un kakémono sur lequel est écrit heiwa qui veut dire paix en japonais. La Turquie et la paix seraient donc deux nouveaux points communs. Tu ne crois pas qu'avec ça le FBI va nous rire au nez ?

– Annabelle et Suyani sont liées par leur profil psychologique, physique, social, par leur amour de la peinture, par le fait qu'elles ont été adoptées dans le plus grand secret. Les époux Kamatsu ressemblent étrangement aux époux Domange dans leur façon d'éduquer leur fille adoptive.

– Oui, mais les autres ? Galan et Nicole n'ont pas été adoptées, ni élevées dans un lupanar.

Nathan lui resservit du saké, lui tendit une boule de riz grillé et l'embrassa dans le cou. Sylvie s'abandonna à ses sens. Le plaisir l'envahit. Malgré le froid qui s'infiltrait dans la pièce, ils finirent le repas à moitié nus, corps enlacés sur les tatamis, dopés par le sansho [1]. Tout en goûtant aux aliments, ils se délectaient de leurs épidermes aigres-doux. Les lèvres légèrement endolories par le poison du fugu, ivre de saké et d'amour pour l'homme qui l'avait propulsée sur une autre planète, Sylvie connut l'orgasme le plus fort de son existence. Plus tard, elle réalisa que Sanako avait laissé deux messages sur son téléphone cellulaire. La suspecte était sortie du coma.

40

Il était plus de minuit lorsque Sylvie et Nathan arrivèrent à l'hôpital. Le capitaine était en compagnie d'un médecin de garde et d'un vieil homme à lunettes.

– Elle a parlé ? demanda Nathan.

– Elle a eu des propos incompréhensibles.

Il actionna un dictaphone numérique.

« … Crooan skamova dug usmusyorhk… »

Il éteignit l'appareil.

1. Piment.

– Le reste est du même calibre. On l'a questionnée dans plusieurs langues, mais elle a continué à s'exprimer dans son charabia. J'ai réveillé un linguiste, M. Tamura Jyoji, qui a eu l'amabilité de venir.

– Cette langue ne ressemble à rien de ce que nous connaissons, dit Jyoji. Cela n'est même pas une langue ancienne.

– Je peux la voir ? demanda Nathan.

– Si ça vous chante, dit Sanako. Moi je vais me coucher. Ça fait deux heures que je perds ma salive pour ne récolter qu'un salmigondis de phonétique incompréhensible. Demain, j'y verrai plus clair. J'ai doublé la surveillance. Un de mes hommes reste devant la porte.

– Tu devrais aller dormir, toi aussi, dit Nathan à Sylvie.

– Je reste.

– Cela peut prendre du temps.

– Tu crois que tu vas réussir à communiquer avec elle ?

– J'ai réussi à communiquer avec un chien.

– Cela ne m'enchante guère de te laisser toute la nuit avec une fille.

Il lui caressa la joue en souriant. La fatigue creusait un peu plus ses rides. Il la trouvait de plus en plus belle.

– Ce n'est pas une fille, dit-il.

– C'est quoi alors ?

– Je ne sais pas encore.

41

La chambre était plongée dans l'obscurité. Nathan alluma la salle de bains pour créer une source de lumière indirecte et s'approcha du lit. Il se décala d'un pas de côté et fouetta l'air d'un coup de pied retourné qui se figea à quelques centimètres de la silhouette derrière lui. L'énergie déployée la fit vaciller. L'intuition et l'action avaient jailli en même temps, sans pensée. Mais Nathan s'était arrêté à temps en percevant l'absence d'animosité chez la jeune femme. La chemise de nuit faisait transparaître son corps aguichant. Il lui prit le bras, elle sursauta comme si elle avait reçu une décharge électrique, regagna son lit en silence. Il ne parvenait pas à lire ce qu'il y avait dans ses yeux émeraude. Ils étaient vides comme ceux des idiots ou des mannequins. Immensément verts au milieu d'un visage ingrat.

– Ça va ? demanda-t-il en anglais.

– Buyt dmetruaon.

– Buyt dmetruaon, répéta Nathan.

Elle renifla et baissa les paupières. Il ne lui posa plus de questions et la laissa s'endormir. La méthode de Sanako n'avait pas porté ses fruits. À la lueur du néon de la salle de bains, il l'examina. Elle était de sang-mêlé. Eurasienne peut-être. Elle avait entre vingt et trente ans. Il souleva les draps, remonta sa chemise de nuit sur ses cuisses, baissa le haut jusqu'à la taille. Elle était souple, musclée, soignée, épilée, à la fois sportive et féminine. Pas de tatouage ni de marque particulière, à l'exception de deux contusions et des cicatrices au visage dues au choc de leur « rencontre ». Elle avait suivi un entraînement physique et mental qui lui permettait de narguer les forces de police, de se repérer dans une ville étrangère, de se fondre dans l'environnement, de sauter d'un pont sans se blesser. Elle connaissait la stratégie du combat qu'elle mettait au service de la fuite et non de l'affrontement. Quelle langue parlait-elle ? Difficile de croire qu'avec une telle préparation, une telle faculté d'adaptation, elle n'ait pas appris l'anglais. Quel lien avait-elle avec les ravisseurs ? Que cherchait-elle sur les lieux des enlèvements ? Il la couvrit et s'assoupit sans obtenir de réponse.

Lorsqu'il se réveilla, elle avait les yeux ouverts. Il était 1 h 45.

– Comment allez-vous ?

Il reformula sa question en espagnol, en japonais, en mandarin et même en navajo. Il essaya aussi l'italien, le français et le russe dont il avait acquis des bribes au cours de ses missions. Faute de réaction, il revint à l'anglais.

– Vous avez peur ?… Pourquoi fuyez-vous ?… Comment vous appelez-vous ?… Que cherchez-vous ?… Pour qui travaillez-vous ?… Où sont Suyani… Galan… Nicole… Annabelle… ?

Une dilatation de la pupille trahit de l'intérêt pour le dernier prénom prononcé.

– Annabelle ? répéta-t-il.

Elle détourna le visage vers la porte en reniflant. Il l'avait fait réagir.

– Où est Annabelle ?

Nouveau reniflement. Elle avait attrapé froid au cours de son plongeon dans le port. Elle n'était donc pas bionique.

– Quel est votre nom ?

Pas de réponse. Cachait-elle un secret qui l'empêchait de dévoiler la moindre parcelle de son intimité ? Pour entrer dans son cerveau, il devait se familiariser avec elle, partager des points communs. Physiquement, c'était déjà le cas. Comme elle, il était blessé, il avait été soigné dans le même hôpital. Comme elle, il était étranger et métis. Sa conscience refusant de s'ouvrir, c'était à son inconscient qu'il allait s'adresser, en copiant ses expressions, ses gestes, ses tics. Elle ne communiquerait qu'avec une personne appartenant à son camp.

Il souleva à nouveau les draps, lui massa les pieds et les jambes. Elle se laissa faire. Son regard se détacha de la porte pour se fixer sur la table de chevet. Il devina qu'elle avait soif. Il se leva, marcha en boitant exagérément jusqu'à la salle de bains et revint avec deux verres d'eau. Il en garda un. Pour la première fois, elle l'observa. Elle hésita avant de boire à petites gorgées. Il imita sa façon de se désaltérer. Ils posèrent leurs verres en même temps. Elle glissa ses doigts sous sa frange et ramena une mèche invisible derrière l'oreille, signe qu'elle avait eu récemment les cheveux longs.

– Vous avez besoin de quelque chose ?

– Dlogan fah.

– Dlogan fah, répéta-t-il.

42

Un cri déchira le silence. Le policier en faction déboula dans la chambre en l'inondant de lumière, pistolet au poing. Nathan lui fit signe d'éteindre et de ressortir. Son irruption intempestive avait arraché l'inconnue à son cauchemar.

– Vlogran, dit-elle.

– Vlogran, dit Nathan.

Elle se précipita aux toilettes. D'étranges grognements filtrèrent à travers la porte. Lorsqu'il ouvrit, elle était secouée par des spasmes et crachait des gerbes d'un liquide glauque. Il n'avait jamais vu des vomissements aussi violents. Elle se tordait de douleur. Nathan l'aida à se vider dans la cuvette, lui rinça la figure et humidifia une serviette qu'il plaqua sur son front. Il l'attira à lui dans un coin de la salle de bains, lui massa le ventre et le nombril, jusqu'à ce que les convulsions ne soient plus que des hoquets. Il l'aida à se lever, chancelante sur ses longues jambes, lui retira sa chemise de nuit souillée, la nettoya sommairement et la roula dans une couverture avant de la coucher.

Elle avait de la fièvre. Il appela le médecin de garde qui associa les vomissements au traumatisme crânien. La poussée de température était due à ce qu'elle avait enduré la veille. Particulièrement à sa noyade dans le port. L'interne lui donna du paracétamol pour faire chuter la température, mais la jeune femme s'était déjà rendormie.

43

Dans son bureau cossu du Kremlin, le président de la Russie referma le rapport du GRIP. Il alluma une cigarette américaine et regarda par la fenêtre de sa forteresse. Des enceintes discrètes diffusaient en sourdine *People gonna talk* de James Hunter. Dehors, la neige fondait sur le clocher d'Ivan-le-Grand, se liquéfiait sur les berges de la Moskova, se transformait en boue, compliquant le déplacement des vieilles ménagères emmitouflées et des consommateurs de vodka. Plus sobres mais plus dangereux, d'autres s'activaient en coulisse. La jeunesse préparait la révolution, les militaires un putsch, les terroristes tchétchènes des prises d'otages. Le FSB redoutait un attentat nucléaire dans le métro dont les répercussions sismiques entraîneraient la destruction de la capitale. Dans un pays où en se baissant, on avait plus de chance de ramasser une ogive nucléaire qu'une pomme de terre, l'attaque était à la portée de n'importe quel fanatique ne souffrant pas d'un lumbago.

Le GRIP, groupe de recherche et d'information sur la paix et la sécurité, avait classé les États membres des

Nations Unies selon leur contribution à la paix. Leurs politiques en matière de sécurité, de droits humains et d'environnement étaient passées au crible. La Russie arrivait en 130e position sur 150. Dans tous les domaines, elle était mal notée. Absence d'aide au développement, dépenses militaires élevées, corruption, non-respect de la liberté de la presse, résultats désastreux en matière d'environnement. Même le Rwanda et l'Afghanistan étaient mieux placés.

Le président écrasa son mégot. À côté du cendrier était posé un numéro de *Kommersant.* Le quotidien publiait deux ans après qu'elle avait été réalisée, une interview de Mikhaïl Khodorkovski, le patron de Ioukos envoyé au goulag pour fraude fiscale. Il n'était pas question de laisser le milliardaire lui ravir son pays. Sous le journal russe, il découvrit un numéro de *Newsweek* dont la couverture affichait la barbarie de la guerre en Tchétchénie, d'habitude masquée par les conflits en Irak et au Proche-Orient. Il fallait que ça cesse.

Pourquoi Ivana lui avait-elle fait parvenir ce rapport du GRIP ? Pourquoi s'entêtait-elle à lui faire lire la presse étrangère alors qu'il s'employait à museler celle de son pays ? Pourquoi l'obligeait-elle à écouter cette musique ? Pourquoi était-il si amoureux d'Ivana, même au bout de deux ans, alors qu'il ne trompait pas son épouse avant elle et que ni le sexe, ni les sentiments n'avaient jamais fait partie de ses préoccupations ?

Depuis son enfance passée dans une cité grise de la banlieue moscovite, il avait eu d'autres priorités. Petit et sans charisme, il s'était hissé au sommet à force de volonté. Maintenant qu'il avait le pouvoir, il dépensait son énergie à le garder.

Il demanda à sa secrétaire de convoquer son ministre de la Défense pour s'entretenir avec lui de la situation en Tchétchénie.

– Le général Kovalov est en vacances en France, dit la secrétaire.

– Qu'il interrompe ses vacances !

– Bien, monsieur le président.

C'était ça le pouvoir. Il en éprouvait un plaisir quasi orgasmique, comme avec Ivana. Il appela sa maîtresse sur son cellulaire. Elle se trouvait dans un magasin Gucci du centre de Moscou. Un endroit où la moindre étoffe valait un an de salaire d'un ouvrier.

– Je vais essayer une robe, dit-elle. Tu me dis ce que tu en penses ?

– Je suis au Kremlin, chérie, comment veux-tu… ?

– Je te la décris. C'est une robe en tulle et satin noir avec un serpent rebrodé de cristaux Swarovski. Sans les cristaux, elle pèse moins qu'un mouchoir.

– Heureusement, car au poids, cela doit valoir plus cher que le caviar.

– C'est meilleur, tu verras.

Il s'imagina en train de la dévorer. Son cœur s'accéléra, ses mains devinrent moites.

– Maintenant, je suis dans la cabine. J'ôte mon manteau de fourrure, ma veste en raphia et satin, je déboucle ma ceinture, déboutonne mon pantalon qui glisse le long de mes jambes… ça va, tu vois bien ?

– Trop bien.

– Qu'est-ce qu'il reste sur moi ?

– Ce matin, tu portais un haut en soie blanc.

– Je le retire.

Une érection gonfla son pantalon qui n'avait pas été taillé pour ça.

– Vlad ? Tu es toujours là ?

– Oui.

– Je dégrafe mon soutien-gorge…

Vision des seins nus d'Ivana, les plus beaux de la Création.

– J'enlève ma culotte…

– Pourquoi tu l'enlèves ?

– La robe se porte serrée près du corps. Il n'y a pas de place pour des sous-vêtements.

– Tu t'es entièrement déshabillée ?

– Je n'ai plus que mes escarpins. Maintenant, j'enfile la robe… Elle me va comme une seconde peau. Je crois que je vais la garder jusqu'à ce soir. C'est toi qui me l'enlèveras.

Vladimir regarda sa montre. 11 h 38. Six heures à attendre. Une éternité.

– Ivana, je peux me libérer entre midi et deux heures. Tu peux me rejoindre au Kremlin ?… Ivana ?…

À l'autre bout de la ligne, il entendit un froissement suivi par quatre bourdonnements, une longue aspiration et la tonalité continue. Lorsqu'il recomposa le numéro d'Ivana, il tomba sur sa boîte vocale. Vladimir bascula de l'excitation à la froide prise de décisions, chose qu'il savait faire par-dessus tout. Armé de deux téléphones, il envoya sur place sa police secrète et appela le magasin. On lui passa la vendeuse qui s'occupait d'Ivana et qui confirma que sa cliente était en train d'essayer une robe.

– Allez vérifier ! commanda Vladimir.

– Mais je n'ai pas quitté la cabine des yeux. Mme Nevassaïa est toujours là. Le rideau est tiré et…

– Je veux lui parler sur-le-champ.

Il entendit l'employée appeler Ivana.

– Vous allez écarter ce putain de rideau ? s'énerva le président.

Le combiné retransmit un bruit de tringle, un cri de stupeur, puis un bredouillement :

– Je… comprends pas… Elle était…

– Décrivez-moi ce que vous voyez !

– Elle est…

– Elle est quoi ?

– La cabine, elle est vide.

44

Où était-elle ? Nathan se leva brusquement, à moitié réveillé et avec une ankylose dans sa jambe droite. Il entendit la douche et se détendit. L'inconnue sortit de la salle de bain, l'ignora, renifla et se recoucha.

La porte s'ouvrit sur un aréopage bruyant et parfumé. Le médecin chef était accompagné de deux internes, de Sylvie et du capitaine.

– Elle a parlé ? demanda Sanako.

– Peu.

– Qu'a-t-elle dit ?

– « Buyt dmetruaon », « Dlogan fah » et « Vlogran ».

– Des conneries, quoi.

– Je l'ignore.

– Une journée au poste et elle va se mettre à table dans une autre langue.

– Ce serait une erreur.

– Écoutez Love, on n'a plus le temps de jouer les gardes-malades.

– Une autre femme a disparu, Nathan, précisa Sylvie.

– Qui ?

– Serana Welles, conseillère auprès de la secrétaire d'État américaine Kathleen Morgensen.

– Où ?

– Au Caire, il y a trois jours. C'est arrivé à l'hôtel Sheraton pendant les négociations de paix. Serana Welles s'est absentée pour aller aux toilettes. Personne ne l'a jamais vue ressortir. Elle a vingt-quatre ans, un poste clé à la Maison Blanche, des diplômes prestigieux, un physique exceptionnel paraît-il et pas de mari. La CIA, le FBI et le Mossad sont sur la brèche. Certains experts commencent à parler d'enlèvements extraterrestres.

– Leur fréquence augmente, dit Nathan.

Sylvie mit ses lunettes, ouvrit le dossier et confirma :

– Annabelle le 2 mars à Paris, Galan le 8 mars à Washington, Suyani le 14 mars à Tokyo, Nicole le 26 mars à Fontainebleau, Serana le 29 mars au Caire, Aliana le 30 mars à New York. Soit treize jours pour les trois premiers enlèvements et cinq jours pour les trois suivants.

– À quelle heure ont eu lieu les deux derniers ?

– Serana a disparu à 10 heures du matin le 29 mars et Aliana à 11 heures du soir le 30 mars.

– Décalage horaire entre Le Caire et New York ?

– Je vois où tu veux en venir Nathan. J'ai fait le calcul. En tenant compte du décalage horaire et de la durée du vol, les ravisseurs ont eu une trentaine d'heures pour préparer leur coup à New York.

– Cette affaire est sans précédent, dit Sanako.

– D'où l'hypothèse des extra-terrestres, ajouta Sylvie.

– Vous comprendrez, Love, que cette fille nous est précieuse. Nous vous remercions d'avoir contribué à son arrestation. Vous avez fait du bon boulot. Laissez-nous faire le nôtre maintenant.

– Et le mien, ajouta le médecin.

– Elle a passé une mauvaise nuit, dit Nathan.

– Les vomissements et la fièvre sont une séquelle de la commotion cérébrale. Rien de grave, d'autant plus qu'elle bénéficie d'une constitution extraordinaire. Comme elle ne communique pas, on ignore si elle a subi une perte de mémoire. Cela reste à vérifier. Si l'on en juge par les scanners, la commotion n'a pas engendré de lésions majeures et tout devrait revenir dans l'ordre en quelques jours. Avec du repos. Je préconise une période d'observation de vingt-quatre heures pour rester attentif à l'apparition de nouveaux symptômes. Le seul risque pourrait être un syndrome postcommotion.

– Comme quoi ?

– Maux de tête, vertige, insomnie, irritabilité, agitation, dépression, changements dans la personnalité. Mais je le répète, du repos et du calme accéléreront la guérison.

– Pourquoi pas un séjour dans un sanatorium en Suisse ! s'énerva Sanako.

– Vingt-quatre heures. C'est tout ce que je vous demande. Après vous pourrez l'emmener.

– Je serai là demain matin, dit le capitaine.

Sanako perdait son flegme à vue d'œil. Le sens de la réserve qui caractérise le comportement japonais n'était pas sa tasse de thé. Surtout dans cette affaire. Le médecin et sa cour quittèrent la chambre.

– C'est sérieux cette histoire d'extra-terrestres ? demanda Nathan à Sylvie.

– Quand il ne comprend pas quelque chose, l'être humain a tendance à faire appel au surnaturel.

– Ne prenez pas ça à la rigolade, ajouta Sanako. Les petits hommes verts, ça fait toujours rire les esprits rationnels. En attendant, je ne vois pas qui d'autre serait capable d'enlever des femmes aussi importantes à l'échelle planétaire, en si peu de temps et sans laisser un seul indice.

– L'indice, dit Sylvie, il est devant nous.

– Pourquoi s'en prendre à ces femmes ? demanda Sanako.

– Vous l'avez dit, parce qu'elles sont importantes.

Leurs regards étaient braqués sur l'inconnue, de marbre.

– Il y a une chose que je ne vous ai pas dite, ajouta le capitaine.

– Laquelle ?

– On a fait écouter les propos de cette fille à un collège de linguistes. Ils se sont formellement accordés à dire que la langue qu'elle pratique n'existe pas et n'a jamais existé sur Terre.

45

Gabriel Still avait l'habitude de se lever très tôt et d'avaler un petit déjeuner avant de quitter sa villa au bord du lac Washington pour se rendre au travail. Il conduisait sans respecter les limitations de vitesse, c'était son côté rebelle. Il se garait sur la place de parking qui lui était allouée devant le siège de sa société, à Redmond, saluait ses employés en les appelant par leur prénom, s'installait dans un bureau dont les murs affichaient des portraits de célébrités comme Einstein ou Léonard de Vinci. De là, il échangeait des e-mails avec ses collaborateurs. Le soir, il rentrait tard et voyait peu sa fille. Le week-end, il jouait au bridge, assemblait des puzzles, pratiquait le ski nautique ou prenait des cours de chant avec son épouse Sally. Pendant que cette dernière se rendait à l'église le dimanche, il la trompait avec Tanya. Gabriel voyageait souvent, aimait lire avant de se coucher, passait Noël à Palm Springs et Thanksgiving chez sa sœur.

Gab avait une vie qui aurait pu être celle de l'Américain moyen, à une différence près : sa villa faisait 3 700 m^2, son garage abritait plusieurs voitures à cent mille dollars, sa bibliothèque contenait des milliers de livres dont le *Codex* de Vinci évalué à trente millions de dollars, sa fortune personnelle équivalait à la somme de celle des cent six millions d'Américains les moins riches et son nom caracolait en tête des palmarès en tout genre. Il arrivait même premier, ex-aequo avec le patron de General Electric, d'une liste de VIP d'hier et d'aujourd'hui, classés selon les critères de « vision, innovation, leadership, charisme et génie pionnier », devant Jésus-Christ, Einstein et Léonard de Vinci, ces mêmes figures qui décoraient son bureau.

À quelques zéros près, donc, les journées de Gabriel Still ressemblaient à celles de tout le monde. Sauf ce dimanche 1er avril. Pendant quelques secondes, il crut à une blague. Malheureusement, cela n'en était pas une. Sally était à la messe avec leur fille, les domestiques avaient pris leur congé. Tanya le rejoignit dans l'une des douze chambres de la villa, celle qui ne donnait pas sur le lac. Cinquante mètres carrés voués à l'adultère. D'après le poème que Gab lui avait écrit, Tanya était plus belle que la Joconde, plus intelligente qu'un logiciel, plus capitale que Washington. Fidèles au rituel, ils firent l'amour avant de plonger nus dans la piscine à débordement, aux dimensions olympiques, mosaïques en forme de microprocesseurs et reflets de silicium. Ce jour-là, Tanya ne remonta pas à la surface. Il scruta l'eau métallisée, plongea, sonda le fond. Nageur médiocre, il abandonna vite et sortit du bassin pour avoir une vue d'ensemble. Pour la première fois en cinquante ans, il dut accepter l'irrationnel, le non quantifiable, l'inconcevable : Tanya Forrest s'était diluée dans la piscine.

46

Devant le distributeur de boissons de l'hôpital, Nathan et Sanako s'opposaient sur la méthode à employer. Le premier préconisait l'empathie. Le second un interrogatoire en règle. Le capitaine lui déconseilla toute tentative de contrecarrer le travail de la police. La prévenue serait mise en garde à vue et cuisinée dès le lendemain. En attendant, il avait placé deux hommes en faction devant sa porte et deux autres dans le hall de l'hôpital. Un troisième binôme surveillait sa chambre à partir d'un véhicule stationné dans la rue.

– Qu'a-t-elle de si particulier pour que tu veuilles la préserver ? demanda Sylvie après le départ de Sanako.

– Elle est précieuse.

– Pourquoi ne laisses-tu pas faire Sanako ?

– L'enquête le dépasse et sa hiérarchie l'écrase. Il manque de hauteur.

– Et toi, tu en as ?

– Je sais ce qu'il faut faire pour en avoir.

– Explique.

– Pour ça, j'ai besoin de ton aide.

– Tu l'as depuis le début.

– Je parle d'une aide un peu spéciale.

– Du genre ?

– Une évasion.

47

Nathan salua les deux policiers qui encadraient la porte et pénétra dans la chambre de l'inconnue.

– Je vais te faire sortir d'ici, lui dit-il. Nous cherchons la même chose. Ensemble, nous aurons plus de chances de la trouver. Tout ce que tu as à faire, c'est de me suivre.

Elle le fixait sans broncher. Nathan appela les deux flics qui se présentèrent en file indienne. Un direct au plexus plia le premier en déséquilibrant le second qui avala un coup de pied circulaire dans la foulée. Nathan referma la porte et ôta l'uniforme du plus mince pour habiller la prisonnière qui se laissa manipuler comme une poupée, sans lui résister ni lui faciliter la tâche. Il la coiffa d'un képi, lui mit des lunettes de soleil et la prit par le bras en direction du rez-de-chaussée.

Les deux hommes de Sanako étaient en train de commenter un vidéo-clip de Shakira diffusé sur un téléviseur du hall d'entrée.

– Vous sortez ? demanda l'un d'eux.

– Le capitaine m'a demandé de le rejoindre avec un de ses hommes. Même pas le temps de me soigner !

Il focalisa l'attention du policier sur sa jambe qu'il tordait anormalement.

– Gardez l'œil sur la fille, dit Nathan en désignant l'ascenseur.

– Ne vous inquiétez pas, on ne la lâche pas. Surtout que pour la rattraper, on ne peut plus trop compter sur vous.

L'inconnue avait compris la manœuvre, car elle était déjà dehors. Il la rattrapa sur le parking. Il ne restait plus que deux flics à passer. Celui qui était au volant descendit à leur rencontre.

– Vous allez où ?

– Sanako m'a convoqué, dit Nathan. J'y vais avec un de ses hommes.

– À pied ?

– On prend le métro, ça ira plus vite.

Le flic tiqua, se pencha dans sa voiture pour appeler le commissaire, décolla du sol et atterrit sur les genoux de son collègue qui occupait le siège passager. Nathan ramena sa jambe et bombarda un deuxième coup de pied, latéral, qui traversa l'habitacle pour aller percuter le crâne du collègue paralysé par les soixante-dix kilos de surcharge. Il rattrapa la fille qui s'éloignait et la poussa sur la banquette arrière. Sans prendre le temps de virer les deux blessés, il démarra en direction du quartier de Ginza. Il n'avait pas prévu d'y aller en voiture, mais les circonstances en avaient décidé autrement. Il vérifia dans le rétroviseur que l'inconnue ne bronchait pas et se demanda s'il avait eu raison de miser sur elle. Une camionnette qui lui fonçait dessus en klaxonnant lui rappela que l'on conduisait à gauche. Il devait se concentrer un peu plus pour arriver sans encombre jusqu'à la ruelle sans nom, là où sa protégée n'avait pas eu le temps de terminer son travail.

48

Nathan la fit descendre du véhicule et marcha vers l'endroit où Suyani avait été enlevée. Son pouls s'accéléra.

– Fini ce que tu étais venu faire, lui dit-il. Tu n'auras pas d'autre occasion.

Elle fixa le local commercial et se mit de profil pour traverser les barreaux.

– C'est un truc de ninja, dit Nathan.

Elle lui lança un regard vide.

– Les ninjas ont une technique qui, pratiquée dès l'enfance, leur permet de disjoindre leurs os afin de s'infiltrer partout. J'ai pensé moi aussi à cette solution, mais ce n'est pas assez large pour faire passer Suyani.

Elle tendit son poing qui buta sur la porte vitrée du magasin désaffecté. Obstinée, elle serra les dents et tenta de s'introduire en s'arrachant les tempes.

– Ça suffit !

Il l'attira vers lui. Des larmes se mêlaient au sang sur ses pommettes. Signe d'humanité ? Il la serra dans ses bras.

– Me diras-tu qui tu es ? murmura-t-il.

Il la positionna un peu avant l'issue de secours de la banque, là où Suyani était supposée s'être volatilisée, lui intima de ne pas bouger et se mit dans la peau de Hinoshiro.

Il pleut et il fait sombre. Je ne vois presque rien derrière la visière de mon casque. Une lumière entoure Suyani et l'avale d'un coup. Une lumière de deux mètres de haut qui n'a duré qu'une seconde. Cette lumière provenait de… la banque !

La porte s'était ouverte et refermée sur Suyani. Qui était de l'autre côté ? Il allait frapper, lorsqu'il réalisa que l'inconnue avait disparu et que la ruelle était barrée par une voiture de police sur le toit de laquelle il bondit instinctivement pour dominer la situation. Les flics étaient quatre. À sa droite, la fuyarde était pliée contre le capot d'un second véhicule. S'il la délivrait une nouvelle fois et partait en cavale avec elle, il finirait par s'en faire une alliée. Cela impliquait d'affronter les forces de l'ordre.

Deux hommes se trouvaient en dessous de lui dans l'habitacle, un autre se précipitait pistolet au poing, le dernier menottait la fille. Le conducteur, le passager, le porte-flingue et le « menotteur », c'était dans cet ordre qu'il allait les attaquer. Il se jeta sur le premier qui tentait une sortie et le renvoya derrière son volant avec un nez cassé. Le deuxième contournait le véhicule. Le troisième déboulait à ses côtés. Nathan recula dans la ruelle pour les laisser se présenter en enfilade et s'élança en présentant son épaule gauche. Les deux assaillants ne s'attendaient pas à une contre-offensive. Le porte-flingue fut éjecté contre son collègue. Nathan shoota dans le poing qui serrait le pistolet et en deux coups de coude cloua le binôme sur le pavé.

À entendre les sirènes, la moitié des flics de Tokyo allait bientôt embouteiller le quartier. Le « menotteur » avait embarqué la fille dans le second véhicule et s'apprêtait à filer. Nathan vira le conducteur de l'autre voiture, enclencha la marche arrière, écrasa la pédale d'accélérateur, serra le volant, tendit les bras, se colla au dossier, encaissa un fracas de carrosserie. Sous l'œil des témoins médusés, il s'éjecta pour fondre sur le « menotteur » qui tentait de reprendre ses esprits sous l'airbag, lui expédia un direct à la tempe et libéra la prisonnière. Il la jeta dans l'autre épave et démarra en traînant de la tôle, sans se préoccuper de la circulation dans laquelle il s'insérait.

– Vous ne me facilitez pas la tâche, dit-il.

Il évita un autobus et dérapa sur la chaussée en direction de la gare. Il espérait que Sylvie serait au rendez-vous. Comment la police avait-elle pu intervenir si vite ? Qui les avait informés ? Pourquoi le « menotteur » s'apprêtait-il à déguerpir avec la fille sans porter assistance à ses collègues ? Les questions se multipliaient au détriment de sa conduite. Il avait éclairci un point. Il savait comment Suyani avait été enlevée. Les ravisseurs étaient passés par la banque. Ils avaient des complices à l'intérieur. Il aurait aimé faire part de sa déduction à Sanako pour lancer une enquête sur le personnel de la Bank of Tokyo. Mais l'heure n'était pas à la coopération. Ni avec la police, ni avec l'inculpée. L'heure était à la fuite.

DEUXIÈME PARTIE

Le paysage qui défile est immobile

49

L'agent James Mooses réclama une note de frais au chauffeur de taxi et descendit sur Rockefeller Plaza. L'étroite silhouette gothique du General Electric Building crevait les nuages à deux cent soixante dix-huit mètres d'altitude. Il changea trois fois d'ascenseur avant d'atteindre le 69e étage. Les portes marquetées en bois précieux s'ouvrirent sur un hall dont les murs étaient illustrés par des allégories de l'Abondance, du Travail, du Commerce et du Triomphe de l'espèce humaine. Sous un aigle américain d'inspiration assyrienne, le directeur du FBI s'entretenait avec des gens que Mooses avait déjà vus dans les médias. Son patron se détacha du groupe et entraîna l'agent fédéral dans une antichambre en marbre rouge. Des frises Art déco canalisaient le regard vers une porte moulurée d'onyx ambré et gardée par une armoire à glace en costume croisé.

– Qui sont ces gens ? demanda Mooses.

– Oubliez que vous les avez vus.

– Pourquoi ?

– Écoutez-moi bien, agent Mooses. Je me demande encore comment vous avez pu obtenir cette entrevue…

– J'ai décroché mon téléphone.

– Ne vous foutez pas de moi. Il n'accorde jamais d'entrevue. Surtout ici.

– Ce n'est pas une interview que j'ai sollicitée. Il vous a contacté personnellement pour que vous retrouviez sa maîtresse. Comme j'enquêtais sur les disparitions de Melles Ryler et Welles, vous m'avez tuyauté sur Miss Cortès. J'ai appelé DR pour avoir des détails et me voilà.

– Cessez de citer son nom.

– De quoi avez-vous peur ? Ce n'est quand même pas Dieu.

– C'est là où je voulais en venir. Pas de fantaisie dans vos questions. Appelez-le « Monsieur » sans le nommer, ne posez aucune question sur sa vie privée ou sur ses affaires et veillez à ce que la durée de votre entretien n'excède pas quinze minutes. Je vous attendrai dans le lobby. Et puisque vous faites référence à Dieu, sachez que Dieu a moins d'influence que lui sur nos vies.

50

L'armoire à glace céda le passage à James Mooses, la main sur le holster. James pénétra dans une immense pièce dont les baies vitrées offraient au regard la skyline de Manhattan. Il fut frappé par la taille démesurée de tout ce qui s'y trouvait. Comme si les lieux étaient occupés par un géant pour lequel on aurait fabriqué l'ameublement à une échelle supérieure. Le seul mur qui n'était pas en verre était flanqué d'une cheminée en pierre monumentale dans laquelle on aurait pu loger une famille entière. Dans l'âtre crépitaient des bûches aussi grosses que des troncs. Trois écrans plats étaient alignés sur un bureau plus imposant que celui de la

Maison Blanche. Le sol en parquet était recouvert de tapis qui auraient mérité d'être encadrés. Dans un angle, une gigantesque sphère armillaire tournait lentement sur elle-même. James Mooses s'immobilisa au milieu de la pièce et attendit qu'il se passe quelque chose. Il ne savait pas à quoi ressemblait le fameux DR mais il s'attendait à une sorte de Goliath reclus dans les nuages, aux ambitions démiurgiques, bourré de troubles obsessionnels parmi lesquels ceux de l'ordre et de la propreté figuraient en bonne place.

– Ne faites plus un geste ! dit une voix dans son dos.

Soucieux de ne pas contrarier son hôte qui pouvait à tout moment mettre un terme à la visite, James se figea.

– Vous savez où vous avez mis les pieds ?

– Dans votre bureau, Monsieur.

– Sur un tapis de Kerman datant du XIXe siècle. C'est comme si vous aviez piétiné les *Tournesols*.

Sans savoir comment se sortir de ce faux pas, James attendit les consignes.

– Retirez vos chaussures. J'espère que vos chaussettes sont propres.

– Elles sont de ce matin, Monsieur.

DR s'installa à son bureau. Mooses ne s'était pas trompé sur les TOC de son client. En revanche, il avait moins l'allure d'un Goliath que d'un David chétif aux cheveux teints et à la peau tirée. L'agent fédéral resta debout faute de siège et entra dans le vif du sujet faute de temps :

– Où se trouvait Aliana Cortès la dernière fois que vous l'avez vue ?

– Quel est le lien avec les disparitions dont vous m'avez parlé au téléphone ?

– Leur caractère surnaturel et le profil des victimes.

– Dites-m'en plus.

– Les victimes se sont volatilisées devant des témoins qui n'y ont vu que du feu.

– Après votre coup de fil, j'ai appelé le président et sa secrétaire d'État. Aucun chantage n'a été exercé à leur encontre. Pouvez-vous me dire à quoi tout cela rime ?

Mooses réalisa que DR avait concédé cet entretien pour obtenir des informations, pas pour en donner. Il tenta d'inverser les rôles :

– Je dois d'abord réunir plus d'éléments sur la disparition d'Aliana Cortès.

– Il vous faudra encore combien de victimes pour vous faire une idée ?

– Où était Aliana la dernière fois que vous l'avez vue ? redemanda Mooses.

– Écoutez-moi bien, flicaillon, vous ne savez rien. Il peut y avoir encore des dizaines d'enlèvements sans que vous ne souleviez le moindre lièvre. Vous allez me remettre le dossier et je le transmettrai à des personnes plus compétentes.

– À vous de m'écouter, David. À force de vivre dans les nuages, vous planez au-dessus des réalités. Mais vous avez besoin du flicaillon qui met les mains dans la merde. Pendant que vous regardez l'humanité se casser le cul 270 mètres plus bas pour vous ramener des dividendes, le flicaillon va se casser le sien pour vous ramener votre poule. Ce n'est pas le directeur du FBI, de la NSA ou de la CIA qui couchera avec un chien ou plongera dans le port de Tokyo pour récolter des indices. Refilez l'affaire à vos amis et vous aurez le même résultat que pour coincer Ben Laden. Alors, est-ce que vous allez, oui ou merde, me montrer ce qui s'est passé juste avant la disparition d'Aliana Cortès ?

La tirade cavalière avait détendu le lifting de DR. La chance de James, qui aurait pu se retrouver illico au chômage ou pire, était qu'il s'adressait à un type intelligent. Imbu, cynique, dur, déterminé, sans scrupules, mais doté d'une grande sagacité. L'argument avait fait mouche. L'homme le plus puissant du monde avait besoin du petit peuple pour récupérer sa dulcinée dans les bas-fonds. DR se leva et marcha vers la porte dérobée d'où il avait jailli cinq minutes plus tôt. Mooses le suivit dans une chambre cossue qui communiquait avec une salle de bains aussi vaste.

– Elle était là, dit DR en désignant la douche.

Il raconta comment Aliana s'était volatilisée pendant qu'il était dans son bain à quelques mètres d'elle. Sans bruit, sans trace, sans rien emporter, pas même ses vêtements. Il insista sur le fait qu'il n'y avait pas de fenêtre ni d'autre issue que celle par laquelle Mooses était entré.

– La porte était verrouillée et le garde n'a vu passer personne.

– Qui d'autre possède un double des clefs ?

– Aliana. Mais elles étaient dans son sac.

– Quelqu'un aurait pu les dupliquer ?

– Elles sont impossibles à copier.

– Avez-vous confiance en votre garde ?

– Plus qu'en mon directeur financier.

– Au moment de la disparition d'Aliana, qu'est-ce qui a changé autour de vous ?

– Rien.

– Vous avez sûrement remarqué quelque chose.

DR le regarda sans comprendre.

– Vous êtes du genre maniaque, à déceler des traces de pattes de souris sur vos tapis persans. Votre bureau est tellement aseptisé que n'importe quelle empreinte vous sauterait à la figure. Si quelqu'un est entré, cela ne vous a pas échappé.

– Je ne vous en ai pas parlé parce que ça a l'air idiot.

– Beaucoup d'enquêtes ont été résolues grâce à un détail idiot.

– Il y avait de l’eau sur le plancher. D’abord, j’ai pensé que c’était Aliana qui avait mouillé le sol. Mais il y en avait trop. La température avait baissé, aussi.

– Vous appelez ça un détail ?

– Je n’ai jamais considéré qu’il s’agissait d’un détail.

– En quoi c’est idiot, alors ?

– C’était… comme s’il avait plu dans l’appartement.

Mooses leva les yeux au plafond. Aucune trace de fuite. Son hôte se dirigea vers la porte. L’entretien était terminé. Il tenta une dernière question.

– L’entreprise Mitsubishi est bien l’actionnaire majoritaire de Rockefeller Center, n’est-ce pas ?

– Oui, pourquoi ?

– Vous en connaissez les dirigeants ?

– Le président est un ami.

– Suyani Kamatsu est un nom qui vous dit quelque chose ?

– Non.

– Elle occupe un poste à la direction du marketing de Mitsubishi, à Tokyo. Elle fait partie des disparues. J’ignore si tout cela est lié, mais j’y travaille.

– Travaillez Mooses. Travaillez bien et vite. Si vous retrouvez Aliana je ferai de vous le policier le plus riche des États-Unis. Je me suis emporté tout à l’heure et je m’en excuse. Aliana est ce que je possède de plus cher au monde, et vous savez que je possède beaucoup de choses. Peu de personnes connaissent la véritable nature de mes relations avec elle. Aux yeux de tous, y compris mon épouse et les médias, elle est ma collaboratrice. Je compte donc sur votre diligence mais aussi sur votre discrétion.

Il ouvrit la porte et s’inclina légèrement pour éviter un serrage de mains qui aurait risqué de lui attirer des microbes. Dans le vestibule, le garde endimanché le fixa sans l’ombre d’une expression. Les VIP avaient évacué les lieux. Dans l’ascenseur qui le descendait vers le lobby, James Mooses éprouva de la fierté. Il avait tenu tête à DR et appris deux choses importantes. Cet homme que l'on ne pouvait pas taxer de fantaisiste lui avait dit que la pluie était tombée dans son appartement. Plus étrange encore, ce champion du cynisme lui avait ouvert son cœur. Il s'était même excusé. Une chose était certaine : Aliana Cortès n'était pas n'importe qui.

51

Lorsque le directeur du FBI vit Mooses sortir de l'ascenseur, il mit aussitôt un terme à son entretien téléphonique.

– Alors ?

– Rien.

– Ne jouez pas au con avec moi, Mooses. Vous êtes resté vingt minutes là-haut, ce qui est loin d'être rien.

– Aliana Cortès a disparu dans la salle de bains sans se rhabiller, ni passer par la porte.

– Qu'avez-vous appris d'autre ?

Ils montèrent dans la limousine qui les attendait. L'étape suivante était le siège de l'ONU. Ils avaient rendez-vous avec Kathleen Morgensen qui faisait escale à New York pour s'entretenir avec le secrétaire général.

– Les ravisseurs ont joué les Pères Noël.

– Quoi ?

– Ils sont passés par la cheminée. Si la largeur du conduit est proportionnelle à celle de l'âtre, même Pavarotti aurait pu s'y glisser sans mal. Ils ont balancé de l'eau pour éteindre le feu, ont fait irruption dans l'appartement, arraché Aliana à sa douche pendant que pépère trempait et sont remontés par où ils étaient venus. Leur erreur fut d'avoir trop inondé derrière eux par rapport aux traces qu'aurait pu laisser Aliana si elle avait été seule. Pépère a vu la différence.

– Qui c'est que vous appelez « pépère » ?

– DR, qui d'autre ?

– Je vous ai briefé là-dessus ! Pas de nom, pas de qualificatif. Votre hypothèse est abracadabrante. Pourquoi tant de complications alors qu'on aurait pu kidnapper Aliana Cortès dans un endroit plus accessible, moins surveillé ?

– Les ravisseurs aiment se compliquer la tâche. J'ignore encore pourquoi, mais c'est un fait indéniable. Ça, c'est la première option.

– Il y en a une autre ?

– Une force supérieure. Comme des extra-terrestres.

– Qu'est-ce que vous me baratinez ?

– Notre job, c'est de mettre une explication rationnelle sur tout. Ce ne serait pas la première fois qu'on ferait le black-out sur des contacts établis avec des civilisations venues d'ailleurs.

– Vous pouvez être plus clair ?

– Maintenir le secret militaire sur des témoignages de pilotes de chasse ou d'astronautes, décrédibiliser les autres, considérer les phénomènes du type crop circles comme des canulars, cela évite aux populations de rêver, d'avoir d'autres références que celles diffusées par le 69e étage.

– ET contre DR ? C'est ce que vous essayez de me dire ?

– Tant qu'on n'a pas la preuve du contraire.

La limousine s'arrêta devant la rangée de drapeaux colorés qui flottaient dans le ciel gris de Manhattan et matérialisaient la frontière entre l'État new-yorkais et l'enclave internationale de l'ONU

– À l'intérieur, évitez de faire allusion à vos conneries de science-fiction, dit le patron de Mooses.

Les deux hommes traversèrent le parvis qui conduisait à l'entrée publique et au hall d'accueil. Une hôtesse les pria de patienter dans le salon des délégations. Kathleen Morgensen n'allait pas tarder à les rejoindre. Mooses inscrivit des noms sur un bloc-notes : *Mitsubishi*, *Rockefeller*, *ONU*, *DGSE*, *Élysée*, *Maison Blanche*. Il relia d'un trait les deux premiers noms et se tourna vers son patron qui ne décollait pas son cellulaire de l'oreille. Donnant la priorité à l'enquête, il l'interrompit :

– Quel est le point commun entre l'ONU et Rockefeller ?

– Quoi ?…

Peu encouragé par la réponse, il alla se renseigner auprès d'un guide qui s'apprêtait à faire visiter les lieux à un groupe de touristes. L'homme était aussi avenant qu'une main tendue sur un pourboire. Il récita néanmoins son texte devant le badge de Mooses :

– Nelson Rockefeller persuada son père, John Davison Rockefeller, d'offrir huit millions et demi de dollars pour l'achat des terrains le long d'East River et permettre aux Nations unies d'installer leur siège ici plutôt qu'à Philadelphie.

Mooses relia d'une flèche *Rockefeller* et *ONU* sur son carnet, juste avant que n'apparaisse Kathleen Morgensen dans un tailleur noir qui lui donnait un air à la fois sévère et sexy. Elle était accompagnée de Gordon Ryler, père de Galan et patron du DOMP. Ils s'installèrent dans un salon privé où des cafés furent servis.

– J'ai demandé à Gordon d'être présent, dit Morgensen, car nous traversons la même épreuve.

Mooses se demanda comment on pouvait mettre sur le même plan la disparition d'une fille et celle d'une collaboratrice.

– Quelle est votre vision du monde ? demanda-t-il à Morgensen.

La question souleva trois paires de sourcils.

– Je viens de faire signer un accord de paix historique au Proche-Orient. Même Bill n'aurait pas rêvé d'un tel exploit.

– Bill ?

– Clinton.

– Excusez-moi, je n'ai pas beaucoup lu la presse internationale ces derniers jours. J'ai l'esprit occupé par les faits divers.

– Les deux sont liés, monsieur Mooses. On fait pression sur les forces du bien en kidnappant les proches de ceux qui les servent.

– L'axe du bien contre l'axe du mal ?

– Est-ce que je me trompe ou votre ton est ironique ?

– Une huile de Mitsubishi et une autre de la Chase Manhattan Bank ont été enlevées. Je ne pense pas que ces deux entreprises participent aux forces du bien.

– Bob, qu'en pensez-vous ?

Bill et Bob. Mooses se dit que la secrétaire d'État devait avoir de sacrées relations. Interpellé, son patron prit la parole :

– L'agent Mooses est un agent efficace, mais il manque de hauteur. On ne peut cependant pas lui reprocher de ne pas appartenir aux castes dirigeantes. J'ai organisé cette rencontre car je tenais à avoir vos points de vue. J'ai l'impression que les ravisseurs sont en train de tisser une toile dont le point central reste à définir. En clair, peut-on établir des connexions entre les cercles dans lesquels évoluent les victimes ?

Mooses répondit le premier :

– Je manque de hauteur, mais j'ai déjà établi un lien entre Rockefeller, Mitsubishi et l'ONU.

Il jeta son bloc-notes sur la table basse et expliqua comment il en était arrivé à cette déduction. Gordon Ryler livra son analyse :

– Plus on monte dans les sphères du pouvoir, moins les acteurs sont nombreux et plus ils sont liés entre eux pour former une sorte de club omnipotent. La France et les USA sont deux puissances politiques qui sont également membres permanents du Conseil de sécurité à l'ONU. Le Japon est la deuxième puissance économique mondiale derrière les USA et s'apprête à obtenir un siège permanent dans ce conseil. Les entreprises que vous avez citées ainsi que celle que dirige l'époux de Mme Morgensen sont membres de la Chambre de commerce internationale qui vient de signer un pacte de partenariat avec l'ONU. Quant au secrétariat d'État à la défense, il a eu besoin du soutien de l'ONU et particulièrement du DOMP pour mener à bien sa mission.

– Vous pouvez préciser le rôle du DOMP ? demanda Mooses.

– Sous l'impulsion de Maurice Baril, le Département des opérations du maintien de la paix est devenu à partir de 1993 un véritable QG de la stratégie et des opérations militaires de l'ONU. Nous avons recruté les meilleurs officiers afin d'assurer la logistique et la formation de plus de quatre-vingt mille soldats en provenance d'une soixantaine de pays.

– La paix mondiale est encore loin.

– La guerre l'est encore plus. Depuis que l'ONU a été créée en 1945, il n'y a pas eu de troisième conflit mondial. Ne serait-ce que pour cette raison, l'organisation demeure indispensable.

Mooses se tourna vers son patron :

– On peut avancer l'hypothèse de l'ONU comme centre de la toile à laquelle vous faisiez allusion.

– L'ONU serait la cible des ravisseurs ? Dans quel but ?

– Madame Morgensen, pouvez-vous me préciser les conditions dans lesquelles Serana Welles a disparu ?

Kathleen but son café qui avait refroidi et s'enfonça dans le fauteuil. Elle se souviendrait longtemps de cette journée du 29 mars. Serana avait passé la nuit avec elle. Elles avaient peu dormi, malgré l'enjeu diplomatique qui attendait la délégation américaine le lendemain au Caire. Elles avaient inventé des jeux érotiques, brûlé des tabous, abreuvé leur amour au suc de leurs corps inséparables. Tôt le matin, après avoir maquillé leurs cernes, elles avaient pris l'avion pour Le Caire. Les représentants de l'État israélien et de l'autorité palestinienne n'étaient pas encore arrivés. Elles avaient une heure d'avance. Une heure pour repérer les lieux, s'imprégner de l'atmosphère de la salle de réunion où se dérouleraient les négociations. Une partie des accords avait été ratifiée à Tel-Aviv, mais le plus difficile restait à faire. À l'heure prévue, tout le monde s'était retrouvé autour de la table. Serana lui avait préparé le dossier, les argumentaires, les protocoles d'accord. Elle lui avait mâché le travail. Sa connaissance du Proche-Orient était ahurissante pour une personne aussi jeune. Au milieu des discussions, elle s'était levée pour aller aux toilettes. C'était un code qu'elles utilisaient depuis qu'elles travaillaient ensemble. Quelques minutes plus tard, le téléphone cellulaire de Kathleen devait sonner, lui offrant un prétexte pour rejoindre Serana et s'entretenir secrètement avec elle sur une stratégie à adopter. Une fois, elles s'étaient rejointes dans les toilettes d'un palace à Riyad pendant une réunion de chefs d'État, juste pour s'embrasser comme deux collégiennes. Mais ce 29 mars au Caire, le téléphone cellulaire de Kathleen resta muet. Les traités à peine ratifiés, elle quitta la salle à la recherche de Serana. Les agents de sécurité postés un peu partout avaient vu la jeune femme entrer aux toilettes. Mais pas ressortir. D'après l'un d'eux, cinq ou six femmes s'étaient rendues aux

WC durant la réunion, principalement des épouses d'hommes d'affaires arabes venus flairer le business autour d'un accord de paix. La police égyptienne fouilla les lieux. Il n'y avait qu'une entrée, pas de fenêtre, ni de conduit d'aération permettant le passage d'un corps. Serana s'était volatilisée. Kathleen était restée au Caire le lendemain pour suivre l'enquête. Elle avait regagné les États-Unis, effondrée, s'arrêtant à New York pour rendre compte à l'ONU de son voyage de paix. C'était là que Gordon Ryler lui avait fait part de la disparition de sa fille.

Kathleen rapporta aux trois hommes les faits de ce 29 mars, à l'exception de ce qui concernait ses relations intimes avec Serana.

– Un avion m'attend pour Washington. Avez-vous besoin de savoir autre chose ?

– Une dernière question, Madame, est-ce qu'il pleuvait ce jour-là ?

– Oui, pourquoi ?

– Ce n'est pas fréquent au Caire.

– En effet, c'est pour cela que je m'en souviens.

Sur le parvis, le directeur du FBI partagea les tâches avec son subalterne :

– Continuez à enquêter sur le terrain, je crois que vous faites du bon boulot. Confrontez vos éléments avec ceux de vos confrères étrangers. Faites-moi un rapport quotidien. Pendant ce temps, je poursuis les investigations dans les hautes sphères.

James salua son chef qui avait rendez-vous avec l'une des personnes aperçues dans le hall du General Electric Building. En le voyant monter dans sa limousine, il réalisa que c'était la première fois qu'il voyait le directeur du FBI s'impliquer personnellement dans une affaire.

52

Sylvie et Nathan s'étaient installés avec leur prisonnière dans un compartiment vide. Le train les emmenait à Aomori, au nord de Honshu, en traversant les monts Mikuni. Une heure et demie plus tôt, Sylvie arpentait nerveusement le quai de la gare de Tokyo, trois billets compostés dans une main et un sac de voyage dans l'autre. Lorsqu'elle les avait vus arriver cinq minutes avant le départ, elle avait eu un soupir de soulagement.

– On a maintenant les flics à nos trousses, dit-elle.

– Tu aurais dû rester à Tokyo.

– On forme une équipe.

– Tu compromets ta carrière.

– Pas la vérité.

– Quelle vérité ?

– Ton histoire de banque m'intrigue. Pourquoi prendre le risque d'impliquer la Bank of Tokyo ? Tu ne trouves pas que la technique est un peu trop alambiquée ?

– Elle a fait ses preuves. Les témoins passent pour des crétins et les enquêteurs sont déroutés.

– Tu peux fournir une explication rationnelle aux disparitions de Galan et de Suyani. Mais peut-être que tu vas trop loin. Parfois, il ne faut pas chercher midi à quatorze heures.

– Que vois-tu à midi ?

– Une force surnaturelle venue happer les plus beaux spécimens de l'espèce humaine.

– « Happer » est le terme idoine.

Sylvie regarda l'inconnue qui n'avait pas bougé depuis le départ.

– À ton avis, c'est une alien ?

– Un corps parfait, un visage inachevé qui a l'avantage de ne laisser aucun souvenir, un langage qu'on ne pratique pas sur Terre, des aptitudes hors normes…

– Quelles aptitudes ?

– Son énergie, son endurance, sa faculté à s'adapter, à se fondre dans l'environnement, sa manière de se déplacer. Dans la ruelle, elle a réussi à disparaître devant mes yeux. Sans l'intervention de la police, elle m'aurait échappé.

– Si elle n'était pas humaine, les médecins s'en seraient aperçus. Ils lui ont fait un scanner, des analyses sanguines…

– Son enveloppe est humaine.

– Tu crois qu'elle comprend ce qu'on dit ?

– Oui.

– Où va-t-on Nathan ?

– À Aomori.

– Je sais, mais après.

– Sur l'île d'Hokkaido.

– Qu'est-ce qu'on va faire là-bas ?

– Renouer avec les forces de la nature.

– C'est-à-dire ?

– Se débarrasser de la matière qui voile la pensée.

– Arrête de m'embrouiller.

– Le meilleur moyen de ne pas s'embrouiller, c'est de cesser de parler.

– Je te gêne ?

– La parole éloigne du silence et donc de la pensée.

– De la discussion naît la lumière.

– Les mots sont une prison.

– Jamais les saints ne se sont tus.

– Le silence est notre nature profonde.

Armés d'aphorismes, ils joutèrent jusqu'à ce que le silence, et donc Nathan, l'emporte. La voix d'une hôtesse avertit les passagers qu'un bagage suspect avait été trouvé en gare de Sendai et que le train avait ralenti, le temps d'identifier le colis.

– Sur l'île, il y a un lac, dit Nathan. Près de ce lac, il y a un Sennin.

– Un quoi ?

– Un ascète solitaire qui se nourrit d'herbes et de baies. Il pratique un budô qui lui est personnel.

– Le budô, c'est le truc des samouraïs ?

– C'est la voie du guerrier, de l'harmonie, de la réconciliation.

– Quel rapport avec notre enquête ?

– Justement, il n'y en a aucun.

Sylvie se leva agacée et sortit du compartiment. Elle gagna le bar, commanda un café et se fit offrir une cigarette par un inconnu qui se rapprocha d'elle en faisant glisser son verre de J & B et son paquet de Seven Stars. Le Japonais parlait anglais avec un fort accent. Il se la jouait mélancolique et ténébreux comme dans un film de Wong Kar Wai. Sylvie sentit une présence dans son dos. Nathan l'avait suivie.

– Je vais rendre visite à Kinji Oyama, un grand maître et un ami que je n'ai pas vu depuis des années.

– Tant mieux pour toi, dit-elle.

– Nous avons pris l'habitude de nous contenter des interprétations qu'on nous donne. Nous ne voyons que le mur qu'on a bâti devant nous. Nous ne savons plus écouter le silence ni voir par nous-mêmes. Kinji Oyama va nous aider à voir au-delà du mur.

Il s'assit à côté d'elle et commanda un thé. Le Japonais regagna sa place. Nouvelle annonce : le mystérieux colis avait été neutralisé et le train allait rattraper son retard.

– Ce train ressemble à ma vie, dit Sylvie. Il avançait au ralenti avant de prendre une accélération soudaine ; j'ignore où il va et quand il s'arrêtera.

Elle avait faim de paroles. Pour lui être agréable, il lui en donna :

– La vérité réside dans l'infinitésimale jonction entre le passé et le futur. Aucun être humain n'est parvenu à vivre ailleurs. Pourtant, il accorde plus d'importance à un passé qu'il ne peut changer et à un futur qui n'existe pas. Profite donc de l'accélération.

– Un psychopathe criminel doit son présent au passé qu'il traîne derrière lui. Et si tu n'anticipes pas son avenir, tu ne l'arrêteras jamais. Tu devrais le savoir mieux que moi.

– Tu mélanges le boulot et la vie privée.

– Sauf si notre passé ressemble à celui d'un criminel.

Derrière la fumée de sa cigarette, elle lui raconta sa vie. Un père qui la battait, l'enfermait dans un placard, la punissait constamment, une mère qui laissait faire, puis l'accident. Elle n'était pas avec eux ce jour-là car elle avait été privée de baignade, consignée dans sa chambre avec des bleus sur le torse et des larmes sur les joues. La police était venue lui annoncer la mort de ses parents sur la route d'Ostende. Elle avait accueilli la nouvelle avec indifférence. On l'avait confiée à une tante revêche et à un psychiatre avec un drôle de nom. Léopold Hochon lui donna le goût du métier, prélude à des études en psychologie et en criminologie, à une formation médico-légale, à des stages de profiling. Cette discipline, très à la mode dans les films mais beaucoup moins dans la police française, lui avait appris à se mettre à la place des gens. Elle avait tenté de constituer une famille sans avoir eu l'exemple de ce qu'était un foyer heureux. Un mariage à 25 ans, un fils à 26, un divorce à 29. La fréquentation des criminels les plus pervers de la planète avait tout saboté. Aujourd'hui, son fils était étudiant et n'avait plus besoin d'elle en dehors du financement de son avenir. Elle vivait seule, couchait avec des hommes auxquels elle ne parvenait pas à s'attacher et se consacrait pleinement à son job.

Nathan regarda ses cheveux blonds qui captaient la lumière. Il se dit qu'il avait de la chance d'être un de ces hommes de passage.

– Difficile d'occulter le passé quand il contient beaucoup de mauvais souvenirs, ajouta-t-elle.

– Qu'est-ce qui est bon ? Qu'est-ce qui est mauvais ?

– Tu ne vois pas la différence ?

– La maltraitance de ton père t'a sauvé la vie. Tu as subi l'éducation d'une tante qui ne t'aimait pas et un traitement psychiatrique qui t'a fait découvrir ta vocation. Cette vocation t'a conduite au divorce. Le divorce te permettra de refaire ta vie avec quelqu'un dont tu tomberas amoureuse. Qu'est-ce qui est vraiment bon ? Qu'est-ce qui est vraiment mauvais ?

– Excuse-moi de t'ennuyer avec ça. Ce n'était pas vraiment drôle pour une histoire belge.

Il l'embrassa sur la nuque.

– Cela tombe bien, je n'avais aucune envie de rire.

Il se leva pour aller surveiller leur protégée. Le train ralentissait à l'approche de Sendai.

– Merci, Nathan, d'avoir fait l'effort de m'écouter. Et de me parler.

– Je l'ai fait pour que tu renonces à descendre au prochain arrêt.

53

Le compartiment était vide. Nathan courut dans le couloir en bousculant les voyageurs prêts à descendre. Il s'arrêta devant les toilettes fermées à clef. Le train entra en gare de Sendai. La porte s'ouvrit sur l'inconnue. Elle le regarda sans aucune expression, attendit qu'il lui cède le passage et regagna son siège.

L'Express d'Aomori repartit dix minutes plus tard. Sylvie n'adressa pas la parole à Nathan pendant le reste du trajet, pour lui permettre de réfléchir ou de méditer, elle ne savait pas trop. Elle avait noté un changement d'attitude chez l'inconnue. Son attention s'était détournée du paysage pour épier les nouveaux passagers, avec une certaine appréhension. Un Japonais d'une vingtaine d'années en anorak et baskets fluorescentes s'installa dans leur compartiment. Il se mit à visionner un film sur un lecteur de DVD portable. Un deuxième homme, âgé, voûté, chargé d'une valise, se recroquevilla dans un coin et s'endormit. Une femme accompagnée d'un enfant s'installa près de Nathan. De longs cheveux noirs tombaient devant son visage. Elle fixait ses genoux sur lesquels elle avait déplié un magazine. Son fils jouait avec une Nintendo. On entendait le frottement hypnotique des wagons sur les rails, le murmure électrique diffusé par le casque du jeune homme, la musique électronique du jeu vidéo, le ronflement du vieillard. Chacun était replié sur lui-même. Aucun échange entre les êtres, explosion des autismes et des individualismes. Replis sur des mondes différents. La mère non plus ne communiquait pas avec son fils, même pour lui proposer à boire ou à manger. Ou pour lui demander de baisser le son de sa boîte infernale.

L'inconnue fixait Nathan qui ne semblait plus se soucier de personne. À sa droite, la femme aux cheveux longs releva lentement la tête. Ses yeux étaient cernés de noirs au milieu d'un visage blafard. Sa bouche était sombre comme un trou profond. Elle se dressa sur ses jambes en tordant son corps comme s'il était cassé. Son fils demeurait imperturbable, à l'exception de ses deux pouces. Troublée par la danse syncopée de la femme, Sylvie ne vit pas tout de suite ce qui se déroulait dans le reste du compartiment. Le vieillard voûté faisait le guet à la porte pendant que la mère s'avançait vers elle. L'inconnue saisit le visage de Nathan et lui brisa les cervicales. Sylvie sentit au même instant le jeune homme lui enfoncer un couteau dans le ventre. Son cœur battait violemment et fit jaillir de gros bouillons de sang. Elle n'avait pas mal. Elle était simplement choquée par la tournure des évènements. Avant d'accueillir la mort dans ses entrailles, elle eut le temps de voir les agresseurs s'éclipser sur la pointe des pieds, laissant deux morts derrière eux.

54

Nathan la secouait par les épaules pour l'arracher à son cauchemar.

– On est arrivés, Sylvie.

Ils descendirent du train et échouèrent dans un ryokan [1] au nord d'Aomori. L'endroit était isolé. Une route, un bois, quelques fermes.

– Elle va dormir sans surveillance ? s'inquiéta Sylvie en ne voyant que deux clefs atterrir dans la main de Nathan.

– Je resterai avec elle.

– Quoi ?

– Je dois établir plus d'intimité avec elle pour lui donner l'occasion de se révéler.

– Tu te fous de ma gueule ?

– On ne dort pas dans le même lit.

1. Un hôtel à la japonaise.

Nathan entra dans sa chambre avec l'inconnue et fit glisser la porte derrière eux. Deux futons couverts d'une couette étaient posés sur les tatamis. Il s'allongea et observa la jeune femme, plantée au milieu de la pièce aux cloisons de papier. Elle se déshabilla sans pudeur, abandonna la boule de vêtements à ses pieds et se doucha. Quand elle réapparut quelques minutes plus tard, Nathan ne put détourner le regard de son anatomie. Fasciné par sa plastique parfaite, il leva les yeux sur son visage banal pour calmer l'excitation. L'inconnue repéra sa couche et glissa sous la couette.

La campagne environnante était paisible, la route peu fréquentée. Un rapace nocturne ululait ou chuintait. Des gémissements s'ajoutèrent au murmure. Ils provenaient de l'inconnue agitée par un rêve. Elle se mit à parler : « Guhavop linan ao slo… guhavop mankos us nandre… ». Nathan posa la main sur son front brûlant. Elle s'était découverte et la lune plaquait ses courbes d'argent. Le contact de sa paume chassa les paroles et les sons plaintifs. Les divagations se dissipèrent dans une respiration régulière et un sommeil réparateur.

55

Avant d'ouvrir les yeux sur l'aube, Nathan sentit une présence douce et tiède. L'inconnue dormait contre lui, la bouche entrouverte. Son souffle lui caressait la peau, un fin filet de salive ruisselait sur son plexus. D'habitude, il se levait tôt pour s'exercer et méditer, mais dans cette position, avec une érection incontrôlable, il n'osa bouger.

Lorsqu'il se réveilla à nouveau, l'inconnue s'habillait. Elle avait récupéré son allure d'androïde autiste. Sylvie les attendait dans la salle où étaient servis les petits déjeuners.

– Alors ? demanda-t-elle sèchement.

– Alors quoi ?

– Tu as des choses à me dire ?

– Elle a parlé.

– Qu'a-t-elle dit ?

– « Guhavop linan ao slo… Guhavop mankos us nandre ».

Ils mangèrent une omelette aux légumes et fruits de mer et burent du thé vert.

À l'embarcadère, Nathan négocia avec un pêcheur sa traversée du détroit de Tsugaru. Entre le roulis et les odeurs de poisson, Sylvie passa une bonne partie du voyage à régurgiter son petit déjeuner. Elle ne retrouva sa langue qu'après avoir posé le pied sur l'île d'Hokkaido.

– Je déteste le bateau, avoua-t-elle.

– Les vivants sont sur l'eau, les morts sont sous terre.

– Les vivants ont le mal de mer aussi.

Elle était plus blanche qu'une actrice de kabuki.

Sur la route de Tomakomai, un pick-up les prit en stop. Ils s'arrêtèrent dans un restaurant au bout d'une cinquantaine de kilomètres. Le conducteur devait déjeuner, il était déjà midi.

Ils s'installèrent à une table au fond de la salle, pendant que leur chauffeur rejoignait une connaissance. Ils commandèrent de la soupe, du riz, du poisson et du thé.

– Nathan, le cauchemar que j'ai fait dans le train, ça m'a mise sur une piste.

Il la regarda sans rien dire, signifiant qu'il était d'accord pour écouter la suite.

– À tes côtés, j'ai appris qu'en s'adaptant on pouvait contrôler une situation.

– Une situation est un mélange de contingences et de détermination.

– Si tu enlèves les contingences, que reste-t-il ?

– Une mise en scène.

– On pourrait envisager que dans notre affaire, le danger vienne de la situation. Ce serait l'arme du crime. Un environnement apparemment banal, normal. La victime s'y meut sans aucune appréhension, et puis crac ! Le piège se referme, sans perturber la scène puisqu'elle a été spécialement conçue pour ça.

Sentant que Nathan prenait son hypothèse au sérieux, elle continua :

– Prenons le cas d'Annabelle. Les invités, le témoin, le chien n'étaient peut-être pas là par hasard.

– Le chien ?

– On aurait pu remplacer celui de la victime par un animal dressé pour nous aiguiller sur une fausse piste.

– Continue.

– Nicole a rencontré de faux joggers. En ce qui concerne Galan, il n'est pas saugrenu de penser que le chauffeur de taxi et le Français sont impliqués. Et quant à Suyani, il est plus sensé d'aller chercher une complicité chez les deux motards que chez des banquiers.

– Le plan B serait donc un plan A, dit Nathan.

– Ces derniers jours au Japon m'ont fait comprendre que ce qui est apparent est là pour cacher ce qui doit l'être.

– Le Japon est le pays de l'invisible.

– Je suis une bonne élève, n'est-ce pas ?

– Ta théorie accrédite l'hypothèse que les ravisseurs sont puissants et qu'ils ont aussi envie de le montrer…

– Ils envoient ainsi un message à l'attention des caciques qui se croyaient hors d'atteinte.

– Je me demande pourquoi tu as fait appel à moi.

– En fait c'était juste pour t'avoir avec moi.

Elle lui prit la main sous l'œil indifférent de leur compagne qui mangeait ce qu'on lui donnait. Alors que Sylvie essayait de distinguer les algues des émincés de poireaux dans sa soupe, l'inconnue se leva brusquement. Nathan l'attrapa par le bras.

– Elle a peut-être envie d'aller aux toilettes, dit Sylvie. Je l'emmène.

Il les regarda s'éloigner, but une gorgée de thé et s'intéressa à la clientèle. Trois routiers, un couple de retraités, le conducteur du pick-up qui s'entretenait avec un artisan, deux représentants de commerce. Le barman était jeune et connaissait tout le monde. La serveuse inexpérimentée portait les plateaux en équilibre précaire et venait de renverser une bouteille de bière. Est-ce que le danger pouvait jaillir de cette situation ? Est-ce que l'environnement était réel ou factice ? Fruit du hasard ou mise en scène élaborée par un cerveau machiavélique ? Il était en train d'étudier la question lorsqu'il entendit un cri en provenance des WC.

Sous un vasistas grand ouvert, Sylvie était assise par terre, les mains sur son nez en sang. Nathan plongea au-dessus d'elle par la petite fenêtre et atterrit la tête dans une poubelle. L'inconnue courait déjà au milieu de la route, les bras en croix. Une Mazda grise freina devant elle en zigzagant. La fille se rua du côté passager avant que le véhicule ne redémarre. Nathan fourra une pierre dans sa poche et bondit sur une moto qui venait de s'arrêter sur le parking du restaurant. Les jambes en avant, il vola au-dessus du guidon, saisit en ciseaux le cou du motard, vrilla en l'air et l'arracha comme un clou à sa Yamaha pour le planter dans le sol. Il se releva comme un ressort, enfourcha la grosse cylindrée et donna un coup sec d'accélérateur qui faillit le laisser sur place. Il rattrapa très vite la Mazda qu'il bombardait d'appels de phare et la doubla d'un mouvement du poignet, transformant sa cible en une tache grise dans son rétroviseur. Un camion venait en face. Derrière, la voiture gagnait de la vitesse et se rapprochait. 170 km/h au compteur. Le camion le croisa dans un violent appel d'air. La route était désormais dégagée sur les deux voies. Il sortit la pierre de sa poche, la lança par-dessus l'épaule sur la Mazda et poussa le régime au maximum. Cinq cents mètres plus loin, il serra les freins, glissa en travers de la chaussée, lâcha tout et atterrit dans le fossé. Dans son sillage, la berline aveuglée par un pare-brise explosé percuta la moto et fit un tête-à-queue qui se termina en embardée. Nathan se précipita vers le véhicule qui avait échoué dans un champ, les quatre roues en l'air. Écrasée sur le plafond, la fille avait perdu connaissance. Le conducteur était blessé au visage et suspendu par la ceinture de sécurité. Nathan dégagea les deux corps des airbags et les tira à l'extérieur. Le Japonais avait une jambe fracturée et une commotion cérébrale. Nathan regagna la chaussée avec la fille dans les bras et demanda aux badauds d'appeler une ambulance. Les automobilistes s'alignaient aux abords de l'accident comme devant un péage. Au loin, il vit Sylvie emprunter une Toyota dans le dos de son propriétaire qui était descendu profiter du spectacle. Elle déboîta nerveusement de la file, pila devant Nathan qui sauta sur la banquette avec ses cinquante kilos d'extra-terrestre. La voiture redémarra avant qu'il n'ait eu le temps de refermer la portière. Il allongea l'inconnue et passa devant.

– Tu te sens comment ? demanda-t-il.

– Comme une hors-la-loi.

– Je parlais de ton nez.

Du sang suintait de ses narines.

– C'est elle qui t'a frappé ?

– Je me suis ramassée toute seule en essayant de la suivre. On va où ?

– Tout droit.

Ils roulèrent une trentaine de kilomètres avant d'arriver à Muroran. Nathan fit des courses : antalgiques, eau minérale, sac de couchage, serviette de bain, céréales, chocolat, boissons énergétiques, sac à dos.

– C'est pour quoi faire tout ça ? demanda Sylvie.

– C'est pour toi.

Ils reprirent la route en direction de Tomakomai. Nathan semblait préoccupé.

– Qu'est-ce qui ne va pas ?

– Je suis incapable d'éviter l'affrontement et la violence. Je n'arrête pas de cabosser cette fille depuis que je lui ai mis la main dessus. Et j'aurais pu tuer ce type dans la Mazda…

– Comment va-t-elle ?

– Elle survivra. Elle est indestructible.

– Ta technique est efficace.

– La plus grande technique consiste à ne pas se battre.

– Et laisser faire ?

– J'arrête.

– Pas question. D'abord, tu n'as tué personne. Ensuite, qui parmi ceux que tu as malmenés étaient innocents ? Les deux motards qui ont essayé de te trouer la peau ? Les flics qui te sont tombés dessus dans la ruelle ? Le conducteur de la Mazda qui voulait te rouler dessus ? Il y a plus de coupables qu'on ne l'imagine, Nathan. Même cette fille est peut-être dans le coup, chargée d'effacer les empreintes et de brouiller les pistes.

– Une hypothèse à rendre paranoïaque n'importe quel imbécile peureux.

Ils suivirent la route qui longeait l'océan Pacifique, l'esprit embrouillé par des conjectures tarabiscotées à faire froid dans le dos. Nathan signala à Sylvie un sentier qui montait sur la gauche, à travers la montagne.

– C'est encore loin ?

– Une vingtaine de kilomètres.
– Sur cette piste ?
– Il faudra marcher.

Effectivement, le layon caillouteux se transforma rapidement en une épaisse forêt sombre. Sylvie tira le frein à main et posa ses bras sur le volant.

– Tu es sûr qu'il n'y a pas d'autre accès ?
– S'il y en avait un, maître Oyama ne vivrait pas là.
– Que fait-on d'elle ?

Il l'allongea sur un tapis de feuilles, souleva son pull et lui tordit la peau sous le nombril. Puis il la retourna sur le ventre, posa son genou à gauche de la cinquième vertèbre et lui plia le corps vers l'arrière. Il la déchaussa, lui massa la plante des pieds et remonta jusqu'aux mains en insistant sur la partie située entre le pouce et l'index. Elle s'anima peu à peu. Il lui fit avaler un antalgique et prépara le paquetage. Il leur restait 15 kilomètres à gravir avant la tombée de la nuit.

56

Kinji Oyama était un vieil homme sec aux longs cheveux blancs, à la barbe effilochée et aux yeux de félin. Lorsqu'il les vit, il étira un peu plus son sourire indélébile. Sylvie s'effondra de fatigue. L'inconnue s'assit sur un tronc d'arbre. Les cinq heures de grimpette n'avaient pas eu d'effet sur elle. Nathan posa le sac à dos et se courba devant le Japonais rieur qui l'imita.

– Comment va maître Oyama ?
– Peu à peu chaque jour jusqu'au sommet.
– Et lâcher prise.
– Sans s'attacher.

– Tomber.

– Briser les rigidités.

– Progresser.

– Jusqu'à être libre comme les nuages dans le ciel.

– Je suis venu avec quelqu'un qui n'est pas aussi libre que les nuages.

– Trop de rigidité.

– J'ignore son nom, elle parle une langue qui n'existe pas, semble contrôlée par des peurs, manifeste des symptômes du fanatisme : étanchéité de la pensée, effacement de la personnalité, autonomie psychologique et décisionnelle réduite. Depuis qu'elle est avec moi, sa seule initiative a été de fuir.

– Contrairement à la reddition ou au ralliement, la fuite est une non-défaite qui permet de conserver une chance de gagner. Elle n'a pas dit son dernier mot. Elle peut encore l'emporter.

– J'ignore qui est mon adversaire.

– Entre voir et regarder, voir est plus important. Voir ce qui est éloigné comme si c'était proche, voir ce qui est proche comme si c'était éloigné. Telle est l'essence de la Tactique.

– Je vois un être venu d'une autre planète.

– C'est ce que disent les esprits rationnels quand ils parlent de moi.

– J'ai besoin de votre aide.

– Ainsi tu es retourné vers les contraintes de la vie moderne et tu m'en fais profiter.

– Le budô est une application de l'énergie fondamentale de l'univers. C'est une alchimie qui transforme tout ce qu'elle touche. Vous la maîtrisez mieux que moi. Vous pouvez libérer cette femme de son conditionnement, lui faire renouer avec les forces essentielles du cosmos, la régénérer, lui rendre le yang qu'on lui a ôté.

– Évoluant dans un monde profane, je suppose que tu subis le joug du temps.

– J'en ai très peu devant moi.

– Il me faudrait vingt ans pour purifier cette personne.

– Elle ne manque pas d'énergie. Elle en regorge au contraire.

– L'énergie est ce qu'on en fait. Elle est source de vie ou de mort. De création ou de destruction.

Un oiseau au ramage pourpre se posa sur l'épaule de Kenji.

– As-tu envisagé qu'elle puisse venir d'une planète où l'énergie n'est que source de destruction ?

57

Sylvie et Nathan avaient regardé leur protégée et maître Oyama se fondre dans la forêt.

– Qu'est-ce qu'il va lui faire ?

– La purifier.

– En clair ?

– La déconditionner.

– Combien de chances pour que ça marche ?

– Il va la soumettre à un régime draconien.

– Ce n'est pas un peu risqué de le laisser seul avec elle ?

– Risqué pour qui ?

– Et nous, qu'est-ce qu'on fait ?

– On attend.

– Ici ?

– Tu vois un plus bel endroit ?

– J'accorde peu d'importance au cadre quand je dors.

– Ce soir tu vas t'endormir sous les étoiles. C'est là d'où tu viens.

– Parle pour l'autre extra-terrestre !

– Nous sommes tous des poussières d'étoiles.

– Qu'est-ce qu'on mange ?

– Si tu n'aimes pas les baies, il y a des céréales et de l'eau minérale.

Il déroula le sac de couchage.

– Toi tu dors où ? demanda-t-elle.

Il préféra ne rien répondre plutôt que lui expliquer qu'il allait se recharger en énergie et se débarrasser des toxines empêchant la vibration de l'univers de parvenir jusqu'à son être.

– C'est quoi le régime draconien dont tu parlais ?

– Misogi Harai.

– En quoi ça consiste ?

– Méditation, bains glacés, jeûne, solitude, froid. Tu t'assois en zazen sous une cascade qui s'abat sur ton crâne…

Elle croqua dans une barre de céréales arrosée d'une boisson au ginseng.

– Tu es belle quand tu manges.

– Seulement quand je mange ?

– Tu as un rapport sensuel au monde.

Le crépuscule s'installait en même temps que les bruits de la nuit. La forêt s'opacifiait, s'amplifiait jusqu'à se confondre avec le firmament. Sylvie ne distingua bientôt plus Nathan.

– Tu es sûr qu'on ne risque rien ?

– C'est l'endroit le plus sûr du monde.

Épuisée par sa longue marche, elle n'eut pas le loisir d'approfondir le sujet. Nathan lui ferma son sac de couchage et médita en humant la brume qui s'élevait du lac pour s'engouffrer dans ses poumons.

58

Le soleil se levait sur Pékin, illuminant un ciel plus bleu chaque jour. Dans un jardin de pierres cerné de pins à cinq aiguilles, de sophoras et de cyprès dont les troncs centenaires avaient fini par atteindre une brillance minérale, Yang exécutait, pieds nus sur le pavement, des mouvements lents et précis de tai chi chuan. À Pékin, on construisait les jardins comme des oasis de paix parfumée et de flux régénérant. Indispensables dans une mégalopole de quatorze millions d'habitants enrubannée d'autoroutes et de périphériques engorgés. Celui de Yang, comme beaucoup d'autres, avait été bâti sur des principes énergétiques et philosophiques. Havre de tranquillité et de méditation, nature reconstituée en miniature et idéalisée, dans laquelle le dignitaire chinois puisait les énergies premières, loin de la confusion des affaires humaines. Épuré, harmonieux, métaphorique, ce mini-cosmos condensait et irradiait à la fois. En guise de petit déjeuner, Yang se nourrissait de la combinaison savante des éléments, l'eau, le bois, la terre, le métal. Il captait la force vitale, le qi, renouait avec l'ordre des choses. Yang était devenu un homme sage et avait soufflé sa sagesse au-delà de la porte lune qui s'ouvrait sur le reste du monde. Un souffle inspiré par Dan Kan, son éminence grise, et qui s'était transformé en tornade. La révolution culturelle de Mao était loin. Le peuple vivait une nouvelle ère, celle de Yang, celle de la révolution verte. Lorsqu'il était arrivé au pouvoir, la capitale chinoise était classée par l'OMS au troisième rang des villes les plus polluées du monde. Un rapport du GRIP, classant les pays en fonction de leur contribution à la sécurité, aux droits humains et à l'environnement, plaçait la Chine en 95e position sur 150. Yang avait pris le problème à bras-le-corps, en commençant par la capitale, asphyxiée sous une chape d'air irrespirable. Il en avait le pouvoir. L'avantage d'un régime autoritaire était que l'on pouvait réparer un pays beaucoup plus rapidement que lorsqu'on était à la tête d'une démocratie. Yang avait créé un poste de ministre de l'Environnement, débloqué un budget de douze milliards de dollars pour purifier la ville, privilégier le charbon désulfuré ou le gaz naturel, fermer les usines de chimie, de métallurgie, de mécanique construites à l'époque de la dictature du prolétariat. Même les aciéries de Shougang, fierté maoïste employant cent mille salariés, n'avaient pas été épargnées. Autre source de pollution visée par Yang : l'automobile. Interdiction formelle de circuler pour tous les véhicules ne respectant pas les normes antipollution et incitation à utiliser le vélo. Un ambitieux programme de recherche sur les nouveaux carburants naturels avait été lancé. En attendant, le gouvernement avait imposé la bicarburation essence-GPL ou GNC. Le maire de Pékin, qui avait d'abord accueilli ce programme avec un enthousiasme mitigé, avait changé d'opinion lorsque la ville avait décroché, grâce à cette révolution verte, l'organisation des Jeux olympiques.

Dernière préoccupation environnementale, la désertification touchait 30 % du territoire national. Le désert de Tianmo et le désert de Gobi avançaient de cinq à dix mètres par an, déchaînant sur la capitale des tempêtes de sable qui rendaient l'air irrespirable et la visibilité quasiment nulle. Pékin était plus menacée par les dunes que par les troupes de Gengis Khan au XIIIe siècle. Yang repoussait l'invasion en stoppant la surexploitation agricole et industrielle qui asséchait les cours d'eau, et en lançant le programme de la Grande Muraille verte. Le plan de bataille relevait de *L'Art de la guerre* : plantation d'une ceinture d'arbres de quatre mille cinq cent kilomètres le long du désert de Gobi, création de trois paravents de verdure autour de Pékin, reboisement des montagnes avoisinantes, des berges de cours d'eau et des abords d'autoroutes, multiplication des espaces verts dans la ville, construction d'usines d'épuration recyclant plus de 90 % des eaux usées.

« Celui qui sait quand il faut combattre et quand il ne le faut pas sera victorieux. Celui qui sait remporter la victoire en modifiant sa tactique selon la situation de l'ennemi mérite de passer pour divin... » lui répétait Dan Kan en paraphrasant Sun Tzu.

Pour que la victoire soit plus rapide, Dan Kan avait suggéré d'utiliser les Triades. Yang s'était ainsi allié aux Sept Sœurs du crime, une puissance criminelle à la forte imbrication sociale, au fonctionnement quasi militaire, aux ramifications internationales, à la violence extrême. Yang avait pactisé avec leur chef, nommé Tête de dragon ou 489. En échange d'un pouvoir économique autrement plus licite et lucratif, il avait convaincu 489 de retrouver la vraie fonction sociale et religieuse des Triades, celle de la fondation en 1644 par cent huit moines bouddhistes pour résister à l'occupation mandchoue. En quelques mois, les Sept Sœurs du crime avaient gelé leurs activités mafieuses et s'étaient mises à fonctionner comme les Triades du XIXe siècle, jouant le rôle d'agences pour l'emploi, de syndicats, de sociétés d'entraide, de police. Les dépenses militaires, le chômage, la corruption chutèrent au profit d'une plus grande sécurité intérieure. Il ne restait plus à Yang qu'à s'attaquer aux droits humains encore bafoués. Il allait redonner toute sa liberté à la presse. Jusqu'à présent, il s'était passé des commentaires des médias sur sa révolution. L'urgence n'était pas là. Bientôt, la population découvrirait l'étendue de son action qu'il comptait bien parachever par la restitution du Tibet aux Tibétains et la réparation des immenses dégâts écologiques causés par la colonisation massive de ce bout de pays. Le dalaï-lama, surpris mais serein, avait été averti de ses nobles intentions.

Yang était le général d'une armée de paix composée d'un milliard trois cents millions de citoyens. Personne n'avait de l'ascendant sur lui, pas même Dieu puisqu'il n'était pas croyant. Personne sauf une jeune femme. Elle dormait dans son lit, était pourvue d'une anatomie capable de réanimer Mao dans son mausolée, avait le tiers de son âge et se nommait Dan Kan.

59

Sylvie se réveilla tôt dans l'humidité, le froid, la faim, avec une forte envie d'uriner et de se faire couler un bain brûlant. À travers la purée de pois qui s'était infiltrée dans son sac de couchage, elle distingua Nathan qui méditait sous un cèdre centenaire. Elle alla se soulager dans des fougères et entama des exercices toniques pour se réchauffer. Le brouillard épais, les bruits étranges, la forêt omniprésente, la lumière horizontale projetée par le soleil levant lui firent penser à l'atmosphère gothique de ces films fantastiques des années 50 produits par la Hammer, hantés par Dracula, Frankenstein ou la créature du marais. Des frissons la piquetaient, malgré sa gymnastique. Elle entendit des pas, appela Nathan. Craquements de feuilles et de branches mortes. Kinji Oyama et l'inconnue émergèrent d'un rideau de bouleaux en déchirant des lambeaux de brume. Le vieillard avait ajouté un zeste de goguenardise à son sourire.

– Je m'appelle Lyn Lee, dit l'inconnue en anglais.

Stupéfaction de Sylvie.

– Merci, maître Oyama, dit Nathan.

– Reviens me voir quand dans ta main, tu auras vu la pierre illuminée.

Kinji Oyama disparut avec l'aube, laissant la place à un soleil téméraire. Lyn était immobile, les bras ballants comme si elle attendait des questions. La première jaillit de la bouche de Sylvie :

– Qui êtes-vous ?

– L'amie d'Annabelle Domange.

– Que cherchez-vous ?

– Annabelle.

– Que faisiez-vous chez elle, à Paris ?

– Je la cherchais.

– Pourquoi fuir la police ?

Sa bonne volonté à répondre s'enraya face au harcèlement verbal. Elle hésita. Sylvie réitéra sa question.

– Je n'ai pas confiance, dit Lyn.

– Dans la police ?

– En personne.

– Que faisiez-vous à Fontainebleau et à Tokyo ?

– J'étais sur la piste d'Annabelle.

– Vous nous avez suivis ?

– Oui.

– Pourquoi nous ?

– Parce que vous sembliez avoir une piste.

– Pourquoi cette mise en scène à Tokyo ?

– Mise en scène ?

– Le clochard à qui vous avez payé une nuit d'hôtel, le jeu de piste avec la clef du casier que vous avez généreusement approvisionné.

– Il fallait que je détourne l'attention de la police. J'avais besoin de temps pour étudier l'endroit où Suyani avait disparu. Comprendre la méthode des ravisseurs pour remonter jusqu'à eux.

– Et vous avez compris quelque chose ?

– C'est une force supérieure qui a enlevé Annabelle et les autres.

– Ça, on le sait déjà.

– Cela réduit le champ d'investigation.

– Vous avez une hypothèse ?

– Non.

– Vous croyez aux extra-terrestres ?

– Oui.

– En Dieu ?

– Oui.

– De quelle nationalité êtes-vous ?

– Je n'en ai pas.

Sylvie jeta un œil à Nathan qui n'en perdait pas une miette.

– Où êtes-vous née alors ?

– Quand j'ai commencé à avoir une conscience, j'étais avec d'autres enfants dans l'orphelinat d'un pays dont je n'ai jamais su le nom.

– Vous habitez où ?

– Nulle part.

Sylvie manifesta un signe d'agacement. Lyn Lee le sentit et s'expliqua :

– Comme vous avez pu vous en apercevoir, je ne reste jamais longtemps au même endroit.

– Que faites-vous dans la vie, à part enquêter sur la disparition de votre meilleure amie ?

– Je suis gymnaste.

– Olympique ?

– Non, car je ne porte aucun drapeau. J'enseigne.

– Où ?

– Dans le monde entier.

– Quelle est cette langue que vous parlez ?

– Laquelle ?

– Vous en parlez combien ?

– Onze.

– Que signifie « Guhavop linan ao slo » ? demanda Nathan.

– Comment connaissez-vous… ?

– Vous avez prononcé ces mots pendant votre sommeil.

– J'ai créé ce langage avec Annabelle. Cela nous permet de communiquer secrètement entre nous.

– Pourquoi avez-vous besoin de communiquer secrètement ?

– Par jeu.

– Vous avez inventé une langue rien que par jeu ? s'étonna Sylvie.

– Oui.

– Vous devez être très liées ou très douées.

– Vous en doutiez encore ?

Nathan prit le relais de Sylvie :

– Pourquoi avoir décidé de nous parler aujourd'hui ?

– Kinji Oyama est sincère. Pas corrompu. J'ai confiance.

– En nous aussi ?

– Il a confiance en vous.

– Vous nous avez parlé, mais on n'a pas progressé, dit Sylvie.

– Détrompe-toi, dit Nathan. On est sûrs désormais que Nicole Balland n'a rien à voir avec les autres disparues.

60

Ils descendirent la sente montagneuse. Nathan s'expliqua sur Nicole Balland. Son profil ne correspondait pas à celui des autres victimes. Le seul lien tangible était la présence de Lyn Lee sur les lieux de la disparition. Ce lien venait de se rompre puisque Lyn n'était là que pour recueillir des indices. Rien ne prouvait que Nicole avait été kidnappée.

– Elle est peut-être encore sur place, dit Nathan.

– Tu veux dire… ?

– Morte. Enterrée.

– J'appelle Taillandier dès que j'ai le réseau.

Ils marchèrent à travers les fougères et les pins. Leur allure était plus soutenue qu'à l'aller.

– Tu crois qu'elle nous a tout dit ? demanda Sylvie.

Devant eux, Lyn avançait sans effort.

– Elle nous cache l'essentiel.

– Qu'est-ce qui te fait penser ça ?

– À part son visage, cette fille n'a rien de banal.

– Et alors ?

– Connais-tu beaucoup de gymnastes apatrides et paranoïaques qui changent d'adresse tout le temps, parlent onze langues dont une pratiquée par seulement deux personnes, enquêtent comme des professionnelles et sont capables d'échapper aux forces de police sans faire de mal à une mouche ?

61

La forêt de Fontainebleau avait été interdite au public. À l'intérieur d'un gigantesque périmètre de sécurité, les brigades cynophiles auscultaient chaque mètre carré de terre, les gendarmes ratissaient beaucoup plus large qu'ils ne l'avaient fait le jour de la disparition de Nicole Balland. Persuadés d'avoir affaire à un rapt, les policiers n'avaient pas fouillé le secteur à fond. Cela faisait deux heures que le commissaire

Taillandier serrait son talkie-walkie. Depuis le coup de fil de Sylvie Bautch, il avait mobilisé les dizaines d'hommes. L'Élysée lui avait confié le commandement des opérations, reléguant le lieutenant-colonel Morin à un rôle de simple exécutant. Paul Balland avait abandonné son bureau de la DGSE pour être sur les lieux. Il était convaincu que sa femme avait été enlevée comme les autres et que les recherches n'aboutiraient à rien. Il s'accrochait à cette thèse pour ne pas avoir à imaginer le pire. L'initiative du commissaire lui paraissait déplacée.

Taillandier fixait son talkie-walkie aussi muet qu'une pierre. Il espérait que l'intuition de Nathan Love le conduirait à quelque chose, tout en redoutant d'aboutir à un cadavre en putréfaction et une deuxième enquête. Il dévissa le bouchon de sa bouteille Thermos et versa du café dans un gobelet. Le liquide brûla sa poitrine avant de se répandre dans l'estomac. Une aigreur le fit grimacer, suivie par un gargouillement et un grésillement :

– Ici, le brigadier Achard… Commissaire, on a quelque chose !

Taillandier lâcha sa dînette et courut vers un attroupement de gendarmes. Deux d'entre eux achevaient de creuser un trou, révélant à l'air libre quelque chose que l'on ne pouvait pas encore distinguer. Autour de la découverte, les chiens étaient difficiles à contenir. Paul Balland était impassible, livide, raide. Le commissaire se pencha au-dessus de l'excavation et distingua des vêtements que l'on prenait en photo. Un officier de la police scientifique souleva délicatement un survêtement Adidas blanc écru maculé de boue, des baskets de la même marque, une culotte, un débardeur, un soutien-gorge. Paul Balland confirma que ces effets appartenaient à son épouse. Il manquait le principal : le corps. Accompagné du mari, le lieutenant-colonel Morin entraîna Taillandier à l'écart.

– Ça veut dire quoi ? s'énerva Morin.

– Qu'est-ce que j'en sais ?

– Si vous avez ordonné cette nouvelle fouille, c'est que vous avez une idée en tête.

– Pas moi. Love.

– Le profiler américain ?

– Oui.

– Pourquoi n'est-il pas là ?

– Il est au Japon. Il travaille sur la série d'enlèvements avec laquelle nous avions associé par erreur la disparition de Mme Balland.

– Par erreur ? Qu'est-ce qui vous permet d'affirmer ça ?

– Il faudra le demander à Love.

– Vous vous rangez à son avis les yeux fermés ?

– Au moins, on a trouvé quelque chose. Et puis il faut reconnaître que le profil de Mme Balland est un peu différent.

– Nicole n'est pas assez belle, ni assez jeune pour faire partie de la liste ? s'offusqua le mari.

– On peut le joindre par téléphone ce Love ? demanda Morin.

Taillandier sortit son téléphone cellulaire. Il était 22 heures au Japon. L'onde ricocha sur les satellites jusqu'à l'oreille de Sylvie qui lui passa Nathan. Le commissaire rapporta ce qu'ils venaient de découvrir.

– Qu'en pensez-vous ? demanda Nathan.

– Si je vous appelle de si loin, c'est que je n'en pense rien.

Devant autant d'humilité, Morin leva les yeux vers un ciel encombré de nuages. Il était à la limite d'arracher le téléphone au commissaire et d'ordonner au profiler de rappliquer illico.

– Il faut se poser les bonnes questions, dit Nathan. Pourquoi s'en prendre à Nicole Balland ? Pourquoi la déshabiller ? Pourquoi enterrer ses vêtements ?

– Vous croyez que son corps aussi est enterré dans le coin ?

Exaspération de Morin.

– Quand on consomme sur place, on n'emporte rien, dit Love.

– Je ne comprends pas.

– Je déshabille la victime, je la viole. Ce n'est pas pour la rhabiller et l'emmener avec moi. J'élimine le problème rapidement. Je la liquide et planque son cadavre sur les lieux du crime, car le viol et le meurtre ont pompé mon énergie. J'enterre les vêtements plus loin pour dérouter les chiens et les flics. Je suis déséquilibré, fatigué, trempé, mais malin.

– Le corps n'aurait pas bougé depuis l'agression ?

– Possible.

– Mais on a rien trouvé.

– Creusez.

Excédé, Morin s'empara du cellulaire.

– Love ? Ici, le colonel Morin. Il est temps de rentrer pour vous occuper de cette affaire d'un peu plus près.

– Je poursuis une autre enquête.

– En faisant du tourisme aux frais des contribuables ?

– Cinq de ces contribuables ont été enlevées.

– Le sort de Mme Balland ne semble pas vous préoccuper.

– Il devrait ?

– Nicole Balland n'est pas n'importe qui, je vous le rappelle.

– Repassez-moi le commissaire.

– Excusez-moi, Love, il m'a braqué le téléphone, dit Taillandier.

– Donnez-lui une pelle et faites-le creuser. Ça lui occupera l'esprit.

– Je vous tiens au courant.

Le commissaire fit signe à deux policiers de le suivre et ordonna la fouille à l'endroit de la disparition. La terre avait été transformée en boue par la pluie et martelée par les pieds des joggers. L'agresseur avait misé là-dessus pour effacer son crime. À l'appui des éléments fournis par Love et s'inspirant des notions de profiling que lui avait inculquées Sylvie, Taillandier reconstitua mentalement le film du drame. Le psychopathe était à l'affût d'une proie dans la forêt de Fontainebleau. Les conditions climatiques étaient idéales. La forêt était déserte. Nicole courait là tous les jours, à la même heure. À ce niveau du parcours, elle était épuisée, moins combative. L'agresseur l'avait guettée sous la pluie. La longue attente, l'eau ruisselant sur son corps renforçaient sa libido, attisaient sa fébrilité, nourrissaient son fantasme. Lorsque Nicole était apparue, il s'était avancé vers elle, l'avait attaquée, frappée, menacée probablement avec un couteau. Il l'avait obligée à se déshabiller. Nicole s'était exécutée, espérant que le cauchemar prendrait fin avec l'intervention d'un passant téméraire, au pire avec un viol vite torché. Elle s'était débattue dans la boue, ce qui avait excité un peu plus le psychopathe. Au terme de l'acte sexuel sauvage et bref, il avait changé radicalement son point de vue sur Nicole. La source de plaisir était devenue une gêne. Du sang encore plein la tête, il lui avait tranché la gorge pour ne plus l'entendre crier. Pour qu'elle ne parle pas non plus. Leurs ébats avaient labouré la piste. Il avait planté le couteau devant lui et éventré le sol avant d'y enfouir le corps encombrant. La terre était meuble et il l'avait découpée comme un flan, profondément, pour permettre à la nature d'avaler le cadavre, de le digérer et de le restituer sous forme de compost. Harassé, l'agresseur avait emporté les vêtements de sa victime et les avait enterrés à deux kilomètres. Les chiens n'y comprendraient rien.

– Commissaire, on a une main !

Taillandier cessa de spéculer. Il enfila des gants et gratta autour de l'endroit où la pelle avait buté. Quelques minutes plus tard, ils mirent au jour le cadavre de Nicole Balland.

62

Un peu plus tôt, dans un train qui roulait vers Tokyo, Nathan griffonnait cinq noms sur un bout de papier. En face de lui, Lyn Lee l'observait. Parfois, il lui renvoyait son regard, sans parvenir à lui faire détourner le sien. Cette fille le fascinait car elle n'était pas un produit de la société. De quoi était-elle le produit ? Le savait-elle elle-même ?

Sylvie collectait des informations au téléphone, auprès de ses contacts à Interpol et au FBI. Mooses lui rendit compte de l'implication personnelle du patron du FBI dans l'enquête, des influences d'Aliana Cortès et de Serana Welles auprès de DR et de Morgensen, ainsi que des liens entre l'ONU, le Rockefeller Center, la Chase Manhattan Bank et Mitsubishi.

– Le monde est petit, dit Sylvie.

– Surtout pour les grands.

Un policier d'Interpol l'informa ensuite d'une rumeur sur une disparition à Moscou dans l'entourage du président. Il rappellerait pour confirmer.

– Jette un œil là-dessus, demanda Nathan à Sylvie.

Il lui montra sa liste :

Annabelle Domange

Galan Ryler

Suyani Kamatsu

Serana Welles
Aliana Cortès

– Il y a quelque chose que je dois remarquer ?

– Ça saute aux yeux.

Le téléphone sonna. C'était Taillandier qui pataugeait dans la forêt de Fontainebleau. On venait de déterrer les vêtements de Nicole Balland et il avait besoin d'un coup de pouce. Sylvie lui passa Nathan. À dix mille kilomètres de distance, celui-ci indiqua le point précis où il fallait fouiller. « Donnez-lui une pelle et faites-le creuser. Ça lui occupera l'esprit », dit-il avant de raccrocher.

– Taillandier est ton ami ? demanda-t-il à Sylvie.

– Oui, pourquoi ?

– C'est un type bien. Dommage que Morin lui complique la tâche.

Le cellulaire sonna à nouveau sous le regard impassible de Lyn Lee qui les regardait dénouer des intrigues. Interpol communiqua les coordonnées sécurisées d'un certain Youri, membre du FSB, à l'origine de la fuite concernant une disparition à Moscou. Sylvie l'appela dans la foulée. En attendant d'obtenir son correspondant, elle demanda à Nathan ce qu'il fallait voir dans sa liste de noms.

– Concentre-toi d'abord sur ton entretien.

L'attention de Sylvie fut happée par l'écouteur qui diffusait du russe. Elle se pencha en avant sous un rideau de cheveux et répondit en anglais, ce qui sembla fonctionner, du moins tant qu'elle s'exprimait lentement. Elle termina sur un spacibo [1] et se redressa ébouriffée.

– Une disparition qualifiée de surnaturelle. L'affaire a été étouffée, car la victime est la maîtresse du boss du Kremlin.

1. Merci, en russe.

– Comment est-ce arrivé ?

– La fille s'est évaporée dans la cabine d'essayage d'un magasin de vêtements de luxe à Moscou. Sous les yeux des vendeuses.

– Comment s'appelle-t-elle ?

– Ivana Nevassaïa.

– On tient quelque chose.

– Quoi ?

– Les prénoms des victimes contiennent tous la sonorité « an' ».

63

Le capitaine Yukiko Sanako leur avait réservé un comité d'accueil gratiné à la gare de Tokyo. Il leur fit payer l'évasion de la prévenue, l'agression contre les forces de l'ordre, leur cavale de trois jours et la rétention d'informations par un menottage à la descente du train. Pendant le trajet, Sanako ne décrocha pas un mot. Sylvie tenta en vain de justifier son comportement et celui de Nathan. Ils échouèrent dans des cellules et y restèrent jusqu'à ce que le capitaine décidât de mettre un terme à sa rancœur.

– Vous perdez du temps, dit Nathan en se retrouvant dans le bureau de Sanako.

– Vos agissements sont inadmissibles et appellent une sanction.

– Vous vous trompez de cible.

– Vous avez fait évader un témoin capital, doublé d'un suspect.

– Lyn Lee n'est témoin de rien et elle est encore moins coupable.

– Vous ne m'avez pas donné le loisir de l'interroger pour me faire une opinion là-dessus.

– Elle n'aurait pas parlé.

– C'est vous qui le dites.

– Elle n'a confiance en personne, surtout pas dans la police. Votre démonstration de force n'a fait que confirmer ses craintes.

– Démonstration de force ? Je vous rappelle que vous avez blessé deux de mes hommes.

– Deux ? s'étonna Nathan.

– Vous niez ?

– Six, pas deux. Deux devant l'hôpital et quatre dans la ruelle.

– Je n'ai envoyé personne là-bas.

– Quatre policiers nous sont tombés dessus.

– Qu'est-ce que vous racontez ?

– Puisque vous l'ignorez, j'en conclus que j'ai eu affaire à quatre faux flics qui voulaient mettre la main sur Lyn Lee.

– Des faux flics ?

– Avec de vraies voitures de police. L'évasion de Lyn Lee a fait sortir les coupables de leur invisibilité.

– On n'a aucune trace d'eux.

– Vous en aurez sur les vidéos de surveillance.

– Je vous libère, mais je garde la fille.

– Il faut la mettre à l'abri.

– Elle ne risque rien ici.

– Si ceux qui la traquent peuvent passer pour des policiers, ils ont déjà investi ces murs. Ils sont même en train de nous écouter et de nous regarder.

Sanako leva les yeux sur les cloisons vitrées de son bureau.

– Évitons la parano, voulez-vous ?

– Je préfère me charger de sa protection.

– Ce n'est pas à vous d'en décider. On ne sait toujours rien sur elle à part son nom probablement faux.

– C’est une nomade.
– Qu’est-ce que vous proposez ?
– Puisque vous êtes prêt à écouter, voici deux pistes qui s’offrent à nous. La première, c’est la Bank of Tokyo. Il faudrait savoir qui a eu la possibilité d’ouvrir la porte de secours.
– La seconde ?
– Mitsubishi. Le nom de cette société revient souvent dans cette affaire.
– La Bank of Tokyo et Mitsubishi, rien que ça ?
– Ceux qui se cachent derrière les enlèvements sont puissants.
– Mitsubishi et la Bank of Tokyo, c’est le même groupe.
Le monde devenait de plus en plus petit.

64

Nathan descendit à Yurakucho Station et marcha en direction du Mitsubishi Shoji Building qui dominait le pont de Nihonbashi. Là-haut trônait l’un des sièges de Mitsubishi Corporation, la plus grosse compagnie japonaise de négoce, servant au financement interne d’un groupe tentaculaire de plus de cinq cents sociétés présentes dans 80 pays, employant 48 000 personnes dans tous les secteurs de l’industrie. Nathan s’était renseigné sur ce zaibatsu[1] comme on s’informe sur un suspect avant d’aller l’interroger. Créée en 1850 par Yataro Iwasaki, la société aux trois losanges fut d’abord une entreprise de transport maritime avant de

1. Au Japon, un zaibatsu définit un grand groupe d’entreprises présent dans presque tous les secteurs de l’économie.

devenir, sous l'impulsion de son fondateur, un des groupes les plus puissants du Japon. À la fin du XIXe siècle, la compagnie, qui générait la moitié du trafic maritime japonais, entra dans sa phase de diversification et créa trois entités : Mitsubishi Bank qui, comme le lui avait dit Sanako, fusionna en 1996 avec la Bank of Tokyo pour devenir la première banque du Japon, Mitsubishi Corporation, servant au financement du groupe, et Mitsubishi Heavy Industries, rassemblant les activités industrielles du groupe dont les plus connues sont Mitsubishi Motors et Nikon. Ces sociétés possédaient elles-mêmes une myriade de filiales et de sous-traitants. À la fin de la Seconde Guerre mondiale, les États-Unis voulurent éliminer les zaibatsu qui avaient joué un rôle actif dans le conflit, or Mitsubishi avait produit entre autres les chasseurs Zero. Le général Mac Arthur gouvernait le pays et la mondialisation n'était pas encore à l'ordre du jour. La dissolution du groupe fut prononcée en 1946. Les différentes sociétés de la nébuleuse Mitsubishi durent supprimer tout lien financier et se débarrasser de leur emblème aux trois losanges. Mais au fil des ans, on assista à la renaissance du monstre. Les présidents des différentes sociétés coupées de leur cordon ombilical se retrouvaient régulièrement pour distribuer des subventions aux partis politiques et décerner les trois losanges aux filiales méritantes. Progressivement, des regroupements, des rapprochements, des fusions, des acquisitions reconstituèrent le zaibatsu, qui devint l'une des cinq plus grosses multinationales du monde. Les Américains, successivement ennemis, occupants et concurrents, étaient désormais des partenaires.

Nathan leva la tête pour englober la totalité de ce QG de l'économie planétaire. La tour semblait avoir déteint sur le ciel couleur d'acier. Avait-elle aussi déteint sur

Suyani Kamatsu ? Nathan avait rendez-vous avec Takashi Anko, le numéro 2 du département marketing.

Le lobby ressemblait à un hall d'exposition, à la gloire de la compagnie et de son fondateur. Sur un immense kakémono étaient calligraphiés les trois principes de Mitsubishi édictés par Koyata Iwasaki, le quatrième président : « *Shoki Hoko, Shoji Kome, Ritsugyo Boeki* », trois professions de foi qui pouvaient se résumer à un slogan que l'on retrouvait sous le logo de la plupart des multinationales : « Contribuer à rendre le monde meilleur ».

Nathan franchit le portail de sécurité et monta au 56e étage occupé par le marketing. Juste en dessous de la direction. Six hôtesses connectées à des écouteurs téléphoniques faisaient office de barrage. Nathan se dirigea vers la plus jeune et la plus souriante. Il se fit annoncer auprès de Takashi Anko et profita de l'attente pour poser des questions. La réceptionniste ne tarissait pas d'éloges sur Suyani. Toujours courtoise, gentille, simple. « Une perle qui ne se laissait pas impressionner par le patron. »

Takashi Anko apparut entre deux coulissements de portes vitrées. Costume en alpaga anthracite, petites lunettes de vue cerclées d'une monture invisible, chaussures Weston, montre Rolex, coiffure branchée. Il avait le double de l'âge de Suyani et respirait le fric. Après s'être fendu d'une courbette qui ne risquait pas de froisser son costard et d'un « Hajimemashite » hypocrite, il guida Nathan jusqu'à son bureau. La vue sur les jardins du Palais impérial était à couper le souffle. Lorsqu'on s'était remis du choc, on pouvait apprécier la taille de la pièce, une centaine de mètres carrés. Les deux murs qui n'étaient pas vitrés étaient tapissés de tableaux signés Togo Seiji, Gustav Klimt, Otto Dix, Picasso, Manet.

– Nous sommes dans le bureau de Suyani Kamatsu, dit Anko, assis dans le fauteuil de celle qui occupait habituellement les lieux.

– Pourquoi ?

– En son absence, je traite ses dossiers.

– Suyani Kamatsu avait les moyens de s'offrir ces toiles ?

– Elles appartiennent au patron. Sauf celle de la femme débraillée qui est à elle. Un cadeau du boss, qui n'est pas du meilleur goût.

Il faisait allusion à *La Femme fatale* de Klimt, diablement érotique, poitrine à moitié dénudée, yeux mi-clos, lèvres entrouvertes.

– Mlle Kamatsu aime la peinture ?

– Il ne faut pas être un grand détective pour le deviner. Elle préférait être payée en nature. Je veux dire en peinture.

– Écoutait-elle de la musique ?

– Elle aimait le silence.

– Passait-elle la plupart de son temps ici ?

– Dix-huit heures par jour. Certains soirs, elle sortait un peu plus tôt pour se rendre au Howling Jack, un pub qui reçoit des groupes de jazz ou de blues.

– L'exposition universelle d'Aichi a dû l'éloigner de ce bureau, non ?

– Elle s'est énormément investie dans la conception de notre pavillon.

– Vous pouvez m'en dire un peu plus ?

– Que voulez-vous savoir ?

– Quel en était le thème ?

– La sagesse de la nature.

– Comment la nature peut-elle être sage ?

– L'exposition d'Aichi était un gigantesque laboratoire visant à rétablir la relation entre les êtres humains et la nature. Habituellement considérée comme un facteur de destruction de l'environnement, la technologie peut jouer un rôle déterminant en faveur de notre planète et de nos conditions de vie. La nature ne connaissant pas de frontières, on ne mènera à bien cette entreprise qu'à l'échelle mondiale.

– Par « sage », vous entendez donc « docile ».

– Ne vous fiez pas aux mots. On utilise bien le mot « zen » à tout bout de champ dans les publicités, ce qui est un comble, non ?

– En quoi consistait la présence de Mitsubishi ?

– Notre pavillon Mitsubishi@Terre abritait la première salle de cinéma IFX avec des effets spéciaux destinés à stimuler l'intérêt des visiteurs. Des millions de gens ont découvert le fonctionnement de la Terre et ressenti l'importance de sa sauvegarde tout en se divertissant…

Anko évoqua l'architecture en spirale du pavillon, les murs extérieurs montés avec des rochers, des bouteilles en plastique et des plantes, les forêts et les étangs laissés en l'état naturel, les bambous utilisés comme pare-soleil, les toits arrosés par de l'eau recyclée afin de jouer un rôle de climatiseur, l'électricité générée par les ordures produites par les visiteurs et converties en combustible, les transports assurés par des bus intelligents sans chauffeur, l'accueil par des robots. Autant d'exemples montrant que l'on avait beaucoup à apprendre de la nature, mais aussi que l'homme avait beaucoup de choses à inventer.

– L'homme et la nature peuvent coexister en harmonie, conclut Anko au terme d'un discours standard digne d'une plaquette d'information.

– Je ne vous sens pas très convaincu, avoua Nathan.

– L'environnement, c'est la lubie de Suyani.

– Pas la vôtre ?

– Je ne suis pas entré au département marketing de Mitsubishi pour planter des arbres.

– Et Suyani ?

– Écoutez, monsieur Love, le monde a vécu une transformation irréversible. Les énormes progrès scientifiques et technologiques, le développement des moyens de transport à grande vitesse, l'évolution des communications ont précipité l'échange global des individus, des biens et de l'information. Notre insatiable désir de croître, de posséder, de contrôler l'environnement est à l'origine de ce changement. L'*Homo sapiens* gravit l'échelle de l'évolution comme s'il y avait le feu au plancher. Personne, à part quelques naïfs et une poignée de fanatiques, n'a envie de redescendre.

– Suyani état naïve ou fanatique ?

– Les deux.

– Comment expliquez-vous qu'à vingt-quatre ans on lui ait donné un tel pouvoir au sein de cette entreprise ?

– Elle a ce que je n'ai pas.

L'amertume jaillissait enfin.

– Des diplômes prestigieux ?

– Les atouts d'une femme. Elle a tapé dans l'œil du boss et a obtenu ce poste.

– Poste qui vous était destiné.

– Cela fait vingt ans que je travaille dans cette boîte.

Après l'amertume, la rancœur.

– Elle a tapé dans l'œil de quel boss ?

– Le président de MC.

– Pourquoi ne prononcez-vous pas son nom ?

– Parce qu'il n'en a pas.

Conscient que Love ne se satisferait pas de la réponse, il s'expliqua :

– Il vaut mieux éviter de faire allusion aux membres de la dynastie Iwasaki qui dirige le groupe depuis sa création. Ils vivent cachés car ils ne souhaitent pas être exposés.

– Si le patron de MC n'a pas de nom, on ne peut pas l'accuser.

– MC est comme une nation anonyme gouvernée par un conseil d'administration et un président plus invisibles que l'empereur.

Leurs regards plongèrent sur le Palais impérial, ceint d'espaces verts, de murailles, de douves, au pied du Mitsubishi Shoji Building.

– Comment pouvez-vous comparer une entreprise à un pays ?

– Aujourd'hui, les multinationales accumulent davantage d'actifs financiers que la plupart des États. Elles sont devenues les nouvelles nations, affranchies des contraintes nationales.

– Êtes-vous plus « mitsubishien » que « japonais » ?

– Connaissez-vous le concept d'Amae ?

– Non, mentit Nathan.

– Les cercles de la dépendance. Le Japonais dépend d'abord du cercle de la mère qui lui a donné la vie. Puis du deuxième, un peu plus grand, de l'entreprise avec laquelle il est lié à vie. Puis du troisième, encore plus grand, de son pays. Tout ce qui se trouve en dehors et qu'on appelle soto n'est régi par aucune obligation. Ce concept développé par les sociologues a fonctionné pendant un certain temps chez nous. Mais face à une succession de récessions irrésolues, les politiciens ont perdu peu à peu leur légitimité et leur autorité.

– Et le troisième cercle s'est effacé.

– Au profit du deuxième. L'entreprise apporte des solutions simples et radicales. Elle promet le paradis sur Terre, tout de suite.

– Beaucoup de gens ne croient pas au libéralisme.

– Comme les pharisiens ne croyaient pas au christianisme.

– Qui est le nouveau Jésus ?

– Cette fois, il n'y aura personne à crucifier.

– Le patron de MC fait partie des apôtres ?

– Probablement.

– Suyani avait une liaison avec lui.

– Possible.

– L'a-t-on enlevée pour porter atteinte à un président invisible ?

– Ce que vous subodorez paraît logique.

– Il faut que je le rencontre.

– Je vous le répète, il est plus difficile à rencontrer que l'empereur. Depuis que je travaille ici, je ne l'ai jamais vu. J'ignore quelle la tête il a. À se demander même s'il existe.

65

Nathan et Sylvie rejoignirent Sanako dans son bureau, tard dans la soirée. Ils dressèrent un rapide bilan dans un anglais que le capitaine, à la surprise de Sylvie, parlait couramment. Selon les dépositions du personnel de la Bank of Tokyo, la porte de secours n'avait pas été ouverte depuis le début d'incendie survenu il y a un an. Sylvie leur fit ensuite part des soucis de Taillandier et de Mooses. Le premier se retrouvait avec deux affaires sur les bras et une hiérarchie qui montait jusqu'à la présidence de la République. Le second se faisait voler l'enquête par le patron du FBI. Mooses s'intéressait particulièrement au cas de DR, président de la Chase Manhattan Bank et du groupe Bilderberg, le plus puissant des réseaux d'influence. De son côté, Nathan collectionnait les concordances entre les six victimes enlevées à Paris, Washington, Tokyo, New York, Le Caire et Moscou : la pluie, la beauté, la gentillesse, la paix, l'adultère, les prénoms en « an' », la peinture, le blues, les cercles d'influence, les diplômes prestigieux, l'écologie…

Sanako vida un verre de saké et prit la parole :

– Est-ce que ça signifie que, tout en gardant un œil sur la météo, il faut s'intéresser aux jeunes femmes brillantes, sympas et attirantes qui évoluent dans les sphères du pouvoir, sont férues d'art et possèdent un « an » dans leur prénom ?

– Ce ne sont pas les victimes qui sont intéressantes.

– Qui alors, les ravisseurs ?

– Ceux qui les font entrer dans leur lit.

– Développez.

– Nous avons les présidents de trois des cinq pays membres permanents au Conseil de sécurité de l'ONU, le président de l'une des cinq plus grosses multinationales, le président du groupe Bilderberg et de la Chase Manhattan Bank. Il n'y a que Kathleen Morgensen qui n'est pas présidente, mais elle est susceptible de le devenir un jour.

– Rien ne prouve que ces filles soient toutes entrées dans leur lit. Je pense particulièrement à Kathleen Morgensen.

– C'est prouvé pour Aliana Cortès et Ivana Nevassaïa.

– Qu'est-ce qui vous fait penser que c'est le cas pour les autres ?

– Leur pouvoir de séduction.

– Que suggérez-vous ?

– Enquêter sur la vie privée des dirigeants des deux autres pays membres permanents au Conseil de sécurité de l'ONU. Établir la liste des plus grosses multinationales et vérifier si elles emploient des filles comme Suyani ou Aliana. Et surtout réunir les six VIP qui ont été touchés par ces disparitions pour confronter leurs témoignages.

– Même le secrétaire général de l'ONU n'arriverait pas à les réunir.

– Il a raison, Nathan, confirma Sylvie.

– Est-ce qu'on attend le prochain enlèvement ?

– Je crois qu'on a trop vite laissé tomber la piste des deux motards, dit Sanako. À force de regarder au-dessus de nos têtes, on en oublie la rue.

– Que voulez-vous en tirer de plus ? demanda Nathan.

– Je veux être sûr qu'ils ne sont pas les deux arbres qui cachent la forêt.

66

Vincenzo serra le foulard opaque qui masquait les yeux de Stefania et fit glisser ses mains tremblantes sur les épaules nues de la jeune femme.

– Ne bouge pas, ordonna-t-il.

Le silence entourait la ferme isolée dans la campagne sicilienne, à l'ouest de Corleone. Stefania distingua des bruits de pas, des froissements, des effluves d'eau de toilette, des bruits métalliques.

– Qu'est-ce que… ?

– Chut ! fit Vincenzo en serrant la nuque de celle qui était à sa merci.

Traqué par quatre cents policiers et carabiniers, condamné par contumace depuis plus de quarante ans, Vincenzo Barrano était « l'un des êtres les plus sanguinaires de la Cosa Nostra » selon les propres mots du juge Falcone. Depuis l'arrestation médiatique de Toto Riina, il était devenu le parrain des parrains. Agressif, arrogant, brutal, vindicatif, mais prudent. Il était en cavale depuis 1963, ce qui ne l'empêchait pas d'œuvrer assidûment au renforcement de l'organisation, pour rendre la pieuvre encore plus redoutable. Régulièrement, il changeait de planque, de visage, de nom, de groupe sanguin. On ne connaissait que son âge, soixante et onze ans environ. Interpol ne disposait que d'une photo vieillie à l'ordinateur et peu utile, car le logiciel ne tenait pas compte des transformations dues à la chirurgie esthétique. Personne ne savait à quoi Vincenzo Barrano ressemblait aujourd'hui. Personne à part son fils Emiliano, sa compagne Stefania et les trois hommes de main qui s'affairaient devant lui.

Outre les deux mille morts provoqués par la guerre qu'il avait déclenchée à la fin des années 70, Barrano avait deux grands faits d'arme à son actif. Il était parvenu à rendre la mafia aussi discrète que lui, en instaurant le culte du secret et la consanguinité qui rendait la délation plus difficile. Son second coup d'éclat avait été la collusion avec le monde de la politique et des affaires. Au fil des alliances, des fusions, de la corruption et des liquidations, la pieuvre avait étendu ses tentacules en profitant de la mondialisation. Jamais les mafias n'avaient été aussi puissantes, bâtissant des empires, profitant d'une économie mobile attirée par les gains faciles et rapides, développant leurs propres multinationales, s'introduisant au cœur des appareils d'État. Le produit criminel brut dépassait aujourd'hui les mille milliards de dollars annuels. Vingt pour cent du commerce mondial. Barrano était l'un des hommes clés de ces organisations criminelles qui géraient la planète en partenariat avec les gouvernements et les entreprises transnationales.

Il huma la chevelure bouclée de Stefania qui avait pris la place de son épouse décédée et illuminait le crépuscule de son existence recluse et spartiate. Plus que sa beauté, sa bonté ou sa jeunesse, elle possédait la qualité à laquelle il était le plus sensible : la fidélité. Il voyait bien que son fils était troublé par elle. Elle aurait pu aisément avoir une aventure avec lui, mais elle se garda de le séduire, malgré leur âge qui les rapprochait. Stefania vouait au patriarche une admiration sans borne. C'est pour cette raison qu'il ne voulut pas la décevoir le jour de ses vingt-cinq ans.

– Tu peux regarder, maintenant.

Il dénoua le foulard noir et lui embrassa le cou.

– Joyeux anniversaire, Stefania *bella*.

Les trois hommes de Vincenzo venaient d'accrocher au mur un téléviseur plasma géant.

– Merci, dit-elle.

– Merci pour quoi ?

– Pour cette télévision.

– Tu crois vraiment que je vais t'offrir ça pour ton anniversaire ?

Il pointa une télécommande vers l'écran qui s'illumina.

– Plus que deux minutes.

Une publicité vanta les bienfaits d'une crème L'Oréal contre le vieillissement, destinée à ceux qui le valaient bien. Bande-annonce du programme de la soirée. Générique du journal de la RAI. Une présentatrice annonça l'arrestation de Vincenzo Barrano. Entouré d'un escadron de carabiniers, le parrain était transféré vers Palerme sous haute sécurité.

– Un sosie, dit-il à Stefania incrédule. Il ressemble à l'homme que je devrais être aujourd'hui sans la chirurgie esthétique.

– C'est ton cadeau ?

– Non, c'est juste pour me faire plaisir.

Au terme d'un reportage annonçant le déclin de la mafia, la présentatrice aborda les autres sujets. Le parlement italien décidait d'interdire les produits dérivés des bébés phoques, s'opposant ainsi aux massacres organisés au Canada où cent mille bêtes avaient été dépecées au cours des cinq derniers jours pour satisfaire la demande de l'industrie de la mode. Stefania se tourna vers Vincenzo, éberluée.

– Ce n'est pas fini, dit-il.

À la suite d'un rapport du WWF intitulé *Dirty thirty*, l'Italie allait fermer ses quatre centrales électriques qui faisaient partie de la liste des trente centrales européennes émettant le plus de CO_2.

– Et maintenant, le troisième présent.

Comme si elle était aux ordres de Vincenzo, la présentatrice annonça le troisième sujet : la compagnie italienne AGIP qui détruisait la jungle équatorienne pour y extraire du pétrole venait d'annoncer son retrait du sanctuaire des Shuar Washints.

Le reste des nouvelles était beaucoup plus sinistre. Syngenta, le numéro 2 mondial des semences avait créé une petite pastèque sans pépins, cultivée en Italie, adaptée aux réfrigérateurs et aux consommateurs célibataires. À Crémone, la presse avait assisté à la présentation du clone d'un étalon castré, issu des laboratoires de génie génétique LTR-CI2. Vincenzo éteignit le téléviseur.

– Je suis responsable des quatre premiers titres, pas des autres, dit-il en l'embrassant. Joyeux anniversaire, chérie.

Elle lui donna un baiser qui contenait toute sa reconnaissance.

– La Cosa Nostra a des hommes siégeant aux conseils d'administration de Syngenta et LTR-CI2. Tu veux qu'on stoppe les programmes de recherche ?

– Ce serait possible ?

– Je pourrais décrocher la lune pour illuminer ton visage.

67

Le Kabuki Klub n'était pas encore bondé. Lorsque le capitaine prononça les noms de Kenji et Hinoshiro, le barman raconta qu'il ne les avait pas vus depuis deux jours. Sanako insista, l'employé lâcha un nom, celui de son patron. Deux minutes plus tard, Sylvie, Nathan et Sanako pénétraient dans le bureau de Yoshio Oda. Le propriétaire du club était un Japonais dont le regard fuyait derrière la fumée qui s'élevait d'une cigarette coincée dans un hideux rictus. Difficile de savoir à quoi il ressemblait sans sa clope. Oda vira les deux masseuses qui s'affairaient dans son dos, abrégea sa conversation téléphonique, ferma le dossier ouvert devant lui, jeta un œil sur un tiroir qui devait contenir un flingue et se consacra aux intrus. L'interrogatoire piétina jusqu'à ce que Sanako menace de fermer son commerce. Oda aurait pu résister plus longtemps mais il avait d'autres chats à fouetter :

– Trois gars ont embarqué Kenji il y a quelques jours. Le lendemain de votre visite, dit-il en s'adressant à Nathan.

– Comment savez-vous que je suis déjà venu ?

– Je suis le patron. Normal que je sois averti lorsque deux clients se font castagner dans mes toilettes.

– Qui sont les trois gars dont vous parlez ? demanda Sanako.

– Des yakuzas.

– Je vous demande des noms, pas des fonctions.

– Les noms, j'les connais pas. Si j'étais vous, en sortant d'ici, j'irais me faire masser au Kannon Hall. L'une de mes danseuses qui a œuvré là-bas a reconnu un habitué de cet établissement parmi les trois yaks.

– Comment reconnaîtra-t-on l'habitué en question ?

Yoshio Oda fit monter la danseuse, une fille frêle dans un peignoir trop grand. Entre deux mastications d'un énorme chewing-gum, elle précisa que le yakuza se prénommait McY, qu'il était brutal et recouvert de tatouages jusqu'à la verge. Il venait tous les soirs se faire masser.

Un Bouddha féminin clignotait sur l'enseigne Kannon Hall. L'hôtesse les accueillit avec un sourire de façade vite effacé par les présentations. Elle ne connaissait pas de McY, ni aucun autre client puisque l'anonymat était une des règles de la maison. Abandonnant Sylvie sur place pour tenir compagnie à la Japonaise, Nathan et Yukiko se répartirent les deux corridors qui desservaient plusieurs pièces. Les portes s'ouvraient sur le spectacle d'une fille malaxant de la chair à la chaîne sur un fond musical. À la troisième incursion, Nathan tomba sur un tatoué. Seul son visage avait été épargné par les piqûres de colorants indélébiles. Impossible de vérifier si son pénis l'était aussi car il l'avait introduit entre les fesses de la masseuse entièrement nue qui rebondissait à califourchon sur son ventre en lui tournant le dos, position périlleuse sur la table étroite. Une enceinte diffusait *Don't bust my chops* des Ramones. Nathan ne concéda qu'une demi-seconde avant de saisir les deux bras du client et de les passer sous la table tel un ruban autour d'un emballage. Il ordonna à la fille de continuer ce qu'elle était en train de faire, ce qui lui permit de garder son avantage sur celui qu'il allait interroger. Au milieu d'un va-et-vient, il constata que la verge du yak était tatouée. Tenaillé entre la douleur déclenchée par la double clé de bras et le plaisir qui montait dans une autre partie de son corps, McY confirma son identité en ânonnant.

– Où sont Kenji et Hinoshiro ?

– Qui ?… Aïe…

Nathan plia un peu plus les coudes dans le sens inverse des articulations. Il manquait à McY la première phalange de l'auriculaire.

– Aiiiiiieee !

– Les deux motards que tu as embarqués l'autre soir au Kabuki Klub.

– Je vois paiiiiieee… de qui vous parlez.

– Où sont Kenji et Hinoshiro ?

Sous le nez de Nathan, le visage grimaçant du yakuza et les fesses actives de la masseuse constituaient un spectacle saugrenu.

– Butoku kaiiiiieeee ! hurla McY avant de s'évanouir.

La fille sauta à terre et se rua vers la sortie avant de buter contre Sanako alerté par les cris.

– Butoku Kaï, lui dit Nathan.

68

– J'ignore comment vous avez réussi à faire parler un yakuza qui a perdu son doigt, dit Sanako en pianotant sur l'ordinateur de la police.

– Que signifie « Butoku Kaï » ? demanda Sylvie.

– « L'association des vertus martiales », répondit Nathan. Un groupe de pression nationaliste fondé à la fin du XIXe siècle pour restaurer et promouvoir les disciplines martiales traditionnelles.

– La Dai Nippon Butoku Kaï fut un véritable repère de criminels, ajouta Sanako. Des criminels de classe A.

– Des criminels de classe A ? s'étonna Sylvie.

– À la fin de la Seconde Guerre mondiale, les Américains emprisonnèrent à Sugamo tous ceux qui avaient participé activement au conflit. Des seigneurs de guerre, des politiciens ultranationalistes, des chefs d'entreprises ayant produit de l'armement. On les appela les « classe A ». Ce fut d'ailleurs dans ce contexte de démilitarisation que la DNBK mit fin à ses activités.

– Il n'y avait pas que des criminels à la Butoku Kaï, rectifia Nathan. L'association a été réactivée dans les années 50 pour pratiquer une sorte de code du guerrier du XXIe siècle. L'idée était de renouer avec l'esprit des budô, promouvoir les arts martiaux, transmettre des valeurs morales et participer à la paix mondiale. Les arts martiaux n'y sont pas considérés comme un sport de compétition, mais comme une voie d'évolution pour l'humanité.

– Vaste programme, fit Sylvie. Il y a beaucoup de membres ?

– Un million de ceintures noires réparties dans le monde.

– Vous avez l'air de connaître le sujet, dit Sanako.

– Cela touche au budô.

– Devinez qui est membre de la Butoku Kaï ! s'exclama Sanako, le nez sur l'écran.

– Le beau-frère de l'empereur Hirohito, dit Nathan.

– Oui, mais encore.

Il laissa passer quelques secondes et donna la réponse.

– Korumaku et Iwasaki.

Nathan connaissait le premier nom. Sylvie, aucun. Sanako, les deux.

– Korumaku, le plus grand yakuza de tous les temps, dit ce dernier. Une légende. L'un des individus les plus riches, criminels et philanthropes du monde. J'ai sa trombine sous les yeux. Deux photos, l'une, anthropométrique, faite à la prison de Sugamo et l'autre, alors qu'il est en train d'embrasser le pape. Écoutez le CV du bonhomme. De quoi faire passer l'empereur pour un pauvre, Al Capone pour un garnement et Gandhi pour un touriste. On parlait de seigneurs de guerre, eh bien lui, c'était le plus grand. À la tête d'une armée privée de quinze mille miliciens, il pille la Mandchourie, la Mongolie et la Chine. Il possédera même sa propre unité aérienne. Parallèlement à ses activités mafieuses, il fait de la politique. Ultranationaliste, il se vante d'être le fasciste le plus riche du monde. En 1939, il se lie avec Mussolini et fait défiler ses miliciens en uniformes noirs. En 1942, il est élu à la Diète[1]. Après la guerre, il est jugé criminel de classe A et emprisonné. Mais la CIA a besoin de lui. En échange de l'immunité, les Américains lui proposent de combattre le communisme et de reconstruire le Japon. Korumaku a l'expérience de l'espionnage, dirige une armée privée expérimentée et maîtrise les réseaux politiques, mafieux et militaires. Il devient un acteur décisif de la reconstruction du pays, finance le Parti démocrate libéral, influence les élections des Premiers ministres dont Sato, futur prix Nobel de la paix. Sa fortune lui donne le pouvoir politique qui lui-même accroît sa fortune. En 1954, il intègre la Butoku Kaï avec un Premier ministre et… Iwasaki, qui fut président de Mitsubishi.

Sylvie comprit soudain le rapport avec l'enquête. Sanako continua :

– Dans les années 60, les amis de Korumaku sont la CIA, la Soka Gakkaï[2], Tchang Kaï-chek, le révérend Moon. Korumaku fonde avec ces deux derniers la WALC, Ligue anticommuniste mondiale, il intervient militairement en Amérique du Sud et en Asie, facilite le coup d'État contre Sukarno en Indonésie, soutient Marcos aux Philippines.

– Vous parliez d'un philanthrope ? demanda Sylvie.

1. Parlement japonais.
2. Secte bouddhiste comptant quinze millions de membres.

– J'y viens. Dans les années 70, comme par enchantement, il s'engage dans des actions humanitaires et caritatives. Mais pas qu'à moitié. Il crée une fondation au budget pharaonique qui devient vite la première donatrice des instances onusiennes. En échange, on voit des Japonais se faire élire à la tête de l'OMS et de l'UNESCO. Une statue de Korumaku est carrément érigée dans le hall de l'OMS à Genève. Sa fondation finance à coups de millions un programme d'éradication de la lèpre, cofinance avec Jimmy Carter un programme agricole destiné aux pays d'Afrique, des programmes pour l'environnement, des universités prestigieuses comme Yale et Princeton, etc. Bref, une véritable figure du bien qui obtint de nombreuses distinctions dont la médaille de la paix décernée par les Nations unies.

– On retrouve Mitsubishi, un président américain et l'ONU, conclut Sylvie.

– Aujourd'hui, Korumaku et Iwasaki sont morts, dit Sanako en levant la tête de son ordinateur. Mais ils ont des héritiers.

– Qui semblent s'intéresser à nos deux motards, ajouta Nathan.

– Ils cherchent Suyani.

– Entre ces maîtres du monde et McY, il y a de la marge, dit Sylvie.

– Il y a l'humanité entière.

69

Nathan négocia la libération de Lyn Lee. Il se porta garant et prétexta que, dehors, elle leur serait plus utile puisqu'elle connaissait l'une des disparues et avait déjà mené sa propre enquête. Le capitaine céda à contrecœur, car lui, avait besoin de Love.

– Comment fait-on pour dormir ? demanda Sylvie en entrant dans le hall du Sakura Hotel.

– Lyn reste avec nous.

Nathan fit passer les deux femmes dans son dos pendant qu'il réclamait son passe à la réception.

– Vous partagerez le lit, dit-il dans l'ascenseur. Je dormirai par terre.

– Pourquoi pas elle ?

– Lyn a passé ses dernières nuits dans un hôpital, sous une cascade ou en prison. Un peu de confort ne sera pas du luxe.

– Vous ne m'aimez pas beaucoup, n'est-ce pas ? dit Lyn.

Au contact de la jeune femme, Sylvie régressait, s'emportait, s'impatientait. Nathan était troublé par Lyn et elle s'en rendait compte.

– J'appelle Taillandier, dit-elle en regardant sa montre.

– Qu'il cuisine le président pour savoir si Annabelle est bien sa maîtresse.

Lyn pouffa. Nathan en conclut que l'hypothèse n'était pas sérieuse.

– Qui est l'amant d'Annabelle ? lui demanda-t-il.

Sylvie les regardait comme si elle avait raté un épisode.

– Quelqu'un qui a énormément de pouvoir.

– Plus que le président français ?

– Oui.

– Qui ?

– Je l'ignore.

– C'est maintenant que vous nous dites ça ? fit Sylvie.

– Je n'ai rien dit.

– J'appelle Taillandier.

Lyn fit sa toilette et ressortit nue de la salle de bains. Nathan détourna le regard sur Sylvie, concentrée sur son appel.

– Je dors par terre, dit Lyn. Ce sera mieux pour tout le monde.

– Pas question. Couvre-toi, sinon tu vas attraper froid.

Elle enfila son débardeur et sa culotte et se glissa sous les draps. Sylvie raccrocha.

– Christian va interroger le président, mais c'est pas gagné.

– Il faudrait que Mooses fasse la même chose de son côté.

– Je l'ai appelé.

– Bonne initiative.

– Je vais prendre une douche.

Elle lui avait balancé ça comme une invitation. Lorsqu'il entendit l'eau couler, il entra dans la salle de bains, se déshabilla, fit coulisser le panneau de Plexiglas et se plaqua contre elle. Au contact de sa peau douce et savonneuse, il reçut une décharge de testostérone.

– Tu ne préfères pas la rejoindre dans le lit ? ironisa-t-elle.

– Après.

Il caressa ses hanches, son ventre, ses seins, comme pour la modeler, faisant mousser le gel et pulser le sang. Les liquides se mêlèrent dans un nuage de vapeur qui les propulsa au septième ciel.

70

Nathan laissa Sylvie et Lyn dormir dans leur lit. Il sortit respirer l'air de Tokyo avant que ne se répande le dioxyde de carbone. Hibiya Park était le théâtre d'un ballet de tai chi chuan pratiqué par de vieux Japonais matinaux. Près d'un plan d'eau, il enchaîna quelques mouvements, corps détendu, puisant l'énergie dans le sol pour la faire jaillir au bout de ses mains.

Il se rendit au poste de police et but un café en attendant Sanako. À son arrivée, le capitaine fit monter McY dans une salle d'interrogatoire, menotté dans le dos. Ils l'installèrent sur un tabouret inconfortable.

– Tu fais partie de quelle famille ? demanda Sanako.

– Inagawa Kaï. Je peux avoir une clope ?

– Réponds d'abord aux questions et on t'offrira aussi un café. Est-ce que tu reconnais avoir enlevé Kenji et Hinoshiro ?

– Oui.

– Dans quel but ?

– J'exécute.

– Où les as-tu emmenés ?

– Nulle part.

– Qu'est-ce que tu nous baratines ?

– On les a lourdés dans un van qui attendait dehors.

– Pour les conduire où ?

– Mon job s'arrêtait au van.

– Qu'est-ce que tu as fait après ?

– Je suis allé au salon de massage.

– Qui sont tes deux complices ?

McY cessa de répondre dès qu'il fallut livrer des noms.

– Sont-ils membres de la Butoku Kaï ?

Avec l'agilité d'un singe, le prévenu sauta en l'air et passa ses bras sous ses pieds. Il retomba brutalement sur son tabouret, les bras levés, immobilisé par Nathan qui l'avait recollé à sa place initiale. Sanako n'avait pas eu le temps de réagir.

– À quoi tu joues, McY ? T'essayes de nous fausser compagnie ?

– Je voulais vous montrer ma main droite. Regardez, il me manque une phalange. Si je parle, je perds le reste.

Nathan lui lâcha le cou.

– Tu as déjà parlé. Tu as prononcé le nom de « Butoku Kaï ».

– Vous m'avez forcé.

– On peut recommencer.

– Au salon de massage, c'était pas pareil. Vous m'avez eu par surprise. Vous pouvez me casser les deux bras, je ne dirai rien.

– L'enlèvement des deux motards, c'était pour la Butoku Kaï ou pour la Inagawa Kaï ?

Pas de réponse.

– On peut s'arranger pour faire savoir que tu as balancé la Butoku Kaï.

Sanako s'avança vers lui et lui ôta les menottes.

– La police va foutre son nez dans leurs affaires. On va y mettre un tel bordel que tu vas devenir la bête noire de neuf cent mille ceintures noires. Voilà, tu es libre. Tu peux partir.

– Si vous faites ça, je suis mort.

– De toute façon t'es un looser, un 8-9-3 [1].

– Qu'est-ce que vous proposez ?

– De m'écouter. Je vais te dire comment les choses se sont passées. Tant que j'aurai faux, tu resteras assis. Dès que je suis dans le vrai, tu te lèves, tu franchis la porte et je ne fais pas circuler ton nom. Est-ce que tu saisis cette chance, 8-9-3 ?

McY le regarda dans les yeux. Le capitaine entama son laïus :

– C'est ton oyabun [2] qui t'a demandé d'enlever Kenji et Hinoshiro. Non, c'est le wakagashira [3]. Faux, car tu es toujours là. Tu nous as parlé de la Butoku Kaï. Quel

1. Yakuza signifie 8,9,3, combinaison perdante à un jeu de dés.

2. Chef de clan.

3. Le bras droit de l'Oyabun.

rapport entre la DNBK et un 8-9-3 comme toi ? J'y suis, tu as rendu service à un membre de la DNBK qui t'a demandé un coup de main pour coller les deux motards dans un van.

À cet instant, McY quitta la pièce.

71

Pour la deuxième fois de sa vie, Taillandier traversa la cour de l'Élysée. Sans le fard dont on l'enduisait à chaque intervention télévisée, le président avait dix ans de plus. Depuis leur dernière entrevue qui remontait à trois semaines, il avait même pris un coup de vieux. Était-ce dû à l'enquête qui piétinait ? Aux émeutes des banlieues ? Aux magouilles du Premier ministre ? Le commissaire avait obtenu ce rendez-vous en prétextant qu'il avait du nouveau. En réalité, Sylvie souhaitait qu'il creuse la question de l'amant d'Annabelle.

– Qu'avez-vous à me dire, Taillandier ?

– Annabelle avait une liaison avec une personnalité haut placée.

– Ma vie privée ne regarde que moi.

– Sauf votre respect, votre vie privée ne m'intéresse pas.

Tic-tac de l'horloge sur la cheminée.

– Que savez-vous exactement, commissaire ?

– Annabelle avait une liaison avec quelqu'un de plus important que vous.

– Ah.

– Vous le saviez, n'est-ce pas ?

– Il y a des vérités qui doivent demeurer des secrets d'État.

– Dans ce cas, il ne faut pas diligenter d'enquête.

– Je l'ai fait pour le « quelqu'un » auquel vous faites allusion.

– Son nom ?

– Je ne peux pas vous le dire.

– Tant que vous vous tairez, on n'avancera pas.

Le président entortilla un élastique autour de ses doigts.

– Suivez une autre piste ! s'exclama-t-il.

– Je n'en ai pas d'autre.

– Alors vous êtes incompétent ! Je vais ordonner qu'on vous remplace.

– Cessez vos menaces, s'il vous plaît.

Le président fit claquer l'élastique qui ricocha sur sa figure.

– Pourquoi faites-vous ça ?

– Pour éviter de fumer.

– Je ne vous parle pas de l'élastique, mais de la décision de vous mouiller en faveur de cette personne.

– Il tient à garder l'anonymat parce qu'il est marié et il a fait appel à moi pour que tous les moyens soient mis en œuvre.

– C'est un patron ?

– Qu'est-ce qui vous le fait croire ?

– Les patrons de Mitsubishi et de la Chase Manhattan Bank ont une maîtresse qui a disparu dans les mêmes conditions qu'Annabelle.

Tic-tac et claquement d'élastique. Taillandier revint à la charge :

– Au-dessus de vous, à part le président de la Commission européenne, je ne vois que les patrons du CAC 40.

L'élastique fusa contre une vitre. Le président était déstabilisé.

– Si vous me cachez son identité, je serai obligé de convoquer tous ces patrons.

– Vous n'aurez pas besoin d'en convoquer quarante. Le premier de la liste suffira.

– Lequel ?

– Je vous en ai déjà trop dit.

– Je risque de me tromper de PDG. Si je veux rester discret…

– Il marie sa fille ce week-end.

– Merci monsieur le président.

– Une dernière chose, Christian. Si vous tenez à ce que vous et moi conservions notre job, ne mentionnez pas mon nom.

Taillandier quitta l'Élysée avec une drôle d'impression. Non seulement le chef de l'État l'avait appelé par son prénom, mais il venait de lui avouer que son poste dépendait de l'homme qui mariait sa fille ce week-end.

72

Le capitaine Sanako avait réquisitionné les deux tiers de son personnel pour enquêter sur la Inagawa Kaï et la Butoku Kaï. Nathan assistait au débriefing.

– Qu'est-ce qui peut rapprocher une organisation mafieuse d'une association d'arts martiaux ? demanda Sanako en allumant une cigarette.

Son bras droit, le lieutenant Yamate répondit le premier :

– L'Inagawa Kaï, qui compte 313 clans et 6 700 yakuzas, s'est récemment alliée aux 177 clans et 7 000 yakuzas de la Sumyoshi Kaï. On ignore encore la raison de cette alliance. Ce que l'on sait en revanche, c'est que ces deux familles mafieuses ont passé un pacte avec la DNBK. Quelque chose de gros se prépare, reste à savoir quoi.

– Le code des samouraïs, intervint Nathan.

Les regards se tournèrent vers lui. Il s'expliqua :

– À l'origine, la Butoku Kaï cherchait à renouer avec l'esprit du bushido, c'est-à-dire la voie du guerrier. Les yakuzas s'inspiraient du ninhyodo, la voie chevaleresque. Au fil du temps, les deux organisations s'en sont éloignées. La DNBK devint un groupe de pression fasciste, tandis que les yakuzas perdirent leur sens de l'honneur au profit d'une mafia violente et sans scrupules. Aujourd'hui, il y a peut-être un retour aux sources.

– Vous ne croyez pas si bien dire, dit un petit homme sec, le lieutenant Osawa.

Le policier distribua à chacun une feuille de papier sur laquelle étaient rédigés neuf commandements. Ceux du ninhyodo justement.

– J'ai récupéré ce règlement auprès d'un indic. Lisez attentivement.

Nathan reconnut les préceptes de la voie chevaleresque :

Tu n'offenseras pas les bons citoyens.

Tu ne prendras pas la femme de ton voisin.

Tu ne voleras pas l'organisation.

Tu ne te drogueras pas.

Tu devras obéissance à ton supérieur.

Tu accepteras de mourir pour le père ou d'aller en prison pour lui.

Tu ne devras parler du groupe à quiconque.

En prison tu ne diras rien.

Tu ne tueras pas un katagari[1].

L'attention de Nathan fut attirée par un amendement rédigé en bas de page, stipulant que, jusqu'à nouvel ordre, il fallait suivre ces préceptes à la lettre après en avoir ôté deux mots : « l'organisation » et « katagari ». Il ne s'agissait pas d'un retour aux sources mais d'une révolution.

1. Personne ne faisant pas partie de la pègre.

– Ils ont enlevé deux mots, dit-il. Les règles n° 3 et n° 9 deviennent « Tu ne voleras pas » et « Tu ne tueras pas ». La nuance est capitale.

– Ça change tout en effet, confirma Sanako. C'est leur fond de commerce qu'ils ont gelé.

– Ils se rapprochent des valeurs de la DNBK. Bienveillance, honneur, justice, sagesse, loyauté, fidélité…

– Donc quelque chose se prépare, on ne sait pas encore quoi sauf que c'est énorme, que ça les pousse à mettre leurs activités criminelles en stand-by et que ça peut avoir un lien avec la disparition des deux témoins de l'enlèvement de Suyani Kamatsu.

– Si l'on se réfère à leur nouveau règlement qui interdit le meurtre, ces deux hommes devraient toujours être en vie.

Gros silence dans la salle. L'essentiel avait été dit.

– Une suggestion, Love ? demanda Sanako.

– Tête de rat et tête de bovin.

– Pardon ?

– Miyamoto Musashi conseillait aux combattants d'avoir la finesse du rat et la lourdeur du bovin. Savoir passer en un éclair du petit au grand, d'un détail à une vaste perspective. D'un voleur à la tire à un chef de la mafia.

– Allons rendre une visite aux Korumaku, dit Sanako.

73

Carla assistait à l'explosion lacrymale d'une candidate de jeu télévisé qui devait choisir entre deux boîtes. L'une d'elles contenait cinq cent mille euros, l'autre un glaçon. Une chance sur deux de repartir riche ou ridicule. L'animateur qui, lui, était déjà milliardaire, la consolait en la tripotant sous les yeux du mari prêt à prostituer sa femme pour qu'elle fasse le bon choix. Écœurée par tant de bassesse, Carla zappa. Léa râla.

– Laisse, Maman.

– C'est complètement crétin.

– C'est ça qui est bien.

– Tout le monde s'abaisse pour de l'argent.

– Pas Nathan.

– Quoi ?

Elle n'avait plus entendu ce nom depuis un an. Elle croyait même l'avoir oublié. En le prononçant, sa fille avait tout réactivé. Les souvenirs, l'amour, la haine, la frustration. Comme s'il existait une autre justice que celle du code civil, les hommes qui avaient bafoué Carla avaient mal fini. Son premier amant, le père de Léa, était mort dans un terrain vague après avoir fui ses responsabilités. Son mari Étienne qui la battait avait péri dans le cercle arctique. Vladimir, qui voulait la posséder comme une chose, se déplaçait en chaise roulante après qu'elle lui eut tiré deux balles dans les genoux. Nathan, qui avait fui à l'aube de leur mariage, était le seul à s'en être sorti indemne. Cela faisait un an. Ils s'étaient aimés, mais il avait eu peur de s'engager. La vie de famille était-elle incompatible avec la pratique du zen et de la méditation ? En la quittant, Nathan avait laissé un vide autour d'elle. D'autant plus qu'il l'avait débarrassée de Vladimir en incriminant celui-ci dans une affaire de meurtres. Estropié et empêtré dans des démêlés judiciaires, Vladimir Kotchenk était devenu aussi dangereux qu'un sanglier blessé. Ses avocats avaient torpillé le dossier de l'accusation à coups d'alibis et de corruption. La balance de la justice avait penché en faveur de l'affairiste qui avait récupéré ses casinos, ses prostituées, ses trafics, ses entreprises et ses datchas sur la Côte d'Azur. Cette histoire avait eu le mérite de révéler à Carla la véritable nature de Vladimir. Celui qu'elle croyait n'être qu'un directeur de casino et qu'elle avait fréquenté pendant un an était en bonne place dans la hiérarchie de la mafia, aux côtés du président russe qui n'avait pas renoncé au vieux rêve soviétique de dominer le monde. Carla en avait beaucoup appris au cours du procès et dans les documents qu'elle avait subtilisés à Vladimir. Aujourd'hui, elle mêlait ces informations à ses souvenirs dans des petits carnets.

Elle savait que Kotchenk la cherchait. Pour lui faire payer son infidélité avec Nathan, les balles dans les genoux, son témoignage au procès, les mois d'hôpital, la prison. Carla vivait donc recluse, sans la protection de la police. Elle avait choisi la Sicile comme sanctuaire, parce que c'était là où elle était née, là où l'on ne retrouvait personne. Elle s'était planquée sur la côte sud, dans une cabane posée sur un morceau de plage, loin de la ferme familiale pour ne pas mêler ses parents et ses frères à sa vie compliquée. Le seul accès se faisait par la mer, il n'y avait pas de route. La maison appartenait à son grand-père qui l'avait construite de ses mains, en toute illégalité, pour venir pêcher loin de la civilisation. Aidée par ses deux frères, Carla l'avait retapée et y avait installé un générateur pour la rendre habitable. On lui avait également rénové une bette marseillaise qui s'était jadis échouée sur le rivage sicilien. Un petit bateau de cinq mètres non ponté à fond plat, pointu à l'avant et à l'arrière, gréant une voile de flèche et un foc. C'était son unique moyen de transport, à moins de vouloir franchir à pied les 10 kilomètres de ronces et d'épineux qui la séparaient du premier chemin vicinal. Le principal problème à résoudre avait été Léa. Elle s'était équipée d'une parabole et d'un lecteur de DVD pour que sa fille puisse regarder les chaînes françaises et ces films d'horreur japonais dont elle raffolait. Carla l'avait inscrite à des cours par correspondance qui lui étaient adressés via la poste de Pozzallo. Léa n'avait pas d'amis et ne fréquentait que sa mère.

À la télévision, un reportage de la RAI évoquait les conséquences du réchauffement de la planète. De nombreuses variétés de fruits, agrumes et arbustes du sud de l'Italie, étaient désormais cultivées dans le nord du pays. Des oliviers poussaient au pied des Alpes. Des espèces quasiment disparues de haricots verts ou de pois chiches réapparaissaient. Les paysans italiens s'adaptaient à ces nouvelles conditions climatiques. Carla pensa à ses parents qui avaient dû abandonner la culture du blé à cause de la sécheresse.

– Maman, remets le jeu s'il te plaît.

Finalement, voir des crétins pleurer pour une boîte était moins déprimant. Elle accéda à la requête de sa fille.

– Tu crois qu'elle va repartir avec la boîte qui contient le glaçon ?

Tant que Léa était préoccupée par ce genre de questions, tout allait bien.

74

Nathan et Sanako montèrent au sommet de la tour qui appartenait à la Fondation Korumaku. 65e étage. L'endroit idéal pour avoir un point de vue global.

– Comment avez-vous obtenu un rendez-vous si vite avec l'aîné des Korumaku ? demanda Nathan.

– Ryo Korumaku jouait la carte de la philanthropie, son fils Kuamo joue celle de la transparence. Il prétend n'avoir rien à cacher.

Les trois fils du célèbre mafieux dirigeaient la fondation. La plus richement dotée au monde, loin devant la Fondation Ford. Kuamo en était le président. Après avoir franchi plusieurs barrages de vigiles formés à la DNBK, ils s'inclinèrent devant leur hôte.

– Hajimemashite.

– Yoroshiku onegaïshimaru.

Costume taillé sur mesure, courtois, raffiné, l'homme avait plus l'allure d'un PDG que d'un caïd. Sanako lui parla de l'Inagawa Kaï et de la Butoku Kaï dont faisaient partie ceux qui avaient enlevé les deux motards.

– Comme le clan Korumaku trempe à la fois chez les yakuzas et les ceintures noires, nous avons frappé à votre porte, expliqua Sanako.

– Vos déductions sont hâtives.

– Moins hâtives qu'on le souhaiterait.

– La famille Korumaku s'occupe de faire le bien dans le monde.

– On connaît l'histoire, le coupa Sanako. Votre père s'est forgé une réputation de grand philanthrope avec sa fondation. Mais nous ne sommes pas venus parler de ça…

– En quoi la disparition de deux malfrats me concerne-t-elle ?

– Ils ont été témoins de l'enlèvement de Suyani Kamatsu, la maîtresse du président de Mitsubishi. La dynastie Iwasaki qui dirige la compagnie depuis des générations est liée à la vôtre. Lorsque le patron de MC a appris qu'il existait des témoins du rapt de Suyani, il a fait appel à vous pour les interroger. Une formalité pour le chef des yakuzas. On aimerait bien en profiter aussi.

– Seuls les petits truands ont peur de la vérité, dit Nathan. Vous êtes au-dessus de ça, n'est-ce pas ?

Comme le soulignait Nathan, Korumaku ne craignait pas grand-chose. Quand on est à la tête d'une fondation trop généreuse pour être menacée, quand on pratique les arts martiaux avec le beau-frère de l'empereur, quand le Premier ministre nous doit son poste, quand Jimmy Carter est un ami de la famille, quand à l'ONU on est plus influent que le Japon, quand on joue en Asie et en Amérique latine avec la CIA, on peut parler sans être inquiété.

– Les deux motards n'ont pas touché à Suyani. Simple concours de circonstances. Ils n'ont été que des spectateurs.

Considérant les méthodes d'interrogatoire des yakuzas, on pouvait lui faire confiance sur la fiabilité de l'information.

– Ont-ils dit ce qu'ils ont vu ?

– Ils ont parlé d'extra-terrestres.

– J'espère qu'ils sont encore en vie, dit le capitaine.

– Nous ne tuons plus, capitaine.

– C'est vrai, aujourd'hui, vous faites du business.

– Ce qui n'empêche pas d'aimer son prochain.

– Comme le patron de Mitsubishi à l'égard de Suyani ?

– Sa disparition l'a plongé dans un immense chagrin.

– Vous ne pouvez pas vous substituer à la police.

– Êtes-vous amoureux ? demanda Nathan.

– Pourquoi cette question ?

– Vous épousez l'affliction de votre ami.

– Je vis avec quelqu'un qui m'est très cher.

– Comment s'appelle cette personne ?

– Cela ne vous regarde pas.

– Je ne vous demande que son prénom.

– Pourquoi voulez-vous le connaître ?

– Vous ne nous avez rien appris. J'aimerais repartir avec une information.

– En dévoilant son prénom, je l'expose.

– Cela ne restera qu'entre nous.

– Pourquoi vous ferais-je confiance ?

– J'ai été le disciple de maître Kinji Oyama.

En tant que pratiquant des arts martiaux, Kuamo Korumaku ne pouvait pas ignorer l'existence et la réputation du vieux maître.

– Il pratique toujours l'ascèse dans les montagnes d'Hokkaido ?

– Éternellement.

Sanako comprit qu'il était en trop. Il se courba et quitta la pièce.

– Ce vieil Oyama, dit Korumaku en hochant la tête. Il n'a jamais voulu rejoindre la Butoku Kaï.

Nathan se dirigea vers la porte. Il n'avait pas envie d'évoquer la vie du maître. Il n'aurait pas dû le mêler à ça.

– Monsieur Love, vous oubliez quelque chose.

– Quoi ?

– Votre information. Elle s'appelle Esian.

– Je peux la rencontrer ?

– Elle est en Afrique actuellement.

– Elle travaille pour le programme que vous financez avec Carter ?

– Je n'ai plus rien à vous dire.

75

Le ronflement de la Méditerranée lui avait été révélé depuis qu'elle dormait à ses côtés. Pendant la journée, les vagues cimentaient l'espace sonore d'une manière agréable, douce, langoureuse. Mais la nuit, lorsque le reste du monde s'endormait, elles martelaient les tympans. Carla s'y était habituée comme on s'habitue aux bruits de la ville. Le réveil indiquait 3 h 30 lorsqu'elle perçut un craquement. Puis un deuxième. Elle ferma les yeux, bloqua sa respiration et se concentra sur les sons. Troisième craquement. Cela venait de dehors. Le plancher de la petite véranda. Elle posa un pied à terre et enfila une chemise en flanelle. La cabane était divisée en trois pièces : un séjour et deux chambres. Elle se précipita dans celle de Léa. Son lit était vide. Carla entendit un chuchotement sous le sommier. Elle saisit la lampe de chevet.

– Qu'est-ce que tu fais ? demanda une voix dans son dos.

Elle fit volte-face. Léa la regardait en se frottant un œil endormi.

– Où étais-tu ?

– Aux toilettes.

– Qui est sous ton lit ?

Léa s'accroupit et tendit le bras dans la pénombre.

– C'est mon walkman, j'ai oublié de l'éteindre. Ça t'a réveillée ?

– Non, c'est le bruit dehors.

– Cette bicoque craque de partout.

– Tu as raison, rendors-toi.

Léa remonta les draps jusque sous le nez et baissa ses paupières. Elle adorait se glisser sous la couette lorsqu'il faisait froid dehors. C'était le seul plaisir qu'elle trouvait à aller se coucher. D'habitude, elle s'endormait en quelques secondes. Pas cette fois. De l'eau coulait sur sa figure. Il y avait une fuite. Elle rouvrit les yeux. Léa avait fait de nombreux cauchemars dans sa courte existence, avait visionné une flopée de films d'horreur interdits aux moins de seize ans, mais jamais elle n'avait eu aussi peur. La vraie terreur, réelle, palpable, odorante, avait surgi dans sa chambre. Au-dessus d'elle, un monstre gluant aux orbites proéminentes la regardait. Elle allait crier lorsque la patte visqueuse et rugueuse de la bête se plaqua contre sa bouche. Léa se débattit, mais d'autres créatures apparurent. Elles envahirent la pièce et s'apprêtèrent à la dévorer. Léa s'accrocha à l'idée qu'elle rêvait, mais quand elle entendit sa mère crier, elle sut qu'elle ne dormait pas.

76

Au quatrième craquement, Carla traversa le séjour sans allumer. Elle connaissait les lieux par cœur. Le fusil de chasse que lui avait prêté son père et que dans les premiers temps elle gardait à son chevet, avait échoué sur la cheminée. L'air s'était raréfié dans la pièce. On bouffait l'oxygène dans son dos. Elle fit deux pas vers le coin cuisine, saisit la cafetière et le couteau à pain, balança le coude contre l'interrupteur et se retourna.

Elle se retrouva face à une armée d'hommes-grenouilles équipés d'appareils de vision nocturne. Comme à chaque fois que sa vie et celle de sa fille avaient été menacées, Carla puisa dans sa réserve d'adrénaline. La lumière avait aveuglé les intrus. Le temps qu'ils ôtent leurs lunettes à infrarouges, elle lança l'assaut. Son bras gauche tendu fouetta l'air à l'horizontale. La trajectoire du couteau coupa à travers deux visages. Pendant ce temps, sa main droite jaillit comme un piston contre une troisième tête. La cafetière explosa dans son poing, laissant la moitié des éclats plantés dans la figure du plongeur. Armée d'une lame ensanglantée et d'une anse hérissée de dents de verre, Carla créa une brèche dans la mêlée. Ses adversaires se ressaisirent et l'agrippèrent. Elle se défendit, visa au hasard. Le couteau ne rencontra plus aucun obstacle et lorsque Carla voulut le ramener vers elle, son bras se paralysa et se transforma en douleur. Elle lâcha son arme. Son autre poing déchira une combinaison de néoprène et des lanières de peau. Elle décocha un violent coup de pied dans les parties génitales de celui qu'elle venait d'entailler. Ses deux derniers gestes lui procurèrent une liberté de mouvement qui lui permit de gagner un mètre en direction de la chambre de Léa. La masse humaine, humide et froide, se referma sur elle. Carla torpilla plusieurs directs contre tout ce qui se présentait, ses pieds tapèrent dans du mou, du dur, du vide. Le tesson de cafetière, aux allures de coup-de-poing américain, dégoulinait de sang et de chair. Chaque impact la galvanisait. La gorge sèche, le cœur et les glandes surrénales à plein régime, hurlante et déchaînée, elle atteignit le seuil de la chambre de Léa. Elle ne vit pas sa fille, car une barre de muscles entrava sa gorge, ses deux bras furent happés vers l'arrière, le sol bascula, un genou percuta son dos entre les omoplates pour lui plaquer la poitrine contre le plancher. Un pied nu atterrit sur sa joue pour qu'elle reste scotchée par terre. Six mots furent prononcés en italien :

– Tu résistes encore, ta fille meurt.

Elle relâcha ses muscles paralysés et gonflés à bloc. Elle avait perdu la bataille. Une fois de plus, elle n'avait pas rempli son rôle de mère.

77

Le président des USA fit exploser son téléphone en raccrochant. Il venait d'apprendre qu'à l'issue de la journée mondiale de l'environnement qui se tenait à San Francisco, Arnold Schwarzenegger, du même parti que lui, avait ratifié un décret établissant des objectifs ambitieux de réduction de gaz à effet de serre en Californie.

– Revenir au niveau de 1990 en 2020, c'est de la folie ! gueula-t-il au conseiller Wallace assis en face de lui.

– Ça va plus loin que le protocole de Kyoto, dit Wallace.

– Putain d'acteurs !

– Reagan était bon.

– Comme acteur ?

– Comme homme politique.

– On ne peut pas privilégier la croissance économique et signer n'importe quoi, merde !

– Ce n'est pas ce que vous disiez, il y a peu de temps.

– Vous me cherchez, Wallace ?

– J'essaye de vous suivre, monsieur le président.

Depuis que Galan avait disparu, le locataire de la Maison Blanche ne savait plus très bien où il en était. Il alla se verser un scotch.

– Qu'est-ce que je vais dire au prochain sommet du G8 ?

– Déclarez votre foi dans les technologies du futur qui permettront à l'économie mondiale de croître tout en protégeant l'environnement.

– Vous êtes moins bien roulé que Galan Ryler, mais vous êtes aussi malin.

– Je ne fais que reprendre l'idée de Miss Ryler.

Le téléphone sonna. L'appareil avait résisté au choc. Sa secrétaire lui annonça l'arrivée de l'agent fédéral Mooses.

– L'entretien est terminé Wallace. Pondez-moi vite un discours sur les bienfaits des technologies du futur.

78

James Mooses fut reçu dans le bureau ovale avec une poignée de main franche et un whisky. Le président l'invita à s'installer dans le salon aménagé près de la cheminée.

– Alors, Mooses, cette enquête ? D'après Bob, vous progressez.

– Trop lentement. Toujours pas de demande de rançon, ni de pressions ?

– De rançon, non. Quant aux pressions, j'en subis tous les jours.

– La dernière en date ?

– Rien à voir avec l'enquête.

– C'est à moi d'en décider.

– Jouez pas au mariole avec moi. J'en ai déjà assez avec tout ça.

– Avec quoi ?

– Vous savez ce que c'est.

– Non.

– Si vous cherchez votre coupable parmi les groupes de pression, vous n'êtes pas sortis de l'auberge. Ils font la queue devant ma porte.

– Lequel d'entre eux aurait eu intérêt à enlever Galan Ryler ?

Le président plongea le nez dans son verre déjà vide et expira longuement avant de répondre.

– Cette petite me manque.

– Professionnellement ou personnellement ?

– Professionnellement personne n'est irremplaçable.

– Est-elle votre maîtresse ?

– Vous me prenez pour Clinton ?

– Je vous comparerais plutôt à vos homologues russe et chinois.

– Qu'est-ce que vous me racontez ?

– Il leur est arrivé la même chose qu'à vous.

– Venez-en au fait, Mooses.

– Leurs plus proches collaboratrices, qui partageaient aussi leurs vies extraconjugales, ont disparu au cours du mois dernier.

– Comment êtes-vous au courant de ça et pas moi ?

– L'adultère ne se crie pas sur les toits. Vous-même avez du mal à en parler alors que cela pourrait nous aider à retrouver Galan.

Le président se reversa un verre de whisky. Mooses précisa :

– Quelqu'un fait le ménage autour des puissants de ce monde. Quelqu'un qui n'apprécie pas l'infidélité.

Le chef de l'État fixa la pointe de ses chaussures. Mooses comptait un peu sur son ébriété pour récolter des confidences.

– Galan est l'être le plus formidable que j'aie jamais connu. Elle est entrée par piston dans notre administration. Son père travaille à l'ONU. Quand je l'ai vue pour la première fois, j'ai eu le coup de foudre. Toute la gentillesse du monde dans un corps de déesse. Elle a changé ma vie.

– Dans quel sens ?

– J'étais comme dans la peau d'un ado amoureux transi. Aux commandes de la plus grosse puissance du monde, je me suis mis à effeuiller les pâquerettes sur la pelouse de la Maison Blanche.

– Elle partage vos idées ?

– Je n'ai pas d'idées. J'ai celles du peuple qui m'a élu.

– A-t-elle une influence sur vos décisions ?

– En fait, sur tout ce que j'ai fait de bien durant ces derniers mois.

– Qu'avez-vous fait de bien ?

– Je subodore du sarcasme dans votre question. Vous votez démocrate, je suppose.

– Je ne vote pas.

– C'est un tort. Surtout pour un fonctionnaire de l'État.

– Qu'avez-vous fait de bien depuis que vous avez rencontré Galan ?

– Il faut du temps pour faire appliquer des décisions dans une démocratie. Surtout quand elles vont à l'encontre de ce qui se fait depuis des dizaines d'années.

– Quelles sont ces décisions, bon sang ? s'énerva Mooses.

– Il y a deux priorités. La première concerne le volet sécurité. J'ai proposé une réduction des dépenses militaires permettant d'enrayer définitivement la pauvreté dans notre pays, une plus grande contribution aux opérations de maintien de la paix de l'ONU et la ratification de quatre ou cinq conventions internationales visant à la suppression des mines antipersonnel, des armes biologiques et chimiques, de l'exploitation des enfants soldats.

– Et le deuxième volet ?

– L'environnement. Tout faire en faveur de la biodiversité, des espèces menacées, de la limitation des gaz à effet de serre. Cela inclut également la limitation des dépôts de brevets visant à empêcher les grands groupes de tirer profit des richesses de la nature qui sont le bien commun de l'humanité.

– Comment comptez-vous faire passer toutes ces lois ? Le Congrès ne vous suivra jamais.

– Tout ça, c'est de l'utopie aujourd'hui.

– Je ne comprends pas.

– C'est parce qu'il vous manque un élément.

Le président se pencha au-dessus de son verre. Mooses avait à peine effleuré le sien.

– Quel est cet élément, monsieur le président ?

– Un élément de géopolitique.

– Lequel ?

– Je ne suis pas sûr que cela nous mène à Galan.

– Au point où en est l'enquête, je suis prêt à tout écouter.

– Il faudrait d'abord que vous sachiez qu'à l'échelle de la planète, il y a trois protagonistes : les associations d'États, les sociétés transnationales et les mafias. On peut en ajouter un quatrième, qui joue les mouches du coche mais qui a peu d'influence : les ONG. Vous remarquerez au passage que le vote démocratique pèse très peu sur ces quatre acteurs. Autrefois, le pouvoir était détenu par les gouvernements dont certains étaient élus et qui œuvraient dans un cadre fixé par l'ONU. Aujourd'hui, la donne a changé. Ce sont les STN qui dominent un monde arbitré par l'OMC.

– Les STN ?

– Les sociétés transnationales. Le chiffre d'affaires de General Motors dépasse le PIB du Danemark et la chaîne CNN est considérée comme le seizième membre du Conseil de sécurité des Nations unies. La suprématie ne se gagne plus par des conquêtes territoriales, beaucoup trop risquées, coûteuses et impopulaires, mais par des conquêtes de marchés. Les STN prennent possession des richesses en faisant fi des frontières, de l'indépendance des pays et des régimes politiques. Au fil des colonisations capitalistes, elles sont devenues de plus en plus puissantes. Attirées par cette économie mobile, par les gains faciles et rapides, les mafias y ont recyclé l'argent sale, ont tissé des accords avec elles et se sont introduites au cœur des appareils d'État par le biais de la corruption ou des pressions. Les STN ont le vrai pouvoir, agent Mooses. Les associations d'État orientent la réglementation à leur avantage, tandis que les mafias arrondissent leur trésorerie tout en exécutant les basses besognes. Jamais les maîtres du monde n'ont été si peu nombreux, si riches et si puissants. À la lueur de cette explication, vous comprenez pourquoi la diminution des dépenses militaires n'a pas été difficile à imposer. La guerre coûte trop cher et s'avère inutile. Quant au volet environnement, ce fut une surprise. Lorsque j'ai soumis mon projet aux STN il y a trois mois, je n'ai pas rencontré de grosse résistance.

– Elles ont accepté les réductions d'émissions de gaz à effet de serre ?

– Les participants ont même jugé qu'il était grand temps de prendre des mesures.

– Au risque de diminuer les profits ?

– Ils ont reconnu qu'à moyen terme, le statu quo risquait de les faire baisser encore plus. Il ne restait donc plus qu'à entériner les nouvelles réglementations et les faire appliquer par l'OMC.

– Il n'y a pas eu de suite ?

– Deux mois plus tard, il y a eu un revirement général. Sans explication.

– Qui étaient les participants à cette réunion ?

– J'évoquais tout à l'heure les maîtres du monde. Disons que la plupart d'entre eux étaient là ce jour-là.

– Combien étaient-ils ?

– Un peu moins de trois cents. Les cent plus grandes firmes qu'ils dirigent contrôlent 70 % du commerce mondial. Mais on s'égare car vous êtes ici pour Galan.

– Vous ne voyez pas le rapport ?

– Non.

– Sa disparition coïncide avec le revirement de vos participants.

79

Taillandier écoutait The Hives à la radio. Au milieu des vignobles que traversait sa Peugeot 307, la musique violente du groupe suédois détonnait. Le bon goût aurait requis du Vivaldi sur la bande-son, mais le commissaire n'avait aucune envie de se fondre dans le décor.

À la suite de son entretien avec le président, il s'était documenté sur les entreprises du CAC 40 et sur leurs patrons. Les maîtres du CAC étaient les nouveaux aristocrates, concentrant dans leurs mains l'argent, le pouvoir, les privilèges. Retour au Moyen Âge, la technologie en plus. Rien ne pouvait les atteindre. Les banlieues brûlaient, les étudiants défilaient, le gouvernement pourrissait, mais le CAC ne cillait pas d'un point. Depuis 1998, leurs rémunérations avaient augmenté de 215 %, des profits record étaient engrangés. En tête de liste, il y avait Jean-Bernard Berthelot et François Barrault. Suivaient des PDG du pétrole, de l'automobile, de la cosmétologie, de la finance et de la pharmacie. Seul le premier mariait sa fille. Berthelot était le PDG de LXVI, leader mondial du luxe, et la plus grosse fortune de France. Taillandier avait découvert qu'il possédait un palais à Istanbul. « Berthelot, Turquie, Barish, Annabelle » ça collait pas mal. J2B, tel qu'on le surnommait, était également propriétaire du château Yquem. Le commissaire avait donc pris la route en direction du Bordelais.

Il franchit le premier barrage à l'entrée de la propriété. Sa carte lui ouvrit la voie jusqu'au parking où il se gara entre une Lexus et une Maserati. Un service d'ordre dans des smokings distendus par des kilos de muscles l'accueillit sur le perron avec une palette de sourires polis et des poignes de fer. La carte tricolore ne suffisait plus.

– Si votre nom ne figure pas sur la liste des invités, vous ne pouvez pas entrer.

– Je ne suis pas invité. Vous avez déjà vu qu'on invitait la police, vous ?

– Dedans, il y a la presse. Si on vous laisse passer, ça va faire du foin.

– Je vais revenir avec des renforts.

– Cela ne nous fera pas changer d'avis.

Autant demander à un vassal de pénétrer dans l'enceinte du palais pour cuisiner le suzerain. La chance de Taillandier, c'était qu'il n'y avait pas de douves à enjamber, ni de créneau à escalader. Il regagna sa voiture et enfila un costume qu'il avait loué au cas où il aurait à appliquer le plan B. Il longea un mur de deux mètres de haut séparant les vignes du château, enfonça des bouts de branches entre les pierres disjointes, s'en servit comme mousquetons pour escalader la paroi et atterrit de l'autre côté. Il s'épousseta, arrangea son nœud papillon et avança en direction du bruit. Un couple s'embrassait sous une tonnelle. Il avait déjà vu la femme présenter une émission de télévision. L'homme était un politicien. Nouveau croisement politico-médiatique en vue. Il feignit de ne pas les avoir vus, s'appropria un de leurs verres posés au pied d'une statue et marcha vers la fête.

La haute cour était envahie de convives endimanchés. J2B s'exprimait au micro sur une estrade. Derrière lui, les mariés siégeaient sur des trônes ; face à lui, cinq cents personnes, tout ouïe. Sous les objectifs des photographes de *Paris-Match*, le roi du CAC 40 mariait la princesse du luxe avec le descendant d'un industriel italien. Croisement des dynasties capitalistes, union européenne. Les têtes couronnées faisaient place aux têtes diplômées. Le speech était truffé de mots clés comme « pouvoir… meilleurs… fusions… bonheur… marchés… Microsoft… abondance… prospérité… intérêt… mondial… flambeau… société… » Le milliardaire en profitait pour se féliciter d'être entré dans le Top ten des hommes les plus riches de la planète, si l'on s'en référait à un récent classement du magazine *Forbes*. Le commissaire écoutait d'une oreille distraite. Au milieu du gotha, il s'amusa à reconnaître les célébrités. Il y avait l'animateur TV écolo qui jouait son rôle de caution éthique des multinationales les plus polluantes, l'actrice Sheryl Bone qui ne jouait plus que dans les soirées mondaines, le ministre de l'Économie et des Finances, le Premier ministre. Il y avait même l'épouse du président. Quelques mannequins étaient suspendus aux bras de footballeurs guindés. Le reste était cosmopolite. On parlait anglais, italien, allemand, espagnol, japonais à moins que ce ne fût chinois. Cela sentait le dollar et le Chanel. Il joua des coudes entre un costard à dix mille euros et un collier de diamants pour se rapprocher de l'estrade. Berthelot termina son discours sur une touche émouvante et humoristique, en citant Édouard Stern : « Il faut bien réfléchir au prénom de son fils pour que plus tard, les initiales brodées sur la chemise soient seyantes ». Rires feutrés, applaudissements polis, fin du one man show. J2B se joignit à la cour et fut aussitôt pris en tenaille par un couple princier. Le commissaire fendit la foule de façon cavalière et interrompit les félicitations mielleuses des deux nobles.

– J'aimerais m'entretenir une minute avec vous.

– Comme tout le monde ici, répondit Berthelot.

– En privé.

– Qui êtes-vous ?

– Commissaire Taillandier.

Petit regard en coin pour savoir si le service de sécurité était dans les parages. Des sanctions allaient pleuvoir.

– Ce n'est ni le lieu, ni le moment.

– Connaissez-vous Annabelle Domange ?

Nouvelle œillade, en direction de l'épouse.

– Qu'est-ce que vous venez foutre ici ?

Oublié, le langage châtié.

– J'enquête sur sa disparition.

– Je ne connais personne de ce nom.

– Peut-être votre femme en a-t-elle entendu parler.

Berthelot était petit et plutôt fréluquet, mais sa poigne proche de celle d'un rugbyman. Taillandier se laissa entraîner. Ils croisèrent un play-boy du troisième âge que J2B appela Lindsay et échouèrent dans un vestibule.

– Suivez-moi, ordonna Berthelot.

Taillandier ne demandait pas mieux. Ils montèrent un escalier, longèrent un couloir décoré d'œuvres d'art contemporaines et échouèrent dans un bureau. J2B ouvrit une boîte à cigares et en alluma un sans lui en proposer.

– Je croyais que les commissaires ne se dérangeaient pas et que le terrain était réservé à leurs subordonnés.

– L'affaire n'est pas courante.

– Qui vous a mené à moi ?

– C'est une longue histoire et je n'ai sollicité qu'une minute.

– Répondez-moi.

– Cela fait un mois que j'enquête sur la disparition mystérieuse d'Annabelle Domange. Je dis « mystérieuse » car elle s'est volatilisée devant plusieurs témoins. Aucun indice, aucune demande de rançon. Des disparitions similaires ont eu lieu dans d'autres pays au cours du mois dernier. Des jeunes femmes, toutes très belles, liées à des personnalités haut placées.

– Quelles personnalités ?

– Je ne peux pas vous divulguer leur nom.

– Cela ne me dit toujours pas ce que vous faites ici.

– Vous êtes bien J2B, le PDG de LXVI ?

– Vous me faites perdre mon temps.

– À trente-cinq euros la minute, je comprends que votre temps soit compté. Mais les minutes d'Annabelle le sont encore plus.

– Que voulez-vous ?

– Parmi ceux qui détiennent le pouvoir politique et économique en France, vous êtes celui qui arrive en haut de la liste.

– Vous m'accusez de quoi exactement ?

– Je suis seulement venu vous poser une question.

– Vous attendez le mariage de ma fille pour ça ?

– Il n'y a que là que je pouvais vous rencontrer. Demain vous prenez votre jet pour la Scala de Milan, lundi vous êtes à Londres et mardi soir à New York. Compte tenu du budget de la police, mes frais de déplacement étaient limités au Bordelais.

– Il y a le téléphone.

– Vous ne m'auriez pas parlé. J'ai fait 800 kilomètres et regardez tout ce que je suis obligé de manœuvrer pour avoir la réponse à une seule question.

– Quelle est cette satanée question ?

– Je vous l'ai déjà posée : connaissez-vous Annabelle Domange ?

Gros silence. Plus gros que le cigare. Brisé par Taillandier.

– Si vous me répondez « non », je pars d'ici sur-le-champ.

– Vous irez ensuite interroger le numéro 2 sur votre liste.

– Puis le numéro 3, jusqu'à ce que je tombe sur l'amant d'Annabelle.

– Je la connaissais.

– Elle n'est pas encore morte, jusqu'à preuve du contraire.

– Je la connais, pardon.

– Est-elle votre maîtresse ?

– Je vous signale que ma femme et ma fille ne sont pas loin.

– Vu l'épaisseur des murs, il y a peu de risques qu'ils aient des oreilles.

J2B tendit le bras vers le téléphone. Trois appels et trois « C'est moi, tu peux monter à mon bureau ? » plus tard, trois hommes les rejoignirent. L'un d'eux était celui qu'ils avaient croisé et qui se prénommait Lindsay, Taillandier n'avait jamais vu les deux autres. Berthelot fit les présentations en se contentant des prénoms. Outre Lindsay, il y avait Ernesto et Helmut.

– Si vous dressez des listes en Angleterre, en Italie et en Allemagne comme celle que vous avez faite en France, commissaire, il y a des chances pour que ces personnes se retrouvent en tête comme moi.

J2B résuma la situation au trio en smoking. Froncements de sourcils. Airs ahuris.

– Qu'est-ce que c'est que cette histoire ? fit Ernesto.

– Les maîtresses de certains grands PDG ont été enlevées, point barre. Je vous ai demandé de venir pour savoir si vous êtes concernés. Personnellement, je le suis.

Il traitait le problème en homme d'affaires. Réunion, concertation, décision.

– Tu trompes Hélène ? demanda Lindsay.

– Oui.

– Tu crois que c'est le moment de parler de ça ? s'énerva Helmut.

– Il ne s'agit pas de parler, mais d'agir. Une femme avec qui je suis intimement lié a disparu. Le commissaire Taillandier m'apprend aujourd'hui qu'il est arrivé la même chose à d'autres personnes de notre rang. Quelqu'un veut s'en prendre à nous. Si vous ne vous sentez pas concernés, rejoignez les convives.

Taillandier le regardait faire. Berthelot se tapait le boulot à sa place.

– Je suis fidèle à ma femme, dit Lindsay avant de quitter la pièce.

Les deux autres restèrent.

– Tu parles qu'il est fidèle, dit Ernesto.

– Ces Anglais, des faux culs, cracha Helmut.

– Où et quand avez-vous vu vos maîtresses pour la dernière fois ?

– Hier à Rome, dit Ernesto.

– Elle est ici, avoua Helmut.

– Tu l'as emmenée avec toi ? s'étonna J2B. Avec ta femme ?

– Claudia ignore tout de notre relation.

– Qui est-ce ? demanda Ernesto.

– Le mieux serait de la faire monter, suggéra Taillandier.

L'Allemand hésita.

– Cela ne sortira pas d'ici, dit J2B. S'il y avait un risque de fuite, tu crois que j'aurais parlé ?

Helmut dégaina un cellulaire. Quelques minutes plus tard, apparaissait une jeune femme, roulée dans une robe moulante et perchée sur des talons aiguilles. Sa beauté, diluée dans la nuée de mannequins blondissant aux bras des fortunés, irradiait dans le bureau. Berthelot et Ernesto étaient stupéfaits.

– Karen ?

– Ta fille ?

Taillandier se demanda sur quelle planète il avait mis les pieds.

– Karen n'est pas ma fille. Je la fais passer pour telle, y compris auprès de mon épouse. Ainsi, sa présence à mes côtés n'est pas suspecte.

– Comment as-tu réussi à berner tout le monde ?

– Un faux certificat de naissance, une ancienne relation qui a accepté de se faire passer pour sa mère.

Taillandier s'adressa à Karen :

– Au cours du mois dernier, avez-vous reçu des menaces ?

– Non.

– Avez-vous été suivie ?

– Non.

Il lui remit sa carte et la pria d'appeler s'il se produisait quoi ce soit de suspect.

– De suspect ?

– Je t'expliquerai Karen, dit Helmut.

– Et toi Ernesto ? demanda J2B.

– Elle est à Rome en ce moment.

– Que fait-elle ?

– Elle siège au conseil d'administration d'Agip.

– Quel âge a-t-elle ? demanda Taillandier.

– Vingt-six ans.

– Elle est belle ?

– Vous croyez que je mettrais mon ménage en péril pour une femme qui ne l'est pas ?

– Comment s'appelle-t-elle ?

Il hésita à son tour.

– Son prénom me suffira, dit le commissaire.

– Sloane.

– Je dois absolument la rencontrer.

80

James Mooses sortit de la Maison Blanche avec une autre vision du monde. Le président américain l'avait gratifié d'un cours de géopolitique peu orthodoxe. Sur le chemin de l'agence, il s'arrêta au Max Blues Coffee, l'annexe de son bureau. Le patron était cool et il y avait un piano dans un coin. À cette heure de la journée, la salle était presque vide.

– Comment va l'agent spécial ? demanda Max.

– J'ai besoin d'une bière et d'un air de blues.

– Installe-toi, je t'apporte ça tout de suite.

Mooses s'assit devant le clavier, vit arriver son verre, alluma une cigarette et fredonna *Stormy Monday* en solo. À la fin du morceau, un client au comptoir lâcha son gin tonic pour applaudir.

– Merveilleuse interprétation !

– Il a raté sa vocation, dit Max.

– Ce n'est pas votre métier ? s'étonna le client.

– Je ne pourrais pas vivre sans, mais je n'en vis pas.

– Je vous offre un verre ?

L'homme s'appelait Dilip, était indien et manifestait de l'intérêt pour James. Ce dernier ne s'en aperçut pas tout de suite, car il avait encore en tête la conversation avec le président.

– Dis-moi, Max, qui est-ce qui dirige le monde d'après toi ?

– Putain, la question.

– Comme ça, à l'instinct.

– L'Amérique, qui d'autre ? On est capable de régler son compte à n'importe quel pays, on se moque des consignes de l'ONU, on monopolise les écrans de la planète et la plupart des multinationales sont de chez nous.

– L'Amérique, c'est vague. Moi, je te demande des noms.

– Max a raison, intervint Dilip. Les USA dominent comme aucun empire ne l'a fait auparavant. Dans tous les domaines, politique, économique, culturel, militaire, technologique, scientifique. Et si vous voulez des noms, prenez ceux de tous les Américains pour lesquels tourne cette hyper-puissance : ceux qui utilisent leurs 4 × 4 voraces pour se déplacer en ville, ceux qui s'engraissent à en devenir monstrueusement obèses, ceux qui enclenchent la climatisation pour supporter le soleil, ceux qui consomment au-delà de leurs besoins. Les Américains sont les plus gros prédateurs de la planète, les rois de la jungle, et il leur faut beaucoup de nourriture.

– Vous faites quoi dans la vie ? demanda James.

– Programmeur en informatique.

– Prédateur en informatique ?

– J'avais le choix entre rester à New Delhi pour cinq cents roupies par mois et gagner cinquante fois plus ici.

– Le problème, c'est pour se loger, dit Max. Monsieur cherche un hôtel dans le quartier en attendant de se trouver un appart' à louer.

Le cellulaire de James vibra dans sa poche. Les services fédéraux lui annoncèrent la disparition d'une femme à Georgetown. Il sortit son trousseau de clés, en détacha une et la posa sur le zinc.

– En attendant de vous trouver un toit, dit-il à Dilip. C'est chez moi, c'est grand, je vis seul, ce n'est pas loin d'ici. Max vous indiquera comment y aller. Moi, j'ai encore un peu de boulot.

– Je ne peux pas accepter, c'est trop…

– On est des prédateurs, nous les Ricains, mais ça n'empêche pas l'hospitalité.

81

La nuit recouvrait les berges du Potomac comme un linceul. Une armée de policiers fouillait les environs, entre Georgetown University et le fleuve. L'inspecteur McLaughlin présenta le cas à Mooses :

– Il y a un mois, un étudiant en droit, Alec Fowles, avait rencard avec une fille. Il est arrivé en retard. La fille n'était plus là. Elle n'a plus donné de nouvelles. Tout ce qu'il sait d'elle, c'est qu'elle s'appelait Maria, qu'elle était mexicaine et bien roulée.

– Vous faites ce souk pour une inconnue qui ne s'est pas pointée à un rendez-vous ?

– Laissez-moi finir.

– Quoi, c'est la fille du président du Mexique ?

– Qu'est-ce que vous avez, Mooses ? Moi, c'est juste pour vous aider sur votre affaire des disparues que je vous ai appelé. Peut-être qu'il y a un lien.

– Je vous écoute.

– Un employé municipal qui nettoyait les berges a trouvé hier un foulard Hermès fabriqué au Mexique. Une imitation. Le foulard était pris dans les ronces qui bordent la rivière. La police a fait une enquête de routine dans le campus, histoire de vérifier qu'aucune étudiante ne manquait. Alec Fowles a reconnu l'écharpe de Maria. On a passé le secteur au peigne fin et on a trouvé ça, cinq cents mètres en aval du Potomac.

Il lui montra un sac plastique transparent contenant un jean couvert de vase.

– Maria se serait fait agresser alors qu'elle attendait Fowles. Le tueur a balancé ses fringues dans le fleuve, l'a violée, l'a tuée et s'est débarrassé du corps, peut-être pas dans cet ordre.

– Vous avez retrouvé le cadavre ?

– Non. On drague le Potomac. Les plongeurs sont là-dedans depuis des heures.

– On a appris quelque chose sur cette Maria ?

– Non. Fowles l'a branchée dans une boîte, le Desperados. Musique punk, ecstasy sous le manteau et clientèle de jeunes. Il a couché avec elle dans sa piaule. Le lendemain matin, ils se sont séparés après s'être donné rendez-vous le soir ici.

– Où exactement ?

McLaughlin désigna un arbre mort, en contrebas.

– Selon Fowles, Maria était de Mexico et traversait les États-Unis pour se perfectionner en anglais. Elle lui a raconté qu'elle préparait une licence. Le problème c'est qu'on n'a pas son nom de famille et que son prénom est courant. Je vous ai prévenu parce qu'à en croire Fowles, cette fille était canon.

– Quel jour avait-elle rendez-vous avec Fowles ?

– Le soir du 8 mars dernier. À 9 heures.

Soit huit heures après la disparition de Galan.

82

– Ces petites réunions vont finir par faire jaser, maugréa Sanchez.

– Tu n'auras qu'à dégommer ceux qui jasent, dit Barrano.

C'était la deuxième fois en dix jours que le club des cinq chefs mafieux se donnait rendez-vous sur le *Moujik I* en Méditerranée. Avec le même ordre du jour. L'objectif, en revanche, avait radicalement changé.

– Je ne peux pas quitter mon business comme ça, geignit encore Sanchez.

– Ta cocaïne bio n'est pas encore au point ? se moqua 489.

– Il y a du nouveau, les coupa Kotchenk.

– À propos de quoi ?

– On a retrouvé les trois filles ? s'enquit Korumaku.

– Deux d'entre elles ont été enlevées par mon organisation, à la demande des services secrets américains. J'ignorais qu'elles fricotaient avec des membres du G300.

– Quoi ?

– Il y a eu un problème de communication. En fait, il ne faut pas les retrouver. Je ne sais pas qui t'a branché sur ce coup, Korumaku…

– Le président de Mitsubishi.

– C'est qui ces filles ? s'impatienta Barrano.

– Des putes, dit Kotchenk.

– Elles bossent pour qui ? demanda Korumaku.

– On l'ignore. Ce qu'on sait, c'est qu'elles sont plus de trois et qu'elles gravitent autour de certains membres du G300 qui n'ont pas été informés tout de suite qu'elles avaient été neutralisées dans l'intérêt de leur groupement. Depuis, la NSA les a mis au parfum. Ton pote de Mitsubishi qui t'a demandé de chercher sa poule doit maintenant être au courant qu'il était manipulé par elle. Et ça m'étonnerait qu'il veuille la récupérer.

– Tout ce remue-ménage pour quelques pétasses, dit Sanchez.

– Une cellule de crise a été constituée avec les services secrets de plusieurs pays pour identifier ces filles et les neutraliser. Le conseil du G300 nous a demandé de collaborer.

Korumaku et Barrano éprouvèrent un malaise indéfinissable. Peut-être parce qu'ils étaient eux aussi amoureux de jeunes beautés.

Kotchenk serra chaleureusement la main de Barrano.

– Pour ma petite affaire, ça en est où ?

– C'est réglé.

Il n'avait pas mentionné le nom de Carla. Pour Vladimir, elle n'existait plus.

83

Carla ne savait pas où elle était. Pire, elle ignorait où était Léa. Elle avait mal à la tête, au dos, aux jambes, envie de vomir et d'uriner. Elle chercha à s'asseoir, rencontra une résistance. Elle était coincée entre deux parois de métal qui l'obligeaient à rester debout. Sous ses pieds, le sol vibrait. Elle essaya de ne pas penser à sa claustrophobie et chercha à respirer. L'air était rare et pestilentiel. Elle suffoqua, toussa. Chaque contraction la pressait contre les parois. Deux yeux la fixaient à sa droite dans la pénombre. Regard muet qui ne répondait pas à ses questions. Une voix sur sa gauche lui conseilla en italien de se taire.

– Est-ce qu'il y a une jeune fille avec vous ?

Elle fut soudain projetée contre la cloison devant elle.

– Il n'y a que des femmes ici.

Nouvelle secousse, cette fois vers l'arrière.

– Mais où sommes-nous, bon sang ?

– Tu tiens vraiment à le savoir ?

– Je vous en prie.

– On est dans le double fond d'un camion.

84

James Mooses gagna les bureaux du FBI entre la neuvième et la dixième rue, et se rua sur le dossier que Sylvie Bautch lui avait photocopié. Les enlèvements étaient espacés de plusieurs jours et aucun indice n'avait été retrouvé sur les lieux. Cela faisait déjà deux discordances avec la disparition de Maria. Le cas ressemblait plus à celui de Nicole Balland que l'on avait rapproché des autres avant que Love ne déduise qu'elle avait été violée et tuée par un détraqué solitaire. Mais entre Nicole et Maria, il y avait des milliers de kilomètres et peu de chance que l'agresseur fût le même.

James appela Sylvie pour lui faire part de son entretien avec le président et décider d'une marche à suivre. La ligne n'était pas libre. Il laissa un message, prit le dossier sous le bras et rentra chez lui, sur la septième rue.

Lorsqu'il sortit son trousseau, la clef de son appartement manquait. Il se rappela l'avoir confiée à un inconnu plutôt séduisant.

Dilip était assis sur le divan. Il s'était changé, portait un pull échancré et un pantalon de toile. Il lisait un ouvrage consacré à Clint Eastwood qu'il avait pris dans la bibliothèque. Il leva le nez sur l'arrivée de James. Un sourire tendit ses traits fins.

– Je me suis permis de consulter ce livre.

Une odeur de curry émanait de la cuisine.

– Ça sent bon. Vous avez cuisiné quelque chose ?

– Du poulet au curry, avec du riz. J'espère que vous aimez.

James acquiesça et alla se doucher. Lorsqu'il réapparut, Dilip avait dressé la table du salon. Ils s'assirent par terre, à l'indienne.

– On mange sans couverts ? demanda James.

Dilip plongea ses doigts dans le plat et saisit un peu de nourriture.

– Ouvre la bouche.

Il déposa une boule de riz sur la langue de James. Des saveurs exotiques envahirent son palais. Il mâcha lentement, malgré la faim qui le tenaillait, pour respecter le don de son invité et en percevoir les nuances gustatives.

– Délicieux, dit-il.

– En Inde, on utilise les cinq sens au cours d'un repas. En mangeant avec la main, on fait appel à celui du toucher. Mais n'utilise que la droite. La gauche est réservée à d'autres usages.

– Les cinq sens ? Y compris celui de l'ouïe ?

– Les crépitements d'une friture, le filet de thé versé dans une tasse…

– Je vais te faire écouter quelque chose qui flatte bien les oreilles aussi.

James alla lancer un CD.

– Ray Charles ? fit Dilip dès les premières notes.

– Bravo.

L'Indien lui présenta une nouvelle portion de riz. James l'engouffra et lui lécha les doigts. Dilip s'approcha et glissa son autre main sous le sweat-shirt de son hôte.

– La main gauche est réservée à d'autres usages, tu disais ?

– Aux usages impurs.

James sentit un souffle tiède sur son cou, l'humidité d'un baiser, tendre, profond, puis la langue de Dilip creuser un sillon au creux de son épaule. Quelques minutes plus tard, ils étaient nus l'un contre l'autre. Après la nourriture, c'était le sexe qui excitait leurs sens. La peau soyeuse et parfumée de Dilip, la finesse de ses traits, ses lèvres suaves et épicées, son accent indien qui le berçait de mots doux, déclenchèrent chez James une envie furieuse de lui faire l'amour. Il glissa le long du corps de Dilip pour engloutir sa verge. Puis il se retourna et se laissa pénétrer avant d'éjaculer sur le tapis.

Lorsque son téléphone sonna, il était presque minuit. À l'autre bout de la ligne, James reconnut Sylvie. Il lui relata son entretien avec le président. Elle l'informa que Nathan s'apprêtait à quitter le Japon pour se rendre en Afrique afin d'y rencontrer une victime potentielle.

– Jeune, belle, diplômée, influente, résuma Sylvie.

– Vous allez la chercher jusqu'en Afrique ?

– Nathan a une piste.

– Il faut faire attention à ne pas tout mélanger.

– Qu'est-ce que tu veux dire ?

– Ce soir, j'ai été alerté à la suite d'une disparition près de l'université de Georgetown. La police avait déjà fait l'amalgame.

– Il n'y avait pas de lien ?

– La victime serait une routarde mexicaine, pas encore diplômée. Il semble qu'elle ait été violée sur place. On a retrouvé une partie de ses vêtements dans les environs. Comme à Fontainebleau.

Il entendit qu'elle répétait tout à Nathan qui finit par saisir l'appareil.

– James ? A-t-on retrouvé le corps de cette fille ?

– Pas encore. Le violeur l'a balancée probablement dans le Potomac il y a un mois de ça. Les recherches risquent d'être longues.

– Où avait-elle rendez-vous exactement ?

– Sur les berges, près d'un arbre mort. À l'abri des regards. Pourquoi ?

– Creusez à cet endroit.

– Quoi ?

– Il faut creuser.

– Vous croyez que le tueur se serait crevé à l'enterrer alors qu'il lui suffisait de jeter le cadavre dans le fleuve ?

– C'est peu probable, mais on ne doit pas le négliger. Si vous trouvez le corps, cela signifie que le tueur est celui de Fontainebleau.

En raccrochant, James ne s'était pas départi de sa félicité. Rien ne pouvait entacher son humeur, grâce à Dilip que la fortune avait mis sur son chemin. Il se leva et chercha son amant. Il était dans son dos. James se laissa plaquer sans broncher. Sans se douter que cette fois c'était une lame qui allait le pénétrer.

TROISIÈME PARTIE

L'homme à la peau tannée marche vers le soleil

85

Nathan survola la Chine, le Tibet, le Rajasthan, quelques îles paradisiaques de l'océan Indien, avant d'atterrir dans l'un des endroits les plus pauvres de la planète. D'après les services d'Interpol sollicités par Sylvie, c'était en Somalie que se trouvait Esian Zawi, la maîtresse de Kuamo Korumaku. À la tête de Korumaku-Global-300, elle était chargée de diffuser le rayonnement humanitaire de la dynastie mafieuse en Afrique.

Nathan préférait s'y rendre seul. Cela tombait bien, Taillandier avait requis avec insistance la présence de Sylvie et de Lyn en France. Il souhaitait confronter ses éléments aux siens et l'emmener à Rome pour interroger Sloane Ricci, la maîtresse de l'industriel italien Ernesto Bernelli. Pour Taillandier, la vérité finirait par jaillir. Les plus grandes découvertes étaient nées de confrontations hasardeuses. Les chemins de Nathan et de Sylvie s'étaient donc séparés à l'aéroport de Tokyo. Il lui avait demandé une blague belge pour la route.

– Que me donnes-tu en échange ?

– Le secret du pacte avec ma sœur.

– Les deux enfants qu'élève ta sœur ne sont pas les siens, n'est-ce pas ?

– Je les ai rencontrés il y a un an et demi, au cours de ma dernière enquête. Jessy était une surdouée de six ans violée par son beau-père. Tommy, son frère, un autiste de seize ans interné dans une institution psychiatrique. Je les ai enlevés à une mère alcoolique et à un parâtre pervers. Shannen et Shivaji ont accepté de les élever dans le plus grand secret. Ce fut notre pacte.

– Tu le brises pour une blague belge ?

– Pour une Belge.

Leur baiser avait été interrompu par Lyn Lee. Elles étaient les dernières à embarquer.

– Tu sais ce qu'une Belge emporterait comme lecture sur une île déserte ? lui avait demandé Sylvie, les lèvres rougies par le bouche-à-bouche.

– Non ?

– Toi, avec des tatouages partout.

Ils s'étaient fixé rendez-vous quatre jours plus tard à Paris.

Nathan sortit de Mogadishu International Airport comme on entre dans un sauna. Un agent de la CIA avait été averti de son arrivée par l'agence d'Interpol à Tokyo. Il attendait Love en dégoulinant devant un 4 × 4 Toyota crasseux.

– Bienvenue en enfer, je suis Alan Coolidge.

– Nathan Love.

– J'ai entendu parler de vous.

– Alors, c'est que j'ai mal fait mon boulot.

Ils montèrent dans la Toyota en fusion et roulèrent en direction du centre. Le vent pulvérisait du sable sur des rues éventrées, des huttes en carton, des édifices publics ravalés à coups de mortiers, un paysage dévasté.

– Pouvez-vous me dresser un état des lieux succinct ? demanda Nathan.

– L'enfer, je vous ai dit.

– Moins succinct.

– Restore Hope, ça ne vous dit rien ?

– L'intervention américaine en 1993.

– Il s'agissait de normaliser le pays. L'opération s'est soldée par un guet-apens à l'issue duquel les corps de nos marines furent traînés dans les rues de Mogadiscio. L'ONU a essayé de s'en mêler aussi, via l'ONUSOM, mais n'a rien résolu et s'est retirée en 1995. Depuis 1991, la Somalie est un pays sans gouvernement, livré aux milices et aux chefs de guerre. Un vrai foutoir.

– L'anarchie plus que l'enfer.

– Dans « enfer », j'incluais les règlements de comptes à la Kalachnikov, les rackets de bandes armées, les enlèvements de civils au coin de la rue, les attaques de pirates au large des côtes, les mafias islamistes, les trafiquants, la tuberculose, la malaria… Depuis que vous êtes ici, votre vie a singulièrement perdu de sa valeur.

Il tourna le volant à 180 degrés, percuta une carriole tirée par un âne décharné et s'enfonça dans une ornière. Les roues patinèrent, l'âne poussa un abominable braiment, Coolidge dégagea la Toyota dans un nuage de poussière et décanilla sans constat.

– Les gens ont piqué les canalisations, ce qui rend la chaussée impraticable. L'eau et l'électricité ne sont que des vieux souvenirs. En revanche, vous pouvez téléphoner à des prix avantageux et jouer en Bourse. Ici, c'est le paradis des multinationales, de la mafia et des ONG. Coca-Cola a ouvert une nouvelle usine de 12 000 m^2 hyper-moderne produisant 36 000 bouteilles à l'heure. Le site emploie cent trente personnes et autant pour assurer la sécurité. Les tarifs de téléphonie mobile sont les moins élevés du continent puisqu'il n'y a pas d'État pour ponctionner. On s'éclaire à la bougie, mais vous trouverez des cybercafés partout. Il n'y a pas de système bancaire, ce qui n'empêche pas le cours du shilling somalien de fluctuer en fonction du dollar. Les commerçants se frottent les mains et les biens de consommation en provenance des Émirats arabes s'écoulent à la pelle auprès de la diaspora locale. Les trafiquants font leur beurre avec la drogue, le racket, les kidnappings et les armes. Quant aux ONG, elles prospèrent. Le seul hôpital qui fonctionne est celui de la Croix-Rouge. Et puis il y a votre ami Korumaku qui investit des millions de dollars dans le pays.

– Il n'est pas mon ami. Que savez-vous d'Esian Zawi ?

– Je ne l'ai jamais rencontrée. Elle est d'origine somalienne, porte un voile et se déplace tout le temps. Par contre son bureau n'a pas bougé.

Coolidge se gara devant un immeuble moderne, à proximité de l'ambassade russe.

– Elle est somalienne ? s'étonna Nathan.

– Ouais, la meuf de Korumaku est black.

Ce n'était pas sa couleur de peau qui avait surpris Nathan, mais sa nationalité.

– Je vous attends, dit Coolidge. Moi, ils ne m'aiment pas trop.

– Qu'est-ce que vous faites en Somalie ?

– Je suis là pour le business.

– Vous ne craignez pas pour votre vie ?

– Je n'en ai plus que pour une semaine.

Face à l'air interloqué de Nathan, il précisa :

– À séjourner ici, je veux dire. Je file ensuite en Ouganda.

– J'ai encore quelques renseignements à vous demander.

– Je vous invite à déjeuner. Il y a un bouge juste à côté.

Ils s'assirent à l'une des deux tables d'un café.

– Je vais vous faire découvrir la spécialité du pays, le muffo.

– Qu'est-ce que c'est ?

– De la boulette d'avoine. C'est pas de la nouvelle cuisine, mais ça nourrit.

Coolidge commanda également deux thés à une serveuse sortie de l'ombre.

– Qu'est-ce que vous voulez savoir ?

– Parlez-moi de Korumaku-Global-300.

– C'est la tête de pont de Korumaku en Afrique. Officiellement, il s'emploie à développer l'agriculture dans le désert. Officieusement, il fait du business. Il installe ses copains Coca-Cola, Barclay's, General Motors, Montesanto… L'idée c'est de produire à bas prix, de développer des marchés, de recycler l'argent sale, de s'approprier les richesses du pays, de déposer des brevets sur n'importe quoi, le sel, le sable… Le pays lui sert aussi de poubelle.

– De poubelle ?

– Le dernier tsunami a fait remonter à la surface des déchets radioactifs et des produits toxiques qui avaient été clandestinement déversés au large des côtes somaliennes. Il suffit de voir l'état d'usure des conteneurs qui flottent à quelques centaines de mètres du rivage pour se faire une idée de ce qui attend la population locale. Des experts du PNUE sont venus constater l'ampleur des dégâts.

– Que signifie PNUE ?

– Programme des Nations unies pour l'environnement. Ils ont pondu un rapport dont tout le monde se fout.

– Que dit-il en substance ?

– D'un côté, vous avez les pays occidentaux qui produisent leurs ordures toxiques pour pouvoir se payer du bon temps. De l'autre, vous avez des pays dépotoirs où l'élimination des matériaux dangereux coûte 2,50 dollars la tonne, soit cent fois moins qu'en Europe. Entre les deux, il y a ceux qui gèrent la logistique. C'est là qu'intervient la mafia. Armes contre stockage de déchets nucléaires, comme ça elle gagne sur tous les tableaux. Pendant que les caméras larmoyantes des médias sont braquées sur les ventres ballonnés des Somaliens affamés, on ne voit pas les infections de la peau, les problèmes pulmonaires, les cécités qui se multiplient. Et je ne vous parle pas des ravages sur l'environnement. Allez faire un tour en bord de mer. Vous pouvez pêcher à la main, les poissons sont devenus aveugles et les tortues ont perdu le sens de l'orientation.

Nathan avait du mal à avaler sa boulette.

– Et c'est un agent de la CIA qui vous parle, pas un militant de Greenpeace. Terminez votre assiette, sinon ils vont se sentir offensés.

– Pourquoi vous me racontez tout ça ?

– Parce que vous me l'avez demandé.

– Vous pourriez classer ça « Top Secret ».

– Pourquoi imposer le secret alors que tout le monde s'en cogne ? L'Occidental est pris dans sa vie de dingue, il verse un peu de blé pour l'Afrique histoire de se donner bonne conscience et basta.

– Vous prétendez être ici pour le business. Lequel ?

– Au départ, j'étais là pour étudier les possibilités d'installer un gouvernement. J'ai réalisé que le pays s'en passait aisément depuis dix ans et que le secteur privé était de plus en plus florissant. Pas de gouvernement, pas de corruption, pas d'interventionnisme, pas de dictature. Les Somaliens ont réussi à créer une société qui fonctionne sans chef d'État. Les miracles de la mondialisation.

Nathan sentit un peu de cynisme et de fatalisme dans le ton de l'agent.

– Tout ça pour dire que Miss Zawi doit être la personne qui a le plus de pouvoir en Somalie. Je vous recommande donc d'être prudent.

86

Nathan traversa la rue en veillant à ne pas être la cible d'un véhicule ou d'une rafale d'AK-47. Quatre Somaliens armés interdisaient l'accès au Korumaku Building. Deux d'entre eux l'escortèrent jusqu'à une hôtesse qui passa un coup de fil en arabe. Peu de temps après, une femme vêtue d'un cafetan fuchsia et d'un hidjab se présenta. En retirant son voile, elle libéra une chevelure frisée volumineuse, de grands yeux en amande, des pommettes saillantes. Son visage était plus conçu pour les photographes de mode que pour les nécessiteux du tiers-monde.

– Vous me cherchez ? demanda-t-elle dans un anglais impeccable.

– Vous êtes Esian Zawi ?

– Oui.

– J'aimerais m'entretenir avec vous.

– Pourquoi ?

– Vous êtes en danger.

– Je le suis quotidiennement ici.

– J'ai fait le voyage depuis Tokyo pour vous avertir d'une menace beaucoup plus sérieuse.

– Laquelle ?

– On peut discuter dans un endroit plus tranquille ?

– Qui êtes-vous au juste ?

– Celui qui veille à ce qu'il ne vous arrive rien.

– Pouvez-vous me montrer vos papiers ?

– Je peux revenir dans une heure avec tous les papiers et toutes les autorisations que vous voulez.

– Dans ce pays, vous obtenez n'importe quelle identité plus facilement qu'une bouteille d'eau potable.

– C'est ce que je disais.

– Donnez-moi au moins votre nom.

– Nathan Love.

Il la suivit dans un local meublé de casiers, d'un râtelier, d'une table, de quatre chaises, d'une radio, d'une lampe à kérosène. Le son d'un générateur était perceptible à travers la cloison.

– Alors, monsieur Love, quelle est cette menace sérieuse ?

– La pluie.

– Je ne risque rien de ce côté-là.

– La mousson approche.

– Nous l'attendons avec impatience.

– Êtes-vous diplômée ?

– De Yale.

– Spécialité ?

– Droit des affaires.

– Quand avez-vous rencontré Kuamo Korumaku ?

– Cela relève de ma vie privée.

– Alors dites-moi où se trouve Yale.

– New Haven, Connecticut.

– Quelle en est la devise ?

– Que signifient ces questions ?

– La devise de Yale ne relève pas de votre vie privée, si ?

– Vous me faites perdre mon temps, dit-elle en s'esquivant vers la porte.

– Êtes-vous suffisamment protégée ?

– Je le suis par quatre hommes et une femme.

– Cette femme, c'est vous je suppose.

– Pardon ?

– Vous aimez la pluie, ignorez la devise de Yale, et vous vous fermez dès qu'on aborde votre vie privée. Vous n'êtes pas Esian Zawi.

– Allez-vous-en !

– Esian va être enlevée.

– On l'a déjà enlevée.

– Quand ?

– Il y a trois mois.

– Korumaku me l'a caché.

– Deux hommes et un enfant armés de fusils-mitrailleurs l'ont forcée à monter dans une voiture près du marché de Bakaraa. Les ravisseurs réclamaient cinquante mille dollars. J'en ai référé aussitôt à M. Korumaku qui s'est déplacé personnellement et a réglé cette affaire. J'ignore comment, mais Esian a été libérée le lendemain de son arrivée à Mogadiscio. Dans ce pays les enlèvements civils sont courants. Des miliciens exécutent des contrats pour moins de deux cents dollars américains. Depuis cette affaire, Esian est protégée jour et nuit.

– Où se trouve-t-elle actuellement ?

– Je lui ferai part de votre mise en garde.

– Vous n'avez pas compris la situation. Les femmes les plus influentes de la planète sont en train de disparaître. J'ignore ce qu'elles deviennent, mais je doute que leur sort soit enviable. Esian a le profil des victimes. Et cette fois, Korumaku ne pourra pas intervenir, car les ravisseurs ne sont pas des gosses payés deux cents dollars.

– Permettez-moi de passer un coup de téléphone.

Elle le fit patienter dix minutes avant de réapparaître :

– Esian est quelque part entre Djibouti et l'Éthiopie.

87

La cloison tomba. Carla reprit conscience dans la puanteur et l'urine, face à trois hommes baraqués vêtus de bonnets et d'anoraks. Un ordre gicla. Elle s'écroula en faisant un pas en avant. Ses jambes étaient engourdies.

Un type hurla en la frappant à la tête. Carla se releva au milieu des autres filles. Elles étaient sept. Léa n'était pas là. Elles sautèrent du camion et atterrirent dans du sable. Une plage. Une fille se tordit la cheville. Deux types la molestèrent en aboyant. Il faisait froid et humide. On les poussa vers la mer. Carla ne comprenait pas. Allait-on les noyer ? Elle vit deux canots qui se dandinaient sur les vaguelettes. Les femmes furent séparées en deux groupes. Celle qui s'accrochait au bras de Carla lui demanda où on les menait. Elle était italienne et s'appelait Alessandra. Carla ne savait pas quoi lui répondre, elle n'avait aucune idée de l'endroit où elle était ni de ce qui lui arrivait.

– Ils vont nous embarquer sur ces scafos, dit-elle.

– Des scafos ?

Un violent coup dans le dos la fit tomber, entraînant Alessandra dans sa chute. L'homme qui l'avait cognée lui hurla de se taire et de se remettre debout. Les scafos étaient des canots à fond plat utilisés par les trafiquants de drogue pour échapper aux radars. Carla et deux autres filles furent jetées dans le double fond et alignées comme des sardines. Puis on referma la planche sur elles. Comme un cercueil.

88

Le petit avion que lui avait déniché l'agent Coolidge survolait les hauts plateaux de l'ancienne Abyssinie en direction du triangle Afar.

C'était là que naissait le Rift, balafre de cinq mille kilomètres entre l'Éthiopie et les grands lacs tanzaniens, entaillant l'écorce terrestre, alternant reliefs luxuriants et déserts sévères, territoires naturels et sanctuaires d'animaux sauvages.

C'était là que les dinosaures avaient disparu, soixante-cinq millions d'années plus tôt, après qu'une météorite de plusieurs kilomètres de diamètre eut percuté la Terre et soulevé les montagnes du Rift.

C'était là aussi que l'homme était né, au milieu des vallées, des collines, des plaines, des forêts, au milieu des antilopes, des lions, des zèbres, des buffles, des éléphants. Grâce à la richesse du sol volcanique et aux pluies abondantes, le paysage nocturne s'était transformé en un Éden luxuriant. De la mort avait jailli la vie.

L'avion quitta le relief verdoyant de l'Éthiopie pour survoler le désert de Danakil, hostile et fascinant. Sous les ailes de l'appareil défilaient des panoramas surréalistes ultra-colorés, aux lignes abstraites, indéfinissables, composés de crevasses ferrugineuses orange vif, de mares minérales rouge sang, de sols luisant de lave noire, de boursouflures salifères violettes, de circonvolutions torsadées, des pics rocheux découpés au scalpel, de lacs vert émeraude. Cette cicatrice qui ne cessait de saigner sous un soleil de plomb était parcourue de croûtes, de brûlures, de nécroses, de tavelures. Le décor ressemblait à celui d'une autre planète, tellement surnaturel que l'on perdait la notion de l'altitude. « Cent cinquante mètres », dit Hassan, le pilote, un noir aux yeux injectés d'alcool et à la chemise jaune citron.

Ils survolèrent un volcan qui n'avait pas rendu son dernier souffle et piquèrent sur un autre cratère. Le sol fumait, bouillait, bouillonnait, glougloutait. Celui qui s'aventurait dans le coin risquait à tout moment de perdre le pied dans une mare d'acide sulfurique ou de passer à travers la fine croûte de lave qui recouvrait le magma. La dépression était située à cent cinquante mètres en dessous du niveau de la mer. Une fournaise. « Qu'est-ce qu'une personne comme Esian Zawi est venue faire ici ? » se demanda Nathan. Il aperçut au loin une colonne de dromadaires progresser sur une mer de sel. Une caravane conduite par les nomades Afar. Les seuls indics disponibles dans la région. Le bimoteur perdit de la hauteur, vira à angle droit et amorça un atterrissage. L'appareil tangua, louvoya, se cabra. Hassan semblait savoir ce qu'il faisait. Les roues heurtèrent le sol presque aussi violemment que dans un crash, le matériel valdingua vers l'avant, le moteur hoqueta dans un nuage de fumée, de sel et de poussière avant de se taire quelques centaines de mètres plus loin.

– Il y a un problème ? demanda Nathan au pilote qui s'épongeait le front avec un foulard taché d'huile.

– Tout va bien.

Ils avaient atterri dans un néant immense, brûlant, aveuglant. Hassan tapa du doigt sur le thermomètre.

– Il fait 54 degrés, dit-il. Ça s'est rafraîchi un peu.

Un dromadaire jaillit de la brume éblouissante. Puis deux, trois, quatre, cinq, six. Les bêtes étaient chargées de gros sacs et menées par trois nomades à pied. Le premier était vêtu d'un torchon à la taille et d'une cordelette à laquelle était pendu un poignard recourbé. Hassan joua les traducteurs :

– Ils viennent du lac Asale et livrent leur marchandise dans les montagnes. Là où ils vont, il y a une femme qu'ils appellent « Ras ».

– Ras ?

– Cela signifie « chef » en éthiopien.

– C'est loin ?

– Loin, ça ne veut rien dire pour eux.

– Il y a un endroit dans ces montagnes où vous pouvez vous poser ?

– Mek'ele.

– Attendez-moi là-bas.

– Pendant combien de temps ?

– Jusqu'à ce que je réapparaisse. Vous serez rétribué.

– Avec quoi ?

– La femme que je cherche a les moyens de vous acheter une compagnie aérienne.

– J'en demande pas tant.

– Si dans trois jours vous ne me voyez pas, retournez en Somalie et arrangez-vous avec Coolidge.

Nathan récupéra une gourde et se joignit à la caravane. Sa peau mate, ses cheveux noirs, son enfance dans le désert Mojave, sa réclusion d'un an sous le soleil d'Australie lui faisaient croire qu'il était armé pour affronter une longue marche dans la fournaise éthiopienne. Les Afar firent quelques haltes, avancèrent surtout la nuit, moins torride, parlant peu entre eux, se nourrissant de boules de pain. Nés au milieu de violences géologiques et climatiques naturelles, ces musulmans sunnites ne semblaient pas affectés par leur environnement. Nathan perdit la notion du temps et de l'espace. Tout se mesurait en jour et en nuit. Les montagnes face à lui paraissaient proches, pourtant il marchait sans les voir grandir. Mirage ? Fatigue ? Insolation ? Il vit le ciel plus étincelant qu'un miroir, des dromadaires basculer dans le vide et le sol heurter son crâne.

89

Carla tenait encore la main d'Alessandra lorsqu'elle réalisa que la jeune femme avait perdu connaissance. L'entorse à sa cheville, la claustrophobie, le manque d'air, les odeurs d'urine et de vomi avaient eu raison de sa conscience. La troisième fille au fond du canot souffrait d'un mal de mer qui l'avait vidée. Elle se contractait sur son estomac et ne crachait plus que de la bile. Carla lâcha Alessandra, oublia sa fille et ne pensa plus qu'à elle.

90

Une odeur de viande grillée.

– Un peu de chèvre rôtie ?

Une voix de femme. De l'anglais.

Nathan distingua une crinière noire, un visage sculptural, une tunique rouge. Il se redressa avec la migraine et la nausée.

– Pas tout de suite, merci.

– Il faut boire. L'eau est le bien le plus précieux ici avec le sel.

– Esian Zawi ?

– À qui ai-je l'honneur ?

– Nathan Love. Je vous cherche depuis des jours.

– C'est moi qui vous ai trouvé. Sur le dos d'un dromadaire, avec une insolation carabinée. Il ne vous est pas venu à l'esprit de vous protéger le crâne ?

– L'idée était de vous protéger.

– Dans l'état où vous êtes ?

Elle rit. Nathan se désaltéra et lui expliqua les enlèvements, l'enquête qui l'avait mené au Japon, à Korumaku, puis à elle.

– Des milliers de femmes disparaissent chaque mois et je crois que vous vous obligez à trouver des points communs pour justifier vos frais de déplacement.

– La vérité se paye parfois très cher.

– Vous pensez que vous vous en approchez en Éthiopie ?

– Vous êtes sur la liste des prochaines victimes.

– Comment pouvez-vous en être si sûr ?

– En vous regardant.

Esian Zawi n'aurait pu servir de modèle à un peintre ou à un sculpteur car ses grands yeux verts étaient traversés par une lueur impossible à reproduire. Son visage émacié était surmonté d'une épaisse et foisonnante chevelure dont les pointes se recourbaient jusqu'à la cambrure de ses reins. Son corps d'ébène, à la fois galbé et anguleux, était drapé d'une simple tunique pourpre qui glissait sur son buste. L'apparition d'Esian rendait soudain quelconque la femme qui se faisait passer pour elle à Mogadiscio. Korumaku avait de la chance.

– Vous avez déjà été victime d'un enlèvement.

– Kuamo s'est chargé de me faire libérer.

– Que voulaient vos ravisseurs ?

– Ils n'ont pas eu le temps d'exiger quoi que ce soit.

– Korumaku les a fait parler ?

– Il les a fait tuer. J'ai désapprouvé.

En évoquant le souvenir du rapt, elle s'était massé la hanche.

– Les ravisseurs vous ont fait mal ?

Elle hésita.

– Aidez-moi à vous aider, insista Nathan.

– Ils m'ont transportée dans un sac de sel et tailladée à la hanche.

– Pourquoi ?

– Je l'ignore.

– Que représente la pluie pour vous ?

– Elle est source de vie.

– Pour vous, personnellement.

– Elle ne me manque pas.

– D'où vous vient cette appréhension ?

– Qui vous a dit que j'avais peur de la pluie ?

– Vous venez de l'avouer.

Elle détourna le visage dans la pénombre de la hutte.

– J'ai subi un traumatisme dans mon enfance. Ma famille a péri dans des inondations. La pluie peut être aussi source de mort.

– Cela s'est passé où ?

– Dans mon village en Somalie. Je préfère ne plus parler de ça. Cela n'a rien à voir avec votre enquête.

– Si. Mais je n'aborderai plus le sujet.

Nathan la sentit déstabilisée. Il en profita pour l'interroger sur une partie plus rassurante de sa vie privée.

– Vous êtes très liée à Kuamo Korumaku ?

– Je l'aime.

– Pourquoi ?

– Pourquoi suis-je amoureuse ? Qu'est-ce que je pense de la pluie ? Vous posez de drôles de questions.

– Qu'est-ce qui vous plaît le plus chez Kuamo ?

– Son pouvoir.

Il ne s'était pas attendu à une telle réponse. Elle le remarqua et s'expliqua :

– Le pouvoir qu'il a de changer le monde.

– Il veut changer le monde ?

– Au profit du plus grand nombre.

Nathan avait encore à l'esprit le discours de Coolidge sur la manière dont Korumaku modelait l'Afrique pour arrondir ses fins de mois. Les trafics de drogue, d'armes, de déchets nucléaires, d'argent sale, d'organes, n'avaient rien de philanthropique.

– En faisant du business sur le dos d'un pays plongé dans la violence, vous estimez que vous faites le bien de la population ?

– Vous êtes venu colporter la morale occidentale ou me protéger ?

– Je cherche à savoir pourquoi on enlève des femmes comme vous.

– Exercer le bien chez certains, c'est parfois faire le mal pour d'autres. Et vice versa.

Nathan se leva pour sortir de la hutte, sentit son estomac remonter, s'accrocha au bâti, retint un hoquet.

– Je vais vous faire boire quelque chose pour vous soulager, dit Esian.

Il sentit ses cheveux l'effleurer, son parfum se dissiper. Il voulut la suivre, s'assit dans l'herbe en voyant danser le paysage nocturne et montagneux, piqueté de fumerolles échappées d'un feu de camp. Elle revint avec une coque en bois contenant un breuvage nauséabond. Nathan était prêt à avaler n'importe quoi pour dissiper la céphalée.

– Je devrais vous laisser souffrir.

– Quelle compassion !

– Cela m'épargnerait vos questions indiscrètes.

– Pourquoi me soigner ?

– Je suis trop bonne.

– Que faites-vous ici, Esian ?

– Si je m'en réfère à votre système de valeurs, je fais le mal.

91

Le scafo s'immobilisa. Carla serra la main froide et figée de sa voisine. Le ciel soudain lui apparut, gris et pluvieux. Des coups de matraque se mirent à pleuvoir pour les forcer à quitter le canot. Carla secoua Alessandra qui s'anima. La troisième passagère était si blafarde qu'on l'aurait cru morte. Animées par l'instinct de survie, elles sautèrent dans l'eau et gagnèrent la plage. Des hommes, différents de ceux qui les avaient fait descendre du camion, les canalisèrent sous une volée de bâtons vers une camionnette qui crachait du gasoil. Les passagères de l'autre scafo étaient déjà montées. Carla se tourna. Son visage croisa la trajectoire d'une gigantesque main rugueuse.

– Où nous emmenez-vous ? demanda-t-elle, agressive, la joue en feu.

Deux mastards l'arrachèrent au bras d'Alessandra et la flanquèrent par terre. Un troisième, plus trapu et poilu qu'un gorille, les rejoignit. Pendant qu'elle était maintenue au sol, le singe lui ôta son jean, arracha sa culotte et la viola brutalement. Puis ce fut au tour des deux autres. À la fin de la tournante, ils la traînèrent à moitié nue jusqu'à la remorque et la jetèrent comme un sac sur les autres filles. On tendit une bâche sur la cargaison humaine et le véhicule se mit en branle vers une nouvelle destination.

92

Nathan ouvrit les yeux sur un toit de brindilles. À ses côtés dormaient une famille de bergers et leurs chiens. Il se dressa sur ses jambes et sortit. Il avait échoué dans un village d'une vingtaine de huttes disposées à flanc de colline. Des petites éruptions de chaume et de branchages sur un tapis vert vallonné. Un troupeau de chèvres était figé dans un pré. Quelques Éthiopiens dormaient dans l'herbe tendre. Les ramasseurs de sel étaient repartis avec leurs dromadaires. Il chercha un endroit isolé, en surplomb. La migraine avait disparu.

Il s'assit sur un rocher rond dans la position du lotus et médita. Son corps et son esprit retrouvèrent leur unité naturelle.

Esian était assise près de lui. Silencieuse, elle respectait son zazen. Il ne put dire depuis combien de temps elle était là. Sa présence finit par le perturber. Esian attisait sa curiosité.

– Pourquoi êtes-vous là ? demanda-t-il.

– J'aime pratiquer la non-pensée, moi aussi.

– Je veux dire, en Afrique. Loin de Korumaku.

– J'y ai découvert quelque chose que je n'étais pas venue chercher.

– Quoi ?

– Les origines de l'évolution. Nous descendons tous du peuple du Rift. Tout est parti de là. Et ce n'est pas fini. L'Afrique se scindera en deux. Un océan naîtra sous nos pieds.

– Vous êtes venue apporter la bonne parole aux Éthiopiens ?

– La parole est le fléau des sociétés modernes. Les gens parlent par intérêt, diplomatie, anxiété, orgueil, paresse. La parole altère les relations humaines et les complique.

– Le problème ne vient pas de la parole mais de l'ego.

– Si j'en avais un, j'aurais certainement choisi un autre endroit pour le flatter. L'Afrique a tendance à nous faire oublier qui nous sommes et ce que nous sommes venus y faire. J'ai appris à composer avec elle, à me débarrasser des évidences.

Il la contemplait, fasciné. Ses yeux perçaient la pénombre, deux émeraudes serties dans un visage d'ébène qui n'attendaient pas le soleil pour briller. Nathan devait continuer à l'interroger pour la cerner, car Esian était trop jeune pour porter un passé sur son visage.

– En quoi l'origine de l'homme vous intéresse ?

– Elle m'éclaire sur ce que je suis vraiment

– Qui êtes-vous vraiment ?

– Une machine dans un corps.

– Une belle machine.

– Programmée. À qui l'on a dicté des objectifs : « Il faut être bon, devenir amour, être en harmonie. » L'homme est déjà constitué de tout ça, mais on nous détourne du véritable but : la compréhension et l'utilisation responsable de notre pouvoir.

– Tout existe déjà en nous-mêmes et il suffit d'écarter ce qui obscurcit la vraie connaissance. Ce que vous appelez la compréhension est ce que le zen nomme le satori. Voir ce qui est.

– Où avez-vous puisé cette sagesse ?

– Dans des retraites solitaires et méditatives au cours desquelles j'ai renoué avec les forces de la nature. Cela incite à s'interroger sur soi-même.

– Plus que ça. Je me suis rendu compte que j'avais des dons.

– Un sixième sens.

– Vous aussi ?

– L'usage de ce qu'on appelle le « sixième sens » est ce que l'espèce humaine a perdu en premier mais que les animaux ont conservé. La faculté de pressentir une attaque, d'anticiper une intention, de ressentir les choses, d'être en symbiose avec son environnement.

Nathan se tut pour la regarder s'illuminer sous les premiers rayons du soleil. Un joyau unique et raffiné qui aspirait à redevenir brut, dans un paysage des origines. Il se concentra sur une pensée qui déclencha un trouble en elle.

– Vous le pensez vraiment ? demanda-t-elle.

– Je pense aussi que vous parvenez à lire dans mon esprit. Vous avez accompli beaucoup de chemin.

Nathan, en revanche, n'était qu'à mi-parcours. S'il savait à qui ressemblait Esian lorsqu'elle était enfant, il ignorait quelle adulte elle était devenue. Et c'était l'adulte que recherchaient les ravisseurs.

93

La vertu du silence, véritable ciment des rapports directs, est sous-estimée. Nathan l'utilisait souvent dans les interrogatoires. Une fois de plus, cela fut payant.

– Je suppose que la société de consommation vous fait horreur, finit par dire Esian.

– Cela dépend comment tout cela se terminera.

– C'est ce que j'importe en Somalie.

– Êtes-vous sûre que c'est que désirent les Somaliens ?

– Demandez à un affamé s'il désire manger. Les peuples du tiers-monde n'ont cure de la morale, des oboles, des velléités de décroissance. Les pays riches qui se sont goinfrés pendant des années jusqu'à l'indigestion veulent mettre aujourd'hui la planète à la diète. Mais les pays pauvres réclament leur part du gâteau.

– Une part que vous leur apportez sur un plateau.

– La mondialisation apporte du travail et de la richesse au plus grand nombre, sans tenir compte des frontières, ni des régimes politiques. La croissance économique réduit la pauvreté plus efficacement que les gouvernements corrompus, les juntes militaires ou les ONG qui médiatisent des clichés d'enfants décharnés pour renflouer leurs comptes bancaires.

Elle s'enflammait. Nathan continua à la provoquer pour la faire dégainer :

– Un chef sioux a dit que le Grand Esprit nous a donné une vaste terre avec du gibier, un monde qui change pour que les êtres vivants bougent et trouvent toujours de l'herbe verte et des baies mûres. Le Grand Esprit nous a créés pour que nous vivions de la chasse et de la cueillette. L'homme blanc est venu et a dit aux Indiens que pour vivre, il fallait travailler, posséder la terre, construire une maison carrée qui ne laisse pas entrer le soleil et ne peut être déplacée. L'homme blanc a dit que c'était ça la civilisation.

– Faire le bien, faire le mal, c'est ce que je vous disais : une question de point de vue.

– Quel est le vôtre ?

– Pour beaucoup de gens, l'Afrique, c'est la brousse, les guerres tribales, les pauvres Nègres rescapés de l'esclavage. Pour moi, c'est une terre d'échanges commerciaux, de marchés boursiers, de gratte-ciel, de cybercafés, de classes moyennes. L'Afrique offre les meilleurs rendements aux investissements étrangers. Pourtant c'est le continent qui en attire le moins. Simplement parce que les pays riches répandent l'image d'un continent affamé, sous-développé, inculte, malade du sida.

– L'implantation de Coca-Cola, c'est grâce à vous ?

– Ainsi que celles de General Motors, Caterpillar, Citibank…

– En Afrique, qui est au-dessus de vous ?

– Personne.

– Vous avez tous les pouvoirs ?

– Dans le quart nord-est de l'Afrique.

– Vous êtes donc quatre.

Elle se tut après avoir réalisé qu'elle avait trop parlé.

– Vous êtes basée en Somalie. Korumaku vous donne carte blanche pour développer l'économie de la région. Où officient les trois autres ?

Silence.

– Vous n'assumez pas vos actions ?

– Afrique du Sud. Maroc. Ghana.

– Vous faites entrer la mondialisation par les quatre points cardinaux ?

– Grâce à nous, des pays comme le Ghana, l'Ouganda, le Sénégal, le Botswana sont en plein essor, même s'il reste beaucoup à faire pour enrayer la pauvreté.

– La Somalie est ravagée par la guerre et n'est plus gouvernée depuis plus de dix ans.

– Nous avons utilisé cette carence comme un avantage, une liberté. Ce peuple courageux a réussi à créer une société qui fonctionne sans dirigeants. Vous savez comment ils ont bâti les premières tours pour recevoir les antennes de téléphonie mobile ? En soudant des morceaux de ferraille.

– Qui sont les trois autres femmes ? tenta Nathan.

– Vous êtes braqué sur votre petite enquête, hein ? Vous vous fichez pas mal de nos motivations et du sort de l'Afrique. Seul compte à vos yeux la mission qui vous a été assignée.

– Si vous disparaissez, que devient la Somalie ?

– Les investisseurs perdront confiance, le pays replongera dans le chaos.

– Ma mission est donc liée à la vôtre.

94

Nathan comprenait le trouble ressenti par Esian au contact de la nature africaine. « Une machine dans un corps », s'était-elle définie. Forte des moyens alloués par Korumaku, elle était une matrice de l'Afrique. Une matrice que l'on cherchait à confisquer. Pour la détruire ? Se l'approprier ? En percer les secrets ? Le rôle d'Esian sur l'échiquier géopolitique africain, lié à l'un des plus grands mafieux de la planète, demeurait ambigu. Il fallait pousser l'interrogatoire plus loin :

– Vous exportez le capitalisme jusque dans ces montagnes ?

– Je suis venue importer de la sagesse.

– Vous faites dans l'import-export ?

– Les ramasseurs de sel exercent leur activité quatre heures par jour dans une des régions les plus désertiques et sous le climat le plus dur que l'on connaisse. Ce temps de travail suffit à leur subsistance. Ils passent le reste de leurs journées à se reposer, à converser, à danser, à peindre, à jouir de la vie. C'est une chose que les pays riches ne sont pas parvenus à proposer.

– La semaine de vingt-huit heures ?

– Ce n'est pas la semaine sans labeur de votre Grand Esprit, mais on s'en rapproche, non ?

– Que pensez-vous des fûts radioactifs au large des côtes somaliennes ?

– En rendant la Somalie plus riche, on la jugera moins comme une poubelle.

– Vous pourriez diriger ce pays.

– Ce n'est pas mon but.

– Comment vous croire ?

– J'ai vingt-cinq ans et j'ai sorti de la misère plus de personnes que mère Teresa dans toute sa vie.

– Qui sont les trois autres femmes ?

– Je ne peux pas vous révéler leur identité. Surtout si, comme vous dites, elles sont menacées.

– Vous les mettez en danger en me cachant leur nom.

– Notre mission est plus importante que notre sécurité.

– Votre mission, c'est de faire du business !

Esian lui prit la main et le mena vers l'une des huttes rondes. Le village s'éveillait. La fumée s'élevait des brasiers. Des voix, des pleurs de nourrissons et des bêlements résonnaient dans la vallée.

– Vous allez voir quelque chose que vous n'avez jamais vu auparavant.

Elle entra. Il lui emboîta le pas. L'intérieur était tapissé de feuilles d'aluminium isolant. Les rayons du soleil levant tapaient sur les parois réfléchissantes, diffusant un éclairage parfait. Ils étaient cernés par des rayonnages de livres aux caractères sémitiques.

– La bibliothèque du village, dit Esian. Ces ouvrages ont été traduits en amharique. Avant, les Éthiopiens étaient cantonnés à lire la Bible ou le Coran. Désormais ils peuvent découvrir Shakespeare, Faulkner, Dostoïevski, Wilde, King, Dickens. Certains chevriers bouquinent même pendant qu'ils gardent leur troupeau.

Nathan en tira un au hasard.

– *Les Dix Petits Nègres* d'Agatha Christie, lui commenta Esian. Le nom de la maison d'édition RKE ne vous dira rien car elle a été créée spécialement pour ce genre de traductions. Vous savez ce qu'ils disent en Afrique ? « Quand un vieillard meurt, c'est une bibliothèque qui brûle. » Désormais, cela n'est plus vrai.

Elle l'entraîna dans la hutte voisine. Sur les murs d'aluminium étaient exposées des peintures de Cézanne, Gauguin, Matisse, Renoir, Raphaël… Il y en avait pour une fortune. Des milliards de dollars dans la nature, sans système de sécurité, ni gardien, ni mur en béton.

– À New York ou à Tokyo, ces tableaux valent des sommes astronomiques. Il n'y aurait pas assez du PIB de l'Éthiopie pour les acheter tous. Ici, ils sont appréciés pour leurs qualités picturales, pas pour leur valeur spéculative. On vient les contempler, pas les voler.

Comme il n'y a aucun étranger dans le village, à part vous et moi, il est inutile de les enfermer dans un coffre.

Nathan désigna une toile de deux mètres par trois :

– De qui est celle-ci ?

– *L'Exécution des défenseurs de Madrid*, réalisée par Goya en 1814. Elle décrit la résistance des Espagnols face aux troupes françaises.

Il s'approcha pour forcer le commentaire.

– Ce n'est pas ainsi qu'on apprécie une œuvre. Reculez. Vous serez frappé par l'expression de terreur qui se lit sur le visage de l'une des victimes. Cette frayeur est renforcée par la lumière violente qui se reflète sur la chemise blanche de l'homme. Goya fut une source d'influence pour de nombreux artistes comme Delacroix, Manet ou Picasso.

– Vous aimez la peinture ?

– Cela vous étonne ?

– C'est une passion partagée par les disparues.

– Pas par vous ?

– Je préfère un paysage original à une copie peinte par un autre.

– C'est une façon un peu primaire de voir les choses.

Elle le guida dehors en direction d'un cercle de villageois qui mangeaient des boules de pain et buvaient du thé. Un jeune était en prière au pied d'un acacia. Deux femmes tressaient leurs cheveux avec une incroyable dextérité. Quatre enfants nus chevauchaient la branche d'un arbre mort. Un vieillard buvait dans une boîte de conserve qui avait contenu du corned-beef. Un nourrisson vêtu de colliers tétait avec délectation le sein de sa mère. Ici, les femmes nourrissaient leurs petits avec leur lait exempt de pesticides et d'antibiotiques. Les multinationales de l'agroalimentaire ne se substituaient pas encore à elles. Il restait à espérer qu'Esian ne leur permettrait pas d'écouler leur marchandise jusque dans ces montagnes.

– Il y aura bientôt une salle de cinéma.
– Dans une hutte ?
– Un peu plus grande que les autres.
– Comment allez-vous faire ?
– Des panneaux solaires, un lecteur de DVD, un vidéoprojecteur, c'est tout ce dont on a besoin.
– Vous ne leur faites pas écouter de la musique ?
– Nous organisons des concerts parfois.
– Quel genre de musique ?
– Du blues, de la musique classique…
Ils déjeunèrent en compagnie des autres villageois.
– Quand rentrerez-vous à Tokyo ? demanda Nathan.
– Aujourd'hui. Kuamo me manque.
– Avez-vous une idole ?
– Pardon ?
– Un guide spirituel, un mentor.
Elle ne répondit pas, comme à chaque question qui lui déplaisait, car Esian ne savait pas mentir. Un maître à penser existait donc. Qui ? Korumaku ?
– Comment part-on d'ici ? demanda Nathan.
– À pied. Par la montagne. Vingt kilomètres de sentiers abrupts jusqu'à Mek'ele.
– Un avion m'y attend.
– Moi aussi, mais je doute que ce soit le même que le vôtre.
– Vous repassez par Mogadiscio ?
– Je fais escale à Nairobi
– Ce n'est pas vraiment sur le trajet.
– J'ai une course à faire.
Esian faisait ses courses en jet privé. Nathan mordit dans du pain et arrosa sa bouchée de thé pour déglutir. Un groupe d'écoliers de tous âges mené par un instituteur en blouse blanche se dirigeait vers l'école à ciel ouvert, constituée d'un tableau noir fixé sur un banian et d'une cour de récréation sans mur d'enceinte.
– Je vais préparer mes affaires, dit Esian.

– Vous ne m'avez pas dit comment s'appellent les trois autres femmes.

– Je n'en ai pas l'intention.

Il la regarda disparaître dans sa hutte. « Disparaître » était le mot exact.

Car il ne la vit jamais ressortir.

95

Des types aux mines patibulaires soulevèrent la bâche. Le tas de chairs tuméfiées se mit à bouger sous les vociférations et les coups. Les sept filles dégringolèrent du camion pour s'étaler sur le béton. Le véhicule était garé au milieu d'un entrepôt désaffecté. Une foule les encerclait. Que des hommes. Des molosses armés rassemblèrent les prisonnières au-dessus d'une grille de collecte d'huile de vidange. On leur ôta ce qui restait de leurs vêtements avant de les laver à grands jets d'eau glacée. Puis on les aligna face à la foule qui s'excitait comme sur un marché de vente en gros. Des mains se mirent à les tripoter, à les palper en insistant sur tous les orifices. On leur examinait les dents, les cheveux, la fermeté de leur peau. Celles qui ne se laissaient pas faire étaient frappées. L'une d'elles s'effondra sous une matraque, le visage en sang. Le gardien qui avait cogné trop fort fut réprimandé, tandis que deux autres types redressaient la victime inanimée pour la présenter à l'assistance. Des bras se levèrent, des chiffres furent annoncés. Carla comprit que la pauvre fille avait été vendue pour quatre cents euros. On mit la suivante aux enchères. Les offres montèrent à cinq cent cinquante euros. Son tour arriva en dernier.

Un bâton électrique lui déclencha une décharge dans les reins pour la pousser vers la foule déchaînée. Les enchères s'envolèrent. Jusqu'à ce qu'un barbu vêtu d'un long manteau de fourrure s'avance et fasse une offre à cinq mille euros. L'homme sortit une liasse de billets. Deux sbires jetèrent Carla dans le coffre d'une grosse Mercedes.

96

Lorsque Nathan atteignit Mek'ele, le soleil déclinait en se répandant sur le désert. Au terme d'une longue marche, il était tombé sur une route et avait fait du stop entre Idaga Hamus et Wik'ro. Nathan repéra tout de suite le jet d'Esian sur le tarmac de l'aérodrome.

La Somalienne s'était évanouie dans la nature, de façon aussi soudaine et surnaturelle qu'Annabelle, Galan et les autres. Ne la voyant pas ressortir de la hutte, il était allé la chercher. Il n'y avait personne à l'intérieur. Pourtant, il n'existait aucune autre issue que la porte devant laquelle il l'avait attendue. Esian Zawi avait disparu sous son nez.

Hassan et son bimoteur n'étaient pas au rendez-vous. Nathan s'approcha d'un Japonais qui inspectait le ventre du jet. Il l'informa que sa passagère avait disparu et qu'il était à sa recherche. Au fil de l'explication, le pilote se décomposait.

– Je peux jeter un œil à l'intérieur ? demanda Nathan.

– C'est privé.

– Vous préférez annoncer à M. Korumaku que vous rentrez sans sa maîtresse ?

– Allez-y.

Le compartiment de l'appareil possédait un design sobre et luxueux. Une dizaine de sièges aussi larges que des fauteuils de salon étaient disposés autour de deux tables en acajou. Un casier contenait un ordinateur portable et un téléphone cellulaire. Nathan alluma le PC, lança Outlook Express pour lire les messages reçus et envoyés. Esian n'avait rien gardé en archive. Il cliqua sur le carnet d'adresses. Aucun nom enregistré.

La batterie du mobile étant déchargée, Nathan se rendit à la tour de contrôle, un édifice en béton qui jurait avec le reste du décor. Deux aiguilleurs du ciel se laissaient mollement envoûter par la voix brûlante et suave de Mahmoud Ahmed qui chantait *Eré méla méla*. L'un d'eux avait des notions d'anglais et d'hospitalité. Il comprit rapidement ce que voulait l'étranger et lui montra où il pouvait se brancher.

La connexion était protégée par un mot de passe. Nathan posa ses mains à quelques millimètres au-dessus du clavier et ferma les yeux. Il devait se laisser pénétrer par la personnalité d'Esian.

Je suis venue en Somalie apporter richesse et travail. Je suis venue en Éthiopie chercher la sagesse et un mode de vie. Je dispose de moyens colossaux. Je veux que l'Afrique devienne riche, parce que les pays riches ne connaissent pas la guerre. J'aime le pouvoir, la peinture, le blues, la mondialisation, l'économie de marché, la paix…

Nathan cessa de penser. Son esprit avait détecté un mot clé. Annabelle appelait son chien « Barish ». Suyani avait offert à ses parents un kakémono sur lequel était inscrit « Heiwa ». Serana avait disparu alors qu'elle négociait des accords de paix au Moyen-Orient.

Il tapa SALAM. « Paix » en arabe. Le navigateur refusa de se connecter. Erreur dans le mot de passe. Nathan demanda à l'aiguilleur qui le surveillait du coin de l'œil comment se traduisait « paix » en éthiopien.

– Selam, répondit-il.

Nathan tapa les cinq lettres. La connexion s'établit. Les messages entrèrent. Il y en avait de Korumaku bien sûr. Les autres étaient du Premier ministre éthiopien, de Wangari Maathal, Corneille Awango, Roy Sesana, Stephen Corry, Michiko Ishimure, Hiroshi Okuda, Doudou Diène…

Son attention fut attirée par un message intitulé susan.fox@yahoo.uk, il cliqua et lut :

Esian, j'ai peur. Je t'ai appelée sur ton cellulaire, mais tu ne réponds pas. Je n'ai pas laissé de message car ta boîte vocale n'est pas sécurisée. Il faut qu'on se voie. C'est urgent. Le mieux c'est que tu me retrouves au cratère de Ngorongoro. C'est à mi-chemin entre Johannesburg et le nord de l'Éthiopie. Tu peux atterrir à Seronera dans le parc de Serengeti. Suis la piste des éléphants… Je t'attendrai là-bas. Viens vite.

Susan.

Susan Fox était probablement l'une des trois jeunes femmes qui poursuivaient la même mission qu'Esian. Basée en Afrique du Sud, elle avait donné ce rendez-vous en catastrophe. Elle était paniquée, consciente de la menace qui pesait sur elle. Nathan cliqua sur l'icône « répondre », tapa « *Attends-moi le temps qu'il faudra* », signa « *Esian* », éteignit l'ordinateur, écouta la messagerie du téléphone, encombrée de messages en anglais, en arabe, en japonais. Il reconnut la voix de Korumaku qui s'inquiétait de ne pas avoir de nouvelles, identifia celle de Susan qui la priait de consulter sa messagerie électronique.

Nathan salua les deux aiguilleurs et rejoignit le pilote du Falcon.

– Vous avez retrouvé la trace de miss Zawi ?

– On va la chercher en Tanzanie.

– Où ça ?

– Vous connaissez Seronera ?

– Non.

– Cela se trouve dans le parc de Serengeti. C'est là que vous atterrirez.

– Mais comment… que… quoi ?

– On va chercher Esian Zawi.

– Il faut que j'en réfère à M. Korumaku.

– Vous le ferez en vol. On a assez de carburant ?

– J'ai fait le plein.

– On y va.

97

Deux bras solides l'arrachèrent au coffre de la Mercedes et la jetèrent dans la boue. Il pleuvait. L'homme shoota dans son ventre vide pour l'inciter à se mettre debout. À travers l'eau et la terre qui ruisselait sur ses yeux, Carla essaya de se repérer. Sa première impression fut qu'on l'avait conduite dans un camp de concentration. Mais les camps de concentration n'existaient plus. Alors où était-elle ? Qu'avait-elle commis de si grave pour avoir échoué dans un tel endroit ? Des barbelés et des miradors clôturaient un terrain fangeux sur lequel avait été édifié un baraquement en tôles. Carla fut poussée à l'intérieur. Elle se retrouva nue, sale et grelottante devant un géant aussi laid que costaud. Il mesurait près de deux mètres. Une cicatrice barrait son œil droit et un nez cassé surmontait une bouche difforme pleine de dents jaunes. Le malabar s'avança et la gifla si violemment qu'elle vola contre le mur. Il lui saisit la cheville et la traîna jusqu'à une douche crasseuse. Sous l'eau froide qui chassa une colonie de cafards, Carla cria et toussa. Elle encaissa une nouvelle gifle censée la faire taire. Contrairement à l'effet prévu, elle hurla. L'eau s'engouffra dans sa bouche. Elle la recracha au visage de la brute et courut. Elle traversa le bureau, poussa des portes, s'engagea dans un long couloir, ouvrit une fenêtre, sauta dans la gadoue, escalada le grillage en faisant fi des pointes de fer. Deux minutes plus tard, une meute de chiens l'arracha aux barbelés et deux gardiens féroces déversèrent les coups sur son crâne.

98

Les derniers rayons de la journée tapaient dans le hublot et empourpraient la savane. La vallée du Rift était déjà plongée dans l'obscurité. Ils survolèrent des montagnes, des déserts, des rivières, des lacs, des villes, des villages reliés par la route n° 1 qui descendait jusqu'à Addis-Abeba. Dans quelques millions d'années le ruban d'asphalte serait remplacé par une nouvelle mer scindant le continent en une grande et une petite Afrique. À quoi ressemblerait le monde à ce moment-là ? Généralement, ce genre de question reflétait le caractère dérisoire de ses investigations. Cette fois, Nathan n'arrivait pas à minimiser l'enjeu de sa mission. Les victimes étaient trop influentes pour ne pas voir dans leur disparition un élément de réponse à la grande question qu'il se posait à 8 000 mètres d'altitude.

Le pilote n'osa pas appeler Korumaku avant d'avoir retrouvé Esian. Son job et surtout sa vie étaient en jeu. Confortablement installé, Nathan se connecta sur le

Net pour se renseigner sur l'identité des personnes qui avaient envoyé des e-mails à Esian.

Meles Zenawi était le fondateur du Front démocratique révolutionnaire du peuple éthiopien et avait accédé au pouvoir en 1991. Il menaçait Esian de représailles si elle continuait à intervenir dans son pays.

Wangari Maathal était kenyane. Elle avait reçu le prix Nobel de la paix en 2004 pour avoir fondé dans les années 70 le mouvement de la ceinture verte prévoyant la plantation de trente millions d'arbres dans tout le pays. Elle avait besoin d'aide pour endiguer le flot de réfugiés à la frontière somalienne.

Corneille Ewango était un botaniste de l'ex-Zaïre. Traqué par des soldats rebelles en 1996, il avait enterré le fruit de ses recherches dans la forêt équatoriale africaine et avait gagné les États-Unis où il avait reçu le prix Goldman de l'environnement en 2005. Dans son courriel, il confirmait son refus de vendre ses travaux à Esian.

Roy Sesana était le porte-parole du Peuple premier de Kalahari qui résistait à l'expulsion de ses terres ancestrales truffées de diamants. Il mettait Esian en garde contre l'intervention de Korumaku auprès des peuplades du Rift.

Stephen Corry dirigeait l'association Survival International chargée de soutenir les peuples indigènes de la planète. Il soutenait les Afar contre « le rouleau compresseur de la mondialisation ».

Michiko Ishimure était une romancière japonaise qui avait dénoncé la pollution au mercure de la mer de Shiranui. Dans son e-mail, elle s'insurgeait contre Korumaku qui souillait les côtes africaines après avoir souillé celles de son pays.

Hiroshi Okuda était le président de Toyota. Ceinture noire de judo, chantre du cool business et champion de la lutte contre le réchauffement de la planète, il avait été le créateur dans les années 90 de la Prius, voiture hybride économe et respectueuse de l'environnement. Avec ses 350 000 exemplaires en circulation, on pouvait affirmer que l'air était un peu moins pollué grâce à lui. Dans son e-mail, il s'assurait du concours d'Esian pour implanter une chaîne de montage de la Prius en Somalie.

Doudou Diène était directeur du dialogue interculturel à l'Unesco et rapporteur spécial des Nations unies sur les formes contemporaines de racisme, discriminations raciales et xénophobies. Il encourageait Esian à continuer son action en Somalie.

Esian Zawi comptait beaucoup d'ennemis. Ceux qui l'appuyaient étaient Wangari Maathal, Hiroshi Okuda et Doudou Diène. Un prix Nobel de la paix, une multinationale et l'ONU.

Nathan appela Sylvie. On était le 12 avril. Ils avaient rendez-vous aujourd'hui à Paris. Elle lui manquait.

– Allô ? fit une voix d'homme sur fond de grésillements.

– Taillandier ? demanda Nathan après avoir hésité.

– Oui, c'est moi. Qui est à l'appareil ?

– Love. Je voudrais parler à Sylvie.

– Elle est occupée. Je réponds à sa place.

– Avez-vous interrogé Sloane Ricci ?

– Oui. Rien à voir avec les autres filles.

– Qu'est-ce qui vous fait dire ça ?

– Elle est physiquement quelconque et n'a même pas son bac.

– Vous auriez pu savoir ça sans aller jusqu'à Rome.

– On s'est un peu précipités, c'est vrai. On est tombés sur une poule de luxe qui se fait entretenir par un vieil industriel.

– Lyn Lee vous a aidés ?

– Elle nous a échappé.

– Quoi ?

– Sylvie ne vous a pas mis au courant ?

– Non.

– J'ai vu tout de suite qu'elle n'était pas nette, cette fille. J'ai fait des recherches. Elle est d'origine franco-américaine. Son vrai nom est Aline Bisset. Elle est classée « rouge » sur la liste d'Interpol. On la soupçonne d'avoir participé à une dizaine d'attentats et d'enlèvements à travers le monde contre des industriels et des hommes politiques. Vous nous avez gratifiés d'une collaboratrice hors pair, Love.

– Quand a-t-elle disparu ?

– Pendant que j'étais à Rome. Bisset est la tête chercheuse des ravisseurs, une sorte d'éclaireuse qui leur ouvre la voie et qui la ferme en supprimant les indices qui traînent. Vous avez passé plusieurs jours en compagnie d'une terroriste de haut vol. Vous vous êtes fait berner en beauté.

Le flot d'informations submergea Nathan au point qu'il n'eut pas le temps de les trier, ni de les traiter convenablement.

– Où êtes-vous, Love ?

– Dans l'avion.

– Vous rentrez ?

– Je me trouve actuellement au-dessus du Rift africain.

– Qu'avez-vous découvert là-bas ?

Nathan évoqua l'implication d'Esian en Somalie et sa disparition.

– Merde, ça en fait une de plus, dit le commissaire.

– On en est à neuf.

– Que comptez-vous faire ?

– Je suis sur la piste de la dixième victime potentielle.

– Votre équipier est avec vous ?

– Qui ?

– Votre équipier, Léopold Hochon.

Nathan tressaillit comme s'il avait avalé un signal d'alarme. Pourquoi Taillandier croyait-il qu'il faisait équipe avec le psychiatre qui avait soigné Sylvie dans son enfance ? Nathan écouta son sixième sens.

– Oui, je suis avec lui.

Sur sa droite, il distingua un avion de chasse qui volait à la même altitude que le Falcon.

– Rappelez dès que vous aurez du nouveau, dit Taillandier. Je ferai part de votre appel à Sylvie. Au revoir.

Le commissaire raccrocha comme s'il était pressé d'en finir avec ce coup de fil. Le Mig avait disparu du hublot. Nathan analysa l'entretien. L'explication lui fit froid dans le dos. Sylvie avait voulu l'alerter. Elle avait lancé cette fausse information comme on lance une balise à la mer. Pour l'avertir que l'individu qui répondrait à sa place au téléphone n'était pas de leur côté et qu'elle était sa prisonnière.

L'homme à qui il venait de parler n'était pas Taillandier.

99

Nathan était partagé entre réflexion et action. Les ravisseurs avaient mis la main sur Sylvie et sur Lyn. Le malaise s'intensifia. Il se concentra sur l'action pour ne plus avoir à subir les pensées. Direction le cockpit.

– Un Mig nous colle au train depuis dix minutes, dit le pilote. Impossible de savoir ce qu'il veut. Je ne parviens pas à entrer en communication avec lui.

Il désigna sur l'écran radar un point lumineux. Le Falcon changea de cap. Le chasseur s'aligna sur eux.

– Vous avez vu ? Il ne nous lâche pas.

– Il faut perdre de l'altitude.

– Pourquoi ?

– Je l'ignore encore.

Il essayait de faire coïncider les propos du faux Taillandier avec la situation. L'usurpateur savait déjà où se trouvait Nathan. Il lui avait demandé si son coéquipier était avec lui. Il voulait faire d'une pierre deux coups… en abattant le Falcon. Nathan mesura le pouvoir de l'adversaire, simultanément capable de se substituer à Taillandier en Europe, d'enlever Esian Zawi en Afrique et de le filer dans un Mig. Il prit surtout conscience de l'imminence du danger, s'étonna d'être encore en vie, ordonna au pilote d'enfiler un parachute.

– Vous êtes fou ? Pas question d'abandonner cet avion !

– Il va exploser. On devrait déjà être morts. Le pilote du Mig va recevoir la confirmation du type que je viens d'avoir au téléphone.

– Je ne comprends rien à ce que vous dites.

Nathan se harnacha et actionna la porte qui glissa sur ses vérins. Une tornade d'air glacé envahit l'intérieur de l'avion. Le Japonais fonça sur lui pour refermer. Nathan fit un pas de côté et l'entraîna avec lui dans le vide. Ils traversèrent une boule de feu assourdissante qui déchira la voûte étoilée du Rift. Sans lâcher le pilote dont la vie ne tenait qu'à son bras, Nathan se recroquevilla, collant ses genoux au menton afin de réduire les risques de griller entièrement ou de se faire transpercer par un morceau de fuselage. Le Japonais avait un poids comparable au sien et chutait à la même vitesse. Nathan rouvrit les yeux lorsqu'il ne sentit plus la fournaise, ni la pluie de métal, seulement l'air qui lui fouettait les côtes sous l'effet de la gravité. Au bout de son bras, le pilote était en train de brûler vif. La vitesse de la descente attisait les flammes qui léchaient ses vêtements. Les lambeaux de peau calcinée se décollaient un à un de son crâne noirci et craquelé. Un dard d'acier était planté dans sa poitrine. Nathan lâcha le corps et actionna la commande d'ouverture du parachute. Une torche de tissu jaillit de son dos sans se déployer. L'explosion du Falcon avait endommagé la voile qui avait joué un rôle de bouclier. Il tira l'autre anneau et sentit un à-coup. Le cadavre du pilote disparut sous ses pieds, mais moins vite que prévu. La voile de secours ne s'était pas ouverte entièrement. Nathan tombait trop vite.

100

Il piqua à travers une forêt de fouets. Ses pieds roulèrent sur des cailloux. Il avait touché terre mais ne s'arrêtait pas. Il buta sur un rocher, rebondit, vola avant de s'écraser et d'être happé vers l'arrière. Le mouvement étira sa colonne vertébrale comme un ressort. Il s'enfonça presque au ralenti dans un buisson sec et se stabilisa enfin. Dans son dos, la terre ferme l'effleurait à peine. Au-dessus de lui, les cordelettes de son parachute étaient tendues à craquer. Il avait atterri sur le pic d'une colline escarpée et dévalé une pente rocailleuse jusqu'à ce que le parachute effiloché s'entortille dans des branches.

Il remua un orteil, puis deux, puis les extrémités de ses membres. Rien de cassé. Rompu aux arts martiaux, son corps avait la souplesse et la résistance d'un bambou. Il ressentait néanmoins la brûlure de l'explosion du Falcon et les séquelles de son atterrissage. Ses vêtements étaient réduits à l'état de haillons, sa peau couverte de plaies et d'ecchymoses.

Nathan se dégagea du harnais et marcha au milieu des arbres bavards. Il espérait tomber sur une route, un cours d'eau, un village. Il avait sauté du jet environ quinze minutes après avoir survolé Addis-Abeba. C'était une région de lacs, de rivières, de montagnes, de parcs nationaux. Peu de bitume, des enclaves, une altitude élevée. On entendait gazouiller, glatir, siffler, beugler, couiner, grommeler, chicoter, ronger. Il devina des yeux brillants dans la pénombre, des silhouettes furtives. Un parfum d'orage et une agitation grandissante annonçaient de la pluie.

La clarté aurorale était ternie par des nuages noirs. Un grondement céleste annonça les gouttes qui se transformèrent en averse, puis en trombes d'eau. Nathan ne chercha pas d'abri car il n'y en avait pas et qu'il était déjà trempé jusqu'aux os. Il marcha longtemps. Puis il embrassa le sol mou.

101

Carla se promenait sur la plage. Nathan était à ses côtés. Il lui avait promis de ne plus jamais la quitter. Devant eux, Léa faisait la course avec le petit chien qu'il lui avait offert. Ils voyageraient moins désormais à cause de l'animal. Tant mieux. Carla voulait se poser un peu. S'installer avec l'homme qu'elle aimait. Soudain la mer se retira pour former une lame de fond qui bondit au-dessus du sable et s'écrasa sur sa fille. Carla voulut courir à son secours, mais Nathan la retint par le bras. La mer avala Léa et le petit chien. Carla se tourna pour ordonner à Nathan de la lâcher. Ce n'était pas lui qui la retenait, c'était une montagne de muscles, avec une cicatrice sur l'œil et un nez cassé. L'homme balança deux gifles. Lorsqu'elle ramena le visage dans sa position initiale, étourdie et tremblante, l'environnement avait changé. Il se résumait à quatre murs. Le malabar ahanait en bavant sur ses seins. Une douleur au bas-ventre indiqua à Carla qu'elle ne rêvait pas. L'homme était en train de la violer. Quand il eut fini, il se retira pour laisser la place à un autre type qu'elle n'avait jamais vu. Elle chercha à le repousser mais son bras était trop lourd. L'inconnu lui enfonça une seringue dans une veine, baissa sa braguette et l'enfourcha. Quelques minutes plus tard, Carla retourna sur la plage avec Nathan.

102

Sa première vision de l'au-delà fut celle d'une étendue d'eau. La première odeur fut celle du poisson. Le premier son fut celui d'un chant d'oiseau. Au loin, des pêcheurs ramenaient les filets sur leurs esquifs. L'atmosphère idyllique contrastait avec la douleur qu'il éprouvait. Un champ de souffrance, des pieds à la tête. Et l'inquiétante impossibilité de bouger. De la vase pénétrait dans sa bouche à moitié ouverte. Entre deux pertes de conscience, il vit un crocodile interminable, tout en dents et en écailles, statique, la gueule béante pour réguler la température de son corps.

Nathan rouvrait les yeux chaque fois au même endroit, englué sur la rive. Le soleil déclina. Des vaguelettes ridèrent la surface du lac. Des clapotis se rapprochèrent accompagnés de voix d'enfants. Une rizière de mollets l'encercla. Deux hommes le retournèrent avec précaution. Une femme âgée aux cheveux blancs fit de grands gestes en le voyant. Son visage de pruneau exprimait la terreur. Le ton monta dans l'assistance. Nathan s'évanouit encore une fois.

Il retrouva ses esprits lorsqu'on le souleva de la glaise pour le poser sur une sorte de civière flottante, faite de branches et de rondins. Au-dessus de lui, des oiseaux multicolores donnaient au ciel un air de fête. Un beau jour pour mourir aurait dit un Indien. Il dériva sur son brancard, traversa un vacarme nauséabond et échoua dans une zone d'ombre suffocante. À partir de là, il se souvint d'avoir été atrocement torturé. Sans répit. On lui balança des coups de marteaux sur le crâne, on lui compressa les tempes et le front, on le piqua, on le brûla, on fouilla dans sa chair, on le badigeonna d'onguents irritants. On lui fit même avaler des substances toxiques pour atteindre le cœur de son organisme. Le temps se mesurait désormais pour lui en éprouvants éclairs de lucidité qui alternaient avec des phases d'évanouissement salvatrices.

103

La sensation semblait s'être atténuée. S'était-il habitué à souffrir ? Était-il devenu plus fort ? Il parvint à bouger les orteils, puis les doigts, les genoux. Il bascula sur le côté et s'appuya sur le coude pour se redresser. On l'avait allongé sur un lit de paille dans une case spartiate en torchis dont le toit de chaume était transpercé par des flèches de lumière. Il claudiqua jusqu'à l'entrée qui n'était pas gardée.

Nathan plissa les paupières en affrontant le jour qui baignait un village en pleine effervescence. Son instinct de survie lui commanda de fuir. Nu, groggy, vacillant, il franchit une centaine de mètres avant que le sol ne se dérobe. Il se traîna à l'ombre d'un acacia.

L'explosion du Falcon l'avait projeté des milliers de pieds plus bas et des millénaires en arrière dans une tribu éthiopienne. De là où il était, il distinguait les pêcheurs qui débarquaient leurs filets sur une rive ensanglantée. Des enfants ouvraient les poissons avec leurs dents, les vidaient, les écaillaient, les dépeçaient, les lavaient et se débarrassaient des viscères dans l'eau. Des mouettes, des cormorans, des pélicans, des buses, des milans se jetaient sur les déchets avec avidité. Leur festin faisait office de grand nettoyage. Cela caquetait, craquetait, trompetait, ramageait, piaillait, houspillait par vagues successives. Sur un arbre en plumes, une frondaison d'ibis attendait son tour.

Nathan passa la main sur sa mâchoire pour savoir depuis combien de temps il était là. Deux jours, selon sa barbe.

Les habitants du village portaient des pantalons crasseux grossièrement taillés et des tee-shirts souvenirs de Los Angeles ou de New York. L'influence occidentale se limitait aux textiles. Pas de publicité pour Coca-Cola, pas d'arme de guerre, pas de téléphone portable. Nathan nota l'absence de signe ostentatoire et de peintures de guerre. L'impression d'ensemble était bonne. La préoccupation de ces gens en cet après-midi était le retour de pêche. Après avoir été vidées de leur frétillant chargement, les embarcations étaient alignées le long de la berge. Des gamins et des femmes ravaudèrent les filets. Quand ils eurent terminé leurs tâches, les enfants se dispersèrent entre les arbres pour jouer. Les femmes emportèrent les poissons nettoyés pour les sécher ou les griller. La rive se dépeupla. Les marabouts occupèrent les lieux pour achever le nettoyage. L'activité du village traduisait une symbiose entre ses habitants et la nature environnante. L'écosystème était respecté. Le calme le ramena à son propre sort. Son corps amaigri était couvert de plaies fraîchement cicatrisées. On l'avait soigné. Dans son demi-coma hallucinatoire, la thérapie était passée pour de la torture. Ces gens ne lui voulaient aucun mal. Ils lui avaient sauvé la vie.

Le soleil s'enfonça peu à peu dans le lac. De la fumée s'éleva au-dessus des cases. L'odeur de poisson grillé couvrit la pestilence. Son estomac se contracta pour lui rappeler qu'il n'avait pas mangé depuis longtemps. Il décida d'aller à la rencontre de l'ethnie qui l'avait recueilli. Il marcha lentement vers le centre du village, croisa le sourire d'une fillette vêtue de rouge qui portait un fagot de bois. Les enfants gravitèrent autour de lui, de plus en plus nombreux, en criant et en riant, rejoints par une poignée d'hommes. Devant les cases, des villageoises couvertes de colliers pilaient du grain, des vieillards desséchés jouaient avec des cailloux, une adolescente transvasait l'eau dans des poteries. On l'invita à s'asseoir près d'un brasier surmonté d'une gigantesque broche de poissons. Des phrases incompréhensibles jaillirent de sourires édentés et de bouches affables. Nathan improvisa un langage des signes. Il montra la lune. Un vieillard lui montra trois doigts.

Il était là depuis trois nuits.

104

Carla se gratta le bras avec nervosité. Elle était en manque. Enfermée dans une cage qui l'obligeait à vivre assise, nue comme une bête, elle perdait peu à peu son humanité. On ouvrait la grille pour y déposer une écuelle de bouillie grisâtre ou pour la sortir. Une douzaine de fois par jour, un molosse la menait dans une pièce meublée d'un sommier et d'un matelas crasseux. Là, des hommes la violaient. Puis on la ramenait dans sa cage et on lui injectait une dose d'héroïne. Carla se gratta à nouveau. Elle avait besoin d'un shoot pour ne plus avoir mal, ne plus souffrir des brûlures de cigarette sous les pieds ou des inflammations entre les cuisses, oublier les pénétrations répétitives. Son bourreau tardait à venir. Lorsqu'elle entendit ses pas lourds, elle fut presque soulagée. Dans une heure, elle irait mieux.

105

Sous un ciel peuplé d'oiseaux multicolores, Nathan suivit une piste à travers des collines rocailleuses. Il avait quitté la tribu avant que les hommes ne partent à la pêche, les enfants à l'école et les femmes aux champs. Le chemin de terre le mena jusqu'à un village pastoral blotti sous une végétation luxuriante. Des chèvres et des vaches paissaient le long des ruisseaux. Il s'approcha de l'un des bergers et dessina dans la terre une voiture. Le petit pâtre tendit son bras vers l'est.

Nathan s'enfonça dans une forêt où grouillaient damans et marmottes. Au-dessus de lui, un gros oiseau de métal bourdonna en chassant tous les autres. Peu après le passage de l'hélicoptère, il déboucha sur une clairière. Deux hommes chargeaient des caisses dans un camion. Un troisième était penché sous le capot d'une Jeep. Il s'adressa à ce dernier en anglais. L'Éthiopien le fixa comme s'il n'avait jamais vu de

Blanc. Nathan lui mima son souhait de rejoindre la route la plus proche. Le Noir pointa son index vers le camion. Nathan regarda le doigt. Il était manucuré, bagué d'une chevalière en or. Son regard emprunta le sens inverse, le poignet, une Rolex, la manche, une protubérance au-dessus de la ceinture et des Doc Martens rutilantes. Il avança en direction du camion en veillant à ne pas occulter ce qui se déroulait dans son dos. Selon l'un des deux manutentionnaires qui était vêtu d'une chemise Versace et baragouinait l'anglais, la route la plus proche était à cinq kilomètres. Elle ne desservait pas cet endroit qui pourtant avait été choisi pour entreposer du fret.

– Vous pouvez m'y emmener ? demanda Nathan.

– Pas de place.

Ils étaient perturbés par son intrusion. Le contenu des caisses devait y être pour quelque chose. Un Blanc rosi par le climat éthiopien surgit de nulle part pour lui demander qui il était. Il était fringué comme Indiana Jones et de la sueur dégoulinait de sa frange de cheveux blonds. Nathan lui raconta qu'il était photographe et qu'il avait été détroussé par des indigènes.

– Faut pas fourrer son nez n'importe où, dit Indiana Jones.

– Merci du conseil.

– Il y a des sauvages partout dans le coin. Ils n'ont jamais vu la civilisation, pas même celle de ce foutu pays.

– Je voudrais rejoindre la route.

L'Afrikaner alluma un cigare comme s'il s'apprêtait à prendre une grande décision. Nathan était tombé sur un trafic d'armes. Les dimensions des caisses, un peu plus petites que des cercueils, avaient confirmé son pressentiment. Il y en avait aussi sous la chemise du Blanc et dans la main du Noir qui projetait une ombre derrière lui. Nathan recula, saisit le bras armé et fit valser l'Éthiopien qui suivit la rotation douloureuse avant de s'étaler dans la poussière. Au passage, Nathan subtilisa son revolver qu'il pointa sur le blond.

– Qu'est-ce que vous voulez ? dit l'Afrikaner.

– Vos vêtements, votre portefeuille, les clefs du camion.

– Vous savez à qui vous vous attaquez ?

– Je n'ai trouvé personne d'autre.

– Vous n'irez pas loin.

Pour afficher sa détermination, Nathan tira un coup de feu au-dessus d'eux. Un nuage d'ailes et de caquètements assombrit le ciel avant de retomber en formation serrée. Il ordonna aux manutentionnaires d'ouvrir une caisse. Elle contenait des revolvers, des fusils d'assaut, des mitrailleuses. Tout était estampillé Vektor, l'un des plus gros fabricants d'armes légères d'Afrique du Sud. Nathan s'empara d'un fusil d'assaut, réclama les munitions idoines et envoya une rafale autour du blond pour l'inciter à accélérer son strip-tease.

– La Jeep a un problème ? demanda-t-il.

– Elle chauffe.

Nathan s'habilla en Indiana Jones, ordonna aux quatre trafiquants de se tasser dans la Jeep et truffa le moteur de plomb.

– Vous faites une erreur qui va vous coûter la vie, dit l'Afrikaner.

Il démarra le camion en direction de la piste cahoteuse. Les caisses bringuebalaient à l'arrière. La poussière qu'il soulevait réduisait la visibilité. Au bout d'une dizaine de kilomètres, il commença à croiser des habitations, des chevaux, des femmes et des enfants parés de couleurs vives et chargés de canne à sucre. Il s'arrêta à l'entrée d'un village. Les visages étaient fermés. Certains l'invectivèrent en amharique. Une bande d'adolescents l'appela « Kill Kill ». Des gamins braquaient leurs index vers lui, pouce en l'air, comme s'ils tiraient au pistolet. Le véhicule qu'il conduisait n'évoquait pas de bonnes choses pour eux. Il repéra un panneau qui indiquait la direction de crocodile farm. Le nom était touristique. Une chance de trouver une route. De rouler vers la civilisation. Il était encore loin de Susan Fox. Cela faisait quatre jours qu'il lui avait donné rendez-vous au cratère de Ngorongoro en se faisant passer pour Esian. Il lui restait encore à quitter l'Éthiopie et à traverser le Kenya.

Il trouva une route qui bordait un lac, tourna à droite en direction du sud, passa la ferme aux crocodiles, un aérodrome désert, des maisons en dur, s'arrêta devant une taverne composée de quatre piquets, d'une toiture en tôle ondulée et d'une plaque en émail au logo de Coca-Cola. Juste à côté, sous un arbre bleu, des dizaines de calebasses étaient empilées comme des boulets de canons. Il occupa l'unique table et commanda de la viande grillée, une grande galette de tef, du Coca, beaucoup de café. Nathan ne quittait pas des yeux le camion avec son chargement encombrant. Un chargement qui pouvait s'évaluer en milliers de dollars, en centaines de morts ou en paquet d'emmerdes. Quelle que soit l'unité, il n'était pas client.

106

L'asphalte se transforma vite en une piste qui serpentait au milieu des collines pour relier les villages. Il croisa une famille tirant un âne, quelques chèvres, des cueilleuses portant des bananes et des mangues dans de grands paniers tressés, passa Konso et bifurqua sur une corniche trop étroite pour un camion, escarpée à souhait et donc peu fréquentée. Cela faisait deux heures qu'il conduisait le poids lourd qui le rapprochait de Susan Fox mais qui ajoutait une bande de trafiquants d'armes sur la liste de ceux qui voulaient le voir mort. Il repéra une avancée autorisant le stationnement pour contempler le paysage et se gara face au vide. En contrebas, l'érosion avait formé de monumentaux pics rouges de latérite. Les montagnes du Rift trouées de volcans et de lacs étalaient une beauté que Nathan n'avait pas le temps d'apprécier. D'autant plus qu'il s'apprêtait à l'entacher. Il souleva un pan de la bâche et examina la cargaison. Un pied-de-biche laissé entre deux caisses lui permit de trouver rapidement ce qu'il cherchait : un lance-roquettes automatique, fabriqué par MGL Milkor Marketing Ltd en Afrique du Sud. Il le chargea, démarra le camion, passa au point mort pour éviter qu'il cale et sauta de la cabine. Le poids lourd piqua du radiateur dans le ravin et se disloqua cent mètres plus bas. Nathan ajusta le bazooka sur son épaule, visa la carcasse et tira. Un gigantesque feu d'artifice nourri aux munitions de 20 mm, de 12,7 mm, de 9 mm, de 7,62 mm et de 5,56 mm, embrasa la vallée qui n'avait pas connu un tel fracas depuis la naissance du Rift. Il jeta le lance-roquettes et continua à pied, n'emportant avec lui qu'une bouteille d'eau et le portefeuille qu'il avait subtilisé à Dick Wender, l'Afrikaner.

107

Un moteur dans son dos. Nathan se retourna et tendit le pouce. Un couple de Blancs dans un 4 × 4 de location s'arrêta. La femme s'adressa à lui en anglais. Elle avait une trentaine d'années, des cheveux courts, un accent français, le visage buriné par un séjour déjà bien entamé en Afrique. Son mari conduisait.

– Je vais au Kenya, dit Nathan.

– Nous y allons, mais par la vallée de l'Omo. On peut vous déposer à Woito ou Jinka.

Nathan monta à l'arrière.

– Déposez-moi quand vous en aurez marre de me trimballer.

– C'est dangereux de se balader seul dans le coin, on peut faire de mauvaises rencontres.

– Jusqu'à présent, j'ai eu de la chance.

– Dépaysant, n'est-ce pas, toutes ces peuplades authentiques ? Vous savez que l'Éthiopie n'a jamais été colonisée ?

– Non, dit Nathan qui luttait pour ne pas s'endormir.

– C'est un kaléidoscope géographique et humain incroyable, ajouta le mari.

– Les paysages sont intacts depuis les origines…

Ils avaient déjà les commentaires de leur diaporama de vacances.

– Vous venez d'où ? demanda la femme.

Aïe ! Ils commençaient à s'intéresser au passager.

– D'un peu partout.

Elle se retourna, insatisfaite de la réponse. Il évita de lui parler du cosmos, de la terre de ses ancêtres, de son lieu de naissance ou de résidence et se contenta du dernier endroit qu'il avait quitté.

– Avant l'Éthiopie, j'étais en Somalie.

– Nous, nous sommes français. De Paris. La plus belle ville du monde.

Nathan croulait sous les clichés. La passagère loquace lui raconta sa vie. Il écouta sans l'interrompre. Tant qu'elle parlait, elle ne lui posait pas de questions. Elle s'appelait Marie, travaillait dans la communication, était fan de l'Afrique et du chanteur de U2.

– J'ai lu une interview dans *Rolling Stone*. Bono a négocié avec le président des États-Unis le versement de plusieurs milliards au profit de ce continent. Cent quatre vingt mille Africains ont été sauvés grâce aux médicaments payés par les contribuables américains.

Nathan connaissait un album de U2. *All that you can't leave behind*. Il en aimait le précepte, invitant à balancer le superflu et à réaliser l'essentiel. Marie glissa un CD dans le lecteur. *Beautiful day* en fond, elle continua les présentations. Son mari Paul travaillait dans la publicité et gérait les budgets d'une marque de voitures, de pâtes et de papier hygiénique. Le couple était marié depuis cinq ans et élevait une fillette de quatre ans qui était restée chez les grands-parents. Ils avaient l'habitude de voyager avec un tour operator qui leur organisait des voyages hors des sentiers battus. Cette année, leur choix s'était porté sur la traversée du Rift en 4 × 4. Un documentaire télévisé les avait fait saliver dans leur appartement parisien.

– Et vous, vous faites quoi dans la vie ? demanda Marie à Nathan.

La question avait fini par tomber.

– Globe-trotter.

– Comment vivez-vous ?

– Je respire.

– C'est suffisant ?

– À condition de le faire lentement, profondément, calmement.

Il la vit gonfler sa poitrine et déformer harmonieusement son débardeur. D'un homme, Marie avait la coupe de cheveux, mais la similitude s'arrêtait là. Nathan continua sur le sujet, pour en éviter d'autres :

– Les gens respirent jusqu'à vingt fois par minute en n'utilisant que le sixième de leur capacité pulmonaire. Le rythme naturel est de cinq à dix fois par minute, avec une expiration plus longue que l'inspiration.

– Vous êtes cardiologue ?

– Je pratique le zen et les arts martiaux.

– Vous enseignez ?

– Non.

– Vous n'avez pas de métier ?

Elle s'entêtait à vouloir lui faire avouer une activité professionnelle qui lui aurait permis de le cerner.

– Il m'arrive d'échanger mes jours contre de l'or.

Elle le regarda avec un air suspect, se retourna face à la piste sinueuse et parla à son mari. Au détour d'un virage, ils découvrirent des collines dorées par le crépuscule. Les arbres projetaient leurs silhouettes noires. Des filets de fumée serpentaient à l'aplomb des villages.

– On n'est plus très loin de Woito, dit Paul.

Nathan vit l'ombre avant d'entendre le vrombissement. La porte de l'hélicoptère glissa sur le reflet métallique d'une mitrailleuse lourde. Il estima sa position, attendit quelques secondes et hurla : « Stop ! ». Le 4 × 4 projeta ses trois passagers vers l'avant. Au même moment, la piste crépita devant eux. Nathan commanda à Paul d'accélérer.

– Qu'est-ce qui se passe, bordel ? hurla le Français.

– Sortez de la piste !

– Quoi ?

– Foncez sous les arbres !

– C'est après vous qu'ils en ont ?

Une nouvelle rafale perfora le flanc du 4 × 4. Paul cria, touché à la cuisse. Nathan bondit hors du véhicule pour se transformer en cible. Les impacts martelèrent le sol sous ses talons. Protégé par le bouclier de la frondaison, il dévala une pente abrupte. Quelques balles de 12,7 mm atteignirent le sol, gravant leurs empreintes meurtrières dans un paysage originel peuplé de singes et de papillons. Soulevant une poussière rouge, Nathan se laissa glisser jusqu'à une dépression où coulait une rivière. Un rideau de pluie l'accueillit en contrebas.

Le tireur ne le lâchait pas. Nathan longea le cours d'eau qui s'enfonçait sous la terre et creusait une caverne. Il s'y réfugia et attendit que le son sourd du rotor soit avalé par la distance. Quand il se décida à remonter en direction de la piste, la savane était devenue muette. Son intrusion mouvementée en avait traumatisé les habitants. Le 4 × 4 ronronnait à l'endroit où il l'avait quitté. Personne à l'intérieur. Le toit était transformé en écumoire, le pare-brise éparpillé sur les sièges. L'autoradio fonctionnait encore. *Peace on earth.* Nathan coupa le contact et appela dans la nuit qui était tombée aussi rapidement que les balles. Un froissement de feuilles et un parfum musqué annoncèrent Marie.

– Bon sang, mais pourquoi ? balbutia-t-elle.

– Où est Paul ?

Elle désigna une silhouette au pied d'un arbre. Nathan le porta sur la banquette arrière du 4 × 4, balaya les bris de verre, alluma le plafonnier qui fonctionnait encore et étudia la carte. L'aérodrome le plus proche était situé à Jinka, à environ quatre-vingt kilomètres, au bout de la route, à la lisière des grandes forêts du sud de l'Éthiopie. Au-delà, on tombait dans la préhistoire, chez les tribus primitives. S'ils ne trouvaient pas d'appareil pour évacuer le blessé, il ne leur resterait plus qu'à faire demi-tour. Un coup de poker. Nathan démarra et regagna la piste. Il traversa Woito sans s'arrêter et fila en direction de Key After en bordure d'une réserve naturelle. Le vent lui fouettait le visage et emportait les paroles de Marie qui s'adressait à lui.

Key After était endormi. Ils s'arrêtèrent au milieu d'une artère déserte. Le sable rouge retomba dans la lumière jaune des phares, dévoilant des cases silencieuses et un mât au sommet duquel était noué un drapeau.

– Comment va-t-il ? demanda Nathan à Marie.

– Il a perdu connaissance. Le garrot a arrêté l'hémorragie, mais je suis inquiète. Vous pouvez m'expliquer… ?

Un homme enroulé dans une couverture vint à leur rencontre. Nathan lui montra la blessure de Paul. Le villageois hocha la tête, s'exprima dans son dialecte et désigna la piste qui continuait jusqu'à Jinka. Ils repartirent sans perdre de temps. Encore une vingtaine de kilomètres.

– Qui sont ces gens qui nous ont tiré dessus ? demanda Marie.

Cela faisait vingt fois qu'elle lui posait la question. Il ne le savait pas lui-même. Les trafiquants d'armes ? Ceux qui le traquaient depuis la Somalie ?

– Des gens capables de voir ce qui n'est pas visible, dit-il. Nos chemins vont se séparer à Jinka. Vous prendrez l'avion pour Addis-Abeba.

Il repensa à ce qu'il venait de dire. Esian Zawi et Susan Fox avaient essayé de se rendre invisibles, en se cachant chez les Afar ou dans le cratère de Ngorongoro. Elles se savaient traquées par une force qui déployait des moyens titanesques pour les débusquer.

Ils atteignirent Jinka en quinze minutes. Il était 22 heures. L'aérodrome était fermé pour la nuit. Nathan réveilla un type qui dormait dans sa voiture. Il était chauffeur-guide-taxi-limonadier. Son coffre était rempli de bières éthiopiennes artisanales. Nathan lui en acheta trois et récolta des informations. L'arrivée du premier avion d'Ethiopian Airlines était prévue le lendemain à 7 h 30. Il décollerait pour Addis-Abeba à 9 heures. Il y avait aussi un avion privé dont le pilote habitait Jinka. Sa maison avait des volets bleus et était située à la sortie de la ville, après le panneau publicitaire Toyota.

Ils filèrent au dispensaire qui servait d'hôpital, de poste de secours et de pharmacie. Un homme endormi leur ouvrit. Quand il vit Paul, il n'eut pas besoin de plus d'explications. Faute de personnel, Marie et Nathan s'improvisèrent chirurgiens. Le gardien mit à leur disposition une table d'opération, un scalpel, des pinces, du chloroforme, des compresses, de l'alcool, du fil et une aiguille. Paul était exsangue, sa cuisse salement amochée. Il avait reçu deux balles. Nathan le shoota au chloroforme avant de fendre la chair au scalpel, révélant un premier morceau de métal. Il parvint à l'extraire facilement, essuya d'un revers de bras les gouttes de sueur qui perlaient sur son front et attaqua la seconde blessure. Celle-ci était plus profonde. Il creusa, fouilla jusqu'aux muscles et retira le projectile avec les doigts. Marie désinfecta à l'alcool. Nathan respira profondément avant de saisir l'aiguille et le fil qu'elle lui tendait. Il referma les deux plaies en recousant soigneusement.

– Il faut lui mettre des compresses et entourer de linge stérile, sinon ça va s'infecter, dit Nathan.

Marie était blême, la chaleur insupportable.

– Ça va aller ?

– Je m'en occupe, dit-elle.

Nathan sortit de l'étuve et alla s'asseoir sur une marche du dispensaire. Marie le rejoignit quelques minutes plus tard. Le gardien était allé se recoucher.

– Vous voulez une bière tiède ? demanda-t-il. Production locale.

Elle accepta la proposition.

– Vous tiendrez le coup ?

– Je crois.

La nuit était remplie d'étoiles, de silhouettes indéfinissables et de sons étranges.

– J'ai besoin de fumer, dit-elle.

– Là, je ne peux rien pour vous.

– Il y en a dans la boîte à gants.

– On a encore une boîte à gants ?

Elle sourit. Il se leva et ramena un paquet de Camel. Une balle avait traversé l'avertissement « Fumer tue ».

– Il devrait en rester une ou deux intactes, dit-il.

Elle illumina son visage à la lueur du briquet et le fit disparaître derrière un écran de fumée.

– Merci.

– Pas de quoi.

– Je ne parlais pas des cigarettes, mais de ce que vous avez fait. Vous nous avez sauvé la vie.

– C'est une façon de voir les choses.

– Il y en a une autre ?

– Si vous ne m'aviez pas pris en stop, vous seriez en train de dormir paisiblement dans votre chambre d'hôtel.

– Qui êtes-vous pour que l'on consacre autant de moyens à vous supprimer ?

– Moins vous en saurez, moins vous serez menacée. Nous allons nous séparer.

Elle but la moitié de la bouteille et inhala une taffe à choper le cancer.

– Vous savez pourquoi on a fait ce voyage, Paul et moi ?

– Vous me l'avez dit.

– La vraie raison, c'est qu'on était sur le point de divorcer.

Nathan avala une gorgée pour se donner une contenance face à l'imminence de confidences. Marie était bavarde, elle trouvait l'équilibre dans la parole. Si cela lui permettait de tenir le coup en s'ouvrant aux autres, il se devait de l'écouter, même s'il avait des choses plus urgentes à faire.

– Chloé, notre fille, n'a que quatre ans. On a essayé de recoller les morceaux pour elle. On croyait que ce voyage nous ferait du bien, qu'en se retrouvant dans un pays où les habitants n'ont pas les mêmes soucis que nous, on relativiserait. Qu'un peu d'aventure nous aurait rapprochés. L'adversité resserre les liens.

– Côté adversité, vous avez été servis aujourd'hui.

– Grâce à vous.

– À cause de moi.

Marie cherchait à l'extérieur des solutions à des problèmes intrinsèques. Des artifices pour sauver un couple. Elle se forçait à aimer quelqu'un pour préserver la stabilité d'une enfant, au risque de voir s'accumuler les frustrations, les rancœurs et provoquer un plus grand trouble chez sa fille.

– Vous avez sauvé la vie de Paul en le sortant de la Land Rover, dit-il. Lorsqu'il se réveillera, il vous considerera comme une héroïne.

– Vous croyez que la réciproque est vraie ?

Il n'en était pas sûr.

– Il faut que j'aille parler au pilote de l'avion que j'ai vu sur le tarmac.

– Maintenant ?

– Le plus tôt sera le mieux.

– Vous allez où après ?

– Secret d'État, dit-il sur le ton de la plaisanterie.

– Utilisez notre chambre d'hôtel pour vous reposer un peu. Elle est au nom de Jauffroy. Le Mago Motel. Je reste là de toute façon, auprès de Paul.

– Je m'occupe d'abord du pilote.

– Vous pensez qu'il y a un poste de police dans le coin ?

– Je ne me suis pas posé la question.

– C'est pour les assurances, déclarer ce qui nous est arrivé. Ne vous inquiétez pas, je ne mentionnerai pas votre nom, que j'ignore d'ailleurs.

Elle écrasa son mégot par terre. Lorsqu'elle releva la tête, Nathan avait disparu.

108

Nathan frappa à la porte d'une maison en torchis peinte en jaune, avec un toit en tôle ondulée et des volets bleus. L'homme qui ouvrit était de race blanche, avait la cinquantaine, des cheveux gris et des yeux noirs. Il dormait à moitié, portait un caleçon pas très net et son haleine sentait les égouts.

– J'ai besoin de votre avion, dit Nathan.

– C'est à c't'heure-ci que vous venez m'dire ça ?

Malgré l'accent, l'individu parlait la même langue que lui.

– Demain, il sera trop tard.

– C'pas mon affaire.

Nathan força le passage et pénétra à l'intérieur. Ce qu'il regretta aussitôt tellement cela empestait. Le type devait dormir la bouche ouverte ou avoir un problème de fosse septique.

– Barrez-vous !

Le pilote fit jaillir un fusil à canon scié. Nathan sortit de l'axe pour donner un coup de pied dans l'arme qui fusa en l'air en détonant. La chevrotine perça dans le mur un trou de la taille d'une fenêtre. Avant que le fusil ne retombe entre les mains de Nathan, un coup de pied circulaire avait plié son hôte en deux. Le premier contact avec celui qui devait le sortir de ce merdier n'augurait pas le meilleur. Une fois remis du choc, le type échoua sur le divan avec un verre de bourbon. D'après les bouteilles alignées dans son bar, les vinyles de Bill Munroe et des Foggy Mountain Boys près d'un électrophone, deux photos encadrées et quelques factures, Nathan déduisit qu'il était natif du Kentucky et ancien pilote de ligne, s'appelait Barney Riggs et ne roulait pas sur l'or.

– Putain, vous m'avez pété le foie !

Nathan vida le fusil.

– Je vous ai touché au plexus. Le foie c'est plus bas et c'est l'alcool qui vous l'a esquinté.

– Z'êtes des alcooliques anonymes ?

– Je dois me rendre en Tanzanie sur-le-champ.

– Pourquoi pas Bora Bora ?

– Combien prenez-vous ?

– Cent dollars la demi-heure. Pour vous, ce s'ra deux cents.

– Je vous donne mille dollars si on part tout de suite.

– J'peux pas, j'ai des clients d'main matin. Un couple d'Australiens qui veut s'offrir une vue aérienne d'la vallée de l'Omo.

– Deux mille dollars.

– Vous les avez ?

Nathan posa le flingue.

– Pourquoi avez-vous scié le canon aussi court ?

– J'y vois plus très bien. J'l'ai raccourci pour qu'ça parte en arrosoir. Même les yeux fermés, je fais mouche.

– Pour un pilote, ne plus voir, c'est pas prudent.

– Si vous voulez la sécurité, faut voler sur Swiss Air.

Nathan sortit tous les billets que contenait le portefeuille de Dick Wender. Il y avait six cents dollars. C'était tout ce qu'il possédait.

– Le reste à l'arrivée.

Riggs rafla la mise, but le verre de bourbon, s'essuya d'un revers poilu et annonça le programme.

– Rendez-vous à 9 heures pétantes à l'aérodrome avec l'reste du pognon. Si vous avez pas l'fric, le vol est annulé.

– Ce sera trop tard.

– Avant, on peut pas.

– Trois mille dollars.

– On peut pas, ducon. J'attends une pièce du moteur qui doit arriver par l'avion de 7 h 30. Je la monte illico et on décolle avant que les deux Aborigènes rappliquent à 9 h 30. Pigé ?

Il était presque minuit. Neuf heures à attendre dans ce village où il pouvait à tout moment se faire descendre.

– Je garde le fusil. Je vous le rendrai demain.

– Et avec ça, il vous faudra une p'tite pipe ?

– Juste deux chevrotines.

109

Nathan quitta la maison de Riggs et la puanteur de son logis. Il déambula sur l'artère principale en réfléchissant à la manière dont il allait occuper les prochaines heures et réunir les mille quatre cents dollars qui lui manquaient. Tout en marchant, il massa ses avant-bras pour abaisser les tensions nerveuses, ainsi que le bas de ses reins pour soigner une constipation qu'il traînait depuis qu'il était en Afrique. L'idée de déféquer, de se doucher, de dormir dans un lit, le mena au Mago Motel. Nathan donna le nom de Paul Jauffroy. Le réceptionniste vérifia sur son registre, lui remit une clef et se recoucha sans un mot.

Le motel était un alignement de cases en dur. La chambre des Jauffroy était décorée à l'africaine, propre, dotée d'une salle de bains. Nathan alla enfin à la selle, ôta les vêtements de Wender qui avaient perdu de leur éclat, lava son corps scarifié, poussiéreux, courbatu, amaigri. Il se coula dans les draps sans prendre le temps de méditer et programma son horloge biologique pour un réveil à 7 heures.

Il pleuvait. Un sorcier couvert de haillons, de feuilles, de mousses, dansait sous l'averse. Son visage était caché derrière un immense masque en bois peint. Des branches étaient fixées sur sa tête telles de gigantesques cornes. Au terme d'une chorégraphie syncopée, il dégaina un couteau qu'il enfonça dans le ventre de Nathan avant d'en retirer les viscères fumants. Cela ne faisait pas mal, mais peur. L'émotion atteignit son paroxysme lorsque le sorcier enleva son masque pour découvrir un visage carbonisé. Cette vision déclencha un jet d'adrénaline qui donna à Nathan la force de s'arracher à son rêve. Un ruissellement proche. L'averse était bien réelle. Le sorcier aussi. Il le fixait dans un coin de sa chambre. Deux traits de lumière fendaient l'obscurité de la chambre, l'un sous la porte de la salle de bains, l'autre sous celle de la case. La situation se clarifia : quelqu'un prenait une douche, le masque africain qui décorait la pièce était celui de son cauchemar et le cliquetis dans la serrure indiquait que l'on essayait de pénétrer avec effraction.

Ses yeux qui s'étaient rapidement habitués à la pénombre balayèrent l'espace entre les deux portes. Celle de l'entrée commença lentement à s'ouvrir. Il s'enroula du drap et bondit jusqu'au masque qu'il plaqua sur son visage avant de se glisser derrière le battant. Peu importe qui se trouvait sous la douche, du moment que les intrus croyaient que c'était lui. Ils étaient trois. De race blanche. Armés. Ils avancèrent à pas feutrés vers la salle de bains. L'un d'eux se retourna sur le fantôme masqué et ne put réprimer un cri. Le reste se déroula très vite. Celui qui avait couiné valdingua dans l'armoire après avoir encaissé un coup de pied direct, tandis que le deuxième, pilonné en pleine poitrine, percuta violemment le troisième qui enfonça la porte de la salle de bains avant d'avaler un coude.

Nathan fit face à deux nouveaux problèmes. Devant lui, Marie était tétanisée sous la douche. Dans son dos, la case venait de se rouvrir. Il ramassa un Glock 18, sélectionna le tir automatique et arrosa de 9 mm Parabellum le seuil de la chambre, forçant les intrus à se replier. Tout en vidant le chargeur, Nathan saisit Marie par le bras. La seule chance qu'ils avaient de rester en vie était de devenir invisibles. Il referma la porte du pied, poussa le lit contre le battant, épaula le fusil de Riggs et visa le mur. Le double impact perfora une issue de secours. Nathan se jeta avec Marie sous le sommier qui hoquetait sous la charge des assaillants. Couché sur la jeune femme encore mouillée, il s'immobilisa. À chaque choc, le lit se déplaçait de quelques centimètres. Marie le regardait, effarée, en lui enfonçant ses ongles dans la chair. Sentant qu'elle allait crier, il l'isola du reste du monde. Il lui ferma les yeux, posa ses mains sur ses oreilles et colla sa bouche sur la sienne. Leurs deux corps nus ne firent plus qu'un.

Jusqu'à devenir invisible.

Marie n'entendit pas les tueurs envahir la pièce, les armes crépiter, les balles fuser, les douilles ricocher, les bottes marteler. Elle ne vit pas les six hommes évacuer les lieux par la brèche dans le mur. La langue écrasée par celle de Nathan, elle ne pouvait même pas hurler.

110

Nathan roula hors de sa cachette. Il empoigna un Glock et la main de Marie avant de décamper. Il fallait se dépêcher car les tueurs n'allaient pas tarder à s'apercevoir que la trouée dans le mur était une feinte. La Française avait garé sa voiture sans pare-brise ni discrétion devant la case. Deux 4 × 4 Mitsubishi l'encadraient. Leurs moteurs étaient plus chauds que celui de la Land Rover. Deux tueurs déboulèrent sur le parking. Le pistolet à bout de bras, Nathan écrasa en un mouvement l'accélérateur et la détente. Un tueur s'écroula, l'autre fut absorbé par la calandre. Un essaim de projectiles siffla autour d'eux. Nathan baissa la tête de sa passagère avec le poing, tira par la vitre passager, couvrant Marie de douilles jusqu'à ce que les agresseurs ne soient plus dans sa ligne de mire. Devant lui, la ville se réveillait comme un jour de révolution. Ne sachant où aller, il continua tout droit. La Land Rover quitta Jinka pour pénétrer comme un obus dans la forêt du Mago. Changement de décor, changement d'époque. Retour vers le passé dans la vallée du fond des âges. À travers les phares, les obstacles se multipliaient, la végétation s'épaississait. Nathan torturait la boîte de vitesses et tordait la colonne de direction. Au détour d'un virage, il pila en tendant son bras devant Marie pour l'empêcher de passer par-dessus le capot. Il ramena son poing devant lui, vérifia qu'il restait des balles dans le chargeur, coupa le contact et sauta à terre.

– Qu'est-ce que vous faites ? demanda Marie.

Elle eut pour réponse les bruits de la forêt. Un genou au sol, Nathan braquait le Glock sur le rideau de nuit qui s'était refermé dans leur sillage. Un bruit de moteur se rapprochait. Des phares aussi. Marie se recroquevilla sur son siège en s'attendant au pire. Le 4 × 4 creva l'obscurité. Quatre coups de feu le dévièrent de sa trajectoire. Le monstre d'acier sortit de la piste et s'écrasa contre un arbre en contrebas. Nathan se repositionna.

– Ne restons pas là, dit Marie.

– Il y a un deuxième véhicule.

– Il vaut mieux continuer.

– Je dois vous ramener à Jinka.

– Vous êtes fou ? Pour se faire descendre ?

– Et Paul ?

– Il est entre de bonnes mains. Dépêchez-vous !

Nathan hésita. Elle insista. Il n'avait plus qu'une balle. Insuffisant pour arrêter un 4 × 4 de 200 chevaux lancé à vive allure. Marie avait raison.

Ils ne surent combien de temps ils roulèrent avant de déboucher dans une clairière. L'horloge de la voiture avait explosé et ils ne possédaient pas plus de montre que de vêtements. Les phares butèrent sur des huttes rondes et basses.

– On devrait être chez les Mursis ou les Hamer, cela dépend de la direction qu'on a prise, dit Marie.

Elle se pencha sur un guide écorné qu'elle éclairait d'une lampe torche. Elle lui lut ce qu'elle estimait être le plus important :

– Les Mursis constituent une ethnie qui n'entretient pas de contact avec le monde extérieur. Leur isolement est dû à leur extrême violence à l'égard des autres tribus de la région, et même vis-à-vis de leurs propres membres.

– Et les Hamer ?

– Ils sont portés sur le raffinement esthétique, les parures. Ils ont le culte du beau…

– Je préfère ceux-là.

– Qu'est-ce qu'on fait ?

– On attend que le village se réveille.

Il recula en travers de la piste à la sortie d'un virage. Marie lui signala que c'était dangereux.

– Si un véhicule se pointe, il passera par là. Soit il roule à vitesse modérée et a le temps de freiner, soit il va vite et fait une embardée.

– Ou nous rentre dedans.

– Le réflexe sera d'éviter l'obstacle.

– Et l'intérêt ?

– S'il va vite, c'est qu'il s'agit de nos poursuivants.

Marie se souleva de son siège pour vérifier où finirait l'embardée. Un énorme manguier paraissait être le point d'impact le plus probable.

– Vous comptez demeurer dans la voiture ?

– Ce sera toujours plus sûr que de s'allonger sur le sol.

Elle regarda autour d'elle et vit quelque chose ramper sous les fougères.

– Vous avez une idée de l'heure ? demanda-t-elle.

– Encore moins du siècle dans lequel on a fait irruption.

Elle ramena les genoux sur sa poitrine pour cacher sa nudité que la nuit ne parvenait pas à dissimuler. Ils étaient cernés par des bruissements, des craquements, des cris. Nathan s'obligea à parler pour que Marie n'angoisse pas trop.

– Avez-vous déjà parlé à un arbre ?

– À mon chat oui, mais pas à un arbre. Et vous ?

– Écoutez-les. Ils discutent entre eux.

– Je ne parle pas leur langue.

– Ils évoquent notre arrivée, le temps qu'il fera demain, le passage tardif d'un singe.

Il vit qu'elle frissonnait.

– Vous n'avez pas une valise dans le coffre ou un plaid ? demanda-t-il.

– Tout est dans la chambre.

– Comment allez-vous faire pour Paul ?

– J'ai préparé son transfert à Addis-Abeba. Le type du dispensaire le conduira à l'avion demain matin.

– Que faisiez-vous au motel ?

– Je comptais juste prendre une douche et me changer sans vous réveiller. Vous croyez que ces types m'ont suivie jusqu'à vous ?

– Ils sont arrivés bien après. Ils arrivent à me repérer n'importe où.

– C'est une journée que je ne suis pas prête d'oublier.

– Navré.

– Tout à l'heure, sous le lit, je n'ai pas eu peur. Je me sens invincible avec vous.

Invicible, mais statique. Il n'avançait pas. Cinq jours qu'il avait quitté le nord de l'Éthiopie sans parvenir à atteindre le Kenya ! Il était encore loin de la Tanzanie et de Susan Fox. Est-ce que tout cela valait la peine ? Fallait-il qu'il y ait d'autres morts ? Depuis qu'il était en Afrique, il n'avait pas cessé de se battre. Sans pouvoir empêcher Esian Zawi d'être enlevée. Il éprouva une soudaine envie de tout larguer. Mais il y avait Sylvie.

Marie alluma le lecteur de CD. *Stuck in a moment you can't get out of* grésilla à travers une enceinte encore en état de marche.

– Je crois que j'ai trouvé la chanson adaptée à la situation.

Elle cherchait à couvrir le murmure de la forêt.

– Vous ne voulez pas me dire ce que vous faites en Afrique ?

– Le contraire de Bono.

– C'est-à-dire ?

– Il a sauvé cent quatre-vingt mille Africains. Moi je les élimine.

– Qu'est-ce que vous racontez ?

– Il y a plusieurs façons de changer le monde. Celle que j'emploie est loin d'être la meilleure.

– Pourquoi ?

– Parce que je n'en manifeste pas le désir. Pour changer le monde, il faut avoir des convictions, des croyances, un idéal. Je ne possède rien de tout ça.

Assis à côté de Marie aussi nue qu'Ève dans une jungle des origines, dans une vallée du fond des âges, Nathan se laissait aller aux confidences.

– Vous ne croyez en rien ?

– Depuis la mort de mon épouse, il y a plus de quatre ans, je vis retiré, pratique intensément le zen et les arts martiaux pour être plus fort et plus sage.

– Vous y êtes parvenu ?

– Non, puisque je suis là. En revanche, aux yeux du FBI, je suis devenu plus performant. J'entrevois la vérité mieux qu'une personne conditionnée par son milieu social, son éducation, sa culture. Et l'absence d'ego facilite l'empathie.

– Avez-vous un nom quand même ?

– Nathan Love.

– Si vous n'avez aucune personnalité, comment expliquez-vous que je sois attirée par vous ?

– Peut-être parce que je me suis glissé dans la peau d'une personne qui avait envie de vous séduire.

Elle posa la main sur la nuque de Nathan.

– C'est réussi.

Elle l'embrassa. Leurs peaux se frôlèrent sur *Elevation*. Nathan réfréna une pulsion primitive.

– Tu ne veux pas aller plus loin ? demanda Marie.

– Tu es attirée par moi parce qu'à mes côtés tout te semble possible, faire la révolution, tout envoyer balader, sauver le monde, quitter ton mari…

– On n'en a rien à foutre de Paul !

– On est d'accord. Je m'attends au pire, y compris à voir un escadron me débusquer de cette forêt au napalm. Alors Paul ne pèse pas beaucoup dans la balance.

– Et moi, je pèse combien ?

– Beaucoup trop.

111

Ils étaient cernés par des visages d'enfants. Nathan retira son pied coincé dans le volant de la Land Rover et réveilla Marie qui s'était étalée sur lui. Elle avait déserté son siège occupé par un singe. Des javelots de lumière traversaient la canopée pour se transformer en caresses tièdes sur leur peau. Marie leva la tête. Nathan la pria de ne pas bouger et de rester muette. Parmi tous les sons qu'il percevait, un seul n'était pas naturel. C'était ce qui l'avait alerté. Un bruit de moteur.

Il sauta à terre en entraînant Marie. Les enfants s'enfuirent en direction d'une indigène qui leur faisait signe. Des oiseaux s'envolèrent. Le singe fila. Une Mitsubishi déboucha du virage à vive allure et pila dans la poussière. Roues perpendiculaires à la trajectoire, elle dérapa et dévia pour éviter la Land Rover. Le radiateur pulvérisa de la broussaille. Un talus catapulta le 4 × 4 qui traversa la frondaison d'un acacia et se planta dans les branches du manguier. Une pluie de balles stria le sol. Les rescapés de la Mitsubishi faisaient feu sur tout ce qui bougeait. Les enfants crièrent en suivant les consignes de leur institutrice qui les dispersait sous l'averse meurtrière. Une roquette fusa du manguier et frappa un banian de plein fouet. Nathan poussa Marie à l'abri et tira son unique balle pour attirer l'attention vers lui. Dans l'alignement du guidon, il remarqua que le tronc du manguier luisait. De l'essence. Le réservoir du 4 × 4 fuyait.

– Vous avez un réchaud ? demanda-t-il à Marie.

– Dans le coffre.

Une roquette souleva l'avant de la Land Rover. Nathan recula sous le souffle, gratta une allumette, alluma la bouteille de Butagaz et courut la jeter contre l'écorce imbibée de carburant. Une flamme jaillit de l'impact, s'étira le long du tronc et lécha la Mitsubishi qui explosa. Le feuillage s'embrasa, l'arbre se transforma en torche. Un homme en feu s'écrasa à terre. Un deuxième tomba à son tour sans cesser de canarder. Pendant les dernières secondes de sa vie, il cherchait encore à tuer.

Nathan parvint à faire rouler le 4 × 4 carbonisé jusqu'à la place centrale du village. Il n'eut pas besoin de couper le contact car le moteur rendit l'âme. La population circonspecte était figée comme pour une photo. Un rollier d'Abyssinie se posa sur le capot. Seules les vaches, les chèvres, quelques chevaux semblaient indifférents à son apparition, ainsi que les nourrissons lovés sur les ventres maternels. Nathan fut frappé par la beauté de ces gens et leurs parures multicolores. Des bleus, des rouges, des jaunes, des verts, des colliers de coquillages, des bracelets de perles, des ceintures de cuir, des peintures sur leurs corps élancés et musclés, des coiffures sophistiquées, tressées, perlées, méchées. Ils n'étaient vêtus que de verroterie et de peintures.

– Je crois qu'on a atterri chez les Hamer, dit Marie.

Ils avancèrent vers un homme encadré par deux guerriers armés d'un fusil en bandoulière. Dans son ombre, se tenait l'institutrice.

– Leurs fusils datent de la guerre civile, dit Marie, quand l'ancien régime avait mobilisé les indigènes. Ils les ont gardés comme souvenirs, mais ils n'ont plus de balles depuis belle lurette.

Celui qui semblait être le chef de la tribu et le père de l'institutrice avait rasé la moitié arrière de son crâne. Une grappe de tresses orange et bleues retombait sur son front. Une boucle à son oreille droite était reliée à un collier de coquillages par un chapelet de perles turquoise. Son torse était couvert d'arabesques blanches. Il portait des dizaines de bracelets aux poignets et aux chevilles. Sa taille était ceinte de trois lanières en cuir. De l'une d'elles pendait un poignard recourbé. L'homme s'exprima en amharique. Nathan essaya l'anglais et l'espagnol. Marie, le français. Cette fois encore, le langage ne serait d'aucune utilité. L'institutrice s'avança et entraîna Marie au milieu d'un attroupement féminin. Le village se mit à revivre dans un concert de percussions et de chants. On offrit à Nathan des colliers et l'hospitalité. On lui apporta du miel, du sorgho, des galettes, du lait.

Il sirotait dans une coque un café au goût étrange lorsqu'il vit réapparaître Marie, métamorphosée, peinte de la tête aux pieds, parée de perles. Ils se restaurèrent et burent au milieu de leurs hôtes. Marie était dans un état second. On lui avait fait avaler une drogue. Un indigène aux cheveux rouges et au maquillage raffiné ne la quittait pas des yeux. S'ils voulaient se poser un moment, il allait falloir se plier aux coutumes locales.

112

Les Hamer improvisèrent un ballet autour de la Land Rover, tambourinèrent jusqu'à la transe, jetèrent des sorts, fumèrent de longues pipes, ingurgitèrent des breuvages âpres. À la fin de la journée, le véhicule était bariolé, carrossé à la massue, décoré de feuilles de bananiers et transpercé de branches entrelacées. Ivre de substances étranges, Nathan s'abandonna au sort qu'on lui avait réservé. Il n'était pas pressé de retourner dans le monde moderne où sa tête était mise à prix. Dans la matinée, un avion survola la vallée. Probablement Barney Riggs qui avait réparé son moteur et trimballait ses Australiens. Marie avait disparu de son entourage depuis plusieurs heures sans qu'il s'en inquiétât. Une indigène l'hypnotisait de ses grands yeux noirs maquillés de noir sur une peau noire. Elle dansait devant lui en se jouant de la gravité et de l'harmonie. Ses pieds ne rompaient pas le contact avec le sol. Elle désarticulait son buste qui vrillait sur ses longues jambes musclées. Une ribambelle de colliers et des dreadlocks confectionnées avec de la glaise battaient son buste de statue africaine. Son sourire révélait des dents écartées et cariées. Elle tendit les bras pour l'attirer dans une chorégraphie lascive, puis dans sa hutte. Elle l'appela Nata. Il comprit qu'elle se nommait Aji. Leurs corps échauffés mêlèrent la sueur et glissèrent l'un sur l'autre. Chacun découvrit des épidermes aux textures et aux odeurs exotiques. Les doigts de Nathan rencontrèrent des perles, des lanières de cuir, des tresses argileuses, une peau rugueuse, des poils drus. Des parfums de sous-bois, de musc et de mangue, le grisaient comme les effluves d'une fumerie d'opium. Terrassé par une créature d'ébène ondulant sur son ventre, il eut l'impression de faire l'amour à l'Afrique entière, à la première femme. Ils avalèrent de la poussière, mordirent de la chair, firent rouler des myriades de perles aux quatre coins de la hutte, émirent des gémissements désinhibés. Nathan sentit exploser l'énergie cosmique contenue dans son bas-ventre. Il tissa un nouveau lien entre l'univers et l'individu, entre le visible et l'invisible, entre les apparences et la vacuité, mais aussi entre le monde moderne et primitif, entre l'Amérique, l'Asie et l'Afrique. Issu de cette fusion, un nouvel être humain serait peut-être engendré, morceau de vie éternelle doté d'un corps et d'une conscience éphémères, dans lequel coulerait du sang neuf. Aji et Nata s'endormirent en paix dans la chaleur humide de la forêt de Mago. Juste avant d'entrer dans des rêves qui ne seraient pas plus beaux que la réalité, Nathan pensa qu'ici il était à nouveau maître de sa condition, ne dépendait plus de personne, pouvait parler aux arbres, recevoir les baisers d'une femme et les caresses du soleil, ne plus être forcé de faire le bien, emprunter une rivière sans asphalte, communiquer sans téléphone, retrouver le contact avec la Terre. Il avait découvert un endroit où s'arrêter.

113

Le bruit d'un hélicoptère le réveilla. Une migraine lui rappela qu'il avait ingurgité pas mal de psychotropes au cours de la journée. Il se détacha d'Aji et sortit de la case. L'appareil volait à basse altitude dans le ciel crépusculaire et faisait fuir les oiseaux. Un singe se réfugia à l'intérieur du 4 × 4 couvert de branches. Trois vieillards qui déplaçaient des cailloux sur un socle en bois ignorèrent le vrombissement. Ils étaient habitués aux incursions touristiques dans leur espace aérien. Ils firent signe à Nathan pour qu'il se joigne à eux. Ils jouaient à une sorte d'awalé dont il ne perçut pas tout de suite les subtilités. Les petits cailloux qu'on lui alloua disparurent rapidement de la planche. Des rires édentés raillèrent son ignorance. Il les laissa à leur partie pour gagner la rivière. Des enfants sautaient dans l'eau, quelques femmes se lavaient. Nathan s'assit dans la position du lotus pour méditer et nettoyer son esprit. Il regarda les pensées affluer en les laissant dériver, sans s'y attacher. Peu à peu, il évacua les éléments perturbateurs qui, assemblés, lui auraient permis d'établir une vérité. Celle pour laquelle on l'avait délogé de son île australienne et qui le menait aux disparues. Il accéda au vide d'où étaient bannis l'analyse, la logique, le raisonnement. Air doux, sol profond, sons silencieux, eau calme. Ciel vrombissant, rotor d'hélicoptère. Harmonie brisée. L'appareil effectuait un nouveau passage au-dessus du village. Marie posa une main sur son épaule. Elle portait un sautoir et des bracelets. Des petites tresses jaillissaient de ses cheveux courts. Ses seins étaient peints, son ventre aussi. L'indigène aux cheveux rouges l'accompagnait.

– Tu as vu l'hélico ? demanda-t-elle.

Un plouf dans la rivière répondit à sa place.

– Tu crois qu'ils nous ont repérés ?

– Non.

– Comment le sais-tu ?

– Parce qu'ils ne nous ont pas tiré dessus.

– Il faut partir, Nathan.

– Le courant rapide n'a pas emporté le reflet de la lune.

– Je suis sérieuse. Tu veux prendre le risque de voir débarquer une armada de tueurs dans ce village ?

– Ils ne sont pas après moi.

– Comment ça ?

– Ils sont après celui qui cherche à détourner le courant.

– Et moi, je fais comment pour repartir ?

– Tu as déjà envie de quitter cet endroit ?

– Il le faut parce que je ne veux pas nuire à cette tribu, parce que je ne suis pas adaptée à ce mode de vie, parce qu'il y a Chloé qui m'attend…

Tout en parlant, elle se détachait du Hamer qui l'avait prise par la taille et sentait que l'étranger contrariait Marie.

– Qu'en pense ton ami ?

– Kamta n'est qu'une aventure.

– Je ne crois pas qu'il soit de cet avis.

– Tu n'as pas d'enfant. C'est pour ça que tu ne peux pas comprendre.

Au-dessus d'eux, on entendit comme la menace d'un orage meurtrier qui allait s'abattre sur eux.

114

Un petit son anachronique. Ahan mécanique, suffisant pour réveiller Nathan. Il se glissa hors de la hutte. La pleine lune éclairait le village assoupi comme dans un conte africain illustré en noir et blanc. La nuit avait fait disparaître l'hélicoptère et les trois joueurs d'awalé. Attiré par le bruit, Nathan surprit Marie qui s'acharnait sur le démarreur de la Land Rover.

– Tu n'iras pas loin.

Elle sursauta et lâcha un petit cri.

– Ils ont ôté des pièces du moteur pour en faire des colliers.

– Comment vais-je rejoindre Jinka ? À pied il y en a pour des jours.

Il se rendit dans l'enclos, caressa un cheval, lui murmura quelques mots, passa le bras sous l'encolure, jeta le pied droit en l'air, bascula sur son dos, donna deux coups de talon et trotta jusqu'à Marie.

– Qu'est-ce que tu fabriques ?

Il sauta à terre avec l'agilité d'un Indien et joignit ses mains en guise de marchepied.

– Je ne sais pas faire de cheval, dit Marie.

– Alors il te reste la marche.

– Je t'en supplie, Nathan, aide-moi.

Elle l'implorait pour quitter le paradis et élever sa fille en enfer. Elle était désemparée, désarmante, touchante.

– Attends-moi ici, dit-il.

– Avec le cheval ?

– Il ne va pas te manger.

Nathan gagna la case d'Aji. Elle dormait paisiblement, couchée sur le dos. Il embrassa son ventre longuement en s'imprégnant de son odeur entêtante et rejoignit Marie.

– Tu vas monter derrière moi.

– Tu es sûr ?

– On n'a ni selle, ni vêtement. Ça va chauffer un peu.

Il lui fit la courte échelle. Le pied gauche dans ses mains, les mains sur ses épaules, elle atterrit un mètre cinquante plus haut. Nathan prit place devant elle en une figure acrobatique.

– Tu as fait l'école du cirque ?

– J'ai grandi dans une réserve. Accroche-toi à moi.

Ils s'enfoncèrent au galop dans la jungle obscure.

115

Aux abords de Jinka, ils dépassèrent des indigènes nus ou habillés qui convergeaient vers le marché de la ville. Le cheval peinait à finir le trajet sous les rayons de l'aube. Nathan s'était orienté grâce aux étoiles et au mont Mago qui culminait à plus de 2 500 mètres. Ils terminèrent leur course au pas et posèrent les pieds devant la maison de Riggs. Ils avaient les fesses en feu et pouvaient à peine marcher. Nathan abandonna sa monture dans le jardinet du pilote. « Qu'est-ce que vous foutez à poil ? » furent les premiers mots de Barney Riggs ce matin-là.

– On peut entrer ?

Riggs se rinça l'œil sur Marie. La vision aiguisa son sens de l'hospitalité.

– Qu'est-ce qu'vous voulez ?

– Des vêtements.

– Y a pas urgence, dit le pilote sans décoller ses yeux de la jeune femme.

Les mains sur le pubis, Marie retrouvait le sens de la pudeur sous son regard lubrique.

– Je dois gagner au plus vite la Tanzanie, le pressa Nathan.

Il avait eu la nuit pour se décider. Retourner auprès d'Aji dans un passé immuable ou continuer jusqu'à Susan vers un futur incertain. Il s'était rangé à l'avis de la Française.

– V'm'avez déjà dit ça, hier. Et z'êtes toujours là.

– J'ai eu un empêchement.

– Et moi j'ai un planning. Vous débarquez toujours à l'improviste.

– Si on ne part pas maintenant, rendez-moi les six cents dollars.

– Mon fusil, qu'est-ce que z'en avez fait ?

– Déduisez-le de l'acompte que vous allez me restituer.

– On va pas s'énerver. Donnez-moi deux s'condes.

Il feuilleta un agenda daté de 1999, vérifia ses rendez-vous et releva son nez vérolé par l'alcool.

– Faut partir avant 10 heures. Sinon, j'serai obligé d'honorer une réservation.

– Quelle heure est-il ?

– 8 heures. Z'êtes sûr de pouvoir payer le solde ? Parce qu'à première vue, z'avez pas grand-chose sur vous.

– Je vous paierai même les fringues que vous allez nous prêter.

Riggs fouilla dans sa garde-robe et réapparut avec deux jeans crasseux, une chemise à fleurs tachée et un tee-shirt publicitaire d'American Airlines. Ils sortirent dans la rue accoutrés comme des clochards. Marie se rendit à la police, Nathan au motel. Sans papiers, sans fonction officielle, traqué par une horde de tueurs qui devaient avoir des relations dans le pays, il préférait éviter les flics. Selon le réceptionniste, la police n'avait rien trouvé dans la chambre à part des trous de balles et de chevrotines.

– Où est passé le fusil à canon scié ?

Le regard du type se porta inconsciemment sous le comptoir.

– Il vaut mieux que vous me le rendiez.

L'employé sortit l'arme de sa cache et la posa sur un journal montrant la photo du président éthiopien en déplacement au Soudan. Une horloge poussiéreuse indiquait 8 h 30. Nathan planqua le fusil sous sa chemise hawaïenne et se hâta en direction de l'aérodrome. Une étrange sensation s'empara de lui. Qu'est-ce qui sonnait faux ? Ça venait du motel. Il revit l'air hypocrite du réceptionniste, le comptoir, le fusil, l'horloge, le journal.

Le journal.

Il datait du mois d'août 1999 ! La même année que celle de l'agenda de Riggs. Le malaise s'accentua. En fuyant dans la vallée de l'Omo, il avait remonté le temps de plusieurs milliers d'années. En revenant dans le présent, il semblait s'être arrêté à l'année 1999. Qu'est-ce que cela signifiait ? Il alla chez Riggs lui demander la date et des chevrotines.

– Z'avez retrouvé mon fusil ?

– Je vous le rendrai dans l'avion.

– J'suppose qu'j'ai pas le choix.

– Vous y gagnerez.

– Z'êtes un type à emmerdes, alors j'vois pas comment j'y gagnerai.

– Il me faut des munitions.

– Voilà, c'est c'que je disais.

– En quelle année sommes-nous ?

– Ça dépend.

Il lui apprit qu'en Éthiopie c'était le 2 août 1999. Le pays suivait le calendrier julien, en retard de plus de sept ans sur le calendrier grégorien.

– L'année 1999 a commencé le 11 septembre 2006 de vot'calendrier.

– Le 11 septembre ?

– Ouais, l'anniversaire du jour où ça a pété aux States. Putain de 11 septembre ! C'jour-là, j'devais être aux commandes de l'un des avions qui s'est crashé contre les tours. Ils m'ont pas confié le manche parce que j'avais un peu bu. Ma femme v'nait d'se barrer avec un courtier qui bossait au World Trade Center. Le type est mort dans l'attentat et ma femme s'en est jamais remise. J'ai continué à boire.

La date du 11 septembre venait de déclencher chez Barney Riggs une avalanche de souvenirs. Sa vie ressemblait à un scénario de téléfilm dans lequel Nathan allait ajouter de l'action. La pendule indiquait 8 h 45.

– Je vous précède, dit Nathan.

– Le temps d'me faire un brin d'toilette et j'suis aux commandes.

En se demandant ce que Riggs entendait par brin de toilette, Nathan gagna l'aérodrome. Une hôtesse parée d'une tunique bigarrée l'informa que le décollage pour Addis-Abeba était à 9 h 30. Sur le tarmac, il distingua un hélicoptère, l'avion de Riggs et celui d'Ethiopian Airlines qui déversait des touristes. La sécurité et la fouille des passagers étaient assurées par deux militaires nonchalants. Ce serait plus facile qu'il ne l'avait pensé. Marie apparut à 9 h 05 dans une tenue plus seyante que les loques de Riggs. Elle avait répondu aux questions des policiers, récupéré ses papiers et sa valise. Paul l'attendait à l'hôpital Zenawi d'Addis-Abeba.

– Voilà, dit-elle, nos chemins se séparent.

Elle lui tendit un sac plastique contenant des vêtements.

– Ce sont ceux de Paul. Ils étaient dans la valise. Je crois que ça t'ira mieux que ce que tu portes.

– Merci Marie.

– Pourquoi ne retournes-tu pas chez les Hamer ?

– « Je ne veux pas nuire à cette tribu. » Ce sont tes propres mots. Ils m'ont rappelé ceux de mes ancêtres qui prédisaient qu'un grand monstre aux yeux blancs viendrait de l'est et qu'au fur et à mesure qu'il avancerait, il dévorerait la Terre.

– La prédiction est d'actualité.

– Elle est au cœur de mon enquête.

– Tu ne t'attaches pas, Nathan. C'est ce qui te pousse à ne pas rester en place.

Il était temps pour elle d'embarquer.

– J'ai mis mon adresse dans le sac. Si tu passes à Paris, cela me fera plaisir de te revoir.

– Je peux te demander un service ?

– S'il ne s'agit pas de tuer quelqu'un.

– Je ne suis pas un tueur.

– Je plaisantais.

– Il faudrait que tu envoies un e-mail dès ton arrivée à Addis-Abeba. Il y a des cybercafés là-bas.

– À qui ?

– Susan Fox. Tu te connecteras sur Yahoo et tu enverras le message à partir de l'adresse électronique d'Esian Zawi. Je te donne les coordonnées et le mot de passe pour y accéder.

– Qu'est-ce que je dois écrire ?

– « J'arrive cet après-midi » et tu signes « Esian ».

– J'aurais joué les espionnes un quart d'heure dans ma vie.

Elle l'embrassa et se plia à la fouille sommaire d'un militaire. Lorsque l'avion disparut dans le ciel, Nathan put poser son regard ailleurs, rassuré. Il tomba sur Barney Riggs vêtu d'un blouson de cuir râpé et chargé d'un sac.

– On y va, dit-il.

Pour une fois, Nathan était d'accord avec lui.

– Où est la jolie dame ?

– Elle a pris un autre avion.

– Pas confiance ?

– Pas la même destination.

– C'était pas votre femme ?

– Il faut se méfier des apparences.

– C'est c'que j'dis toujours à ceux qui hésitent à monter dans mon avion.

Ils passèrent devant les militaires qui saluèrent Barney. Il ne restait plus que deux cents mètres à parcourir jusqu'au bimoteur estampillé Stella Airways.

– Stella Airways ? s'étonna Nathan.

– Stella, c'est l'nom d'ma femme.

– Bel hommage.

– Faudra qu'on cause tous les deux.

– À propos de quoi ?

– C'que vous foutiez à poil avec une gonzesse et un cheval, par exemple.

– Autre chose ?

– C'que j'suis censé faire du canasson que vous avez garé sur mes plates-bandes.

– Ça, vous le saurez quand on sera en Tanzanie.

– Et mon fusil que vous planquez sous ma liquette, vous comptez vous en servir quand ?

– Maintenant.

116

La brume aurorale qui enveloppait la forêt d'acacias se déchira lentement en lambeaux cotonneux. Au premier plan, la silhouette massive d'un buffle se fit plus distincte au milieu des herbes hautes. Le souffle haletant du ruminant se transformait en fumée à la sortie de ses naseaux humides. Ses cornes recourbées sur le front lui donnaient l'allure d'un Bonaparte contemplant la plaine d'Austerlitz avant la bataille. Un petit oiseau à bec rouge se posa sur son échine pour picorer la carapace de boue séchée qui recouvrait la bête. Un barrissement résonna sur les flancs du cratère. Le buffle solitaire ne broncha pas. Il fut rejoint par une dizaine de ses congénères qui l'encerclèrent dans une ronde silencieuse. L'étrange manège dura quelques minutes avant de se figer. Puis le troupeau se dispersa dans la brousse, abandonnant le ruminant rêveur. Le soleil fit son apparition au ralenti, disque jaune ébréché qui embrasait le ciel. Sur la ligne d'horizon, un rhinocéros noir donna un coup de corne dans la boule de feu.

Susan Fox aimait ce passage de l'obscurité à la lumière qui transformait l'aube en spectacle et révélait chaque matin l'étendue du cratère de Ngorongoro dominé par le Kilimandjaro. Les 265 km^2 du sanctuaire abritaient l'une des faunes les plus riches du globe. De l'acacia dans lequel elle avait passé la nuit, une de plus, elle vit que le buffle saignait. L'herbe bougea autour du ruminant. Pourtant il n'y avait pas de vent. Trois guépards jaillirent du sol pour fondre sur lui. Trois machines à tuer sur une tonne de viande. Le buffle effectua un tour sur lui-même comme s'il cherchait à se mordre la queue, envoyant valdinguer les fauves qui avaient planté leurs griffes. L'un d'eux attaqua à la gorge pendant que les deux autres chargeaient par l'arrière. Leurs assauts étaient brefs et répétés, comme autant de piques affaiblissant un taureau dans l'arène. Ils étaient patients et ne voulaient pas risquer d'essuyer un mauvais coup. Au terme d'un nouvel assaut, le buffle chancela, secoua la tête et s'écroula dans un éclaboussement de terre, de sang et d'herbe fauchée. Deux mâchoires se refermèrent sur sa chair. Les quatre sabots en l'air, il crocheta le vide avec ses cornes. Le troisième félin se jeta sur la proie qui commençait à se faire dévorer. Dans un ultime effort, le buffle balança un coup de reins qui le propulsa sur son arrière-train et expulsa deux guépards. Le dernier resta accroché à sa gorge. Le ruminant se cabra sur ses jambes flageolantes, déterminé à vivre. Cet animal redoutable, l'un des plus dangereux d'Afrique, était devenu une victime pitoyable, un festin pour félins.

Susan ferma les yeux sur ses derniers instants. Trois jours auparavant, elle avait assisté à la naissance d'un bébé buffle, lui aussi chancelant, qui s'était mis à gambader selon une chorégraphie burlesque. La nature n'avait pas de morale, elle faisait preuve d'équilibre. La vie et la mort y étaient simples, essentielles, pures.

La jeune femme roula son sac de couchage et descendit de son perchoir de branches mortes. Elle fit chauffer un reste de café sur un réchaud, avala ses médicaments et grignota la dernière barre de céréales. Elle prépara ensuite son paquetage et marcha jusqu'au lac d'eau douce en veillant à ce qu'il n'y ait ni touriste matinal, ni Massaï en vadrouille. Les hippopotames barbotaient à distance, témoins muets de sa présence dans le cratère. Elle se lava sans geste brusque en essayant de ne pas troubler les mastodontes qui pouvaient se révéler bien plus dangereux que des crocodiles si on les dérangeait. Elle était loin la salle de bain de sa suite à Johannesburg. Susan se rhabilla et s'assit à l'ombre d'un arbre. Son sac à dos ne contenait plus de vivres. Elle allait devoir quitter cet endroit. Elle sortit son ordinateur portable qui annonçait que la batterie n'avait plus que deux ou trois minutes d'autonomie. Ce qui l'autorisait à consulter sa boîte électronique encore une fois.

Elle repoussa cette décision de quelques heures. Accorder une dernière chance à Esian de se manifester. Son amie, la seule sur laquelle elle pouvait compter, lui avait écrit qu'elle ferait tout pour la rejoindre. « Attends-moi le temps qu'il faudra. » Susan avait attendu une semaine. Elle n'avait plus les moyens de rester ici. Elle allait devoir sortir du cratère et disparaître comme les autres.

La caldeira était fréquentée ce matin-là : un troupeau de zèbres à la recherche d'herbe verte, trois guerriers massaï, un convoi d'éléphants. Susan tenait le coup grâce au contact direct avec la terre. Elle s'en était tellement dissociée, dans ses escarpins à six cents dollars, dans les taxis, les avions, les ascenseurs, son bureau de la City, son appartement de Londres ou sa chambre de palace en Afrique du Sud. Ici, elle marchait pieds nus, s'allongeait des heures à même le sol pour se régénérer, pensait plus profondément, sentait les choses plus clairement, voyait les mystères de la vie qui l'entouraient.

Elle ouvrit son ordinateur portable. Outlook Express. L'icône de la batterie clignota pour avertir de l'arrêt imminent. Le modem de son PC capta les ondes de l'antenne de téléphonie mobile récemment installée à Karatu. Une vingtaine de messages entrèrent avant qu'elle ne repère celui de Susan, daté du 18 avril.

J'arrive cet après-midi. Esian.

L'ordinateur s'éteignit. Susan le replia, excitée. Elle se leva, chargea son sac sur l'épaule et marcha en direction de la piste des éléphants.

117

Nathan arma le fusil à canon scié et appuya sur la détente. Les plombs dispersèrent cinq hommes aux quatre coins du tarmac.

– Faites décoller l'avion, dit-il à Riggs.

Une balle siffla au-dessus de leur tête et troua la carlingue. Le pilote actionna les moteurs. Les deux douaniers rappliquèrent à l'arrière-plan et se rallièrent aux cinq hommes positionnés derrière des sacs de café et des véhicules de service. Nathan appuya une nouvelle fois sur la détente. Le recul lui enfonça l'épaule. À une centaine de mètres, un sac explosa dans un nuage noir. Il grimpa dans le bimoteur et rechargea le fusil.

– À quoi vous jouez, bordel ? gueula Riggs.

– Vous attendez quoi ? Qu'on vous libère l'espace aérien ?

Il entendit Barney grommeler, le moteur ronfler, les balles perforer le fuselage. Pour décoller, ils étaient obligés d'aller au-devant des tueurs. Riggs s'aligna face à la piste et lança son zinc sous les tirs. Nathan pulvérisa du plomb au jugé et emmagasina deux autres chevrotines.

– Passez à droite de l'hélico.

– Y a pas la place !

– Si.

– Non !

Nathan rejoignit Riggs et lui masqua les yeux.

– Alors autant mourir maintenant.

– Faites chier.

Il se déporta sur la droite en marge de la piste goudronnée. Nathan lui rendit la vue. Les roues soulevèrent une tempête de poussière. L'avion se cabra dans un bruit assourdissant. Nathan tangua jusqu'à la porte et se mit en position. L'hélicoptère allait bientôt entrer dans sa ligne de mire. Il fit feu, ferma la porte et regarda par un hublot. L'hélice arrière faisait un angle bizarre avec la queue de l'appareil. Il avait dû toucher le rotor. Riggs pencha son appareil pour mettre le cap vers le sud.

– Z'allez m'le payer, dit-il en stabilisant son coucou qui prenait l'air par tous les trous.

– C'est déjà fait.

– Quoi ?

– Le cheval et le fusil, ça fera le solde.

– V'vous foutez de moi ?

– Vous pourrez en négocier un bon prix.

– J'retourne me poser.

– Je ne vous le conseille pas. Cinq tueurs vous attendent.

– Comment j'ferai pour rentrer ?

– Ils sont après moi. Ils auront quitté l'Éthiopie ce soir.

– Et mon avion, qui va payer les dégâts ?

– La personne que je vais voir vous achètera un nouvel avion.

– Z'allez rencontrer le président de la Tanzanie ?

– Quelqu'un de plus important.

– Vous m'menez en bateau, Love.

Au-dessous d'eux, le lac Turkana leur rappela que la Terre était belle. Vue d'en haut.

118

Nathan retrouva le contact avec la terre de façon sublime et brutale.

Pressé de se débarrasser de son client qui lui coûtait plus qu'il ne lui rapportait, Barney Riggs l'avait presque poussé. En sautant au-dessus du cratère, Nathan évitait d'affronter un comité d'accueil à l'aérodrome de Seronera et s'épargnait cent cinquante kilomètres de pistes. Son parachute s'était déployé sans accroc entre le ciel nuageux de la Tanzanie et la dépression circulaire de Ngorongoro. Le site, classé Patrimoine de l'humanité par l'Unesco, était considéré comme la huitième merveille du monde, une véritable arche de Noé de 600 km^2, abritant éléphants, rhinocéros noirs, guépards, zèbres, buffles, gnous, hippopotames, flamants roses. Et Susan Fox.

Nathan roula le parachute en espérant que les Rangers n'avaient pas remarqué son intrusion dans le sanctuaire. Pendant sa descente, il avait repéré des éléphants près d'une forêt d'acacias. En marchant vers eux, lentement, naturellement, sans s'arrêter, il avait des chances de tomber sur la piste qui portait leur nom et donc sur le lieu de rendez-vous proposé par Susan. Il rencontra un Massaï aussi mince que la lance qu'il trimballait, vêtu d'une grande tunique pourpre avec une fiole en bandoulière. Il ne connaissait de l'anglais que le mot « dollar ». Nathan dessina sur le sol une femme et un homme. Il lui fit signe qu'il était l'homme et que la femme avait disparu dans le cratère. Le Massaï lui dit « dollar ». Tout ce que Nathan possédait était une toile de parachute. Il la tendit à son interlocuteur cupide qui sembla apprécier le marché, car il se mit à dessiner lui aussi : un arbre surmonté d'un quartier de lune et un peu plus loin un cercle contenant deux lignes ondulées. Il relia les deux par un trait surmonté d'une tête d'éléphant. Nathan déduisit que Susan Fox dormait dans la forêt située à sa droite. À sa gauche, se trouvait un lac. Entre les deux, la piste aux éléphants.

Il atteignit la lisière au bout d'une demi-heure. Des éléphants écorchaient les acacias pour se nourrir. Il appela Susan. Sans réponse, il se rendit au lac, bosselé par des hippopotames. La canicule cognait sur leurs dos luisants. Susan n'avait aucune raison de venir ici en pleine journée. Il fit demi-tour et nota que quelque chose avait changé dans le paysage. Nathan prit conscience qu'au milieu de la plaine, il constituait une cible facile. Il scruta les environs, fit flotter la paume de sa main sur les herbes hautes, fléchit les genoux, ramassa une pierre de la taille d'une grenade. Le ciel était tacheté de nuages effilochés. Le danger ne venait pas d'en haut, mais du sol. Les herbes avaient été foulées. Trois hommes surgirent en arc de cercle. Deux Blancs et un Noir, décalé à droite. Trois pistolets automatiques pointés sur lui. Nathan s'écarta du tir convergent et courut face au soleil en lançant sa « grenade » sur les tueurs déconcertés. Le soleil passa dans son dos et dans les yeux de ses adversaires, désormais en enfilade. En une seconde, il avait réduit le trio à une seule silhouette, mal voyante et déstabilisée. La jambe droite tendue, il vola au-dessus d'un coup de feu. Son pied percuta la gorge du Noir qui culbuta ses deux complices vers l'arrière. Nathan enchaîna les frappes de pieds, trois fois plus puissantes que celles des poings. Les deux Blancs s'effondrèrent à leur tour. Ils n'avaient pas de papiers sur eux. Nathan embarqua leurs vêtements et leurs flingues. Nu et sans arme, un homme est beaucoup moins menaçant. Il gagna la forêt d'acacias, en quête de Susan Fox et découvrit une construction dans les arbres. Il grimpa jusqu'au plancher de branchages, renifla, ausculta, toucha, s'imprégna de ce lieu où quelqu'un avait dormi en laissant un cheveu clair et des taches de sang. Une petite branche coupée avait servi de patère. Un fil de soie était accroché à l'écorce.

Une femme avait couché là. Elle était jeune, agile, mince, légère, mesurait environ 1,75 m, avait de longs cheveux blonds, saignait à l'épaule et au visage. Le sang était frais. Nathan percevait des phéromones. Susan était encore dans le cratère. La mauvaise nouvelle, c'est qu'elle était blessée.

119

– Qui êtes-vous ?

Nathan s'était assoupi sur le lit de branchages. Cherchant l'origine de la voix qui venait de le réveiller, il se redressa.

– Ne bougez surtout pas.

Menace ou conseil ? Il se rallongea. La lumière et la position du soleil indiquaient que l'on était en fin d'après-midi. Il avait dormi plusieurs heures.

– Qui êtes-vous ? répéta la voix.

Elle s'adressait à lui d'un arbre voisin.

– Esian a été enlevée. Je suis venu à sa place pour que vous ne subissiez pas le même sort.

– Vous travaillez pour qui ? La CIA ? La NSA ? Le MI6 ?

– Personne.

– Vous comptez me protéger à vous tout seul ?

– Vous comptiez bien sur Esian.

– Je voulais qu'elle se mette en lieu sûr.

– De quoi avez-vous peur ?

– On a essayé de m'enlever.

– Qui ?

– Ils n'ont pas décliné leur identité.

– Je peux me retourner ?

– Non ! Dites-moi comment vous êtes arrivé ici. Dans les détails. Cela me permettra de savoir si vous mentez ou pas.

Nathan lui raconta qui il était et comment il était arrivé là.

– Vous volez d'arbre en arbre comme dans les films asiatiques ? demanda-t-elle.

– J'ai séjourné plus longtemps sur les plages que dans les forêts.

– Je vais vous faire confiance.

Susan était perchée dans l'acacia voisin. Son visage était voilé par un turban bleu turquoise. Elle était vêtue d'une tunique massaï. Faute de pouvoir la juger sur son physique, Nathan chercha ailleurs ce qui la liait aux autres.

– Esian m'a parlé de vous. Vous êtes quatre femmes à vouloir transformer l'Afrique en plate-forme boursière.

– Il s'agit d'apporter la prospérité.

– Qui vous emploie ?

– Personne.

– Esian travaille pour le plus grand mafieux de la planète.

– Je vous dis que je ne suis à la solde de personne.

– Qui vous donne les moyens d'agir ?

– Le Royaume-Uni.

– Êtes-vous proche du Premier ministre britannique ?

– On peut dire ça comme ça.

– Êtes-vous sa maîtresse ?

Elle descendit de l'arbre avec l'agilité d'un singe. Il la rejoignit au sol.

– Vous n'êtes plus en sécurité ici. Il faut partir.

– On vous a suivi ?

– J'ai neutralisé trois individus dans la plaine.

– Qui ça ?

– Les présentations ont tourné court.

– J'ai peur, avoua-t-elle.

– Avez-vous peur de la pluie, aussi ?

– Comment le savez-vous ?

– Vous aimez la peinture et le blues ?

– Oui. Comment… ?

– Êtes-vous belle ?

– Pourquoi ces questions ?

– Si vous répondez par l'affirmative, alors vous avez raison d'avoir peur.

Susan retira lentement le chèche qui la masquait. Plus elle le déroulait, plus il était taché. Lorsqu'elle ôta les derniers centimètres de tissu, elle révéla enfin son visage. Nathan eut un mouvement de recul.

– Si je suis votre raisonnement, dit-elle, je devrais être rassurée.

120

Un bus aux couleurs de Nouvelles Escales se gara dans Tamegrout, un village du Sud marocain où la vie paraissait paisible. Quelques gamins crasseux vêtus de tee-shirts à l'effigie d'icônes sportives occidentales couraient après un ballon. Des femmes discutaient à l'ombre d'un tamaris, prêtes à poser pour une photo tarifée. La spécialité locale était la poterie. Les touristes furent donc canalisés vers une visite guidée qui devait s'achever dans la boutique de l'atelier. Ici, les étrangers étaient conditionnés pour acheter une jarre ou un tajine. Tamegrout ressemblait à beaucoup de villages marocains, maisons jaillies d'une terre à laquelle on avait simplement ajouté de la paille et de l'eau. Ces habitations caméléons aux toits plats, collées les unes aux autres, se confondaient avec le désert et n'offensaient pas le regard. Mohammed VI, en bon souverain, avait amené l'eau, l'électricité, les écoles, les dispensaires et les centres administratifs. La mondialisation avait apporté les antennes paraboliques et téléphoniques dont la couverture n'épargnait aucun recoin du territoire. Les tours métalliques rouge et blanche y concurrençaient les minarets. Sous ces semailles du progrès, demeuraient les labyrinthes de galeries sombres et fraîches qui faisaient communiquer les habitations entre elles. C'était dans l'une d'elles que Nadiane courait.

Elle courait en soulevant une poussière étouffante. Son abaya et son hidjab entravaient ses mouvements. Ce déguisement lui avait servi un temps à tromper ses poursuivants. Dans un pays où les femmes se terraient sous des voiles de pudeur, il était facile de se cacher. Nadiane avait réussi à quitter Marrakech, à traverser l'Atlas et à fuir vers le Sahara, en voiture, en autocar, en dromadaire, en brouillant les pistes. Elle s'était arrêtée à Tamegrout, se croyant hors de danger. Ceux qui la traquaient l'avaient localisée sans qu'elle sache comment ils y étaient parvenus aussi rapidement.

Sa seule chance était de se mêler aux touristes. Nadiane entra dans une pièce où l'on avait allumé un four et se débarrassa de son déguisement, dévoilant un jean et un débardeur plus valorisants. Elle se fit avaler par un peloton de Français harcelés par des gosses qui s'entêtaient à troquer des pièces en euro contre des dirhams. Les visiteurs remontèrent à la lumière avant d'être dirigés vers l'atelier de poterie. Nadiane leur faussa compagnie après avoir dérobé une paire de lunettes de soleil juchée sur un brushing volumineux. Elle acheta un chèche à un berbère, déchira l'échancrure de son débardeur et marcha d'un pas assuré vers le car. Le chauffeur discutait avec son assistant devant le marchepied. Pendant que les regards des deux Marocains étaient rivés sur le décolleté provocant, Nadiane monta. Elle disposait de peu de temps avant l'arrivée des passagers retenus dans la boutique de souvenirs. Sur le tableau de bord, il y avait un bloc-notes, des sacs en plastique, un micro, des formulaires, des cassettes audio. La poignée en métal était dans le vide-poche. Nadiane la déroba et descendit par l'arrière. Par chance, le coffre était du côté de la route. Elle enfonça la poignée dans la serrure, souleva le hayon et plongea dans l'obscurité. Le bus démarra peu de temps après. Lorsqu'il s'arrêta à nouveau et qu'il n'y eut plus un seul bruit, elle poussa le panneau d'acier. Il faisait nuit. Cela signifiait qu'elle avait passé au moins six heures dans la soute. Elle posa un pied à terre. La première chose qu'elle vit fut une haie de cyprès. La deuxième, une lumière puissante. La troisième, le noir total.

Lorsqu'elle revint à elle, Nadiane était toujours dans le noir. L'espace autour d'elle s'était rétréci. Son dos était plaqué à une paroi, ses genoux repliés sous son menton, sa tête serrée dans un étau, ses bras entouraient ses chevilles. Elle était dans la position d'un fœtus conservé dans un bocal trop petit. Ce qui la torturait le plus était la douleur dans sa bouche. Comme si on l'avait forcée à sucer un morceau de braise. Elle cracha, mais rien ne sortit. Elle voulut bouger, en vain. Elle cria sans émettre aucun son. Sa langue lui faisait mal. Sa langue était en feu. Sa langue avait été coupée.

Nadiane paniqua et projeta toutes ses forces contre le carcan qui l'emprisonnait. Cette ultime poussée lui permit d'incliner un peu la tête et de distinguer au-dessus d'elle un rond de lumière. Ce fut à ce moment qu'elle prit conscience de l'horreur.

Elle était enfermée dans une jarre.

121

Ils marchèrent longtemps pour rejoindre les flancs du cratère. Susan développait une énergie incroyable. Encore un point commun avec les disparues. Lorsqu'ils atteignirent le sommet, le panorama s'était dilué dans la nuit. Il faisait sec et tiède. Susan était plus à l'aise dans le noir, à l'abri du regard de Nathan. Ils dévalèrent la colline à une bonne cadence jusqu'à un lodge. Susan se voila avant d'y pénétrer. Le réceptionniste s'étira sur sa banquette, se frotta les yeux et déclara que toutes les chambres étaient occupées. Susan dégaina sa Gold Card en demandant une suite. Nathan retint son bras. Si elle payait avec une carte de crédit, elle se ferait repérer. « Ne vous inquiétez pas », dit-elle.

Cinq minutes plus tard, ils entraient dans une suite d'inspiration coloniale, décorée de chandeliers, de ventilateurs au plafond, d'antiquités africaines, de cornes de buffles. Une peau de lion était étalée devant une cheminée éteinte. Il ne manquait plus que le fusil au-dessus de l'âtre. Trois immenses baies vitrées encadrées de tentures ocre offraient une vue qui devait être à couper le souffle au lever du soleil.

– Pourquoi prendre un tel risque ? demanda Nathan.

– Je n'ai encore jamais utilisé cette carte. Elle appartient à un ami et débite un compte au Panama.

– Ceux qui vous traquent feront le lien entre la carte de votre ami et vous. Quel est son nom ?

– Je ne peux pas vous le dire, même à vous.

– Il faudra que vous m'en disiez plus. Sinon, je ne vous serai d'aucune aide.

Sans répondre, elle alla dérouler son écharpe dans la salle de bains. Elle laissa la porte entrebâillée, signe qu'elle avait peur de se retrouver seule. Susan avait perdu presque la moitié du visage. Sa joue gauche et une partie de sa mâchoire avaient été arrachées. Du pus suintait de l'énorme plaie hâtivement recousue. Au cours de leur longue marche pour sortir du cratère, elle s'était confiée : « Je réside à Londres et je fais le même job qu'Esian. »

– Vous ouvrez des usines et des bibliothèques ? avait demandé Nathan.

– J'utilise le poids économique de la mondialisation pour écraser les coutumes, les traditions, les codes de la famille, l'illettrisme, la pauvreté.

– Cela vous rapporte quoi ?

– Des Africains violent des jeunes filles parce qu'ils croient qu'une relation sexuelle avec une vierge les guérira du sida. Une jeune lesbienne du Zimbabwe a été enfermée par ses parents dans une pièce et violée quotidiennement jusqu'à ce qu'elle tombe enceinte. Plus au nord, dans la province du Sud-Kivu, en République démocratique du Congo, trente-cinq femmes sont violées chaque jour. Des milliers de femmes et de fillettes sont contraintes par une extrême pauvreté à devenir des esclaves sexuelles ou de la chair à canon. Je combats la pauvreté parce qu'elle limite la capacité des femmes à lutter pour leur émancipation.

– Vous êtes quatre à coordonner vos actions. Vous, Esian Zawi…

– Nadiane Jamila et Oana Temple.

Deux semaines auparavant, Nadiane avait contacté Susan pour l'avertir qu'Oana avait disparu au cours d'une mission au Ghana. Peu après, Nadiane avait échappé à son tour à un enlèvement et avait dû quitter subitement Marrakech. En déplacement dans les montagnes éthiopiennes, Esian était injoignable et n'avait pu être alertée. Les évènements s'étaient ensuite enchaînés très rapidement. Susan avait téléphoné à son ami à Londres qui lui avait conseillé de rentrer. La veille de son départ, elle s'était endormie dans la chambre de son hôtel à Johannesburg et s'était réveillée dans un immense cercueil rempli de longs tubes de métal lisses et froids. Elle avait palpé à l'aveugle, jusqu'à ce que ses doigts rencontrent une aspérité. Une détente. On l'avait dissimulée au milieu d'une commande de lance-roquettes. Elle avait repensé à la disparition d'Oana, à la mise en garde de Nadiane. Il fallait à tout prix qu'elle sorte de là. La caisse était solide et le couvercle scellé. Elle avait alors eu l'idée de se servir de la cargaison : les lance-roquettes sont des armes souvent indissociables de leur munition, et les trafiquants d'armes placent souvent dans leur livraison un exemplaire prêt à l'emploi pour des démonstrations auprès des acheteurs. En pressant une détente, il y avait une chance pour que le coup parte. Après avoir vérifié que le canon était dirigé du côté de ses pieds, Susan avait tiré. Le reste n'avait été que bruit, douleur et cavale. La mise à feu avait provoqué une détonation assourdissante et les gaz du moteur-fusée avaient été éjectés vers sa tête. Heureusement, le souffle avait été atténué par la contre-masse de pétales de plastique qui équipait l'arme. Le tir avait éventré la caisse et troué la bâche du camion, brûlé son épaule gauche et une partie de son visage. Susan avait eu la force de sauter du véhicule avant de se faire conduire aux urgences où l'on avait soigné sa brûlure et suturé la chair qui baillait sur ses gencives. Le traumatisme crânien l'avait rendue sourde d'une oreille et lui avait fait perdre une partie de sa mémoire. Elle bafouillait parfois, mélangeait les langues et les dates, avait des absences. Le chirurgien avait préconisé des soins intensifs, une surveillance médicale et psychologique étroite ainsi qu'une reconstruction faciale. Susan s'était échappée de l'hôpital avec un stock d'analgésiques et d'antidouleurs. Elle avait envoyé un e-mail à Esian pour la prier de la rejoindre dans le cratère de Ngorongoro et avait attendu une semaine. Nathan connaissait le reste de l'histoire qui devait se terminer à Londres, avec son aide.

On frappa à la porte.

Nathan fit signe à Susan de ne pas bouger. Il se colla contre le mur et ouvrit en grand, prêt à pulvériser une pomme d'Adam. Le réceptionniste leur apportait des sandwiches rassis.

– Votre collation, Sir.

Nathan le remercia avec un sourire et des shillings. Après avoir soigné ses plaies et savouré un bain, Susan réapparut enturbannée et affamée.

Il lui présenta un fauteuil et déroula le chèche.

– Si vous ne laissez pas cette plaie à l'air libre, elle ne cicatrisera pas.

– Je ne veux pas vous imposer ça pendant qu'on mange.

– C'est vous qui m'impressionnez, pas votre blessure.

La faim la tenaillait. Elle en oublia les convenances et mordit dans un sandwich malgré sa mâchoire calcinée qui la faisait souffrir à chaque mastication. Elle but du Coca-Cola pour liquéfier les aliments et avaler ses pilules.

– Vos actions ont-elles déjà porté des fruits ? demanda Nathan.

– Nadiane a œuvré avec le roi du Maroc pour apporter le confort, l'éducation et la santé dans les coins les plus reculés du désert. Esian a fait de la Somalie un pays qui fonctionne sans gouvernement. Oana a fait du Ghana le chouchou de la Banque mondiale, du FMI, des USA et du Royaume-Uni. Le Premier Ministre britannique est le plus généreux bienfaiteur de ce pays dont la Bourse a enregistré la plus forte croissance dans le monde, avec un rendement de 144 %. Le Groupe de recherche et d'information sur la paix et la sécurité a classé le ghana en tête de l'Afrique pour sa contribution à la paix. Faibles dépenses militaires, trois mille soldats mis à la disposition des casques bleus, quatrième pays contributeur en hommes aux forces militaires des Nations unies…

– Connaissez-vous personnellement le Premier ministre britannique ? la coupa Nathan.

– Je l'ai rencontré à plusieurs reprises.

– Ce n'est pas le sens de ma question.

– Je ne suis pas sa maîtresse, si c'est ce que vous voulez savoir.

– Et Oana ?

Elle ne répondit pas. Nathan alimenta l'interrogatoire :

– L'Angleterre est très impliquée en Afrique et a défendu un véritable plan Marshall pour lui venir en aide.

– En effet.

– Parlez-moi de ce plan Marshall.

– Doublement de l'aide annuelle au cours des cinq prochaines années, soit vingt-cinq milliards de dollars supplémentaires par an… Annulation de la dette des pays les plus pauvres grâce à la vente d'une partie des réserves d'or du FMI.

– Vous avez fait du FMI une institution philanthropique.

– Pas moi, Oana.

– Elle a une grosse influence sur la politique du Royaume-Uni.

Nathan avait remplacé les questions par des affirmations soumises à l'approbation de Susan. Cela facilitait le déballage.

– Si elle se traduit par des effets positifs, dit-il, il n'y a pas de mal à avoir une liaison avec un chef d'État.

– Cette affirmation n'engage que vous.

– Vous avez parlé du travail de vos consœurs. Quel était le vôtre exactement ?

– Attirer les investissements en Afrique du Sud.

– Et ça marche ?

– La banque Barclays a investi trente-trois milliards de rands dans la banque Absa pour en devenir l'actionnaire majoritaire. C'est l'investissement étranger le plus important qu'on ait jamais connu en Afrique du Sud. Pareil pour General Motors…

– Qui êtes-vous ?

– Comment ça ?

– Quelle est votre fonction ? D'où tirez-vous cette propension à attirer des investissements faramineux et des ravisseurs omnipotents ?

– J'ai des diplômes.

– Cela n'est pas suffisant.

– Des relations.

– Vous êtes la maîtresse d'un banquier.

Silence.

– Le plus gros d'Angleterre.

Silence.

– Celui qui vous a donné sa carte de crédit du Panama et qui s'est acheté une banque sud-africaine.

Silence.

– Quelqu'un qui n'a pas levé le petit doigt pour venir à votre secours.

– Vous n'avez pas le droit de dire ça. J'étais introuvable.

Elle avait répondu à ses questions.

– Reposez-vous, maintenant.

– Vous restez avec moi, hein ?

– Je veille sur vous. Dormez tranquille.

Il poussa la commode contre la porte et posa un verre en équilibre sur la poignée. Les baies vitrées étaient scellées aux murs et ne s'ouvraient pas. Il n'y avait donc qu'une seule issue. Il vida le plateau en métal argenté et le bomba avec son genou.

– Que faites-vous ? demanda-t-elle.

– Je prends quelques précautions.

Elle se coucha à moitié rassurée et essaya de savourer son lit. Ses paupières fermèrent rapidement son visage défiguré.

122

Quelqu'un était debout près du lit. Pourtant le verre était toujours sur la poignée. La commode n'avait pas bougé d'un pouce, les baies vitrées étaient intactes. Un lien métallique s'enroula autour de sa gorge. Avant de suffoquer, il trouva l'inspiration nécessaire pour lancer ses jambes par-dessus la tête et saisir en ciseaux celui qui l'étranglait. L'agresseur fut projeté en avant et goba un talon quand il toucha le sol. Nathan n'eut pas le temps de se lever, deux types lui avaient saisi les bras pendant qu'un autre lui tirait trois balles dans le ventre. Les tueurs se dirigèrent ensuite vers la salle de bains. Le premier enfonça la porte avec son crâne et alla enlacer le bidet. Le deuxième, happé vers l'arrière, s'encastra dans la cheminée, un chenet entre les dents. Le troisième eut à peine le temps de voir le tisonnier fendre l'air au-dessus de son crâne. Nathan se débarrassa de la tige métallique et du plateau argenté qui lui avait servi de pare-balles. Malgré cela, son ventre saignait, les impacts avaient crevé le métal qui s'était agrafé sur ses abdominaux. Susan était assise dans la baignoire vide. Il s'appropria un Sig Sauer encore chargé, vira la commode, déverrouilla la porte et entraîna la jeune femme avec lui. Deux Land Rover Defender attendaient devant le lodge. Un type derrière chaque volant. Nathan avança tranquillement entre les deux véhicules, ouvrit les portières, perfora de deux balles les jambes du premier chauffeur, sonna le second d'un coup de pied latéral. Il confia le pistolet à Susan, la fit monter sur la banquette du premier véhicule, poussa le chauffeur et prit le volant en direction d'Arusha.

123

– Qu'est-ce que je faisais dans la baignoire ? demanda Susan.

– Je vous ai déplacée pendant votre sommeil. Par sécurité.

– C'était bien la peine de prendre une suite.

Nathan évita une ornière et se concentra sur la piste. Cent quatre-vingt kilomètres les séparaient de l'aérodrome d'Arusha. Il sentit la main de Susan sur son épaule.

– Merci de m'avoir sauvé la vie, Nathan.

À ses côtés, les jambes en sang, le tueur réclamait à boire. Tout ce qu'il avait pu tirer de ce type, c'était son prénom, Val. Ils traversèrent des villages massaï. Alignements de cases en terre battue protégées par des palissades de bois et de paille, silhouettes pourpres et droites, distantes. Selon Susan, le territoire massaï s'était considérablement réduit avec la création des frontières et des zones protégées où la chasse était exclue. Le tourisme, l'élevage et l'agriculture étaient devenus les activités principales dont les profits allaient aux propriétaires fonciers et aux tour operators. La terre était la clef de voûte du système : l'agriculture rapportait quarante fois plus que le tourisme et trois cents fois plus que le bétail. Avec l'aide de Susan et de ses appuis à Nairobi, les Massaï s'étaient donc engagés dans une course à la propriété individuelle qui leur permettrait de maîtriser leur destin.

– Certes, débarrassés de leur statut de sauvages, ils seront moins exotiques, ironisa-t-elle.

– Mauvais pour le tourisme.

– Les Massaï, ça fait joli sur les photos de vacances, mais ce n'est pas ça qui les fait vivre. Vous savez ce qu'ils disent ? « Ne pars pas dans la nature sans un compagnon pour t'enlever la poussière des yeux. » L'idée romantique que les Massaï coexistent harmonieusement avec la savane est loin de la réalité. Les animaux sauvages dévorent les ressources en herbe et en eau, apportent des maladies, augmentent les coûts de production, attaquent les gens. Les Massaï clôturent, défrichent, barrent les accès aux points d'eau, pratiquent les brûlis. Repoussée, la faune dépérit à grande vitesse.

– C'est mieux ?

– Il faut trouver un équilibre entre la conservation de la biodiversité et l'essor économique de la population. Mais c'est à eux de faire ce choix.

Après avoir dépassé les escarpements du Rift, ils approchèrent de Mto Wa Mbu. Un Tanzanien leur indiqua la direction d'un dispensaire. Ils roulèrent sur une piste étroite bordée d'herbes hautes jusqu'à une bâtisse en bois marquée d'une croix rouge. Nathan demanda à Susan de surveiller le prisonnier. Il revint avec un sachet et une bouteille d'eau sur laquelle lorgna Val. Ils prirent la direction du lac Manyara, passèrent quelques huttes et s'arrêtèrent dans un endroit isolé à l'ombre d'un baobab. Nathan installa le tueur au pied de l'arbre et lui tendit la bouteille.

– Prenez ça, dit-il en lui présentant une poignée de cachets.

– C'est quoi ?

– Des opiacés, des anti-inflammatoires, des antibiotiques.

– Vous cherchez à m'empoisonner ?

– Soit je commence à vous soigner ici, soit vous vous faites amputer à Dar es Salaam.

Le tueur avala les médicaments en buvant goulûment. Nathan déchira son pantalon et examina les deux blessures. Les balles avaient traversé la cuisse. Il cautérisa à l'alcool, cousit à vif, serra un bandage. Val perdit connaissance. Une gifle le ramena à la réalité.

– Putain, faudra repasser votre diplôme de secourisme.

– Qui êtes-vous ?

– Minute, j'ai besoin de me remettre de mes émotions.

– Si vous êtes capable de proférer des banalités, vous pouvez répondre à la question.

– Laquelle ?

– Quel est votre nom ?

– Val Kilmer.

– Pour qui travaillez-vous ?

– Jerry Bruckheimer.

Susan interrompit Nathan sur le point de poser une nouvelle question.

– Il se moque de vous, dit-elle. Val Kilmer est un acteur américain et Bruckheimer est un producteur de cinéma.

– C'est pas vrai ! Il l'ignorait ? s'esclaffa le tueur.

– Je recommence, dit Nathan, imperturbable. Votre nom ?

– Je crois qu'on s'est mal compris. Si vous pensez qu'en étant sympa avec moi, ça va me faire causer ou bien qu'on va être copains, vous vous fourrez le doigt dans l'œil.

– Vous avez peur de parler ?

– Je suis entraîné à ne pas parler.

– Entraîné par qui ?

– Hey, t'es un malin toi. T'as failli m'avoir.

– Pas un malin, un gentil.

– Là, tu inverses les rôles.

– Vous vous prenez pour le gentil ?

– En tout cas, ça ne peut pas être toi.

– Pourquoi cherchiez-vous à enlever Susan Fox ?

L'homme se décontracta, relâcha ses muscles. La douleur dans ses jambes se dissipait. Nathan sortit une boîte de médicaments du véhicule. Il était temps de changer de technique. On avait rarement de bons résultats en interrogeant poliment les suspects.

– Que comptez-vous faire ? s'inquiéta Susan.

– Continuer à l'interroger.

– Merci de ne pas avoir eu recours à la violence.

– Ça n'a pas été concluant.

– On a appris qu'il n'est qu'un exécutant.

– Il croit être du côté de la loi.

– D'autres auraient profité de ses blessures pour le faire parler. Vous, vous l'avez soigné. Vous m'avez épaté, Nathan.

– Votre sort et celui de vos consœurs dépendent pourtant de ce que ce type peut nous révéler.

– Il y a un monde entre vous et lui.

– Ce n'est pas sûr.

Val s'était assoupi à l'ombre du baobab. Nathan le réveilla pour lui proposer à boire.

– Laisse-moi pioncer, mec, je te ferai signe quand j'aurai soif.

Nathan s'accroupit en face de lui et le fixa. Val se fâcha :

– Arrête ton manège ! Je connais les ficelles des interrogatoires. Être sympa, ne pas frapper le suspect, éviter la violence qui lui est familière et qui affiche l'impuissance de celui qui en use, faire preuve de compassion et de tendresse pour déstabiliser, jouer sur la corde sensible, avancer des hypothèses pour prouver qu'on sait déjà les réponses, ne pas poser les questions trop vite, se mettre à la place du type, lire entre les lignes…

– Et ça, vous connaissez ?

Val braqua un œil sur la boîte que lui montrait Nathan.

– Non, mais tu vas sûrement me dire ce que c'est.

– Streptomycine. Il y a là de quoi faire deux injections intramusculaires.

Nathan déballa deux seringues.

– C'est quoi, du sérum de vérité ?

– Un traitement contre la peste. Savez-vous ce qu'est la peste exactement ?

L'homme se redressa contre le tronc. Nathan continua :

– La peste est une maladie très contagieuse. Elle a trois acteurs : le rat, la puce et le bubon. Après une brève incubation, la fièvre se déclenche brutalement, accompagnée de céphalées, d'asthénie, de vomissements, de nausées, de douleurs diverses. La peste bubonique est la plus fréquente. Elle est généralement due à une piqûre de puce infectante. Après avoir pénétré la peau, le bacille gagne le ganglion lymphatique qui se tuméfie. Le bubon pesteux suppure, s'ulcère. C'est très douloureux. Puis, il y a la peste pulmonaire…

– Où tu veux en venir ?

– Vous allez comprendre. En plus, ça vous concerne. La peste pulmonaire résulte de l'aggravation d'une infection initialement bubonique ou bien d'une transmission interhumaine, car la peste pulmonaire est d'une extrême contagiosité. Elle se transforme en broncho-pneumonie suraiguë. Son taux de létalité est très élevé. Le traitement doit être immédiat. Il y a guérison dans 90 % des cas si ce délai est inférieur à vingt-quatre heures.

– En quoi ça me concerne ?

– Vous avez contracté la peste pulmonaire.

– Comment j'aurais attrapé ça ?

– La bouteille d'eau que vous avez bue. Je l'ai remplie au dispensaire avec les fonds de verres des malades. Et ce que j'ai dans la main, c'est le traitement.

– Putain, t'es un enculé ! Je vais te…

Val essaya de se relever mais la douleur le ramena au sol.

– Ménagez-vous. Vous êtes à la fois blessé et très malade.

– Qu'est-ce que vous allez faire ?

– Attendre que vous vous décidiez à parler.

Susan était horrifiée. Elle supplia Nathan de procéder à une injection.

– Écoutez la petite ! beugla Val.

Nathan vida les deux seringues dans le sable.

– Qu'est-ce que vous foutez ?

– On perd du temps. Maintenant je dois retourner au dispensaire chercher de nouvelles doses.

– Je m'appelle Val Donneghan. Je bosse pour le gouvernement américain.

– Quel département ?

– CIA.

– La CIA enlève les gens maintenant ?

– Depuis les années 1990, l'Agence pratique l'extraordinary rendition. On enlève une personne et on l'envoie en secret dans un pays où la torture est permise lors des interrogatoires.

– Le rythme des enlèvements semble s'être accéléré.

– Notre mission était d'enlever Esian Zawi et de rentrer au bercail.

– Et Susan Fox ?

– Elle n'était pas notre cible, au départ. Mais ceux qui devaient se charger d'elle ont merdé. Ils nous ont demandé un coup de main.

– Comment avez-vous fait disparaître Esian ?

– En traversant les murs. Facile quand ce sont ceux d'une hutte en paille. Pas besoin d'entrer par la porte.

– L'agent Coolidge dirigeait votre mission ?

Val hésita.

– Dépêchez-vous, Donneghan. Le bacille se répand dans votre organisme.

– Oui, c'était Coolidge.

– Qu'est-ce qu'il fabrique à Mogadiscio ?

– Il assurait votre traçage.

– Mon traçage ?

– Il vous a collé une puce électronique. La Digital Angel comme ils l'appellent. Elle identifie et localise le porteur par satellite. La DA a la taille d'un grain de riz et elle est implantée sous la peau. Dans votre cas, Coolidge vous l'a fait avaler. C'était plus discret.

Nathan se souvint des boulettes qu'il avait mangées en compagnie de l'agent américain.

– Pourquoi a-t-il fait ça ?

– Pour que vous nous meniez à Esian Zawi.

– Moi ?

– Au FBI, on nous a dit que vous aviez du flair. Quand Coolidge a appris que vous alliez débarquer en Somalie, il a décidé de se servir de vous.

– Et de me supprimer à six mille pieds d'altitude.

– Vous vous en êtes miraculeusement tiré.

– Pourquoi m'éliminer ?

– Vous représentiez un danger pour la réussite de la mission.

– Enlèvements, meurtres, la CIA diversifie ses activités ?

– De quelle caverne tu sors ? La Compagnie a toujours fait ça. D'accord, avant on était obligés de sous-traiter. Ceux qui essayaient de faire chier la CIA, le FBI ou la mafia, étaient effacés. Et si les emmerdeurs s'appelaient Kennedy, Martin Luther King ou Malcom X, on recrutait un givré du genre Siran Siran ou Oswald qui prenait tout sur le dos. Aujourd'hui, on a la loi avec nous. Depuis les attentats du 11 septembre 2001, les missions d'assassinat par la CIA sont officiellement autorisées par le Congrès des États-Unis. On a même embauché Dilip Siran, le neveu de Siran Siran. Notre mission relève de la sécurité nationale, mec. Nous avons le droit d'éliminer tous ceux qui la menacent.

– En quoi Esian Zawi menace la sécurité des États-Unis ?

– Ça je l'ignore. N'oublie pas, je ne suis qu'un pion.

– Pourquoi un tel déploiement de force pour me supprimer ?

– On transformait l'enlèvement d'Esian Zawi en accident d'avion. Ça nous évitait d'avoir Korumaku sur le dos.

– Je croyais que la mafia était avec vous.

– J'en sais pas plus. Moi, j'exécute.

– Comment avez-vous été recruté ?

– Coolidge a débarqué un soir chez moi en Virginie. Il m'a proposé un job bien payé. L'ordre était de kidnapper une jeune femme en Afrique.

– Pour en faire quoi ?

– Aucune idée.

– Pourquoi avoir continué à me suivre après l'enlèvement d'Esian ?

– La puce que vous aviez dans le bide continuait à émettre. Cela signifiait que vous n'étiez pas mort dans l'explosion du jet. Entre-temps, les mecs qui avaient foiré le rapt de Susan Fox en Afrique du Sud avaient perdu sa trace. Ils ont contacté Coolidge qui leur a dit qu'il y avait des chances pour que vous nous meniez à Susan. Vous avez gardé la DA huit jours ! Ça nous a facilité le travail.

– J'étais constipé.

– Faut dire que la bouffe locale est dégueulasse.

– Disons plutôt que je n'ai pas mangé grand-chose.

– La Digital Angel délivre aussi des infos biologiques sur le porteur. Quand le rythme cardiaque affiché par le récepteur de la puce est passé à zéro et que la température corporelle est descendue à 28 degrés, on a compris qu'elle était passée dans les eaux usées de Jinka.

– C'est vous qui avez fait irruption dans le motel de Jinka ?

– Non. On est arrivés trop tard. On a ramassé les blessés et on les a interrogés. Des trafiquants d'armes qui voulaient récupérer la marchandise que vous leur aviez subtilisée.

– Comment êtes-vous arrivé jusqu'à Ngorongoro ?

– On a tenté de vous intercepter à l'aérodrome de Jinka. Mais vous avez réussi à décoller en bousillant l'hélico. Alors on a investi la tour de contrôle, on a joint le pilote de votre avion et on a fait un marché. Il nous disait où il vous emmenait et on l'oubliait.

Nathan ne pouvait pas reprocher à Barney Riggs de vouloir vivre.

– On a averti l'équipe de Johannesburg et on est montés dans le premier avion pour la Tanzanie.

– Qui était l'équipe de Johannesburg ?

– Celle qui était chargée d'enlever Susan Fox.

– Ça, je le sais.

– Ils sont membres des services secrets britanniques.

– Du MI6 ?

– Oui.

– Qui les dirige ?

– Il faudra demander ça à Coolidge.

– Les trois types dans le cratère, c'était eux ?

– Oui. Quand on est arrivés sur place, ils gisaient dans l'herbe, à poil.

– Comment êtes-vous entrés dans la chambre du lodge ?

– Par la cheminée.

– Cette opération a un nom ?

– Hollow Storm [1].

– Vous venez de la Ferme ?

– J'ai été formé pendant un an au centre d'entraînement de la CIA avant d'intégrer le siège à Langley. Mon salaire de départ était de 65 400 dollars par an. Tu veux d'autres détails ?

1. Tempête invisible.

– Le nom du directeur de la CIA.

– Le D/CIA est Porter Goss.

– Le numéro deux ?

– Le DD/CIA est le vice-amiral Albert Calland III.

– Savez-vous que l'opération Hollow Storm a causé la disparition dans le monde d'une dizaine de jeunes femmes proches du pouvoir ?

– Plus de 3 % du budget de la CIA est consacré aux opérations clandestines. Tu devrais laisser tomber, mec, c'est une chose qui nous dépasse. En plus, t'agis contre l'intérêt de ton pays.

– Je n'ai pas de pays.

– Alors contre l'intérêt de l'humanité.

– Vous croyez sincèrement que ces femmes menacent l'humanité ?

– Réveille-toi mon gars. Lénine, Mao, Castro avaient tous des têtes de sauveurs quand ils sont arrivés au pouvoir. Leurs programmes étaient pleins de bonnes intentions.

– Celui de ces femmes était d'apporter la prospérité.

– C'était celui d'Hitler aussi. Je ne sais pas qui t'emploie mais j'ai l'impression qu'il s'est fourvoyé.

Nathan se retourna pour questionner Susan. Elle avait disparu.

124

Il démarra nerveusement et décampa sans Susan, enlevée dans son dos pendant qu'il interrogeait l'un des ravisseurs. Sur le siège passager, celui-ci n'était pas au mieux de sa forme.

– Magne-toi, dit Val.
– Vous n'avez rien d'autre à me dire ?
– Si. Recommence ton enquête à zéro.
– Où est Susan ?
– Qu'est-ce que j'en sais ?
– Où est-ce que je peux trouver Coolidge ?
– C'est lui qui nous trouve, pas l'inverse.
– Où deviez-vous emmener Esian Zawi ?
– On devait la livrer à Tanger.
– Je vous demande le nom du contact qui devait la réceptionner.
– C'est Coolidge qui l'a.
Nathan passa devant le dispensaire sans s'arrêter.
– La streptomycine ! hurla Val.
– Vous avez déjà avalé trop de médicaments. Suffisamment en tout cas pour vous donner la nausée et accréditer mon baratin.
– Qu'est-ce que tu racontes ?
– Les cachets que je vous ai donnés ont des effets secondaires qui m'ont aidé à vous convaincre que vous aviez contracté la peste. Vous avez bu une bouteille qui ne contenait que de l'eau du robinet. Au pire, vous vous en tirerez avec une bonne chiasse.
– Enfoiré !
Ils s'arrêtèrent à Kisongo où Nathan soigna la plaie de son passager et lui offrit une bière Safari. Les deux hommes se déridèrent et critiquèrent à l'unisson leurs hiérarchies respectives qui devraient collaborer plutôt que de se tirer dans les pattes. À Arusha, ils étaient devenus presque amis. Ils montèrent dans le premier avion pour Dar es Salaam.

125

Carla ne savait pas depuis combien de temps elle était là. Le venin qui coulait dans ses veines l'aidait à endurer sa condition et lui faisait perdre tout repère. Elle avait été violée, violentée, droguée, isolée, rabaissée, terrorisée, brisée, abusée psychologiquement, émotionnellement, physiquement. On l'avait transformée en bête sexuelle, dressée pour donner du plaisir à une énorme quantité d'hommes. Elle gisait dans une chambre d'où elle n'avait pas le droit de sortir. Les hommes entraient inopinément pour la tabasser ou la violer. Il ne lui restait plus que la liberté artificielle qu'on lui injectait.

QUATRIÈME PARTIE

La poule picote la Terre, l'aigle la contemple

126

L'intervention de l'agent Val Donneghan auprès du consulat américain de Dar es Salaam permit à Nathan de demander un passeport à validité limitée qui serait délivré dès le lendemain. Après avoir déposé Donneghan à l'hôpital Aga Khan, il contacta Shannen pour qu'elle lui envoie trois mille dollars via la Tanzania Postal Bank. Sa sœur était inquiète, c'était la première fois qu'il lui réclamait de l'argent.

– Je peux t'envoyer tout ce que tu veux, je peux même venir te les apporter.

– L'argent suffira, Shannen.

– Qu'est-ce que tu fais en Tanzanie ?

– Je cherche à en partir.

– Tu vas où ?

– Je l'ignore encore.

Plusieurs options se présentaient à lui. Londres, Langley, Tanger, Bruxelles, Paris, Washington, Darwin. Débarquer au siège du MI6 ou de la CIA pour un complément d'information, se lancer sur les traces de Coolidge, trouver Sylvie, Taillandier, Mooses. Cela faisait douze jours qu'il avait perdu le contact avec ceux qui l'avaient engagé. Il pouvait aussi tout plaquer.

Il avait la nuit pour réfléchir.

Avec les shillings que lui avait avancés Donneghan, il s'acheta un jean, des chaussures, une chemise et une pile de journaux. Le *Daily News*, le *Guardian*, le *Mtanzania*, l'*East African*, l'*Express*, le *Financial Times*. Dans une gargote du centre-ville, il éplucha l'actualité en mangeant des crevettes et des fruits tropicaux, arrosés d'une Safari. Les quelques degrés d'alcool suffirent à lui procurer de l'ivresse.

La presse internationale écrivait que le monde ne tournait pas rond, montrait que la misère était source de toutes les aberrations. Des Palestiniens allaient jusqu'à se faire passer pour des kamikazes afin d'être emprisonnés en Israël où ils étaient ainsi logés, nourris et formés à un métier.

À la sortie du restaurant, des fêtards dans une vieille décapotable l'invitèrent à se joindre à eux. Ils allaient dans un club du côté de la plage. Nathan déclina l'offre et entra dans une guest-house miteuse maintenue debout par la crasse. Le hall qui faisait office de réception était désert. Il monta les escaliers et choisit une chambre sur laquelle on avait laissé la clef. La serrure ne servait à rien, car on aurait pu forcer la porte rien qu'en éternuant. Il s'allongea sur un lit défoncé. Un cafard tomba du plafond et atterrit sur son ventre. Nathan le laissa courir sur ses côtes et le long de son cou. L'insecte s'immobilisa au niveau du menton. Les deux êtres se faisaient face. Les antennes de l'animal tâtaient le terrain, étudiaient le danger. Il continua son chemin sur la joue, se perdit dans les cheveux avant d'atteindre l'oreiller et de remonter à l'assaut du plafond où l'attendaient ses congénères moins maladroits.

Le zen enseignait à ne pas subir les instincts et les émotions. Un cafard ne devait pas perturber le repos de Nathan. Tout comme ses sentiments pour Sylvie ne devaient pas perturber sa décision. Il fallait qu'il se débarrasse de la pensée obsessionnelle pour aiguiser son discernement à travers la toile subtile des relations causales et percevoir l'essence de la réalité. « Il convient de supprimer les afflictions pour percevoir les intentions. Si les afflictions ne sont pas dissipées, elles vous distrairont et vous échouerez à voir », disait Yagyû. Les afflictions sont les maladies d'un esprit qui se fixe sur un point. Depuis le début de l'enquête, l'esprit se fixait sur les disparitions spectaculaires. On cherchait le mal chez les ravisseurs. Peut-être le mal était-il chez les victimes.

Avant de s'endormir au milieu des blattes et de la puanteur, Nathan avait entériné sa décision. Il se rendrait à Paris. Là où tout avait commencé.

127

Nathan récupéra un passeport à l'ambassade et trois mille dollars à la Tanzania Postal Bank. Il acheta ensuite un billet pour Paris, décollage le soir même à 23 h 55. Comme il avait la journée devant lui, il se connecta dans un Net Café et tapa « mondialisation » sur le moteur de recherche. En sautant d'un site à l'autre, il fit le lien entre des éléments qui a priori n'en avaient pas.

Le rapport de la Commission mondiale sur la dimension sociale de la mondialisation présenté à l'ONU reconnaissait que la volonté de parvenir à un consensus était faible, que l'opinion demeurait prisonnière de certitudes idéologiques, divisée par toutes sortes d'intérêts, que les bénéfices étaient encore inégalement répartis. Malgré tout, le message était positif. « *Il s'agit de changer le cours de la mondialisation. Nous estimons que celle-ci peut profiter à plus de personnes, que ses avantages doivent être mieux partagés entre les pays et à l'intérieur des pays, qu'un plus grand nombre de voix doit se faire entendre et influer sur les évènements* », disait le rapport. Un monde meilleur était possible.

Au siège des Nations unies, le secrétaire général avait rappelé que dans la déclaration du Millénaire, les dirigeants de la planète s'étaient engagés à faire de la mondialisation une force positive pour tous les peuples.

Le président français avait à son tour déclaré qu'en Chine, en Inde, au Brésil et dans bien d'autres pays, des centaines de millions de femmes et d'hommes avaient vu leur sort s'améliorer avec la libéralisation de la production et des échanges et avec l'ouverture aux investissements.

Le président du Brésil avait ajouté que l'arme de destruction la plus massive à notre époque était la pauvreté : « *Nous devons tenir les rênes de la mondialisation et la tourner en une force positive pour tous les peuples du monde.* » Le même credo que celui d'Esian Zawi et de Susan Fox.

Nathan cliqua pour aller au-delà des discours. Il était tombé sur Millenium Challenge Corporation, une agence créée par le président américain pour « *financer des projets dans des pays qui gouvernent avec justice, investissent dans le domaine social et encouragent la liberté dans le domaine économique.* » Seize pays avaient été retenus par le conseil d'administration de MCC, dont le Ghana et le Maroc, secteurs d'Oana Temple et de Nadiane Jamila. Il y avait cinq milliards de dollars annuels à la clef. Le MCC venait de débloquer plus de trois cent millions de dollars au profit du Bénin. Cette somme bénéficierait à cinq millions de Béninois, soit la moitié de la population, et sortirait deux cent cinquante mille citoyens de la misère en dix ans.

Nathan essaya d'en savoir plus sur MCC. L'agence avait de nombreux projets dans des domaines prioritaires comme l'accès au marché, au crédit, au foncier. Elle agissait comme accélérateur de croissance économique. MCC était placée sous la direction du département d'État américain. L'administrateur général était Paul Larson, sous-secrétaire d'État aux Affaires économiques qui affirmait « *Il y a un lien vital entre la liberté des peuples et la liberté de commerce.* » Nathan sélectionna le lien qui le menait au Board of Directors. La présidente en était la secrétaire d'État américaine Kathleen Morgensen.

128

Dans l'avion, Nathan fit le bilan de quatre semaines d'une enquête mêlant toutes les sphères du pouvoir. Des personnes haut placées s'employaient à changer le monde. Leur outil était la mondialisation, leur objectif, la prospérité. Les chevilles ouvrières, des jeunes femmes belles, diplômées, brillantes, idéalistes, férues de peinture et de blues. De races et de nationalités diverses, elles évoluaient dans l'entourage des puissants qui les chargeaient d'étendre le libéralisme à la surface du globe, gage de richesses, de paix et d'émancipation des peuples. Nathan était incapable d'attribuer un vice à ces filles. Elles étaient sans faille, si l'on exceptait cette étrange phobie de la pluie. Pourquoi les services secrets de plusieurs pays s'en prenaient-ils à elles ?

Nathan examina la liste des victimes :

Annabelle Domange (Paris, France)
Galan Ryler (Washington, USA)
Suyani Kamatsu (Tokyo, Japon)

Aliana Cortès (New York, USA)
Serana Welles (Le Caire, Égypte)
Ivana Nevassaïa (Moscou, Russie)
Dan Kan (Pékin, Chine)
Tanya Forrest (Seattle, USA)
Esian Zawi (Nord de l'Éthiopie)
Susan Fox (Mto Wa Mbu, Tanzanie)
Oana Temple (Ghana)
Nadiane Jamila (Maroc)

Tous ces patronymes, qui possédaient la même racine, semblaient avoir été choisis en fonction d'une mission. Des noms de code ? Attribués par qui ?

Les lumières se tamisèrent. On s'apprêtait à projeter un film. Nathan mit ses écouteurs pour écouter de la musique. *Positive tension* de Bloc Party le déconnecta provisoirement de ses pensées. À la fin du morceau, le MI6 et la CIA investirent son esprit. Selon Val Donneghan, le rôle des services secrets britanniques et américains se limitait au kidnapping. Ils livraient leur prise à un autre maillon de la chaîne. Quelle était la destination finale ? Qui donnait les ordres ? La route était longue jusqu'à la vérité. Plus longue que le chemin qui lui restait à parcourir jusqu'à Paris.

129

– Qu'est-ce que vous lui voulez à Taillandier ?

Après avoir atterri à l'aéroport Charles-de-Gaulle, Nathan s'était rendu en métro à la direction de la police judiciaire. Le commandant de police Gérard Grange l'avait reçu dans un couloir et dans un anglais scolaire.

– Je collabore avec lui sur une enquête.
– Laquelle ?
– La disparition d'Annabelle Domange.
– Le dossier ne nous appartient plus.
– Il appartient à qui ?
– Lieutenant-colonel Morin.
– Pourquoi ?
– Le commissaire Taillandier est décédé.
– Quoi ?
– Le commissaire Taillandier est décédé, répéta le policier en peaufinant son accent.
– Comment est-il mort ?
– Accident de voiture. En Italie où il était allé interroger un témoin.
– Il était seul ?
– Un inspecteur italien conduisait. Il y avait aussi une profileuse belge avec eux. L'inspecteur roulait trop vite. Ils ont raté un virage et se sont écrasés dans un ravin. Aucun d'eux n'a survécu.

La nouvelle ébranla Nathan. Sylvie avait quitté sa vie comme elle y était entrée. Brutalement. Il ne s'y était pas préparé. Le Hagakuré lui avait pourtant enseigné la loyauté quotidienne vis-à-vis de la mort. Lui qui commençait chacune de ses journées en pensant à son dernier souffle, lui qui se battait contre l'origine de la douleur, la soif des plaisirs, des sens, de l'existence et du devenir, ne s'était pas méfié de son attachement à Sylvie, ni de la souffrance qui risquait d'en résulter. Il balaya les souvenirs qui affluaient. Le corps de Sylvie, son esprit, son cœur, sa conscience avaient disparu. Mais pas son empreinte sur Terre, puisque Nathan était là, en ce moment. Il perpétuait son action, donnait un sens à sa mort. Était-ce là que se situait l'âme humaine ? Dans le karma ?

En restant dans la course, il donnait une âme à Sylvie.

– Monsieur, vous allez bien ? demanda Grange.

Le commandant de police était embarrassé par l'étranger silencieux et triste.

– Écoutez, j'ai plein de boulot. Allez voir le lieutenant-colonel Morin.

– On a identifié les corps avec certitude ?

– Pas la peine de vous faire d'illusion, c'était bien eux.

– L'illusion est que la mort semble toujours lointaine.

– Vous avez sûrement raison.

Dehors, la nuit tombait sur la capitale française. Trop tard pour débarquer dans le bureau de Morin. Nathan sortit de sa poche un papier froissé et lut l'adresse que lui avait rédigée Marie.

130

Peu de temps avant sa mort, Taillandier monta dans une Fiat Punto garée devant la villa de Sloane Ricci, à une trentaine de kilomètres de Rome.

– Il faut la mettre sous protection, dit-il.

– Je vais lui coller un de mes hommes, dit Carzetti en prenant le volant.

– Deux, ce serait mieux.

Sloane Ricci avait vingt-cinq ans, ressemblait à Claudia Cardinale au même âge, possédait plus de connaissances qu'Umberto Eco, dégageait plus de sex-appeal que toutes les Italiennes réunies et gérait l'expansion de l'empire Bernelli à travers le monde. Pas besoin d'en savoir plus pour la ranger sur la liste des victimes potentielles.

Sylvie s'assit à l'arrière, songeuse. Ele avait l'esprit occupé par le compte rendu qu'elle venait d'adresser à sa boîte mail depuis l'ordinateur que Sloane lui avait permis d'utiliser. Il lui tardait de le soumettre à Nathan.

Carzetti démarra la Punto et colla un gyrophare sur le toit pour arriver à temps à l'aéroport. L'entrevue s'était éternisée. Sylvie et Christian allaient rater leur vol. La petite route qui serpentait autour du mont Cavo était peu fréquentée. Sauf ce jour-là. Devant eux, lambinaient un camion de déménagement et un énorme 4 × 4. Carzetti déboîta et osa le dépassement du Mitsubishi qui dut mordre sur le bas-côté. Au terme d'une succession de coups de klaxons, d'appels de phares, de « stronzo » et de doigts d'honneur, Carzetti colla au semi-remorque.

– Nous pouvons prendre le vol suivant, dit Sylvie.

Un choc la propulsa vers l'arrière, puis vers l'avant.

– L'enculé ! cria l'inspecteur.

Le Mitsubishi les tamponna à nouveau, le poids lourd freina devant la Fiat qui pila. Les portes arrière du camion s'ouvrirent, deux rails d'acier jaillirent. Carzetti dégaina son arme. Poussée par le 4 × 4, la Punto avança, se cabra et entra dans le camion qui redémarra aussitôt. Le pare-brise vola en éclats sous un coup de masse. Sylvie cria quand la tête métallique défonça celle de Carzetti. À l'autre bout du manche, un malabar exerçait une traction pour récupérer son outil. Presque simultanément, Christian était soulevé de son siège par deux types en treillis qui lui fracassèrent le visage contre la boîte à gants. La fermeture de la remorque les plongea dans le noir. Sylvie ouvrit une portière qui buta contre la paroi. Une matraque électrique crépita sous son nez. Des kilos de muscles lui écartèrent les jambes et relevèrent sa robe jusqu'aux aisselles.

– Où est Lyn Lee ? demanda une voix.

– Qui ?

Une main gantée arracha sa culotte pour faire pénétrer la matraque électrique. Sylvie hurla en sentant ses entrailles se déchirer.

– Je te balance une décharge à la prochaine mauvaise réponse. Fais gaffe, je connais déjà la plupart d'entre elles.

– Lyn Lee est restée à Paris, à l'hôtel Renoir, dit-elle.

– Qui d'autre travaille avec vous ?

– L'agent fédéral James Mooses et Nathan Love.

– Bien répondu. Où sont-ils ?

– Mooses est à Washington. Love en Somalie.

– Très bien.

– Il y a aussi l'équipier de Nathan, ajouta Sylvie.

– Il a un équipier ?

– Léopold Hochon.

– Où est-il ?

– En Afrique, avec Love.

Ce fut tout ce qu'elle imagina pour alerter Nathan. L'évocation de son psy par les agresseurs le mettrait en garde s'ils essayaient d'entrer en contact avec lui. Elle savait qu'elle allait mourir, qu'elle ne referait plus l'amour avec lui, qu'elle ne verrait plus son fils, ni les cerisiers en fleur. La masse, encore couverte du sang de Carzetti, fusa vers elle comme un boulet.

Quelques kilomètres plus loin, le camion s'arrêta. Les portes s'ouvrirent. La Punto glissa et toucha le sol six cents mètres plus bas.

131

Marie et Paul Jauffroy habitaient un immeuble bourgeois du 5e arrondissement. Nathan s'y faufila dans le sillage d'un résident qui venait de composer le code d'accès. Une voix féminine grésilla à l'interphone.

– *All that you can't leave behind*, dit Nathan.

– Quoi ?

– U2, l'Éthiopie, les Hamer.

– Nathan, c'est toi ?

– Est-ce que je peux monter ?

La porte automatique du hall s'ouvrit dans un buzz. Il trouva Marie au milieu des escaliers dans une chemise d'homme. Juchée sur la marche supérieure, elle l'étreignit en lui sautant presque dessus.

– Je suis contente de te voir, Nathan. Jamais je n'aurais cru…

– Comment vas-tu ?

– Nous sommes rentrés il y a trois jours. Paul a refusé de se faire soigner à Addis-Abeba. Il a été rapatrié par le premier vol pour Paris. Sa jambe s'est infectée, mais les chirurgiens sont optimistes.

– Et Chloé ?

– Elle dort.

Nathan balaya d'un regard le foyer des Jauffroy. Appartement moderne, meubles design, exposition de bibelots exotiques rapportés de leurs voyages, murs blancs décorés d'affiches sous verre, un DVD de *Bob L'éponge* sur la table du salon, une chaussure de fillette sous une chaise, un téléviseur plasma, un home-cinéma intégré dans les murs et les plafonds d'où filtrait une mélodie pop.

Be still my lion heart !
A revolution ready to pounce
All passioneers
Up and out of the house !

– U2 ?

– Coldplay. *X & Y*.

Elle lui servit un café dans la cuisine.

– Je peux voir Chloé ?

La question surprit Marie.

– Euh, oui, si tu veux… suis-moi.

Au bout du couloir, elle entrebâilla une porte sur une semi-pénombre. Une petite veilleuse propageait une lumière douce qui léchait les murs couverts de cadres, de vitrines, de rayons de livres pour enfants. Dans le lit envahi de peluches, dormait une fillette de quatre ans. Sa tête blonde émergeait d'une couette volumineuse qui faisait ressembler le lit à un gigantesque soufflet. Nathan perçut un parfum de vanille et de crayons de couleurs. Sanctuaire de paix et d'innocence. Marie l'observa en se demandant à quoi il pouvait penser. Elle l'invita à passer au salon et à prendre place sur le divan, à côté d'un chaton roulé en boule.

– Elle est belle, n'est-ce pas ?

– Comme sa mère.

Marie rougit et cacha son visage dans sa tasse.

– Tu as rempli ta mission en Éthiopie ?

– Merci pour l'e-mail. Grâce à toi, j'ai rencontré la bonne personne.

– Qu'est-ce qui t'amène à Paris ?

– Ma mission n'est pas terminée.

Nathan ne voulait pas s'étendre sur le sujet. Lui annoncer que ceux qui l'avaient engagé venaient de mourir était inutile. Elle en savait déjà trop.

– Tu veux dormir ici ?

– Tu n'as pas peur ?

– De quoi ? De Paul ?

– Qu'une bande de tueurs fasse irruption.

– Je n'arrête pas de songer à ce qu'on a vécu en Afrique. J'ai amassé plus de souvenirs avec toi que dans le reste de ma vie.

– Tu repenses à Kamta ?

– C'est ton visage que je revois la nuit. J'ai réfléchi à ce que tu m'as dit, que j'étais attirée par toi parce que tu m'avais fait entrevoir une dimension où tout semblait possible. La vie est courte Nathan, et je réalise que je ne fais que des choses futiles et déplaisantes. Je ne suis pas heureuse. Mon voyage en Afrique a souligné le caractère insipide de mon existence, contrairement à ce que j'attendais.

– Tu as mis toute ton énergie pour atteindre ce qui n'existe pas.

– Qu'est-ce que je dois faire ?

– Faire avec.

– Avec quoi ?

– Tirer le meilleur de ce qui est.

– De ce qui est ? Mais c'est ça le problème. Je suis mariée pour toujours, j'exerce un boulot con, Paul ne pense qu'au sien, on a des crédits sur vingt ans, mon avenir n'a jamais été aussi plat…

– Tu énonces des certitudes et des généralités, des « toujours » et des « jamais » qui te verrouillent dans tes problèmes. Débarrasse-toi de tout ça. Tue le Bouddha.

– Tu blasphèmes ?

– Bouddha n'est pas un Dieu. Tuer le Bouddha, c'est faire le premier pas vers la liberté. Tue tes attentes, tes croyances et tes préjugés.

– Je ne te suis pas.

– La joie est en tout, il faut savoir l'extraire.

– Facile à dire.

– Il faut célébrer la vie quotidienne. Aucun acte ordinaire ne doit être négligé. Verser du café à un ami, composer un bouquet, écrire une liste de courses, laver un bol, marcher jusqu'à l'école avec son enfant… La répétition de gestes humbles permet à l'esprit de se libérer des chimères du passé et du futur.

– Tu ne dois pas beaucoup faire les courses à Carrefour, toi.

– Juste à côté de toi, il y a une source de bonheur.

Elle le fixa sans comprendre. Il précisa :

– La chambre de Chloé est un puits de joie intarissable. Je m'y suis abreuvé.

– Tu ferais un excellent père.

Pour oublier qu'il avait failli l'être, il se réfugia dans la pensée de Li Bo :

– Un poète chinois a dit que le suprême bonheur était d'écouter la chanson d'une petite fille qui s'éloigne après vous avoir demandé son chemin. En ce qui me concerne, cela vaut le spectacle d'un enfant qui ferme les yeux pour transformer le monde en rêves.

– Tu prêches sans pratiquer, Nathan. Tu encenses la banalité du quotidien alors que tu ne te réveilles jamais au même endroit et que tu risques ta vie chaque jour.

– L'agitation est le propre du fou. Le sage est calme.

– Tu es complètement barge, alors ?

– En ce moment, oui. D'habitude, je m'efforce de méditer face à la mer, de contempler les cailloux comme s'ils étaient des pierres précieuses, de savourer un ananas comme si je n'avais pas mangé depuis des jours, de rendre grâce au soleil qui prodigue chaleur et lumière, de porter un regard émerveillé sur ce qui m'entoure. Risquer sa vie, c'est facile.

– Excuse-moi de t'embêter, tu dois avoir mieux à faire que d'écouter les divagations dépressives d'une mère de famille.

– C'est plus intéressant que de sauter d'un avion en feu.

– Merci de dire ça.

Elle se leva pour resservir du café, en s'appliquant, en essayant de prendre conscience de ses gestes, tel qu'il venait de le lui conseiller. Marie écoutait, apprenait vite, ne se contentait pas de se plaindre. Elle le rejoignit sur le divan.

– C'est quoi ta philosophie, Nathan ?

– Elle n'a pas de nom. Dès qu'on en met un, on s'enferme.

– À quoi ressemble le monde pour toi ?

– Jusqu'à Platon les philosophes grecs le considéraient comme une chose parfaite, remarquablement ordonnée. Chaque être vivant, y compris l'homme, venait du cosmos et y retournait, sous forme de particules. Au XVIe et au XVIIe, on a élevé l'homme au rang de Dieu. Le progrès est devenu synonyme de mieux-être. Puis il y a eu Nietzsche qui a prôné la déconstruction et nous a fait comprendre que cela n'allait pas forcément dans l'intérêt de l'humanité. Tous ces siècles de pensées furent anéantis. Comme si tout n'avait été qu'illusion.

Les jambes repliées sous ses fesses, Marie l'écoutait avec attention, comme si son avenir en dépendait. Elle le frôlait parfois avec sa main ou son genou, irrésistiblement attirée vers plus d'intimité. Les trois boutons de sa chemise étaient ouverts, soit un de plus que lorsqu'il l'avait trouvée dans les escaliers. Pourquoi n'avoir pas rencontré Nathan plus tôt, avant Paul ? se demandait-elle.

– Il n'y aurait pas eu Chloé, dit-il.

– Pardon ?

– Je répondais à ta question.

– Tu lis les pensées ?

– L'intimité facilite la clairvoyance.

Elle s'approcha pour lui effleurer la joue avec ses lèvres.

– Et là, à quoi je pense ?

– À Kamta.

– Tu n'es pas drôle, dit-elle en se reculant.

– Je suis heureux de te connaître, Marie, mais ceux qui me fréquentent ont une espérance de vie très courte.

– Ils ont une espérance, au moins.

– Ils avaient.

– Pourquoi es-tu venu me voir ?

– Je peux passer un coup de fil ?

132

– Vous savez quelle heure il est ?

Le lieutenant-colonel Morin était de mauvaise humeur. On l'avait réveillé à une heure du matin alors qu'il était sur le point de lancer en rêve un assaut sur une planque de terroristes. Pire, celui qui l'avait arraché à ce fait d'arme était le profiler américain qu'il ne pouvait pas saquer. Pour couronner le tout, il venait lui parler d'une affaire dont il avait été dessaisi.

– Qui a hérité de ce satané dossier ? demanda Nathan.

– Ce n'est ni le moment, ni le lieu pour discuter de ça.

– C'est bon, je suis chez vous dans vingt minutes.

– Hors de question que vous débarquiez chez moi !

– Dites-moi ce que vous savez et je raccroche.

– C'est le pape.

– Quoi ?

– Je parlais à ma femme que vous avez réveillée, elle aussi !

– Excusez-moi auprès d'elle.

– Je ne hurle pas, Estelle ! hurla Morin.

Nathan l'entendit ordonner à son épouse de se rendormir avant de confier :

– Le dossier est monté au sommet de la hiérarchie.

– C'est-à-dire ?

– À la direction générale de la Police nationale.

– Qui en est à la tête ?

– Charles Fourcade.

– Et au-dessus de lui ?

– Il y a le ministre de l'Intérieur. Mais le dossier s'est arrêté à Fourcade.

– Merci, colonel.

– J'ai toujours pensé que vous étiez nuisible, Love. Depuis le début, vous avez cherché à dissocier les affaires Domange et Balland. Taillandier vous a fait aveuglément confiance. Résultat, l'enquête a piétiné et nous a échappé.

– Pourquoi vous entêter à rapprocher ces deux victimes ?

– Parce qu'on n'est pas en Amérique, ici. Les psychopathes ne courent pas les rues. Lorsque au cours du même mois, dans la même région, deux jeunes femmes importantes sont sauvagement agressées, il y a un lien.

– Nicole Balland n'était ni jeune, ni importante.

– Allez dire ça à son mari.

– Avez-vous un début de preuve de… ?

– Tout est dans le dossier transmis à la DGPN. Bonne nuit.

Il raccrocha.

– Tu as ce que tu voulais ? demanda Marie.

– Il me faudrait l'adresse d'un certain Charles Fourcade.

Elle pianota sur Internet. Plusieurs noms et adresses s'affichèrent. Marie lui suggéra celle qui était dans le quartier le plus huppé. Avenue Foch.

– Tu veux qu'on l'appelle lui aussi ?

– Non, là je dois me déplacer.

– Tu veux que je t'emmène ? Je préviens ma voisine pour Chloé.

– À 2 heures du matin ?

– Ah oui, c'est vrai.

– En revanche, je vais avoir besoin de ton chaton.

133

Équipé d'un sac à dos, Nathan escalada la clôture et se retrouva sur la pelouse fraîchement tondue de la résidence de l'avenue Foch. La porte d'entrée était fermée par un code. La façade sculptée offrait de nombreuses aspérités. En se servant de la gouttière et des jointures béantes séparant des gros blocs de béton ciselés, Nathan grimpa jusqu'à l'appartement du directeur général de la Police nationale, au 3e étage. Il sauta sur le balcon et se colla aux fenêtres. À travers le double vitrage et les rideaux, il devina les chiffres d'un réveil à affichage digital. La chambre.

Inutile d'entrer en brisant la vitre. L'effraction aurait donné d'emblée une mauvaise image de lui et sapé les fondements de la discussion qu'il comptait avoir avec Fourcade. Il sortit le chaton du sac à dos, se plaqua contre la façade et gratta en imitant un miaulement. À ses pieds, l'animal ébouriffé entama sa toilette. Les rideaux bougèrent. Le battant à peine ouvert, Nathan mit un pied sur la moquette. La violence et la soudaineté de son entrée froissèrent le pyjama bleu marine de Charles Fourcade qui recula sur son épouse.

– Qui êtes-vous ?

– Le commissaire Taillandier et la profileuse Sylvie Bautch m'ont engagé pour retrouver Annabelle Domange. Pendant que je poursuivais les investigations en Afrique, ces deux personnes ont été assassinées.

– À ma connaissance, il s'agit d'un accident.

– J'ai eu le même genre d'accident en Afrique.

– Que voulez-vous ?

– Parler de cette affaire avec celui qui en a la charge.

– Vous auriez pu m'appeler à mon bureau.

– Ou vous écrire.

Fourcade dit quelque chose à son épouse. Sa voix était grave, enrouée par des années de tabac. Nathan ramassa le chaton et le suivit dans une pièce cossue qui lui servait de deuxième bureau.

– Asseyez-vous, ma femme nous apporte du café.

La pièce était pleine de photos de Fourcade aux côtés du président, du ministre de l'Intérieur, d'un général, d'une épouse féconde, de ses six enfants. On le voyait recevoir la légion d'Honneur et l'ordre national du Mérite.

– Taillandier m'avait parlé de vous et de vos méthodes, dit-il en étudiant son dossier…

Un dossier si important que le chef de la police l'avait emporté chez lui.

– La DST m'a remis une fiche sur vous.

Fourcade avait entre autres directions celles de la police judiciaire et de la surveillance du territoire. Sa position lui permettait de chapeauter l'enquête sur la disparition d'une employée de l'Élysée et sur la mort de l'épouse d'un membre de la DGSE. Elle lui permettait aussi d'obtenir des renseignements sur tous ceux qui s'en mêlaient. Il lut :

– Individu incontrôlable, marginal… dénué d'attache, d'ego, de morale… expert en profiling et en arts martiaux… capable de se retirer d'une enquête sur un coup de tête malgré des honoraires exorbitants…

– Qui a rédigé ce profil ?

– Le FBI. Il paraît que vous avez saboté votre dernière mission.

– C'cst unc vieille histoire.

– Est-il vrai que vous pouvez vous retirer sur un coup de tête ?

– Je ne suis lié par aucun contrat.

– Cela tombe bien, car la disparition d'Annabelle Domange ne vous concerne plus. C'est devenu une affaire d'État.

– C'était déjà une affaire d'État quand on me l'a présentée le mois dernier. Taillandier était briefé par le président.

– Le président a des soucis électoraux et Taillandier est mort. C'est moi qui briefe tout le monde désormais. L'État français, dans sa grande générosité, vous a déjà octroyé une compensation financière pour les désagréments occasionnés, il me semble.

Mme Fourcade s'avança vers eux avec un plateau, hésitante. Nathan posa le chaton entre le sucrier et la cafetière et balaya le bureau de l'avant-bras pour lui faire de la place.

– Qu'est-ce qui vous prend Love ?

– J'ai parcouru des milliers de kilomètres, sauté d'un avion en feu, affronté des trafiquants d'armes, des flics, des tueurs, des espions, et mes collaborateurs sont morts. À combien estimez-vous la compensation pour ces désagréments ?

– Estelle, laisse-nous s'il te plaît.

Elle s'éclipsa sans se le faire dire deux fois.

– Que voulez-vous savoir, Love ?

– Ce que vous savez.

– Malheureusement, j'en sais très peu.

– Morin est persuadé qu'il y a un lien entre la mort de Nicole Balland et la disparition d'Annabelle Domange.

– Morin est un militaire avec un esprit borné. Il ne démord pas de cette hypothèse qui ne tient pas la route.

– Qui sont ces femmes que l'on a enlevées ?

– Des terroristes.

– Quel était leur objectif ?

– Plonger le monde dans le chaos.

Nathan le fixait droit dans les yeux, sans rien dire. C'était parfois le meilleur moyen de faire parler les gens.

– On est tombés dessus par hasard.

Fourcade versa du café dans les tasses, signe qu'il allait développer.

– Il y a trois mois, la NSA a été alertée par Warren Anderson, le patron de la firme agroalimentaire Montesanto. Tout avait commencé quelques semaines plus tôt. Sa femme avait engagé un détective privé pour le filer car elle le soupçonnait d'infidélité.

– Comment s'appelait la maîtresse ?

– Syriana Carlyle.

– Employée chez Montesanto ?

– À un poste élevé. Le détective a découvert qu'elle œuvrait contre les intérêts de la firme et vendait des informations à un membre de l'ONU. Comme aucune caméra n'est autorisée dans l'enceinte des Nations unies, on ignore avec qui elle traitait. Alertée, la NSA a surveillé les abords du bâtiment. Il s'est avéré que d'autres jeunes femmes occupant des postes clés dans des multinationales ou au sein de l'administration américaine se rendaient régulièrement au siège de l'ONU sans que l'on identifie leur contact. Après enquête, la NSA a conclu qu'une organisation visait à déstabiliser les USA. Jusqu'à ce qu'on s'aperçoive que des leviers du pouvoir économique ou politique étaient touchés dans d'autres pays. La France ne fut pas épargnée. La NSA a constitué une cellule de crise sans en informer le pouvoir qui était contaminé au sommet de sa hiérarchie. Les services secrets de tous les pays, de la CIA au FSB en passant par le MI6 et la DGSE ont été sollicités. Un réseau terroriste a été percé à jour. Un réseau d'un nouveau genre dont les armes sont le charme et l'intelligence de kamikazes aux allures de top model. Leur opération portait le nom de code Dolls Bang, allusion à la fois au big bang qui est à l'origine du monde mais aussi au gang bang qui met en scène le pouvoir sexuel d'une femme au milieu de plusieurs hommes.

– Vous avez répliqué avec l'opération Hollow Storm.

– La cellule spéciale mise en place par la NSA a lancé une opération de démantèlement du réseau à l'échelle planétaire qui devait être rapide, invisible, discrète.

– Pourquoi autant de discrétion ?

– Ces jeunes femmes séduisaient des hommes de pouvoir pour la plupart mariés. Dans un souci d'efficacité et afin d'éviter un scandale aux effets dévastateurs, les enlèvements furent orchestrés dans le secret, à leur insu. Du moins dans un premier temps. Lorsqu'il a fallu donner des explications, certains furent difficiles à convaincre que leur maîtresse était une terroriste.

– Cela explique pourquoi les présidents des USA et de LXVI ont diligenté une enquête.

– Ils ignoraient que les services secrets avaient enlevé Galan Ryler et Annabelle Domange dans leur propre intérêt.

– Aujourd'hui ils savent ?

– Oui.

– Comment procédait-on pour les enlèvements ?

– La méthode est gardée top secret par la cellule de crise. L'idée était de faire comme si ces filles n'avaient jamais existé.

– Où est basée cette cellule ?

– Je n'en ai aucune idée.

Les questions se multipliaient en vrac dans l'esprit de Nathan.

– Combien de jeunes femmes ont été mises en cause ?

– Deux cent quarante-sept.

Nathan recueillait les révélations stupéfiantes de Fourcade sans ciller pour ne pas donner l'impression à son auteur qu'il en avait trop dit.

– Ont-elles été toutes capturées ?

– S'il en reste, elles sont facilement repérables, vu leur profil.

– Je suppose que Sloane Ricci a disparu peu de temps après son interrogatoire par Taillandier.

– C'est juste.

– Qu'a-t-on fait de ces filles ?

– On les a probablement écrouées dans un Guantanamo pour femmes.

– J'ai rencontré deux de ces femmes. Elles m'ont moins semblé préparer le chaos qu'œuvrer en faveur d'une mondialisation éclairée.

– Elles en accéléraient le processus pour l'enrayer et faire exploser la machine. Cela aurait engendré le chaos et l'anarchie. L'anarchie étant toujours suivie par une dictature, cela préparait le terrain à un tyran qui attendait son heure pour sauver l'humanité.

– Où ont-elles été formées ? D'où sortent-elles ? Qui les dirige ?

– Il nous reste à le découvrir, mais cela n'est plus de votre ressort.

– Qui a tué Sylvie et Taillandier ?

– C'était un accident.

– Les services secrets les ont assassinés comme ils ont essayé de m'assassiner en Afrique.

– S'ils vous ont tiré dessus, c'est que vous leur faisiez obstacle.

– Au contraire, ils se sont servis de moi pour trouver Esian Zawi et Susan Fox.

– Les espions sont sans morale.

– Encore faux. Ils agissent au nom d'une morale.

– Écoutez, on a affaire à du gros calibre des deux côtés. Ces gens ne plaisantent pas. D'un côté le monde se mobilise pour rester civilisé, de l'autre des terroristes d'une nouvelle génération sont en train de le déstabiliser. Les forces en présence touchent les plus hauts échelons du pouvoir, donc si j'ai un bon conseil à vous donner, c'est de prendre votre petit chat et de vous mettre au vert.

Fourcade se leva et raccompagna son visiteur.

– Je vous ai parlé pour vous convaincre que cette affaire n'était plus de votre ressort.

Nathan quitta l'appartement par la porte.

134

Il sentit une présence. Une fillette était plantée devant lui, raide et immobile comme une poupée sans pile. Nathan était sur le divan qui lui avait servi de lit pour la fin de la nuit. Une odeur de pain grillé et de café provenait de la cuisine. La fillette s'éclipsa en direction des effluves et rappliqua avec sa mère qui avait enfilé un peignoir de bain. Marie fit les présentations en français pour Chloé qui s'installa avec une télécommande à côté de Nathan. Des créatures jaunes tachetées de noir et dotées de longues queues envahirent l'écran TV.

– Ma voiture est encore entière ? demanda Marie.

– Elle est intacte.

– Tu as appris ce que tu voulais ?

– On m'a conseillé de me mettre au vert.

L'une des deux causes de son implication dans l'enquête n'existait plus. Il ne verrait pas la couleur des neuf cent trente mille dollars de prime qu'il destinait à Shannen. Restait la motivation de poursuivre l'action de Sylvie qui s'était investie dans cette affaire au-delà de tout ce que l'on pouvait imaginer. Le problème, c'était qu'il était seul et ne disposait plus de moyens financiers.

– Il faudrait que je téléphone à l'étranger.

– Vas-y, ce sera ma contribution au sauvetage du monde.

Il essaya de joindre l'agent James Mooses et tomba sur une boîte vocale. Il était minuit à Washington. Nathan appela le capitaine Sanako. 16 heures à Tokyo. Le capitaine Ozan répondit :

– Yukiko Sanako a été muté. Qui êtes-vous ?

– J'ai travaillé avec lui sur la disparition de Suyani Kamatsu.

– L'affaire est classée. Je regrette, mais je dois raccrocher.

Nathan se retrouva avec une tonalité dans l'oreille. Il appela le FBI. Ayant longtemps collaboré avec le bureau fédéral, il connaissait les procédures et les mots de passe pour accéder à la bonne personne. Un agent de permanence lui répondit. Nathan l'entendit pianoter sur un ordinateur dans lequel il alla piocher l'information réclamée.

– J'ai le regret de vous informer que l'agent James Mooses s'est suicidé il y a quinze jours. L'agent Taylor le remplace.

– Pour quelle raison s'est-il suicidé ?

– Je ne suis pas autorisé à communiquer cette information.

– A-t-il laissé une lettre ?

– Je ne suis pas autorisé à communiquer…

– Donnez-moi les coordonnées de Taylor, le coupa Nathan.

Il raccrocha avec l'impression qu'il était de plus en plus seul.

135

Nathan entra dans Bruxelles au volant de la Golf III que Marie lui avait prêtée. La Française avait également tapé dans un Codevi pour lui permettre de financer la suite de ses investigations. Elle lui faisait une confiance aveugle, inspirée par leur expérience commune en Éthiopie. C'était aussi une façon de garder le contact avec cet homme plus volatil que l'éther.

Il avait déposé son passeport provisoire au consulat américain pour le faire prolonger et réservé un aller simple pour Darwin afin de faire croire à Fourcade qu'il lâchait l'affaire. L'information remonterait jusqu'à la NSA qui lui ficherait provisoirement la paix.

La nuit tombait sur la capitale belge. Nathan se gara devant l'immeuble de Sylvie, monta et sonna. Son fils occupait peut-être l'appartement. Deuxième coup de sonnette. Aucune réponse. Sans clefs, il opta pour le kime qui lui pomperait toute son énergie, mais était la solution la plus rapide. Il se posta à quelques mètres du paillasson, inspira, rassembla ses forces physiques et psychiques, concentra son attention sur un point du battant situé au-dessus de la serrure, sauta en vrillant et détendit sa jambe droite. Son pied pénétra le bois, la gâche céda, la porte valdingua sur ses gonds. L'énergie bombardée se prolongea dans le hall et renversa un vase vide. Nathan fit irruption dans le salon où le vacarme avait surpris un homme qui dormait devant des pubs télévisées entre un paquet de chips froissé et une bouteille de bière.

– Qui êtes-vous ? demanda Nathan en anglais.

Le type reprit ses esprits, se leva et s'exprima dans la langue de l'intrus.

– Ce serait plutôt à moi de vous poser la question.

– Sylvie travaillait avec moi.

– Elle ne vous avait pas donné un double des clefs ?

– Elle n'avait pas prévu de mourir la semaine dernière.

– Je l'avais prévenue. À force de frayer avec des psychopathes.

– Qu'est-ce que vous foutez ici ?

– Je regardais la Coupe d'Europe. Ce sont les Anglais qui gagnent.

– Vous n'avez pas la télé ?

– Pas Eurosport.

– Vous allez m'aider.

– Je ne veux pas être mêlé aux affaires de Sylvie.

– Venez voir.

Nathan lui fit constater l'état de la porte.

– J'ai fait ça d'un coup de pied. Imaginez la même chose sur vous.

– Vous êtes aussi cinglé qu'elle.

Nathan le poussa contre la grille de l'ascenseur sous le regard ahuri d'un voisin de palier alerté par le bruit. Nathan relâcha sa prise.

– Sylvie n'était pas folle.

– Il y a un problème, monsieur Volchtein ? demanda le voisin.

– On est en train de le résoudre, répondit Nathan.

Il ramena Volchtein à l'intérieur et poussa le battant gondolé contre lequel il posa un balai qui tomberait à la moindre ouverture.

– Qu'attendez-vous de moi ?

– Un travail de traduction.

Nathan alluma l'ordinateur de Sylvie.

– Vous connaissez son mot de passe ?

– Christophe. C'est le prénom de son fils.

– Ce n'est pas le vôtre ?

– Le mien, c'est Alain.

– Ce n'est pas ce que je vous demande. Christophe n'est pas votre fils ?

– C'est celui de son ex-mari. Avec moi, elle n'en voulait pas.

Nathan ouvrit la boîte électronique.

– Sylvie s'envoyait souvent des mémos, dit Alain. Elle les classait quand elle rentrait.

Nathan décela de l'émotion chez Alain. Il regretta de s'être emporté. Le dernier message datait du 11 avril, jour où Sylvie avait rencontré Sloane Ricci à Rome. Le compte rendu vantait les qualités physiques et intellectuelles de la maîtresse d'Ernesto Bernelli. Elle était d'une beauté à couper le souffle, diplômée de grandes écoles européennes et occupait le poste de responsable du développement dans le consortium pétrolier de son amant qui venait de décider son retrait de la jungle équatorienne pour ne plus souiller la terre sacrée des Indiens Shuar Washints. « Nous investissons dans de nouvelles énergies », avait déclaré Sloane Ricci.

À partir des éléments dont elle disposait sur Annabelle Domange, Galan Ryler, Suyani Kamatsu et Sloane Ricci, Sylvie avait établi un profil psychologique commun aux jeunes femmes :

Annabelle, Galan, Suyani et Sloane assignent au bien et au mal une place sans ambiguïté pour ordonner l'univers et récréer la réalité selon leur propre système de valeurs.

Leurs cursus universitaires et leurs positions sociales leur procurent un sentiment de puissance dont elles usent sans limites au service de leur « cause ». Le pouvoir dont elles disposent grâce à leurs relations accentue une inclination à la mégalomanie.

La coupure avec toute vie sociale ou maritale, l'absence d'amis, voire de famille, la seule fréquentation de l'homme qui leur donne le pouvoir d'assouvir leur mégalomanie dénotent des personnalités à tendance paranoïaque. Un sentiment de persécution est clairement décelable chez Sloane Ricci, accentué par la menace réelle qui pèse sur elle.

L'esprit de sacrifice est sous-jacent chez ces filles qui se vouent entièrement à leur travail. Il n'y a pas de place pour autre chose. Pas de loisir, pas de distraction, pas de vie sociale.

Notion affirmée du bien et du mal, sentiment de puissance, mégalomanie, asociabilité, paranoïa, esprit de sacrifice, autant de facteurs propres au conditionnement.

Pour faire apparaître les conditionnements, il faut rechercher ce qui apparaît comme des évidences. L'évidence pour ces femmes, c'est que le monde va très mal et qu'il faut y remédier. Le leader qui a modelé leurs pensées est une personne ou une organisation qui veut changer le monde. C'est cette piste qu'il faut exploiter pour trouver les ravisseurs.

Le conditionnement doit s'exercer dès l'enfance pour être efficace. C'est le conditionnement qui a produit les nazis, les gardes rouges, les intégristes musulmans. Il faut donc chercher les « parents adoptifs » de ces jeunes femmes. Il peut s'agir d'une secte qui est le lieu par excellence du conditionnement : coupure avec le monde extérieur qui est diabolisé, exaltation d'un idéal, glorification du sacrifice pour une cause. Annabelle a été élevée au sein d'une secte. Enquêter sur la secte des Domange.

À la base de tout conditionnement, il y a un mal-être, une interrogation sur le sens de la vie. Ce mal-être peut être objectif (misère, absence d'avenir) ou subjectif (suscité de toutes pièces). Dans le cas de ces filles, diplômées des écoles les plus chères du monde et évoluant dans les plus hautes sphères du pouvoir, il a été suggéré. Par qui ?

Le conditionnement implique l'existence d'un leader. Dans le cas qui nous préoccupe, il ne s'agit ni d'un ayatollah, d'un gourou, d'un führer ou d'un prêtre, car il n'y a pas de marquage politique ou religieux. Si un contrat psychologique a été passé entre les belles disciples et un leader préoccupé par l'état du monde, cela induit que les disciples renforcent leur leader. Chercher quelqu'un dont le pouvoir s'est renforcé depuis les agissements des disciples.

Enfin, dans tout conditionnement, il faut une base écrite intangible, constituant la pensée fondamentale. Comme pour la Bible, le Coran ou le Petit Livre rouge, le contenu n'a pas d'importance. C'est ce qu'il représente qui va agir sur le psychisme des disciples. Il faut chercher un texte universel qui aurait autant de sens en Amérique, en Europe, en Asie et en Afrique. J'attends des nouvelles de Nathan en Somalie pour savoir si le portrait d'Esian Zawi correspond à ce profil psychologique.

Sylvie avait produit un travail remarquable. Son mémo ouvrait des pistes, donnait une orientation à l'enquête et corroborait l'entretien qu'il avait eu avec le numéro un de la police française. On avait affaire à une armée de terroristes d'un nouveau type qui ambitionnait de chambouler l'ordre du monde. Nathan remercia Alain pour sa traduction. Ce dernier alla chercher deux bières. Quand il réapparut, Nathan s'aperçut qu'il avait pleuré.

– Ça va vous aider ? demanda-t-il d'une voix chevrotante.

– C'est une mine d'or.

– Sacrée bonne femme quand même.

– Nous pouvons nous estimer chanceux de l'avoir connue.

– Je suis un vrai connard.

Il vida la moitié de sa Hooegarden et réprima un rot.

– Je suis complètement passé à côté d'elle. J'arrêtais pas de la traiter de folle.

– Les rats connaissent bien la route des rats.

– Qu'est-ce que vous insinuez ?

– Qui se ressemble s'assemble.

– Je prends ça comme un compliment alors.

– C'en était un.

– Qu'allez-vous faire maintenant ?

– Je vais vous laisser regarder la fin du match.

– Qu'est-ce qu'on fait pour la porte ?

– Il faut que je donne un coup de fil.

– Vous allez appeler un serrurier à cette heure ?

– Non, le FBI.

Il était 2 heures de l'après-midi à Washington. L'agent Taylor décrocha et confirma qu'il remplaçait James Mooses.

– Quelle est la raison de son suicide ? demanda Nathan.

– Je ne suis pas censé répondre à cette question.

– Comme je ne suis pas censé vous la poser, cela restera entre nous.

– Il a laissé une lettre. Il ne supportait pas son homosexualité.

– Quoi ?

– Mooses était pédé.

– Ça je le savais, mais ce n'est pas un motif de suicide.

– Je vous ai donné la conclusion du rapport. Maintenant si vous voulez enquêter sur la mort de Mooses, c'est votre problème.

– Vous avez repris son enquête ?

– Laquelle ?

– Les disparitions en série.

– C'est le patron qui gère le dossier.

Nathan entendit le balai tomber dans le vestibule. Deux sifflements dans l'oreille. Trois trous dans la cloison. Des silencieux. Il battit en retraite et entraîna Volchtein au fond d'un placard.

Des nuages de plâtre s'abattirent sur le bureau au rythme saccadé des tirs feutrés. Les tueurs invisibles faisaient feu sans se soucier des obstacles que les balles traversaient. L'ordinateur et le téléphone s'émiettèrent sous la rafale. L'obscurité du placard fut transpercée de lances lumineuses.

Puis plus rien.

Recroquevillé sous des dossiers, Paul allait sortir.

– Pas maintenant, souffla Nathan.

La détonation éjecta de leurs rails les portes coulissantes de l'armoire, les vitres volèrent en éclats, une tornade de verre, de poussière et de papiers dévasta l'appartement. Nathan bondit hors de sa planque, trébucha sur un fauteuil éventré, courut vers ce qu'il croyait être la sortie, percuta une silhouette qui s'étala sous lui. Il prolongea son mouvement par un direct dans un faciès en laine, sentit des os craquer sous ses phalanges, arracha la cagoule, l'enfila, jaillit sur le palier. Deux complices masqués l'attendaient. Avant qu'ils ne réalisent la supercherie, un double coup de pied direct sauté les avait projetés dans l'escalier. Nathan vola au-dessus d'une dizaine de marches et atterrit sur le visage de celui qui essayait de se relever. Nouveau craquement. Il lui prit son arme, la vida près de l'oreille du deuxième à qui il arracha le passe-montagne pour lui coller le canon brûlant sur la joue. Le type se confessa illico dans une langue qui ressemblait à du croate ou de l'albanais.

On lui avait envoyé des sbires sous-payés qui ne faisaient pas dans la dentelle et ne devaient pas savoir grand-chose. Rien à voir avec la mécanique sophistiquée des kidnappings. Il remonta dans les décombres sous l'œil médusé du voisin qui épiait dans l'entrebâillement de sa porte. Volchtein était encore en vie. Du sang coulait sur son front. Son bras était en charpie. Nathan constata les dégâts.

– Plus la peine d'appeler un serrurier.

136

Il quitta Bruxelles dans la nuit en direction du sud, vers l'une des pistes ouvertes par Sylvie, celle de la secte des Domange. Annabelle y avait été élevée. Conditionnée ? D'autres filles avaient séjourné chez eux, comme chez les parents de Suyani Kamatsu au Japon. Participaient-ils à ce vaste complot planétaire visant à renverser le système ? Il était certain que le couple Domange ne lui avait pas tout dit. Leur discours sur l'amour libre avait servi de poudre aux yeux. Nathan s'en voulut de ne pas avoir été plus perspicace lors de sa première visite.

Il fit une halte aux environs de Lyon, atteignit la côte méditerranéenne en même temps que le soleil, passa Cannes vers 10 heures et s'enfonça dans les terres en direction de Grasse. Si le littoral était urbanisé, lacéré d'autoroutes, de voies rapides, de pénétrantes, de nationales, de lignes de chemin de fer, l'arrière-pays était mal desservi. Les routes sinueuses multipliaient les distances d'une vallée à l'autre, contournant les crêtes, enjambant les canyons, reliant les hameaux entre eux dans un relief hostile, comme si la nature avait dressé une barrière contre l'assaut des lotisseurs.

Nathan emprunta la route Napoléon et bifurqua à Saint Vallier-de-Thiey pour prendre la D5. Il franchit les montagnes de Doublier, de Thiey, de l'Audibergue, de Thorenc jusqu'à celle de Charamel où s'étaient nichés les Domange. Le soleil cognait contre la vitre. En la baissant il fut assailli par des effluves de lavande, de thym, de romarin, de genêts. Il traversa des villages moyenâgeux recroquevillés sur des sommets, des paysages vert tendre cernés de versants boisés, tachetés de primevères et de soldanelles, piquetés de moutons. Il remontait le temps vers celui des châteaux et des granges aux toits de chaume, des ruelles pavées et des bories de pierres, de la vie pastorale et des transhumances, des vallons vierges et des forêts épaisses.

Un torrent qui se jetait en cascade dans une gorge lui indiqua qu'il était allé trop loin. Il fit demi-tour et reconnut bientôt la crête panoramique qu'il avait empruntée un mois auparavant. La voiture de flics en faction sous le chêne n'était plus là. Il se gara près de la ferme des Domange, à l'abri des regards, et actionna le gigantesque heurtoir en forme de gorgone. Le bruit résonna dans la campagne déserte et fit réagir quelqu'un à l'intérieur. Il reconnut Kurt qui l'avait accueilli la première fois.

– Je voudrais parler à Martin Domange.

– Il n'est pas là.

– À Cléa Domange, alors.

– Fichez le camp.

Kurt s'était départi de son aménité. Nathan glissa un pied dans l'entrebâillement. Le beatnik nourri au soja et au narguilé ne résista pas face à la détermination de son visiteur

– Y a plus personne, man. Tout le monde a calté.

– Que s'est-il passé ?

– Tu vois la cour ?

L'immense patio était désert.

– Un soir, un hélico a atterri là comme une grosse fiente. Des excités en noir, genre GIGN, ont débarqué avec des guns. À cette heure-là, on était tous plus ou moins stone. Ils ont pas eu besoin de nous gueuler de ne pas bouger. Y a juste Dum Dum qui avait pris un mauvais acide et qui a pas suivi le script. Il a cru que c'était une attaque de Martiens ou je n'sais quoi et il leur a foncé dessus. Ils l'ont plombé net.

– Qu'est-ce qu'ils voulaient ?

– Cléa et Martin.

– Ils les ont arrêtés ?

– Non. Cléa et Martin se sont volatilisés.

– Et les autres ?

– Les barbouzes nous ont embarqués dans des fourgons pour nous interroger un par un.

– Sur quoi ?

– Où étaient les Domange, ce qu'on foutait dans la communauté, si on connaissait leur fille Annabelle…

– Que leur avez-vous répondu ?

– On veut juste la paix, man. Ils nous ont menacés de nous coffrer pour trafic et usage de drogue, mais quand ils ont capté qu'on ne savait rien, ils nous ont relâchés.

– Que faites-vous ici ?

– Je peux pas croire que tout ça c'est fini. Je garde le sanctuaire en attendant le retour des Domange.

– Vous croyez qu'ils vont revenir ?

– Il y en a bien qui attendent le Messie.

– Vous les vénérez à ce point ?

– Ils sont cool.

– Et Annabelle, vous l'avez déjà vue ?

– Il vaut mieux que vous partiez.

Nathan ne pouvait pas se contenter de si peu. Kurt le sentit.

– Je suis conscient que vous êtes plus fort que moi. Vous pouvez me torturer pour me tirer les vers du nez, ce qui marchera car on a tous une limite au-delà de laquelle on avoue n'importe quoi. Mais le peu que je vous apprendrai vous fera regretter vos actes.

– Vous souvenez-vous de la femme qui m'accompagnait ?

– Une blonde, ouais.

– Elle a été assassinée.

– C'est déplorable.

– Vous vous contentez de cette analyse ?

– Qu'est-ce que je peux faire de plus ?

– Me conduire aux appartements des Domange.

– Je peux vous y emmener, mais y a pas grand-chose à voir. Les keufs ont embarqué tout ce qui leur paraissait suspect.

Kurt le guida vers un bâtiment composé d'un vestibule, d'un boudoir et de deux chambres. L'ensemble était rénové et décoré à l'ancienne : murs de pierres, tomettes luisantes au sol, poutres vermoulues apparentes, cheminée d'époque, lit à baldaquin dans lequel le maître des lieux avait dû passer des heures joyeuses, des chandeliers sur les tables de chevet, une coiffeuse, un fauteuil Louis XIII au pied duquel des livres et des documents avaient été éparpillés. Un jeté de lit était froissé par terre, des vêtements et des sous-vêtements étaient entassés sur un valet. Nathan reconnut la djellaba de Martin Domange.

– Je n'ai pas eu le temps de ranger, commenta Kurt.

Le couple ne semblait pas non plus avoir eu le temps de s'habiller. À moins qu'ils n'aient eu besoin de vêtements spéciaux.

– Vous pouvez aller faire chauffer du thé ? demanda Nathan.

– Pour quoi faire ?

– Pour le boire.

Nathan s'allongea sur le lit et s'imprégna des engrammes laissés par ceux qui avaient couché là. Sa concentration le propulsa dans des flashs de chairs entrelacées, de triolisme débridé et d'indicibles fantasmes. Aucun indice sur la fuite du couple. Il revint à la réalité et inspecta le dressing. Il sentit une odeur chimique. Celle du néoprène.

Kurt fixait la bouilloire comme un zombi, la tête dans un nuage de tabac. Il sursauta quand Nathan le rejoignit.

– Est-ce que les Domange pratiquaient la plongée sous-marine ?

– Euh, j'crois pas.

– Ils possédaient des combinaisons en néoprène.

– C'était pour le canyoning.

– Le canyoning ?

– C'est un sport qui consiste à descendre des cours d'eau encaissés qui ne sont accessibles que si vous êtes équipés.

– Quelle sorte d'équipement ?

– Casque, combinaison, cordes, baudrier, longe, sac à dos, le toutim quoi. Je kiffe pas trop, faut trop de barda. Je préfère le tai chi.

– Il y a un parcours proche d'ici ?

– La clue d'Aiglun. C'est chaud.

Il retira la bouilloire du feu et versa l'eau sur des sachets.

– Du sucre ?

– Non, merci… Dites-moi le peu que vous savez sur Annabelle.

– Elle était déjà là quand je suis arrivé dans la communauté. Annabelle n'était pas comme les autres. D'abord elle était canon et puis elle ne se mélangeait pas. Sauf une fois, elle a participé à une orgie et je vous certifie qu'il y avait foule ce jour-là. C'était peu de temps avant qu'elle parte. Mais ce n'est pas sa beauté qui m'a le plus frappé.

– C'était quoi ?

– Ses parents, les relations qu'elle avait avec eux.

– Elle était conditionnée par Cléa et Martin, avança Nathan.

– Ce serait plutôt le contraire.
– Quoi ?
– Cléa et Martin étaient sous son emprise.

137

Nathan simula son départ, rebroussa chemin à l'insu de Kurt et se glissa dans la chambre des Domange. Les cintres du dressing avaient été écartés comme si l'on avait voulu se frayer un passage à travers les vêtements. Les cloisons étaient revêtues d'un placage imitant la pierre. Elles rendirent un son creux quand il les sonda : la paroi était coulissante. Nathan avait déjà vu ce système en trompe-l'œil dans un magasin de vêtements en Allemagne où des cabines d'essayage s'ouvraient sur un trafic d'êtres humains. Le dressing des Domange communiquait avec une étroite galerie aménagée dans l'épais doublage du mur. Il progressa de profil dans le noir, descendit quelques marches, poussa une porte et déboucha dans une cave qui abritait un puits. Un piton était scellé sur le bord. Munis d'un matériel de varappe, les Domange étaient descendus en rappel. Nathan suivit le même itinéraire sans équipement. En veillant toujours à garder au moins trois points de contact, il s'enfonça dans le trou où suintait l'humidité. Quand il sentit que l'eau était proche, il lâcha prise. Le choc fut glacial. Il remonta à la surface, vida ses poumons, se laissa couler. Dans l'obscurité liquide et froide, il nagea en direction d'un point de lumière qui se transforma en clarté opalescente. L'air commença à lui manquer. Choisir entre continuer ou retourner. Persuadé que les Domange avaient choisi cette voie, il progressa entre deux murs de roche qui se terminaient en goulet. Ses poumons bloqués commencèrent à brûler. Il fut tenté d'utiliser ses mains pour gagner de la vitesse mais préféra économiser l'oxygène, se limita au battement de jambes, baissa son rythme cardiaque. Les bras le long des côtes, il porta son attention sur ses orteils par lesquels il évacua la tension, sur ses pieds qui le propulsaient, sur ses mollets, ses cuisses, ses hanches frôlant la roche. Son corps de plus en plus léger se dissolvait dans l'eau. Il relâcha la pression sur son bas-ventre. Son cœur battait au ralenti dans sa poitrine vide. Ses épaules, son cou, sa gorge se détendirent. De son crâne s'échappèrent des résidus de stress. Dans un état de totale relaxation au cours duquel il cessa tout mouvement, il dériva le long d'un boyau qui interdisait tout mouvement. Des algues fines et noires lui chatouillèrent la figure. Elles obstruaient le passage. À l'intérieur du nuage filandreux, un visage blafard serti de deux yeux morts qui le regardaient. Une femme. Un cadavre. Les algues étaient ses cheveux. Il s'écarta, se cogna à la roche. Le macchabée se colla à lui comme un aimant. À travers les volutes sombres, il reconnut les traits de son épouse. Melany le fixait. Nathan avala de l'eau, perdit son sang-froid, remua les membres, chassa les visions que son esprit comateux venait de lui envoyer au seuil de la mort. Il se hâta, conscient qu'il ne disposait plus d'air pour alimenter ces efforts, émergea d'un cours d'eau qui dégringolait au fond d'un canyon, toussa dans l'écume, se plaqua contre la roche. L'eau glacée lui coulait par le nez, la bouche, les yeux, les oreilles. Les Domange devaient être sacrément entraînés pour être parvenus à nager aussi longtemps sous l'eau. Nathan escalada une paroi abrupte jusqu'à une crête qui surplombait la clue. Il la longea et emprunta un sentier pour redescendre vers une berge. Quelque chose brillait sous l'eau au fond d'une crevasse. Il s'en approcha en s'aidant de ses pieds et de son dos. Une bouteille d'oxygène. Celle que les Domange avaient utilisée pour aller du puits à la rivière.

Au-delà de la berge, la clue devenait très encaissée. Le soleil n'entrait pas dans la faille, contrairement au vent et à l'eau verte qui s'y précipitaient. Nathan se laissa flotter. À la sortie, il fut éjecté dans un toboggan naturel qui le propulsa six mètres plus bas, l'écrasa sous des tonnes d'eau, l'entraîna dans un tourbillon. Il fendit le courant circulaire et traversa une vasque au bout de laquelle se succédaient d'étroits chenaux et des rappels difficiles à franchir pour qui n'était pas équipé de cordes. Au terme d'une série d'escalades et de sauts acrobatiques, il atteignit une zone plate aux rives caillouteuses, baignée par le soleil. Sous les rayons bienfaiteurs, il bascula la tête en arrière, écarta les bras, mêla ses molécules à celles des éléments. La nature souffla sur ses vêtements trempés, sa peau frissonnante, ses cheveux mouillés. L'air tiède gonfla ses poumons, la chaleur traversa ses pores, l'odeur des pins et de l'eau pure s'infiltra dans ses narines. Les yeux braqués sur un ciel d'azur traversé par le vol d'un aigle, il accumula une énergie infinie. La fusion entre son corps et le cosmos lui permit de voir avec les yeux de l'aigle, de nager à la vitesse de l'eau le long des biefs étroits, de se faufiler dans le canyon avec l'agilité du vent.

138

Les hautes parois à pic de calcaire blanc répercutèrent un écho. Un glissement sourd et granuleux secoua la roche et rida la rivière. Nathan vit une ombre gigantesque s'abattre sur lui. Il bascula en arrière. Un morceau de montagne fit exploser l'onde en s'encastrant dans le chenal. Un rouleau déferla sur lui et l'éjecta.

Nathan aperçut une silhouette au sommet de la falaise. Il plongea et ressortit à l'air libre lorsqu'il estima être hors de vue de celui qui avait essayé de le pulvériser. Il gravit une pente raide en s'agrippant aux aspérités et aux trous dans la roche, aux racines et aux végétaux qui s'étaient fait une place dans un monde minéral. Une ascension laborieuse et périlleuse le mena à une plate-forme boisée. Nathan s'approcha de l'endroit d'où le bloc s'était décroché. Une sente aboutissait à un précipice. Un reflet attira son attention sur le seuil d'une caverne creusée dans la falaise de l'autre côté de la rive, en contrebas. Martin Domange était en train de s'y hisser à l'aide d'une corde. Cléa regardait en direction de la gorge bouchée par l'exploit herculéen de son époux. Le couple se retira dans l'antre. Du haut de son perchoir, Nathan jaugea la profondeur de la rivière. La limpidité lui permit de visualiser une fosse entre deux hauts fonds. Il devait prendre de l'élan, mais pas trop, pour ne pas se fracasser contre la falaise d'en face. La vasque dans laquelle il allait sauter semblait avoir la taille d'un bénitier. Il céda le passage à un courant d'air qui aurait risqué de le dévier de sa trajectoire et s'élança. Au bout du bond, la gravité l'attira à la verticale. Il se raidit pour réduire la surface d'impact à celle de ses semelles. La chute lui parut interminable. Il perfora l'eau et remonta avec une douleur à une côte. Le choc avait ébranlé sa cage thoracique. Les huit mètres de paroi verticale qu'il lui restait à escalader le renvoyèrent plusieurs fois à son point de départ. Collé à la roche, les doigts enfoncés dans les rares cavités qui se présentaient, il lui fallut deux heures pour se hisser tel un lézard handicapé jusqu'à l'entrée de la caverne. Il rampa, épuisé, vers les Domange qui étaient assis sur des chaises pliantes autour d'un réchaud. La grotte avait été aménagée pour tenir un siège. Des lampes à pétrole éclairaient deux malles, une réserve de nourriture, deux lits de camp, une radio, des couvertures, des recharges de gaz. Lorsqu'il se redressa, Cléa cria. Martin enfonça son poing dans son sac à dos. Avant qu'il n'ait pu le retirer, Nathan était sur lui et l'immobilisait avec une clef de bras. Domange lâcha un couteau. Nathan lui rendit son bras.

– Que faites-vous ici ? demanda Domange.

– Je veux me réchauffer.

Martin ouvrit la malle et sortit un pantalon de jogging avec un sweat-shirt.

– Ça devrait vous aller.

Sa sollicitude surprit Nathan.

– Comment vous nous avez retrouvés ? demanda Martin.

– Grâce à Sylvie Bautch, ma partenaire.

– Je me souviens d'elle. Elle ne semblait pas nous apprécier.

– Selon elle, vous avez conditionné Annabelle.

– Les parents conditionnent toujours leurs enfants.

– Oui, mais Annabelle n'est pas votre fille.

Échange de regards entre les Domange. Nathan enfila les vêtements secs.

– Il faut arrêter de me raconter n'importe quoi, dit-il.

– Qu'est-ce qui permet à votre partenaire de nous accuser d'avoir exercé un conditionnement sur Annabelle ?

– Sa perspicacité.

– Vous pourrez lui dire de se la mettre où je pense.

– Ce sera difficile. Elle repose sous terre.

Martin regretta ses propos. Face à lui, Love était calme. N'importe qui d'autre se serait levé pour lui faire ravaler sa bile. Il s'excusa.

– Excuses accordées, dit Nathan, pour avoir menti, sali la mémoire de Sylvie et tenté de m'assassiner. Mais ma clémence a des limites.

– Annabelle n'est pas notre fille, admit Cléa.

– Ça, je le sais déjà.

– Que voulez-vous savoir de plus ?

– De qui est-elle la fille ?

– Nous l'ignorons. Nous l'avons adoptée quand elle avait dix-huit ans.

– Dix-huit ans ?

Elle lorgna sur son mari dont le regard était noirci de reproches. Martin se leva, Nathan le pria de se rasseoir, Cléa continua :

– Quand elle a rejoint la communauté, elle était déjà conditionnée.

– Par qui ?

– Lorsque nous acceptons un nouvel adepte, nous ne lui demandons pas d'étaler son passé.

– Vous l'avez plus qu'acceptée. Vous lui avez donné votre nom.

Cléa hésita devant son mari. Nathan amorça la pompe :

– Je vais vous dire qui elle est. Comme deux cent quarante-six autres femmes qui ont été arrêtées, Annabelle a été formée pour noyauter le pouvoir économique en usant de ses charmes et de ses diplômes. C'est une terroriste. Et tout porte à croire que vous n'êtes pas étrangers à cette formation, particulièrement celle qui touche à l'utilisation de ses charmes.

– Vous n'êtes pas de la police, dit Martin.

– Pourquoi dites-vous ça ?

– Vous en savez moins qu'eux. Pour qui travaillez-vous ?

– Personne.

– J'ai besoin de savoir ce qui vous motive avant de vous parler en confiance.

Martin tendit à Nathan un mug fumant. Un silence s'installa, le temps de souffler sur le breuvage chaud.

– Quand j'étais enfant, dit Nathan, mon père m'a fait apprendre par cœur la lettre que les Indiens Hopi avaient envoyée au président Nixon en 1970. Elle commençait par ces mots : « L'homme blanc, dans son indifférence pour la signification de la nature, a profané la face de notre Mère la Terre. L'avance technologique de l'homme blanc s'est révélée comme une conséquence de son manque d'intérêt pour la voie spirituelle et pour la signification de tout ce qui vit. L'appétit de l'homme blanc pour la possession matérielle et le pouvoir l'a aveuglé sur le mal qu'il a causé à notre Mère la Terre, dans sa recherche de ce qu'il appelle les ressources naturelles. Et la voie du Grand Esprit est devenue difficile à voir pour presque tous les hommes, et même pour beaucoup d'Indiens qui ont choisi de suivre la voie de l'homme blanc. »

Nathan but une gorgée de café.

– J'ai grandi avec l'idée que le salut de l'humanité dépendait de la voie spirituelle, avant de réaliser que les religions s'étaient engouffrées dans la brèche et avaient pris le Grand Esprit en otage. Je me suis alors retiré du monde. Des carences sont nées de cet isolement. Sylvie Bautch est venue les combler.

– Comme le besoin d'amour ? demanda Martin.

– Qui a fait place aux besoins de connaissance et de reconnaissance, ajouta Cléa.

– Je ne parviens pas m'attacher à la vérité que je poursuis, tout comme je me détache de la voie qui consiste à ne pas s'attacher. La connaissance est en moi, pas en dehors.

– L'envie d'être utile ne vous anime pas non plus ?

– J'aspire à être inutile. Tel un arbre noueux et tordu dont on ne peut tirer profit. Celui-ci ne sera pas abattu et sa vie sera longue. Si tout le monde était ainsi, plus personne ne connaîtrait la peur.

– Pourquoi êtes-vous ici, alors ? demanda Martin.

– Pour perpétuer l'action de Sylvie. Lui donner une âme et la rendre immortelle.

– L'amour pour une femme est donc votre moteur, conclut Cléa.

Regard entendu entre elle et Martin. Nathan n'avait pas l'intention de leur nuire.

– Annabelle était le contraire de ce que vous croyez, dit Martin.

– Elle n'est pas une terroriste, dit Cléa.

– Les terroristes sont ceux qui les ont enlevées, poursuivit Martin. L'histoire que je vais vous raconter ne va pas vous plaire. D'abord parce qu'elle va vous montrer que vous vous êtes trompé d'ennemi. Ensuite parce que c'est l'histoire de personnes qui ont voulu être utiles.

139

Martin Domange alluma une lampe à pétrole avant de commencer à parler. La nuit était rapidement tombée dans la clue. La flamme dansait derrière le verre et projetait des lueurs jaunes sur les visages.

– J'étais en poste à New York quand les tours du World Trade Center se sont écroulées. Nous avons assisté, ce jour-là, à un tournant dans l'histoire de l'humanité. Les États ne pouvaient plus maintenir la paix. Les hommes politiques étaient impuissants. Les générations futures n'étaient plus préservées de la guerre. Le choc du 11 Septembre a fait remonter à la surface tout ce qui s'accumulait dans l'inconscient collectif, les peurs, les croyances, les attachements. J'en ai fait l'inventaire et j'ai trié, en distinguant ce qui était réel de ce qui nous avait été inculqué. J'ai mesuré tout le pouvoir que nous avions délégué aux autres. J'ai démissionné de l'ONU et je suis parti en Inde avec Cléa.

– Nous avons changé d'identité.

– Pas seulement d'identité. Nos croyances furent bouleversées par l'hindouisme, le tantrisme, le bouddhisme. Nous avons vécu à Khajurâho. Vous connaissez ?

– Non, répondit Nathan.

– Khajurâho a été bâtie sous la dynastie des Chandellas, adeptes du culte des Kaulas, inspiré du tantrisme. Ils préconisaient une pratique sexuelle débridée afin d'épuiser le désir et de parvenir à la spiritualité. Dans l'Inde ancienne, l'acte sexuel était banal. Comme les repas, il se pratiquait en groupe et les dieux étaient conviés à ces enchevêtrements de corps. À notre retour en France, j'ai repris contact avec un ancien collègue. On a discuté de l'état de la planète. Il m'a invité à entrer dans une organisation qui avait mis au point une stratégie pour récupérer le pouvoir que nous avions abandonné à l'élite du nouvel ordre mondial. Le plan était si ambitieux qu'il réclamait vingt ans de préparation. Il restait quelques années avant de pouvoir l'appliquer.

– Quel est le nom de cette organisation ?

– Il ne me l'a jamais dit. Par sécurité.

– Quel était ce plan ?

– Il ne me l'a pas dévoilé tout de suite.

– Il attendait que nous soyons prêts, dit Cléa.

– Prêts à quoi ?

– À collaborer. À comprendre ses motivations et à les partager.

Martin reprit la parole :

– À l'époque, Cléa et moi avions le projet de créer une communauté fondée sur l'amour. Mon ami nous y a vivement encouragés.

– Pour être honnête, c'est lui qui nous a suggéré l'idée, précisa Cléa.

– Peu importe. Mon ami nous a aidés à nous installer dans le Sud de la France. Un jour, il nous a amené Annabelle pour qu'on lui enseigne l'art de l'amour et qu'on lui donne notre nom. Elle avait dix-huit ans.

– Vous avez accepté sans poser de questions ?

– Cette fois, il nous a mis dans la confidence.

– Vous avez faim ? demanda Cléa à la cantonade.

Elle disposa des fruits secs sur la table de camping. Martin continua :

– Annabelle avait pour mission d'infiltrer l'entourage d'un PDG français, de devenir sa maîtresse et d'orienter ses décisions.

– C'était une fille splendide et brillante.

– Nous sommes tombés sous le charme. Elle est restée quelques mois chez nous pour compléter sa formation, puis elle est partie.

– Quel PDG ?

– Je n'ai pas cherché à le savoir.

– Il y a eu d'autres « Annabelle » ?

– Sept, en tout. Mais il n'y a qu'Annabelle que nous ayons adoptée.

– Chacune avait-elle pour mission de devenir la maîtresse d'un PDG ?

– Il y avait six PDG, je crois. Et le directeur de l'OMC.

– Vous les avez toutes formées ?

– Elles l'étaient déjà. Nous leur avons seulement enseigné les subtilités de l'amour, créé un passé et une identité.

– Quel était leur vrai passé ?

– Elles étaient orphelines. Notre ami ne nous en a pas dit plus.

– Comment s'appelle cet ami ?

– Je ne peux pas vous le révéler pour l'instant.

– Quand le pourrez-vous ?

– Il faut que je vous accorde plus de confiance. Sa vie est en jeu. Mon ami est recherché par toutes les polices de la planète qui se sont mises au service des oligarques mystifiés qui aujourd'hui réclament vengeance.

– Connaissez-vous Gordon Ryler ?

Le couple ne put réprimer un étonnement suspect. S'ils niaient, ils mentaient.

– Non, pourquoi ?

– C'est le père d'une jeune Américaine qui a disparu comme Annabelle et il travaille à l'ONU comme vous.

– Sept mille cinq cents personnes en provenance de cent soixante-dix pays travaillent en permanence à l'ONU. Il est dans quel département ?

– Les opérations de maintien de la paix. Et vous ?

– J'étais au Haut Commissariat pour les réfugiés.

– Tout a basculé avec l'histoire du PDG de Montesanto, n'est-ce pas ?

– Les soupçons de l'épouse de Warren Anderson ont mis la puce à l'oreille de la NSA. S'en est suivi un coup de filet invisible à l'échelle planétaire. Tellement invisible que les arrestations des Aïkas ont ressemblé à des disparitions.

– Aïkas ? C'est comme ça que vous les appelez ?

– Cela vient du japonais. C'est une contraction d'Aï kamikaze.

– Les kamikazes de l'amour, traduisit Nathan.

– Les vents divins de l'amour, rectifia Cléa. C'est plus poétique.

– Comment espériez-vous prendre le pouvoir mondial avec une poignée de jeunes femmes ?

– *Ruiner les États ou prendre des places fortes…*

– *Tel est le pouvoir des charmes d'une femme*, compléta Nathan.

– Vous connaissez le proverbe, je vois. Je vais essayer de vous brosser la situation de la planète en quelques nombres très parlants. Le chiffre d'affaires des deux cents plus grosses firmes dépasse le PIB de cent quatre-vingt-deux pays, c'est-à-dire tous les pays moins les neuf plus grandes puissances économiques. Exxon-Mobil pèse plus que l'Autriche, par exemple. Ramenées aux personnes, les dix plus grosses fortunes équivalent à la production totale des cinquante-sept pays les plus pauvres. Les cent principales firmes contrôlent 70 % du commerce mondial. Leurs dirigeants ainsi que ceux des grands groupes financiers et médiatiques exercent le pouvoir par le biais de leurs lobbies. Les multinationales détiennent 90 % de la technologie et des brevets…

– Tu vas nous noyer sous les chiffres, le coupa Cléa.

– Jamais les maîtres du monde n'ont été si peu nombreux, ni aussi puissants. Ils sont essentiellement situés dans la triade États-Unis-Europe-Japon, dont la moitié aux USA. Nous les avons baptisés « les Mandarins ». Ils visent le pouvoir absolu. Ils y étaient presque parvenus. Sans l'intervention des Aïkas, ils auraient privatisé tout ce qui touche à la vie et à la nature.

– Le pouvoir économique serait donc le plus fort ?

– Les multinationales ont pris les commandes et créé des alliances. D'une part avec les États ou associations d'États sur lesquelles elles exercent des pressions pour bénéficier de réglementations favorables et profiter d'institutions annexes comme les services secrets, l'armée ou la police. Et d'autre part avec les mafias qui exécutent les basses besognes et apportent la manne financière résultant du produit criminel.

– Les basses besognes ?

– On a besoin des mafias pour l'exécution de contrats sur des intermédiaires trop gênants ou des enquêteurs trop curieux. On ne compte plus les politiciens, les juges, les avocats, les journalistes, les policiers suicidés, volatilisés ou victimes d'accidents !

Nathan pensa à Sylvie, à Taillandier, à Mooses.

– Viens-en au fait chéri, s'impatienta Cléa.

– Il y a vingt-cinq ans, les membres de notre organisation ont anticipé cette évolution. Ils savaient qu'un jour le pouvoir serait détenu par très peu de personnes. Ils ne se sont pas trompés : aujourd'hui, 4 % de la richesse de deux cent vingt-cinq Mandarins suffiraient pour donner à toute la population du globe l'accès à la santé, l'éducation et l'alimentation. L'idée géniale fut de manœuvrer ces leviers du pouvoir. Une liste de Mandarins a été établie. Principalement des membres du G300, mais aussi des chefs d'État et de mafias.

– Le G300 ?

– Un club très fermé regroupant les trois cents premiers décideurs économiques. À côté, le G8 a autant de pouvoir qu'un club de bridge. Restait à influencer ce cercle d'influence.

– En utilisant les charmes des Aïkas, conclut Nathan.

– Le sexe, précisa Cléa. Et derrière le sexe, l'amour.

– La seule arme dont nous disposions pour les manœuvrer.

– Dans quelles conditions ont été préparées les Aïkas ?

– Nous ne l'avons jamais su. Les sept filles que nous avons récupérées étaient âgées de vingt-trois à vingt-cinq ans, déjà formées et diplômées. Après avoir été initiées aux subtilités de l'amour, elles partaient vampiriser leur cible.

– Depuis combien de temps agissaient-elles ?

– Un à deux ans.

– Pour quels résultats ?

– En conduisant le processus de la mondialisation, elles ont distribué de la richesse, balayé les nationalismes, les xénophobies, la violence politique. Elles ont créé de la stabilité et des millions d'emplois.

– L'argent a également balayé les coutumes et les traditions, les lois de la famille, l'illettrisme, qui empêchaient les femmes de s'émanciper.

– Susan Fox m'a parlé de ça, dit Nathan.

– Qui ?

– Une Aïka. Sa cible était un banquier anglais.

– Vous avez connu des Aïkas ? demanda Martin.

– J'en ai rencontré deux en Afrique.

– Il est tard, je vous propose de passer la nuit ici. Nous n'avons que deux lits, mais nous disposons de couvertures.

Martin éteignit la lampe à pétrole, ne laissant à leurs sens que la pénombre de la caverne et le débit de la rivière qui creusait patiemment la roche vingt mètres plus bas.

140

Les parois rocheuses répercutaient un fouettement sourd. Nathan se leva d'un bond et hurla :

– Courez !

Cléa et Martin perdaient de précieuses secondes à ouvrir leur sac de couchage, alors que Nathan se ruait déjà vers l'arche de lumière matinale. La poussée d'adrénaline dopait son sprint. Il sentit le souffle de la roquette passer au-dessus de lui, entendit l'explosion dans son dos au moment où ses pieds rencontrèrent le vide, se mit en boule sous une langue de feu jailli de la caverne, entra dans l'eau et ne ressortit que pour reprendre son souffle. Sur la falaise de calcaire arrosée de soleil, il vit l'ombre de l'hélicoptère. L'appareil cracha une deuxième roquette qui fit trembler la montagne. Puis une troisième. Nathan s'abrita dans une faille, sous une pluie de cailloux qui fit place à un nuage de fumée noire. L'appareil se positionna à l'aplomb de la rivière. Deux filins tombèrent à la verticale. Deux hommes en combinaison noire et équipés de fusils d'assaut glissèrent le long des câbles, se balancèrent face à l'antre et y pénétrèrent en braquant leur arme et leur lampe torche. Nathan entendit des détonations en se demandant sur quoi on pouvait encore tirer. Les Domange étaient calcinés et avaient emporté dans la mort le nom de l'homme qui les avait convertis. Les deux combinaisons noires ressortirent, s'accrochèrent aux filins et s'envolèrent hors de la clue et de sa vue.

Nathan remonta le canyon, rejoignit la route et marcha jusqu'à la Golf. Au programme : acheter des vêtements neufs et secs, rouler, dormir, réfléchir.

141

Il se gara dans Montmartre à l'heure où tout Paris dormait à l'exception de Pigalle. Épuisé par la route, Nathan monta chez Annabelle pour s'y reposer quelques heures.

Au 3e étage, il croisa un résident sur le seuil de son appartement.

– Bonsoir.

– Bonsoir, répondit Nathan en français.

Il s'arrêta trois marches plus haut pour se retourner sur l'inconnu qui verrouilla derrière lui et disparut dans l'escalier.

Il comprit soudain comment le ravisseur d'Annabelle s'était rendu invisible. Celui-ci s'était fait passer pour un habitant de l'immeuble après avoir chloroformé et enfoui la jeune femme sous des sacs d'ordures. C'était lui que l'invité d'Annabelle avait vu sur le palier en remontant ! Non seulement Bertrand Gaudrand n'avait pas fouillé le conteneur jusqu'au fond, mais il avait croisé l'homme qui avait enlevé sa collègue quasiment sous ses yeux.

Au 8e étage, Nathan balança le pied contre la porte d'Annabelle. Le chambranle s'ébranla, le battant résista. Il n'avait plus assez d'énergie. Une nouvelle tentative ne produisit que du vacarme. L'entrée était verrouillée par une fermeture à plusieurs points. Quelqu'un vociféra dans la cage d'escalier. Le voisin d'en face sortit à son tour.

– C'est quoi ce tapage ? demanda-t-il après avoir compris qu'il devait s'exprimer en anglais.

– J'ai perdu mes clefs.

– C'est Mlle Domange qui habite là.

– Je suis le nouveau locataire.

– On a retrouvé la petite Domange ?

– Je l'ignore.

– Je ne savais pas que son appartement avait été remis à la location.

– Désolé de vous avoir réveillé, dit Nathan en s'en allant.

– Attendez ! La porte, elle est ouverte.

Nathan retourna sur ses pas et s'avança dans l'obscurité.

– Vous avez un fameux coup de savate, dit le voisin dans son dos.

Il entra, perplexe. Les volets étaient fermés. Il y avait quelqu'un dans la pièce. Nathan pivota. Son poing s'arrêta à la lisière d'un clair-obscur. Une silhouette perça la pénombre. Lyn Lee.

– Je vous ai enfin retrouvé, dit-elle.

– Vous avez une façon étrange de chercher les gens.

– La meilleure méthode, c'est d'anticiper.

– C'est la méthode des ravisseurs.

– Qu'avez-vous découvert en Afrique ?

– Depuis les temps bibliques, les Afar ramassent du sel sous des températures de plus de 50 degrés.

– En quoi ça peut nous aider à retrouver Annabelle ?

– Notre rapport au monde dépend de la perception que nous avons de nous-mêmes. Les Aïkas se sont ingéniées à le façonner à leur image, sans vraiment le connaître. L'Afrique leur a renvoyé en pleine figure cette image de personnalités complexes, dénuées de naturel, fabriquées en série. Esian Zawi, l'une de ces machines sophistiquées, a cherché à retrouver son regard d'enfant. Ça l'a déstabilisée.

– Annabelle n'est pas une machine.

– Vous saviez qu'elle était une Aïka.

– Non, pourquoi ?

– Vous ne m'avez pas demandé ce que signifiait ce mot.

– J'ai dû l'entendre dans sa bouche.

Nathan lui expliqua ce qu'il avait appris sur les deux cent quarante-sept orphelines conditionnées pour devenir des « kamikazes de l'amour » et transformer les maîtres du monde en bienfaiteurs de l'humanité. Il lui parla de la stratégie de libéralisation accélérée destinée à propager la richesse comme un virus. Il évoqua la jalousie de Brenda Anderson qui avait alerté la NSA et déclenché la vague d'enlèvements orchestrée par une coalition entre les services secrets et les organisations criminelles.

– À l'heure actuelle, les deux cent quarante sept Mandarins qui étaient les cibles des Aïkas ont été informés des opérations Dolls Bang et Hollow Storm. Ces leaders mafieux, ces PDG, ces chefs d'État ne vont pas apprécier la félonie de leurs maîtresses. L'avenir des Aïkas est sombre.

– Mais qui est contre qui ?

– Les sphères des pouvoirs économico-financier, politique et militaro-policier, sont reliées par de nombreuses passerelles et se sont peu à peu coalisées contre les Aïkas. C'est pourquoi on a assisté à une vague exponentielle d'enlèvements et à l'élimination de ceux qui mettaient leur nez dans cette affaire. Sylvie et Taillandier ont eu un accident de voiture, l'agent Mooses s'est suicidé, le capitaine Sanako a été muté et les dossiers sont remontés au plus haut de la hiérarchie. Pour répondre à votre question, il y a le monde d'un côté et les Aïkas de l'autre.

– Et vous, vous êtes de quel côté ?

– Aucun.

– Qu'est-ce que vous faites là, alors ?

– Vous me cherchiez, non ?

– Comment pouviez-vous le savoir ?

– Parce qu'il ne reste plus que nous deux et que l'appartement d'Annabelle était le seul point de rencontre possible. Comme vous ne vouliez pas révéler votre présence, vous avez fait croire aux voisins que la porte s'était ouverte sous mes coups de butoir.

– Bravo pour le travail d'empathie. Je comprends qu'on fasse appel à vous.

– Dans cette affaire, plus personne ne souhaite faire appel à moi.

– Si, moi.

– C'est peu.

– Merci. Mais je crois que c'est suffisant.

– Qu'est-ce qui vous le fait croire ?

– Je suppose que vous ne m'avez pas rejointe pour m'imposer une projection diapo de votre voyage en Afrique.

– Sylvie.

– Quoi Sylvie ?

– C'est elle qui m'a conduit ici. En Afrique, on dit qu'une action doit avoir un effet comparable à celui de la graine de baobab.

– Elle avait planté une sacrée graine.

– Raison de plus pour le faire pousser, ce putain d'arbre.

Pour la première fois depuis longtemps, Nathan Love jurait.

142

Avec la dextérité d'un chef, Lyn Lee coupait les légumes en morceaux avant de les jeter dans un wok, faisait sauter des nouilles chinoises, battait des œufs en neige pour les mêler à du chocolat fondu. À la radio, New Order chantait *Waiting for the sirens' call.*

– Préparer un repas est une preuve d'amour, dit Nathan.

Elle lui raconta comment elle avait attendu son retour. Taillandier l'avait cantonnée à une chambre d'hôtel pendant qu'il allait avec Sylvie en Italie. Cette mise à l'écart lui avait sauvé la vie. En apprenant leur mort, Lyn avait mis les voiles et s'était réfugiée chez Annabelle. Elle ne sortait que la nuit, s'approvisionnait avec l'argent que lui avait donné Sylvie. Le reste du temps, elle s'occupait en silence, cogitait, dormait, mangeait, surfait sur Internet, inspectait l'appartement de son amie, lisait. Elle avait lu les œuvres complètes d'Arthur Rimbaud.

Elle quitta ses fourneaux et lui tendit le livre de poésies. Des pages étaient cornées.

– C'est un message codé, dit-elle.

– Comment le savez-vous ?

– J'avais du temps. Je m'efforçais de trouver un deuxième sens à tout ce que j'avais sous la main, y compris la liste de courses d'Annabelle. J'alignais les lettres qui se métamorphosaient en chiffres et inversement. Jusqu'à ce que je découvre ça.

Nathan feuilleta l'ouvrage, dubitatif.

– Prenez les chiffres des pages cornées. Vous avez 1, 21, 28, 182, 306. Comme la couverture et la page de garde sont également pliées, mettez deux zéros devant.

– 001 212 818 23 06.

– C'est un numéro de téléphone vers l'étranger. Le double zéro pour l'accès à l'international, puis le 1 qui est l'indicatif des États-Unis, suivis du 212, indicatif de New York, et du 818 23 06.

– Qui répond à ce numéro ?

– Une petite fille.

Elle composa les 13 chiffres et lui tendit l'appareil. Une voix d'enfant énonça : « Bonjour, laissez un message et vos coordonnées, nous vous rappellerons dès notre retour. »

– Vous avez laissé un message ? demanda Nathan.

– Vous me prenez pour une gourde ?

Il fixa le combiné comme si une solution allait en jaillir. Son regard s'égara ensuite sur les longues jambes de Lyn.

– J'ai tenté les renseignements, dit-elle. Le numéro est sur liste rouge. Je comptais sur vos relations pour mettre une adresse dessus.

– Le contact d'Annabelle avec son organisation est ce répondeur. Elle devait laisser un message particulier pour qu'on la rappelle. Ce que je ne saisis pas, c'est pourquoi elle avait conservé une trace de ce numéro.

– Peut-être pour éviter de l'avoir en tête. Au cas où on l'aurait interrogée de force.

– Vous feriez une excellente enquêtrice.

Lyn alla chercher le plat de nouilles sautées. Son pull échancré laissait paraître une épaule nue et le début de ses seins. Son corps essayait de capter l'attention pour faire oublier son visage.

– Qu'est-ce qu'on fait maintenant ? demanda-t-elle après avoir servi deux assiettes et s'être assise en tailleur.

– « On » ?

– On fait équipe, non ? Je parle onze langues, je décode, je connais l'une des victimes, je ne suis pas encombrante. Il n'y a pas d'autre volontaire, de toute façon.

– Qui vous dit que j'ai besoin d'une équipière ?

– On se fiche de ce dont vous avez besoin. Ce qui importe, c'est qu'Annabelle a besoin de moi.

– Délicieuses, ces nouilles.

– Merci.

– Avant que nous formions une équipe, j'aurais des questions à vous poser.

– Vous me les poserez en chemin.

– En chemin pour où ?

– New York. Là où nous conduit le numéro de téléphone.

Nathan termina son assiette sans répondre.

– J'ai trouvé le lieu, dit Lyn. Est-ce que vous avez un nom ?

– Gordon Ryler.

– Qui est-ce ?

– Il travaille à l'ONU et il est le père d'une Aïka.

– Comme Martin Domange ?

– À la différence que Ryler est le père naturel de Galan.

– Qu'est-ce que ça change ?

– Cela signifie qu'il a conditionné sa propre fille.

– Où voulez-vous en venir ?

– Seul un fanatique peut avoir créé les Aïkas. Et qui peut être plus fanatique qu'un père qui transforme sa propre fille en kamikaze ?

– Au Moyen-Orient, vous en trouvez à tous les coins de rue.

– Pas à New York.

Nathan appela le département de Gordon Ryler à l'ONU. La standardiste du DOMP l'informa qu'il était absent. Il exigea de parler à un collaborateur.

– Ronald Steinway à l'appareil, répondit une voix.

– Je cherche Gordon Ryler.

– M. Ryler est absent.

– Votre standardiste m'a servi le même baratin.

– Qui êtes-vous ?

– Gordon est à la recherche de sa fille. Il m'a engagé pour l'aider. Je suis détective privé. Mon nom est William Smyth, avec un « y ».

– Vous cherchez Gordon ou sa fille ?

– Gordon ne répond ni sur son mobile, ni à son bureau. Vous voyez le problème ?

– Je le vois, mais je ne peux rien pour vous.

– Vous avez le téléphone de son domicile ?

– Il ne vous l'a pas donné ?

– Si, mais je l'ai perdu.

– Je n'ai pas le droit de vous le communiquer.

– Devant autant de mauvaise volonté, je vais penser que vous ne souhaitez pas que l'on retrouve sa fille. Rendez-moi au moins le service d'appeler vous-même et de vérifier s'il est chez lui. Si vous avez Gordon, dites-lui qu'il m'appelle de toute urgence.

Nathan raccrocha et composa le numéro décrypté par Lyn Lee. Occupé. Steinway était en ligne avec le répondeur.

– Le numéro que vous avez fait jaillir du livre de poèmes est celui de Ryler, déduisit Nathan.

Il rappela Steinway.

– Je suis tombé sur son répondeur, dit celui-ci. J'ai laissé un message pour qu'il vous rappelle.

– Merci monsieur Steinway. Une dernière chose…

– Écoutez, je n'ai pas beaucoup de temps.

– Tant mieux, moi non plus. Gordon devait me rencontrer à Paris. Pouvez-vous regarder sur son agenda s'il a pris note de ce déplacement ?

– Ne quittez pas… allô ?… Non, il n'a rien écrit dans ce sens.

– Et en mars ?

– C'était le mois dernier.

– Je sais.

– Oui, vous avez raison. Il a mentionné un vol pour Paris le 4 mars.

– C'est tout ce qu'il a indiqué ?

– Il y a un numéro de téléphone.

– Celui de mon agence probablement.

– 01 93 21 74 75.

– C'est bien ça. Merci monsieur Steinway.

Ils appelèrent le numéro. Un répondeur. Une voix d'homme, cette fois.

143

Le brigadier de police décrocha. À l'autre bout de la ligne, il perçut une agitation, un souffle court, une voix avec un accent :

– *Help* ! Quelqu'un cherche à entrer dans l'appartement ! J'appelle de mon cellulaire….

– Où êtes-vous ?

– *I don't know*, je suis baby-sitter, je garde deux enfants de… ccrrrrrrrr… à… ccrrrrr… Paris… ccrrrrr…

– Pouvez-vous répéter l'adresse ?

– *Address, not sure*… téléphone ici 01 93 21 74 75… *Help*… ! Biiiiiiiiip…

La tonalité résonna dans l'oreille du policier qui alerta son supérieur pour résoudre un problème qui sortait de sa compétence, c'est-à-dire de l'ordinaire. Le lieutenant Maillefer lui demanda de rappeler le numéro que lui avait donné sa correspondante anglaise pendant qu'il essayait de mettre une adresse dessus.

– C'est un répondeur, dit le brigadier.

La pluie s'était remise à tomber. Une Peugeot jaillit du porche du commissariat central du 18e arrondissement, sirène hurlante et gyrophare sur le toit. La Golf blanche, garée dans la rue de Clignancourt, fila le véhicule bruyant et voyant. Lyn mâchait un chewing-gum. Elle se sentait mal. Elle serrait le mobile que Nathan avait emprunté de force à un passant et qu'elle venait d'utiliser pour appeler la police avec l'accent de Jane Birkin. Une vraie performance d'actrice. Il ne restait plus qu'à suivre les flics qu'ils avaient lancés sur la piste du numéro en liste rouge. À 2 heures du matin, la circulation dans Paris était fluide. La Peugeot s'engagea dans la rue Ordener, tourna à gauche dans la rue Flocon, enfila la rue Ramey. Ils ne sortaient pas du quartier. Nathan avait misé sur le fait que l'adresse du contact de Ryler à Paris serait proche de chez Annabelle. Il avait donc briefé Lyn pour qu'elle appelle le commissariat du même arrondissement. La Peugeot alla se planter au mépris des priorités devant un immeuble de la rue Chevalier. Deux policiers s'engouffrèrent dans le hall.

– Donnez-moi votre chewing-gum, dit Nathan à Lyn.

Il se précipita sous la pluie pour coller la gomme dans la gâche avant que la porte de la résidence ne se referme. Trois minutes plus tard, le dernier étage s'alluma. Lyn était blottie au fond du siège passager.

– Ça va ? lui demanda Nathan.

– Oui, pourquoi ?

– Ça n'a pas l'air.

– J'ai dû attraper froid. Avec ce temps pourri.

– Les flics ont trouvé quelqu'un.

– Qu'est-ce qu'on attend ?

– Qu'ils s'en aillent.

– C'est le seul plan qui nous reste pour retrouver Annabelle ?

– Il y en a un autre, mais je préfère l'éviter.

– Lequel ?

Il alluma la radio. *Outsiders* des Franz Ferdinand mit de l'ambiance sous la buée et les ruissellements. Lyn coupa le son au milieu d'un couplet :

– C'est quoi l'autre plan ?

– Braquer la lampe sur quelque chose d'infâme qui a été perpétré dans un monde obscur et corrompu.

– La métaphore est floue.

– Ce n'est pas une métaphore, c'est une litote.

– Quelles sont les questions que vous vouliez me poser ?

– Comment avez-vous connu Annabelle ?

– Cette information peut vous aider à la retrouver ?

– Oui.

Les deux policiers quittèrent l'immeuble et filèrent aussi rapidement qu'ils étaient venus, le gyrophare et la sirène en moins. Nathan traversa la rue avant de réaliser que Lyn était restée dans la Golf. Il revint sur ses pas :

– Qu'est-ce que vous faites ?

Elle grelottait.

– Allez-y. Je vous attends là.

– Vous ne voulez pas voir un médecin ?

– Allez-y, je vous en prie, c'est plus important que ma crève.

Nathan entra dans l'immeuble, plus trempé qu'une serpillière. Il examina les boîtes aux lettres. Le dernier étage était habité par Stéphane Charlier.

144

La porte s'ouvrit sur un homme en robe de chambre, la quarantaine grisonnante, légèrement voûté. Ses pantoufles étaient à l'effigie des New Yorkers. Il ne sembla pas surpris de voir Nathan. Le réveil par la police et la demi-heure d'interrogatoire l'avaient plus anesthésié qu'une bonne cuite. Une cigarette à peine allumée se consumait entre ses doigts sans alliance. Dans son salon, un tableau moderne représentait les Twin Towers en train de s'écrouler. Sur la table basse étaient posés une bouteille de Southern Comfort, un verre à moitié plein et le combiné d'un téléphone sans fil. Après le départ des flics, Charlier avait sauté sur le bar et le téléphone pour en référer à un supérieur. Appuyer sur la touche bis démangeait Nathan. Il força le passage et referma derrière lui.

– Vous parlez anglais ?

– Euh oui… pourquoi ?

– Parce que je ne parle pas un mot de français.

– Qui êtes-vous ? demanda-t-il en reculant sur un vase Ming.

– Que faisiez-vous samedi dernier à 21 h 35 ?

– Je… samedi ?… J'étais à l'opéra.

– À quelle représentation ?

– *Carmen*. Pourquoi me demandez-vous ça ?

– En compagnie de qui ?

– J'étais seul.

Nathan se moquait de ce que faisait Charlier ce soir-là. Il avait choisi une date et une heure au hasard. Néanmoins, il avait appris que Charlier aimait l'opéra et était d'humeur à se rendre au spectacle. Il se plaça devant la fenêtre du salon. En contrebas, Lyn attendait dans la Golf.

– Ne vous inquiétez pas, je ne suis pas de la police.

– En quoi est-ce supposé me rassurer ?

– La police est une menace pour votre organisation.

– Quoi ? Quelle org… ?

– Connaissez-vous Charles Fourcade ?

– Non. Qui ?

– Avez-vous peur de la pluie ?

– De quoi parlez-vous, à la fin ?

– Aïkas, Mandarins, mondialisation, ONU, Gordon Ryler, Annabelle Domange, toutes les pièces d'un puzzle qu'il faut assembler pour avoir une idée de ce qui se trame autour de nous.

– Qui êtes-vous ? répéta Charlier.

– Qui venez-vous d'appeler ?

– Pour qui travaillez-vous ?

Charlier venait de faire référence à la hiérarchie juste après la question de Nathan portant sur le destinataire de son appel. Cette réaction confirmait qu'il avait cherché à contacter un supérieur.

– Connaissez-vous Gordon Ryler ? demanda Nathan.

– Non.

– Lui, il vous connaît. C'est moi qui vous ai envoyé les flics car je ne disposais que de votre téléphone qui figurait dans l'agenda de Ryler. Je dois trouver cet homme. Deux cent quarante-sept femmes ont été enlevées en quelques semaines. La piste qui mène à elles passe par lui. Et celle qui mène à Ryler passe par vous.

Je ferai tout pour repartir d'ici avec des renseignements.

– Personne ne sait où est Ryler ni ce que sont devenues les Aïkas.

– Êtes-vous grabataire ?

– Non.

– Un handicap physique ?

– À quoi riment ces questions ?

– Je me demande ce que vous foutez dans votre robe de chambre ridicule, les pieds dans des pantoufles de touriste et la clope au bec au lieu de vous bouger pour sauver ces filles que vous avez jetées en pâture à des gens sans scrupules !

La phrase avait jailli d'un coup. Charlier pompa sur sa cigarette. Nathan saisit le combiné téléphonique et appuya sur la touche bis.

– Ne faites pas ça ! s'écria Charlier en se ruant sur lui.

Le Français décolla du sol et s'encastra comme un boulet dans un meuble laqué qui contenait déjà une télévision. Nathan stabilisa l'ensemble qui menaçait de s'écrouler et flanqua la télécommande dans la main de Charlier.

– Faites très attention de ne pas la lâcher, dit-il.

Plié en deux, les genoux sous le menton, Charlier tenta de se dégager, mais ses fesses étaient prisonnières du tube cathodique.

– Quel est votre nom ? demanda Nathan.

– Vous m'avez fait mal… Stéphane Charlier… je n'arrive pas…

– Où avez-vous acheté ce vase Ming ?

– À Pier Import, pourquoi ?

– Pourquoi les flics sont-ils restés si longtemps chez vous ?

– Ils voulaient savoir pourquoi une baby-sitter anglaise les avait appelés à l'aide et leur avait filé mon numéro.

– Vous leur avez dit que vous n'en saviez rien. Cela ne prend pas une demi-heure.

– Ils m'ont demandé si j'étais marié, si j'avais des gosses, si j'employais des baby-sitters, si j'avais des ennemis…

– Vous avez des ennemis ?

– Pas déclarés en tout cas.

– Vous ont-ils demandé quelle était la marque de votre voiture ?

– Non.

– Quelle marque ?

– Renault Scénic.

– De quelle année ?

– 2005.

– Essence ou diesel ?

– Diesel, mais en quoi… ?

– Quel est votre numéro de plaque d'immatriculation ?

– Mais… ?

– Simple vérification. Répondez plus vite.

– 6892 RF 75.

– Votre numéro confidentiel de carte de crédit.

– 9425…

– Avez-vous une fille ?

– Non.

– Où travaillez-vous ?

– Au Centre d'information des Nations unies à Paris.

– L'ONU. Comme Ryler et Domange. Vous connaissiez Domange ?

– Il a dirigé le Centre d'information.

– Deviez-vous protéger Annabelle ou la faire disparaître ?

– La protéger.

– Vous vous fichez de moi ?

– Non, pourquoi ?

– Vous essayez de me faire croire que vous êtes son garde du corps ?

– J'étais surtout chargé de veiller à l'insertion de plusieurs… Aïkas.

– Qui ?

– Sept filles en France, d'autres en Europe et aux USA… une vingtaine au total.

– Combien étiez-vous à faire ça ?

– Je ne sais pas. Une dizaine je suppose. Je n'étais en contact qu'avec Ryler. Il compartimentait les tâches. Aidez-moi à me dégager…

– Répondez d'abord aux questions. Surtout, ne lâchez pas la télécommande. Où est la banque la plus proche ?

– Il y a le Crédit Agricole, au bout de la rue. Mais… ?

– Recevez-vous vos émissions en numérique ?

– Oui.

Nathan brandit le téléphone sans fil.

– Je vais appeler votre patron, Gordon Ryler. Je m'entendrai directement avec lui, car vous n'avez rien d'intéressant à me dire.

– Que voulez-vous savoir de plus ?

– Deux choses. Le nom de celui qui a peint cette croûte et l'endroit où je peux trouver Ryler.

– Le tableau, c'est un ami new-yorkais qui me l'a offert. Stan Curtis…

Nathan attendait le reste de la réponse qui ne venait pas.

– Curtis est marié ?

– Non, il est gay.

– Quel âge a-t-il ?

– Vingt-huit ans.

Nathan appuya sur la touche « bis ».

– Qu'est-ce que vous faites ?

– Ce que vous me racontez est sans intérêt.

– Je réponds à vos questions !

– Où est Ryler ?

– Sur l'île.

– Quelle île ?

– J'ignore son nom.

– Où est-elle située ?

– En pleine mer.

– Pas possible !

– En mer de Chine.

Ça y est, Charlier avait lâché le morceau. Il interrompit l'appel.

– Est-ce que les rêves ont de la valeur ?

– Arrêtez avec ces conneries !

– C'est votre réponse ?

– Non… enfin oui, les rêves ont de la valeur.

– Faux. Ils vous rendent compliqué. Il vaut mieux les oublier.

– Sortez-moi de là.

– Où en mer de Chine ?

– Mer de Chine méridionale.

– Il me faut une réponse qui contienne plus de cinquante mots.

– De toute façon, vous allez le passer ce putain de coup de fil.

– Treize mots. Insuffisant. J'appelle.

– Ryler a acquis plusieurs îles au large du Guangdong. Il n'a jamais voulu dire lesquelles. Tout ce que je sais, c'est que la province en possède plus de mille cinq cents. Les Aïkas ont été formées là-bas, mais elles l'ignorent. Elles seraient même incapables de dire qu'elles ont vécu en Chine. Ça va, il y a assez de mots ?

– Comment expliquez-vous que les Aïkas ignorent d'où elles viennent ?

– C'était des bébés quand elles sont arrivées sur l'île et on les a droguées juste avant qu'elles ne la quittent vingt ans plus tard.

– Ces bébés sont tous devenus des femmes splendides ?

– Exact. On vérifiait l'ascendance, il nous fallait la photo des parents. Si quelque chose n'allait pas, on avait recours à la chirurgie esthétique.

– Vous étiez chargé de leur recrutement ?

– Oui. Les bébés ont été livrés à Ryler qui nous les a restitués une vingtaine d'années plus tard pour que nous assurions leur insertion.

– Grâce à vos relations et à celles de votre organisation.

– C'est ça.

Nathan vida une sacoche qu'il avait repérée sur un secrétaire, en sortit une Carte Bleue et du liquide. Il aida ensuite Charlier à retrouver le sol.

– C'était quoi ces questions débiles ?

– Cela sert à déstabiliser l'interlocuteur. On détruit ses repères, son système de défense, sa concentration.

– J'ai eu peur que vous ayez pété un plomb.

– C'était le but.

– Les questions sur la Carte Bleue, c'était pour me déstabiliser ou me prendre du fric ?

– Pour vérifier si vous êtes bien Stéphane Charlier.

– J'ai les fesses en sang. Je vais me soigner. Asseyez-vous et servez-vous à boire, je reviens.

Il s'arrêta, jeta un œil à la fenêtre, se retourna :

– La télécommande, je suppose que ça faisait partie du conditionnement.

– Vous pouvez la poser sans crainte.

Nathan s'apprêtait à s'asseoir lorsqu'il comprit qu'il était une cible.

145

Le fauteuil que lui avait indiqué Charlier était situé dans l'axe de la fenêtre. Il suffisait de rajouter un fusil à lunette sur le toit d'en face pour constituer un axe de tir.

Charlier a dû prouver aux flics qu'il n'était pour rien dans l'histoire de la baby-sitter en détresse. Les deux policiers zélés ont fait un rapprochement entre le SOS et l'affaire des disparues. Pour se sortir de ce mauvais pas, Charlier a téléphoné à quelqu'un mais pas à Ryler car ce dernier est devenu un renégat, recherché par les services secrets. Malgré l'étau qui se resserre autour de l'organisation dont il fait lui aussi partie, Charlier va à l'opéra, se prélasse chez lui, n'est pas inquiété par les autorités. Charlier a retourné sa veste.

Nathan appuya sur bis. Il tomba sur une voix grincheuse, grave, enrouée par le tabac qui déclara tout de go :

– Ils ne devraient pas tarder.

Nathan identifia Charles Fourcade.

Charlier a appelé le directeur général de la Police nationale pour qu'il le débarrasse des deux flics. Pour Fourcade, l'appel de la baby-sitter était une feinte dont l'auteur ne pouvait être que la seule personne qui enquêtait encore sur les Aïkas. Le DGPN a demandé à Charlier de retenir Nathan Love jusqu'à l'arrivée d'une équipe d'intervention.

– Alors Fourcade, vous accomplissez les basses besognes ?

– Love ?

– Nous ne sommes plus du même bord, on dirait.

– Rangez-vous à la raison, Love.

– La raison est droite, la route sinueuse.
– Laissez tomber cette affaire.
– C'est pour m'en convaincre que vous avez envoyé vos troupes d'élite ?
– C'est pour protéger Charlier.
Tout en conversant, Nathan se dirigea vers la salle de bains. Il défonça la porte. Charlier était recroquevillé dans la baignoire.
– C'est quoi ce bruit ? demanda Fourcade.
– Votre protégé ne risque rien, assura Nathan.
– Où est-il ?
– À l'abri. Vous pouvez envoyer les roquettes.
– Je préférerais que cela se passe en douceur.
– Comme pour les Domange ?
Raclement de gorge à l'autre bout de la ligne.
– Les méthodes changent quand on gagne du pouvoir.
– Qu'est-ce que vous me proposez ?
– La vie sauve, un passeport en règle qui vous attend au consulat, un aller simple pour la destination de votre choix et cinquante mille dollars.
La proposition réglait beaucoup de choses. Beaucoup trop.
– Vous hésitez encore ?
– Si je refuse ?
– Nous lançons l'assaut.
Nathan entendit des coups de klaxon dans la rue, puis des détonations. Il traversa l'appartement comme un courant d'air en suivant une trajectoire perpendiculaire à celle de la roquette qui pulvérisait la fenêtre. Il ouvrit la porte d'entrée en laissant derrière lui une gigantesque déflagration, plongea dans l'escalier, se réceptionna à mi-étage, dévala le reste des marches. Dehors, il pleuvait du fer et du feu. Un hélicoptère survolait le quartier. Nathan courut vers la Golf dont les portières étaient ouvertes. La carrosserie était grêlée d'impacts de balles,

le siège passager taché de sang. Crissement de pneus au bout de la rue. Il allait s'élancer sans espoir de rattraper les ravisseurs de Lyn Lee lorsque ses pieds furent inondés par les phares d'un véhicule qui lui fonçait dessus.

146

Le pare-chocs de la Twingo faillit le percuter. Nathan ouvrit la portière sur de la musique pop et un jeune conducteur. Les Kaiser Chiefs chantaient *Everyday I love you less end less*. Il saisit une main qui traînait sur le volant, la tordit et tira. Le gars suivit la douleur en criant et se vautra dans le caniveau inondé.

Nathan sauta sur le siège en écrasant les pédales, freina cent mètres plus loin, tourna à droite, dérapa sur la chaussée mouillée, percuta un container à ordures, accéléra pour coller au revêtement, évita une voiture qui venait en sens inverse et pila devant une bifurcation. À droite, un piéton était collé au mur, signe qu'il avait vu passer les fuyards. Il tourna devant le témoin et avala cent mètres en quelques secondes avant de tomber sur un carrefour. Un vrombissement au-dessus de lui indiqua que l'hélicoptère l'avait dans le collimateur. Coup d'œil giratoire. Quatre directions : une longue avenue jalonnée de feux de signalisation, une impasse, un sens interdit, une rue courte et déserte. Il fonça dans la dernière. Nouvelle bifurcation à cinquante mètres. Des empreintes de pneus étaient encore visibles sur l'asphalte détrempé, il se rapprochait. La Twingo déboula au milieu d'un boulevard comme une bille de flipper, ricocha sur une camionnette en stationnement et virevolta. Nathan fit craquer la boîte de vitesses et transforma le mouvement giratoire en une poussée rectiligne qui le bombarda dans une avenue plus fréquentée. Il doubla un taxi qui roulait à vive allure et distingua deux feux arrière qui zigzaguaient devant lui. Misant sur le fait que ceux qu'il poursuivait ouvraient la voie et qu'il y avait peu de circulation, il grilla trois feux rouges d'affilée. Les Kaiser Chiefs chantaient désormais *Modern Way*. La musique l'enfermait dans une bulle de rock qui modifiait sa perception de la réalité, émoussait sa conscience du danger. Dans sa ligne de mire, le véhicule qu'il chassait doubla une moto avant de se rabattre devant elle pour virer à droite. Ils avaient une destination précise. Nathan donna un coup de volant qui l'éjecta sur le trottoir entre une bouche de métro et un kiosque à journaux. Il s'engagea dans la rue perpendiculaire en coupant la route à un autre chauffard, fendit un terre-plein en deux et perdit le contrôle de la Twingo catapultée contre un abribus. Marche arrière, première, deuxième, troisième, quatrième, cinquième, il atteignit les cent kilomètres à l'heure en dix secondes. La boule de tôle bleue déboucha sur un carambolage que venaient de provoquer les émissaires de Fourcade. Nathan freina et jeta son véhicule dans la vitrine d'un caviste. Le fracas de verre cassé lui parut interminable. Des centaines de bouteilles explosèrent autour de lui, noyant la Twingo sous le vin. Il ouvrit la portière sur une marée rouge et se fraya un chemin dans un champ de tessons et d'AOC. Au milieu des gens hébétés, des blessés, des cris, de la fumée, des odeurs d'essence et sous le vrombissement de l'hélicoptère qui dominait la scène, une Renault suspecte reculait pour se dégager. Nathan sauta sur une carcasse retournée, rebondit sur le capot d'une autre et atterrit derrière la Renault qui décanilla en l'éclaboussant. Il courut jusqu'à un taxi venu s'ajouter à la file de voitures qui s'allongeait devant l'accident, éjecta le chauffeur, recula comme un dératé, arracha le frein à main, exécuta une demi-volte et propulsa la Mercedes dans le sillage du monospace qui s'enfonçait dans le parking du commissariat de police. Hanté par l'idée de voir Lyn lui échapper, il s'y engagea à son tour en crachant des étincelles dans les virages trop serrés.

La Renault était garée au dernier niveau, portières ouvertes. Nathan fut accueilli par un feu nourri de gros calibres. Il se coucha sous les éclats meurtriers, sans dévier. La Mercedes arracha deux portières, faucha deux policiers et s'encastra dans une colonne de béton.

L'un des policiers gisait sur le pare-brise fissuré. Nathan se dégagea de l'airbag, plia ses jambes au-dessus de lui et les détendit contre le verre Securit qui céda sous le poids du flic inanimé. Il s'empara de son fusil d'assaut, braqua une silhouette, recroquevilla le doigt sur la détente. L'arme trépida entre ses mains, la rafale crépita sur la poitrine de la silhouette. Couché sur la lunette arrière, il cribla le panorama après avoir vérifié que Lyn Lee n'en faisait pas partie. Pendant que son P 90 répandait la mort devant lui, il s'éjecta de la Mercedes en direction de la Renault sans cesser de tirer. La tentative était suicidaire, mais il n'avait plus le choix. Il s'était jeté dans la souricière. Dans quelques secondes, le parking serait envahi par les forces de l'ordre. Les clefs étaient sur le contact. Le chargeur de 50 coups finit par se tarir. Dans le rétroviseur, il vit Lyn Lee et deux hommes fuir par une porte. Il enclencha la marche arrière, traversa le mur et se retrouva sous les gravats, face aux deux policiers. L'un d'eux pulvérisa le pare-brise d'une rafale de 9 mm parabellum, mais Nathan avait déjà sauté sur le flic qui emmenait Lyn Lee et qui termina sous sa semelle. Celui qui canardait réalisa trop tard que sa cible était dans son dos et fut neutralisé d'un direct dans la nuque. Nathan ramassa Lyn Lee et un M16 qui faisait également office de lance-grenades, s'installa au volant du monospace et fila en laissant un chambranle planté dans un tas de parpaings.

– Prenez ça ! dit-il à Lyn en lui tendant le M16.

– Non.

– On n'a pas le choix.

– Jamais.

Il lui flanqua l'arme sur les genoux et s'engagea dans la rampe qui les ramenait à la surface. Le moteur ahana avant de rendre l'âme à mi-parcours. Ils finirent le trajet à pied, talonnés par les bruits de bottes, les cliquetis de culasses et les ordres de déploiement. Le portail du garage était fermé et gardé par trois hommes. Nathan se plaqua au mur, épaula et balança une grenade. L'explosion éparpilla le trio de flics et ouvrit une brèche fumante dans la tôle. Il se précipita en ouvrant le feu devant lui, suivi par Lyn. Dehors, le pire l'attendait.

Sous les projecteurs, quatre véhicules étaient garés en éventail au milieu d'une armada de policiers qui avaient épaulé leur arsenal. Le dispositif était chapeauté par l'hélicoptère, omniprésent. Des barrières de sécurité isolaient la rue des deux côtés. Un gradé hurlait des ordres dans un mégaphone. Le reste des troupes qui martelait le sous-sol allait les prendre à revers. Quelle option choisir ? Un voile noir dans le regard de Lyn Lee signifiait qu'elle n'avait aucune envie de se rendre. Ni de tuer. Elle avait décidé de mourir. Nathan avait un pied dehors, trente fusils braqués sur lui et une deuxième grenade dans son M16 dont le canon était pointé vers le ciel. Il ne bénéficia pas d'une seconde supplémentaire. Une pluie de balles l'obligea à se recroqueviller vers l'intérieur en utilisant le panneau de tôle comme bouclier. Les projectiles sifflaient et lardaient l'acier, d'autres le perforaient, striaient la pénombre de fils de lumière avant d'aller ricocher dans le béton, au pied des renforts qui montaient vers eux. Nathan serra les dents et tira. Un violent recul le fit basculer en arrière. La grenade fusa pendant qu'il couvrait Lyn. L'explosion se transforma en une fracassante gerbe d'étincelles dans le ciel. Les tirs cessèrent pour faire place à une succession de secousses, de vrombissements sourds, de déflagrations anarchiques, de crissements métalliques. Les pales de l'hélicoptère éventrèrent le portail, faisant pénétrer dans le garage un vacarme apocalyptique et un épais nuage de poussière. Nathan se mêla au chaos. Sans lâcher Lyn, il terrassa tous les obstacles qui entravaient son chemin, silhouettes grises et désorientées pour la plupart, cognant plexus, gorges et foies. La plupart des policiers gisaient à terre, laminés par le crash.

Lyn et Nathan se réfugièrent dans un bâtiment voisin et gagnèrent les toits.

D'en haut, la vision était dantesque. Les hélices de l'hélicoptère avaient zébré les façades du commissariat et des immeubles environnants avant que l'engin s'écrase sur les véhicules et explose. Des odeurs de kérosène, de gaz et de plâtre remontaient jusqu'à eux. Il était urgent de quitter le quartier, la ville, le pays.

CINQUIÈME PARTIE

L'homme est un bonsaï qui se prend pour un arbre

147

La jonque barrée par Xao Tang quitta la baie dans la nuit et mit le cap vers le sud. Sur le pont arrière, Lyn et Nathan regardaient la carte postale se rétrécir. Hong Kong était illuminée comme une scène de music-hall. Les buildings de verre multicolores étaient pris dans un filet de lasers tissés jusqu'aux étoiles et reposaient sur un socle de liquide fluorescent. La quatrième ville chinoise, dont le nom signifiait « port parfumé », avait des airs de New York psychédélique.

Ils avaient quitté Paris depuis cinq jours. À la suite du crash de l'hélicoptère, ils s'étaient mis en quête d'argent et de faux papiers. À l'époque où il collaborait avec le FBI, Nathan avait enterré dans cinq cimetières à travers le monde des sacs contenant un faux passeport et dix mille dollars. Cinq portes de sortie. Mais aucune d'entre elles ne se trouvait en France. Il avait donc dû employer les moyens du bord : retirer du cash dans un distributeur automatique avec la carte de Charlier, écumer Pigalle pour y détrousser les clients lubriques qui s'apprêtaient à déverser leur liquide, dérober le passeport d'une Américaine dont Lyn Lee n'avait plus qu'à copier la permanente et dérober celui d'un touriste japonais qui sortait du Lido (Junichirô Shôta ne lui ressemblait pas, mais aux yeux d'un douanier occidental, tous les Asiatiques se ressemblent, même métis). Nathan avait payé en espèces deux billets pour Hong Kong et glissé le reste du butin dans la boîte aux lettres de Marie. Junichirô Shôta et Amy Lockwood s'étaient envolés pour la ville de Bruce Lee, avaient logé dans une guest-house abordable, acheté des vêtements à Nathan Road, mangé beaucoup de nouilles et enquêté. En parlant le mandarin et l'anglais, Nathan avait eu accès aux informations administratives qu'il désirait.

Ils avaient des jours de retard sur les services secrets qui s'étaient lancés aux trousses de Gordon Ryler. Les fonctionnaires qu'il rencontrait avaient délivré les mêmes renseignements une semaine auparavant à des agents chinois et américains. Le Guangdong avait cédé ses îles par appels d'offres afin de développer le tourisme, le commerce, l'industrie et les zones de stockage. Les acheteurs étaient des sociétés et des particuliers chinois, ainsi que des étrangers qui devaient constituer un joint-venture sino-étranger contrôlé par des partenaires chinois et présenter un projet intégrant des mesures écologiques. Le droit à l'utilisation du terrain était valable pour cinquante ans. Sur les 1 434 îles, 604 couvraient plus de 500 m^2. Leur prix variait entre douze mille et douze millions de dollars. Le nom de Gordon Ryler n'apparaissait dans aucun des contrats de vente.

Nathan s'était alors servi du profilage des Aïkas. Baptisées à partir de la racine « an' », passionnées de peinture et de blues, attirées par l'odeur du jasmin et des fleurs de d'ylang-ylang, elles avaient surtout la phobie de la pluie que sous-tendait un traumatisme d'enfance commun. La mer de Chine méridionale connaissait des précipitations abondantes à partir du mois d'avril. Les orages tropicaux et les typhons étaient fréquents. Les Aïkas auraient pu en subir un dans leur enfance.

Selon les archives de Hong Kong, un typhon avait semé la désolation dans la région dix-neuf ans auparavant. Parmi les îles dévastées, huit avaient une superficie suffisante pour accueillir deux cent cinquante personnes. Sur les huit, la moitié appartenait à des joint-ventures dont deux géraient des complexes touristiques qui avaient été détruits. L'une des deux îles avait été revendue à un investisseur chinois. Nathan s'intéressa donc à l'autre. Elle s'appelait Xsha. Située à égale distance de la Chine, des Philippines et de Taiwan, elle appartenait à la Wu-Stern Corporation dont les actionnaires principaux étaient M. Wu et Stern, respectivement chinois et américain. Xsha était à trois jours de mer.

Faute de moyens pour s'y rendre, Nathan s'était une fois de plus adapté à la situation. Cette partie du globe était sillonnée par des pirates qui bénéficiaient de l'incapacité des pays à gérer la sûreté des eaux territoriales et profitaient de la lenteur des navires marchands, de leur faible capacité à manœuvrer, des chargements importants qui faisaient remonter la ligne de flottaison et facilitaient les abordages, de l'argent des salaires qui circulait à bord. Nathan avait écumé les bordels et les salles de jeu de Macao pour dégoter son pirate. Une prostituée l'avait mis en contact avec Xao Tang à qui il avait fait miroiter une île au trésor et un butin important qui rentabiliserait l'expédition.

La jonque de Xao Tang était rapide et maniable, équipée de radars, de systèmes de positionnement par satellite, de sondeur bathymétrique, d'appareils de radiocommunication made in Taiwan. Officiellement, il promenait les touristes dans la baie de Hong Kong. Officieusement, il lançait des attaques de nuit en haute mer ou dans les zones de mouillage. Il s'intéressait peu à la marchandise transportée, mais plutôt aux effets personnels de l'équipage et au contenu du coffre-fort.

La jonque possédait un hors-bord et un véritable arsenal allant de la dynamite aux fusils AK-47.

Nathan prenait des risques. Celui de s'embarquer avec Lyn sur un bateau de criminels. Celui de perdre du temps en gagnant l'île par la mer. Celui de ne rien trouver sur place. Celui de ne pas pouvoir payer Tang.

Le capitaine les rejoignit sur le pont :

– J'espère pour vous que vous n'allez pas nous balader, dit-il.

– Nous exerçons des métiers à risques, dit Nathan.

– Le mien l'est moins que le vôtre, monsieur Shôta. Parce que s'il n'y a rien sur Xsha, je possède à bord une monnaie d'échange, dit-il en lorgnant sur Lyn Lee.

148

Carla entendit le cliquetis de la serrure, le zip de la braguette, le râle de son geôlier qui se répandit en elle. Elle respira son haleine fétide et avala la puanteur de son sexe qu'il nettoya dans sa bouche.

Elle était contente de le voir.

Tous les matins, le gardien lui apportait sa dose d'héroïne qu'elle brûlait de s'injecter dans les veines pour affronter les longues heures qui allaient suivre, le défilé des obsédés, des pervers, des sadiques.

Carla tendit son bras esquinté par les piqûres et ferma les yeux en savourant d'avance. Rien ne vint, sauf une phrase en mauvais anglais.

– Toi t'habiller tout de suite.

Il y avait du changement. C'était la première fois que le geôlier lui parlait. La première fois qu'on lui ordonnait de s'habiller. Carla ne voulait pas de ce changement. Elle voulait son fix. Déconnecter. Elle lui montra son bras. Une gifle la fit basculer du lit et atterrir dans la crasse. L'homme lui tapa dans l'estomac.

– T'habiller !

Elle se mit à quatre pattes et se redressa péniblement. Le manque d'exercice et la drogue l'avaient transformée en légume. Tout en jouant avec une matraque qu'il lui avait maintes fois enfoncée dans l'anus, l'homme la regarda enfiler un blue-jean merdeux et un débardeur plus sale qu'une serpillière. Il la poussa dans le couloir sans ménagement. Elle heurta le mur et fut propulsée à coups de bourrades vers l'extrémité du corridor où étaient groupées une dizaine de femmes. Quatre brutes épaisses les cognèrent pour les faire sortir. Les prisonnières marchèrent dans la boue jusqu'à un camion.

On les embarquait pour une nouvelle destination. Malgré la douleur, le manque, la faim, la soif, le froid, la peur, Carla fit fonctionner la minuscule parcelle de son cerveau encore en activité. Une petite veilleuse qui empêchait l'extinction définitive de sa conscience. Au cours de cet énième transfert qui venait ponctuer une existence réduite à des pénétrations et à de la somnolence, une chose lui avait sauté aux yeux. Elle avait vu défiler des femmes qui subissaient le même sort qu'elle, des petites, des grandes, des maigres, des charnues, des jolies, des laides, des jeunes et des moins jeunes. Il y avait de tout. Or, la cargaison du jour était moins variée. Les prisonnières étaient dociles au point que les gardiens n'avaient pas eu besoin de les molester avec la hargne qui les caractérisait. L'autre similitude était plus cachée. Sous la crasse, les ecchymoses, les traits tirés, la peau blafarde, les cheveux sales et les maladies vénériennes, toutes ces femmes étaient belles.

149

La mer était calme et le soleil tapait sur la jonque. Lyn exécutait des exercices de danse. Son corps de liane défiait la gravité et le roulis. Elle tourbillonnait, virevoltait avec une grâce et une souplesse sans limites. Nathan était admiratif. Ses arabesques avaient l'allure d'un tai chi chuan débridé voué à la beauté du mouvement.

Au cours des trois jours de mer, il avait appris à l'apprécier. La jeune femme n'avait pas trouvé sa place dans la société. La façon dont les hommes avaient organisé le monde, contraignant et corrompu, ne lui convenait pas. Lyn était une nomade congénitale, au point de changer régulièrement de pays, de langue, de culture et même d'identité. Elle pratiquait le cloisonnement psychologique, ne s'attachait à rien, ni à personne. Sauf à Annabelle. Les deux jeunes femmes s'étaient rencontrées dans un cours de danse donné par Lyn à Paris. Lyn Lee s'appelait Lydie Levantin à l'époque. Elles se découvrirent des affinités et s'aimèrent comme deux sœurs. Puis Lydie changea de nom et de pays, ne revit plus Annabelle. Elles se parlaient au téléphone. Lyn appelait toujours car elle était injoignable. Jusqu'au jour où Annabelle ne répondit plus. Lyn sauta dans un train pour Paris, joua les ombres dans le dos des enquêteurs. La suite, Nathan la connaissait. La jeune femme s'était vouée corps et âme à la recherche de son amie. Ce qui le frappait, c'était sa sérénité, sa bienveillance, son absence d'agressivité. Elle n'aimait pas les masses mais les individus. Elle s'était liée aux membres d'équipage, pour la plupart des criminels et des repris de justice. Elle les appelait par leurs prénoms, leur apportait parfois du café ou un sourire, avait amadoué le capitaine Tang. Même Chan, le second, un chef autoritaire qui ne savait proférer que des ordres et voyait sa présence à bord d'un mauvais œil, avait fini par s'incliner devant elle. Il se dégageait de Lyn une énergie positive qui galvanisait ceux qui l'approchaient.

Elle vrilla sur un socle invisible et termina son enchaînement par un grand écart. Nathan applaudit la performance. Elle atterrit près de lui avec la légèreté d'une brise. Ils restèrent ainsi sans dire un mot. Ils avaient déjà trop parlé à la suite de ce qui s'était passé à Paris. Elle lui avait reproché tous ces morts. Il ne s'était pas justifié car il ne se sentait pas concerné. Le bien et le mal étaient définis par la société et la religion. Nathan ne se situait par rapport à aucune des deux.

Un goéland atterrit sur une caisse de gréements. Autour d'eux, l'équipage s'agitait. Xsha était en vue.

150

L'île aurait pu figurer dans une brochure touristique spécialisée dans les destinations paradisiaques. Elle était si plate que la végétation semblait prendre racine dans l'eau. Ils sautèrent dans le hors-bord qui fendit l'onde étale jusqu'à la plage. Chan les accompagnait avec un AK-47 en bandoulière.

Ils posèrent le pied dans une eau limpide et foulèrent le sable blanc. Un panneau avertissait en mandarin et en anglais que l'on était sur une propriété privée et qu'il fallait se tenir à l'écart. Ils continuèrent vers un ensemble de bungalows disposés en demi-cercle autour d'une piscine. Des installations sportives étaient aménagées : parcours de santé, dojo, appareils de musculation, pas de tir. Chan calculait déjà ce qu'il allait pouvoir emporter avec lui. Ils se dirigèrent vers une bâtisse en bois plus grande que les autres. Un Chinois armé d'un fusil leur coupa la route en leur demandant s'ils savaient lire. Nathan fit signe à Chan de ne pas bouger.

– Est-ce que nous sommes sur Xsha ?

– Oui, assurément.

– Nous voulons voir Gordon Ryler, dit Nathan.

– Connais pas.

À la manière dont il répondit, sans avoir pris le temps de réfléchir, Nathan comprit que ce n'était pas la première fois que le gardien entendait ce nom.

– Vous en avez déjà entendu parler.

– Des militaires chinois et des agents de la CIA ont débarqué ici avec la même requête.

– Il y a combien de temps ?

– Trois jours.

– À qui appartient cette île ?

– À M. Wu.

– Il est là ?

– Non, indubitablement.

– Qui habite ici ?

– Le personnel pour la surveillance et l'entretien.

– C'est un hôtel ?

– Un resort. Il fera bientôt partie de la chaîne Mandotel de M. Wu. L'établissement n'est pas encore ouvert.

– Depuis combien de temps votre patron possède-t-il cette île ?

– Cinq ans.

– Cinq ans pour construire un hôtel ?

– Beaucoup d'aménagements.

– On a débarqué au mauvais endroit.

– Je pense pareillement.

Ils regagnèrent la jonque.

– Vous vous êtes trompé d'île, dit Nathan à Tang.

– C'est la plus connue des Xsha en tout cas.

Tang se pencha sur la table à cartes. Le secteur était constellé d'îles. Impossible de toutes les visiter.

– Il faut s'intéresser à celles que personne ne veut approcher, dit Nathan.

Tang déplia d'autres cartes, plus anciennes. Son doigt suivit une trajectoire rectiligne et s'en écarta avant de s'immobiliser sur la mer.

– Il y a la route du dragon, mais ça fait une journée de navigation supplémentaire.

– De quoi parlez-vous ?

Il pointa l'index sur une partie de la carte qui n'indiquait que des fonds marins.

– Une série d'îles volcaniques entourées de récifs sur lesquelles se sont échoués les navires qui ont voulu s'en approcher. Elles ne sont pas mentionnées sur les cartes, mais c'est à peu près là. On devrait atteindre la zone demain dans la matinée.

– Tentons le coup.

Tang pointa le compas sur Nathan dans un geste d'avertissement :

– Il vaut mieux pour vous que l'on ne tombe pas sur des cailloux ou je vais être obligé de vendre votre compagne dans le premier bordel afin de nourrir mes hommes.

Nathan employa la soirée à méditer sous un ciel étoilé, ballotté par le vent et les vagues, à la merci des éléments naturels, vastes et indomptés. Il se mit en symbiose, en zazen : jambes en lotus, dos droit, pression des méridiens par les pieds, position juste, main gauche dans la main droite, paumes vers le ciel, regard posé à un mètre devant pour mieux le porter vers l'intérieur. Ne rien regarder pour mieux voir. Respiration lente, puissante, naturelle, poussée sur les intestins, massage des organes internes. Contrôle de l'activité cérébrale, repos du cortex, arrêt du flot des pensées, apaisement du système nerveux, déconnexion de l'intellect, afflux du sang vers le cerveau reptilien, retour à l'intuition. Élargissement de la conscience, réceptivité de chaque cellule du corps.

Nathan se débarrassait de la tension de l'enquête comme de vêtements sales qu'il aurait ôtés avant de se coucher. Il se retrouvait nu comme un être primitif, comme Aji, la belle Éthiopienne qui possédait la sagesse des origines de la vie et lui avait fait connaître l'esprit du Bodhisattva à travers l'orgasme dont elle lui avait fait don. Les scories du monde avec lequel il avait renoué depuis deux mois se délitaient. Les viles images du monde, les pensées malsaines, les émanations mentales nauséeuses défilaient devant lui comme des bulles de savon.

Hishiryo, au-delà de toute pensée.

Mushotoku, simplement assis, sans but ni esprit de profit.

Une femme aux cheveux blonds se tenait à quelques mètres devant lui, visage penché en avant, bras le long du corps dans une robe blanche. Ses pieds touchaient à peine le sol. Elle releva la tête. Une crevasse remplaçait son visage. Elle tendit les bras vers lui. Nathan balaya de son esprit les derniers instants de Sylvie. Il ressentit une autre présence, plus réelle, celle de Lyn. Elle venait lui souhaiter bonne nuit, s'excuser aussi de l'avoir jugé sévèrement pour le carnage à Paris.

– J'ai été injuste avec vous.

– Je ne vous crois pas capable d'injustice.

– Vous ne me connaissez pas.

Il l'observa à la lueur de la lune qui attisait une flamme dans ses yeux.

– Je crois que vous êtes quelqu'un de bien.

– Vous aussi. Ce sont tous ces morts qui m'ont choquée.

– La décision de tuer est l'une des plus difficiles à prendre. Beaucoup de gens préfèrent qu'elle soit prise par d'autres. Nous aurions pu compter sur la chance ou la reddition, mourir en victimes. Cette inaction aurait-elle pu passer pour de la bonté à vos yeux ?

Elle ne répondit pas. Il lui posa d'autres questions :

– Votre vie est-elle moins importante que celle d'un policier ? La valeur d'un individu est-elle fonction de son uniforme ? Celui qui brandit une arme n'est-il pas le vrai responsable de sa propre mort ?

– Vous auriez pu écraser un innocent dans les rues de Paris.

– À 3 heures du matin ?

– Je suis désolée, je parle trop.

– Parler ne fait pas cuire le riz, honorable Lyn Lee, dit Nathan avec l'accent chinois.

Elle se leva avec la souplesse d'une gymnaste.

– J'aime discuter avec toi, Nathan.

– Si nous avions emprunté une autre voie que celle du samouraï, de l'action immédiate, il n'y aurait pas eu de discussion ce soir.

– Bonne nuit. Demain nous verrons où nous a menés la voie du samouraï.

151

De loin, les trois îles ressemblaient à l'épine dorsale d'un monstre marin. De près, on aurait dit des bosses de chameau peintes en vert.

– Je ne m'approche pas plus, dit le capitaine Tang.

– On finira en chaloupe, répondit Nathan.

– Sur laquelle voulez-vous accoster ?

– La plus difficile d'accès.

– Vous aimez vous compliquer la vie.

– Ce sont les gens que je recherche qui se la compliquent.

Ils étudièrent aux jumelles les possibilités de débarquement.

– Le choix va être simple, trancha Tang. Il n'y en a qu'une qui offre une possibilité d'accostage.

Il pointa son doigt vers une petite plage qui formait une virgule sur la circonférence de l'île.

– Vous croyez qu'il y a des gens assez fous pour venir ici ?

– Assez riches, dit Nathan qui venait de distinguer des infrastructures nichées dans la végétation.

La jonque s'ancra à un mile. Ils jetèrent le hors-bord à la mer. Le capitaine prit place avec quatre marins armés de fusils d'assaut, suivis par Lyn et Nathan. Le panorama tanguait et oscillait devant eux. Ils cassèrent les vagues qui les repoussaient contre les falaises et passèrent des blocs graniteux émergeant d'un bouillon d'écume. Les flancs de la montagne en surplomb de la petite crique étaient nappés d'une forêt tropicale qui dégoulinait dans la mer. Le vent soulevait des rafales d'embruns et fouettait les visages des marins. L'embarcation progressait presque à la verticale et faillit se retourner plusieurs fois avant d'être refoulée vers le large. Tang manœuvrait avec une dextérité qui les sauva plusieurs fois du naufrage. Après avoir franchi la barrière de rochers, ils voguèrent dans une mer plus calme. Trempés jusqu'aux os, les marins poussèrent le canot sur le sable. Face à eux, la végétation rognait la plage étriquée et recouvrait des jardins jadis paysagers. Des pas japonais envahis par les herbes guidèrent Lyn, Nathan et Tang vers une piscine d'eau croupie et de feuilles mortes. Un singe vola d'un arbre à un autre. Un oiseau au bec rouge et au plumage bigarré les accueillit en coassant. Au-delà de l'immense bassin, se dressait un bungalow en bois ligotés de lianes.

Lorsqu'il y pénétra, Nathan sut qu'un de ses problèmes était réglé. Les pirates seraient rétribués. Les murs étaient tapissés de toiles de maître signées Matisse, Picasso, Vermeer, Gauguin, Van Gogh. Des tapis persans poussiéreux étaient étalés sur le sol. Au centre, une fontaine sculptée dans le marbre était aussi muette que la Vénus qui la surmontait. Un comptoir en bois précieux séparait la réception du bar qui exposait des centaines de bouteilles. Tang sauta par-dessus le zinc et se désaltéra avec un bourbon vingt ans d'âge tout en étalant une liasse de dollars pillés dans la caisse.

– Vous allez pouvoir vous payer une flotte digne de celle de Ching Shih, dit Nathan.

– Vous connaissez Ching Shih ? s'étonna Tang.

– À la tête de quatre cents navires et de soixante-dix mille hommes, elle a fini directrice d'un bordel et d'un cercle de jeu.

– C'est le problème des pirates, ils n'ont pas de retraite.

– Il n'y a pas que les pirates.

– À qui appartient tout ça ?

– Vous vous intéressez à l'identité de ceux que vous détroussez ?

– Celui qui possède cette île a sûrement les moyens de me poursuivre jusqu'en enfer pour récupérer ce que je vais lui voler.

– Cet endroit n'est plus habité depuis des années.

– Qui serait parti en laissant tout ça ?

– Quelqu'un qui en avait marre d'être possédé par ce qu'il possédait.

Encadrée par des sculptures de Giacometti et de Botero, une arche invitait à continuer son chemin en direction d'une palmeraie transformée en jungle. Les racines des banians formaient des éruptions de mosaïques dans les bassins à poissons. Nathan et Lyn abandonnèrent Tang à son inventaire et empruntèrent un sentier qui sinuait vers un bungalow à flanc de colline. Sur leur droite, un terrain de golf avait pris l'aspect d'une jachère. Sur leur gauche un terrain de tennis était envahi par les herbes. Le bungalow était ouvert. Le luxe à l'intérieur dépassait tout ce que l'on pouvait imaginer.

– Une copie de la Joconde, constata Lyn en voyant le sourire accroché au mur.

– À moins que la copie ne se trouve au Louvre. Au milieu d'un tel faste, il serait de mauvais goût de se contenter d'un faux.

Au centre du bungalow, des bananiers enracinés sous la dalle cernaient un jacuzzi et se dressaient vers un toit de verre. Autour de cette oasis intérieure rayonnaient une chambre à coucher, une salle de cinéma, une salle de bains, une salle de réception, un salon de massage, un bureau équipé d'ordinateurs, de téléphones, de fax, de scanners. Chaque pièce surplombait la mer qui s'étendait à perte de vue. Nathan aperçut Tang et ses hommes charger la chaloupe à ras bord. Du bureau, il distingua une clairière taillée dans la forêt et marquée d'un X presque effacé. Une aire d'atterrissage pour hélicoptère. La salle de bains offrait une vue sur les deux autres îles.

– Tang va pouvoir embarquer la robinetterie, dit Lyn. Elle est en or.

– Il n'aura pas assez de sa jonque pour tout emporter.

– C'est un hôtel pour milliardaires. Mais pour un seul à la fois.

– À mon avis, le plus intéressant est sur les autres îles.

152

Tang avait déjà effectué un premier chargement sur la jonque lorsque Nathan et Lyn regagnèrent la plage. Ses hommes, qui s'étaient alcoolisés au bar, faisaient une razzia sans discernement, s'emparant aussi bien des cendriers que des œuvres d'art. Nathan étudia l'île voisine. Un mile d'épis d'écume et de pics rocheux l'en séparait. La montagne qui la constituait était nappée d'une végétation luxuriante. Cernée de falaises raides, couronnée d'un dôme verdoyant, elle ressemblait à un muffin aux épinards.

– Aucun accès.

– La voie du samouraï, dit Lyn en plongeant dans le bouillonnement.

Il l'appela, mais elle ne devait plus entendre que les battements de la mer contre ses tempes. Derrière lui, les pirates affrontaient les vagues pour ramener leur deuxième chargement. Nathan se jeta. Dans un premier temps, il ne maîtrisa rien, buta contre un récif, s'entailla les flancs. Ballotté comme dans le tambour d'une machine à laver, fouetté par les embruns, il avalait de l'eau et de l'air. Il gagna de la profondeur où les éléments étaient plus calmes, essaya de repérer Lyn, remonta à la surface pour reprendre son souffle, encaissa une claque salée, redescendit en se faisant malmener par des courants contraires. Il nagea comme une anguille jusqu'au socle de la falaise, où une coulée verte de cocotiers facilitait l'ascension. Il sortit la tête, se fit presque assommer par un rouleau, attendit le suivant et se servit de la poussée pour se faire catapulter. La vague se retira, laissant de la mousse sous les pieds de Nathan qui resta accroché à un arbre. De son perchoir, il chercha Lyn. Avait-elle réussi à traverser ? Elle était une bonne nageuse. Il se souvint qu'elle n'avait pas hésité à sauter dans le port de Tokyo. Il saisit une branche et se hissa en s'accrochant aux aspérités de l'escarpement.

Sa première impression fut d'être au bon endroit. Après avoir posé le pied sur l'île au trésor et traversé le Styx, il foulait le jardin d'Éden. Un vent tiède et parfumé sécha ses vêtements, lui caressa les cheveux, lui murmura des chants d'oiseaux. Les frondaisons frémissantes avaient quelque chose de rassurant. L'herbe était haute, tendre et fraîche. Les arbres échevelés jouaient les maracas et prenaient la pose avec cette indiscipline propre à la nature. Un papillon multicolore se posa sur une fleur géante et planta sa trompe dans le nectar avant de s'envoler dans un rayon de lumière. La paume des mains léchée par les fougères, il avança vers le centre de l'île qui en était aussi le sommet, créant du silence sur son passage. Contrairement aux villes, indifférentes aux étrangers, la nature écoutait lorsqu'on lui rendait visite. Nathan était l'invité des lataniers et des lépidoptères. Lorsqu'il atteignit la cime, il bénéficia d'une vision d'ensemble sur la mer, les autres îles, la jonque et le canot à moteur qui entamait un troisième voyage. Mais le plus intéressant était à ses pieds. Une empreinte aux motifs crénelés, taille 44. Un homme était posté ici et l'avait vu venir. Il se retourna sur un craquement, prêt à frapper. Le tranchant de sa main se figea sous le menton de Lyn.

– Ce n'est que moi, Nathan.

– Qu'est-ce qu'il t'a pris ?

– On n'allait pas contempler l'île toute la journée. Tu as déniché quelque chose ?

Il désigna l'empreinte.

– Moi aussi, j'ai fait une découverte.

Il lui emboîta le pas en direction du versant opposé. Elle se pencha au bord d'un promontoire et lui montra en contrebas une multitude de bungalows bâtis à flanc de colline. Les toits de palmes se confondaient avec le reste de la végétation. Lyn s'inséra dans une faille.

– On peut y accéder par là.

– Comment le sais-tu ?

– J'en viens.

– Tu n'as pas perdu de temps.

– On en a trop perdu jusqu'à présent.

Lyn Lee avait décuplé son énergie et sa motivation. Elle devançait Nathan sur tous les points. Elle dévala plus rapidement qu'un lézard, sauta au-dessus du vide avec l'agilité qu'un écureuil, s'agrippa avec l'aisance d'un singe. Nathan la suivit en s'éraflant, en dérapant, en suant et atterrit sur un toit de palmes qui céda sous son poids.

L'habitation était circulaire, les murs en torchis, percés d'une porte et d'une fenêtre, doublés de rayonnages de livres. La ressemblance était frappante avec les bungalows qu'il avait visités dans le village éthiopien aménagé par Esian Zawi. L'endroit n'avait pas été habité depuis longtemps : le lit était couvert de poussière et de feuilles. Nathan rejoignit Lyn sur le seuil.

– Cette île a été désertée, comme celle d'à côté, dit-il.

Lyn s'engagea sur le sentier qui reliait les bungalows.

– Où vas-tu ?

– Chercher Annabelle.

– L'endroit n'abrite plus une seule Aïka.

– Qui est ici, alors ?

– Gordon Ryler.

– Comment le sais-tu ?

– L'empreinte que nous avons vue appartient à un homme qui porte des chaussures à deux cents euros et mesure environ 1,80 m. Il a plus de trente ans, âge à partir duquel on a les moyens, et moins de cinquante, pour avoir réussi à nager entre les deux îles. Celui qui a posé le pied au sommet de cette montagne est traqué. Il est monté pour faire le guet. Au regard des crénelures, on peut attester que ses chaussures sont neuves, ce qui signifie qu'il est là depuis peu de temps. L'empreinte est fraîche, donc il nous a vus arriver. S'étant caché au lieu d'aller à notre rencontre ou de nous attaquer, il n'est ni un enquêteur, ni un tueur. Il connaît bien l'endroit, car il n'a laissé qu'une trace et n'a cassé aucune branche sur son passage. Il n'a pas de bagages parce qu'il est venu comme nous. Il compte survivre sur cette île. Il sait qu'il le peut. Recherché par la planète entière, il ne peut pas émigrer sur la lune. Alors, il a choisi ce sanctuaire qui lui garantit un sursis. Un sanctuaire resté secret pendant plus de vingt ans. Je vous ai tracé le portrait de Gordon Ryler. Mais je peux me tromper.

Lyn le regardait bouche bée. Son air hébété n'était pas dû à sa brillante démonstration. Nathan le comprit juste avant que la voix ne jaillisse derrière lui : « Bravo ! Sauf que vous avez trop vite écarté l'hypothèse d'avoir affaire à un tueur. »

153

L'homme s'appelait Bojko. Signes distinctifs : visage vérolé, ventre énorme, petit sexe. C'était tout ce que Carla savait de lui. Elle avait entendu sa geôlière l'appeler ainsi. À moins que « bojko » ne signifiât autre chose dans la langue du pays. Quel pays ?

Bojko la frappa tout en la pénétrant. C'était ce qui faisait penser à Carla qu'il était proxénète ou directeur du bordel. Les clients, eux, n'avaient pas le droit d'abîmer la marchandise. Bojko la cognait moins souvent, car elle encaissait mieux et était devenue docile à force d'alcool et d'opiacés. L'héroïne de mauvaise qualité qu'elle consommait en intraveineuse la plongeait dans des bulles de soulagement euphoriques qui éclataient vite avec l'agitation. Les flashs orgasmiques des premiers shoots s'espaçaient, elle avait besoin d'augmenter les doses, de multiplier les prises. Les rares moments d'extase étaient le prélude à de longues plages de somnolence, de nausées, de vertiges, d'anxiété. Alors, en complément de l'héroïne, elle avait recours à la vodka frelatée qui coulait à flots, lui procurait l'ivresse salvatrice suivie de vomissements. Quand elle souillait sa chambre, on la tabassait pour lui faire lécher ce qu'elle régurgitait.

Bojko lui versa une bouteille sur la poitrine et lui planta le goulot dans la bouche. Elle but le reste en s'étouffant. Directement du tube digestif aux vaisseaux sanguins. L'homme grogna comme un porc et se rhabilla.

Carla réprima des tremblements intempestifs. Son corps se dégradait à vue d'œil. Sa valeur marchande déclinait. Bientôt, elle serait usée. On se débarrasserait d'elle. C'était son vœu le plus cher.

154

Gordon Ryler avait une barbe de plusieurs jours, des vêtements froissés, les cheveux en bataille et un fusil.

– Comment avez-vous pu transporter une arme sur cette île ?

– Par largage. Comme le reste.

Tout était acheminé par hélicoptère à partir de l'île voisine.

– Qui êtes-vous ? demanda Ryler.

On en revenait toujours aux mêmes questions.

– Junichirô Shôta et Amy Lockwood, répondit Nathan.

– Cela ne me dit pas qui vous êtes.

– Amy pratique la danse et moi les arts martiaux.

– Que faites-vous ici ?

– Nous cherchons Annabelle Domange.

– Pourquoi ?

– C'est mon amie, dit Lyn.

– Pourquoi ici ?

– Je vais vous dire comment on en est arrivés là. Et si vous remplissez les blancs, je vous dirai comment tout ça se terminera.

– C'est moi qui tiens le fusil. Je déciderai donc de la manière dont ça se terminera.

– Vrai, si vous ne voyez pas plus loin que le bout de votre canon.

– Je vous écoute.

Ryler occupait une position surélevée, avait le soleil dans le dos et une arme braquée sur eux. Nathan voulut casser la configuration.

– Peut-on se mettre à l'abri ?

Cinq minutes plus tard, ils étaient assis autour de trois verres d'alcool de riz dans un bungalow.

– En 1971, un club de chefs d'entreprises se réunit à Davos pour construire une nouvelle civilisation fondée sur le libre-échange et les intérêts particuliers. Tandis que les gouvernements perdent leur légitimé et que ni les dogmes religieux ni les utopies politiques n'offrent de solutions simples et concrètes, le processus qu'ils enclenchent apporte la démocratie, la paix, et la richesse tout en faisant des entreprises des acteurs majeurs de la politique mondiale.

– Vous allez me faire un exposé sur la mondialisation ?

– En 1995, la création de l'OMC relègue l'ONU aux livres d'histoire et marque l'apogée de la civilisation économique. Le club très fermé de Davos, qui se fait appeler aujourd'hui le G300, a fait du chemin.

– Je ne vois toujours pas le rapport avec votre présence ici.

– Au cours des trente-cinq dernières années, le pouvoir économique a bouleversé les rapports de force en sa faveur. Il a pris l'ascendant sur les pouvoirs politique, religieux, mafieux qui sont aujourd'hui à son service, soudés par des individus appartenant à plusieurs sphères, peu médiatiques, peu nombreux, très riches, très puissants, et tous animés par le même désir de mainmise sur le monde : les membres du G300. Vous les appelez les « Mandarins », vous voyez le rapport maintenant ?

– Que savez-vous d'autre ?

– 5 % de leur richesse suffirait à régler tous les problèmes de la planète. Incompatible avec leur dynamique de profit maximal et leur quête de pouvoir absolu qui exigent sacrifices écologique, social et humain ! À partir de cette menace que vous avez décelée dès le début des années 80, vous avez créé une cellule secrète au sein de l'ONU, afin d'inverser le mouvement. Mais au lieu d'enrayer cette puissance colossale, vous l'avez utilisée pour changer le monde. Il y avait trois cents leviers à manœuvrer. Trois cents Mandarins que vous avez essayé de rendre meilleurs en leur donnant du sexe et de l'amour. Avec l'aide de séides, vous avez formé des Aïkas et lancé l'opération Dolls Bang qui a nécessité vingt ans de préparation.

– Vous en savez autant que moi.

– Non, car j'ignore si le jeu en valait la chandelle, si la menace était réelle, comment vous avez financé une telle opération, qui sont vos complices, combien d'Aïkas ont été formées au total, combien en reste-t-il en liberté et où sont les deux cent quarante-sept qui ont été arrêtées.

– Même les Mandarins ignorent où elles sont. Les pouvoirs sont concentrés, les responsabilités diluées.

– Les Mandarins sont-ils devenus meilleurs ?

– Les premiers résultats étaient encourageants. En très peu de temps, les Aïkas ont envoûté leurs cibles. Elles ont changé la manière de penser des Mandarins : ils ont appris la compassion, la générosité, la bonté. Je pourrais vous citer des centaines d'exemples. La plus grosse fortune de la planète a dépensé en six ans plus de six milliards de dollars pour la santé dans les pays en voie de développement, pratiquement le budget d'aide des USA. Gabe Still et Buff Warner légueront la quasi-totalité de leurs milliards à des causes humanitaires. Et ainsi de suite. L'ONU n'était pas en reste. Le pacte global a facilité le travail des entreprises, leur a garanti l'accès à cent trente-cinq pays et l'assistance de ses agences spécialisées. En échange, les entreprises participantes s'engageaient sur la protection des droits humains, l'abolition du travail des enfants, la protection de l'environnement, la lutte contre la corruption et la discrimination.

– Le secrétaire général de l'ONU faisait partie des cibles ?

– Nous avons testé la première Aïka sur lui. Cela m'a permis d'en observer chaque jour les effets.

– Une cible peu influente par rapport aux autres.

– Mais indispensable pour s'assurer le soutien logistique de l'ONU et la coordination de nos efforts à l'échelle mondiale.

– L'économie peut-elle endiguer la destruction de la planète ?

– Une tour solaire de mille mètres de haut et entourée de 5 km^2 de panneaux solaires va être construite dans le bush australien. Elle alimentera deux cent mille foyers en électricité, sans polluer. Pour fournir la même énergie, une centrale au charbon doit cracher des centaines de milliers de tonnes de dioxyde de carbone !

Ryler s'exaltait au fil d'un discours mêlant politique, science et économie.

– Grâce à l'action des Aïkas, dix-sept multinationales dont BP, Mitsubishi et RWE ont créé un fonds commun pour investir dans des énergies propres. D'autres tours solaires sont prévues en Australie, mais aussi en Arizona, dans le Nevada, en Californie, au Mexique, en Chine, en Inde, au Sri Lanka, au Canada, en Égypte. Ce que les gouvernements n'ont pas réussi à faire, les multinationales l'ont fait.

– Même réparer les dégâts ?

– Avec l'argent, on peut tout. Vous voulez stopper le réchauffement de la planète ? Faites un chèque de cinquante milliards de dollars pour regeler la calotte glaciaire arctique.

– Vous êtes sérieux ?

– Je ne rentrerai pas dans les détails, mais l'idée consiste à mettre à flots des barges dotées de serpentins réfrigérants géants. Huit mille barges automatisées pulvériseraient de l'eau douce dans l'air pour accélérer la formation de la calotte glaciaire, pomperaient de l'eau de mer et la déverseraient sur la banquise pour qu'elle l'épaississe en gelant. C'est un chercheur de l'université d'Alberta qui a mis ça au point. D'autres projets en faveur de l'humanité et de la planète étaient sur le point de se réaliser.

– Grâce au sexe.

– Tout a foiré à cause de la jalousie d'une femme, Brenda Anderson…

– Je connais l'histoire. La menace qui pesait sur l'humanité était-elle réelle ?

– Nous avons anticipé un futur proche où, au nom de la paix, de la prospérité, de la sécurité, un gouvernement mondial se mettra en place sans qu'on puisse le nommer, l'identifier et donc le renverser. L'humanité sera sous contrôle. Les sociétés transnationales auront anéanti le pouvoir des États, conditionné les comportements, abêti les populations, affaibli les énergies individuelles, confisqué les ressources, créé des problèmes pour offrir des solutions rentables. Il y a vingt-cinq ans, bien avant Bhopal, Tchernobyl, l'invasion du Koweït par l'Irak et le pilonnage de Dubrovnik, quelques-uns d'entre nous ont devancé l'histoire plutôt que d'attendre qu'il soit trop tard. Notre cellule para-onusienne devait permettre à la globalisation de garder son sens premier, à savoir rendre impossible une nouvelle guerre mondiale, assurer une paix universelle et une meilleure gestion des ressources, protéger les droits fondamentaux, préserver l'environnement, vaincre les épidémies, la famine, la pauvreté. Si nous n'avions pas agi à temps, on serait déjà tombé dans un nouveau type de totalitarisme, une marchandisation des êtres vivants, des formes inédites d'esclavage, la destruction totale de la nature. Vous voyez, monsieur Shôta, je peux voir plus loin que le bout de mon fusil.

– Qui est ce « nous » dont vous parlez ?

– Un Chinois, un Américain et un Indien.

– Qui sont le Chinois et l'Indien ?

– Le premier est un moine taoïste reconverti dans les affaires. Le second est un Mandarin qui n'a pas eu besoin de l'influence d'une Aïka pour faire le bien. Ils ont acquis trois îles non répertoriées sur les cartes, organisé la formation, financé l'opération. De mon côté, avec mes hommes, je sélectionnais les futures Aïkas et assurais leur insertion.

– Y compris celle de votre propre fille Galan.

– Je voulais qu'elle soit utile à la planète. Elle en avait les atouts physiques et intellectuels. Était-ce mieux d'en faire une arriviste new-yorkaise ?

– Vous l'avez jetée dans les bras d'un type pour le manipuler.

– Dans les bras du président des États-Unis.

– Comment deux cent quarante-sept Aïkas ont-elles pu disparaître aussi rapidement ?

– Connaissez-vous la puce Digital Angel ?

– On m'en a fait avaler une.

– On en avait implanté une sur chaque Aïka à leur insu, sous l'épaule, la hanche ou la paupière, ça nous permettait de les surveiller. Les services secrets ont eu accès aux fichiers de la société qui fabrique les DA. Il leur a été facile de les repérer.

Voilà pourquoi les ravisseurs d'Esian Zawi lui avaient tailladé la hanche. Nathan comprit aussi comment Susan Fox avait échappé à ses poursuivants. La brûlure avait détruit la puce.

– Une chose m'intrigue, dit Ryler. Depuis le début, vous parlez de deux cent quarante-sept Aïkas.

– C'est le chiffre annoncé par la police française.

– Deux cent quarante-huit Aïkas étaient en activité, pas deux cent quarante-sept.

– Ce qui signifie qu'il en reste une dans la nature.

– Les services secrets n'auraient pas réussi à la localiser ?

– Elle s'est débarrassée de la puce.

155

Gordon Ryler leur fit visiter les vestiges des installations qui avaient servi à la formation des Aïkas. Des salles de classe et de sport nichées dans la falaise, équipées d'agrès, de tableaux noirs et d'écrans blancs.

– C'est ici qu'elles ont tout appris, dit Ryler. Des langues aux concepts économiques les plus complexes en passant par la gymnastique artistique.

– Qui étaient leurs professeurs ?

– Ceux de Yale, Harvard, Cambridge, Oxford, Berkeley.

– Par quel sortilège ?

– Des étudiants que nous rémunérions pirataient les cours au moyen de caméras HDV. Nous projetions ensuite les films.

– Et le reste de la formation ?

– Elle était assurée par des instructeurs qui se partageaient quatre départements : les langues, la géopolitique, la coordination des programmes universitaires et l'éducation physique. Nous leur enseignions aussi des techniques de respiration et de massage.

– Influence taoïste de votre associé chinois ?

– Il intervenait pour dispenser des cours de sagesse.

– Et vous, vous leur jouiez du bues ?

– L'art inspire la paix. La peinture et la musique donnent envie de vivre.

– Dites-m'en davantage sur les cours de sagesse.

– Mon ami du Wudang inculquait le respect de l'autre, le sens du sacrifice, le don de soi, le courage, l'humanisme, l'universalisme.

– Le devenir post mortem aussi ?

– Une vision de l'au-delà était indispensable pour motiver les Aïkas.

– Ainsi qu'une vision subjective du monde.

– C'est le principe de tout conditionnement.

– Vous leur avez lavé le cerveau ! s'exclama Lyn.

Nathan retint la jeune femme qui s'apprêtait à lui fondre dessus. Ryler avait réussi à la faire sortir de ses gonds.

– Vous vous trompez, dit-il.

– Ça sonne pourtant vrai, soutint Nathan.

– Comme souvent ce qui est faux.

Lyn desserra les poings.

– Connaissez-vous Gurdjieff ? demanda Ryler.

Nathan partageait l'analyse de Georges Ivanovitch Gurdjieff, un mystérieux Arménien, chantre de « la quatrième voie », pour qui l'humanité vivait dans une sorte de sommeil alors que des niveaux supérieurs de conscience étaient accessibles. Par contre, il désapprouvait son objectif de changer la nature humaine en la rendant esclave d'une entité divine, ainsi que de ses moyens : soumission, destruction des systèmes de valeurs, programmation mentale à coups de syncrétismes mystiques, avec ce fantasme propre à tout gourou de décerveler ses adeptes pour exercer un contrôle sur eux.

– Non, répondit Nathan qui préférait écouter la version de Ryler.

– Gurdjieff a établi quatorze niveaux de conditionnements. Le niveau 1 correspond à six mille particules de conditionnement. C'est le plus chargé, celui des gens élevés de manière rigide, soumis à la hiérarchie. Leur vie est contrôlée par les peurs, les dogmes, les règlements. Lorsque vous commencez à lâcher prise et à vous méfier de certains mots en « isme », vous accédez au niveau 2, celui des individus qui ont deux fois moins de particules. Ils sont encore liés aux traditions, au politiquement correct, aux comportements de masse, croient aux valeurs de la société : l'éducation, l'information, la démocratie, l'État, le socialisme, le collectivisme, l'écologie. On respecte la loi, on est poli, on ne commet pas de crime, on vit en deçà des limites imposées.

– Beaucoup de monde se situe à ces deux niveaux.

– 80 % de l'humanité exactement.

– Qui sont les 20 % restants ?

– Au niveau 3, on trouve ceux qui remettent en question certaines valeurs. Ils ont mille cinq cents particules de conditionnement, moitié moins qu'au niveau 2. Ils savent qu'on n'est pas obligé de travailler pour vivre, de se marier pour avoir des enfants, d'avoir un statut social. Ils voyagent, comparent les civilisations, sont plus ouverts et individuels. Ce sont les marginaux, les artistes, les hippies, les clochards.

– Comment passer au niveau 4 ? intervint Lyn, soudain intéressée.

– Les gens de niveau 4 sont théoriquement conscients de l'absurdité du monde, de l'absence de libre arbitre. Cette catégorie est celle des érudits comme les philosophes qui s'achètent un standing avec les explications qu'ils vous vendent sur le monde et le sens de la vie.

– Et aux niveaux supérieurs ?

– On y accède dès que l'on cherche des réponses à l'intérieur de soi.

– Cela nous mène à la méditation.

– Au niveau 5, on ne possède que trois cent soixante-quize particules de conditionnement et on se pose les questions essentielles : d'où vient-on ? Qui est-on ? Où va-t-on ? C'est le stade le plus inconfortable car on n'obtient aucune réponse. Ce qui incite à redescendre au niveau inférieur ou à passer au niveau 6.

– Qui correspond à quoi ? demanda Lyn.

– C'est la phase où vous réalisez que ce qui vous entoure n'est qu'illusion. Soit vous vous suicidez, soit vous comprenez que la vérité est en vous. Cette compréhension vous fait perdre la moitié de vos particules et accéder au niveau 7. Les rares personnes qui y accèdent ont un niveau élevé de conscience. Ils puisent le bonheur en eux et non dans la possession de biens matériels.

– Il reste encore sept niveaux après ça ? s'étonna Lyn.

– Au fil desquels disparaîtront les quatre-vingt-dix particules les plus tenaces de conditionnement spirituel, moral, physique, comportemental ou émotionnel.

– Le niveau 14 étant l'éveil, conclut Nathan.

– Avez-vous connu l'éveil ? demanda Ryler.

– Oui.

– Alors vous êtes au niveau le plus élevé.

– Et moi ?

– Cette échelle n'est qu'un outil d'analyse des conditionnements et de leur impact sur notre existence. On peut varier d'un niveau à un autre en fonction des jours, sachant que pour grimper, il faut pratiquer la méditation, le non-jugement, la connaissance de soi, l'ouverture aux autres. Par moments, ce sera difficile. C'est pourquoi un guide est indispensable.

Nathan était tombé dans une secte mêlant « quatrième voie », géopolitique onusienne, hindouisme tantrique et libéralisme taoïste.

– Combien de particules possèdent les Aïkas ? demanda-t-il.

– C'est là où je voulais en venir. Plutôt que de disséquer le fonctionnement psychique d'une recrue adulte, d'éradiquer tout ce qui lui a été inculqué depuis l'enfance, d'effacer la personnalité que lui a façonnée son milieu social, nous avons directement élaboré le psychisme, le savoir et l'ego de cerveaux vierges.

– Des cerveaux de bébés.

– La méthode s'est avérée plus longue, mais plus efficace et moins traumatisante.

– Moins traumatisante ? s'exclama Lyn.

– Avez-vous entendu parler des ichoghlanlar ?

Lyn et Nathan entendaient ce nom pour la première fois.

– Cela signifie « garçons de confiance » en turc. Au XIVe siècle, les Osmanlis arrachaient les enfants chrétiens aux familles des paysans pour les soumettre à un entraînement hautement sélectif qui devait en faire des ichoghlanlar. Ces enfants étaient enfermés à Topkapi pour être convertis à l'islam et recevoir une éducation intellectuelle, physique et militaire, qui les mettait en mesure d'occuper les plus hautes fonctions de l'État. Et vous savez quoi ? Jamais l'Empire ottoman ne récolta autant de victoires que lorsqu'il se trouva administré par ces esclaves éduqués et disciplinés. Les Aïkas sont nos ichoghlanlar, à la différence qu'elles n'ont été converties à aucune religion, ni traumatisées par une phase de déconstruction.

– Et les opérations de chirurgie esthétique ? demanda Lyn.

– Il y en a eu très peu car non seulement la beauté s'apprend, mais elle était le premier critère de sélection.

– Les Aïkas, vous les placez au niveau 1, je suppose, dit Nathan.

– Nous avons inventé pour elles le niveau 0. Elles possèdent douze mille particules de conditionnement. Elles n'ont aucune conscience de ce qu'elles sont vraiment.

– Et toi, tu te places où connard ? jeta Lyn à Ryler.

– Il a déraillé au niveau 6, répondit Nathan, quand il s'est aperçu que ce en quoi il croyait n'était qu'illusion, que le monde était dirigé par une poignée de potentats et que l'ONU n'était qu'une grosse administration sclérosée.

Lyn jeta un regard méprisant à Ryler et sortit de la grotte.

– Qu'est-ce qui lui prend ? demanda Ryler.

– Connaître une amie, c'est se connaître soi-même. Imaginez ce qui arrive lorsqu'on apprend que cette amie n'était qu'une illusion.

– Je suis étonné quand même.

– Par quoi ?

– Les Aïkas ont été formées à ne pas avoir d'amis.

156

La nuit tombait sur la mer démontée. Nathan repoussa au lendemain matin son retour à la nage.

– J'espère que vos pirates seront encore là, dit Ryler.

– Ils n'auront pas assez de la nuit pour tout charger.

Il fixa la silhouette noire de la première île, ceinte d'écume bouillonnante

– Pourquoi une telle débauche de luxe ?

– Au début, cette île nous servait de base logistique. Puis nous avons eu l'idée de construire un lieu de villégiature pour milliardaires qui nous couvrait vis-à-vis des autorités chinoises et nous procurait des renseignements sur une clientèle qui faisait partie de nos cibles.

– Quel est le nom de votre organisation ?

– ARK.

– Une nouvelle Arche d'Alliance ?

– On peut voir les choses sous cet angle.

– Avez-vous engagé beaucoup de gens comme Domange et Charlier ?

– Une dizaine.

– Qui ?

– Des personnes de confiance qui déploraient l'immobilisme de l'ONU. Des jeunes officiers brillants et dévoués appartenant au centre d'opérations que j'avais mis sur pied au sein du Département des opérations du maintien de la paix. Ils dénichaient les futures

Aïkas et les aidaient à s'insérer vingt ans plus tard au terme de leur formation.

– Quels sont leurs noms ?

– En plus de Domange et Charlier, il y avait les lieutenants Drozdov, Ho-Sun, Tagawa, Teiga, le colonel Samblas, le major Weller, les capitaines Foot, Blake et Tallman.

Nathan mémorisa les onze patronymes.

– Ils sont de toutes les origines ?

– Comme les Aïkas.

– Domange est mort, Charlier a retourné sa veste, que sont devenus les autres ?

– J'ai rompu tout contact depuis le déclenchement de Hollow Storm.

– D'autres que Charlier ont-ils pu parler ?

– Je pratiquais le cloisonnement. Mes hommes étaient peu informés. Ils ignoraient l'identité de mes deux associés, l'existence même d'un triumvirat, l'emplacement de ces îles…

– Charlier savait qu'elles se situaient en mer de Chine méridionale.

– Il a dû l'apprendre par les services secrets.

– Votre associé chinois ou indien a pu parler.

– Possible.

– Que sont devenus les instructeurs des Aïkas ?

– Morts.

– De quoi ?

– De vieillesse. Le personnel de l'île était composé de gens âgés dont l'espérance de vie n'excédait pas vingt ans. De l'intendance au corps enseignant, ils devaient tous finir leur vie sur l'île et ne jamais être tentés de se lier à une fille. Le dernier est mort ici il y a six mois. Cela faisait un an et demi que la dernière élève était partie.

– À leur sortie, les Aïkas étaient envoyées dans l'un de vos centres pour parfaire leur pratique sexuelle. Il y avait la communauté des Domange en France, la maison close des Kamatsu au Japon…

– Une secte aux États-Unis et un ashram en Inde, compléta Ryler.

– Aucune d'elles n'a essayé de s'échapper de cette île ?

– Pour aller où ? N'oubliez pas qu'elles étaient éduquées à l'art de diffuser l'amour et la paix dans un monde qui en était dépourvu. Pour quelle raison auraient-elles souhaité quitter ce paradis pour l'enfer, si ce n'était pour accomplir leur mission ?

– Ce paradis s'est transformé en enfer au moins une fois. Quand vous avez essuyé un typhon.

– Vous êtes bien renseigné.

– Les Aïkas en ont hérité une phobie de la pluie.

– Il y a dix-neuf ans, une tempête a dévasté l'île et emporté vingt-six fillettes. Des orages violents nous ont contraints à nous terrer dans les grottes pendant plusieurs jours. Cela a traumatisé les Aïkas qui avaient cinq à six ans à l'époque.

– Les ravisseurs étaient au courant de cette phobie car la plupart des enlèvements ont eu lieu sous la pluie.

– Pas les premiers. Syriana, la maîtresse de Warren Anderson, a été enlevée en plein soleil.

– Elle a parlé.

– Les Aïkas ont été entraînées à ne rien divulguer, même sous la torture.

– L'eau et le feu sont deux éléments fréquemment utilisés lors d'une séance de torture. Leur phobie a donc pu être révélée à ce moment-là.

Nathan engouffra une rasade d'air iodé et se sentit traversé par le vent, comme s'il n'existait pas.

– Vous désapprouvez mon action, n'est-ce pas ?

– Je pratique le non-jugement.

– C'est vrai, vous êtes du niveau 14, dit Ryler en souriant.

– Vos Aïkas me font penser aux geishas que l'on éduquait pour divertir les riches hommes d'affaires, maîtrisant les arts, cultivées, conditionnées pour séduire.

– À l'origine des terroristes et des tyrans, il y a souvent une déconvenue amoureuse. Ces gens-là sont des frustrés. Leur envoyer une geisha les débarrasse de cette frustration et les rend meilleurs.

– A-t-on le droit d'abandonner ces femmes ?

– Je vous aiderai à les retrouver, quitte à ce que j'y perde la vie.

– C'est la moindre des choses. Il y a votre fille dans le lot.

– Je sais.

– Pourquoi les avoir toutes prénommées avec le même radical ?

– En hommage à Anne, mon épouse, la meilleure personne que j'aie jamais connue. Elle consacrait son temps à faire le bien, à aider les gens, à repriser le monde. Elle est morte à la naissance de Galan. J'en ai été si affecté que j'ai décidé de m'investir dans un projet qui me permettait de la faire vivre encore. La naissance de deux cent quatre-vingts Aïkas valait bien la perte d'Anne Ryler.

Nathan pensa à la façon dont il avait surmonté la mort de sa propre épouse et celle de Sylvie, en leur donnant une âme. Gordon Ryler en avait assigné une à sa femme en échafaudant l'opération Dolls Bang.

– Vous sauriez reconnaître l'Aïka qui n'a pas encore été arrêtée ?

– N'importe qui peut identifier une Aïka. Leur beauté, leur bonté, leur intelligence sont hors du commun. Vous le sentez tout de suite à leur contact.

Nathan songea à Esian Zawi.

– Le problème, c'est d'entrer en contact, dit-il. On ne sait même pas de laquelle il s'agit.

– Elle a peut-être été arrêtée depuis.

– Possédez-vous un registre avec leurs photos, leurs noms, leurs cibles ?

– Je vous le donnerai.

– Comment espériez-vous retrouver votre fille en vous planquant ici ?

– Seul, je n'ai aucune chance.

– Vous avez de l'argent ?

– J'ai une carte de crédit.

– Quand vous en êtes-vous servi pour la dernière fois ?

– À New York, il y a quatre jours.

– Détruisez-la. Vous disposez de combien en liquide ?

– Neuf mille dollars. Ils sont dans une consigne au port de Hong Kong.

Nathan reçut quelque chose dans sa main. Une clef bleue.

– Casier 172, dit Ryler.

– Vous me faites confiance ? demanda Nathan.

– Vous êtes du niveau 14, non ?

157

Ils se couchèrent dans une hutte qui abritait jadis les instructeurs. Elle était plus grande et mieux aménagée que celles des pensionnaires. Le sol était couvert de tapis de coco, les murs tapissés de rayonnages alignant des ouvrages de psychologie, de géopolitique, d'économie, de philosophie appliquée, de spiritualité vivante, des études signées Zen consultant, des publications de Georges Gurdjicff, des romans d'anticipation… La poussière avait recouvert les ordinateurs et les téléviseurs alimentés par des satellites et des panneaux solaires. Cinq lits étaient alignés au fond de la hutte. L'un d'eux était occupé par Lyn qui s'était endormie sur *Travailler et vivre à partir du vide* de K. Kreiss.

– Deux cent quarante-huit Aïkas sur les deux cent quatre-vingts que vous avez formées ont été en activité, dit Nathan. Où sont les autres ?

– Vingt-six ont péri dans le typhon, une est décédée sur l'île à la suite d'une hémorragie cérébrale et cinq n'ont pas réussi à accrocher leur cible.

– Que sont-elles devenues ?

– Elles ont été recyclées. Dans différents postes à l'ONU.

– Votre formation ne concernait qu'une seule « promotion » ?

– Notre objectif était de réaliser un putsch planétaire, pas de créer une école de jeunes filles.

– Bonne nuit Gordon.

– Vous savez, monsieur Shôta, ce n'est pas à partir des Mandarins qu'on remontera jusqu'aux Aïkas. C'est à partir des hommes de main.

Ryler ferma les yeux sur son esprit bouillonnant et s'employa à en vider une partie pour trouver la paix nécessaire au sommeil. Sa dernière phrase résonna dans la tête de Nathan qui allait devoir faire ce qu'il avait repoussé depuis le début. Mettre les pieds dans la fange, se salir les mains, rencontrer de nouveaux démons. Braquer la lampe sur une chose infâme.

158

Nathan avait dormi quelques heures. La mer léchait l'île avec un peu moins d'appétit que la veille. Il sortit pour uriner et s'étirer. La jonque du capitaine Tang mouillait toujours dans le secteur. La tempête n'avait pas facilité la mise à sac du complexe touristique.

Il réintégra la hutte pour réveiller Lyn et Gordon. L'Américain n'était pas dans son lit. Il secoua Lyn.

– Où est Ryler ?

– M'en fous, grogna-t-elle.

Après avoir inspecté les bungalows, ils gagnèrent l'autre flanc de la colline à partir duquel ils tenteraient de rejoindre la première île. Ryler avait disparu aussi mystérieusement que ses Aïkas. Au bord de la falaise, ils hésitèrent.

– Se décider en l'espace de sept souffles, dit Nathan avant de se jeter.

L'eau glacée pénétra son corps. Il récupéra vite la conscience de son corps tétanisé, réactiva la partie droite de son cerveau, siège de l'instinct et de l'intuition, pensa avec les cellules de son organisme, à l'instar d'un poisson. Il rasa les profondeurs en apnée, sortit la tête dans les vagues pour happer de l'oxygène, plongea, recommença la manœuvre plusieurs fois. Une demi-heure plus tard, il était propulsé sur les rochers de l'île voisine. Il encaissa un violent coup dans l'aine, puis dans les côtes et au crâne, avala de l'eau salée, toussa, tendit un bras hors de l'eau et fut arraché à la mer comme un brochet. L'homme qui l'avait saisi au poignet était Chan, le bosco.

– Vous cherchez à mourir ?

– Où est Lyn ?

Pliée en deux sur la plage, elle évacuait l'eau de ses poumons et tentait de récupérer une respiration normale.

– On allait partir sans vous, dit Tang en les rejoignant.

– Merci d'avoir attendu.

– Remerciez le mauvais temps. C'est à cause de lui qu'on a pris du retard. Le hors-bord a chaviré deux fois. Cette nuit, c'était l'enfer. On a perdu une partie du butin.

– Quand est-ce que vous levez l'ancre ?

– On attend le retour du hors-bord pour un dernier chargement.

Nathan regarda en direction de « Aïkasha », l'île aux Aïkas. Il laissait derrière lui Gordon Ryler avec ses démons. Il récupéra peu à peu ses facultés motrices, son cerveau gauche se remit à fonctionner. Il plongea la main dans la poche de son pantalon. La clef bleue était toujours là.

Au cours du trajet vers la jonque, le hors-bord perdit encore une caisse. Lyn et Nathan se retrouvèrent dans leur cabine, trempés jusqu'aux os. Elle prit une douche chaude et s'enroula dans une serviette usée jusqu'à la corde.

– À quoi penses-tu ? demanda-t-elle.

– À Ryler.

– Ce type est un salaud !

– Tu m'as habitué à plus de retenue.

– J'apprends qu'à cause de lui ma meilleure amie n'était qu'une machine programmée pendant vingt ans, avec un disque dur à la place du cerveau et des puces électroniques dans le corps, et tu voudrais que je reste cool ?

– Si Annabelle est ton amie, c'est qu'elle te convient telle qu'elle est.

– À un moment donné, il faut arrêter de raisonner. Je n'ai pas ton détachement.

Elle fit un pas vers lui, l'enlaça, lui chuchota :

– En plus, j'ai eu la trouille de me noyer tout à l'heure.

Nathan la serra dans ses bras. À travers la serviette aussi fine que du papier à cigarette, il sentit son corps humide, et un désir instantané. Autour d'eux, tout se mit à bouger. Le navire levait l'ancre. Nathan promena ses lèvres sur le visage de Lyn dont il ne voyait plus les défauts.

– Pas la peine de te forcer, dit-elle en reculant.

– J'en ai envie.

Elle enfila un jean avec une telle dextérité qu'il eut à peine le temps de voir ses longues jambes et ses fesses rebondies.

– J'attendrai que tu aies encore plus envie de moi. Pour l'instant, on a mieux à faire.

SIXIÈME PARTIE

Un cœur est plein de sang

159

Nathan éplucha la presse sur le vol Cathay Pacific pour Washington. Les Italiens avaient remplacé à la tête de leur pays un homme d'affaires par un ex-président de la Commission européenne. Un Mandarin chassé par un autre Mandarin. Le Tchad s'apprêtait à entrer en guerre avec le Soudan. La Russie saignait à nouveau la Tchétchénie. L'Iran brandissait des fioles d'uranium devant les médias occidentaux pendant que le pays armait le Hezbollah qui tirait sur Israël. La secrétaire d'État américaine Kathleen Morgensen menaçait d'une intervention militaire. Les essais nucléaires se multipliaient dans le golfe Persique entre deux passages de tankers transportant un pétrole de plus en plus cher. La disparition des Aïkas avait entraîné un regain de frustration.

Washington était sous les nuages. Le Boeing 747 les traversa en secouant les passagers, ce qui ajouta au stress de Nathan, perturbé par quatre jours de mer, vingt-six heures d'avion et treize heures de décalage horaire.

Lyn Lee occupait son esprit. Leurs chemins s'étaient séparés à Hong Kong. Malgré ses réserves, elle s'était lancée sur les traces des deux autres dirigeants d'ARK. D'après ce que leur avait dit Ryler, l'associé chinois était un businessman taoïste originaire de la province de Wudang. Quant au milliardaire indien, il devait figurer sur la liste des sept cent quatre-vingt-treize plus grosses fortunes établie par le magazine *Forbes*. On pouvait parier que le nom ARK réunissait les initiales des trois associés. Nathan n'attendait rien de cette piste car M. A et M. K ne devaient pas en savoir plus que M. R. Dans le casier n°172 qu'ouvrait la clef bleue, ils avaient trouvé neuf mille dollars et un CD-R. Ils s'étaient empressés de le lire dans un Internet café. Le disque contenait les noms des deux cent quarante-huit Aïkas, leurs cibles, leurs fonctions, leurs photos qui révélaient ce que la nature et la chirurgie avaient fait de mieux dans le domaine esthétique. Parmi les Mandarins visés, on comptait de nombreux dirigeants de sociétés transnationales, mais aussi des chefs de réseaux d'influence ou d'États encore puissants, un président de la Commission européenne, des leaders mafieux, les directeurs de la CIA et de la NSA, le secrétaire général de l'ONU, les patrons de la Banque mondiale, de l'OMC et du FMI… Par sécurité, Nathan avait envoyé le contenu du CD-R. dans sa boîte. Sur Internet, ils avaient consulté la liste des grosses fortunes. Parmi les milliardaires de nationalité indienne, il y avait Rabindranath Amji, soixante ans, dont la richesse était évaluée à treize milliards et demi de dollars. Il vivait à Bangalore. Sa fonction n'était pas précisée, ni son secteur d'activité. Il n'apparaissait pas sur la liste des Mandarins et son nom commençait par un A. Autant d'indices qui avaient incité Lyn à prendre un billet pour Bangalore.

– Si c'est le « A » d'ARK, s'il n'a pas quitté l'Inde et si tu réussis à l'approcher, il ne t'apprendra rien, lui avait dit Nathan.

– C'est avec des « si » que je t'ai rencontré. L'une de nos deux pistes mènera à Annabelle et ce sera peut-être la mienne.

– Comment je te contacte ?

– Un jour, je mettrai ma main sur ton épaule.

Ils s'étaient quittés sur cette promesse. Nathan avait gardé le CD-R et deux mille dollars. Juste de quoi se payer un aller simple pour Washington et tenir quelques jours.

De National Airport, il prit le métro pour Georgetown, acheta des vêtements et s'arrêta dans un hôtel miteux proche de l'université. Puis il se prépara à affronter le mal.

160

Nathan se rendit sur les berges du Potomac, là où une jeune Mexicaine avait disparu le 8 mars dernier, huit heures après l'enlèvement de Galan Ryler. Maria y avait attendu Alec Fowles, un étudiant qui ne l'avait jamais revue. La police avait découvert sur les lieux un foulard Hermès contrefait au Mexique et un blue-jean. La probabilité qu'il y ait un rapport entre Maria, Nicole Balland et les Aïkas était infime. Les victimes étaient liées par des dates, des lieux, des coïncidences et l'intuition du lieutenant-colonel Morin. C'est-à-dire pas grand-chose. James Mooses ayant été assassiné juste après que Nathan lui eut suggéré de creuser là où Maria et Alec s'étaient donné rendez-vous, il était venu finir le travail.

Il était 21h30, heure à laquelle Maria avait guetté Fowles au pied d'un arbre mort, à une centaine de mètres de la rive. Un sentier pour les piétons et une piste cyclable serpentaient à travers les espaces verts. Des lampadaires diluaient leur halo dans la brume du fleuve. Un homme promenait son chien. Pour se rendre sur le lieu du crime, il fallait marcher au moins cinq cents mètres. Comme à Fontainebleau. Nathan avança, dans la peau de l'agresseur.

La jeune femme attend près de l'arbre, baignée par la lueur d'un réverbère. J'ai tout le loisir de l'observer car je suis dans le noir. Personne ne vient. Comme si c'était moi qu'elle attendait. Je la rejoins. Elle est étonnée de me voir. De près, elle est encore plus belle. Elle est mouillée. Sa surprise se transforme en peur, ce qui la rend plus désirable encore. Je fonds sur elle, lui arrache ses vêtements. Elle résiste, ça m'excite. Je touche sa peau, découvre sa nudité. Je la frappe pour lui faire comprendre qu'il ne faut plus crier. Elle est essoufflée, elle gémit, semble jouir. Je jouis à mon tour en elle. Le plaisir fait place à une grande fatigue. La victime ne bouge plus, elle n'est plus désirable. S'en débarrasser. La tuer. L'enterrer sur place. Ne pas changer les habitudes. Il pleut. Le sol est meuble, je peux creuser avec mes mains. Je me moque de tomber sur un connard qui promène son clebs. Je disperserai les vêtements pour désorienter les chiens policiers.

Il gratta le sol sous l'œil intrigué du promeneur et de son berger allemand.

– Vous le sortez tous les soirs ? lui demanda Nathan.

– Qu'est-ce que… vous faites ?

– Je cherche un cadavre. Ça ne vous rappelle rien ?

– Ça devrait ?

– Il y a deux mois, une jeune femme a été agressée à cet endroit.

– La police m'a interrogé à l'époque. Je sors Bill tous les jours, vous comprenez…

– Que leur avez-vous déclaré ?

– Qu'avec Bill, ce soir-là, on est restés à la maison parce qu'il pleuvait.

– Il pleut aussi ce soir.

– Il bruine. Je sors quand il bruine, pas quand il pleut.

Nathan fouillait le sol sous le regard envieux de Bill.

– Pourquoi n'utilisez-vous pas une pelle ?
– L'agresseur n'en avait pas.
– La police n'a rien trouvé.
– Rentrez chez vous.
– Je fais ce que je veux. On est en démocratie.
– C'est ce que vous croyez.
Nathan se redressa, couvert de boue.
– Et si j'étais revenu déterrer ma proie ?
Le type détala. Nathan se remit à la tâche. La pluie s'intensifia.

Les chiens n'avaient pas senti le cadavre. Cela signifiait qu'il n'y en avait pas ou bien qu'il était enterré profondément. Nathan planta ses doigts dans la glaise, racla, creusa, gratta, évacua. Sa main droite finit par rencontrer une résistance. Un orteil. Il dégagea un pied, une jambe, un corps putréfié. Le mélange de terre et de chair formait un magma nauséabond grouillant de vers. Le cadavre était méconnaissable. On devinait qu'il s'agissait d'une femme à ses cheveux longs.

La découverte macabre semblait confirmer que Nicole et Maria avaient été assassinées par le même homme. La police scientifique allait tirer des informations à partir de cette compote humaine. Elle allait débarquer à la suite du coup de fil que le maître de Bill ne manquerait pas de donner dès qu'il serait rentré chez lui. Elle établirait l'identité du macchabée, son passé, son état de santé, ses caractéristiques physiques, ses habitudes, sa personnalité, son style de vie. Nathan se contenterait de ce que James Mooses lui avait communiqué au téléphone, mais surtout des points communs qu'il pourrait dégager entre Nicole et Maria. Pour cela, il fallait interroger Alec Fowles.

Il rejoignit l'hôtel sous le regard méfiant des passants. Le réceptionniste lui tendit la clef du bout des doigts. Il se lava, enfila des vêtements propres et ressortit vingt minutes plus tard.

161

Il localisa Fowles à 1 heure 5 du matin. Nathan avait dû réveiller le gardien du logement universitaire et les voisins de chambre de l'étudiant pour apprendre qu'il était sorti au Desperados, à l'angle de la 34th et de M Street. Dans un tapage assuré par les Deftones, il avait croisé une fille qui connaissait Fowles et qui l'avait vu quitter les lieux vers minuit trente. Probablement pour finir chez Maggie Smith ou chez Benitio, deux bars du quartier fréquentés par les noctambules. Nathan le trouva chez Benitio, un établissement tout en bois poisseux imbibé de tabac et noyé dans une musique latino qui finissait de donner envie de fuir. Un jeune homme aux traits fins, le poing serré autour d'une bouteille de bière, était assis à une table, en compagnie d'une blonde trop maquillée qui s'esclaffait.

– Alec Fowles ?

– Qui le demande ?

– FBI.

La blonde se décomposa. Nathan se débarrassa d'elle :

– Vous avez quel âge ?

– Dix-huit ans.

– Je peux voir votre pièce d'identité ?

Elle fit mine de fouiller dans ses poches avant de reconnaître qu'elle l'avait laissée dans sa chambre universitaire.

– Allez la chercher. Je vous attends ici.

La jeune fille s'arracha du plancher plus collant qu'un tue-mouche. Nathan prit sa place.

– Merde, dit Fowles, je croyais qu'elle était majeure, je vous jure… Elle avait l'air d'avoir vingt-cinq ans, comment avez-vous su… ?

Nathan posa son index sur le nez :

– Les phéromones. À cet âge, les filles en dégagent à profusion. Elle s'était surmaquillée pour masquer son âge et n'a bu qu'une gorgée de bière alors que vous en êtes à votre deuxième. C'est un bébé que vous essayiez de mettre dans votre lit.

– Le FBI s'occupe des mœurs maintenant ?

– Je cherche des informations.

– À propos de quoi ?

– Maria.

– Encore cette histoire !

– Elle n'est pas résolue.

– J'ai tout dit à la police.

– Pas au FBI. Le dossier est à nous maintenant. L'affaire traînait.

– Que voulez-vous savoir ?

– Connaissez-vous la victimologie ?

– Non.

– C'est une technique de profiling consistant à étudier la victime pour en savoir plus sur l'agresseur. Nous venons de retrouver le cadavre de Maria et nous avons besoin de vous pour resserrer l'étau sur son assassin.

– Vous avez retrouvé Maria ? Où ça ?

– Là où elle vous attendait et où vous avez prétendu être arrivé en retard.

Le détournement de mineure, le cadavre de Maria et le sous-entendu contenu dans la dernière phrase déstabilisèrent Fowles qui s'accrocha à sa Corona comme à une bouée de sauvetage. Il était mûr pour l'interrogatoire.

– Je vais vous poser des questions. Vous avez déjà répondu à certaines d'entre elles, mais j'ai besoin que vous soyez plus précis.

Alec Fowles avait une gueule d'ange, des cernes d'insomniaque, des yeux qui suintaient la cocaïne, une coiffure de rock star sophistiquée, des vêtements branchés, une boucle d'oreille, une montre Patek Philippe. Un gosse de riches qui faisait des études pour faire la fête.

– Comment se fait-il que vous dormiez en chambre universitaire ?

– Je suis étudiant en droit. Vous avez un futur avocat devant vous.

– Vous avez les moyens de louer un appartement.

– Mes vieux crèchent à L.A. et alimentent mon compte. À moi de gérer le truc. Je claque mon fric ailleurs que dans un meublé à la con.

– Dans quoi par exemple ?

– Les voyages.

– Et la coke.

– Vous enquêtez sur moi ou sur Maria ?

– Les deux sont liés.

Fowles vida sa deuxième Corona. Nathan lâcha du lest.

– Je veux bien oublier le tendron et la poudre, mais il faut m'aider pour le cadavre.

– Sans problème.

– Quels attributs physiques vous ont frappé chez Maria ?

– Vous me soupçonnez de l'avoir tuée ?

– J'essaye de comprendre ce qui a attiré l'œil de l'agresseur.

– Vous connaissez Salma Hayek ?

– Non.

– Une actrice. Maria lui ressemblait, en plus grande. Longs cheveux noirs, peau dorée, immenses yeux noirs, bouche ouverte sur un sourire, des formes là où il fallait. Une bombe, quoi.

– Comment était-elle habillée ?

– Pantalon, veste en jean, débardeur, bottes. Le look routarde. Ses fringues étaient nazes mais contenaient plein de bonnes choses.

– Était-elle volubile ? Sociable ?

– Elle parlait avec tout le monde.

– Où vivait-elle ?

– À Mexico. Elle étudiait l'anglais pour devenir enseignante et traversait les States pour perfectionner son accent. Elle fêtait son premier mois en Amérique quand je l'ai rencontrée.

– Où ?

– Au Desperados. C'est juste à côté.

– Elle était à Washington depuis combien de temps ?

– Elle venait d'arriver. Elle cherchait une chambre.

– Vous lui avez donc proposé la vôtre.

– Je sais que ce n'est pas très autorisé, mais elle ne savait pas où pieuter.

– Vous avez le sens de l'accueil, c'est bien.

Alec lorgna sur sa bouteille vide. Nathan commanda deux autres bières.

– Elle arrivait d'où ?

– Pittsburgh.

– Par quel moyen de transport ?

– En stop.

– Qui l'a prise ?

– Comment pourrais-je le savoir ?

– Un chauffeur routier, un représentant de commerce, des jeunes…

– Maria ne m'en a pas parlé.

– Elle n'avait pas peur de voyager seule ?

– Elle pratiquait le krav maga, un truc d'autodéfense israélien.

– Avait-elle un petit ami au Mexique ?

– Elle venait de rompre.

– Lui ou elle ?

– Elle. Vous ne prenez pas de notes ?

– Je stocke les infos là où je ne risque pas de les perdre. Maria vous avait parlé de sa famille ?

– Son père est employé dans une multinationale agroalimentaire américaine. Sa mère, je ne sais pas.

– Milieu modeste ?

– Je suppose.

– Des hobbies ?

– Les mêmes que les miens. Voyages, cinéma, musique.

– La drogue aussi ?

– Non. C'était pas son truc.

– Maintenant le plus important. Son emploi du temps au cours des quarante-huit heures qui ont précédé sa mort. Vous dites qu'elle est arrivée à Washington le jour précédant sa mort.

– Maria s'est pointée à Georgetown University pour se trouver une piaule, mais il n'y en avait plus. Elle s'est rendue au Desperados pour se rencarder sur les hôtels pas chers. C'est là que je l'ai vue.

– Quelle heure était-il ?

– 20 heures.

– Ensuite ?

– On a bu un verre, on a rigolé, on s'est fait une toile.

– Quelle séance ?

– Celle de 22 heures. On a vu *Bubba Ho-Tep*. Vous connaissez ?

– Non.

– Ça se déroule dans une maison de retraite hantée par la momie d'un pharaon qui suce les âmes des pensionnaires par le cul. Les deux héros sont Elvis et Kennedy, encore vivants. Le premier est grabataire, le second est devenu noir et a perdu une partie de son crâne.

– Après, qu'avez-vous fait ?

– On s'est baladés sur les berges, puis on est allés dans ma chambre. Maria me plaisait. C'était pas le genre à se la péter alors qu'elle aurait pu. Avec elle, j'étais super-bien. Et c'est un connaisseur qui le dit.

– Un connaisseur de quoi ?

– De femmes.

– Alors, vous allez m'être utile.

– Pourquoi ça ?

– J'en cherche deux cent quarante-huit.

– Sans blague !

– Maria a passé la nuit avec vous. Ensuite ?

– On a déjeuné dans un Denny's, on s'est donné rendez-vous là où vous savez et je suis allé en cours.

– Il faut reconstituer son emploi du temps.

– On s'est quittés vers 10 heures du matin.

– Maria avait des projets pour la journée ?

– Elle voulait aller à la National Gallery of Art et finir la journée à Georgetown. Voir l'endroit exact où a été tourné *L'Exorciste*. Vous savez, le prêtre sous le réverbère, l'escalier dans lequel le flic se fait dévisser la tête…

Il fredonna *Tubular Bells* de Mike Oldfield. Nathan le remercia pour les précisions.

– Avec ce que vous m'avez dit, on va pouvoir avancer.

– Coincez le salaud qui a tué Maria, dit-il d'une voix tremblante.

Fowles était ému. Nathan nota son numéro de portable sur un sous-verre en carton, au cas où une autre question lui viendrait à l'esprit. Pour l'instant, il possédait assez d'éléments pour tracer un profil du salaud en question.

162

Sur le chemin de l'hôtel, Nathan eut l'impression d'être suivi. Pour la deuxième fois, il réveilla le réceptionniste. Il était 3 heures du matin.

– Si vous ressortez, gardez la clef, dit l'employé qui avait l'air d'un somnambule échappé de prison.

La chambre empestait le tabac froid. L'espace était occupé par un lit bancal tartiné d'un matelas aussi épais et confortable qu'une biscotte, un placard gondolé dont la porte grinçait plus fort que les huisseries d'un film d'horreur et un lavabo rouillé qui contenait ses fringues boueuses. Le reste des sanitaires était sur le palier. Il s'allongea sur la biscotte en chassant un insecte et se mit à assembler les pièces du puzzle.

Maria s'était retrouvée à la National Gallery of Art en même temps que Galan. Coïncidence, les deux femmes étaient extrêmement désirables. L'un des ravisseurs, celui qui était posté dans le musée, avait flashé sur la belle Mexicaine. Celle-là ne serait rien que pour lui. Galan embarquée dans le taxi, il avait suivi Maria. Ce fut facile, car elle empruntait les transports en commun. Il avait attendu qu'elle soit seule, ce qui avait pris du temps car elle parlait avec tout le monde. Il n'avait pas osé aborder quelqu'un d'aussi avenant que Maria, signe qu'il était mal à l'aise avec les gens. Sa sociabilité et son élocution étaient mauvaises, à moins qu'il ne fût freiné par le barrage de la langue. Ce handicap ne pouvait être compensé par un physique attrayant. Il n'avait aucun moyen de la charmer. Sa technique nécessitait d'être plus radicale. Il avait procédé à une attaque éclair en usant de la force. Le type était costaud, probablement agile. Sa proie n'avait pas eu la possibilité de se défendre, bien qu'elle pratiquât le krav maga.

Maria voyageait seule dans un pays étranger où elle ne connaissait personne, était ouverte aux autres, peu méfiante. Elle présentait un risque élevé de victimisation.

Tout comme Nicole, réglée comme une horloge pour courir seule en forêt, quotidiennement, quelles que soient les conditions météorologiques. Une proie idéale pour un psychopathe.

La prise de risque de l'assassin était très grande, car il « consommait » sur place. Il choisissait une femme séduisante et la filait jusqu'à ce que le contexte soit idéal pour lui sauter dessus. Une fois qu'il était sur elle, il ne se préoccupait plus de l'environnement. Il la battait, la violait, la tuait, l'enterrait sur place. Cela nécessitait de la force. Si l'assassin prenait autant de précautions pour approcher sa victime, c'était pour se familiariser avec elle, faire naître le désir, décider du lieu propice. Un endroit désert, dehors, sous la pluie. Ces précautions étaient prises uniquement vis-à-vis de sa proie, peu lui importait d'être repéré ou de laisser des traces. Il enterrait la victime, non pour masquer son crime, mais pour assouvir ses instincts. Il fonctionnait avec son cerveau reptilien, reproduisait le comportement d'une bête qui consomme sa prise et en cache les restes pour ne pas partager. Une bête qui n'est pas concernée par la loi, ni par la morale.

Il fallait rechercher un esprit faible dans un corps fort, gravitant autour d'une sphère de pouvoir, capable de neutraliser une victime non passive et de l'enterrer à la main. Dix-sept jours après avoir tué Maria, il recommençait avec Nicole Balland, au sud de Paris. On ne pouvait pas l'associer à un lieu car il voyageait et violentait ses victimes sur place. La mondialisation était aussi celle des psychopathes.

Un tel profil n'appartenait qu'à un exécutant. Il ne se déplaçait pas seul, faisait partie d'une équipe de quatre personnes chargée d'enlever des Aïkas dont celles de Paris et de Washington.

Nathan aurait eu besoin de Sylvie et des fichiers du FBI pour éclairer les zones d'ombre, classer les enlèvements par date et par lieu. D'après l'agent de la CIA qu'il avait interrogé en Tanzanie, les Aïkas d'Afrique étaient acheminées vers Tanger. Pour être envoyées en Europe ? Le tueur de Maria était revenu en France où il avait tué Nicole. Rabattait-on les Aïkas sur le vieux continent ? Nathan devait suivre les cadavres que le psychopathe avait semés sur son chemin comme des cailloux blancs. Il allait devoir retourner en France. Là où il était devenu l'ennemi public n° 1.

163

Nathan avala un petit déjeuner copieux. Bacon & eggs, hashbrowns, pancakes, sirop d'érable. Il buvait son café en réfléchissant à la manière dont il allait organiser sa journée, lorsque la réponse fit son apparition.

– Vous êtes tombé du lit ? salua-t-il Alec Fowles.

– Je peux m'asseoir ?

Il lui désigna une chaise.

– Qu'est-ce qui vous amène ici ? demanda Nathan.

– Vous.

– Pourquoi m'avez-vous suivi hier soir ?

– Comment savez-vous que c'était moi ?

– Parce que vous êtes devant moi ce matin.

– Écoutez j'ai réfléchi à plein de trucs.

« Truc » était son mot favori.

– Vous n'êtes pas du FBI.

– Qu'est-ce qui vous fait penser ça ?

– Vous logez à l'hôtel, un bouge en plus, vous interrogez les gens à une plombe du mat', vous ne prenez pas de notes, vous posez des questions qu'on m'a déjà posées et puis vous n'avez pas le look de l'emploi.

– C'est quoi le look de l'emploi ?

– Visage pâle, air fermé, cheveux courts, costard, partenaire.

– Ça, ça s'appelle un cliché.

– J'ai vu plein de films.

– Qu'est-ce que vous voulez ?

– Vous êtes une sorte de détective privé ?

– Je cherche l'assassin de Maria.

– Pourquoi ?

– Parce que personne d'autre ne le fera.

– Vous êtes en train de me dire que l'affaire est classée ?

– Car elle incrimine des gens qui travaillent pour des personnalités haut placées.

– Pour le gouvernement ?

– Plus haut.

– Je ne vois pas.

– Tant mieux.

– Allez-vous me dire qui vous êtes ?

– Je ne suis personne. Allez-vous-en.

– Il y a un truc qu'il faut que vous m'expliquiez, d'abord.

– Quel truc ?

– Quand je suis rentré à la cité universitaire pour dormir un peu…

– Ça vous arrive de dormir ? le coupa Nathan qui n'avait pas envie d'entendre son histoire.

Fowles sortit un paquet de cigarettes et en coinça une dans un sourire, sans l'allumer.

– Ça ne vous dérange pas ?

– Moi non, mais ça va vous attirer des ennuis.

– De nos jours, c'est comme si on allumait une dynamite. Vous ne trouvez pas ça complètement con toutes ces interdictions ?

– À chaque fois que je remets les pieds dans la société, je suis effaré par le nombre de lois qui ont été promulguées pendant mon absence.

– Vous vivez en marge ?

– Le plus souvent possible.

– Vous savez ce que disait Bob Dylan ?

– *Knock, knock, knockin' on heaven's door.*

– Il a dit aussi qu'il faut être honnête pour vivre hors la loi.

– C'est pour ça que vous voulez être avocat ?

Alec se balança en arrière en faisant claquer nerveusement son Zippo.

– Ce sont mes vieux qui m'y poussent. C'est vrai que la clientèle ne manque pas vu qu'il suffit de foutre le nez dehors pour être en infraction. Mais mon truc, c'était de faire du cinéma.

Nathan posa son mug et régla l'addition.

– Attendez, je n'ai pas fini mon histoire.

– Je suis pressé.

– Ce que j'ai à vous raconter va changer des trucs dans votre planning.

Nathan se rassit.

– Quand je suis rentré me pieuter, j'ai vu une bagnole de flics garée près de l'endroit où Maria a été agressée.

– Et enterrée.

– Il y avait un paquet de fédéraux. Un type, genre William Shatner sans la moumoute et avec un clébard, prétendait avoir vu l'assassin déterrer le corps de Maria vers 22 heures hier soir. J'ai réussi à lui parler. Il m'a décrit votre sosie.

– Qui est William Shatner ?

– Le capitaine Kirk dans *Star Trek.*

– Qu'en avez-vous déduit ?

– Qu'il y avait embrouille et que vous n'étiez pas vraiment net.

– Félicitations.

– Pourtant, vous n'êtes pas l'assassin de Maria.

– Qu'est-ce qui vous le fait croire ?

– La façon dont vous avez regardé Cynthia, la blonde que vous avez dégagée hier soir de façon cavalière.

Nathan attendit la suite.

– Il y a plusieurs façons de mater une fille, même mineure. Il y a celle du pervers qui va s'imaginer qu'il est en train de la violer. Vous avez le refoulé qui détourne le regard de peur de piquer un fard. Le dragueur qui la considère comme sa sœur jusqu'au moment où il passe aux choses sérieuses. Et puis il y a la vôtre, détachée. Cynthia avait un pantalon moulant taille basse et un string. Lorsqu'elle était assise, on lui voyait la moitié du cul. Je vous ai observé. Vous n'avez louché sur ses fesses qu'une seule fois. Vous n'avez rien d'un psychopathe.

– J'ai entendu des choses plus débiles.

– Merci.

– Pourquoi venir me raconter tout ça ?

– J'ai mis le doigt dans un truc qui m'emballe, du style *Le Fugitif*, vous savez, ce médecin accusé du meurtre de sa femme et obligé d'enquêter pour s'innocenter.

– Maria n'était pas mon épouse et je ne suis pas médecin.

– Je veux vous aider.

– Vous l'avez déjà fait en répondant à mes questions.

– Je veux davantage m'impliquer.

– Pas question.

– C'est moi qui ai tué Maria.

– Quoi ?

– Sans me vanter, j'ai dû coucher avec plus de quatre cents femmes. Je ne suis jamais tombé amoureux, sauf deux fois. L'une des deux était Maria. Quand on a découvert ses vêtements et qu'on a envisagé le pire, je m'en suis voulu à mort. Si j'avais été à l'heure au rencard, elle serait encore vivante.

– Un séducteur ne tombe pas amoureux le premier soir.

– Maria était différente. À son contact, vous deveniez quelqu'un d'autre.

On aurait cru qu'il décrivait une Aïka.

– Pourquoi êtes-vous arrivé en retard ce soir-là ?

– Ce putain de prof de droit civil m'avait coincé.

– Avez-vous un lecteur de DVD ou un ordinateur ?

– J'ai un portable dans ma chambre.

– J'aimerais vous montrer des photos.

164

La chambre de Fowles faisait une dizaine de mètres carrés. Un lit défait, un placard surchargé, un bureau dissimulé sous une montagne de livres, des livres par terre, des vêtements partout, quatre murs couverts d'affiches de cinéma. Il avait inséré le CD-R dans son ordinateur portable et passé en revue les photos des Aïkas en s'attardant sur celles qui étaient originaires d'Amérique latine. Maria n'y figurait pas.

– Ces nanas sont toutes canons, d'où elles sortent ?

– Merci Alec. Je vous tiendrai au courant.

– Je peux vous être d'une aide précieuse.

– Non.

– J'apporte deux trucs que vous ne possédez pas.

– Lesquels ?

– Le fric.

Il brandit une carte American Express.

– Crédit illimité !

– Autre chose ?

– Les filles c'est mon domaine.

– J'en ai connu quelques-unes.

– J'en ai connu presque un demi-millier.

– En quoi cela peut m'être utile ?

– Vous recherchez deux cent cinquante meufs. Je viens de les voir défiler sur mon PC et je confirme qu'elles sont le nec plus ultra, le top du classement. Je saurai les retrouver. J'ai le flair pour ça. Je serai votre chien policier. Bon alors, c'est quoi leur blème ?

Nathan récupéra son disque et s'assit sur le lit, acculé par Alec.

– Ce sont des sortes de geishas. Elles ont été enlevées, sauf une qui se planque et qu'il reste à identifier. On ignore ce qu'elles sont devenues.

– Elles sont encore vivantes. On ne détruit pas de tels spécimens, même dangereux.

– On peut les interroger, les étudier, les disséquer, les réutiliser…

– Une batterie de filles magnifiques, séquestrées, conditionnées pour donner du plaisir aux hommes, ça vous fait penser à quoi ?

– À un harem.

– À un gigantesque lupanar quatre étoiles. Si je possédais une telle prise et si j'étais sans scrupules, je deviendrais le plus gros mac de la planète et j'ouvrirais « The » bordel.

– Reste à savoir où.

– Là où les droits de l'homme ne sont pas une entrave à l'exercice du proxénétisme de masse. Ce qui fait beaucoup de pays.

– L'Europe ?

– Si c'est l'Europe, il faut viser les pays de l'Est. Ce sont eux qui fournissent les prostituées et les actrices porno de tout le continent.

– Vous connaissez le sujet ?

– Vous m'embauchez ?

– Vous ne passerez pas votre diplôme de droit.

– De toute façon, j'ai séché la moitié des cours.

– Vous ne le passerez pas parce que vous allez mourir.

– J'ai eu plus de femmes et de fric que la plupart des gens dans toute leur vie. Il ne me reste plus qu'à goûter au pouvoir avant de tirer ma révérence.

– Quoi ?

– Le pouvoir, l'argent, le sexe, la fameuse trinité qui gouverne l'homme blanc. Je voudrais vérifier la théorie de James Ellroy.

– Si vous voulez du pouvoir, je ne peux rien pour vous.

– Je vous parle du vrai pouvoir, celui qui donne le droit de tuer.

– Qu'est-ce que vous voulez en faire ?

– Éliminer l'assassin de Maria.

– Vous parlez français ?

– La langue de l'amour ? Obligé.

– Que savez-vous sur la traite des femmes en Europe ?

– On est partenaires ?

Il tendit la main à Nathan qui la serra en sachant qu'il l'envoyait à la mort.

– Partenaires.

– Vous venez de multiplier vos effectifs par deux.

165

Pendant qu'il réunissait une garde-robe impressionnante et bourrait une énorme valise, Alec se fendit d'un exposé lapidaire :

– Le business de l'exploitation sexuelle entre l'Est et l'Ouest de l'Europe a explosé. L'éclatement de l'URSS et de la Yougoslavie a engendré l'anarchie, favorisé l'émergence des mafias, créé de la misère et accéléré le phénomène. Les principaux fournisseurs sont la Russie, l'Ukraine, la Roumanie, la République tchèque, la Bulgarie. Les pays de transit sont les États de l'ex-Yougoslavie et l'Albanie. Les pays destinataires sont l'Italie, l'Allemagne, la France. Avant d'être mises sur le marché, les filles sont conditionnées dans des camps, violées, brutalisées, déshumanisées, réduites à l'état de marchandise, vendues, puis exploitées. Les grandes villes d'Europe occidentale sont les premières destinations de ce trafic. Le vieux continent avait besoin de Viagra alors on lui a fourni trois cent mille filles de l'Est pour attiser sa libido.

– Vous maîtrisez le sujet.

– Un prof a fait un jour une allusion à la législation internationale portant sur la prostitution. J'ai creusé le sujet. J'avais connu une fille, Leona. Elle avait dix-sept ans et était lycéenne en Moldavie lorsqu'elle avait été enlevée, battue et violée par un proxo serbe qui l'avait vendue aux enchères à Belgrade. Elle était tombée sur un autre enfoiré de Serbe qui l'avait enfermée deux mois dans une maison close de Podgorica au Monténégro. Puis elle avait été rachetée deux mille cinq cents dollars par un Albanais encore plus brutal que les deux premiers. Leona me disait que certaines filles étaient revendues une vingtaine de fois.

– Où l'avez-vous rencontrée ?

– À Londres. Je sortais de boîte. Je l'ai trouvée ivre sur la banquette d'un pub, vers 6 heures du matin. Elle avait dix-neuf ans, la même joie de vivre que Jennifer Jason Leigh dans *Last Exit To Brooklyn* et venait d'aligner une nuit de passes. L'alcool lui a donné envie de parler, je l'ai écoutée. Lorsque je lui ai proposé de la tirer de là, elle m'a prévenue que son mac commencerait par me couper les deux jambes si je tentais quoi que ce soit. Elle a refusé de me décrire ce qui lui arriverait à elle. Vous savez ce que j'ai fait ?

Il se tenait au milieu de la pièce avec un paquet de caleçons dans les mains.

– Je l'ai laissée cuver sur sa banquette et j'ai filé comme un couard. Alors aujourd'hui, faut pas compter sur moi pour me dégonfler.

Alec avait des choses à se prouver. Né avec une cuillère d'argent dans la bouche, doté d'un physique de play-boy et d'un esprit vif, il estimait qu'il y avait d'autres « trucs » à faire dans la vie que de devenir un avocat retors défendant la criminalité pour financer la demeure de style géorgien dans laquelle il s'installerait avec son épouse et ses enfants. La mort brutale de Maria et sa rencontre avec Nathan Love avaient déclenché sa sortie des rails. Alec Fowles était américain dans l'âme. Il en cumulait les qualités et les tares. Guidé par le dollar, le sexe et le pouvoir, animé par l'esprit de vengeance et de justice, redresseur de torts jusqu'au bout du monde, il était convaincu que l'on pouvait entamer une deuxième vie, même à vingt-quatre ans.

– Vous avez fini votre valise ? demanda Nathan.

– Donnez-moi cinq minutes.

Il casa une trousse de toilette remplie de flacons de parfum et ferma sa Samsonite. Direction Paris.

166

Assis à côté d'Alec, Nathan voyageait sous le nom d'Ethan Lane mentionné sur le faux passeport qu'il avait récupéré avec dix mille dollars dans un sac étanche enterré dans Arlington Cemetery, de l'autre côté du Potomac. Il s'était résolu à utiliser l'un des cinq faux passeports qu'il avait disséminés aux quatre coins du monde. Celui de Washington ne lui servirait pas à disparaître mais à continuer son enquête.

Au cours du vol, Alec lui parla de mafias russe et albanaise, de leur extrême violence, des camps de soumission dans les Balkans où les femmes sont achetées et violées collectivement avant d'être acheminées vers les villes européennes, des marchés aux femmes où les réseaux passent commande, des Batterie girls gardées en cage pour servir d'esclaves sexuelles, des lieux d'abattage où les prostituées sont bradées quotidiennement à une quantité inouïe de clients, de la multiplication des maisons closes au Kosovo avec l'afflux des soldats de la KFOR[1] et des employés de l'UNMIK[2], des accointances entre la mafia, le milieu des affaires et le pouvoir politique, qui permettaient tout cela.

– Ils atterrirent le lendemain à l'aéroport Roissy-Charles-de-Gaulle, récupérèrent la valise d'Alec et prirent le train pour Fontainebleau. L'office de tourisme leur fournit une carte IGN et un guide des sentiers. Pendant qu'Alec s'installait à l'hôtel le plus proche, Nathan suivait le même parcours que celui de Nicole Balland. Il mémorisa les odeurs, les sons, les éléments de ce décor de 25 000 hectares de bois, de landes, de sable, de rochers, sillonnés de centaines de kilomètres de pistes. Effluves de sous-bois, de résineux, de mousse, de dioxyde de carbone. Chants de milliers d'oiseaux, ronronnement de la circulation qui encerclait ce vestige naturel. Vers la fin du trajet, il tomba sur un groupe qui s'agrippait à un rocher d'une quinzaine de mètres de hauteur. Une école d'escalade. Le moniteur connaissait

1. Kosovo Force de l'OTAN.
2. Mission des Nations unies au Kosovo.

un « mordu de la varappe » qui s'exerçait ici par tous les temps. Il s'appelait Jacques Blanchard et habitait Fontainebleau.

Nathan observa les frondaisons. Deux mois plus tôt, il n'y avait pas de feuilles dans les arbres et la vue était dégagée depuis le rocher.

Il alla prendre Alec à l'hôtel et lui demanda d'enfiler des vêtements plus classiques, pour faire flic. À 18 h 30, l'interphone de Jacques Blanchard crachota une voix nasillarde. Alec annonça que deux policiers d'Interpol voulaient lui poser des questions. Le varappeur les accueillit sur le palier de son appartement. Il était vêtu comme un obus de 14 Juillet. Une combinaison bleu, blanc, rouge le moulait des mollets jusqu'au menton. Il s'apprêtait à faire du vélo. Les conditions d'un interrogatoire étaient idéales. Il était pressé, inconfortable dans des chaussures conçues exclusivement pour une paire de pédales et coiffé d'un casque ridicule. L'homme fit la moue en regardant sa montre à chronomètres et détecteur de pulsations cardiaques. L'interrogatoire se déroula sur le paillasson, en dix minutes. Alec n'était pas si bilingue que ça et il était obligé de faire répéter Blanchard. Ce dernier se souvenait du 25 mars, car c'était le jour où il avait escaladé sous une pluie battante les 15 mètres de la Dame Jouanne, le rocher le plus haut de Fontainebleau. C'était aussi le jour où une femme avait été agressée. Il ne s'était pas présenté à la police car il n'avait rien à déclarer. Par l'intermédiaire d'Alec, Nathan lui demanda simplement de lui décrire ce qu'il avait vu. Quand on arrive à un sommet, on souffle et on contemple le panorama, même s'il pleut. Blanchard avait vu un couple de cervidés qui s'était aventuré sur le sentier, quelques oiseaux traversant la grisaille, des personnes à l'arrêt de bus, un avion dans le ciel.

– Combien de personnes à l'arrêt de bus ?

– Trois ou quatre, traduisit Alec.

– Avaient-ils des parapluies ?

– Il demande comment ça se fait que vous ne parlez pas français, dit Alec.

– Dites-lui que je suis du FBI et que je collabore avec Interpol. Dites-lui surtout de répondre aux questions.

Alec s'exprima dans un français scolaire et se retourna vers Nathan.

– Ils n'avaient pas de parapluie.

167

Le profil de l'assassin de Maria et de Nicole se précisait. Membre d'un groupe de ravisseurs, il causait des victimes collatérales. L'enlèvement et la séquestration des plus belles femmes de la planète lui étaient montés à la tête. Son équipe avait fait une incursion aux États-Unis pour prêter main-forte aux gangs chargés de kidnapper des Aïkas, car c'était sur le sol américain que résidaient la plupart d'entre elles. Environ la moitié, selon la liste du CD-R de Ryler. En France elles n'étaient que sept, concentrées en région parisienne. L'équipe française chargée de les enlever logeait à Fontainebleau. L'un d'eux avait remarqué le jogging quotidien de Nicole Balland. Ces deux-là étaient faits pour se rencontrer. Le psychopathe l'avait attendue, violée, tuée. Ses équipiers étaient partis à sa recherche. C'était eux à l'arrêt de bus, sans parapluie. Ils avaient trouvé leur complice à la lisière de la forêt, hagard, couvert de boue, avec une nouvelle victime à son actif. Ils prenaient les transports en commun car ils n'étaient pas du coin. Ils étaient hébergés par des trafiquants locaux dont le réseau contribuait probablement à acheminer les Aïkas vers les pays de l'Est, dans le sens contraire de celui qui était habituellement emprunté par les prostituées en provenance des Balkans.

– À quoi pensez-vous ? demanda une voix.

Nathan avait oublié qu'il était au restaurant, en compagnie d'Alec. Plongé dans ses réflexions, il aurait été incapable de dire ce qu'il avait mangé.

– Il me faut une prostituée.

– Je n'ai jamais payé pour coucher avec une femme, dit Alec.

– Demandez au serveur où on peut en trouver.

Alec se pencha vers l'arrière et s'adressa au garçon.

Il y en avait le long de la départementale.

168

Sous les tenues affriolantes, on devinait la chair fatiguée. Comme toutes les marchandises d'une société de consommation effrénée, les prostituées étaient vite dévaluées.

– Vous allez me dire ce que vous avez en tête ?

Alec n'avait pas réussi à faire parler Nathan depuis qu'ils avaient quitté le restaurant. Ils avaient marché dix minutes avant de croiser les premières putes. Nathan porta son choix sur la plus jeune.

– Demandez-lui combien elle prend pour deux.

– Pour deux ?

– J'ai besoin de vous.

Alec s'adressa à la fille qui lui rendit un sourire de façade fardée.

– C'est trois cents euros la partie de triolisme.

– Ok.

– Vous êtes sûr de savoir ce que vous faites ?

Ils suivirent le déhanchement de la fille jusqu'à un bosquet aménagé dans la forêt. Couverture, thermos, jerrican d'eau, paquet de lingettes. Elle réclama l'argent, Nathan aligna trois billets de cent qu'elle fit disparaître dans une de ses bottes. Elle ôta son blouson de fourrure rose, fit jaillir deux obus serrés dans un gilet de mailles, colla son chewing-gum sur un tronc d'arbre et fonça sur leurs braguettes.

– Demandez-lui son prénom.

– Belinda, répondit la fille.

Elle comprenait l'anglais.

– D'où venez-vous ? demanda Nathan.

– Bulgarie.

– Depuis quand êtes-vous en France ?

– Vous comptez parler ou baiser ?

– Parler.

Alec remonta sa braguette.

– Quand je voudrai raconter ma vie, j'écrirai un livre.

– Il n'y a qu'un chapitre qui m'intéresse, celui qui concerne le trajet que vous avez emprunté depuis la Bulgarie.

– Pourquoi je vous raconterais ça ?

– Nous vous avons donné trois cents euros.

– C'était pour vous sucer.

– Quel est votre tarif pour parler ?

– Pas dans vos moyens.

– Combien ? demanda Alec.

– Si je parle, mon mac l'apprendra, il m'enfoncera deux bouteilles de 1664 dans les orifices et il cognera dessus jusqu'à ce que je me transforme en sac de verre pilé. À votre avis, ça vaut combien ?

– On double la mise et on vous débarrasse du mac.

– Merde, je suis tombée sur Taxi Driver.

Alec ne put s'empêcher de pouffer.

– Si t'élimines un proxo, dit Belinda, il faut éliminer tout ce qu'il y a derrière. Les rabatteurs de Timisoara, les trafiquants roumains qui nous mettent aux enchères, les souteneurs serbes qui nous dressent et nous convoient vers l'Albanie, les Bulgares qui nous font bosser à Nice, à Lyon, à Paris. C'est toute l'Europe de l'Est que tu dois raser pour que je puisse parler sans craindre de me faire découper.

Mine de rien, Belinda venait de lui décrire le réseau. Il fit signe à Alec de lever le camp.

– Qu'est-ce qu'on fait maintenant, Nathan ?

– On va attendre que son souteneur vienne encaisser la recette.

– À quoi on le reconnaîtra ?

– À sa voiture.

– On va rester là toute la nuit ?

– On va dormir un peu. On reviendra vers 5 heures.

– On va se coucher maintenant ?

– Il faut être en forme pour demain.

– Dure la vie de détective.

– Moins que celle d'étudiante moldave.

169

Nathan eut du mal à réveiller Alec, surtout à l'activer.

– Tes cheveux, tu ne les démêles jamais ? s'enquit l'étudiant en se sculptant une coiffure devant la glace.

Ils marchèrent dans la nuit jusqu'à la départementale. Belinda n'était pas là. Alec sortit un paquet de cigarettes.

– Je peux fumer ?

– Non. Ni faire un feu de camp, ni allumer un barbecue.

– Bonjour l'ambiance.

– Si tu veux de l'ambiance, tu t'es trompé d'endroit et de partenaire.

– Tu sais quoi, Nathan ? Côté humour, t'es carencé. Tu devrais t'intéresser au truc. Si t'aimes prendre du recul, ça aide pas mal. En plus, les filles adorent ça.

– C'est une invention de l'homme pour supporter sa condition. La nature n'a pas d'humour. Il n'y a rien de drôle dans un coucher de soleil ou une migration de cigognes.

– Il paraît que le rire augmente notre durée de vie.

– Alors il va falloir beaucoup rire dans les jours à venir.

Alec médita sur cette dernière phrase et laissa s'installer le silence, rompu par une BMW suréquipée. Une sono puissante beuglait du rap à faire péter les vitres. À l'intérieur, cinq types qui cherchaient à se distraire.

– Hey, les pédés, vous prenez combien ? gueula l'un d'eux par la vitre.

– C'est nous que ce singe traite de pédés ? s'énerva Alec.

– Quoi ? demanda Nathan.

– Ils nous ont traités de pédés, dit Alec.

– Tu es offusqué ?

– Euh… en fait, j'en ai rien à foutre.

– Donc, il n'y a pas de problème.

L'incident fit germer une idée dans l'esprit de Nathan qui attendit que la BMW s'éloigne, faute de répondant.

– Est-ce que tu pourrais racoler un automobiliste ?

– Tu plaisantes ?

– Avec ta gueule d'ange et tes fringues, ça va marcher.

– Je suppose que ce n'est pas la peine de discuter.

– On perdrait du temps.

Dix minutes plus tard, une voiture s'arrêta devant Alec qui s'accouda à la vitre en minaudant :

– C'est cent euros la pipe.

– Ça marche.

Alec hésita. Il se retourna. Son partenaire avait disparu.

– Monte, dit Nathan.

Il était assis sur le siège passager. L'automobiliste était avachi sur le volant. Il balança le corps sur la banquette arrière et ouvrit la portière à Alec.

– Qu'est-ce que tu lui as fait ?

– Rien qui ne porte atteinte aux bonnes mœurs.

Sans plus d'explication, Alec prit place et alluma la radio. Ils fixèrent le pare-brise en écoutant The White Stripes.

Belinda sortit de la forêt et fut rejointe par trois autres prostituées. 6 heures 10. Elles s'étaient groupées comme à un arrêt de bus. Cinq minutes plus tard, une Mercedes Classe C rutilante, dotée de jantes plus voyantes que celles du char de Ben Hur, passa les prendre. Alec démarra et suivit la berline à distance, tendu.

Le trajet dura quelques minutes. Alec dépassa la Mercedes qui avait pénétré dans une allée privée et se gara dans la première rue à droite. Ils laissèrent le propriétaire du véhicule finir sa syncope et entrèrent dans une boulangerie. Nathan acheta des croissants et quatre surprises. Il confia le bouquet de gros cornets en papier à Alec qui n'osa pas demander ce qu'il préparait et se dirigea vers le pavillon qui avait absorbé la Mercedes. Aucun nom sur la boîte aux lettres. Un vieux arrosait ses hortensias dans la propriété contiguë. Alec questionna le type qui questionna son épouse qui détenait le renseignement d'une employée de la Poste. Leur voisin s'appelait Ratko Baksic.

– Donne-moi un nom qui sonne serbe ou croate, dit Nathan à Alec.

– Emir Kusturica.

– Qui est-ce ?

– Un cinéaste serbe.

– Un autre nom ?

– Jacek Gasiorowski. C'est un cinéaste bosniaque.

Nathan appuya sur l'interphone de la propriété et pria Alec d'annoncer que Jacek et Emir voulaient parler à Ratko.

La porte d'entrée de la villa s'ouvrit sur un type en survêtement. Une capuche était rabattue sur son crâne, sa poche était déformée par un flingue. À travers la grille, il leur demanda de préciser la raison de leur visite.

– Dis-lui qu'on est Gasiorowski et Kusturica, souffla Nathan. On vient de Timisoara pour voir Ratko Baksic.

Le type lorgna sur les cornets surprise, les accueillit avec méfiance et les guida jusqu'au perron, une main dans le sweat-shirt. Alec se décomposait à vue d'œil.

– Je crois que c'est une mauvaise idée.

L'homme s'écroula.

– Qu'est-ce qui lui est arrivé ? demanda Alec.

– Un passage à vide.

– C'est toi qui l'as frappé ?

Nathan récupéra le pistolet du gardien et le glissa dans sa ceinture avant de pénétrer dans le pavillon. Le hall se terminait par un escalier qui conduisait à un étage d'où provenaient des bruits d'eau courante. Les chambres des filles. À gauche, une grande cuisine d'où émanait une odeur de café. À droite, un séjour dans lequel un homme aux cheveux blonds comptait des billets de banque en écoutant un clip de R & B diffusé par une télé géante.

– Hello Ratko ! déclara Nathan.

Le type dégaina une arme qui s'éjecta de sa main pour traverser la pièce. Le projectile s'encastra dans le téléviseur qui implosa sous le choc, faisant partir en fumée la décapotable rutilante, la piscine scintillante et la pute pétulante qui se trémoussait devant le chanteur en goguette. Le mouvement circulaire de la jambe de Nathan se transforma en coup de pied latéral qui renvoya Baksic dans son fauteuil.

– Il y a du café ?

– Qui êtes-vous ? demanda l'homme en anglais.

– Jacek Gasiorowski et Emir Kusturica.

– C'est une blague ?

– Range ton Monopoly, ordonna Nathan en désignant l'argent.

Le souteneur rassembla les coupures dans un attaché-case. Nathan disposa les viennoiseries sur la table.

– On a apporté des surprises aux filles.

– Qu'est-ce que vous voulez ?

– Prendre un petit déjeuner. Tu peux apporter du café, Jacek ?

Alec refourgua les quatre cornets à leur hôte et s'exécuta d'un pas hésitant. Ratko ne savait pas où poser les yeux, entre le pistolet pointé sur lui, les croissants saugrenus, la télévision qui fumait, les surprises qui lui encombraient les bras, le sourire de l'étranger, le complice dans la cuisine. Nathan mordit dans un croissant chaud et croustillant.

– Sers-toi Ratko.

Baksic était déstabilisé. Le souteneur était un habitué de la violence et du rapport de force. Un type qui débarquait chez lui avec des maegeri [1], des croissants, un flingue et des cadeaux, ne correspondait pas à sa vision de l'humanité.

– Mes hommes vont rappliquer. J'espère que vous avez une bonne raison d'être ici.

Alec revint avec une cafetière et des tasses. Il servit tout le monde sans trembler. Le petit avait du cran.

– J'ai en une, dit Nathan. Je recherche le demeuré de la famille, la brute épaisse qui ne sait pas se cantonner

1. Attaque du pied au karaté.

aux missions qu'on lui confie et qui attire l'attention sur notre réseau.

– Qui vous envoie ?

La question ne portait pas sur l'identité du demeuré. Ratko savait donc à qui on faisait allusion.

– Celui qui m'envoie me paye pour qu'on ne prononce pas son nom. Il me paye aussi pour calmer ceux qui foutent la merde. S'en prendre à l'épouse d'un ponte de la DGSE n'était pas une bonne idée.

Nathan but son café et repoussa l'image de Ratko en train de casser du verre pilé dans un corps féminin. Expiration longue, esprit calme.

– Où est le demeuré ?

– C'est quoi ces conneries, beugla Baksic, on l'a mis nous-mêmes dans le train.

– Dans le train pour où ?

– Pour Antibes, c'était pas ce qu'il fallait faire ?

– Il n'est jamais arrivé.

– Il a dû se paumer, il est tellement taré ce type…

– Tu l'as vu monter dans le train ?

– Cerovic et Princip sont partis avec lui le 26 mars. À Lyon, ils devaient prendre une correspondance pour Tirana et laisser Barsov continuer seul jusqu'à Antibes.

Les informations pleuvaient.

– Pas de trace de Barsov à Antibes.

– J'avais dit de ne plus faire appel à ce barge. Il a pris goût à ses conneries.

Nathan apprécia l'euphémisme et se leva pour partir.

– C'est ce que je dis au patron ?

– Je ne peux rien faire de plus.

– Il jugera ton concours à sa juste valeur. Te dérange pas, je connais le chemin.

Nathan posa une dernière question sur le seuil :

– Est-ce que Barsov aurait pu descendre avant Antibes ?

– Après Lyon, il n'y avait que trois arrêts : Cannes, Antibes et Nice.

Nathan allait obtenir le point de chute de Barsov.

– Il a dû se gourer et descendre à Cannes.

– Même si c'était ça, il aurait fini par se montrer, dit Baksic.

– À la gare d'Antibes ?

– Au Cap d'Antibes, vous êtes cons ou quoi ?

L'info était tombée. Et elle lui faisait froid dans le dos. D'après son patronyme, Barsov était russe. Il avait rejoint son patron au Cap d'Antibes, où se trouvaient les datchas de l'oligarchie moscovite. Le fief de Vladimir Kotchenk, l'un des plus gros parrains de la mafia russe auquel il avait nui jadis pour les beaux yeux d'une Italienne. Il balaya le flot de souvenirs et recolla au sujet :

– Il a dû s'attarder sur une nouvelle victime.

– Possible. Mais j'y suis pour rien. Dites-le bien à Kotchenk.

Bingo !

– Je t'ai dit qu'il ne fallait pas prononcer son nom.

– Depuis qu'il s'est proclamé chef suprême des mafias russes, il a pris la grosse tête.

– Il se méfie un peu plus, c'est tout. Salut Ratko. N'oublie pas de donner les surprises aux filles.

Nathan et Alec laissèrent derrière eux un proxénète perplexe, un homme de main qui végétait dans les géraniums, des filles qui continueraient à se faire tabasser et à baiser dans les bosquets.

170

Le train entra en gare d'Antibes à 19 h 35. Nathan posa le pied sur le quai, vingt jours après Barsov qui, contrairement à ce qu'il avait raconté à Ratko Baksic, avait sûrement réintégré le staff de Vladimir Kotchenk. Bien qu'il fût cloué sur un fauteuil roulant, le parrain russe s'était donc hissé au sommet de la pyramide des mafias. La tentative de Nathan pour l'impliquer, un an auparavant, dans une affaire criminelle avait échoué. Kotchenk était intouchable. Son nom avait dû figurer sur la liste des cibles de l'opération Dolls Bang, aux côtés de Barrano et de Korumaku. Mais empêtré dans ses démêlés judiciaires et obsédé par Carla, il n'avait pas été sensible aux charmes de l'Aïka qui lui avait été attribuée. Est-ce que le Russe avait remis la main sur celle que Nathan lui avait ravie à l'époque ? Carla était-elle protégée ?

Suivis par les roulettes bruyantes de la valise d'Alec, ils marchèrent jusqu'à l'Hôtel de la Gare. Alec passa la nuit dehors. Préférant ne pas le mêler à l'un des hommes les plus dangereux du pays, Nathan lui avait donné quartier libre. Le jeune Américain atterrit à la Siesta, casino-bar-boîte construit sur la plage. Une fille le dragua. Elle s'appelait Sandra, avait les yeux de Cameron Diaz, portait moins de vêtements que de maquillage et riait sans cesse pour camoufler son manque de conversation. Elle le conduisit à Nice pour qu'il s'approvisionne en cocaïne, l'emmena au Volume où se produisait Speed Rock Machine, un groupe de métal français qui attaqua le concert à la tronçonneuse. Alec termina la nuit dans le lit de Sandra sans avoir froissé les draps de l'Hôtel de la Gare.

Nathan avala un repas chinois et se rendit au Cap d'Antibes. Derrière le portail de la villa de Kotchenk, une guérite abritait un vigile armé qui faisait le guet comme devant une banque centrale. Les bruits dans le parc lui indiquèrent que trois gardiens patrouillaient. Les lumières de la villa étaient éteintes. À 22 heures, cela signifiait que Kotchenk était sorti. Nathan s'adapta à la situation. Son expédition de reconnaissance allait se transformer en intrusion. Il s'assit sur la plage et attendit le retour du Russe. L'air marin était tiède et le lieu magique. Il patienta en compagnie de routards en bivouac et de SDF qui préféraient les galets azuréens aux pavés parisiens.

À 1 heure 15 du matin, une Lexus ralentit à l'approche de la villa, s'immobilisa devant la grille, braqua ses phares sur le vigile. Le portail s'ouvrit lentement. Nathan ramassa deux galets et courut vers la berline Comme tous les riches, Kotchenk était impatient et le pare-chocs collait presque au portail. Nathan arma son bras et lança un galet sur l'aile de la Lexus au moment où elle franchissait l'entrée. Le coup de frein fit rougeoyer le visage du vigile qui contourna le véhicule par l'arrière pour constater les dégâts de l'accrochage. Le chauffeur descendit à son tour. Nathan traversa la rue et jeta le second galet dans le dos des deux hommes penchés sur la carrosserie. Ils se retournèrent sur le « ploc ! » pendant qu'il se faufilait à l'intérieur de la propriété. Il plongea à travers un rideau de bambous, roula, se releva devant un phœnix, ramassa une poignée de gravillons, courut et les lança devant lui. Aveuglé, un gardien arma son pistolet-mitrailleur sous les cailloux. Un coup de pied au plexus lui coupa la respiration. Nathan enfila le blouson et la casquette de la sentinelle, s'empara d'un Uzi et continua sa course autour de la villa. Il sema sur son parcours trois corps inanimés et se retrouva au point de départ, sur l'allée centrale. Le cerbère avait rejoint la guérite, la Lexus était arrêtée devant le perron. Le chauffeur poussait Kotchenk sur une rampe d'accès aménagée sur les escaliers. Deux filles sculpturales les encadraient. Le chauffeur regagna le véhicule pour aller le garer. Nathan traversa la cour centrale en marchant pour ne pas attirer le regard du planton, ni alerter celui qui devait somnoler devant les écrans de surveillance. Il poussa la porte d'entrée sur un majordome enfouraillé, l'assomma d'un crochet à la tempe, l'enferma dans le vestiaire et se positionna au milieu du hall gigantesque. Les engrammes affluèrent dans son esprit. C'était là qu'il avait rencontré Carla pour la première fois. Il attendit le retour du chauffeur, qui échoua à côté du majordome, et se dirigea vers le vaste séjour, attiré par des voix et le son de boules qui s'entrechoquaient. La pièce était contiguë à une salle de billard. Nathan distingua deux timbres différents. Il allait se battre contre deux hommes munis de bâtons, sans leur donner l'occasion de les remplacer par leurs armes à feu. D'après ses souvenirs, les queues étaient rangées sur le mur de droite, en entrant. Il inspira profondément et guetta une plage de silence correspondant au moment où les deux joueurs seraient concentrés sur un coup. Il fit irruption calmement. Un grand costaud frisé doté d'un bouc était plié au-dessus du tapis vert face à un type aussi chauve que les boules de billard. Nathan rafla une queue par la partie tronconique la plus fine et la fit tournoyer au-dessus de sa tête. L'extrémité épaisse passa au-dessus du joueur couché et rencontra le front de son partenaire qui chancela. Nathan fit glisser la tige de bois dans sa main gauche pour prolonger le mouvement circulaire en frappe verticale sur le crâne du frisé qui n'avait pas eu le temps de se relever. Il bondit sur la table, para un coup latéral et termina son mouvement par une torsion qui ramena la canne violemment contre la tempe du chauve. Stable et jambes fléchies, il fit glisser le bâton pour l'achever d'un coup de pique qui grava un rond bleu sur son front, puis la canne fusa dans ses mains en sens inverse et pulvérisa la pomme d'Adam du frisé. Débarrassé des deux sbires, Nathan sauta à terre et se précipita dans le hall. Aucun bruit suspect. Il monta les escaliers et se posta devant une porte qui laissait filtrer des tintements de verres, une bouteille qu'on enfonce dans un seau à glaçons, une musique symphonique en sourdine, des rires mâtinés de gémissements feints. Il recula pour prendre un peu d'élan. Le battant craqua en répandant des éclats de bois et des pièces métalliques. Dans un lit monumental, Kotchenk, raide de partout, était allongé sous les deux créatures sculpturales. L'une d'elles était empalée sur son sexe, l'autre était assise sur son visage. Elles se faisaient face et s'embrassaient langoureusement. Le Russe n'avait toujours pas récupéré la vue lorsque Nathan atteignit le lit. Les filles crièrent inévitablement, brisèrent le triangle isocèle et exécutèrent les ordres de Nathan en s'enfermant dans la salle de bains. Kotchenk était plus sidéré que si le diable avait débarqué dans sa chambre. Pour lui, Love était pire que Lucifer. Il symbolisait le début de ses ennuis avec la justice, le départ de Carla et la perte de ses deux jambes. Il l'avait traqué jusqu'au bout du monde pour le voir faire irruption un an plus tard au beau milieu d'une érection. Nathan chassa les oreillers rassemblés sous la tête du Russe et s'empara du Sig P228 qui y était caché.

– Salut Vlad. Il paraît que tu as pris du grade ?

En guise de réponse, il récolta un regard plus noir que l'avenir de la Russie. Nathan le flanqua sur le ventre et lui ligota les mains dans le dos avec la ceinture d'un peignoir. Ne rien demander pour ne pas lui faire sentir qu'il pourrait lui être utile. Profiter de l'effet de surprise, tirer parti de sa position inconfortable. Et lui faire peur, très peur.

Avec une taie qu'il déchira en deux, il lui bourra la bouche, le balança complètement nu sur son épaule et descendit au salon. Il arracha le cordon d'un rideau et sortit par la baie vitrée. La terrasse se transformait en patio, puis en piscine encadrée par un jardin luxuriant. La végétation tropicale y était entretenue par des jardiniers professionnels et des engrais appropriés. Nathan repéra les mêmes bambous qu'à l'entrée. Il jeta le Russe dans l'eau, s'empara d'une chaise en rotin, la troua d'un coup de poing et l'enfonça à moitié dans la terre, au-dessus d'une pousse de bambou. Puis il alla repêcher Kotchenk.

Il ôta le bâillon pour évacuer l'eau chlorée avant de le remettre pour étouffer une interminable quinte de toux. Il posa le paralysé sur la chaise scellée et l'attacha solidement en veillant à ce que la pousse lui pénètre l'anus. Le Russe esquissa un rictus. Nathan lui expliqua la situation :

– Tu dois connaître les essences de ton jardin. La graminée qui est en train de pousser entre tes fesses vient de Chine. Sa croissance est fulgurante. Idéal pour un type pressé comme toi qui ne doit pas apprécier la lenteur de la nature. La tige s'allonge d'environ un mètre par semaine. Soit quatorze centimètres par jour. Rien qu'au cours de la nuit, ce sont sept centimètres qui vont s'enfoncer dans ton colon. En quatre jours, la plante aura atteint ta gorge. Ce sera douloureux, surtout au passage de chaque anneau.

Nathan l'abandonna et remonta à la chambre. Les deux call-girls n'avaient pas bougé. Il appela un taxi, leur offrit deux œufs de Fabergé qui décoraient une vitrine et les raccompagna à la grille. Le gardien les vit s'approcher sans se méfier, son regard braqué sur les jambes interminables des filles. À quelques mètres seulement, il plissa les yeux sur l'homme qui les escortait avant de les écarquiller sur un coup de pied sauté qui le projeta au fond de sa guérite. Les filles détournèrent la tête et montèrent dans le taxi.

Nathan fit le ménage. Il balança dans la piscine les flingues et les fringues du personnel, enferma les corps dans la cave à vins, conserva un Uzi et un Glock, récupéra les clefs de la Lexus et le téléphone portable de

Kotchenk. Il rejoignit le Russe dont le visage était plus rouge que l'armée de Staline.

– Pour l'instant, c'est pas plus douloureux que ce que tu comptais infliger à tes deux invitées, dit Nathan. Je viens de les raccompagner et j'ai mis ton staff en quarantaine. Je vais y aller moi aussi. Une dernière chose, où est-ce que je peux trouver un peu d'argent liquide ?

Il ôta le bâillon sur un flot de jurons en cyrillique. Après s'être défoulé, Kotchenk récupéra son anglais.

– Qu'est-ce que tu veux Love ?

– Tu as fait des progrès en anglais depuis la dernière fois.

– Putain, qu'est-ce que t'attends de moi ?

– Rien. Je n'ai qu'à me servir. La seule chose que je puisse te concéder, c'est l'opportunité de me dire où tu planques l'argent. Ça m'évitera de tout bousiller.

– Dans mon bureau, il y a un coffre. La combinaison est 5629K6632.

Il le bâillonna et l'abandonna. Kotchenk grogna dans son dos, hurla avec son ventre. Nathan rebroussa chemin et lui libéra la bouche :

– Qu'est-ce que tu cherches, Love ?

– Je te l'ai dit, j'ai déjà tout.

– Pourquoi tu fais ça, enculé ?

– En ce moment, c'est toi l'enculé.

– Je te ferai souffrir, Love, jusqu'à ce que tu en crèves !

– Ce sont tes dernières volontés ?

– C'est à cause de Carla, hein ?

Kotchenk avait lâché une information, mais ce n'était pas celle à laquelle Nathan s'attendait. Il alla dans son sens pour en savoir plus :

– Quelle perspicacité !

– Cette pute n'a eu que ce qu'elle méritait.

Pincement au cœur, adrénaline, sueurs froides, ventre noué. Rester calme. Couper son esprit. Demeurer sans but, mais avec détermination.

– Adieu Kotchenk.

Il bourra de terre la bouche du Russe, le musela et alla décrocher le Matisse qui cachait le coffre-fort. À l'intérieur, un Colt Detective, des documents comptables, un carnet, un kilo de cocaïne, des liasses d'euros, de roubles, de dollars. Il laissa les roubles, le pistolet et neuf cents grammes de coke, enfourna le reste dans un sac à dos, éteignit les lumières, verrouilla la maison et démarra la Lexus en direction de l'hôtel. Il était 3 heures du matin et Nathan n'avait pas sommeil.

171

Les livres de comptes de Kotchenk concernaient les investissements d'Eastland Corp dans le pays. Le Russe s'offrait la Côte d'Azur avec les millions d'euros provenant de la drogue, de la prostitution, du racket et du jeu. L'argent sale de la mafia slave imbibait le tissu économique français via l'immobilier, le rachat d'entreprises et le financement de campagnes politiques. Par le biais de la corruption, Kotchenk s'introduisait au cœur de l'appareil d'État, influençait les décisions politiques à l'échelon local et national. Le carnet contenait beaucoup de noms. Des politiciens, des PDG, des agents immobiliers, des banquiers, des oligarques moscovites, des agents guébo-mafieux, des parrains chinois, colombiens, japonais, italiens. Un véritable carnet mondain lié au pouvoir planétaire. Kotchenk était en cheville avec la plupart des Mandarins visés par ARK. N'étant pas sous l'influence d'une Aïka, il avait dû manifester plus de zèle que les autres lors du lancement de l'opération Hollow Storm. Ses réseaux de prostituées avaient été mis à contribution.

Nathan avait du mal à se concentrer sur la marche à suivre. Carla avait fait irruption dans son esprit. « Cette pute n'a eu que ce qu'elle méritait » y résonnait encore. Que voulait dire Kotchenk ? Qu'était-il arrivé à Carla ?

Allongé sur le lit, Nathan regarda l'heure. 6 h 30. Alec n'était pas rentré. 6 h 31. Un centimètre de bambou déjà. Pour l'instant, la peur était plus grande que la douleur. C'était le moment de faire parler Kotchenk. Sans lui poser de questions. Nathan remonta dans la Lexus et roula vers le Cap d'Antibes. Les rues étaient désertes, la mer plate, le soleil sous l'horizon et Kotchenk figé sur sa chaise percée. Il avait déféqué sur le bambou. Nathan lui arracha le bâillon.

– Fais gaffe Vlad, la merde c'est de l'engrais.

Le Russe cracha de la boue, toussa, s'étouffa, suffoqua, injuria.

– Sale connard, tu ne sais même pas à qui tu t'attaques.

– Ton carnet m'en a donné une idée.

– Tu ne t'es pas contenté de l'argent, enfoiré ?

– En quoi ça te gêne ? Dans quelques jours tu seras mort.

– Va te faire foutre !

Kotchenk devait cesser de parler pour ne rien dire. Nathan ramassa une poignée d'excréments, pinça le nez du Russe pour lui faire avaler ses selles et lui enroula la taie d'oreiller autour de la bouche. Le mafioso meugla plus fort qu'un buffle, son visage vira au mauve, ses narines se muèrent en mufle. Nathan bluffa en veillant à utiliser les mots idoines.

– Interpol m'a appris la mort de Carla. J'ai fait le rapprochement avec toi. Profite de cette journée, une de tes dernières. Il va pleuvoir, c'est bon pour les bambous.

Nathan lava sa main souillée dans l'eau chlorée de la piscine. Il venait de trancher. Carla plutôt que les Aïkas. L'amour plutôt que la compassion. Contrairement aux préceptes bouddhiques, il avait opté pour la souffrance.

Comme il s'y attendait, les yeux exorbités de son prisonnier l'exhortaient à écouter ce qu'il avait à dire. Nathan regarda sa montre pour signifier qu'il n'avait pas que ça à faire. Kotchenk beugla à s'en faire exploser les veines. Il était mûr pour cracher son venin merdeux et porter atteinte à Love en lui révélant des détails sur le sort de Carla. C'était la seule arme dont disposait encore le Russe. Nathan revint vers lui en contenant son stress, ôta le bandeau et se plaça dans son dos pour éviter les postillons.

– Je t'écoute et je m'en vais.

– Tu m'écoutes, hein ? ricana Kotchenk malgré sa position inconfortable et un sale goût dans la bouche.

Nathan s'attendait au pire. Il avait raison.

– J'ignorais que cette pute était morte. Faut dire, avec les centaines de tordus qui lui sont passés dessus, elle avait peu de chance de souffler ses trente-deux bougies. Mais t'as oublié une chose.

– Laquelle ?

– Sa putain de fille ! Elle a subi le même traitement.

– Tu mens. Interpol aurait mentionné sa présence.

– Tu crois peut-être qu'en Albanie on pratique le recensement ?

Les informations étaient distillées à travers la plus terrible des révélations.

– Je ne te crois pas. Léa était comme ta fille. Et tu ne diriges aucun réseau de pédophilie.

– T'es encore plus con que je le pensais. Des milliers de putes se négocient dès l'âge de treize ans. Maquillée,

Léa en paraît même plus. La chair fraîche se vend à prix d'or. Si tu ne me crois pas, t'as qu'à la chercher. Un branleur comme toi n'aura pas assez de sa vie pour la retrouver. Surtout qu'elle n'a pas fini de grandir. Tu ne la reconnaîtrais même pas.

– Bien tenté Kotchenk, mais ça ne prend pas.

– Écoute-moi bien, connard. Tu vas me museler une fois de plus avec une tartine de merde et me la mettre profond. Mais dis-toi que tu élimines la seule personne qui saurait retrouver Léa.

– « Qui saurait » ? Parce que tu ne sais même pas où elle est ?

– Évidemment. Une fois qu'une fille est commercialisée à travers une filière, elle peut être vendue vingt fois et changer dix fois de pays.

– Alors, tu ne me sers à rien.

– Je sais à qui m'adresser.

– Moi aussi.

– Un quart d'heure qui s'écoule, c'est un client de plus qui la baise. Prends ton temps et pense ce que tu veux. Mais en t'endormant ce soir, si tu crois que t'es sur la bonne voie, c'est que t'es le roi des cons.

Nathan en avait assez entendu. Il le gava de selles, fit une pelote de tissu avec sa tête et fuit les ricanements étouffés.

Carla avait été envoyée dans un bordel en Albanie, à la source du réseau que Kotchenk avait mis sur pied. La meilleure façon de la retrouver était de suivre la piste des Aïkas, plus voyantes. Elle avait certes quelques années de plus que les kamikazes de Dolls Bang, mais sa plastique, critère principal retenu par les trafiquants, soutenait la comparaison.

Quant à Léa, il préféra ne pas y penser.

Couper son esprit. Demeurer sans but, mais avec détermination.

172

Nathan se rendit à la cave. Sept des huit prisonniers avaient retrouvé leurs esprits. Ils se figèrent au pied des marches à la vue de l'Uzi pointé sur eux.

– Je libère celui qui me dit où est Barsov, dit Nathan.

Aucune réponse. Nathan éteignit la lumière, tira une rafale, ralluma.

– Où est Barsov ?

Il refit de l'obscurité et canarda en baissant son arme. Quand il actionna l'interrupteur, l'un des types était par terre, touché à la jambe.

– Un volontaire ?

Deux d'entre eux se battirent dans les escaliers. Le plus fort éjecta son rival avant d'être intercepté par Nathan qui verrouilla derrière lui. Il reconnut la sentinelle de la guérite, bas du front, sculpté du muscle.

– Tu t'appelles ?

– Mikhaïl.

– Où est Barsov ?

– Le patron a renvoyé Barsov chez lui.

– Seul ?

– Avec un autre homme.

– Où c'est chez lui ?

– Dans pays de l'Est ?

– Tu pourrais être plus précis ?

– Yougoslavie.

– Ça n'existe plus.

– Je sais pas.

– Il faut m'en dire plus, sinon je te renvoie en bas.

– Barsov se vantait tentative d'assassinat président.

– Quel président ?

– Président Gorova ou Gurova, nom comme ça.

– Rugova ?
– C'est ça.
– Comment s'appelait l'autre homme ?
– Lequel ?
– Celui qui est parti avec Barsov ?
– Bashkim. Je connais que prénom à lui.
– Tu peux y aller.
– Où ça… ?
– Tu t'habilles et tu disparais.
– Mais M. Kotchenk… ?
– Il va falloir te trouver un autre patron.
– Moi pas pouvoir quitter M. Kotchenk.
– Viens avec moi.

Mikhaïl le suivit dans le jardin. Nathan déroula le turban de Kotchenk au bord de l'asphyxie, lui pointa le pistolet contre la tempe et tira deux balles avant qu'il ait eu le temps de cracher quoi que ce soit. Le crâne explosa sous le double impact en une gerbe de sang, de cervelle et de merde.

– C'est clair, maintenant ?
– Ok, patron.
– Je ne suis pas ton patron.

Mikhaïl détala. Nathan rejoignit les prisonniers.

– Un autre volontaire ?

Celui qui avait été repoussé par Mikhaïl s'imposa cette fois : le joueur de billard qui avait perdu sa thyroïde.

– Ton nom.
– Igor.
– Qui est Bashkim ?
– Le gars qui est parti avec Barsov dans son pays.
– Quel est le pays de Barsov ?
– Pays de l'Est, là où il y a eu la guerre.
– Mikhaïl m'a déjà dit tout ça. Il me faut du neuf si tu ne veux pas redescendre.
– Où est Mick ?

– En train de s'habiller. Il est libre.

– Et Kotchenk ?

– Je viens de le tuer et c'est moi qui pose les questions.

– Bashkim, il n'a jamais dit son nom. Ce qu'on savait, c'est qu'il était dans l'Armée nationale albanaise.

– Il était un membre de l'UCK ?

C'était comme si Nathan avait parlé chinois. Il posa la question différemment.

– C'était un terroriste ?

– Il prétendait avoir rencontré un lieutenant de Ben Laden.

– Tu es libre.

Le troisième à se présenter en haut des marches fut le majordome. Il se faisait appeler Max, mais son vrai prénom était Maric. Il était d'origine serbe. Il lui apprit que Barsov avait séjourné en hôpital psychiatrique. Nathan l'accompagna jusqu'au dressing de Kotchenk où Mick et Igor s'étaient habillés comme pour un mariage. Ils remplissaient des valises avec tout ce qui avait de la valeur à leurs yeux. En voyant Nathan, ils hésitèrent. Ce dernier les rassura. Ils pouvaient emporter tout ce qu'ils voulaient. Indemnités de licenciement.

Le quatrième larron à quitter la cave fut le chauffeur. Il avait emmené Barsov et Bashkim à la gare de Nice, un mois auparavant, un billet pour Trieste en poche.

Sur les prisonniers qui restaient, l'un était toujours sonné, deux ne parlaient pas anglais et le quatrième, qui avait reçu une balle à la jambe, ne savait rien. Il les laissa filer et réanima celui qui était étendu par terre. Il avait une crevasse bleue sur le front. Le chauve du billard. Le gaillard tituba vers la sortie sans réaliser qu'il était nu. Nathan monta au bureau de Kotchenk et se connecta à Internet pour compléter ses informations. Il connaissait déjà le nom de sa prochaine destination.

173

Alec entendit quelqu'un entrer dans la chambre. Devant la glace de la salle de bains, il essuya son nez plein de poudre blanche, redressa une mèche molle qui retombait sur son front et passa la tête dans l'entrebâillement.

– T'as découché toi aussi ? demanda-t-il.

Nathan sursauta. Il ne s'attendait pas à trouver Alec à l'hôtel.

– J'allais t'écrire un mot, dit-il.

– Du genre ?

– Je pars seul.

– C'est à cause de cette nuit ? Tu m'avais dit que…

– Là où je vais, c'est dangereux.

– Où vas-tu ?

– À l'opposé de toi.

Alec le rattrapa dans les escaliers.

– Putain mec, t'as besoin de moi.

– J'ai de l'argent et une voiture.

– Quelle marque ?

– J'ai tué un homme cette nuit.

– Et moi j'ai fait l'amour avec une femme. On est complémentaires !

Nathan monta dans la Lexus et démarra. La portière du côté passager s'ouvrit. Alec sauta à l'intérieur. Nathan freina.

– Notre scène de ménage va attirer l'attention, dit Alec.

– Descends.

Alec subtilisa les clefs de contact.

– J'en ai pas pour longtemps.

Il rappliqua au bout de trois minutes avec sa valise. Nathan avait supprimé le chef des mafias russes et neutralisé huit de ses sbires, mais il n'était pas parvenu à se débarrasser d'un étudiant.

– Tu vois, je ne t'ai pas retardé.

Ils roulèrent en direction de l'autoroute A8. Alec colla sous le nez de Nathan la pochette d'un CD sur laquelle on avait collé un énorme baiser au rouge à lèvres.

– C'est Sandra qui me l'a filé en souvenir de la nuit qu'on a passée ensemble. C'est *Black Holes and Revelations*, le dernier Muse qu'elle m'a customisé avec un smack à faire bander Boy George !

– Je ne comprends rien à ce que tu dis.

– Tu as récupéré une bagnole avec un lecteur de CD. Moi, j'ai récupéré le CD. On est complémentaires, je te dis.

Il glissa le disque dans la fente.

– Alors, on va où ?

– Tu parles albanais ?

– Non.

– Je savais que tu ne me servirais à rien.

Kotchenk avait renvoyé le prénommé Bashkim et le dénommé Barsov dans leur fief, là où ils étaient chargés de recruter et de mater les filles destinées aux réseaux de prostitution. Barsov avait séjourné en hôpital psychiatrique et se targuait d'avoir participé à un attentat contre le président du Kosovo de l'époque, Ibrahim Rugova. Il y avait eu une tentative d'assassinat contre Rugova en mars 2005 perpétrée par l'Armée nationale albanaise dont faisait également partie Bashkim. Cette armée était constituée d'anciens terroristes de l'UCK[1] qui avaient revendiqué une quinzaine d'attentats en Macédoine, en Serbie du Sud et au Kosovo. Cette formation était en cheville avec al-Qaïda. Ce qui expliquait comment Bashkim avait pu rencontrer un lieutenant de Ben Laden.

Les indices convergeaient vers le Kosovo, province serbe qui n'était pas encore un pays. L'endroit était peuplé majoritairement d'Albanais, dirigé par l'ONU et occupé par les soldats de la KFOR. La sécurité du territoire était assurée par quatre mille policiers internationaux ainsi que par l'UCK rebaptisée pour l'occasion TMK et financée par l'ONU. À côté de ça, le Kosovo était devenu le paradis du crime organisé. Une quarantaine de chefs mafieux s'y étaient installés depuis 1999 pour y exercer leur savoir-faire : contrefaçon d'euros, contrebande, trafic de drogue, d'armes et d'esclaves sexuels. Une filière pour Kotchenk, une source de travail pour Barsov et Bashkim qui ne faisaient pas partie des 70 % de chômeurs, ni du tiers de la population qui vivait sous le seuil de pauvreté. Pour parfaire le tableau, le Kosovo était devenu un point de chute pour les organisations terroristes. L'Armée nationale albanaise faisait sauter la région au nom de la création d'une « Grande Albanie » tandis que Ben Laden s'y approvisionnait en explosifs avant d'aller faire exploser des trains à Madrid ou des métros à Londres. Telle était la carte postale vers laquelle roulait Love, au volant d'une Lexus et accompagné d'un play-boy, sur une musique de Muse.

1. Armée de libération du Kosovo.

174

Nathan sélectionna une station de langue anglaise pour écouter les nouvelles. Les médias commémoraient l'accident nucléaire de Tchernobyl qui avait irradié des millions de gens et détruit à jamais un morceau de la planète. Gorbatchev essayait pitoyablement de rattraper le coup en publiant un livre sur les nouvelles sources d'énergie. Des milliers de Russes aussi conditionnés que des Aïkas étaient retournés dans le périmètre de la centrale qui se fissurait de partout. Les animaux broutaient de l'herbe radioactive, les paysans cultivaient des légumes assaisonnés au césium 137, des mutants et des monstres y voyaient le jour. Le peuple voulait du travail. L'État et les multinationales leur en donnaient, créant des nouveaux métiers comme liquidateur, soldat de plomb, pompier kamikaze, paysan nucléaire. Avec des années de retard, la Russie finançait à hauteur d'un milliard de dollars un nouveau sarcophage pour couvrir la passoire actuelle. Ivana Nevassaïa, l'Aïka liée au président, y avait sûrement été pour quelque chose. Pendant ce temps, les centrales atomiques poussaient comme des champignons à la surface du globe. On creusait des galeries souterraines pour planquer les déchets radioactifs qu'on ne pourrait bientôt plus refourguer aux pays pauvres.

Nathan chercha de la musique et fit un bond dans le passé avec Elmore James. *Baby, what's wrong*. Il jeta un œil sur Alec qui s'était endormi.

Qu'allait-il découvrir à l'est ? En surfant sur Internet, il avait essayé de trouver un point commun entre l'ONU, Kotchenk, le Kosovo, Barsov, Carla, les Aïkas. Il était tombé sur un article de *Koha Ditore*, un journal kosovar qui couvrait un méga-procès à Skopje en Macédoine. Vingt-huit personnes étaient accusées de trafic d'êtres humains. L'acte d'accusation visait des ressortissants macédoniens, albanais, bulgares, serbes et monténégrins qui constituaient le réseau. C'était l'une des plus grosses affaires jamais traitées par la justice macédonienne. Parmi les noms cités et poursuivis au pénal par le ministère public, Nathan avait noté celui de Bashkim Raci, résident de Mitrovica. Il avait ensuite associé ce nom à ceux des officiers du DOMP recrutés par Gordon Ryler pour l'opération Dolls Bang. Ses recherches aboutirent à un article d'un quotidien kosovar *Zeri*. Le capitaine Clark Foot, récemment affecté à l'UNMIK, la mission des Nations unies au Kosovo, était accusé d'avoir battu à mort un chef mafieux, Zeqir Hajaj, spécialisé dans la traite des femmes. Hajaj appartenait au réseau démantelé en Macédoine. Foot l'avait appréhendé à Urosevac et soumis à un interrogatoire qui avait entraîné la mort du suspect. Suspendu de ses fonctions, l'officier était entendu dans les locaux du siège de l'ONU à Pristina. Nathan avait décidé de se rendre à Pristina pour y rencontrer Foot.

Il s'aperçut qu'il venait de rouler sur plusieurs centaines de mètres les yeux fermés. La fatigue sournoise l'anesthésiait et le poussait vers le sommeil. Il s'arrêta sur une aire d'autoroute et réveilla Alec.

– Déjà arrivés ? grogna l'étudiant.

– On approche de Venise. J'ai besoin de dormir. Prends le volant.

175

Carla se retourna. Le client voulait la prendre par-derrière. Tant mieux, car elle ne subirait pas la vue de son faciès répugnant. Il fit exploser ses fesses à coups de piston et lui mordit l'épaule jusqu'à l'os. Elle cria de douleur, ce qui passa pour un orgasme aux oreilles de l'inconnu qui se rhabilla satisfait de sa performance. À peine s'était-il éclipsé que la sous-taulière entra récupérer le montant de la passe. C'était une grosse femme prénommée Rada. Parce que c'était la seule personne qui ne l'avait pas frappée de toutes celles qu'elle avait rencontrées depuis son enlèvement, à cause aussi de l'alacrité associée aux rondeurs féminines, Carla avait espéré trouver un peu d'humanité chez Rada. La sous-taulière s'était servie de cette confusion pour s'immiscer dans son lit. Elle tendit la paume dans laquelle pleuvaient généralement des euros, des dollars, des denars. Carla avait récemment appris de quel pays provenait cette dernière unité monétaire. Une fois, elle s'était risquée hors de sa chambre pour rendre visite à une autre fille. Elle avait écopé de cent dollars d'amende pour être sortie sans permission, mais avait pu échanger quelques mots. La fille s'appelait Serana Welles. Selon elle, le denar était l'unité monétaire de la Macédoine.

– Cinq mille, cinq mille cinq cents, six mille, six mille cinq cents denars, compta Rada à voix haute. Ton client devait être content. Voilà cinq cents denars pour toi.

Carla prit les miettes et se lava dans le bidet.

– Ne te rhabille pas.

– Quoi ?

– Viens.

Carla s'approcha, docile. Rada lui caressa les seins. Malgré les mauvais traitements et la drogue qui avaient eu raison de sa fraîcheur, Carla restait attirante. Et rentable. Poussée par une montée de testostérone, Rada se colla à elle et l'embrassa de force.

– Fais tout ce que je veux et je te donne la moitié de la somme.

Carla cessa de résister, s'allongea, regarda Rada se déshabiller avec fébrilité et se laissa écraser par les cent vingt kilos de sa geôlière goulue qui la dévora des pieds à la tête. Carla se plia à ses injonctions et à ses fantasmes, forant entre les plis de graisse et les paquets de chair flasque, pour faire jaillir du plaisir. La langue dans les fesses de Rada et quatre doigts dans son vagin, Carla sentit soudain qu'elle avait du pouvoir. Un petit pouvoir qui lui servirait un jour. Rada râla d'extase, lâcha trois mille denars sur les draps et sortit sans un mot.

176

La radio annonça que la tribu des Seminole venait d'acquérir la chaîne de restaurants Hard Rock Café. Nathan sourit. Les Indiens de Floride avaient enterré l'assistanat avec la hache de guerre et s'étaient adaptés depuis longtemps au système. Susan Fox ambitionnait d'appliquer cette stratégie aux Massaï. Sa mise hors service leur donnait désormais peu de chance de rouler sur l'or comme les Seminole. Le journaliste du flash d'infos se mit soudain à chanter *Rape me* avec un chat dans la gorge. Alec venait de changer de station et de se caler sur Nirvana.

Sans quitter l'autoroute et en se relayant au volant, ils traversèrent la Slovénie et la Croatie, des pays qui avaient fait éclater la Yougoslavie en déclarant leur indépendance en 1991, déclenchant aussitôt les foudres de l'Armée populaire yougoslave à majorité serbe. Ils filèrent sur la E 70, longeant la frontière avec la Bosnie-Herzégovine qui avait proclamé son indépendance en 1992, entraînant cette fois des affrontements violents entre indépendantistes bosniaques et nationalistes serbes. Ce fut alors l'ère de la guerre avec deux cent mille morts et des mots qui résonnaient encore dans les mémoires, comme « nettoyages ethniques », « siège de Sarajevo », « massacre de Srebrenica », « tirs de snipers », « accords de Dayton ». Il avait fallu attendre 1999 et la guerre au Kosovo pour qu'une intervention militaire internationale fût mise en œuvre. Les bombardements de l'aviation de l'OTAN sur la Serbie avaient mis fin à la répression exercée par Belgrade à l'encontre des Albanais du Kosovo. Au terme de soixante-dix-neuf jours de frappes, les Serbes s'étaient repliés, laissant derrière eux un Kosovo instable au statut indécis.

La Lexus s'enfonça dans les Balkans, poudrière de l'Europe, terre truffée d'enclaves, lieu de tous ces nationalismes qui donnaient la nausée à Nathan, « territoire produisant plus d'histoire qu'il ne pouvait en consommer », comme le disait l'essayiste croate Predrag Matvejevitch.

Ils entrèrent en Serbie par le nord et descendirent en direction du Kosovo. Plus ils roulaient vers le sud, plus le terrain était miné, au sens propre comme au sens figuré. Sur les vestiges du champ de bataille, les rancœurs étaient tenaces. Les tensions ethniques demeuraient extrêmes dans le sud de la Serbie. Des actes de violences pouvaient éclater à tout moment entre les groupes extrémistes et les forces de sécurité. Dans les régions frontalières de la province du Kosovo, la criminalité, les trafics d'armes, de marchandises, de femmes, de voitures volées étaient en plein essor.

Nathan quitta l'autoroute E75 à Nis pour la route E80 de Pristina. Il se gara devant la gare de Raca, à une soixantaine de kilomètres de la capitale. Il valait mieux éviter les check points qui jalonnaient ce tronçon.

– Tu crois qu'on va retrouver la Lexus à notre retour ? demanda Alec.

– Dans dix minutes, elle aura disparu.

– Sympa le coin.

Ils achetèrent deux billets pour le dernier train. Quelques passagers patientaient en silence. Une vieille femme coiffée d'un fichu noir, un prêtre orthodoxe recroquevillé sur ses prières ou le sommeil, trois soldats grecs de la KFOR, deux jeunes policiers pakistanais de l'ONU, deux adolescents albanais qui fusillaient le pope du regard. Un concentré de Kosovo était réuni ce soir-là dans la gare de Raca.

– Je commence à regretter Georgetown, dit Alec.

– Tu peux prendre la voiture et rentrer.

Alec alluma une cigarette en guise de réponse et regarda autour de lui.

– C'est pas ce soir que je vais emballer une fille.

– C'est pas le but du voyage.

– Est-ce que cela a jamais été ton but, Nathan ?

– Une fois.

– Elle s'appelait comment ?

– Melany.

– Ça a marché ?

– Elle est devenue ma femme.

Un train poussif fit son apparition avec dix minutes d'avance. Les passagers se répartirent dans des compartiments presque vides qui empestaient la transpiration et le gasoil. La locomotive tira les wagons avec fracas et en peinant vers la province du Kosovo dont la frontière était située à une quinzaine de kilomètres. Le convoi s'arrêta à un point de contrôle, juste avant Podujevo. Des soldats britanniques et américains inspectèrent les voitures et redescendirent une vingtaine de minutes plus tard. En face de Nathan, un gaillard épais alluma une cigarette. La loi antitabac n'était pas une priorité dans le pays. Un autre passager étala sur ses genoux un immense mouchoir sur lequel il déposa du pain et de la charcuterie. Il tendit sa bouteille de slivovica à Alec qui refusa poliment. Le paysage vallonné défila au ralenti sous la lune, se figeant une dizaine de fois, le temps de faire monter des passagers.

– T'es marié, alors ? demanda Alec.

– Veuf.

– Elle était comment ?

– Melany faisait le bien comme si elle avait voulu remercier la nature de l'avoir gâtée.

– Tu as une photo quelque part ?

– Dans ma boîte à e-mails.

– Tu me la montreras ?

– À une condition.

– Laquelle ?

– Que tu sois encore en vie.

Ils arrivèrent à Pristina à minuit.

177

L'hôtel Novo permit à Nathan et Alec de récupérer des quinze heures de voiture et des deux heures de train qui les avaient menés à Pristina. Après avoir expédié le petit déjeuner, Nathan et Alec se rendirent au siège de l'ONU. Les rues étaient animées, les terrasses des cafés bondées, les magasins achalandés. L'impression d'être dans une ville européenne normale était vite dissipée par les trottoirs défoncés, les vitres en carton, les barbelés pour séparer Serbes et Albanais, la pléthore de militaires, les sacs de sable et les chevaux de frise pour barricader les quartiers sensibles, les 4 × 4 rouge et blanc de la police de l'ONU hurlant dans la circulation. Ils atteignirent le bâtiment qui abritait le siège de l'UNMIK. Celui-ci était gardé par des soldats anglais de la KFOR, car Pristina était située dans le secteur britannique de la province du Kosovo. Nathan tendit à l'officier en faction son faux passeport.

– J'ai un message important pour le capitaine Foot. Je suis mandaté par Gordon Ryler, directeur du Département des opérations du maintien de la paix au siège de l'ONU à New York.

Le militaire alla téléphoner.

– Le capitaine Foot a été mis à pied, annonça-t-il en revenant. Il n'appartient plus à l'UNMIK. Je peux vous aiguiller sur l'officier qui le remplace.

– Je dois transmettre le message au capitaine Foot en personne.

– Désolé, je ne peux rien pour vous.

– Vous pouvez me donner son adresse.

L'officier téléphona à nouveau et ramena un bout de papier. Nathan le remercia et se rendit trois pâtés de maisons plus loin. L'homme qui leur ouvrit avait la cinquantaine, la raideur du soldat, les traits tirés, le regard noir. Il serrait un pistolet dans la main. Nathan prononça le nom de Gordon Ryler comme un mot de passe. « La dernière fois que je lui ai parlé, c'était il y a dix jours, sur une île de la mer de Chine. Il m'a donné onze noms dont le vôtre. »

Foot referma derrière eux. La pièce principale faisait office de salon et de bureau. Le désordre était cantonné à une table en fer située entre deux fenêtres et couverte de cartes topographiques, d'un téléphone, d'un ordinateur portable, de dossiers éventrés. Nathan sentit un mélange de tabac, de jasmin, d'ylang-ylang. Une femme vivait ici.

– Je n'ai pas bien compris qui vous étiez, dit le capitaine.

– Je suis le seul à m'inquiéter du sort des Aïkas.

Foot baissa son arme, alluma une cigarette, les invita à s'asseoir sur un canapé des années 70 et s'installa dans un fauteuil en cuir râpé.

– Vous n'êtes pas le seul.

– Que sont-elles devenues ?

– Cela m'a coûté cher pour le savoir.

– Vous avez perdu votre poste, Zeqir Hajaj y a perdu la vie.

– On a rien sans rien.

– Alors ne vous plaignez pas.

– Je vous fais seulement mesurer l'importance du renseignement que je vais vous livrer. Zeqir Hajaj, le chef mafieux en question, s'était spécialisé dans le trafic de voitures de luxe et d'esclaves sexuels dont l'âge oscillait entre douze et vingt-cinq ans. Il était lié au réseau qui vient d'être démantelé en Macédoine.

– Je suis au courant.

– Ce réseau recrutait les filles, les asservissait et les envoyait à l'ouest. Hajaj était spécialisé dans leur dressage. Sa méthode était simple : brûlures, électrocutions, amputations, défenestrations pour celles qui résistaient. Vous voyez pourquoi j'ai eu du mal à rester poli avec lui.

– Je ne vous juge pas. D'autant plus que je vais me servir des renseignements que vous avez obtenus en le torturant. Que sont devenues les Aïkas, vous le savez, oui ou non ?

– Celles qui ont supporté les conditions de transport sont encore vivantes.

– Où ?

– Cloîtrées dans une quinzaine de bordels en Macédoine.

– C'est tout ce que vous avez appris ?

– Hajaj était chargé du dressage, pas de la logistique. Rien que pour obtenir cette info, il m'a fallu oublier que j'étais un être humain.

Nathan avait un nom en tête qui pouvait être la pièce manquante du puzzle :

– Barsov, vous connaissez ?

– Non.

– Il a été recruté par Vladimir Kotchenk, le leader des mafias russes, pour participer activement à l'enlèvement de plusieurs Aïkas. Ce type est un déséquilibré qui a laissé des traces derrière lui. Au cours de sa mission, il a violé et tué au moins deux femmes. Barsov était en manque. Il a probablement une fonction dans un camp de soumission ou dans un bordel, lui permettant d'assouvir ses pulsions sexuelles. C'est un instrument idéal pour mater les prostituées. Après les kidnappings, il a été renvoyé chez lui. Il a combattu au sein de l'UCK et a été interné en hôpital psychiatrique. C'est également un proche de Bashkim Raci, autre membre du réseau de Zeqir Hajaj, en compagnie duquel il est rentré au pays le mois dernier. Avec tous ces éléments, est-ce qu'on peut resserrer notre champ d'investigations ?

– Vous dites qu'il a été interné en hôpital psychiatrique ?

– Oui.

– Dejan Stramov aussi. À Urosevac.

– Qui c'est celui-là ?

– Le chef du réseau. Il a peut-être rencontré Barsov chez les fous et l'a embauché avant de le faire sortir.

– Urosevac ?

– C'est à une cinquantaine de kilomètres au sud de Pristina. Les rapports des psychiatres sont souvent plus détaillés que les rapports de police. On y apprendra peut-être quelque chose.

– Allons-y, dit Nathan.

Foot hésita. Nathan précipita les choses :

– Qui est la personne que vous cachez ?

– Quoi ?

– C'est l'Aïka qui a échappé aux ravisseurs ?

– De quoi parlez-vous ?

– Je reconnais le parfum des Aïkas. Mélange envoûtant de jasmin et d'yang-ylang.

– Ce n'est pas ce que vous croyez.

– Que dois-je croire ?

Le capitaine se dirigea vers une porte à laquelle il frappa trois coups. Le battant s'ouvrit sur une jeune fille d'environ seize ans. Une apparition de toute beauté et de toute blondeur qui médusa Alec dont les traits étaient déformés par des yeux exorbités et une bouche bée. Elle portait un tee-shirt kaki tiraillé par une poitrine à rendre jalouse une top model et un jean déchiré sur de longues jambes. Ses cheveux qui n'avaient jamais dû être coupés encadraient un immense regard bleu et une bouche pulpeuse qui lui mangeait le bas du visage. Nathan et Alec ne purent s'empêcher de se lever devant l'apparition.

– Je vous présente Rain. Ma fille.

178

– Pourquoi cacher une telle beauté ? demanda Alec.

– Parce qu'elle attire l'attention justement. Jusqu'à présent, j'ai réussi à me fondre dans la bureaucratie onusienne et à protéger ma fille, mais cette affaire de mise à pied a braqué le feu des médias sur moi. Si vous m'avez trouvé, d'autres vont vous imiter.

– Que sont devenus les autres membres d'ARK enrôlés par Ryler ?

– Je ne les connaissais pas tous. On était très peu en contact. C'était la politique de Ryler. J'ignore ce qu'ils sont devenus, mais apparemment, il n'y a que moi qui cherche les Aïkas.

– L'un d'eux, Stéphane Charlier, a trahi.

– Je ne sais pas qui c'est. Il n'a donc pas pu me dénoncer.

– Comment êtes-vous arrivé jusqu'ici ?

– J'ai suivi la filière de la traite des femmes, comme vous. J'ai fait une demande d'affectation à l'unité de police spéciale de lutte contre la prostitution et le trafic humain créée par l'UNMIK. J'interrogeais les suspects avec l'espoir qu'un jour, il y en ait un qui me parle de l'arrivée massive de femmes magnifiques en provenance de plusieurs continents. J'ai ma part de responsabilité dans ce qui est arrivé aux Aïkas. Je consacrerai le reste de ma vie à essayer de les aider.

– Si l'Aïka qui a échappé aux kidnappings n'est pas Rain, où est-elle ?

– J'ignore même qui elle est, je n'ai pas eu accès à la liste des deux cent quarante-sept Aïkas qui ont été arrêtées.

– Il faut partir maintenant pour Urosevac, dit Nathan.

– Je n'ai toujours pas bien compris qui vous êtes, mais comme vous ne m'avez pas tué, je suppose que je dois vous faire confiance.

Ils rassemblèrent quelques affaires qui échouèrent dans un sac à dos. CD-ROM, ordinateur portable, cartes routières, sous-vêtements, pistolet, munitions. Et surtout des laissez-passer que Foot avaient conservés et qui leur permettraient de franchir les check points.

179

Avant de rejoindre Urosevac, ils traversèrent trois enclaves serbes cernées par des kilomètres de barbelés qui griffaient un joli paysage moucheté de villages aux toitures rouges. Les reliefs verdoyants annonçaient les massifs de la Sar Planina convertis en parc national. Chaque bourgade isolée était placée sous la surveillance aguerrie de la KFOR. Grâce au capitaine Clark Foot, les barrages s'ouvrirent devant eux. Pendant le trajet, l'officier brossa un état des lieux. Les guerres en Bosnie puis au Kosovo avaient engendré de gigantesques mouvements de populations. Des filières s'étaient mises en place pour assurer le transfert et l'exode des réfugiés. Les mafias s'étaient liguées pour transformer les Balkans en plaque tournante des clandestins. Les ports monténégrins d'Ulcinj et de Bar, le port méridional de Vlora en Albanie et le poste frontalier de Morina en étaient les fiefs. Les mafias balkaniques s'étaient alliées aux Triades chinoises de Vlora, à la Sacra Corona Unita italienne implantée en Europe centrale et à la mafia russe qui s'était offert la Bulgarie. Ces filières servaient désormais au trafic de prostituées, dans lequel la mafia albanaise s'était particulièrement investie.

Le capitaine évoqua ensuite sa vie vouée à ARK et sa volonté de rendre le monde meilleur, au détriment de sa carrière bloquée au grade de capitaine depuis vingt ans, au détriment de sa vie de famille qui se résumait à Rain, au détriment de sa vie tout court. Le jeu en valait-il la chandelle ?

– Regardez les efforts de l'ONU pour pacifier le Kosovo. Quinze ans pour aboutir à un fiasco, alors que récemment, un consortium américano-canadien vient de racheter les industries qui avaient échappé aux bombardements de l'OTAN en 1999 et qui avaient été fermées par l'ONU. Rien que cette décision va diviser le taux de chômage par deux !

– Une décision prise dans le cadre de Dolls Bang ? demanda Nathan.

– Nous voulions du concret. Pas de discours, ni de politique, ni d'idéalisme. L'exemple du Kosovo nous montre que la pauvreté et le chômage sont un terreau fertile pour le crime organisé, les pogroms, les nationalismes, le terrorisme. En donnant du travail et des salaires au peuple, on efface cette violence.

– Le capitalisme peut sauver le monde ?

– Si on revenait à l'aube de l'humanité, ce serait la pire des choses. Mais tel que le monde est constitué aujourd'hui, c'est la seule issue de secours. Le capitalisme a pris la place de la politique. Si les maîtres du monde avaient été des chefs d'État, ils auraient été nos cibles à la place des PDG.

L'hôpital psychiatrique apparut sous un ciel gris, entouré d'arbres chétifs. L'institution était située dans la banlieue d'Urosevac, au milieu de hangars bombardés, d'usines désaffectées, de terrains vagues. La désolation du site contrastait avec les paysages enchanteurs qu'ils avaient parcourus. Une barrière rouillée empêchait l'accès à l'hôpital. La guérite était vide. Nathan descendit et réalisa qu'un vieil homme somnolait au fond de la cahute. Une radio diffusait de la musique tsigane, une bouteille de vodka vide avait roulé sur le sol. Il manœuvra la barrière en évitant de réveiller le gardien. Foot se gara devant l'entrée. Accompagné de Nathan, il se présenta à une employée qui fixait un téléphone muet et demanda à parler au directeur.

Le Dr Boban Cecovic reçut les deux hommes dans son bureau tapissé de rayonnages de livres médicaux.

Il régnait dans la pièce une odeur d'éther, de vétiver et de tabac brun. Un mélange à gerber. Le psychiatre était maigre, grisonnant, un peu voûté, penché en avant sur une paire de lunettes en écaille. Le capitaine lui expliqua que dans le cadre d'une enquête qui impliquait Dejan Stramov ainsi qu'un certain Barsov, il souhaitait avoir accès aux dossiers des deux patients.

– Que faites-vous du secret médical ?

– Pour défendre son client, l'avocat de Stramov a soumis au tribunal dix rapports médicaux datés de 2001, provenant tous de votre hôpital. Me Ethan Lane, ici présent, aimerait pouvoir défendre M. Barsov avec les mêmes armes.

Nathan fut impressionné par la manœuvre de Clark Foot. Le psy hésita.

– Il me faut une requête écrite. La paperasse officielle, si vous voyez ce que je veux dire.

– De la paperasse pour vous couvrir ? demanda Foot en se dirigeant vers la fenêtre. Vous avez peur d'être rayé d'un ordre des médecins qui n'existe pas ou de perdre votre poste à la tête d'un établissement dont tout le monde se fout ?

À travers la vitre, l'officier américain aperçut des malades en pyjamas qui déambulaient sans cohérence dans une cour carrée de la taille d'un demi-court de tennis.

– Je vous prie de sortir, dit Cecovic, la main sur le téléphone.

L'appareil vola contre le mur, le psychiatre bascula vers l'arrière, sa tête se retrouva sous la semelle de Foot. Le docteur émit un sifflement rauque.

– Où sont les dossiers ?

Nathan le laissa faire, mesurant la détermination du capitaine. Cecovic mit de l'eau dans son vin et de l'air dans ses poumons, les mena dans un placard à balais destiné aux archives et ouvrit le cadenas d'une armoire métallique. Il sortit deux dossiers rouges. Ceux de Stramov et de Barsov.

– Vous comprenez l'albanais ? demanda Nathan.

– Ma fille le lit mieux que moi. Je vais la chercher.

Ils enfermèrent Cecovic dans le placard et s'installèrent dans son bureau. Rain et son père se plongèrent dans les rapports.

– Regarde-la, murmura Alec à Nathan. On dirait Scarlett Johansson qui s'apprête à décrocher un prix Nobel d'économie.

– Tu veux dire quoi exactement ?

– Qu'elle est d'enfer.

– Elle est surtout mineure.

– Ça va, je ne pense pas qu'à ça.

– Tu penses à quoi ?

– J'ai discuté avec elle dans la bagnole. Elle parle douze langues et était en première année de droit international à Yale quand son père est venu la chercher pour l'emmener en Serbie.

– On a quelque chose ! déclara Foot. D'après les rapports, Barsov et Stramov ont été internés à la même période, ils ont dû faire connaissance dans la cour de l'asile. Mais Barsov n'a pas eu besoin de Stramov pour sortir. Au cours d'une séance, il a menacé le psy de représailles de la part de Duka s'il ne le libérait pas.

– Qui est Duka ?

– Quand le psy lui a posé la même question, Barsov a répondu « L'Étoile de Vergina ».

Rain prit la parole pour anticiper les questions qui allaient fuser :

– L'étoile de Vergina est un symbole antique associé au roi Philippe II de Macédoine et à son fils Alexandre le Grand. À la suite de la partition de l'ex-Yougoslavie et de son indépendance, la République de Macédoine a choisi un drapeau portant l'étoile à seize branches de

Vergina. La Grèce, qui considère que la Macédoine antique et Alexandre Le Grand relèvent de sa propre histoire, protesta violemment contre l'utilisation de ce symbole qu'elle s'était déjà approprié. Au point que la Macédoine dut modifier son drapeau qui depuis 1995 n'arbore plus qu'un soleil à huit rayons. L'ONU ne reconnaîtra cette république que sous le nom de FYROM pour Former Yugoslav Republic of Macedonia. Une autre appellation est à l'étude aux Nations unies pour satisfaire la Grèce. Ce petit rappel historique nous amène à un village macédonien qui fait flotter aujourd'hui le drapeau avec l'ancienne étoile de Vergina. Une enclave nationaliste, une de plus, sur laquelle pourrait régner ce Duka, qui signifie duc en albanais.

– Comment savez-vous tout ça ? demanda Alec.

– À Pristina, je n'avais pas le droit de sortir. Alors, j'ai beaucoup lu.

– Comment s'appelle ce village ?

– Novelesde. C'est dans la vallée du Vardar, pas loin de la frontière.

Nathan se rapprochait peu à peu des Aïkas. Et de Carla.

180

Ils se présentèrent au dernier point de contrôle de la KFOR au Kosovo et entrèrent en Macédoine, en FYROM diraient certains pour ne pas heurter la susceptibilité des Grecs. Ils traversèrent le village de Vratnica en direction du Mavrovo National Park, dans un décor de vallées profondes et de montagnes vertes. Les mains sur le volant et les yeux fixés sur la route sinueuse,

Clark Foot répondait aux questions de Nathan qui essayait de se faire une idée sur le sujet. Le capitaine leur rapporta qu'un millier d'adolescentes de quinze à seize ans étaient enfermées dans les lupanars macédoniens. Le long de la chaîne montagneuse séparant l'Albanie de la Macédoine, chaque village possédait son bordel.

– La société albanaise est une société patriarcale rigide et traditionnelle. À cause de cette éducation contrôlée par les tabous, les dogmes et les interdits, l'apprentissage sexuel des adolescents ne peut s'effectuer que dans les maisons closes.

« Les effets du niveau 1 de conditionnement selon Gurdjieff », pensa Nathan.

– L'UNMIK et la KFOR ne font rien contre ça ? demanda Alec.

– C'est pour lutter contre ça que l'UNMIK a créé l'unité de vingt-deux officiers que j'ai intégrée. Mais d'un autre côté, les soldats de la KFOR et le personnel civil de l'ONU fréquentent ces établissements. Leur présence a développé le marché au lieu de l'endiguer. J'ai reçu des dizaines de plaintes. Des filles sont même venues me voir. Les soldats allemands qui occupent la zone du Kosovo frontalière avec la Macédoine se rendent régulièrement dans des bordels d'adolescentes. On y a aperçu aussi des uniformes de Français. Et quand vous saurez que ces bordels sont également utilisés pour le transit et la formation musclée des prostituées destinées à l'Europe de l'Ouest, vous comprendrez qu'ils ne sont pas près de disparaître.

Ils abandonnèrent le parc national pour continuer sur l'E65 en direction d'Izvor. La carte dépliée sur ses genoux, Nathan faisait office de copilote. Il indiqua au capitaine une petite route qui s'enfonçait entre deux parois rocheuses. Un coupe-gorge qui ouvrait sur Novelesde. Les flancs étaient si verticaux qu'il faisait nuit sur la chaussée. Ils roulèrent une dizaine de kilomètres jusqu'à une barrière gardée par deux hommes armés. Au-dessus d'un tas de sacs de sable, flottait un drapeau arborant l'ancienne étoile de Vergina. Foot tendit ses papiers à l'un des deux cerbères qui avait un cou aussi large que la taille de Rain.

– Américains ?

– Oui.

Son collègue, un géant blond, scrutait les passagers.

– On serre les fesses, y a Dolph Lundgren qui nous regarde, murmura Alec.

Il passa son bras autour du cou de Rain pour justifier la présence de la jeune fille.

– On aime les trucs à trois.

– Il y en a pour tous les goûts à Novelesde, dit le milicien en restituant le passeport.

– C'est du premier choix ? demanda Nathan.

– Le village contient vingt-deux maisons closes réputées pour la beauté exceptionnelle de leurs pensionnaires.

Foot roula en direction du centre-ville. Village croquignolet, digne de figurer sur un guide touristique. Les balcons des maisons aux toits de tuiles rouges étaient fleuris comme en Autriche. Les rues étaient bordées de boutiques où l'on pouvait se procurer tout ce qui pouvait être copié sur la planète, des vêtements de marque aux films qui n'étaient pas encore sortis au cinéma, en passant par les parfums, les alcools, les bijoux. La différence majeure avec n'importe quel autre village était l'absence d'enfants et de femmes dans les rues. Les uniformes militaires étaient en surnombre, allant par groupes de trois ou quatre. Des Allemands, des Français, des Américains, des Britanniques, des Italiens, mais aussi des Grecs, des Pakistanais, des Égyptiens, des Marocains, des Jordaniens, des Canadiens, des Norvégiens… Toutes les nationalités convergeaient vers ce Disneyland du sexe. Il y avait aussi la clientèle locale et puis ceux qui veillaient au grain, les sbires de Duka, le héros local qui avait planté l'étoile de Vergina et élevé son entreprise de proxénétisme au rang de multinationale. Le capitaine Foot se gara sur le parking visiteurs.

– On va la jouer profil bas. Se faire passer pour des clients. Glaner des infos auprès de la clientèle. Les connards qui viennent dépenser leur solde ici, en claquent une partie dans les bars et sont vite saouls. Le premier objectif est de vérifier si on a atterri au bon endroit. Je suis peut-être le plus qualifié pour reconnaître les Aïkas, mais vous n'aurez pas de mal non plus à les distinguer, malgré les mauvais traitements qu'elles auront subis.

– On va se séparer ? demanda Alec inquiet.

– Rendez-vous dans une heure au Leke Café, en face de nous.

– Et après ?

– On libère les Aïkas et on élimine Duka.

– À nous quatre ?

– J'espère faire basculer dans notre camp les soldats présents dans le village.

– C'est ça votre plan ?

– Le cheval de Troie est déjà dans la place.

– Papa, dit Rain, il vaut peut-être mieux que je reste avec Alec.

– Vous vous ferez passer pour un jeune couple pratiquant le triolisme.

– Ça ne marchera jamais, flippa Alec en se frottant le nez comme s'il était enrhumé.

– Qu'est-ce qui t'arrive ? lui demanda Nathan.

– Putain, on y va complètement à l'impro !

– Le rapport de forces devrait être en notre faveur.

– Tu délires ?

– Les Aïkas, les soldats de l'OTAN et les employés de l'UNMIK face aux hommes de Duka. Il faudrait avoir une estimation des effectifs.

Alec frissonnait. Il était blême. Il avait peur.

– Tu veux nous attendre dans la voiture ? suggéra Nathan

– Tu me prends pour un dégonflé ? répliqua-t-il en lorgnant sur Rain.

– Cessons de parler et agissons, dit Foot.

Nathan puisa dans les cent grammes de cocaïne qu'il avait dérobés à Kotchenk pour donner du courage à Alec. Puis ils se séparèrent dans trois directions différentes.

181

Nathan entra dans le premier bordel. Une maison de crépi jaune à trois étages. La taulière qui avait passé l'âge d'aguicher le questionna sur ses goûts dès qu'elle vit la liasse de dollars qu'il avait sortie de sa poche.

– J'aime les Méditerranéennes bien roulées. Avec des seins comme des obus, des cheveux noirs, des grands yeux noisette et un accent italien si possible. Ça m'excite, l'accent italien.

– Ici on a surtout des blondes. Même les brunes sont teintes en blondes. On a des Asiatiques, mais côté poitrine ce sont plus des grenades que des obus.

La maquerelle décatie jeta un œil sur son press-book sordide et l'ouvrit sur la photo qui s'approchait le plus du désir de son client. Une prostituée y posait de façon suggestive. Ce n'était pas Carla, mais elle était aussi belle. Il tourna les pages en cachant sa fébrilité sous un air indécis. Que des femmes splendides, nues, forcées de prendre des poses lascives.

– Américain ? demanda l'hôtesse en ruine.

– Oui, employé à l'UNMIK à Pristina. Je viens de loin pour me payer ce qu'il y a de mieux. On m'a dit que c'était à Novelesde qu'on trouvait les plus belles filles.

– On vous a bien renseigné. Vous avez fait votre choix ?

– Je regarde d'abord.

– J'aurais eu dix ans de moins, je t'aurais fait un prix. T'es mon genre.

– C'est quoi votre genre ?

– Le mélange des genres.

Nathan referma le book avec une première estimation : treize Aïkas sur seize pensionnaires. Sur les trois qu'il avait écartées, deux étaient des adolescentes et une n'en possédait pas les critères physiques.

– Je vais voir à côté s'ils ont une Italienne. Sinon, je reviens vous voir. J'ai apprécié notre conversation.

– Comme vous voulez.

Nathan continua ses visites. En feuilletant un portfolio, il identifia Esian Zawi sur une photo. L'omnipotente et sculpturale Aïka rencontrée en Éthiopie posait avec moins de pudeur qu'une fille de *Penthouse*. Sur huit établissements, Nathan évalua le nombre des Aïkas à 77. Il était difficile de comparer les photos du CD-R qu'il avait en tête et celles des catalogues qui mettaient d'autres atouts en valeur. Il restait vingt minutes avant le rendez-vous au Leke Café. Nathan décida de visiter les autres bordels.

Il ne la reconnut pas tout de suite.

Le cliché attira inconsciemment son regard dans le hall du quatorzième bordel, punaisé sur un mur au milieu d'une vingtaine d'autres. Elle était nue, à quatre pattes sur un lit et regardait d'un air vide l'objectif qui la visait. Ses cheveux voilaient ses yeux cernés et ses traits creusés. Ils glissaient le long de ses bras jusqu'à ses ongles enfoncés dans les draps. Carla avait incroyablement maigri.

– Je veux celle-là, dit Nathan.

Il brandit une liasse de billets verts sous le nez de la taulière qui ressemblait à une lanceuse de poids ukrainienne.

– Antonella est prise. J'en ai une autre qui lui ressemble. Gina.

Nathan sortit une deuxième liasse de mille dollars.

– Je veux Antonella maintenant et en pleine forme. Alors, virez-moi le connard qui est en train de la fatiguer et qu'elle aille se laver.

– Je vais arranger ça, concéda la taulière en abandonnant son poste après avoir encaissé les deux mille dollars.

Nathan entendait battre son cœur. Carla était toute proche. Au premier étage. Il l'avait quittée sur le banc d'une église et s'apprêtait à la retrouver dans une chambre de bordel. Par sa faute. Il l'avait abandonnée, à la merci de Kotchenk, avant de l'oublier.

La taulière redescendit, accompagnée par le client de Carla à peine rhabillé. Visage rougeaud, uniforme allemand, sourire contrarié. Elle avait dû rembourser le soldat. Demi-passe gratuite pour lui. Toujours ça de gagné.

– Vous pourrez y aller dans cinq minutes, le temps qu'elle se refasse une beauté. Vous désirez boire quelque chose en attendant ?

– Un Coca.

– Je vous l'apporte de suite.

Nathan se joignit à trois soldats de la KFOR qui commentaient du football, faisant semblant d'ignorer que les filles qu'ils baisaient n'étaient pas consentantes, qu'elles avaient été violées, torturées et droguées. À peine eut-il avalé sa première gorgée que la lanceuse de poids lui signifia qu'il pouvait monter. « La numéro 15 », dit-elle. Nathan inspira profondément pour régler son rythme cardiaque qui s'emballait. Il avait repéré un homme armé au rez-de-chaussée. Un talkie-walkie grésillait à sa ceinture. Il était en liaison avec un deuxième homme à l'étage. Nathan emprunta l'escalier moquetté de rouge. Un long couloir distribuait les chambres et une grosse femme blonde entravait le passage.

– Vous êtes le Monsieur de la 15 ? demanda-t-elle d'une voix fluette.

Nathan affronta le sourire enjôleur, acquiesça et suivit le pachyderme qui lui ouvrit la porte.

– À tout à l'heure.

Nathan jeta un œil sur le deuxième vigile, un grand baraqué au fond du corridor qui mâchouillait du chewing-gum et portait des lunettes noires. Puis il entra dans la chambre typique d'une pute. Lit, lavabo, bidet. La pute en question avança vers lui lentement, avec une démarche incertaine, vêtue d'une combinaison déboutonnée. Nathan ne parvenait pas à contrôler sa respiration, ses mains étaient moites, l'adrénaline lui brûlait le sang.

– Américain ?

– En partie.

Se moquant complètement de la réponse, elle enfonça deux index derrière la ceinture de Nathan et s'accroupit. Il saisit ses bras frêles et la releva.

– Carla.

Elle le fixa. Ses immenses yeux marron n'étaient plus que des fenêtres aveugles, voilées de rouge. Les vaisseaux étaient enflés par l'alcool, les pupilles dilatées par l'héroïne.

Elle l'attira vers le lit. Ses jambes flageolaient. Elle sembla soulagée de s'asseoir. Sa combinaison glissa à ses pieds. Elle se coucha sur le dos. Ses côtes saillirent sur son corps efflanqué. L'intérieur de ses bras était maculé d'ecchymoses. La plante de ses pieds était brûlée à la cigarette. Nathan comprit pourquoi elle ne parvenait pas à rester debout.

– T'attends quoi pour te déshabiller ?

Elle parlait d'une voix monocorde. Elle était sous l'effet d'une prise massive de stupéfiant qu'on venait de lui administrer pour qu'elle soit docile. Le client était roi, surtout pour deux mille dollars. Elle était à sa merci, prête à tous les caprices, à toutes les perversités, à lui obéir au doigt et à la bite. Autant en profiter. Il la releva et lui enfila sa combinaison, unique vêtement à sa disposition.

– Qui est la femme dans le couloir ?

– Quoi ?

– La grosse blonde, c'est la sous-taulière ?

– C'est la grosse dans le couloir.

– Comment est-elle avec toi ?

– Elle est lourde…

– Quoi ?

– Rada, je la lèche… Elle me paye bien… Tu veux la sauter ?

– Tu peux marcher ?

– Non, mais je peux baiser…

– On va trouver un endroit plus agréable pour ça.

Il l'aida à avancer dans le couloir en direction de l'escalier. Le maton aboya dans toutes les langues et posa une main sur l'épaule bancale de Carla. Rada accourut.

– Que faites-vous ? Antonella, as-tu perdu l'esprit ?

– J'arrive pas à bander dans cette piaule, se plaignit Nathan. On se croirait dans une prison. Je l'emmène à l'hôtel et je vous la ramène.

– Le personnel n'a pas le droit de quitter l'établissement, dit Rada.

– On fait comment, alors ?

– On se calme ! avertit le maton.

– Vous n'avez pas une chambre plus confortable ? Je paierai le supplément.

Il sortit une nouvelle liasse de mille dollars. Il avait déjà aligné le prix d'achat de Carla, rien que pour une passe. Rada lorgnait sur les billets.

– C'est pas un hôtel ici.

– Et chez vous ?

– Quoi ?

– Vous habitez loin ?

– À côté.

– On peut y aller ?

– C'est que…

– Vous pourrez nous surveiller. Même vous joindre à nous.

Le regard de Rada oscillait entre les dollars de Nathan et les seins de Carla.

– Tu vas être sage, Antonella ? demanda-t-elle.

– Dans l'état où elle est, elle ne risque pas d'aller loin.

– Il y a quelque chose que vous lui reprochez ?

Nathan avait trop parlé.

– Cette fille est parfaite, sinon je ne me ferais pas chier comme ça pour la baiser.

– Qu'en penses-tu, Antonella ?

Carla leva le menton. C'était la première fois depuis longtemps qu'on demandait son avis. Son client lui broyait le bras. Le maton lui compressait l'épaule. Rada lui sembla la solution la moins douloureuse. Elle se jeta dans ses bras.

– Suivez-moi, dit la grosse en prenant l'épave sous son aile.

Ils descendirent sous le regard des deux vigiles indécis. Carla peinait à marcher sur ses pieds nus. La taulière olympique échangea quelques mots avec Rada, escamota la liasse entre ses pectoraux et adressa un sourire obséquieux à Nathan. À partir d'une certaine somme, tout le monde devient conciliant.

Carla cligna des yeux en découvrant la lumière du soleil qui se taillait derrière les collines. Nathan braqua les siens sur le Leke Café. Il avait trois quarts d'heure de retard. Il avait privilégié le sauvetage de Carla, au risque de compromettre celui des Aïkas. Soutenant sa protégée, Rada pénétra dans un bel immeuble de trois étages. Elle résidait au rez-de-chaussée. Carla s'écroula sur le pas de la porte. Nathan la porta jusqu'au lit. La grosse se déshabilla, la libido chauffée à blanc. Les paquets de chair dégoulinaient au fil de l'effeuillage redouté par Nathan qui se demanda dans quoi il allait taper. Au-dessus du nez, entre les deux yeux. Là où il y avait le moins de graisse. Un coup sec et direct. La grosse s'affala comme un menhir. Il la traîna jusqu'aux toilettes, la posa sur la cuvette et verrouilla. Dans l'armoire, il n'y avait que du XXL. Il enroula Carla dans un duffel-coat, la chaussa d'une paire d'espadrilles et la souleva à nouveau dans ses bras.

– Pourquoi bouge-t-on tout le temps ? murmura-t-elle.

Elle devait peser quarante kilos. Pelotonnée contre sa poitrine dans un tapis en forme de manteau, les pieds flottant dans des chaussures trop grandes et la tête noyée dans une capuche, elle se laissa trimballer jusqu'au Leke Café. Nathan chercha ses complices qui l'attendaient depuis une heure. Un bras se leva dans un coin de la salle bondée. Celui d'Alec.

– Qu'est-ce que vous avez foutu, Lane ? s'exclama Foot en colère.

– J'ai récupéré quelqu'un que je connaissais.

– Qui ?

– Peu importe.

– Vous vous êtes servi de moi pour une affaire personnelle !

– Arrête, papa, coupa Rain.

Elle se leva pour céder sa chaise à Nathan et souleva un pan du duffel-coat.

– Elle a besoin de soins.

– Carla est forte.

– C'est votre femme ?

– Elle a failli l'être.

– Votre estimation du nombre des Aïkas dans les établissements que vous avez visités ? demanda Foot.

– Soixante dix-sept.

– De mon côté soixante-cinq. Les jeunes en ont repéré cinquante-six.

– Ce qui nous fait cent quatre-vingt-dix-huit Aïkas, dit Rain. Il en manque quarante-neuf.

– Ces chiffres sont bien sûr approximatifs, dit le capitaine, mais on peut d'ores et déjà conclure que plusieurs dizaines d'entre elles sont mortes.

– Préoccupons-nous des vivantes, dit Nathan.

– Vous avez un plan ou je vous expose le mien ?

– J'ai bien aimé votre idée de coalition avec les soldats de la KFOR qui sont sur place.

– J'évalue leur effectif à une cinquantaine en incluant les employés de l'UNMIK. On peut espérer une alliance avec la moitié d'entre eux.

Une serveuse l'interrompit pour prendre la commande de Nathan qui cacha le visage de Carla et commanda un café.

– Qu'en pensez-vous Lane ? demanda Foot.

– Emprunter un sabre pour tuer l'ennemi.

– Pardon ?

– S'attirer des alliés dans la bataille. C'est l'une des *Trente-Six Stratégies* de l'art de l'avantage. Ça peut marcher.

– J'en ai entendu parler.

– Je la combinerais avec quatre autres stratégies pour nous tirer de là : Remuer l'eau pour attraper le poisson. Voler une poutre pour remplacer un pilier. Entourer une province pour sauver l'autre. Dresser le tigre à quitter les montagnes.

– Concrètement ?

– On déclenche la pagaille et la confusion dans le village. On rallie les meilleurs soldats à notre cause. On leur fait miroiter qu'avec ce fait d'armes, ils vont devenir des héros. On entraîne l'ennemi hors du village dans le défilé où il sera piégé. Pour la pagaille, je compte sur Rain et Alec. Pour le reste, c'est votre domaine. Vous connaissez certains des militaires qui sont ici, vous avez le grade pour les commander et organiser une libération. Quant aux Aïkas, vous êtes habitué à les manœuvrer.

– Elles n'ont pas été formées pour combattre.

– Ni pour endurer ce qu'elles endurent.

– Je n'ai pas très bien compris votre rôle, à part celui de stratège.

– Oubliez le ton narquois et débarrassez-vous de cet air niais, sinon personne ne vous suivra.

– S'il vous plaît, tempéra Rain.

– Pour capturer les brigands, capturez leur roi. C'est la stratégie numéro dix-huit. Je me chargerai de celle-là.

– Vous allez capturer Duka ?

– Capturer n'est pas le mot exact.

182

La nuit conférait à Novelesde des allures de mini Las Vegas du sexe. Nathan fendit une cohue de fêtards éméchés pour aller déposer Carla à l'arrière de la voiture de Foot. Elle grelottait dans son manteau trop grand. Il devait la briefer, la ramener à la réalité. Pour cela, il n'y avait qu'un seul moyen. Il écarta les bords de la capuche et lui caressa le visage. Elle était sevrée de douceur, de tendresse. Il posa délicatement ses lèvres sur les siennes, sur son nez, ses yeux, son menton, occultant l'imminence du combat et les crimes qu'il allait commettre.

– Nathan… ?

Elle l'avait reconnu. Ce qui n'était pas forcément une bonne chose dans la mesure où elle avait un paquet de raisons de le haïr. Le fait de prononcer son prénom sembla la stimuler. La haine est un dopant. Elle releva la tête.

– Qu'est-ce que tu fais là ?

– Je suis venu te chercher.

Il la serra dans ses bras. Elle ne résista pas. En avait-elle la force ? Il déversa de la chaleur, du calme, du silence sur leurs retrouvailles. Plusieurs minutes s'écoulèrent. Il se dégagea au risque de rompre le lien ténu qu'il venait de tisser avec Carla. Elle avait pleuré.

– Je vais te laisser seule dans cette voiture pendant un moment. Tu vas t'enfermer et ne plus bouger. Il va y avoir énormément de bruit dehors, des affrontements, des coups de feu. Ensuite nous partirons.

– Ils me rattraperont, ils me feront mal…

– Pas cette fois, si tu fais bien ce que je te dis.

– Ils me rattraperont.

– Écoute-moi Carla.

– Ils me feront mal.

– Tout ce que tu as à faire, c'est de t'enfermer dans cette voiture et de m'attendre, tu m'entends ?

– Où vas-tu ?

– Où est Duka ?

– Duka ? Je l'ai rencontré plusieurs fois… je ne sais plus où.

– Comment puis-je l'identifier ?

– Il a des gardes du corps…

– À quoi ressemble-t-il, Carla ?

– Il a une grosse verge courbée… je me souviens parce je l'ai eue dans la bouche… Quand j'ai levé les yeux sur lui, il m'a frappée… des bagues énormes à tous les doigts, ça fait mal… il m'a violée, ouvert le crâne…

Elle fut interrompue par une quinte de toux.

– Attends-moi là, dit Nathan.

– Ça me rapporte quoi ?

– Ta fille.

Passé l'électrochoc, elle balbutia :

– Léa ?

Elle semblait découvrir qu'elle avait une fille.

– Ce n'était pas elle ! hurla-t-elle.

– Qu'est-ce que tu veux dire ?

– Ce n'était pas elle !

En prononçant le prénom de Léa, il avait fait ressurgir une chose terrible que Carla avait refoulée. Tout ce qu'il trouva pour la soulager fut une dose de poudre blanche.

– Je reviens, Carla. Je reviens avec des nouvelles de Léa.

183

Il ouvrit la porte des toilettes. Les bourrelets de Rada étaient répandus sur la cuvette. L'ensemble ressemblait à un gigantesque cornet à la vanille qui aurait fondu au soleil. Il balança un seau d'eau. Le tas de graisse se mit à bouger. Rada reprit forme humaine. Nathan lui présenta les faits :

– Je viens de voir Duka. Regarde ce que j'ai récupéré.

Il agita ses mains couvertes de chevalières. Rada écarquilla les yeux qui dégoulinaient d'eye-liner :

– Vous avez vu Duka ?

– Ça t'étonne ?

– Personne n'a jamais vu Duka. Il est comment ?

– Mort. Je l'ai tué. Malheureusement, il a claqué avant de me parler.

– Pourquoi vous me racontez tout ça ?

Nathan la cogna au crâne. Avec modération. Juste de quoi faire couler du sang sur son visage.

– Cesse de me poser des questions, grosse merde. Je veux juste que tu me dises où il crèche.

– Je croyais que vous étiez allé le voir.

– C'est ta réponse ?

Nathan assena un deuxième coup. Le sang ruissela entre les yeux de Rada qui fut prise de panique. Il fallait vite conclure.

– Le troisième sera fatal, menaça-t-il.

– Il faut prendre la rue principale et continuer sur deux kilomètres. Suivez le sentier qui monte à travers la forêt. Vous tomberez sur une grille. Personne n'est jamais allé au-delà.

– Combien de gardiens ?

– Des patrouilleurs sont planqués dans les bois. Vous ne les verrez que lorsqu'ils vous intercepteront.

– Vos clefs de voiture.

– Elles sont sur le buffet.

– Et la voiture ?

– La Lada, garée juste devant.

– Un flingue ?

– Dans le premier tiroir de la commode.

– Où est-ce que je peux dénicher des filles de quatorze ans ?

– La maison rose, de l'autre côté du pont. C'est là où y en a le plus.

– Merci Rada.

– Attendez !… Duka, à quoi il ressemblait ?

– À un monstre.

Nathan rafla les clefs et un Zastava M88 rangé entre un fouet et des menottes, monta dans la Lada de Rada, libéra ses doigts. Sa petite mise en scène lui avait coûté dix chevalières qu'il s'était procurées dans une boutique du village et une séance de torture qui lui avait donné la nausée. La sous-taulière était soumise comme tous les vassaux de la mafia albanaise à un code d'honneur très rigide et à une allégeance totale. En lui faisant croire qu'il avait tué le chef, il avait fait passer l'épée de Damoclès dans ses mains baguées et obtenu de Rada une adresse.

Il démarra, traversa le pont et s'arrêta en double file devant le bordel rose. À l'intérieur, il fit un carton. La maquerelle, la sentinelle du rez-de-chaussée et sa doublure qui déboula dans les escaliers s'effondrèrent devant la clientèle du bar transformée en musée de cire. Nathan monta à l'étage, enfonça la première porte. Un vieux était en train de suer sur le postérieur d'une gamine qui aurait pu être sa petite-fille. Nathan lui perfora l'occiput au 9 mm Parabellum. Comme l'adolescente était de dos, elle ne vit pas le crâne exploser. Dans la chambre suivante, le client se rhabillait devant une prostituée de douze ans recroquevillée sur un oreiller. La balle traversa la gorge de l'homme qui s'écroula sur son pantalon. En forçant la porte d'en face, Love se trouva nez à nez avec un soldat allemand de la KFOR. Il lui tira dans la main. Sur le lit, deux fillettes apeurées. Un type torse nu surgit dans le couloir. Nathan lui réserva la septième balle, juste après avoir shooté dans les parties génitales de l'Allemand. Il traîna ce dernier par les cheveux et le jeta sur les clients du bar qui s'étaient rassemblés en bas des marches. À cet instant seulement, il fit son annonce :

– Police spéciale du MINUK ! Nous investissons la ville et sommons tous les membres de la KFOR présents sur place de rallier nos rangs. Les déserteurs seront traités comme ce soldat.

Un Albanais qui faisait partie du groupe dégaina une arme. Nathan lui troua le ventre avec sa dernière munition et ramassa le M16 de la sentinelle.

– Faites sortir les gamines et regroupez-vous au parking public. Le capitaine Foot qui dirige les opérations vous donnera vos ordres.

Sous les regards médusés, il embarqua l'Allemand qui avait perdu des cheveux, des doigts et sa virilité. Nathan lui cala le volant dans sa main valide et le canon du M16 contre la tempe. Derrière eux, la mitraillade commençait à libaniser Novelesde. Alec et Rain semaient la zizanie.

– Was wollen Sie ?

– En anglais.

– Que voulez-vous ?

– Duka.

– Duka ? Il est protégé par une armée.

– Connais-tu la stratégie « Plonger à l'intérieur du feu pour commettre un vol » ?

– Non.

– Tu vas l'expérimenter. Démarre et roule.

Ils suivirent le sentier qui balafrait la forêt. Un gros 4 × 4 noir surgit entre deux pins et entrava le chemin. Deux patrouilleurs sautèrent à terre en pointant leurs fusils d'assaut vers la Lada. Nathan descendit à leur rencontre.

– On vient acheter une fille à Duka, dit-il en agitant une liasse.

– Duka pas vendre.

Il lança le fric dans l'herbe. Les regards suivirent le pognon mais pas ce qui venait avec. Nathan enfonça une poitrine à pieds joints, rebondit en saut arrière, atterrit sous un menton, fit décoller un uppercut, ramassa les armes et les jeta dans la Nissan.

– Tu passes devant, dit-il à l'Allemand. Si tu t'arrêtes, je te tire dessus.

– J'ai mal !

– Moins que la gamine que tu sodomisais. Magne-toi, sinon tu n'auras pas assez de sang pour finir la journée.

La Lada s'éloigna dans un nuage de fumée et dans la ligne de mire de la Nissan conduite par Love. Un kilomètre plus loin, les phares d'un deuxième 4 × 4 les inondèrent. Nathan tira sur la Lada pour simuler une poursuite, se rapprocha des patrouilleurs et vida son chargeur sur eux avant qu'ils ne réalisent que ce n'était pas leurs collègues qui les canardaient. Il se débarrassa de l'arme brûlante et accéléra pour recoller à la Lada. Un portail apparut au milieu du chemin. L'Allemand hésita. Nathan le motiva à coups de 5,56 mm. La Lada éventra la grille. Deux Patrol flambant neuves foncèrent à leur rencontre. Nathan attrapa un M16 gavé de cartouches, posa le canon sur le rétroviseur extérieur et arrosa les pneus. Les patrouilleurs ripostèrent sur la Lada. Un 4 × 4 louvoya sur les jantes jusqu'à un étang, l'autre percuta son véhicule en lui fauchant une aile. Le convoi qu'il avait improvisé dévia de sa trajectoire mais ne s'arrêta pas. La Lada explosa à vingt mètres du porche sous l'impact d'une roquette partie d'un mirador. Nathan freina près du brasier et mitrailla le cadavre calciné de l'Allemand, sous le regard des sentinelles qui le prirent pour un des leurs. Il pénétra à l'intérieur de la villa et sulfata un comité d'accueil tout en muscles et en acier, avant de choir au milieu du champ de douilles et de dépouilles, comme s'il avait fait partie des victimes.

Immobile, aux aguets, réprimant les tremblements aux mains que le maniement des fusils d'assaut lui avait provoqués, il entendit trois bruits de bottes qui convergeaient vers lui. Deux voix à droite, des pas à gauche. Il fit feu sur les voix, ouvrit les yeux, sentit une douleur à l'épaule et cribla la poitrine de celui qui venait de le toucher.

Il se réfugia sous l'escalier du hall. La demeure se transforma en caserne, saturée de martèlements et de cliquetis. Des tirs sporadiques dans le jardin trahissaient de la confusion chez l'ennemi. Nathan examina sa blessure. Une balle s'était logée sous la clavicule et la douleur irradiait son épaule. Il s'aperçut trop tard qu'il avait laissé des traces de sang derrière lui. Un Albanais était en train de les suivre. Nathan ôta le chargeur du M16 et le jeta dans la pièce adjacente pour détourner son attention. Ces deux secondes de diversion lui permirent de saisir le canon qui s'avançait et d'attirer à lui son propriétaire qui buta contre un poing. Nathan ramena le fusil dans le bon sens, se coucha et roula sur la terre cuite en écrasant la détente. Sous un déluge de détonations saccadées, les treillis jaune et rouge s'écroulèrent. Le dernier n'eut que le temps de perforer le plafond. Nathan s'adossa au mur.

Vider son esprit. Sentir les choses. Devenir la situation.

Il traversa une pièce vide et déboucha sur un immense patio fleuri au centre duquel se dressait une fontaine. Son regard balaya l'espace : bigaradiers et bananiers, mosaïques au sol, statues d'albâtre, colonnes ciselées, mélange de stuc et bois de cèdre, fenêtres grillagées sous les arcades. La cour desservait des appartements. L'endroit ressemblait à ces palais marocains construits pour les vizirs et leurs concubines. Il se faufila entre les piliers. Les grilles étaient doublées d'épaisses tentures. Impossible de voir à l'intérieur.

Les portes étaient verrouillées. Si Duka s'était inspiré des palais marocains, il devait s'être aménagé un *menzeh*, une suite privée à l'étage. Le silence s'était abattu de façon suspecte sur le palais. Au loin, on entendait des détonations, des explosions, des sirènes. Foot mettait Novelesde à feu et à sang. Nathan ôta ses chaussures et gravit un escalier en pierre qui menait aux balcons surplombant le patio.

Ne faire aucun bruit. Devenir invisible.

Caché par la rambarde, il étudia la configuration de l'étage. Deux doubles portes se faisaient face. Quatre miliciens s'étaient regroupés devant celle de droite. Un seul, aussi armé et moustachu que Zapata, gardait celle de gauche. L'escarmouche du rez-de-chaussée les avait fait se replier en position de tir. Duka se terrait probablement dans l'appartement de droite. Nathan se glissa sous un canapé en rotin et attendit en serrant les dents pour broyer la douleur. Il vit défiler les secondes, les minutes, une tarente, un chat. Il imagina Duka en train de préparer une contre-offensive ou d'organiser sa propre fuite. Dans le deuxième cas, il ne tarderait pas à sortir, avec les dossiers compromettants et le pognon dans ses valises. Cette seconde hypothèse était la plus probable : un proxénète n'est pas un chef de guerre.

Conformément à ses prévisions, la double porte s'ouvrit sur un aréopage enfouraillé. De sa planque, il compta huit paires de godillots et une paire de mocassins blancs. Il roula hors du canapé et canarda au raz du sol pour tailler la haie de soldats à hauteur des tibias, puis se redressa et plomba le sol de 5,56 mm en épargnant le costume blanc qui serrait une mallette. Il l'attrapa par le col, s'adossa au mur et s'en servit de bouclier. Zapata avait disparu de son champ de vision.

– Dis-lui de lâcher son arme et de se barrer, ordonna Nathan à son prisonnier en lui collant le canon brûlant sur la tempe.

Ce dernier lança un ordre en albanais. Zapata se redressa derrière la rambarde, abandonna son fusil et décanilla. Nathan poussa l'homme en blanc dans le bureau et le fit pivoter avant de réaliser qu'il ne portait aucune chevalière. Son visage insignifiant était fendu d'une bouche aussi mince qu'une cicatrice. Il suintait la peur.

– Qui êtes-vous ?

– Ricky Stanko.

– Ça ne me dit rien.

– Je suis le comptable.

– Où est Duka ?

– On ne trouve pas Duka. C'est lui qui vous trouve.

Nathan fit le tour du balcon en appelant le tyran, tirant en l'air, attirant l'attention. Puisqu'il ne pouvait pas aller jusqu'à Duka, Duka allait venir à lui. En quelques secondes, il était cerné par autant de fusils qu'il était possible de pointer sur lui. Une voix grave domina le cliquetis des gâchettes et déroula un tapis de silence. Les canons s'écartèrent devant une claudication lente et lourde. Un fusil s'enfonça dans la nuque de Nathan pour qu'il se courbe. Il vit le carrelage, deux pieds bots, des mains couvertes de chevalières, un éclair qui lézarda sa boîte crânienne. On le traîna sans ménagement dans le bureau qu'il venait de quitter. On lui ôta sa chemise avant de le ligoter à une chaise avec du ruban adhésif. Deux rangées de treillis aux couleurs du drapeau macédonien s'alignèrent de part et d'autre pour laisser s'approcher leur chef. Nathan émergeait à peine de son étourdissement lorsque le duc de Novelesde bombarda un deuxième obus bagué. Duka dosait sa force. Il avait encore besoin de son prisonnier.

– Qui tu es ? demanda-t-il dans le dos de Nathan.

– Je suis venu t'acheter une fille.

Le coup partit sur sa blessure à l'épaule. Nathan hurla.

– C'est en tuant mes hommes que tu comptais t'y prendre ?

– Je recherche Carla et Léa Chaumont.

– Les putes que j'achète n'ont pas d'identité.

– Vladimir Kotchenk s'en est débarrassé en te les envoyant.

Nouveau pilonnage. Nathan sentit le fer traverser sa joue, du sang remplir sa bouche, sa gencive s'ouvrir.

– Tu insinues que je me contente des poubelles de Kotchenk ?

– Carla est ma femme. Léa est ma fille.

– Ta femme ? Ta fille ? s'exclama Duka en éclatant de rire.

– Qu'est-ce qui te fait rire ducon ?

Tant pis pour les gnons, il fallait faire parler Duka à tout prix. Celui-ci s'arrêta net de s'esclaffer et balança un crochet qu'il négligea de modérer. Nathan vit une gerbe de son sang éclabousser le sol, juste avant de tomber dans les pommes. Lorsqu'il reprit conscience, sa position avait changé. Il était plaqué sur le bureau, bras écartés, pantalon baissé aux chevilles. Duka était collé dans son dos. L'Albanais murmura à son oreille :

– Je vais m'enfiler toute la famille, on dirait. Après la mère et la fille, il me restait plus que le mari. Putain, le pied de baiser tes deux putes en même temps, t'as pas idée ! Quoique t'as peut-être déjà essayé, mon salaud. La petite, elle n'a pas versé une larme, tu te rends compte ? Docile à souhait. Pas besoin de la droguer. Du coup, je l'ai gardée pour moi. Ta chienne, en revanche, j'ai été obligé de l'enfermer dans un bordel. Tout le village lui est passé dessus.

Love comprit à cet instant quelle était la « chose » que Carla avait refoulée au plus profond de son être. Ce qu'elle avait enduré ce jour-là, son esprit n'avait pu l'admettre. Il venait aussi d'apprendre que contrairement au vœu de Kotchenk, Léa était toujours chez

Duka. La question désormais était de savoir comment sortir de l'impasse dans laquelle il s'était rué pour obtenir ces informations. Il était maintenu par les bras et la tête. Ses membres inférieurs n'étaient ligotés que par son pantalon. Nathan retira ses pieds discrètement pendant que le proxénète commençait à le sodomiser. Il se déhancha pour se dégager, rua pour lui saisir le cou en ciseaux, serra les jambes et pivota. Le contrepoids le fit basculer et lui permit de délivrer un bras, puis la tête, puis l'autre bras. Il vrilla au-dessus du bureau en entraînant Duka avec lui. Ses hommes contournèrent le meuble et hésitèrent devant le prisonnier qui venait de décapuchonner un stylo plume avec les dents et menaçait de crever l'œil droit de leur chef paralysé par un ciseau de muscles. L'éborgnement au stylo plume était spectaculaire et parlant.

– Ordonne l'évacuation de la pièce, sinon je t'aveugle, somma Nathan en découvrant les traits de celui qu'il immobilisait au sol.

Il comprit pourquoi Duka ne se montrait jamais aux villageois. Son visage était celui du diable. Les deux tiers du faciès étaient mangés par un angiome écarlate réduisant celui de Gorbatchev à une tache de rousseur. Un nez proéminent retombait sur une bouche dédaigneuse sous laquelle poussait un bouc. Ses yeux caves étaient dissimulés au fond de deux orbites surmontées d'arcades sourcilières saillantes comme deux petites cornes. Des implants de cheveux noirs quadrillaient artificiellement son crâne. Duka ne desserra pas les dents. Ses hommes firent un pas en avant. Nathan enfonça le Parker. Une purée visqueuse teintée d'encre noire jaillit du globe oculaire. Le cri poussé par Duka paralysa les miliciens. Le stylo changea d'orbite.

– Il ne t'en reste plus qu'un.

Duka vociféra en albanais. Ses hommes reculèrent lentement vers le patio. Nathan verrouilla derrière eux. Duka colmata son orbite avec la main.

– Où est Léa ?

– En bas.

– Où en bas ?

– Juste en dessous. Appartement 4.

– Où planques-tu ton flingue ?

Duka désigna un tiroir. Nathan découvrit un Magnum 44. Chargé. Six balles. À côté d'un gros sachet de poudre brune.

– Montre-moi ton œil.

Il saisit le visage de l'Albanais comme pour l'examiner et exerça une rotation à 180 degrés. Bruit sec. Craquement des cervicales. Il le déshabilla et mit ses vêtements. Le contact du textile sur la plaie lui fit l'effet d'une brûlure au fer rouge. Il resta pieds nus faute de pouvoir utiliser les godillots orthopédiques. Le corps de l'Albanais était difforme, couvert de cicatrices attestant qu'il était maintes fois passé sur le billard. Il le balança par la fenêtre et tira un coup de feu pour simuler sa fuite.

Feinter à l'est, frapper à l'ouest.

Il fourra l'héroïne dans sa poche et colla une oreille à la porte. Les hommes de Duka dévalaient l'escalier pour gagner le perron, là où le cadavre s'était écrasé. Il se barbouilla de sang et ouvrit le battant en se masquant l'œil droit. Trois hommes étaient restés en faction. Trois détonations secouèrent son poing qui enveloppait la crosse. Les balles de 44 Magnum les décapitèrent sans qu'ils aient eu le temps de voir que c'était le prisonnier qui portait les vêtements de leur chef. Attirés par les tirs, les autres soudards remontèrent. Nathan sauta par-dessus la rambarde et atterrit sur l'un d'entre eux qui, sous l'impact, sembla s'enfoncer dans la mosaïque. Nouvelle bousculade dans l'escalier qui se mit à déverser des tueurs en cascade. Nathan arrêta les deux premiers avec les balles qui lui restaient. Il se rabattit vers l'appartement n° 4 sous les éclats d'agapanthes et de feuilles de bananier. La porte était fermée. Une rafale fit voler des copeaux de bois au-dessus de sa tête. Elle fut suivie d'un « clic ! » Le type qui le braquait avec son arme vide vit arriver une jambe dans son viseur, plus rapide qu'un javelot. Sous le choc, il décolla pour valdinguer contre un autre milicien qui perdit l'équilibre avant d'avaler un coude meurtrier. Nathan se releva comme une toupie et conclut son mouvement circulaire par un coup de pied sauté qui faucha l'adversaire suivant. Il se coucha à terre sous la mitraille, pilonna un estomac d'un coup de pied latéral, balança un corps au-dessus de lui, roula jusqu'à un fusil, posa un genou à terre derrière une statue tronquée, fit jaillir les balles et les douilles de ses avant-bras en fusion. La bourrasque de feu assécha le torrent de soudards. Nathan ramassa un M16 accroché à un cadavre et pulvérisa la serrure de l'appartement 4.

Une jeune fille en chemise de nuit était blottie dans un coin de la cellule, terrifiée par le vacarme et par l'irruption soudaine d'un homme défiguré qui lui prit la main pour l'arracher à l'odeur de poudre et d'albâtre. Les balles perdues avaient rogné les marbres et les boiseries de la villa. Ils s'entaillèrent les pieds sur les bris de verre et de porcelaine qui crépissaient le carrelage, atteignirent le perron et attaquèrent les derniers mètres qui les séparaient de la Mercedes de Duka.

Nathan distingua trois ombres projetées par l'éclairage d'un lampadaire. Le trio avançait vers eux d'un pas décidé. Celui du milieu mesurait deux mètres. Ils étaient dotés de fusils à pompe, des armes qui faisaient des trous gros comme des assiettes mais qui manquaient de précision. Ils n'avaient pas encore tiré, une chevrotine aurait risqué de toucher la précieuse marchandise qui trottinait à côté de Nathan. Un ordre en macédonien fusa. Nathan n'attendit pas la traduction pour s'exécuter. Il jeta son fusil et leva les mains. Nouvelle allocution en VO. C'était le petit qui s'exprimait. En fait, il était de taille normale, mais son voisin lui donnait l'allure d'un nain. Ce qui était moins normal, c'était la couleur de son costume, une sorte de mauve qui virait au fuchsia sous la lumière artificielle.

– Vous parlez anglais ? demanda Nathan.

– Ça dépend à qui.

Le bilingue qui venait d'ouvrir la bouche était l'individu de droite, vêtu d'un survêtement jaune et rouge, les couleurs locales.

– Le langage n'exprime pas les choses, dit Nathan pour gagner du temps.

– Qu'est-ce qui se passe à l'intérieur ?

– Une symphonie de fulgurances.

– Quoi ?

– À force de vouloir la clarté, la réalisation prend plus de temps.

– T'es qui toi ? On pige rien à ce que tu dis.

– Vous ne me reconnaissez pas ?

– Vu comment on t'a refait la gueule, même ta mère te reconnaîtrait pas.

– Naissance et mort sont de graves évènements.

– Hein ?

– Combien fugitive est notre vie !

Dans son dos un survivant du massacre déboula, deux flingues à la main, tirant comme un cow-boy. Nathan saisit l'occasion qu'il attendait :

– Ce type nous a attaqués !

Pendant qu'ils truffaient le cow-boy de plombs, Nathan poussa Léa sur le côté, glissa son pied sous le fusil-mitrailleur et fit pivoter son tibia. Le M16 tournoya au-dessus des trois hommes qu'il bouscula pour rattraper le fusil. Il plongea et faucha le trio. Une cartouche souleva de la poussière à quelques centimètres de Nathan qui se redressa d'un coup de reins. Le géant était toujours debout et le prenait pour cible. Une autre volée de plombs alla se perdre dans le paysage. Nathan lui sauta dessus jambes en avant, crocheta son cou en ciseaux et fit basculer le colosse comme un arbre. Avant qu'il n'ait touché le sol, il lui percuta la tempe avec la crosse du M16. À la lueur des réverbères, il discerna un visage ingrat sur un corps trop grand. Une cicatrice à la paupière droite lui tranchait le faciès jusqu'au front, un nez de boxeur s'étalait au-dessus d'une lèvre mal rafistolée, ses mains étaient aussi larges que des pelles. Nathan se pressa auprès de Léa qui avait valdingué contre la jante de la Mercedes. Elle n'était pas blessée. Il revint vers le géant pour le fouiller. Un ticket de métro parisien était coincé dans la pochette extérieure de sa veste en velours. Ses ongles étaient noirs de terre. La brute avait continué à violer impunément en Macédoine, à tuer et à enterrer ses victimes. Nathan avait devant lui le cadavre du fossoyeur de Nicole et de Maria. Barsov était mort dans l'anonymat, sans avouer ses crimes.

184

Il fonçait droit vers le chaos. Quatre odalisques se cramponnaient sur la banquette arrière de la Mercedes blindée. Il en avait libéré neuf au total, réquisitionnées comme Léa pour l'usage personnel du caïd albanais. Assise à l'avant, la fille de Carla fixait la route sans broncher. Les cinq autres Aïkas le suivaient dans une BMW conduite par l'une d'entre elles. À l'approche de Novelesde, une lumière assourdissante satura l'habitacle de la Mercedes. La BMW venait d'exploser sous un double tir de roquettes. Nathan entra dans le village en tamponnant l'arrière d'une Ford qui canardait par les vitres arrière. Le choc la fit pivoter à 180 degrés pour se retrouver tête-bêche avec la Mercedes. Nathan empoigna le fusil-mitrailleur posé sur les genoux de Léa, barbouilla de verre et de sang l'intérieur de la Ford, enclencha un chargeur plein, pénétra comme un kamikaze dans le hall de la première maison close, roula sur un cadavre et pila au pied de l'escalier. Il posa un pied dans les décombres après avoir ordonné à ses passagères de ne pas bouger du véhicule.

À l'étage, il ne restait plus qu'une seule prostituée, tellement droguée qu'elle était coupée du monde réel. Nathan la porta sur son épaule valide et la déposa sur les genoux des Aïkas. Il recula dans la brèche béante par laquelle il avait fait irruption et se jeta contre le bordel voisin avec la même méthode. En sautant à terre, il transforma un reflet métallique et une ombre sur un mur en deux dégringolades de cadavres. Au premier, une sentinelle en jogging était postée devant une chambre, gardant probablement une source de revenus conséquente. Nathan embrassa les marches sous son tir et répliqua, contraignant le joggeur à se réfugier dans la chambre. Il se redressa, braqua son arme vers le mur à hauteur de tête et avança en pressant la détente. Le crépitement trépidant secoua ses avant-bras, déchira ses tympans et découpa le placoplâtre dans la longueur. Il y avait des chances pour que les prisonnières de l'autre côté de la cloison soient blotties par terre, contrairement à leur maton. Clic ! Il empoigna le canon brûlant du fusil pour l'utiliser comme une batte, largua un coup de pied dans le battant qui tomba sur le tueur décapité. Cinq filles en nuisette étaient recroquevillées au pied du lit. L'une d'elles cria pour l'alerter d'un danger. Nathan pivota en amorçant un mouvement du bras droit qui tenait le M16. Il se retrouva face à une femme trop mûre, trop déterminée, trop armée pour être une pute. Il laissa donc filer son geste de balancier vers l'avant. La crosse éjecta le pistolet que la maquerelle serrait dans son poing et percuta son menton. Le fusil continua sa rotation jusqu'à l'épaule gauche de Nathan avant de repartir horizontalement vers la tempe de la femme qu'il réexpédia dans le couloir. Nathan récupéra deux armes dans le hall et tassa les cinq nouvelles passagères dans l'habitacle et le coffre de la Mercedes.

La guérilla urbaine avait gagné le centre de Novelesde. Le parking était transformé en camp retranché vers lequel étaient canalisées les prostituées. Des militaires avaient pris les armes pour les défendre à l'intérieur d'un carré de véhicules. Nathan stoppa devant une carcasse en train de flamber et commanda à ses passagères de courir sur les derniers mètres. Il aperçut Alec qui canardait dans le noir.

– Où est Foot ? demanda-t-il au terme de la pétarade.

– Qu'est-ce qu'il t'est arrivé, Nathan ? T'es passé sous un char ?

– Où est Foot ?

– C'est la merde, il en sort de partout.

– Où est Foot ?

– Il organise le repli. Il est parti avec deux hommes et deux bazookas. On doit attendre son feu vert avant de décamper.

– Où est Rain ?

– Elle s'occupe de ramener les filles qui sont libérées par les soldats.

Effectivement, la minute suivante, une colonne de prostituées se hâtait vers eux, emmenée par Rain et couverte par les tirs des militaires. Soucieux du sort de la fille de Foot et galvanisé par la coke, Alec dézinguait à tout va.

– Où est la voiture de Foot ?
– Il l'a prise pour aller en haut du canyon.
– Et la femme qui était à l'intérieur ?
– J'sais pas.
Alec toisa Léa dont Nathan n'avait pas lâché la main.
– Putain, les enfoirés, ils les prenaient au collège.
Nathan chercha Carla au milieu de la foule de filles qui grossissait à vue d'œil sur un lit de cadavres. Elle n'était pas là.
– D'où tu sors ce costard ? demanda Alec entre deux séries de détonations.
– Je l'ai emprunté à Duka.
– Tu l'as vu ?
– Je l'ai tué aussi.
Des balles ricochèrent. Nathan se baissa et colla Léa contre la roue d'une camionnette. À quelques mètres de lui, il vit un jet de sang traverser le crâne d'Alec. Le corps de l'étudiant vacilla. Sans lâcher son arme, Alec s'affaissa vers l'arrière, le fusil pointé vers le ciel. Nathan bondit sur lui. La moitié de son visage avait été emportée. Il le serra dans ses bras comme pour lui redonner la vie. Il n'avait même pas eu le temps de lui dire qu'il avait eu la peau de Barsov. Que Maria était vengée. Une balle siffla à son oreille. Il prit la place d'Alec, mit en joue un sniper juché sur un toit, le rata deux fois avant de le décrocher de son perchoir. Puis il vit Rain, le visage plein de boue, sauter au-dessus d'un capot, talonnée par la file de filles qui se pressa à l'intérieur du carré. Il n'y avait plus assez de place pour accueillir d'autres rescapées. Il s'approcha d'un lieutenant qui était en train de donner des ordres.
– Il faut évacuer les lieux.
– Qui êtes-vous ?
– Et vous, que faisiez-vous à Novelesde ?
– Qu'est-ce que vous voulez ?
– Êtes-vous en contact avec Foot ?

– Par téléphone portable.

– Passez-le-moi.

Le lieutenant s'inclina devant une explosion, composa le numéro de Foot et tendit l'appareil à Nathan.

– On doit évacuer maintenant, dit-il au capitaine.

– Commencez à faire monter tout le monde dans les véhicules en état de rouler. On sera en position d'ici quelques minutes.

– C'est quoi le plan ?

– Le vôtre. Dresser le tigre à quitter les montagnes. Les proxos vont vous poursuivre dans le défilé. On s'occupera de les recevoir. Et Duka ?

– Mort. Où est la femme qui était dans la voiture ?

– Avec nous.

– Qu'il ne lui arrive rien, vous me comprenez ?

– On fait ce qu'on a à faire, Lane.

Une roquette frappa la barricade, criblant les ténèbres de feu et de fer. L'explosion éventra l'abri et carbonisa une rangée de prostituées. L'une d'elles s'effondra aux pieds de Nathan avec un sourire creusé par un morceau de tôle. Il se retourna vers le lieutenant.

– De combien d'hommes disposez-vous ?

– Six ou sept. J'ignore combien sont encore en vie.

– Prenez la tête, je fermerai le convoi.

– Mon nom est David Salles, dit le militaire en lui serrant la main.

– Ethan Lane.

Salles et Love organisèrent le départ. Les trois militaires encore debout, un Anglais et deux Allemands, répartirent les filles dans une quinzaine de véhicules. Des Aïkas furent réquisitionnées pour conduire. La voiture de Salles démarra lentement sur les jantes et sous les tirs. Le cortège s'étira sur le champ de bataille jusqu'à ce que Nathan s'élance à son tour. Il avait calé Léa entre lui et le volant pour faire monter un maximum de rescapées dans sa Mercedes blindée. Devant eux, les vitres volaient en éclats, les pneus partaient en lambeaux, les jantes crachaient des étincelles, le bitume crépitait. Salles força un barrage. Sa Toyota chassa deux berlines, se souleva sous une explosion et retomba sur le flan. Un assaillant sauta sur le 4 × 4 et lâcha une grenade. Salles s'arracha à la déflagration avec un bras en moins, sans avoir pu sauver ses passagères. Il se tassa dans une Opel qui prit la tête du convoi à travers un rideau de flammes. Des tirs de roquettes les ralentirent à nouveau. Un van perdit les essieux et termina sa course sur le bas de caisse. Une horde de miliciens le prit d'assaut et bourra l'habitacle de coups de crosse. Un des militaires allemands balança une rafale, faisant jaillir des épis d'hémoglobine autour des assaillants qui se décrochèrent du van. Trois survivantes furent transbahutées dans les autres voitures déjà bondées.

Il restait deux kilomètres à parcourir.

185

Du haut de son rocher, Foot vit la colonne de véhicules. Il en compta neuf, roulant au pas. Le capitaine régla ses jumelles sur l'un d'entre eux pour s'apercevoir que la surcharge et l'absence de pneumatiques les empêchaient d'aller vite. Les jantes mordaient dans le goudron en projetant des étincelles. Le convoi éclopé était harcelé par une nuée de 4 × 4 énervés qui mitraillaient, tamponnaient, grignotaient la colonne par la queue. Une grenade souffla la dernière voiture. Le capitaine envoya son ordre par téléphone aux deux officiers couchés sous leur lance-roquettes. Deux déflagrations s'ajoutèrent aux échos des pétarades qui résonnaient dans le défilé. Deux boules de feu soulevèrent deux Patrol qui s'embrasèrent. Le mur de tôles en flammes empêcha les autres d'avancer. Le convoi se détacha. Foot envoya un nouvel ordre à ses hommes, épaula son bazooka et visa le sommet de la colline. Leur tir convergent fendit la falaise et déclencha l'éboulement d'une grappe de rochers sur le reste des Patrol qui butinaient le brasier. Foot dévala la pente en direction de la route. Le canyon ressemblait aux forges de l'enfer. Ses deux officiers y croisaient déjà le feu, abattant les treillis rouge et jaune qui s'échappaient des 4 × 4 cabossés. Un homme en costume Armani se positionna près de Foot pour renforcer la puissance de tir. Foot eut du mal à reconnaître Ethan Lane derrière son visage fracassé. Ils vidèrent leurs chargeurs sur les dernières détonations sporadiques et se replièrent. Le convoi s'était arrêté à la sortie du défilé. Dans les six voitures restantes, les corps étaient enchevêtrés, les airs hagards, les visages exsangues. Le sang s'étalait jusque sur les phares.

– Il reste des militaires en vie ? demanda le capitaine à Nathan.

– Non. On a forcé trois barrages. Le dernier nous a été fatal. J'ai pris la tête de la colonne et on a foncé dans le tas à la vitesse d'une limace. On a sauvé une cinquantaine de femmes.

– Où est Rain ?

– Je suis là, papa, dit l'adolescente en l'enlaçant, un P38 à la main.

Nathan récupéra Léa et marcha jusqu'à la Mercedes de Foot. La rémission réveillait peu à peu la douleur anesthésiée par des heures de combat sans répit. Le mal déchirait son visage et vrillait son épaule. À force d'avoir mitraillé, ses avant-bras tremblaient comme un début de Parkinson. Ses mains étaient en feu.

– Je t'avais dit de ne pas bouger, blâma-t-il Carla en ouvrant la portière.

– Je n'ai pas bougé.

Il fit monter Léa à côté d'elle. Le choc bloqua les mots dans la gorge de Carla. Joie de retrouver l'être qui lui était le plus cher, culpabilité de ne pas avoir su la protéger, honte de l'avoir oubliée. Elle serra sa fille contre elle pour lui cacher son corps souillé et pleura dans ses cheveux. Nathan les laissa pour aider Foot à prendre des décisions.

– Il y a un lac pas loin d'ici, dit le capitaine. On peut essayer d'y bivouaquer pour soigner les blessés et retrouver nos esprits.

À la lueur des quelques phares intacts, Nathan contempla les carrosseries déchiquetées, les calandres enfoncées, les vitres cassées, les pare-chocs affaissés, les roues déformées.

– C'est à combien de kilomètres ?

– Une vingtaine.

– Il nous faut un médecin.

– Je continuerai sur Mitrovica. J'en connais un là-bas. C'est un ami. Il va pouvoir vous recoudre le visage et sauver quelques filles mal en point. J'emmène avec moi les lieutenants Sparks et Mulligan. Ils me seront utiles pour préparer l'exode des Aïkas. On ramènera des vivres et des vêtements.

– Apportez aussi un stock de méthadone.

– Affirmatif.

Le capitaine Foot était prêt à remuer ciel et terre.

– Je vous confie ma fille, Lane.

– Vous m'en confiez cinquante.

– Il n'y a peut-être pas que des Aïkas parmi elles.

– Comment les distinguer ?

– Demandez-leur de vous réciter dans cinq langues le préambule de la charte des Nations unies et les huit objectifs du Millénaire pour le développement.

– Rain est une Aïka, n'est-ce pas ?

– Quoi ?

– Inachevée, mais similaire par son physique, son sang-froid, son intelligence, ses connaissances, ses centres d'intérêt. Son prénom n'a pas été donné par Ryler mais par vous, car il ne contient pas la racine « an' ». Rain, c'est votre projet personnel, votre joker, recruté huit ans après les autres. Dans quel but ?

– À la vitesse où ça va, le monde ne sera bientôt plus dirigé par trois cents Mandarins, mais par un seul. Rain sera celle qui lui montrera la voie.

– Vous n'abandonnez pas, hein ?

– Je suis convaincu de bien agir.

– Rain est la 248e Aïka ?

– Non. Elle n'apparaît pas sur le CD-ROM que vous possédez.

186

Le convoi se déploya sous les pins, face au lac. Les faisceaux diffusés par six calandres borgnes miroitèrent sur l'onde noire avant de s'éteindre brusquement dans le silence de la nature. Les rescapées s'éparpillèrent dans le bois. Elles étaient agitées, tremblantes, anxieuses, en sueur, en manque. Leurs systèmes limbiques devenus voraces réclamaient leur dose de bien-être artificiel. Le sevrage racornissait leurs corps courbatus et fébriles d'où jaillissaient des plaintes et des hoquets. Quatre d'entre elles étaient grièvement blessées. Assisté par Rain, Nathan les allongea sur les banquettes des voitures et aligna les autres sur la rive du lac. Cinquante-quatre femmes au total. Esian Zawi avait survécu. Elle lui adressa un sourire timide. Elle avait perdu une partie de son assurance, de ses certitudes, de sa beauté. Nathan ouvrit le sachet d'héroïne subtilisé chez Duka.

– Je n'ai pas de seringue, dit-il. Il va falloir sniffer.

L'une après l'autre, elles piquèrent du nez dans sa paume. La poudre monta aux cerveaux, se transforma en morphine, entra en contact avec les récepteurs opioïdes, alimenta le cerveau des émotions. Les corps se détendirent, les rythmes cardiaques ralentirent, les tics nerveux s'effacèrent, l'angoisse s'estompa, la souffrance physique s'atténua. Lorsque vint le tour de Carla, Nathan hésita. Sous la lune, son visage était plus blanc qu'un linceul. Ses lèvres violettes remuèrent lentement :

– Sympa de me faire passer en dernier.

– Je préférerais que tu n'en prennes pas.

– C'est pas juste. Qu'est-ce que je t'ai fait ?

– Peux-tu tenir le coup ? Demain matin, j'aurai de la méthadone.

– Rien à foutre de ta méthadone, je veux comme les autres !

Léa pleura en voyant sa mère dans cet état. Nathan la confia à Rain qui était en train de colmater la Durit d'un van avec un bout de son tee-shirt.

– Léa a besoin d'un peu de réconfort, lui dit Nathan.

– Je m'en occupe.

Carla était en pleine crise. Il lui plongea la tête dans l'eau froide du lac, l'assit au pied d'un arbre et s'emboîta dans son dos en repliant les jambes sur les siennes et en enroulant les bras autour de sa poitrine.

– Lâche-moi ! cria-t-elle.

– On va rester comme ça jusqu'à ce que tu te calmes.

– J'aurais dû te tuer quand tu m'as quittée.

Il la serra un peu plus et enfonça son nez dans ses cheveux mouillés qui puaient le vomi. Elle ne contrôlait pas son corps, ni son humeur. Elle convulsait, transpirait, stressait, bafouillait des insanités. Ses mains étaient glacées, sa peau moite, son estomac comprimé, ses veines brûlantes, sa bouche sèche. Son esprit était obsédé par l'aiguille délicieusement douloureuse, par le claquement de l'élastique, le flash du fix. Elle faillit s'endormir mais la panique se ligua avec la souffrance pour l'emporter sur la fatigue et l'éloigner du sommeil. Nathan ne relâchait pas son étreinte, malgré les ecchymoses et les plaies ouvertes qui le diminuaient. Ses forces déclinaient d'heure en heure. Il s'accrochait à ce corps malade comme à une rédemption, comme à un être aimé qui partait à la dérive. Il pensa aussi à Sylvie qui avait atteint son objectif à travers lui, à Alec qui avait voué sa vie aux femmes jusqu'à en mourir, à Lyn Lee qui cherchait la vérité entre l'Inde et la Chine.

Les Aïkas avaient sombré dans des cauchemars embellis par l'héroïne. Au cours de la nuit, Rain rejoignit Nathan.

– Elle a trouvé le sommeil ? chuchota-t-elle.

– Elle est dans un état second. Dès qu'elle aura repris des forces, elle recommencera à s'agiter. Et Léa ?

– Elle dort. Vous avez mal ?

– Ça pourrait aller mieux.

– Laissez-moi voir.

Elle examina son visage et fit la moue.

– Je reviens.

Elle rapporta un lambeau de linge humide et nettoya avec une délicatesse chirurgicale les plaies sur sa joue et son épaule.

– Ton tee-shirt se rétrécit comme une peau de chagrin, dit Nathan.

– Comment est mort Alec ?

– En essayant de te protéger.

– Vous croyez qu'il y a des ours dans cette forêt ?

– Possible.

Il se demanda si elle était consciente du destin que lui avait réservé son père.

– Que feras-tu, Rain, quand tout sera fini ?

– J'attendrai.

– Tu attendras quoi ?

– De rencontrer l'homme de ma vie.

– Un Mandarin ?

– Mon père vous a parlé, n'est-ce pas ?

– Un peu.

– Alors vous savez tout.

Elle bâilla, se blottit contre lui et s'endormit comme un bébé, rêvant d'un Prince Charmant dont le royaume serait la Terre.

187

Le soleil se leva sur le lac, la forêt, les ours, les prostituées. L'effet de la drogue dissipé, elles retrouvaient leurs angoisses, leurs nausées, leurs courbatures. Carla divaguait au pays des insectes aussi gros que des rats. Rain et Nathan organisèrent un bain général.

Sur les cinquante-deux filles capables de parler, cinquante savaient réciter en plusieurs langues le préambule de la charte des Nations unies et nommer les objectifs du Millénaire pour le développement. Les deux « recalées » furent une étudiante bulgare et une chômeuse ukrainienne.

Annabelle ne faisait pas partie des rescapées. Elle s'était éteinte quelque part, entre le conteneur à poubelles de son immeuble parisien et un bordel de Novelesde. Nathan songea à Lyn Lee qui cherchait son amie en Inde et en Chine. En choisissant la mauvaise piste, Lyn avait différé la nouvelle de sa mort.

Il ne vit pas non plus Galan Ryler qui figurait pourtant sur le catalogue d'une maison close. Elle avait été tuée ce soir. Pas de trace de Susan Fox non plus, enlevée dans son dos en Tanzanie. Défigurée, elle n'avait pas dû être jugée digne d'être négociée sur les marchés aux esclaves.

Les survivantes témoignèrent.

Esian Zawi retraça les circonstances de son rapt perpétré sous les yeux de Nathan en Éthiopie. Des mains avaient traversé le mur de sa hutte pour la faire sortir sans passer par la porte. La violence de l'extraction, la rapidité pour la transférer dans un sac de café, leur habileté à colmater la brèche dans les branchages, avaient obligé Esian à reconstituer mentalement la scène pour expliquer ce qui lui était arrivé.

Aliana Cortès expliqua qu'on l'avait arrachée à sa douche et enroulée de ruban adhésif pour l'évacuer par le conduit de cheminée du Rockefeller Center. Elle avait été ensuite empaquetée dans une caisse de pièces détachées en partance pour l'Europe. Elle n'avait pu déplier ses jambes que deux jours plus tard, peut-être trois, dans un hangar sale et bruyant.

Serana Welles qui avait « vampirisé » la future présidente américaine évoqua son enlèvement dans les toilettes d'un palace du Caire. Elle avait été compressée dans une valise à roulettes par deux hommes dissimulés sous des burqas.

Tanya Forrest avait été attaquée par un homme-grenouille planqué dans la piscine de Gabriel Still. Le ravisseur l'avait maintenue sous l'eau avec son détendeur et avait basculé avec elle dans la rigole à débordement au moment où Still s'était décidé à plonger pour la repêcher.

Nadiane Jamila pleura en mimant son calvaire, sa langue coupée, son transport entre le Maroc et l'Albanie dans une poterie que l'on avait brisée au milieu d'une foule de proxénètes déchaînés.

Ivana Nevassaïa, gravement blessée au cours de sa libération, puisa quelques mots dans son larynx noyé de sang pour prouver qu'elle était une Aïka. Elle décrivit son rapt dans la cabine d'essayage d'une boutique de luxe de Moscou. Deux types avaient surgi par la paroi escamotable qui faisait communiquer la cabine avec un garage automobile. Le magasin de mode était utilisé jadis par la mafia pour enlever les épouses des dignitaires de la Nomenklatura. Apparemment, les murs n'avaient pas été refaits. Ivana s'était retrouvée en quelques secondes dans le coffre d'un véhicule qu'elle n'avait pas quitté jusqu'en Bulgarie.

Les kidnappings reposaient sur le « compactage » des victimes. Leur souplesse et leur bonne condition physique avaient permis à bon nombre d'entre elles de ne pas succomber avant leur arrivée à Novelesde. Une cinquantaine avait péri. Suyani Kamatsu n'avait pas survécu au passage forcé entre les barreaux d'une grille de magasin à Tokyo. Nathan repensa à la lumière aperçue par le motard tokyoïte. Les ravisseurs avaient prévu de la faire disparaître par l'issue de secours de la Bank of Tokyo. L'irruption des deux voleurs les avait pris de court. Ils avaient poussé la Japonaise dans le local commercial. Il y avait toujours un plan B. C'est pour cette raison que des ninjas avaient été recrutés pour l'enlèvement de Suyani.

Méticuleusement préparés par la cellule de crise, les rapts étaient réalisés avec une telle violence et une telle ingéniosité par les services secrets et les mafias qu'ils déroutaient les enquêteurs, les éloignaient d'une vérité inconcevable, décrédibilisaient les témoins et préparaient les Mandarins aux révélations des opérations Dolls Bang et Hollow Storm.

À midi, trois véhicules approchèrent. Nathan baissa son arme en reconnaissant le capitaine Foot au volant d'une Jeep de l'armée américaine. Il était suivi par deux camions de transport de troupes conduits par ses lieutenants et chargés de vivres ainsi que de vêtements militaires.

– Je vous présente Yoann, le médecin militaire le plus chevronné à l'est du Danube, dit Foot en désignant le jeune officier français qui l'accompagnait. On se contentera de l'appeler par son prénom. Contrairement à nous, il a une épouse, deux enfants et une carrière qui l'attendent en France. Il a donc beaucoup à perdre dans cette histoire.

– On ne va pas épiloguer sur les risques que je prends, dit Yoann. Je suture, je panse et je regagne ma base. Où sont les blessés ?

Nathan lui montra la colonie de jeunes femmes.

Le toubib para au plus pressé et déballa le matériel médical qu'il avait apporté. Il opéra sous anesthésie locale, incisant les chairs, extrayant les balles, désinfectant les plaies, injectant de la pénicilline.

– Ce sont des blessures de guerre.

– Moins je t'en dirai, mieux ça vaudra.

– L'une d'elles est salement amochée. Son foie a été perforé. Elle est intransportable.

– Ton pronostic ?

– Elle va mourir.

Après six heures de soin, Yoann s'accorda une pause. Il alla se laver et se rafraîchir sur la rive du lac.

– Qui reste-t-il ?

– Carla, répondit Nathan.

– Ensuite je m'occupe de vous.

Le médecin examina les pupilles de Carla, ses bras, sa gorge, sa tension, ses crampes, ses troubles. Il la palpa, lui demanda où elle avait mal, lui fit avaler une dose de méthadone.

– Elle est en état de manque. Pourquoi ne lui avez-vous rien donné ?

– Elle est forte.

– Elle a un gros problème.

– Elle fait une dépendance à l'héroïne comme les autres…

– Et elle a probablement contracté le VIH. Mais ce n'est pas de ça dont je parle. Elle est alcoolo-dépendante.

– Ils ont dû estimer que l'héroïne ne suffisait pas à la rendre docile.

– Le manque aux opiacés, aussi douloureux et spectaculaire soit-il, n'entraîne pas la mort, contrairement au manque provoqué par la privation brutale d'alcool.

– Qu'est-ce qu'il faut faire ?

– Je vais vous donner des sédatifs puissants pour éviter les crises d'épilepsie et prévenir l'apparition d'un delirium tremens. Si vous n'avez pas l'intention de l'envoyer dans un centre de désintoxication, il lui faudra un soutien psychologique carabiné. C'est votre amie ?

– Oui.

– Donnez-lui de l'amour. C'est le meilleur palliatif à l'alcool et à l'héroïne.

Yoann s'intéressa ensuite à l'épaule de Nathan. Après l'avoir anesthésié localement, il incisa et ôta une balle de 5,56 mm au bout d'une pince.

– Voilà, dit-il après l'avoir recousu. Pour le visage, il n'y a rien à faire. Vous avez la tête d'un boxeur qui a perdu le match, mais les ecchymoses vont vite s'estomper. Il ne vous restera plus qu'à aller voir un dentiste.

Foot les rejoignit au crépuscule. Il venait de déguiser ses cinquante Aïkas en soldats de la KFOR. Son plan était de les transporter jusqu'à un petit port d'Albanie à l'ouest de Lezhë. Il leur fallait franchir la frontière et rouler une centaine de kilomètres pour rejoindre la mer Adriatique. Le convoi avait rendez-vous avec un Albanais qui faisait passer des clandestins en Italie. L'homme s'appelait Maric Taja et devait une faveur à Foot qui ne l'avait jamais incriminé dans sa traque aux trafiquants. L'activité de Taja se bornait officiellement aux réfugiés. Il ne touchait ni aux prostituées, ni à la drogue, ni aux armes.

Foot tendit une bouteille de whisky à Yoann :

– Je te dois une fière chandelle, dit-il en restant dans la pénombre.

Le médecin but au goulot et regarda autour de lui les jeunes femmes en uniformes, prêtes à suivre les consignes.

– Le plaisir était pour moi. Où as-tu déniché toutes ces anatomies ?

– Secret défense. Comment puis-je te remercier ?

– Tu peux donner la coupe de la Champions League à l'Olympique Lyonnais ?

– Sérieusement.

– Si tu voulais être sérieux, tu m'autoriserais à t'examiner.

– Pourquoi ?

– Tu es blanc comme un linge.

– Ce n'est plus ton problème, Yoann. Prends la Jeep, rentre à Mitrovica et oublie ce que tu as vu.

– Ce sera difficile.

– Embrasse ta famille pour moi.

Il lui tendit la main. Yoann hésita avant de la serrer.

– C'est toi qui commandes, Clark. Adieu.

Il monta dans la Jeep et disparut en direction de la route.

– Que vont devenir Sparks et Mulligan ? demanda Nathan.

– Ils ont risqué leur vie pour sauver ces filles qu'ils prenaient hier pour des sacs à foutre. Ils se sont mis à dos l'armée et la mafia, ils ont déserté et volé deux camions.

– Vous me parlez du passé.

– Ils vont les amener à bon port.

– Et vous ?

– Je vais mourir.

Il ouvrit sa veste sur une chemise maculée de sang au niveau du ventre.

– Pourquoi ne pas vous être fait soigner ?

– J'ai pris une balle qui a tout bousillé à l'intérieur. Avez-vous vu *Il était une fois dans l'Ouest* ?

– Qu'est-ce que vous racontez ?

– Pendant tout le film, l'homme à l'harmonica se trimballe avec une balle dans le buffet. Il règle ses affaires, exécute sa vengeance, puis meurt. Je vais faire la même chose. Je mets ces filles à l'abri et je meurs en paix. C'est la meilleure fin qu'un militaire puisse souhaiter.

188

Les deux camions traversèrent la frontière entre la Macédoine et l'Albanie au cours d'une nuit sans lune, avec un faux ordre de mission. Foot n'avait rien négligé sauf son état de santé. Entre Peshkopi et Burrel, Ivana Nevassaïa décéda de ses blessures. Le convoi s'arrêta pour enterrer celle qui avait transformé provisoirement le président de la Russie en philanthrope. Ils arrivèrent au port de Pulaj au lever du soleil. Maric Taja attendait sur le pont de son navire. Foot lui présenta Nathan, Sparks et Mulligan. Taja n'en crut pas ses yeux en voyant défiler les troupes.

– C'est des filles ?

– Des troupes spéciales.

– J'aurais dû m'engager dans les troupes spéciales !

Il compta cinquante-cinq passagers : cinquante et une Aïkas, Léa, Carla, Rain et Nathan.

– Dans un mois, quelqu'un viendra pour assurer le transfert, expliqua Foot à Rain et à Nathan. J'aurai trouvé un point de chute pour les Aïkas. Il me reste un jour ou deux à vivre, quelques relations et l'argent d'ARK.

Sparks et Mulligan montèrent dans leurs camions respectifs et embarquèrent l'étudiante bulgare et la chômeuse ukrainienne.

– Bravo pour le baroud d'honneur, dit Nathan en serrant la main de Foot. Votre attitude est celle d'un samouraï.

– Vous allez vous retrouver sur une île déserte avec les cinquante plus belles femmes du monde, Lane.

– Junkies et séropositives.

Nathan le laissa avec Rain et monta à bord. Foot enlaça sa fille sans un mot. Ils s'étaient déjà tout dit au cours du trajet. L'officier se tourna vers Maric Taja qui surveillait le chargement des vivres.

– Ce que je te demande, Maric, c'est de les emmener là où on a dit et d'oublier cette destination comme l'ONU va oublier ton existence.

Foot lui tendit le dossier confidentiel de l'unité spéciale de l'UNMIK concernant son trafic. Taja le brûla et les cendres s'éparpillèrent dans la mer.

– Tu as ma parole.

Le sort des Aïkas reposait sur la parole d'un passeur albanais.

189

L'Adriatique brillait comme un miroir étoilé de 1185 îles dont presque la moitié étaient inhabitées. L'une d'elles s'appelait Golo Itak, un gros rocher sur lequel avait été bâtie une prison yougoslave, aujourd'hui abandonnée. Idéal pour effacer cinquante personnes de la surface de la terre. Idéal aussi pour une cure de désintoxication.

Errant dans les coursives, Carla endurait son sevrage. Nathan monta avec elle sur le pont, suivi par Léa qui ne quittait pas l'ombre de celui qui l'avait arrachée à Duka. Ils s'installèrent à la proue du bateau pendant le reste de la traversée. Remettre Carla en contact avec les éléments naturels, l'exposer aux embruns, la pulvériser d'iode faisaient partie de la thérapie. Il l'allongea confortablement, lui offrit sa cuisse en guise d'oreiller, braqua son regard dans le sien, lui parla doucement, d'une voix neutre et monocorde, lui demanda de se laisser aller, de lâcher prise, de ne plus rien contrôler. Il ne s'adressa qu'à l'hémisphère droit de son cerveau. Oublier la logique, la raison. Il remonta le temps, la ramena à son mariage avec Étienne, à sa grossesse, à son adolescence, à son enfance, à sa naissance. À ce qu'elle était à l'origine, avant que son cerveau ne commence à cloisonner, à construire, à se formater. Il la réduisait à un élément du cosmos, libre de tout. Pendant qu'elle naviguait dans les limbes de l'hypnose, il montra à Léa les dauphins qui escortaient le bateau, frôlant la coque et le moteur. L'un des plus beaux spectacles offerts par la nature. Une brise poussait l'embarcation vers le large, vers l'une de ces îles désertes aux contours magnifiques et aux criques d'eau claire. Une mouette plana. La quiétude baignait ce voyage limpide.

– Nathan ?

Dans un tourbillon savant de longs cheveux sombres qui fouettait son visage pâle, deux grands yeux noirs le fixaient. Carla avait jailli de l'hypnose en entendant le cri de la mouette. Il lui sourit.

– Tu en as mis du temps pour arriver, lui dit-elle.

Faisait-elle allusion à l'année qui s'était écoulée depuis qu'il était parti ? Aux semaines avant qu'il ne l'arrache à Duka ? Aux heures pendant lesquelles elle l'avait guetté sur le parking de Novelesde ? « Arriver », c'était parvenir à destination, atteindre un but, aborder une nouvelle étape. Carla pouvait être tout ça à la fois.

– Le fond du cœur est plus loin que le bout du monde.

Ce fut tout ce qu'il trouva à dire. Il succombait à nouveau. Elle était belle malgré les stigmates de son calvaire. Rongée par les coups, les viols, les privations, l'alcool, la drogue, le sida, sa beauté résistait comme un défi au vice. Nathan aimait toujours Carla. Son regard se détacha d'elle pour montrer à Léa une tortue luth d'une demi-tonne qui remontait à la surface. Carla baissa les paupières. Son visage émacié se détendit. Elle s'endormit d'un sommeil naturel. Le dos d'une baleine bomba l'horizon. Rain s'interposa et s'assit en face de lui, adossée au bastingage.

– Ça va aller ? demanda Nathan.

– On a enfermé les Aïkas dans la cale. Elles sont tellement en manque qu'elles veulent se jeter à la mer. J'espère qu'on aura assez de méthadone.

– Je parlais de toi, Rain.

– Je ne reverrai plus mon père. J'ai du mal à me faire à cette idée.

– On peut facilement se débarrasser d'une idée.

– Vous êtes une drôle de personne.

– Comme tous les passagers de ce rafiot.

– Contrairement à eux, vous avez mené votre mission à bien.

– J'aurai sauvé une veuve et quelques orphelines mais je n'ai pas arrêté les coupables.

– Il n'y avait pas d'ennemi à affronter. Juste des vies à sauver.

190

Nathan méditait sur la plage. Il avait retrouvé figure humaine. Léa et Carla se baignaient. L'adolescente qui s'était sentie abandonnée par sa mère avait noyé ses reproches pour se rapprocher d'elle. Carla redécouvrait la fibre maternelle que les Albanais s'étaient échinés à lui ôter. Elle sortit de l'eau et s'allongea à côté de Nathan, sans un mot, sans pudeur. Elle savait que la proximité de son corps hâlé et de ses nouvelles courbes suffiraient à le déconcentrer. Quatre semaines s'étaient écoulées durant lesquelles les rescapées de l'opération Dolls Bang avaient lutté contre l'addiction dans les geôles de Golo Itak. Ce régime draconien imposé aux cinquante et une Aïkas fut vécu dans la souffrance. Les nuits étaient déchirées par les plaintes des prisonnières et les coups de crâne contre les murs des cellules. Les ex-égéries du pouvoir mondial en étaient réduites à se tordre sur des sols pestilentiels et à grimacer entre les barreaux rouillés. La méthode eut le mérite de donner des résultats spectaculaires en un temps record. À côté, le sevrage de Carla ressembla à une cure de thalasso-thérapie. Nathan se chargea de son cas, pratiquant l'hypnose et des massages destinés à faire circuler les énergies, rééquilibrer les organes, éliminer les tensions. Il lui consacra, ainsi qu'à Léa, de longues discussions au fil desquelles Carla récupéra des parcelles de son ancienne personnalité. Assistant à la renaissance de celle qui lui avait donné la vie, Léa trouva des repères fondamentaux pour sa rééducation. Soumise d'emblée aux caprices de Duka, l'adolescente n'avait pas été droguée. Elle n'avait jamais vu non plus le visage du « diable » qui la prenait par-derrière ou la contraignait à la fellation. Pour Nathan, c'était toujours un traumatisme en moins à traiter. Il s'efforça de diluer tous les autres dans un carpe diem de Robinson et surtout dans l'amour maternel. En soignant la mère, il soignait la fille.

– Quand vas-tu disparaître à nouveau ? lui demanda Carla.

– Je te préviendrai cette fois.

– Nous deux, ça ne collera jamais ?

– À ton avis ?

– Tu m'as larguée il y a un an, avant que je ne sois ravagée par des centaines de passes, par les drogues et la maladie. Aujourd'hui, je ne vois pas ce qui te retiendrait. Tu as joué ton rôle de Zorro et puis ciao. Et encore, je ne suis pas sûre d'avoir droit au ciao.

– Qu'éprouves-tu à mon égard ?

– Je t'ai aimé et je t'ai haï comme personne.

– Je ne t'ai jamais haïe.

– Je ne suis pas détachée, moi. Lorsque j'aime, je suis capable de tout donner, quand je hais, je peux tuer.

– Je sais.

Elle le poussa en arrière, s'assit à califourchon sur sa poitrine, lui serra le cou, lui noya le visage dans ses cheveux. Elle avait à la fois envie de l'embrasser et de l'étrangler.

– Dis-moi ce que tu as dans la tête et dans le cœur. Est-ce qu'il y a de la place pour moi ?

Nathan ne chercha pas à résister. Il s'était épris de quatre femmes dans son existence. Melany, Sylvie, Shannen, Carla. Les deux premières étaient mortes, la troisième était sa sœur. Il y avait donc de la place pour la quatrième. Le lui avouer équivalait à rejoindre la liste des trois hommes avec qui elle avait vécu. Une liste dont on ne sortait que les pieds devant.

La pression s'accentua sur sa gorge. Bientôt, il ne pourrait plus parler. Il sombra dans cette sensation étrangement jouissive de ne plus rien contrôler, de lâcher totalement prise, identique à celle qui l'envahissait au seuil de l'orgasme. Aveuglé par la chevelure de Carla, il ne distinguait que sa bouche qui se rapprochait comme pour le dévorer. Dans un dernier souffle qui le séparait de la mort, il prononça un « oui ». Elle desserra le garrot, se pencha en avant, insuffla de l'air dans ses poumons et l'embrassa en lui mordant les lèvres jusqu'au sang. Après l'avoir tué, elle lui redonnait la vie. En se redressant, elle coupa le cordon de bave et de sang qui les reliait. Nathan plissa les yeux à la lumière, inspira, toussa. Carla sourit :

– Marilyn Monroe disait : « Une carrière c'est fantastique, mais on ne peut pas se blottir contre elle la nuit lorsqu'on a froid. » Remplace « carrière » par « zen » et tu verras, ça marche aussi.

– Elle est trop bonne ! s'exclama Léa en sortant à son tour de l'eau.

L'adolescente se sécha avec sa chemise kaki.

– T'as l'air bizarre Nathan.

– Il va bien, chérie, dit Carla. Il n'a même jamais été aussi bien.

Un nuage masqua le soleil. La mer cessa de briller comme pour ternir la promesse d'un avenir radieux.

191

La soirée se déroula sur la plage autour de poissons grillés et de rations de guerre presque épuisées. Tout le monde regagna sa cellule dont les portes demeuraient ouvertes depuis quelques jours.

À l'aube, un voilier apparut sur la ligne d'horizon. Il mouilla l'ancre à quelques centaines de mètres du rivage. Nathan reconnut le lieutenant Sparks dans la chaloupe qui fut jetée à la mer. Il venait comme prévu, avec une embarcation et des nouvelles. Clark Foot était mort le lendemain de leur séparation, juste après avoir passé le flambeau à Sparks qui s'était procuré ce voilier. Un équipage asiatique avait été engagé pour les transporter jusqu'à une île d'Indonésie.

– Qu'est devenu Mulligan ? lui demanda Nathan.

– Il s'est mis à son compte en capitalisant sur les deux filles de l'Est qu'on avait délivrées. La fréquentation des proxénètes lui a donné des idées. Qu'est-ce qu'on peut y faire ?

– Autant empêcher le monde de tourner.

Ils montèrent tous à bord et mirent cap au sud.

192

Colombo. Carla, Léa et Nathan saluèrent les Aïkas qui continuaient vers l'est, sous la protection de Joël Sparks et sous la férule de Rain Foot qui avait pris un indéniable ascendant sur ses aînées.

– On se reverra un jour, dit-elle à Nathan. J'en suis sûre.

– Sur un champ de bataille ou dans un jardin d'enfants.

– Quel que soit l'endroit, ce sera pour y faire le bien.

Colombo était en effervescence à cause d'un nouvel attentat perpétré par les séparatistes tamouls. Lorsqu'il aurait terminé d'aider Shannen et Shivaji à reconstruire leur hôtel, Nathan devrait songer à se mettre en quête d'un nouveau sanctuaire ignoré des satellites espions et où le mot « terrorisme » n'aurait pas encore de traduction. Peu habitué à faire des projets, il se demandait à quoi pouvait ressembler un avenir incluant Carla, Léa, Jessy et Tommy ? Était-il possible de constituer une cellule familiale harmonieuse avec quatre personnes traumatisées ?

Une Aïka le rattrapa sur le quai. C'était Esian Zawi. Elle se jeta dans ses bras et l'embrassa sur la bouche.

– Gurluidt, dit-elle. Cela signifie « Au revoir » dans notre langue.

Elle remonta à bord sous les injonctions de Sparks. Nathan était troublé.

– C'est son baiser qui te met dans cet état ? demanda Carla.

Ce n'était pas le baiser d'Esian qui le perturbait, mais ce qu'elle lui avait dit. Gordon Ryler et ses associés avaient donc créé une langue vernaculaire, spécifique aux Aïkas. Une langue que Nathan avait déjà entendue.

Il se précipita dans un cybercafé de Colombo pour y consulter le CD de Ryler. L'une des Aïkas s'appelait Analyn McLeen ; sa cible était le directeur de la NSA. Elle avait eu vent de l'affaire Warren Anderson et de la mise en cause de sa maîtresse Syriana avant que le patron de la NSA ne réalise qu'il était lui-même sous influence. Nathan s'en voulut de ne pas avoir vu la ressemblance phonétique entre Analyn McLeen et Lyn Lee. Il repensa le profil de la jeune femme.

Avertie très tôt de la vague d'enlèvements parce qu'elle vivait dans l'entourage du Mandarin qui les orchestrait, elle avait décidé de disparaître après une intervention de chirurgie esthétique qui l'enlaidirait. L'opération avait neutralisé la puce digitale qui permettait de la localiser. Affublée d'un nouveau visage et d'une cagoule, elle s'était efforcée de porter secours à ses coreligionnaires. Elle enquêtait dans le dos de la police et avait inventé l'alibi d'une amitié avec Annabelle. Au fil des investigations, son objectif avait changé. Elle voulait remonter jusqu'au triumvirat qui l'avait créée et n'avait pas levé le petit doigt pour sauver les Aïkas. Lyn avait manipulé Nathan pour obtenir son aide. Dans l'appartement d'Annabelle, elle l'avait mis sur la piste de Ryler. Le numéro de téléphone dans le recueil de poésies était son invention : les Aïkas communiquaient entre elles dans leur langue et n'avaient pas besoin de messages codés. Lors de sa fuite, Susan Fox avait perdu une partie de sa tête et de sa mémoire, dont le dialecte des Aïkas. Son e-mail confidentiel adressé en anglais à Esian Zawi avait induit Nathan en erreur. À Paris, Lyn avait feint d'être malade pour ne pas monter voir Stéphane Charlier qui la connaissait bien et risquait de l'identifier malgré l'opération de chirurgie esthétique. Sur l'île, elle avait encaissé les révélations de Gordon Ryler et découvert qu'on l'avait gavée de douze mille particules de conditionnement. Elle avait tué Ryler dans la nuit et balancé son corps à la mer. Il lui restait à éliminer les deux associés.

Lyn Lee avait brûlé des particules, remonté des niveaux de conscience, était sortie de son conditionnement pour devenir une tueuse. Son absence d'agressivité, sa compassion et sa sollicitude, y compris à l'égard d'un SDF tokyoïte, s'étaient métamorphosées en vindicte impitoyable.

Nathan se connecta sur Google et pianota Rabindranath Amji. Quelques articles récents évoquaient la mort brutale du milliardaire indien, victime d'un voleur non identifié. Idem pour Bao Kwang, un « moine d'affaires » comme le titrait l'article, assassiné par une mystérieuse secte chinoise dans la province de Wudang. Derrière ces meurtres déguisés se cachaient les crimes d'Analyn McLeen, dite Lyn Lee. La 248e Aïka.

Épilogue

Sur une île qui avait changé de nom, un homme qui avait retrouvé le sien était assis dans la position du lotus. Il ne se souvenait plus très bien depuis combien de temps il avait débarqué du voilier qui avait continué sa route vers l'Orient pour fonder la tribu des Aïkas, une ethnie caractérisée par un immense savoir et une beauté extraordinaire.

Nathan contempla dans ses mains les deux moitiés d'une mangue. La pulpe jaune et juteuse brillait comme un trésor, protégée par une peau douce. Empli de gratitude et d'admiration pour la nature qui lui avait fait don de ce fruit sensuel, il quadrilla la chair avec un couteau et la bomba vers sa bouche. Il huma les parfums sucrés qui émanaient du damier. Ses incisives arrachèrent les petits dés juteux qui s'écrasèrent sous ses molaires avant de répandre la mangue sur sa langue. Pour bien la manger, il fallait l'embrasser, bouche grande ouverte, langue dehors, nez en contact avec l'aliment. Le nectar exotique glissa dans sa gorge et répandit le plaisir dans son organisme. Cette suavité mêlée de volupté se transformait en énergie. Fusion des molécules, savoureuse ascèse. La purification de Nathan avait commencé sur l'île de Golo Itak et s'était poursuivie jusqu'ici, au Sri Lanka. Au fil des jours, il avait renoué avec ce qui faisait l'essence des arts martiaux : posture parfaite, mouvement précis, esprit libre, conscience de l'instant, respiration juste. Il maîtrisait le temps, était en osmose avec les éléments et doté d'une perception sensorielle aiguë.

Il détecta le son mat de pieds foulant le sable. Pas réguliers, espacés, souples, légers. Démarche féminine. Une senteur capiteuse se fondit dans l'effluve de la mangue. Une différence de température trahit une présence dans son dos. Le déplacement de l'air annonça une main sur sa peau. Une femme s'assit à ses côtés. Atterrissage en douceur. Il lui tendit l'autre part du fruit charnu. Elle lui vola un baiser.

– C'est meilleur sur tes lèvres.

La femme était splendide, mais ce n'était pas Carla. Elle lui était familière, pourtant il ne l'identifiait pas.

– J'attendrai que tu aies encore plus envie de moi, dit-elle.

Les derniers mots de Lyn Lee avant leur séparation.

– C'est mon visage d'avant. Celui que tu connais est recherché par les services secrets chinois et indiens.

Elle inclina la tête pour lui montrer les cicatrices derrière ses oreilles.

– Que fais-tu là, Analyn ?

– Je suis venue te remercier de m'avoir aidée à couper le cordon.

– Au lieu de t'être débarrassée des causes de ton traumatisme, tu en as ajouté avec les meurtres de Gordon Ryler, de Bao Kwang et de Rabindranath Amji.

– Je suis une créature qui s'est retournée contre ses créateurs. Une créature qui tient aussi ses promesses.

– Quelles promesses ?

– Nous devions faire l'amour, tu ne te souviens pas ?

– Comment m'as-tu trouvé ?

– Je suis devenue une experte dans l'art de la traque.

La plage imprégnée de ces sons timides que le monde moderne avait pris l'habitude de gommer s'anima d'éclats de voix. Carla, Shannen et les enfants rentraient du marché, avec du poisson, du riz, du thé. Ils apportaient aussi des nouvelles du monde. Nathan les connaissait à l'avance. Les ingrédients en étaient la guerre, la misère, le nucléaire, le pétrole, les pandémies, la pollution. Mais une adolescente de seize ans prévoyait de remédier à ces maux.

– À quoi penses-tu Nathan ?

Il pensait à l'arme que Rain se préparait à utiliser dans quelques années pour sauver l'humanité. Celle à laquelle Sylvie avait eu recours pour le faire rempiler, celle que les Aïkas avaient employée pour influencer les Mandarins, celle que Lyn venait brandir devant lui. Une arme à double tranchant qui avait brisé Carla, traumatisé Jessy et Léa, transformé les Aïkas en marchandises. Il réalisa aussi que la question n'avait pas été posée par Lyn, mais par Carla qui venait de le rejoindre. Analyn McLeen avait disparu comme un songe. Comme si elle n'avait jamais existé. Comme Nathan savait si bien le faire.

Table

RÉALISATION : NORD COMPO
IMPRESSION : BRODARD ET TAUPIN
DÉPÔT LÉGAL : JANVIER 2008. N° 96321 (44521)
IMPRIMÉ EN FRANCE

Collection Points Thriller

DERNIERS TITRES PARUS

P1110. Funérarium, *Brigitte Aubert*
P1477. Le Dernier Testament, *Philip Le Roy*
P1478. Justice imminente, *Jilliane Hoffman*
P1479. Ce cher Dexter, *Jeff Lindsay*
P1480. Le Corps noir, *Dominique Manotti*
P1481. Improbable, *Adam Fawer*
P1562. La Morsure du dragon, *Jean-François Susbielle*
P1563. Rituels sanglants, *Craig Russell*
P1564. Les Écorchés, *Peter Moore Smith*
P1603. Pour adultes seulement, *Philip Le Roy*
P1604. Offre publique d'assassinat, *Stephen W. Frey*
P1605. L'Heure du châtiment, *Eileen Dreyer*
P1681. Ultime Témoin, *Jilliane Hoffman*
P1682. Los Angeles, *Peter Moore Smith*
P1694. L'Ultime Sacrilège, *Jérôme Bellay*
P1695. Engrenages, *Christopher Wakling*
P1704. Dexter revient !, *Jeff Lindsay*
P1725. Le Tableau de l'apothicaire, *Adrian Mathews*
P1726. Out, *Natsuo Kirino*
P1793. La Couleur bleue, *Jörg Kastner*
P1794. Le Secret de l'imam bleu, *Bernard Besson*
P1827. La Mort dans le sang, *Joshua Spanogle*
P1828. Une âme de trop, *Brigitte Aubert*
P1839. La Dernière Arme, *Philip Le Roy*
P1840. Désaxé, *Marcus Sakey*
P1841. Opération vautour, *Stephen W. Frey*

Collection Points

DERNIERS TITRES PARUS

P1795. Tant que les arbres s'enracineront
dans la terre et autres poèmes, *Alain Mabanckou*
P1796. Cité de Dieu, *E.L. Doctorow*
P1797. Le Script, *Rick Moody*
P1798. Raga, approche du continent invisible, *J.M.G. Le Clézio*
P1799. Katerina, *Aharon Appefeld*
P1800. Une opérette à Ravensbrück, *Germaine Tillion*
P1801. Une presse sans Gutenberg,
Pourquoi Internet a révolutionné le journalisme
Bruno Patino et Jean-François Fogel
P1802. Arabesques. L'aventure de la langue en Occident
Henriette Walter et Bassam Baraké
P1803. L'Art de la ponctuation. Le point, la virgule
et autres signes fort utiles
Olivier Houdart et Sylvie Prioul
P1804. À mots découverts. Chroniques au fil de l'actualité
Alain Rey
P1805. L'Amante du pharaon, *Naguib Mahfouz*
P1806. Contes de la rose pourpre, *Michel Faber*
P1807. La Lucidité, *José Saramago*
P1808. Fleurs de Chine, *Wei-Wei*
P1809. L'Homme ralenti, *J.M. Coetzee*
P1810. Rêveurs et nageurs, *Denis Grozdanovitch*
P1811. - 30°, *Donald Harstad*
P1812. Le Second Empire. Les Monarchies divines IV
Paul Kearney
P1813. Été machine, *John Crowley*
P1814. Ils sont votre épouvante, et vous êtes leur crainte
Thierry Jonquet
P1815. Paperboy, *Pete Dexter*
P1816. Bad city blues, *Tim Willocks*
P1817. Le Vautour, *Gil Scott Heron*
P1818. La Peur des bêtes, *Enrique Serna*
P1819. Accessible à certaine mélancolie, *Patrick Besson*
P1820. Le Diable de Milan, *Martin Suter*
P1821. Funny Money, *James Swain*
P1822. J'ai tué Kennedy ou les mémoires d'un garde du corps
Manuel Vázquez Montalbán
P1823. Assassinat à Prado del Rey et autres histoires sordides
Manuel Vázquez Montalbán
P1824. Laissez entrer les idiots. Témoignage d'un autiste
Kamran Nazeer

P1825. Patients si vous saviez, *Christian Lehmann*
P1826. La Société cancérigène
Geneviève Barbier et Armand Farrachi
P1827. La Mort dans le sang, *Joshua Spanogle*
P1828. Une âme de trop, *Brigitte Aubert*
P1829. Non, ce pays n'est pas pour le vieil homme
Cormack Mc Carthy
P1830. La Psy, *Jonathan Kellerman*
P1831. La Voix, *Arnaldur Indridason*
P1832. Les Nouvelles Enquêtes du juge Ti, vol. 4
Petits meurtres entre moines, *Frédéric Lenormand*
P1833. Les Nouvelles Enquêtes du juge Ti, vol. 5
Madame Ti mène l'enquête, *Frédéric Lenormand*
P1834. La Mémoire courte, *Louis-Ferdinand Despreez*
P1835. Les Morts du Karst, *Veit Heinichen*
P1836. Un doux parfum de mort, *Guillermo Arriaga*
P1837. Bienvenue en enfer, *Clarence L. Cooper*
P1838. Le Roi des fourmis, *Charles Higson*
P1839. La Dernière Arme, *Philip Le Roy*
P1840. Désaxé, *Marcus Sakey*
P1841. Opération vautour, *Stephen W. Frey*
P1842. Éloge du gaucher, *Jean-Paul Dubois*
P1843. Le Livre d'un homme seul, *Gao Xingjian*
P1844. La Glace, *Vladimir Sorokine*
P1845. Je voudrais tant revenir, *Yves Simon*
P1846. Au cœur de ce pays, *J.M. Coetzee*
P1847. La Main blessée, *Patrick Grainville*
P1848. Promenades anglaises, *Christine Jordis*
P1849. Scandales et folies.
Neuf récits du monde où nous sommes, *Gérard Mordillat*
P1850. Un mouton dans la baignoire, *Azouz Begag*
P1851. Rescapée, *Fiona Kidman*
P1852. Le Sortilège de l'ombre. Le Cycle de Deverry II
Katharine Kerr
P1853. Comment aiment les femmes. Du désir et des hommes
Maryse Vaillant
P1854. Courrier du corps.
Nouvelles voies de l'anti-gymnastique
Thérèse Bertherat
P1855. Restez zen. La méthode du chat, *Henri Brunel*
P1856. Le Jardin de ciment, *Ian McEwan*
P1857. L'Obsédé (L'Amateur), *John Fowles*
P1858. Moustiques, *William Faulkner*
P1859. Givre et sang, *John Cowper Powys*
P1860. Le Bon Vieux et la Belle Enfant, *Italo Svevo*